U0895320

士为知己
SHI WEI
ZHIJI
全3册

蓝色狮
著

【上册】

江苏凤凰文艺出版社
JIANGSU PHOENIX LITERATURE AND
ART PUBLISHING, LTD

图书在版编目（CIP）数据

士为知己：全3册 / 蓝色狮著. — 南京：江苏凤凰文艺出版社，2019.2

ISBN 978-7-5594-3105-9

Ⅰ. ①士… Ⅱ. ①蓝… Ⅲ. ①长篇小说－中国－当代 Ⅳ. ①I247.5

中国版本图书馆CIP数据核字（2018）第292131号

书　　名　士为知己
著　　者　蓝色狮
出 品 人　柯利明　吴　铭
监　　制　郑心心
选题策划　郑心心
责任编辑　张　倩　王　青
出版发行　江苏凤凰文艺出版社
出版社地址　南京市中央路165号，邮编：210009
出版社网址　http://www.jswenyi.com
印　　刷　北京万友印刷有限公司
开　　本　670×980毫米　1/16
字　　数　505千字
印　　张　42
版　　次　2019年2月第1版，2019年2月第1次印刷
标准书号　ISBN 978-7-5594-3105-9
定　　价　85.00元（全3册）

目录 Contents

第一章　征兵从军

元狩初年，初春。

已有些年头的轱辘吱吱呀呀响着，不一会儿，满满的一汲瓶水自井底吊上来，一个年纪不过十七八岁的姑娘将其拎过来，水哗哗地倒入木桶中。老旧的陶制尖底汲瓶如此上上下下七八趟，方才装满两个木桶，她熟练地套上扁担，往肩膀上一搁，担起往前走，同时小心地避让着，不让水溅到井台旁的其他人。这姑娘穿着褐色平纹粗布，身量虽有些单薄，但担水的脚步却是稳稳的。

“子青，易先生在家吗？我这腰这几日又疼起来，得找他捏捏。”一个拄着拐扶着腰慢吞吞踱过来的老者问道。

子青停下脚步，看向老者有礼地点头道：“在。”

说罢，她便低下头，挑着两大桶水，脚步利落地往家的方向走去。

细细小小的雪花打着旋儿，落到她的发梢眉角，很快就化了。淡淡的凉意钻进肌肤里，子青微甩了甩头，长呼口气，白雾般的热气迅速消散在空中。

村落并不大，只是住得有些散乱，子青担着水绕过两处土坡，才看见前面的屋子。屋子没有用砖，而是夯土打实的墙，为了省钱或省事，墙面上连灰浆都没有抹，打夯时留下的绳眼清晰可见，经过十几年的风吹雨淋，里面的绳索早已朽腐。

她还未到门口，里面便有人开了门。隔壁村里的张氏妇人自内出来，看见子青担着水回来，意味深长且格外亲密地朝她笑了笑。子青不甚习惯地点了点头，未待她说话便已经低头快步进去，门内送客的年轻人忙闪过身给她让出道来。

径直进了东面的庖厨，将担来的水尽数倒入水缸中，子青将木桶扁担在墙角置好，转头看见柴火已不多，便又取了铁斧……

“青儿。”

听见堂屋内有人扬声唤她，子青复把铁斧放回原处，转头看见方才负责送客的易烨正靠在庖厨门旁，遂询问地望了他一眼。

易烨知道其意，压低声音，眼中是掩不住的取笑之意，道：“张氏给你提亲来了。”

闻言，子青暗叹口气，举步往堂屋走去，至门槛外立住，恭敬道：“先生。”

“进来吧。”屋内的人道。

子青这才掀开厚厚的草帘进来，屋内生了火盆，暖意融融，合榻上坐了一男一女，男的已过天命之年，长须垂胸，间或咳嗽几声；女的虽已过不惑，身体发福，眉梢眼底却仍可看出当年的美丽。

朝二人行过礼，子青方在下首的榻上坐下，虽然心中大概知道唤她所为何事，但并不莽撞开口询问。

易夫人疼爱地看着她，温言问道：“青儿，你可还记得，你来这里几年了？”

“六年三个月。”子青微垂着头，答道。

“不错，”易夫人点头微笑，“刚来的时候，你不过还是个十二岁的小丫头，转眼已经是大姑娘了。你知道，前两年有人来给你提亲，我对来提亲的人家并不十分满意，加之那时你刚过及笄，年纪尚幼，我也并不着急。现下，你年方二九，着实该考虑亲事了。”

闻言，子青抬起头来，似乎想说什么，见夫人话未说完，便仍静静聆听。

易夫人顿了一下，含笑看着子青，“……方才隔壁村的张氏过来提亲。我只说实话，她儿子我是认得的，人品端正，虽然身子略弱了些，却绝非福薄之人。你嫁过去，他家断不会委屈了你。青儿，你可愿意？”

子青静静摇头：“子青不愿。”

似乎早料到她有此回答，易夫人面上露出意料之中的喜色，笑望向夫君易曦，“你看，我说这孩子不愿意吧。”

易曦含笑点头。

“青儿，你可是另有意中人？”易夫人语气轻柔地问道。

子青不明白她怎么会有此一问，怔了怔，才回答道：“没有。”

显然把她的迟疑当成了女儿家羞涩的推脱，素知这孩子平日就沉默寡言，这种事情她断不会轻易说出口，易夫人微笑道：“好、好，我不问你。……烨儿也早已过了弱冠之年，我想着这些年你与烨儿一块长大，彼此脾性都熟悉，我和先生又是拿你当自己女儿一般看待，自然舍不得你嫁到别家去，若是你与烨儿能在一块，自是再好不过。”

原来他们希望自己嫁给易烨。

子青愣住，易烨的模样自脑中掠过，带笑的眉眼和不带恶意的调侃声音，温暖如流水，可她从未想过他会成为自己的丈夫，不过，这不重要——这里是个穷村子，靠行医为生的易家生计艰难，常常还得靠到镇上卖柴卖草药才能度日，若是娶别家女子，易家也拿不出钱来给易烨下聘。易氏夫妇年岁已大，自听闻了大儿子易磬在边关殉国之后，身体更是每况愈下，他们对自己有恩，自己本就应该尽心尽力照顾他们……

见她低着头不说话，易夫人当她是害羞，不忍相逼，便笑道："咱们都是自家人，这事不急，你可慢慢考虑着。"

子青遂点了点头，施礼退了出来。

易烨正蹲在院中整理着竹编篝笭里的草药，口中轻声哼着让人分辨不清的曲子，见子青出来，微笑地凑上前问道："如何？你应承了？"

不知他所指的是哪门亲事，一时也不知该怎么说，子青头一低，微抿下嘴，并不作答，复回到庖厨拿了一捆草绳系在腰间，又取了铁斧……

"你要砍柴去？"易烨忙道，"等我，我还得上山去找草药，爹爹指定的还有两种没有采到。"

子青脚步微滞，将步伐放慢了些。

易烨回身就去拿药锄，连篝笭背到身上，顺手又拿了两顶斗笠，快步小跑出门，见子青正立在门外等他。

"快戴上吧。"

易烨伸手轻轻拍去她头上的雪屑，才扣上斗笠。

"多谢。"子青退一步道谢，随即不再多言，大步往后山上走去。

"傻丫头，老这么有礼就显得生分了。"

易烨笑着自言自语，摇摇头，快步追上她。

一路上，易烨又哼起歌来，大概是不在易曦跟前的缘故，声音也略大了些，隐约听出其中字句，"……虽则如荼……缟衣茹芦，聊可与娱……"

待两人一前一后到了半山腰，易烨终是按捺不住，也静不下心来找草药，便朝低头拾枯枝的子青朗声喊道："子青，张家的亲事你可应了？"

子青摇了摇头。

看子青复弯下腰去拾柴，他便也上前帮着她一起拾，又问道："为何不应？"

子青没回答，低着头只管拾柴。易烨便捡了一根枯枝去捅她的腰眼，她闪身避开，方才直起腰来，皱眉答道："那位张家公子我又不认得。"

易烨语塞片刻，奇道："你怎么会不认得？他先前借口给先生瞧病来了好几次，现下看来根本就是来瞧你的。你应该见过。"

"不曾留意。"子青淡道。

易烨笑着叹气："也是，你整日里只顾埋头干活，他就是一日里来十七八趟，你也未必记得他的模样。"

子青不语，抽起铁斧开始砍旁边一棵不大的枯树，砰、砰、砰……不过三斧两斧便砍出缺口。她朝易烨打了个手势，示意他往旁边站，然后用斧背不轻不重在树身上一击，枯树便顺着她要的方向倒下来。她跨步上前，斧头随意地在手里打了个旋儿，蹲下身开始砍枝丫，以便收集成捆。

尽管不是头一回见她砍柴，可易烨还是忍不住要佩服她武者般的利落，笑道："难怪张家要来提亲，你这般能干，到了他家一个人就能干两个人的活。"

铁斧飞快地砍着，子青埋头做事，没理会他的话。

易烨绕到另一边，替她把枯枝收集成捆，然后用草绳捆起来。子青瞥了眼，道："太松，会散的。"说罢，她放下铁斧，过来一脚踩在柴堆上，手上用力，用绳子结结实实地捆好。

"你这气力……"

易烨颇为羡慕地看着她去捆另一堆柴，横竖自己帮不上忙，便弯腰自在枯草中翻翻捡捡，找些可用的草药带回去。

将枯树尽数分解，扎捆成堆后，子青才停下手来，转过身盯着易烨的身影，复想起易夫人的那些话来……

挖了几株草药，易烨回头，正看见子青盯着自己出神，奇道："怎么了？青儿？"

"夫人……"子青原想说出易夫人的话，但转念一想，若是易烨早已另有意中人，自己贸然说出此事，岂非令他为难，遂道："夫人心里记挂着易二哥你的亲事，不知你是否已有意中人？"

见她有此一问，易烨唇角含笑，抖掉草药根茎上的浮土，才道："你日日都与我在一块，难道连这都不知道吗？"

子青老老实实地摇头，"我不曾留意。……是谁家姑娘？"

这丫头，怎的什么都不留意！易烨暗叹口气，盯了她半晌，方欲道出，却听见山下村里传来当当当的清脆响声，是有人用榔头在重重击打悬挂在树上的厚铁块。

这是亭长召集村中众人的信号，每逢有大事宣布的时候都是如此。

易烨皱起眉头，心中隐隐有不祥的预感，这些年来当今圣上年年对匈奴用兵，征兵、征税、征马匹轮番来过，这次又会是什么事？

他尚在思考的空当，子青已经飞快地将几捆柴摞起来，绳子一捆，将足有一人多高的柴堆背上，转过身见易烨一动不动，奇怪唤道：

"易二哥？"

易烨微怔了下，回过神来，匆忙背起篝笭，随她一起疾步往山下去。

顾不上先回家，子青背着柴火就直接与易烨赶到水井旁的空地上。村里的人已到了大半，自面无表情的亭长脸上揣测不出太多端倪，众人越发惶恐不安，彼此间交头接耳，低低的嗡嗡声连成一片。

易烨挤到了前面去，子青背着柴火多有不便，便自挑了处稍远的偏僻地方，放下柴火靠在墙边，双目望向亭长手中所拿的竹简，不知这次是不是又要增收赋税，心中一片茫然……

"咳、咳。"亭长清了下喉咙。

这是亭长要说话的前兆，空地上的嗡嗡声立刻安静下来。

"匈奴逆天理，乱人伦，暴长虐老，以盗窃为务，行诈诸蛮夷，造谋藉兵，数为边害，故征兵建军，以征厥罪。"

又是要征兵！易烨二十有三，还未到征兵要求的二十五，此番尚且轮不到他，正自暗松口气，却又听亭长道：

"征兵标准与往年不同，二十三以上，五十三以下，每户之中尚未服过兵役者，皆应到府军报道，服兵役两年。"

二十三以上，五十三以下！

短暂的死一般的寂静过后，反应过来的村民们哗然一片，没有人料到朝廷竟然将征兵范围扩大到如此之大的地步。

"人都去当兵，地谁来种！"有人在大声嚷嚷，"难道要眼睁睁地把地都荒掉吗？"

"我家老头儿子五十一，腿脚又不好，去当兵不是要他去送死吗？"

"我家小四还没娶媳妇呢……这一去，如何才好……"

"咳、咳。"亭长又清了清喉咙，可惜这次收效甚微，几乎无人再搭理他。他只好举起书简，用力挥了挥手，大声道："大家不要吵，不要吵，朝廷考虑得很周全，哪一户中若有无法入伍的人，只需交纳二十金，便可免去兵役。"

二十金！！！

众人又是一阵哗然，如此庞大的数目，对于他们中的绝大多数人来说，即便是倾家荡产也不可能拿出二十金来。

宣读完毕，亭长收起竹简，跨上一头黑驴，赶往下个村子。众人犹在怨天怨地，易烨沉默着挤了出来，慢慢走向墙角旁的子青。两人面面相觑，半晌，子青才不抱希望地开口想确认道："先生今年是……"

"五十有二。"易烨仰头朝天，雪粒纷纷而落，他喃喃道："我去也就罢了，爹爹不能去，不能去。我得想法子筹钱去，筹二十金，爹爹不能去……"

子青呆呆站着，也想不出什么法子，忽然眼角余光瞥见一个熟悉的身影，她转头望去—易夫人就瘫坐在不远处的老树下，雪粒沾在她的鬓角眉梢上，透着苍凉和绝望。

“夫人！”

子青快步冲过去想扶起她来，后者却恍然不觉，目光空洞洞的，径自动也不动。

“娘！娘！娘！……”易烨也冲过来，与子青合力把她从地上架起来，“娘，你莫担心，我去想法子筹钱，您莫担心……”

易夫人听见易烨的声音，转回神来，抬头望着自己的小儿子，手颤抖地抚摸着他的脸，“烨儿，磐儿已经没了，你不能再去，你爹也不能去，不能去。”

“我知道我知道我知道，我和爹爹都不去，娘您放心，我和爹爹都不去。”易烨连声安慰道。

子青并不善于安慰人，更不善于说谎话来安慰人，听到易烨如此说，她只能搜肠刮肚地想着该如何才能筹到钱。

近处还有村民在议论纷纷，断断续续地听入耳中。

“……如今用不了十金便能买一个人入伍……这钱交给朝廷，还不如雇一个去，还能省些钱……”

“哪里买去？朝廷不管这事吗？”

“朝廷只管你交人交钱，哪里还管这事……我也是听别人说的……”

易烨搀着易夫人慢慢往回走，心里盘算千百样筹钱的主意，却是没有一样能让他在短短三日内筹到至少十金。子青复回去背起柴火，跟在他们身后，脚步沉重地走着，茫然地想着，若然自己是个男儿身，便可替先生应征入伍。

雪下得越发大起来，纷纷扬扬，模糊着周围的一切，她仿佛又回到幼年——

爹爹粗糙的大手用力扳着她的胳膊，严厉而不失慈爱，“练箭要专心，腰要直，手要稳。”

“这孩子当真刻苦，只可惜是个女娃。”有人在旁叹息。

“我秦家的女娃可不比男娃差。”爹爹在笑，“不信等她到十八那年，让她和你家三儿比画一场。”

“哈哈，行！要是输了可得给我家做媳妇。”

“哈哈哈，你家三儿若是输了，你请我喝坛好酒就成。”

笑声渐远，直至消失无踪，子青怅然若失，今年她已十八，而当年说话的人又在何处……

晚间，堂屋之中烛火点点。

易曦自己虽不惧兵役，但因大儿子易磐已经战死沙场，他无论如何也不愿易烨再入伍，也想要筹钱。只是他们商量多时，家中所有可变卖的东西都找了出来，连五金都凑不够，仍是没有一个解决之道。

夜已深沉，易夫人忧虑过度，伤神伤身，易曦勉强喂她喝了碗安神汤，让她先行睡下。

火盆渐暗，子青轻手轻脚进来添柴，待火光复起，暖意稍浓，她才在席上坐下。

“子青方才想到一个能筹到钱的法子，请先生应允。”

闻言，易烨眼睛一亮，喜道：“你有法子？快说！”

易曦却知此事甚难，缓声道：“你且说来听听吧。”

“子青愿意自卖其身。”

话音刚落，易烨已经跳起来，怒道：“不行！绝对不行！”

“子青已经再三考虑过，城中常有用人……”子青平静地望着他道。

“不行！”易烨再次打断她，“难道你要我们为了自己，看着你去为奴为婢！”

“易二哥……”

“不行。”这次打断她的是易曦，“此事绝对不行。”

“子青的命是先生救回来的。”子青平静而坚持道，“先生大恩，子青此生无以为报，更不能眼睁睁看着先生天命之年还要上沙场。”

“我救你回来，并不是要你报恩，更不是让你去给人为奴为婢。”易曦摇头道，“你若这么做，才真是辜负了我救你的一片好意。”

子青垂目，片刻后沉声道：“先生，您不为自己着想，也该为夫人着想。”

易曦沉默片刻，道：“我们夫妻同心，君子有所为，有所不为，此事绝不可行，你若当真去自卖其身，那些钱我也绝不会用半分半毫。”他因素知子青性格倔强，为免她做出先斩后奏的事来，故而把话说在了前头。

“先生……”

子青无法可施，深敬易曦为人，俯身一拜，退出堂屋。

心中感激，易烨挪过身子，也朝易曦俯身拜下，“烨儿谢过爹爹。”

易曦扶起他来，苦笑道：“烨儿，我不想让你去，可眼下家里也实在筹不出钱来。”

“爹爹，是烨儿无用。”

“子青这孩子很好，我们走后，有她照顾你娘，我也放心。”易曦顿了顿，“我和你娘本来想过些日子就给你们办婚事的，谁知……”

易烨挠头，方知父母原是这个主意，笑道："幸而没有，我只当她妹妹一般。"

易曦拍拍他的肩膀，想到此去经年，妻子身畔再无亲人相伴，心中也是凄然，无语凝噎。

丑时已过，子青辗转反侧，难以入眠，手习惯地摸着垂在胸前的骨埙，那是娘留下来的物件，她虽不会吹，却时时带在身边。

易家逢此大劫，自己究竟该怎么做才对？

若是娘在，娘会怎么说？

手指在骨埙的孔上缓缓抚摸着，她想，娘会说"听你爹爹的"。

若是爹在，爹会怎么说？

雪粒子沙沙地拍打着窗子，她想，爹爹会说"我秦家的女娃可不比男娃差，男子做得到的事，青儿你一样能做到"。

她翻身坐起来，自竹箧中取出平日里自己进深山采药时所穿的男装，紧裹胸部再把衣袍穿戴起来，连头发都如男子般束起。如此扮好，她又略收拾了几件可用之物放入包袱之中，便悄声开门穿过院子，在易烨的屋门上轻轻叩了两声。心事重重的易烨刚迷迷瞪瞪入睡，闻声惊醒，披衣燃灯，开门让她进来。

"青儿……"

他刚开口，便见子青打了个噤声的手势，只好停口，诧异地打量着她身上的装扮。

子青轻手轻脚地掩好门，转头又把灯吹熄了，借着窗外微弱的雪光，直直地注视着易烨，低低地道："易二哥，若我有法子让先生免去兵役，你依是不依？"

易烨不语，注视她良久，乍然明白了她所谓的法子，"你想要女扮男装，替我爹爹入伍？……绝对不可！若是被发现，那可是杀身之祸！"

"你我同时入伍，可以相互照应，我未必会被发现。"

"不可，此事不可！"怎么都觉得此事过于疯狂，易烨直摇头。

"我原想自卖其身，可先生说他绝不用这钱一分一毫，我深敬先生为人，可……我实在是想不出其他法子了。"子青咬了咬嘴唇，缓缓道，"先生与夫人待我不薄，我只想要他们好好活着。先生已是天命之年，且有病在身，他若入伍，如何受得住军旅苦累，恐与夫人再见无期。易二哥，难道你还有别的法子？"

易烨垂下头，说不出话来，他确实想不出别的法子。良久，他缓缓抬头，目光痛苦而焦灼，"你可知道，若被发现，你是会被杀头的。"

仿佛看见茫茫前路中未知的险境，瞳仁迅速收缩了一下，她仍是平静道："我知道，但为了先生与夫人，我想试试。”

寒夜中，易烨定定地望着她，半晌，翻身拜倒。

子青一惊，忙伸手去扶。

“救我父母，你便是我的恩人，应该受我大礼。”

子青手上使力，将他扶起，沉声道：“此事先生断不会答应，你我须得趁夜离去。”

易烨思量片刻，黯然点头道：“说得对。”看了她随身带过来薄薄的包袱，他也动手收拾好自己的包袱。又借着雪光，研开墨锭，取过一根平常用于开药方子的竹牍，留书告知爹娘。

这期间，子青只是静静地在旁坐着等候，并不去看他写些什么。

写好，吹干墨迹，易烨将竹牍端端正正地摆在案上，手指不舍地轻轻拨弄片刻，方才下决心般猛地起身。

“走吧。”

外间，寒风刺骨，雪尚在下，在院中积起薄薄的一层积雪。易烨看着爹娘所住的屋子，想到此一别不知是否还有重逢之日，心中酸楚难当，跪下来端端正正地磕了三个头儿。

子青已经悄然无声地打开院门，眼角瞥见易烨磕头，顿时薄薄水汽漫上双目，遂别开脸不忍再看，快步出门，立在墙角处等他。

不过片刻，易烨出来，轻手轻脚地关好门，手中还拿着两顶斗笠。他先给子青扣上斗笠，口中故作轻松笑道：“老是忘记戴斗笠，当心落下头痛的病来。”

听出他声音中强忍的哽咽之声，子青低着头应了，伸手把斗笠扶正。易烨自己戴上斗笠，随她顶着雪往前行去。到山坡拐角处时，两人不约而同地停下脚步，回头看了一眼那熟悉的黑乎乎的房屋轮廓……

何日才能再回来，他们心里都不知道。

风雪中，两人的足迹渐行渐远。

由于下雪，地上泥泞不堪，两人又皆是步行，走了近一日的山路才到达县尉，又按照告示寻到城外征兵所在。

此时虽然天色已晚，征兵处仍是人头攒动，不时还有人陆陆续续赶到。易烨本来担心子青看上去面嫩年幼，生怕她引人怀疑，但转了一圈后发现前来应征入伍的十六七岁的少年竟不在少数，而主记少吏则根本不理会，只管登记造册。

子青上前欲去排队登记，被易烨一把拉住，拽到旁边。

“你……真的决定了？一旦登记造册，你可就脱不了身了。要不，我们再想想……”临到头，易烨心底还是迟疑了。

子青没作声，直接拉他去排队。

“青儿……”易烨反拽住她的手，“再想想……”

“你还有别的法子吗？”子青定定地看着他问道。

易烨语塞。

轻轻挣开他的手，子青未再看他，别开头道：“别想太多了，生死有命……为了先生和夫人，咱们能做的也只有这么多。”

易烨看着她缓步走回队伍末端，在原地立了一会儿，长叹口气，也走过去排在她身后。

“青儿，以后别叫我易二哥了，就叫哥。”

子青仍是静默着，久到易烨以为她压根儿没听见自己的话，才听见她不甚自在的声音：“哥。”

“嗯……”易烨自后用力按着她肩膀，声音有些低哑，“自今日起，咱们兄弟二人同生共死。你若出了事，为兄也绝不苟活，黄泉路上，总是有我陪着你。”

闻言，子青的身子微微一僵，她半侧过头来，似乎想说什么，过了半晌，却什么都没有说，仍是转回头，随着队伍慢慢地往前挪动。

登记完毕，凡入了伍的士卒还可以去领粥吃。子青与易烨一路赶过来皆未用过饭，此时早已饥肠辘辘，各自领了面饼和粥先吃起来。天寒地冻，面饼自然是冻得硬邦邦的，粟米熬的粥也是又稀又冷，喝一口倒让人从头到脚打个哆嗦。他二人饿得厉害，慢慢嚼着面饼，间或抿一口冷粥，却也吃了个干干净净。

吃完便往临时搭建的营帐去，因人甚多，各种各样令人不适的异味充斥其间。易烨生性喜洁，便先皱了皱眉，苦笑着望了一眼子青。后者似若未闻，目光寻到角落里的通铺还有空处便拉了易烨过去。

“累了一日，歇会儿吧。”子青把包袱作枕，径自在最里面和衣躺下，朝易烨道。

“你睡吧，我一时半会儿还睡不着。”

易烨拍拍她的脑袋，从旁取了件自己的外袍给她盖上，半遮了她的头脸。子青望了他一眼便闭上双目，未再多言，只缩了缩身子，依言睡去。

帐中闹哄哄的，又脏又臭，难为她也能睡得下去，易烨笑着摇摇头，半靠着养神。他身旁不远便围了一堆人在高谈阔论，都是些年纪不过二三十岁的人，他侧耳去听，才知他们所谈论的都是当朝带兵的将军——

"……赵信叛逃，圣上对卫大将军很是不满，反而对冠军侯封赏有加，听说就要让他当将军了。"

"冠军侯是卫大将军的亲外甥，根本就是一家子，他当将军和卫大将军不是都一样吗……"有人不以为然。

"那可不一样，虽说这霍去病和卫大将军一样是私生……"说话的人特地压低了声音，"不过霍去病自小就在宫里进进出出，与圣上关系近得很，脾气和卫大将军可不一样。"

另一人将声音压得更低，易烨不由得要把身子倾斜过去才听分明，"都说冠军侯生得甚是俊俏，圣上对他可不一般……可是真的？"

"都这么说，谁知道是不是真的，不过……"那人故意停顿了一下，"凭他是谁，圣上想要谁，谁还不得乖乖躺下。"接下来是一串嘿嘿的笑声，透着难以言表的下流猥琐，其他人随之跟着笑起来。

估摸着下面不会有什么好话，易烨皱皱眉头，挪开身子，不欲再听下去。再看子青蜷着身子，呼吸起伏均匀，已然进入熟睡中。

一夜无事。

次日清早，生得一脸阴鸷的尉曹掾史便带了十几个军吏把众人全部唤醒，清点人数，命他们排成队，每人领两块硬馍作为这一整日在路上的干粮。

正在整队时，忽然有一骑快马至，军吏翻身下马，找到尉曹，呈给他一册竹简。尉曹摊开看一会儿，然后抬眼扫向下面这帮子正啃馍馍的新兵……被他这一扫，顿时有几个胆子小的，馍馍当即哽在喉咙里，没敢往下咽。

"你猜，又是什么事？"处于长期对官吏的警觉，易烨捅捅正嚼着硬馍的子青。

子青费劲地咽下馍渣，摇了摇头，然后仔细地把吃剩的馍馍包起来放入怀中。

没有让易烨猜疑太久，尉曹低声吩咐了身旁一名军吏。军吏随即跃到高处，朝众人朗声道："军中急需医官，你们当中三十二岁以下的医工出列。"

新兵中顿时起了阵喧哗，陆陆续续有几个人站了出来。易烨与子青对视片刻，他二人都曾随易曦学医，但却从未独立出来行医，故而都有些迟疑。但也只是犹豫了一会儿，想到军吏所说的"急需"二字，想是军中有诸多伤员，两人便也都出列。

站出来的零零落落也不过才七八人，尉曹不甚信任地打量着他们，尤其看见子青年纪尚幼，目光中更是透着明显的怀疑。好在他并不盘查，只是不耐烦地挥挥手，让军吏将他们带上一辆牛车。

由于前后左右都被帷幔遮得严严实实，他们一上车便连牛车往哪个方向走都不甚清楚，外面驾车的军吏也不理会他们，他们只得各自靠着车壁打盹儿。幸而牛车行起来虽没有马车快，却稳当得多，颠簸得并不算厉害。

如此行了十几日，同他们一块走的牛车渐渐变成十几辆，驾车的军吏也换过好几个人。而车中人始终不知自己将被送往何处，直到这日，将近正午时分，车内的子青听见一种遥远的深埋在记忆之中的声音——

那声音如群雷同鸣，万鼓齐捶，震动着天地苍穹。如果他们能把头探出车外，还能知道受惊的并不仅仅是他们，一群群被惊飞的鸟雀飞快地在逃离。越来越近，越来越响，铺天盖地，似乎要淹没一切，弄得牛车里人人越发惶惶不安，他们使劲扒着帷幔，想从缝隙中看到些什么。

易烨也想看清楚，可惜远近都有树木遮挡，什么也看不见。子青拨开空隙处的帷幔，轻声道："是马蹄声，想来是在操练兵马。"

"操练兵马？！"易烨愕然而惊，"这么大的动静，这该得有多少匹马啊？"

"听声音，应该有上万匹吧。"

"这么说，我们已经快到军营了！祖宗保佑，总算快到了。"

易烨转而又是一喜，这些日子在牛车上着实憋闷坏了。车上其他人闻言，皆是松了口气，伸胳膊伸腿地感慨着这一路的不易。唯独子青静静靠着车壁，一动不动，合目听着这无法阻挡的马蹄声从心头毫不留情地踏过，唤醒她尘封已久的记忆。

"都下来、都下来！列队！"

军吏赶鸭子般把他们自牛车上赶下来，让他们列队站好。

此间日头甚好，无遮无拦地洒下来，周遭的一切都亮得有几分晃眼。子青眯起眼睛，微仰起头，望向那面在风中猎猎飘扬的绛红色大旗——一个铁画银钩的"霍"字。

不是"李"字，她悄然松了口气。

易烨轻轻拍了下她的肩膀，附耳低声道："是霍字，应该是霍去病，去年圣上刚封他为冠军侯。听说圣上要让他当将军，领兵讨伐匈奴，看来是真的。"

子青"嗯"了一声，朝马蹄声响的方向极目望去，远远地只能看见浓尘滚滚直扬上半空，金戈之声间或可闻；再看近处一队身穿绛红衣、着皮甲的士卒在不远处持卜型铁戟在操练，更远处还有持长铩操练的。士卒个个面无表情，连走路时都目不斜视，越发显得秣马厉兵。

去通报的士卒很快跟着一名校尉模样的高大壮硕军吏回来。

"鹰击司马，此处是四十六名医工，据将军要求，年纪都在三十二岁以下。这是名册。"领队的军吏呈上竹简。

鹰击司马赵破奴接过竹筒，却并不看，温颜笑道："将军还未回来，等他回来再呈给他看。这些人……"他略打量了几眼，"未必能全留下，还得筛选。你们一路舟车劳顿，也辛苦了。我让人安排好营房，先休息吧。"

领队军吏笑着拱手道："多谢鹰击司马。"

"对了，"赵破奴附耳过去，"下次先给他们发了军服穿上，别回回都弄得像送难民过来一样，将军见了要皱眉头的。"

"诺，是卑职疏忽。"领队军吏忙道。

赵破奴点头笑一笑，然后慢慢踱到新兵队列前，朝众人笑道："都饿了吧？"

见他生得高大威猛，说话却甚是和气，也不像此前见的尉曹一脸阴鸷，众人顿时心生亲近之意。几个胆大的虽然不敢贸然说话，但也点了点头。

赵破奴又是一笑，"大家再忍一会儿，先去见见我们这儿的邢医长，然后马上就会有人带你们去用饭。"

他口中轻描淡写地见见邢医长，弄得众人都以为不过是例行公事，到了才发觉其实不然。邢医长坐于帐中，众人则在帐外列队等候，依次进帐，一次一个。出来的人站到另一边去，不得与未进帐之人交谈。

排在最末的子青是最后一个进营帐的，她也是进去最久的一个人。帐外的易烨等得心急如焚，生怕她被邢医长看出什么破绽来。直过有一炷香工夫，终于看见子青掀帐出来，神情平静地走到他旁边排好队，他才算稍稍放下心来，仍是满脑疑惑。

随即果然有人带他们去用饭，啃了一路的硬馍馍，这顿淋了肉汁的糙米饭着实让人胃口大开，更不用说肉汁中还夹杂了搅碎的羊肉末，众人都吃得甚是香甜。

吃罢，易烨才悄声问子青在帐内发生何事。

"他要我背《灵枢》的《经脉论》，《素问》的《生气通天论》，"子青答道，"最后又背了《宝命全形论》。"

易烨结舌，"那老家伙要你背这么多！他只拿了熟地、生地和防风三种药材来让我分辨，再说出效用。……你都背出来了？"

"嗯，先生以前命我背过。"

子青点点头，用木匙仔细地把碗中的残存饭粒刮干净，一一吃完。

易烨叹气笑道："幸而你还记着，真是祖宗保佑，若是拿来考我，那可就糟糕了。"

旁边也有吃完饭的人在彼此交流着，有的人答对了，有的人答错了，或暗自庆幸，或惶惶不安，生怕又要被送回去。自吃过这顿掺着碎肉末的饭后，他们都不约而同地想留在此地。

第二章　初识骠骑

用过饭食，又等了好一会儿，赵破奴匆匆过来，原先是让他们在近处列队等候将军指示，但看他们平头百姓的打扮，与此间格格不入，着实有些硌眼，遂领着他们往营侧西面行去。

此时日渐西沉，余晖给面前这片宽阔的草场镀上一层温暖的橘黄，大概经常被大队马群踩踏的缘故，地上一点残雪都没有。

让他们列队整齐后，赵破奴双手抱胸，盯着草场的远处瞧，自言自语道："蹴鞠也该差不多结束了。"

蹴鞠？子青与易烨对望一眼，不甚明白。

之前听见那种巨大喧嚣的马蹄声已经听不到了，过了好一会儿，终于有几匹骏马出现在他们的眼界中，马背上的人皆穿着绛红衣袍，显然也是汉军士卒。

只是那几人与其说是在骑马，不如说是在玩闹。

一粒圆滚滚的鞠球在他们彼此之间丢来抛去，马蹄不停，马背上的诸人接球抛球，耍得不亦乐乎。

在奔驰的马背上，比不得平地，众人见这些骑手身子随着鞠球所在方向或倾或斜，看着便让旁人担心不已，总觉得他们肯定要摔下来了，可偏偏他们像是长在马背上一般，无论身子倾斜得多厉害，都稳稳当当的。子青心知，这虽是戏耍，但若没有极纯熟高超的马术，是决计做不到的。

鞠球被高高抛起，落到地上，引得几匹马儿都前来争抢。一匹玄马兜头跑回去，骑手仰下身子倒挂在马侧，抢在其他人之前，手轻巧地往地上一抄，将鞠球捡起。

玄马颇为神骏，知主人心意一般，原地打了个转，那骑手仍倒挂着，顺着这转势飞旋起来，衣袍飞舞，鞠球就在他手指尖滴溜溜地转着，他朗声大笑。

赵破奴似对这场面已司空见惯，瞧他们耍起来没个够，遂将手指放在嘴边打了个清亮的呼哨，示意他们留意这边。

听见呼哨声，这些骑手方才弃了玩闹，以玄马为首，径直朝这边驰过来。

眨眼工夫，他们就到了医士们的跟前，马匹打着响鼻，气息直往人脸上扑。那匹玄马几乎是顶着子青鼻尖站着。

“这些都是什么人啊？逃难的？”声音来自玄马背上，懒懒的，大概因为剧烈活动过后，还稍稍有些低哑。

子青抬眼望去，夕阳在他身后，逆着日光的缘故，那一瞬她看不清他的脸，只能看见发冠上迸出碎金般的光芒，有些刺眼。

“他们都是刚送来的医士。”赵破奴赔着笑答道，又朝玄马后头的其他人招呼道，“你们若是有毛病的，先过来给他们号号脉，能治的就给治了，别耽搁啊。”

“先治你吧，你自个儿毛病最多了！”有人笑嘻嘻地将鞠球朝赵破奴砸了过来，被后者敏捷地躲过，顿时有更多人对他群起而攻之，土块石粒兼而有之。

“别闹，别闹……我这是军务……”

赵破奴左避右闪，还是被砸中几次，这些人才算解了气放过他。

玄马上头的人倒没有加入这场嬉闹，皱着眉头将眼前的医士们扫了一遍，最后将目光落在距离他最近的子青身上。

“多大了？”他突然问道。

“嗯……”子青愣了下，因为心虚，飞快地瞥了他一眼，双眸如暗夜中的星子，明亮而锐利，与他慵懒的神情极不相称，这在她过往的岁月中并不常见。

“多大了？”他的语气放得慢了些，不耐烦之余，隐约潜伏着某种危险。

自知年纪不够，扮成男子后更显稚嫩，片刻之后，子青僵硬答道：“二十有三。”

随着重重的“哼”声，他侧坐在马背上，偏着头，抽剑出鞘，剑刃自上而下架在子青脖颈，凉意直沁入体内。易烨大骇，本能地拉着子青退后，将后者拉得踉跄倒地。

“说老实话。”

看着他们狼狈的模样，他唇角微微勾起，透着猫戏弄老鼠般的快活。

子青爬起来，拍拍身上的土，沉默片刻，无可奈何且听天由命道：“十八。”

“我要听老实话。”

“确是十八。”子青抬眼对上他的眼睛，目光清澈见底。

四目交投，片刻之后，他似是信了，啧啧了几声，摇头道：“十八……就长了这么个小身板，看来是先天不足，遣回去。”

他如此一说，想来自然是她必被筛除之意。子青怔了怔，有些发急，未及多想便道：“您也未到弱冠之年。”

“不错，”他大咧咧地承认了，“怎么，和我比？你这小身板，连戟都拿不动。”

“若我拿得动呢？您能让我留下吗？”

子青仰头看着他，焦切问道。

居高临下地盯着她，他微微挑眉，直身坐起来，面上的表情明明白白，丝毫没有掩饰对她的戏弄之意。

“伯颜，把你的长戟给我。”他朗声道。

后头有人应道：“诺。”

果然有一人将长戟递过来，他接过，在手上掂了掂，却不给子青，而是朝着无人处投掷出去，长戟在空中画出一道弧线，斜斜地插在地上。

“把那支戟拿过来，记得是拿过来，不是拖过来。”他这才朝躺在三丈开外地上的铁戟抬了抬下巴。

子青并未迟疑，走过去便拿了起来。这是骑兵所用的马戟，比起一般的戟还要长一些，将近丈余，拿着并不顺手。易烨忧心忡忡地看着她，间或又偷瞥眼那位为难她的人，想着该怎么替她解围才好。

始终单手持戟，走到那人面前，子青才放下来。

“是有些气力，”瞧子青又瘦又小，确是未料到还有些气力，他脸上讥讽之意渐淡，接着笑道，“可光会扛着戟是杀不了匈奴人的。”

闻言，子青深吸口气，复单手持戟，将戟刺置前高高举起……众人此时都盯着他二人看热闹，见状不解，不料下一刻便看见长戟脱手飞出，在空中画了一道美丽的弧线，然后戟刺着地，牢牢地钉在地上。

竟然与刚才他所做的一模一样，只是比他掷得还要更远些，而他在马上，她在马下，自是还要比他再难上几分。

众医士倒吸气声不绝于耳，包括骑手们，便是他们中的大部分人，自认也做不到这般。

“你……”他眼中戏弄之意彻底消失，转而替代的是货真价实的不解，“你在家做什么营生？”

该说实话吗？又该说哪部分的实话？说假话吗？该怎么说假话？子青不答，干望着他，因她不知道该如何回答。

“他是我弟弟，”易烨上前解围笑道，“在家时常上山砍了柴去卖，所以有把子傻气力。”说着还拍小狗般摸几下她的脑袋，硬是让她把头垂下来，好显得恭顺些。

“你们究竟是医工还是砍柴的？”

“军爷有所不知，在我们那里，靠看病连自己都养活不了。所以还得上山砍柴，兼着采些草药卖钱。”

闻言，他方才微微扯动嘴角，似笑非笑地想了片刻，挥手让众人下马。

“都下来，有毛病的瞧毛病，试试他们到底是不是有点能耐。”

众骑手皆下马来，放马匹在身遭随意吃草。

玄马背上的人也翻身下马，随意地把缰绳丢给赵破奴，自己随意席地坐下，瞥向子青：“我今日觉得喉咙干疼，你如何治？”

他这般说，便是让她号脉的意思。子青顿时暗松了口气，跪坐下来，与他平视，伸手号脉，但见他手上还戴着皮制护腕，只得先朝他施了一礼，“冒犯之处还请见谅。”然后才取过他的手，开始替他解开皮护腕。

号过脉象，子青又请他张嘴检查舌苔片刻，然后才轻声道：“可点揉足踝上照海穴治疗。”

他也不多问，懒懒地将长腿直接伸到她面前，“如此便治吧。”

靴袜未脱，子青迟疑片刻，才挽起衣袖，飞快地替他除下革靴锦袜，各取他双足上的照海穴开始点揉。

足踝本就柔弱些，她点揉又颇有些力道，他微微皱眉，刚欲开口，便听见她道：“闭口勿言，待有津液出现时咽下，效验更佳。”

“……”

约莫过了半盏茶的工夫，子青才停下手来，抬头望他，目光中带着些许询问之意。

“揉完了？”他问。

子青点头，听出他嗓音略清亮了些，心中有数，遂垂下双目。

说话间果真不像之前那般干疼，他盯了她一眼，才懒懒道：“愣着做什么，还不把靴袜穿起来。”

听他说这话，倒好像当自己是他家奴仆一般，子青微颦起眉头，当下情形却又是不能不低头，只得忍气替他把锦袜穿回，再套上革靴。

他站起身来，似乎觉得革靴穿得不随脚，原地不耐地踩了好几下，才不在意地招了招手，“鹰击司马！”

听声便知是军务，赵破奴噔噔噔地大步过来，恭敬地站到他跟前，“将军！”

此言一出，旁边的医工们皆是一惊，好奇万分且又不敢明目张胆地打量这位显然是过于年少也过于俊朗的将军。

原来他就是霍去病，难怪所穿锦袜上绣纹烦琐，耽财劳力，毕归之于无用也。子青忍不住复望了他一眼，之前便听说过霍将军年仅二十，她却未料到他的骑术竟然能够那般精湛。

霍去病目光随意地在医工们身上扫视了一圈，大多数人匆匆低下头去，他方朝赵破奴问道：“老邢怎么说？”

赵破奴道：“禀将军，邢医长呈册上注明有三十六人可用。”

“嗯……”霍去病低头自行扣上护腕，瞥了子青一眼，“他呢？”

“他医术尚可，但年纪过幼，已被邢医长除名。”

“那你怎的还领过来？”

赵破奴附耳过去，低道：“不过老邢说他记性不错，想请将军给个面子，让他收在身边当个药童。”

霍去病闻言，笑哼，“这老家伙，整日就惦记着自己的一亩三分地。你跟他说，将军不允。这孩子小虽小了点，还有几分蛮力，且留下来吧。”

“诺。”

“这次的医工就安排到振武营吧，蒙唐叨叨好几回了，说他那边都是些老头儿子，这下他该没话说了。”霍去病微微一笑，“明日便让他们跟着上马试试。”

“诺。”

赵破奴领命，召集了医工们往振武营去。

“真是好险！没想到那人竟然是霍……将军。”直走出十几丈远，易烨才长吐口气，与子青悄声接耳道，“原来你差点被除名，幸而方才露了一手，才能留下。”

“确实好险。”

两人皆是松了口气，缘由却是各不相同。易烨只担心着子青离开自己会有被人发现身份的危险，子青则想得比他更多：圣上对霍去病恩宠有加，今日看营中状况，显然是预备让他来日领兵出征。至于这位天生富贵的霍去病是否是将帅之才，她几乎不抱任何希望，她只能期望来日不要败得太惨。易磐死后，易烨已是易家唯一根苗，她能留下来和他在一起，至少在战场上，她可以护着他些。

已到了振武营，赵破奴将医工们两人一组各自分配到军中，易烨与子青被分到越骑校尉蒙唐麾下。汉军五人为伍，二伍为火，五火为队，二队为官，二官为曲，每曲设医士两人，负责诊病治伤。为问诊之便，医士有单独的医室，并不与其他士卒同住。

领过军服铠甲，易烨两人被领至曲中医室，两位旧医士得知后忙收拾各式各样私物准备即刻搬出。

子青本就不善言辞，此时便静静候在医室外。倒是易烨无端生出鸠占鹊巢之感，心怀歉疚地想去帮忙，又担心被人给脸色看，面上赔着笑站在旁希望能帮上忙。

"小兄弟，来来来，这边还有些跌打损伤的药，药酒还剩了小半坛子，我们就不带走了，都留给你们。"其中一位医士年纪约四十上下，笑指着角落里的大坛子告知易烨。

易烨忙连连道谢："多谢，多谢！"

"你们最好赶紧再泡几坛子，剩的这点也用不了多久。"

虽知跌打损伤是军中常事，但易烨隐隐察觉到他似乎话外有话，"常有兄弟受伤吗？"

另一位医士打了个哈哈，拍拍他的肩膀，"你们多备些总是没错的，咱们在霍将军麾下，又碰上了越骑校尉……你们好自为之吧。"

两位医士显然都不愿多说，物件不多，收拾好包袱，张望了下帐内，彼此相视一眼，目光中皆是掩饰不住的笑意，如释重负地出帐而去。

子青缓步进来，见到易烨尚立在原地发呆，不解问道："怎么？"

"你看见他们出去了吗？"易烨问道。

"看见了。"

"那你觉不觉得他们好像走得很……很……"易烨搜肠刮肚想把那俩医士的模样描述出来，"看见他们脸上那模样了吗？"

子青点头，"满面春风。"

"没错，就是满面春风，他们肯定早就想走了。"易烨皱着眉头打量医室，有点懊恼，"如此看来，此地必是凶多吉少。"

子青沉默以对，跪坐下来，拿起案上的一摞旧竹简，翻开来看，上面所书都是人名与病症、所配汤药的方子，想来应是曲中士卒问诊的记录。

易烨天性开朗，只懊恼了一会儿，便复欢喜起来："不过咱俩能在一块，又单住医室，实在是再好不过，多亏祖宗保佑……"

正说着，突然有一人猛地闯进来，玄甲上满是灰扑扑的尘土，站定时身后披风尚在猎猎飘动。此人一脸倦容，身量虽不算高，偏偏有种不怒自威的气势，沉着脸打量他二人。目光在易烨身上打了个转，便落到子青身上，眼中怒气渐盛，刚欲转身出去，正碰上赵破奴笑着缓步进来。

"这是新来的医士。"赵破奴无视他的怒气，温和笑道，"越骑校尉，上回没分到你骂我，这回你可得谢我了吧。"

"就这样的，我还得谢你？！"越骑校尉蒙唐眉头皱得像铁疙瘩，大手一伸，把毫无防备的子青提溜到跟前，"长得跟个小鸡崽儿似的，被马踩两脚他小命就没了，还怎么打仗。"

后衣领被他拎着，子青低垂着头，一声不吭。

“你这脾气！别勒着他啊……”

赵破奴从他手底下把子青拽出来，子青踉跄着站稳，禁不住连连咳嗽。易烨忙上前替她顺气，又将她拉到蒙唐伸手够不着的地方。

蒙唐冷冷道：“上回送来个缔素，也是跟小鸡崽似的，你说他善寻水源，是军中不可或缺的人物，我也就没和你计较。这回你居然又送一个这样的来！”

“你别看他生得单薄，很有把子气力，”赵破奴笑道，“长戟能扔出去三丈远呢，我亲眼看见的。”

这点倒是出乎自己意料，蒙唐怔了一瞬，面上仍有不愉之色，“他才多大，有十五吗？”

赵破奴听出他语气缓和，凑上前笑道：“十八了，面皮子生得嫩而已，说不定家里都有老婆孩子了。”

“十八，这也不合规矩吧。”蒙唐冷哼一声。

“将军开口留下的。”赵破奴拍拍他，安慰道，“你最擅练兵，在你手底下过俩月，这小子肯定就不一样。”

“什么俩月，最多一个月。”蒙唐瞪眼，“一个月学不会骑马操戟，你就把人领回去。”

“成成成。”

见他不再撵人，赵破奴笑着就往外走，眨眼工夫就不见了。

蒙唐立在原地，又打量了番子青，没好气地一把掀开帐帘出去。

易烨与子青尚可听见帐外传来他不满的嘀咕——“赵破奴这小子，自当上鹰击司马，就光练嘴皮子功夫！”

两人面面相觑，半晌，易烨长松口气，绽开笑容，“好险，咱们算是又过了一关，多亏祖宗保佑！”

子青苦笑，整了整自己之前被拽过的衣领，“看来这位越骑校尉脾气不是很好。”

易烨在榻上坐下，叹道，“咱们若是在卫大将军的军中就好了，听说卫大将军待兵如子，对了，还有李广将军，与士卒同甘共苦……”

仿佛被利刃击中，瞳仁猛地一缩，子青冷冷道：“与士卒同甘共苦的，未必就是真仁义，也未必打得了胜仗。”

听出她语气有异，易烨诧异地抬眼望向她，后者却已经背过身去整理物件，不愿再多言。

夜间，营中将军大帐。

赵破奴立在外头，待军士通传过后，方才掀帐帘进去，见将军低着头在沙盘前正思量着什么。

旁边食案上还摆着热气腾腾的鹿肉羹，肉香满溢，令人闻之而食指大动，可惜霍去病却似乎无知无觉。庖厨那边倒是对将军的习惯十分清楚，知道他用饭也没个准时候，如今天冷，故而盛放肉羹的铜鼎之下又架上几块炭，这样一来，便是将军拖小半个时辰再用饭，也不至于凉透。

赵破奴行至将军旁边，也跟着看沙盘，结果没看明白，见将军全神贯注，也没敢开口打扰将军。他自己踱到食案旁，虽说他已经用过饭了，但禁不住肉香，举箸捞了块肉吃起来，这一吃便有些停不住，索性又从酒壶里倒了酒来吃。

一口肉，一口酒，赵破奴嚼得香甜。

霍去病将目光自沙盘移开后，看见的便是这么一幕，没好气道："你悠着点，别噎死。"

闻声，赵破奴回过头来，咂着嘴，叹道："将军，圣上赐给您的这个庖厨手艺真是不赖，不愧是宫里头出来的，吃着就是香。"

"你只要有口酒，吃什么不香？"霍去病自沙盘前长身立起，舒展了下因久坐而僵硬的身子，问道，"人都给蒙唐送过去了？"

"送过去了。"赵破奴放下竹箸，举袖随意抹了下嘴，袍袖处赫然一块巴掌大的陈年油渍，看得出他这习惯由来已久，"好险，幸而是我亲自跑这趟，把蒙唐这小子对付过去了，要不然，他保准还得跑过来跟您接着叨叨。"

霍去病眉毛微挑，"怎的，他还不满意？"

"嫌弃年纪太小，说人家跟小鸡崽儿似的，还不够一马蹄子踩的呢。"赵破奴想起这事就好笑，"就那个、那个小子，被他提溜着，当着我的面差点丢出帐去。"

"什么那小子？"

"就是那个啊，今日掷长戟的那个，您忘了？"

"我没忘，我是问你他的姓名。"

赵破奴往上快速翻眼皮子，医册上的人名一个个从脑中冒出来，片刻后答道："易子青。"

"易……子青。"

霍去病回想那少年生得清秀单薄，身影便如一株幼树般，用这个名字倒是十分适合。

常用的药材帐内都备有，两人各自翻检了下，又收拾好床榻。原来两位旧医士同睡一床，故而帐内仅有一床，易烨便将床让与子青，自己睡到榻上。

子青欲推脱，被他一句“我是你哥，你便该听我的才是”堵了回来，只得依言睡床。

因初到军营，这夜两人睡得都不甚踏实。次日天还未亮，外间忽然胡笳长鸣，尖锐高亢，易烨打挺坐起来，惊道：“出什么事了？”

“像是集结的口令。”子青翻身起来，手摸索到旁边的军服铠甲，便飞快地穿起来，“要快！在笳声结束前需得到达校场。”

“你怎么知道？”易烨奇怪，抓过军袍。

子青含含糊糊说了句什么，他压根儿没听清楚。

外间脚步声纷沓而过，顾不上再问，易烨手忙脚乱地穿衣披甲，“校场在哪？”

“不知道，咱们跟着人走就行。”

生怕受罚，两人连头发都只是胡乱束起，好在戴上武弁之后罩得密实，旁人也看不出来。两人匆匆忙忙出帐，随着其他士卒一起往校场疾奔而去。

他们俩刚至校场，气喘未定，胡笳声便已戛然而止。身后还有十几个士卒犹在往这里狂奔，听见胡笳声停，绝望地刹住脚步，上气不接下气地立在校场边上，不敢再进一步。

晨风冷得彻骨，打着旋儿刮过，寒气穿过铠甲直渗进去，透骨的凉意。高台上静静立着蒙唐，朱衣玄甲，石雕般纹丝不动，只用目光缓缓扫过校场上集结的士卒们。

易烨与子青虽身处校场，却不知该在何处列队，两人站在队列之外，孤零零的，分外扎眼。蒙唐的目光在他们俩身上顿了顿，子青仍静静立着，易烨则本能地缩了下脖子，便听见蒙唐大声道：“赵钟汶！”

“在！”一名士卒出列。

“这两名医士是你队伍里的人，把他们领进去。”

“诺。”

那士卒依命将易烨与子青领入队列中，借着微弱的晨曦多打量了他们两眼，毫不掩饰眼中的诧异，却是一句多余的话都不敢说，只让他们站好而已。

蒙唐不说话，底下黑压压的一千多人皆鸦雀无声，就这么在寒风中抖着。良久，蒙唐才冷冷扫过校场外的那十几名士卒，道：“未能入列者，持戟十圈，同伍连坐。”

“持戟十圈，居然同伍还得连坐！”易烨倒抽口凉气，低低惊道。

话音刚出，立时队列前后左右都有人朝他嘘声，示意他不要说话。

易烨忙连连点头，悄声朝子青庆幸道："幸好咱们跑得快，真是祖宗保佑！"

子青以"嘘"字作答。

易烨无奈，只得老老实实闭上嘴。

高台上，胡笳声又起，一长一短，是各队散开各自训练之意。蒙唐也下了高台，自往马厩方向而去。

此时，士卒们这才敢开始说话，校场上嗡嗡声随着各队散开而此起彼伏。

方才领他们入伍的赵钟汶回过头来，目光仍有好奇之意，倒无任何恶意，笑得温和道："早就听说要换医士，原来你们就是。"

"是，"易烨笑着应道，"我姓易，易烨；他是我弟弟，子青。"

"亲弟弟？"

赵钟汶奇道，打量着子青。子青低着头站在易烨身后，微点了下头。

"是，亲弟弟。"易烨笑道，伸出一只手拍拍子青的脑袋，替她解释道，"他不爱说话，打小就这样，锯了嘴的葫芦。"

赵钟汶笑道："没事，兄弟俩能在一块好，也有个照应。"

"就是，祖宗保佑，祖宗保佑。"

易烨嘿嘿地笑，手仍在摸子青脑袋，越发像拍小狗一样。

赵钟汶拉过旁边另外两人，一个黑黑瘦瘦看上去仅十六七岁的少年，另一个则生得虎背熊腰甚是壮实，"这是缔素，这是徐大铁，我姓赵，赵钟汶，以后咱们就是一个队伍里的，大家还得多相互照应。"

徐大铁挠着头，憨憨问道："你认得字吗？能不能帮俺写信回家给俺娘？"

易烨点头笑道："行。"

徐大铁欢喜笑开，露出一口白生生的牙，"那俺替你刷马，洗衣裳。"

"不用不用。"易烨忙道。

子青在旁，抬头望向那名唤作缔素的少年，见他果然如蒙唐所说，生得甚是瘦小，个头儿比自己还要矮些。缔素也正打量着她，片刻后忍不住问道："你多大了？"

"你呢？"子青反问。

缔素显然不太愿意提自己这处软肋，梗梗脖子道："反正肯定比你大。"

子青微微一笑，没再说话。

赵钟汶笑道："这小子也是刚从羌骑营调过来的，十七，你们别看他年纪小，本事可大，以后你们就知道了。……对了，你多大？"他问子青。

"我弟弟十八，他就是长得嫩些，其实气力比我还大。"易烨摸着子青的脑袋替她答道，见有人垫底，他底气也足多了。

赵钟汶哈哈一笑，“如此看来，都是人不可貌相。成，大家都认识了！我去和队长说一声，得先带你们去选马匹，这是要紧事！”

易烨一边跟着他快步走，一边问道：“我们是医士，也得跟着操练？”

“将军可不管这些，”赵钟汶无奈道，“我是旗手，徐大铁是鼓手，缔素是负责找水源的，你们俩都是医士。临战时，咱们这队伍是不用冲锋陷阵的。不过将军要求平时操练我们都得参加，跟不上就罚，同伍连坐。所以……”后面的话他没再说，望着他俩的目光中透出毫不掩饰的殷殷期盼。

易烨与子青都明白他的意思：他俩一定不能在操练上掉队，否则就会连累队伍中的每一个人受罚。

串在一条绳子上的五只蚂蚱，两人不约而同地想到这个画面。

去糠后的粟米、麦粒、稻米加水后煮成黏黏稠稠的杂米饭，一大勺扣到陶碗中。子青端着碗环顾四周，少数的几张案几是队长或火长在用，大多数士卒或站或蹲在吃。好在军中皆穿闭档的大绔，蹲在地上也不至于不雅。

“这边！这边！”徐大铁挥着木柶，咧着嘴，大声叫唤他们。他个头儿颇大，即便蹲在地上，仍是颇为显眼。相较之下，蹲在他旁边的缔素便越发像个小豆芽菜。

子青过去，依他们的模样蹲下，徐大铁冲着她咧嘴乐，她也报以淡淡一笑。

“你真像俺妹子。”徐大铁扒了口饭，突然对她道。

子青怔住，呆了片刻，问道：“哪里像？”

徐大铁想了想，自己摇了摇头，又咧了嘴嘿嘿地傻乐。

“你别理他，”陶碗颇大，缔素把自己吃不完的饭都拨拉到徐大铁碗里，后者忙埋头吃起来，“他这里不好使。”缔素用手指点了点徐大铁的脑袋。

随之过来的赵钟汶和易烨在他们身旁蹲下，正听见缔素说的话。

子青与易烨都有些诧异不解，赵钟汶扒拉口饭，含混不清地解释道：“铁子两年前……妹妹掉井里，他……救，在井里泡得久了，差点就把命搭上去。醒了之后就变成这样，都说是脑子里头进了水。……你们快吃快吃，别愣着啊！”

子青低头用木柶拨着饭，大口大口吃着，终还是忍不住抬头偷瞥一眼徐大铁，后者已经又把饭扒完，挠着头傻乐。

“这种病症能治吗？”她低声问易烨。

易烨摇了摇头，低声答道：“能活过来已属不易，没得治。”

子青便未再说话，埋头接着吃，直到吃完才抬头，乍然发现缔素一直盯着自己看。她只好也莫名其妙地看着他。他狐疑地探过头来看她的陶碗，内中已经空空如也，吃得甚是干净，含含糊糊地嘀咕了句什么。

“怎么，觉得青儿比你能吃？”易烨听清他的话，呵呵地笑，“他在家就能吃，这样的碗，再来一碗他也吃得下。”

赵钟汶打量着子青的身量，笑道：“真瞧不出来，他倒是不长肉。”

缔素孩子心性未脱，伸手就来捏她的胳膊，想看看她的胳膊是不是也不长肉。子青不自在地挪了下身子，解释道：“砍柴耗气力。”

“你想用什么兵器？”缔素问她。

子青尚未想到，赵钟汶已经替她答道：“他个头儿与你差不多，我看还是用短铩便利些。……你说呢？”他转头问子青。

子青依言，并无异议，点头道：“行，就用短铩吧。”

缔素便有些欢喜，“短铩我已练过一阵子，你若有不懂的地方，我可以教你。”

子青微笑道：“嗯。”

用过饭，赵钟汶带着他们到武器库挑选兵器。库令查过腰牌，便开了库门让他们进去。刚踏进去，便觉得其中森冷之气甚重，长戟铁铍，整齐地叠放着，铩尖积尘，锋芒不现。子青眼尖，看见几柄铁铍上尚留着点点干涸发黑的血迹，双目莫名刺痛，飞快别开脸去。

易烨把戟、铍、戈轮番拿了一遍，都觉得太重，叹口气问道：“就没有轻的吗？”

赵钟汶耸肩摇头：“要不你也用短铩吧，略微轻些。不过你可得想明白，越短的兵器越危险，宁长三分，不短一寸。”

“青儿和缔素不都用短铩吗？”

“他们身量较小，长兵器怕施展不开，若不称手，反而危险。”

易烨无奈，抬眼看见子青在东面摆弄着长弓和箭筒，眼睛一亮道：“我可以用弓箭，这个轻！”

赵钟汶笑道：“咱们振武营本就是弓箭营，弓箭是人人都要习的，待会儿我替你们挑两副弓出来。”

易烨大惊，“你是说除了弓箭外，另外还得再拿短铩？”

“不错。”

易烨只得拿了一柄短铁铩，“拿的兵器越多命就越妥当吧……祖宗保佑！”

见他选定，赵钟汶果然又替他二人挑了两柄长弓，并箭箙与箭支一起，让他二人拿好。

子青所拿长弓是一柄旧弓，旧主为了防手滑，在弓弣上密密地缠了好几圈麻绳。她握上去，微微扎手，有种熟悉而又陌生的感觉自指端传过来，她几乎是习惯性地把大拇指的指腹贴到弓弦上，自上往下一滑，本能地试了试弓弦的松紧。

赵钟汶见她动作十分老练地道，奇道："你会用？"

子青怔了下，不知该如何作答，易烨笑着过来替她解释道："我们村附近山上有猎户，砍柴时常碰见他们，教过用弓箭。"

"原来如此，你们会用就再好不过。"赵钟汶笑道。

子青望向易烨，后者温和一笑，似不在意地拍拍她脑袋，她顺从地垂下头去，未再多言，持弓握铩，随他们走出武库。

易烨、子青在家中时，像他们这般平民百姓习惯于每日只食两餐，而军中因为操练耗费气力甚多，为保持士卒们体力，每日可食三餐。

晌午，易烨端着浇了碎羊肉羹的饭，嘴里还叼了热烘烘的面饼，蹲在地上吃得不亦乐乎。尤其听见赵钟汶说傍晚时分还能再吃一顿饭，他吃得越发畅快。只是这畅快劲头并未维持太久，他便想起了家中的爹娘，不知他们过得如何，不由心下黯然。

缔素边吃边盯着子青看，直看到后者一径沉默着吃完手中所有吃食：两个徐大铁巴掌大的面饼和满满一碗白羹，中间连口水都没喝她就全给咽下去了。

早就吃完自己那份，徐大铁伸手把脖子挠了又挠，看着易烨欲言又止，弄得易烨还以为他是看上了自己手中面饼的时候，才道："……你、你啥时候能帮俺写信？"

"啥时候都行啊！"易烨爽快地用徐大铁的家乡口音答道，"要不待会儿就写？"

赵钟汶笑道："不急在这一会儿，待入夜再写。晚上大家都去你们帐中，习军规、金鼓、旗帜，那时再写不迟。那个……到时候我也想托你写家信。"

把实在吃不下的面饼往徐大铁手中一塞，缔素人小鬼大地嘻嘻笑，"惦记小媳妇了吧，昨夜里做梦还念叨着呢——梅芝，梅芝，枣子都熟了，我打下来给你尝尝。"他把赵钟汶梦呓的模样学了个九成九，还作势擦了下嘴角的口水，逗得众人大笑。

"胡说八道，我几时说过梦话。"赵钟汶大窘。

缔素摇头晃脑，"还有呢，还有呢——梅芝，你擦的头油真香！"

恨不能堵上他的嘴，赵钟汶探身过去，作势要捂他的嘴，缔素躲到徐大铁身后，嘿嘿直笑，笑到半截儿突然僵在脸上，低了头没敢再作声……

赵钟汶回头，正对上蒙唐冷冽冽的双目。

两人对峙，赵钟汶出奇地平静，即使蒙唐眼神冷若铩锋，他的目光仍未有任何畏缩之意。半晌后，蒙唐冷冷道：“持戟十圈，同伍连坐。”

“诺。”

赵钟汶答得不卑不亢，仿佛早在意料之中。

蒙唐目光复自众人身上一一扫过，人人噤若寒蝉，大气也不敢喘，生怕那八个字落自己头上。片刻之后，他收回目光，转身，大步离去。

缔素垂头丧气地自徐大铁身后出来，似连话都懒得再说。子青不解，皱了眉看着赵钟汶，不知该不该问缘故。唯徐大铁埋头咬着面饼，心无挂碍，压根儿没把持戟十圈放在心上。

“为何要罚我们？我们犯了哪条军规？”易烨满腹疑惑，一确定蒙唐不可能再听见他们说话，便迫不及待地问道。

赵钟汶此时方才卸下之前的冷静，朝他笑了一笑，那笑容生硬至极，勉强至极，他低哑道：“此事是我连累大家，还请担待。”

易烨仍是不解，见子青朝自己轻轻摇了摇头，又见赵钟汶的神情，终不忍再问。

“持戟……十圈……同伍连坐……张口就来！他、他以为……在喊他家的……狗啊！”

易烨拖着戟，气喘如牛，步伐慢得简直像在爬，嘴却还不闲着。

“哈……哈哈……”缔素也累得连笑声都要拖成几截，“……说得没错！”

他们两人是五人中跑得最慢的，仅仅两圈下来，易烨就已经恨不得一头栽倒在地上，戟越发沉重，直把他身子往地上坠去。

本已在前面的子青不知何时折返回来，什么也不说，伸手便把戟拿了过去。

“青儿，不行！”易烨脚步踉跄地追她，欲要拿回戟来，“别逞强，你会累着的。”

“我做得来。”子青避开他，简单道。

赵钟汶见状，也依样折了回来，拿了缔素手中的戟，两把沉重的戟几乎将他带一个跟头，坠得他无论如何也跑不起来。缔素看他压根儿拿不动，急忙要拿回来，戟却被另一只大手一把拿了过去，抬眼看去，徐大铁已经拎着戟跑前头去了，子青就跟在他身后脚步有些滞重。

午后的日头照下来，一大一小两个背影在前头晃动着，赵钟汶、易烨、缔素皆有些愣神儿，片刻之后，他们发足向二人追去。

一圈又一圈……高台上的监管旗手终于挥出十圈的旗语，缔素刹住脚步，累得就要直接在地上躺倒，易烨硬是扶住他，“现在不能坐，歇会儿才能坐下。”

子青缓步走到兵器架处，把戟架好，再回来时呼吸已经调匀，见众人皆是口干舌燥，便又转过身去取水。

“你这弟弟，真是没得挑！”赵钟汶累得靠在树干上，朝易烨挑起大拇指道。

易烨抬眼望向子青，心疼笑道：“原想的是我来照顾她，没想到到头来要她来照顾我。我这当哥哥的真是羞也羞死了。”

赵钟汶笑道：“你能撑下十圈已属不易，以前的医士可还不如你呢。”

易烨想到那两名医士离去时满面春风的模样，还有帐中所剩的跌打药酒，现下总算明白其意。

校场另外一边火长向赵钟汶招手，似有事交代，赵钟汶忙过去。

徐大铁坐在地上，捡了根树枝在地上划拉，口中自言自语，念念有词。缔素把徐大铁当成一块巨型肉垫，半靠着他的后背，眯缝着眼休息。易烨思来想去，试探地问了一句：“咱们今日究竟是为何受罚，怎么我就是想不明白呢？”

缔素微叹口气，把眼皮抬了抬，“都怪我，我不该提赵老大他媳妇。”

易烨越发不解，“为何不能提？”

“越骑校尉与咱们赵老大那是有夺妻之恨的，他听不得别人提这事，我估摸着他恨不得赵老大死了才好呢。”

易烨不可思议地张大嘴，“夺妻之恨！？”

子青拎了个水囊过来，里面的水只装了小半囊，先递给了徐大铁，叮嘱了句：“润润唇就好，不要多喝。”徐大铁只道是水太少不够分，老老实实地抿了一小口，便递还回去。

缔素干渴得很，撑起身子来拿水囊，子青仍是先叮嘱了少喝点才递给他。缔素一面抱怨着该多盛些水，一面贪婪地抿了两口……一把拿过水囊，易烨自饮一口，才不解地催促他问道：“这夺妻之恨究竟是怎么回事？快说说！”

缔素咂咂嘴，又用衣袖胡乱抹了抹唇边的水渍，才道：“越骑校尉与咱们赵老大原是同乡，对赵嫂子都中意得很，咳，那时候赵嫂子还是姑娘家，不能唤嫂子。后来越骑校尉还没来得及提亲就入了伍，再后来嫂子就嫁给赵老大了。”

易烨怔了怔，想起家乡的那个温婉女子：再过些日子，她也会嫁人了吧？只是新郎却不知会是谁？……

“越骑校尉看赵老大是横挑眉毛竖挑眼，恨不得日日都能找到碴儿把咱们罚一番。”缔素趁着易烨发呆，又拿过水囊喝了一口，“可是有件事我实在想不明白，他恨赵老大恨得咬牙切齿，像是恨不得赵老大早点死才好，却又偏偏让赵老大当了旗手，不必冲锋陷阵，这又是为何？”

“因为他不想害赵老大。”

徐大铁憨憨接话，随即被缔素用手肘捅了一下，他挠了挠痒痒，没再说下去。

易烨想了一会儿，“难道他想留着赵老大的命，这样才能慢慢折磨他？”

缔素连连点头，“没错，肯定是这样！”

“我猜，”子青拿过水囊，自饮了一口，叹气轻声道，“他是不愿那女人变成寡妇，他怕她伤心。”

闻言，众人一时静默无语。

风自长空呼啸而过，把云如撕棉扯絮一般拽着走。营中一隅，蒙唐在砺石上仔细打磨着箭镞，在鬓角不起眼处，一缕华发早生。

“缔素这么小，就得在军中日日操练，真是难为他了。”头遭骑马，易烨让马慢慢踱步，问道，“我听说缔素善寻水源，可是真的？”

赵钟汶笑着点头道：“是真的，他在羌骑营就出名得很，他只要用鼻子闻，就能找出水源所在，所以将军把他像块宝一样挑了过来。”

易烨啧啧赞叹。

这般奇人，子青也是闻所未闻，不由在心中暗自赞叹。

望着缔素、徐大铁驰马离去的方向，赵钟汶想起一事，提醒他们道：“对了，你们在缔素面前最好莫要提起李广李将军，更莫说李将军的好话，否则这娃发起疯来，铁子都拦不住。”

“这是为何？”易烨不解。

赵钟汶摇头叹道：“早些年羌人反叛，他父母也在其中，后来都被李将军给杀了。”

子青落在其后，听见这话，面色骤然有些发白，迟疑再三，仍是问道：“可是八年前的置水关外那次？”

赵钟汶转头惊诧地看着她，“你知道？”

子青微垂着双目，低哑含糊道：“我……听人说过。”

“唉……”赵钟汶并未起疑，复转回头朝易烨叹道，“八百多人已经降了，没想到还是死路一条。”

他们身后，仿佛被沉重的铁锤重重击打，子青深垂着头，肩胛骨微微弓起，手紧紧地拽着缰绳，青筋隐见，指节苍白。

“杀降！？”易烨惊道。

赵钟汶低叹道："听说是李广故意诱降，羌人中计，当真投降。李广不费一兵一卒，便将叛乱的羌人都杀了。"

易烨直愣了良久，难得说不出话来，实在也不知该说些什么。

旁边人影闪过，两人回过神来，抬头望去，竟是子青叱马跑到前头去了。赵钟汶看她骑得平稳，并无初学者的生涩，奇道："你弟弟在家学过？"

易烨也未料到子青会骑马，只能干笑，"……她在家骑过驴。"

"难怪，难怪。可你怎么……"

易烨再干笑，"……那驴长得皮包骨头，我身子沉，就一直没忍心骑。"

"原来如此。"

易烨陪着赵钟汶哈哈大笑，见他未再追问下去，总算暗松口气。待他再抬眼望去，子青身影渐小，已跑出甚远。

风呼呼地自耳旁掠过，子青茫然地盯着前方的虚空，不停地轻叱马匹，让马儿快些再快些，像这样飞速驰骋，似乎已经是上辈子的事情了。

周遭的喧嚣渐渐离她而去，变得遥远而陌生，她仿佛又回到了八年前的那个傍晚，长河落日，残霞如血……

"是爹爹欠了他们的，就应该还。"声音一如既往的温和平静。

可他却没有告诉她，此事只能拿命来还。

当她疯狂打马赶到时，看见的是跪坐在地的爹爹，长铩穿过心脏，透过后背，支撑着身体不让他倒下去。

人自是已断了气，握在长铩上的手，冰冷，僵硬，再不复往日的温暖。

血早已流尽，点点滴滴渗入他身下的土地。

她慢慢跪下，轻轻靠在爹爹身上。

日沉月现，月落日出……

第三章　月夜比箭

初春的河水，尚还掺着山壁间淌下来的雪水，未化尽的冰碴儿夹杂其中，仍是冰冷冻骨。

一人赤着双脚站在没膝的河水中，衣袍撩起，随意绑在腰间，正拿着马刷一下一下沿着马背往下刷。那匹纯黑色不夹杂一丝杂毛的玄马似乎极不耐烦，却又不敢不从，时而踩踏几下蹄子，以催促主人快些洗。

"将军，新制作好的擘张弩已经送来。"赵破奴没敢往水里踩，站着岸边上禀道。他身后还站着一名尉曹，年纪虽不大，眉宇间却自有股沉稳气度。

霍去病不甚在意地回头瞥了一眼，目光在那名尉曹身上停留片刻，唇角隐约起了丝笑意，牵了马往岸上走。还未到岸边，便顺手把马刷丢给赵破奴，连缰绳也一并丢过去，他自己则径直走向那名尉曹，似笑非笑道："区区一批擘张弩，还劳动李三公子亲自送来，去病实不敢当。"

李敢微微一笑，不卑不亢道："霍将军言重。此次一共是三千五百具擘张弩，七万弩矢，另外还有五十具四石赤具弩，二十具十石大黄弩。"

旁边赵破奴正给黑马放上马鞍，听见大黄弩，眼睛不由一亮。

"大黄弩……"霍去病赤着脚走到大石处坐下，先穿好锦袜，拿起革靴靴筒朝下又是抖又是打，看向李敢，"……也不知军中有几人能有令尊如此神力。走，咱们去校场先试试弩。你会用吗？"

"会。"李敢简单颔首。

霍去病穿好革靴，复牵过马来，笑了笑道："那你就该露一手，也指点指点我手底下这些兵，否则令尊怕是要觉得你这趟走漏了。"

李敢微怔，待要反驳，却见霍去病已翻身上马。

"鹰击司马，带他去强弩校场！"他头也未回，朝赵破奴道。

"诺。"

黑马扬着蹄子，一下子就把赵破奴、李敢远远地甩在了后面。

"校场往这边走。"赵破奴笑呵呵地给李敢引路，"恕我眼拙，之前竟没认出您就是李广李将军的三公子，失礼失礼。令尊身体一向可好？"

"还好。"李敢素来不是话多的人，有礼回答道。

"令慈身体可好？"

"还好。"

"家里都好就好。我听说李老将军所守云中，风沙甚大？"

"还好。"

赵破奴礼节性的漫长寒暄在到达强弩校场时终于停止，饶得李敢耐心不错，也不由得暗松口气，欣慰地看着这位鹰击司马去忙活别的事情。

霍去病手上拿着一具擘张弩，显然已经试过几支弩矢，面上表情看不出满意或是不满意。旁边各有十几名士卒也拿着擘张弩在试用，李敢扫了一眼木靶，中红心者约为五成，成绩已可算是不俗，这倒是李敢之前未曾料到的事情。

当今圣上命霍去病为骠骑将军，领兵操练，此举令朝中不少人尤其是武将心中皆不甚服气。霍去病虽在去年曾率领八百精骑斩首捕虏二千二十八级，得相国、当户，斩单于大父行籍若侯产，捕季父罗姑比，勇冠三军，但大多人都认为此役不过侥幸而已，纯属偶然。此番李敢借运送弩器之名来军中，其实也是李广将军的意思，想看看这位显然年轻得有些过头的将军究竟如何练兵。

霍去病放下擘张弩，转身又去拿六石赤具弩，抬眼正看见李敢，遂朝众士卒笑道："大家且停下……这位便是李广将军之子李敢，今日我特地请他来给大家露一手，你们可得好好跟着学！"

论年纪，李敢比霍去病还要略大两岁，听他话虽说得极客套，眼中却带些许戏谑之意。知他也是存心试探自己，李敢生性仁厚，倒也不计较，朝众人略拱了拱手，便接过霍去病手中的六石赤具弩，又取了弩矢。

若是寻常人，便是有六石之力，拉此弩弦非得抵在腰上用双手再拉，但只见李敢将弩架于左肩上，仅用右手便将弩弦拉至弩牙。单凭此举，周遭士卒们便纷纷发出惊叹之声。

李敢装好弩矢，左手持弩，右手勾住钩心，目视望山瞄准，只听得咯嗒一声，弩矢疾射而出……

他所瞄准的木靶将近三百步远，与之前士卒所用二百步靶不同，肉眼望去，靶心红点几乎微不可见，只听见弩矢入靶之音，已然正中靶心。

霍去病在后击掌赞道："好准头，果然是虎父无犬子！"

李敢放下弩具，回身谦逊摇头笑道："家父能开十石弩，而我不过区区六石弩而已，已经是给家父蒙羞了。"

霍去病耸肩未语，朝众士卒挥挥手，示意他们继续操练，这才转过头来朝李敢道：“对了，我军中蒙唐是令尊的旧部，箭术十分精湛，你可认得他？”

李敢微微一笑，“认得。”他自是认得，半年前霍去病将蒙唐挑走，父亲着实大发了几日脾气，他也没少受连累。

“他现下是振武营的越骑校尉……”霍去病似乎想起什么，问旁边赵破奴道，“今日初几？”

“回禀将军，三十。”

霍去病笑道：“正好，今日是振武营的箭术考核，你与蒙唐既是旧识，用过饭就随我一道过去看看吧。”

在来之前，李敢只与霍去病在长安城中见过两次，也并无交谈。他深知霍去病身为卫子夫卫皇后与卫青卫大将军的外甥，身份自是贵不可言，且又勇冠三军，甚得圣上宠信，料想其人多半自视甚高，故来之前便已做好送完弩具即被遣回的准备，未料到霍去病竟会主动邀请他往振武营。

“诺。”

霍去病年纪虽轻，军阶却高过自己，李敢颔首领命。

入夜，振武营的校场之上。

香已点燃，端头在暗夜之中忽明忽暗。一排排士卒站着校场另一头，夜风自他们之中卷过，火光映着每双发亮的眼睛，鸦雀无声。

蒙唐大步跃上高台，目光凌厉且飞快地巡视了士卒们一遍，才道：“老规矩，线外搭弓，能射中香头者赏五金，纵马射中者十金。开始吧……”

赵钟汶和缔素握着弓，静静站着队列中；易烨、子青、徐大铁则在围观的人群中。下午考核中，他们三人皆为不合格，故而根本没有资格参加。

“这么远……”易烨眯起眼睛看向明灭忽闪的香头，因在夜里，香头又是极小的一点，越发显得距离遥远，“这也太难了！”

子青“嗯”了一声，没接话。

徐大铁低声嘟囔道：“我真不明白，射这个有什么意思，还不如打两只鸟，还能烤了吃。”

最前面一排的士卒已经弯弓搭箭，刷刷刷，一排箭射出去……子青定睛望去，作为靶子的一排香头，依旧如故，无一熄灭。

第二排士卒替上，仍旧无人射中。

第三排士卒替上，无人射中。

第四排士卒替上，有一人射中，欢欣而下。

第五排士卒替上，赵钟汶、缔素亦在其中，众人正屏息静气等着，忽听见校场边有人笑了笑，接着又道："罢了，早知不该来，让你看笑话。"

另一声音道："暗夜射香本就极难，更甚于百步穿杨，百人中能得其一，便已不易。"

蒙唐听出声音，目光循声往那方向找去，口中惊问道："三公子？"

之前那人闻言笑道："瞧瞧，蒙唐连我都听不出来，倒还记得你的声音。"

这声音，蒙唐一凛，快步跃下高台，划开人群，单膝跪地行礼，"卑职不知将军驾到，失礼怠慢，望请恕罪。"

霍去病不在意地挥了挥手，"起来吧……这位你认得，我也不必再替你引见。"

说话间，李敢已上前一步，托起蒙唐，含笑问候道："蒙大哥。"

"何时来的？"蒙唐沉声问道，却任是谁也听得出他语气中的欢喜之意。昔日在李广军中，李敢年纪虽不大，但箭法超群，为人又甚是谦逊沉稳，并不以势欺人，故而蒙唐与他素来交好。

"今日才到。"

"老将军他……"蒙唐想到自己走时李广的怒气，心下黯然，顿了下，才问道，"身子可还好？"

"还好。"李敢笑道，"时常还念叨起你。"

霍去病在旁，轻轻一笑，"看来李老将军恼我恼得不轻啊。"

"将军说笑。"李敢淡淡笑道。

霍去病倒也不究此事，转而笑问道："蒙唐，我问你句话，你可得如实道来：你与他，谁的箭术更好些？"

闻言，蒙唐微愣，继而笑道："三公子尽得李老将军真传，自然是更胜一筹。"

"蒙大哥谬赞，李敢愧不敢当。"李敢忙道。

蒙唐已拍着他肩膀道："好，半年未见，我也想知道你箭术是否又有精进，咱们再来比试一场如何？"

李敢无奈，蒙唐好胜，昔日便常常拉着他比试骑射，没想到今日仍是这般模样。

霍去病笑着点头，"蒙唐，可别丢我的脸。"

周遭士卒们都知道蒙唐箭术卓绝，对手又是李广之子，料想也是箭术高手，此场对决必定精彩绝伦，群情激扬，顿时满场齐声呼喝，为自家越骑校尉呐喊助威。一时间校场内喝声震天，直贯九霄，震耳欲聋。

扫了一眼士卒们，蒙唐虽与平常一般冷峻，脸皮下却暗隐着一层笑意，手自空中猛地斩下来，将呼喝声斩断。“……来人，把我的弓给李校尉！”他扭头喝道。

一名兵士送来蒙唐的大弓，双手奉上，李敢伸手将弓按下，并不接过，微笑道：“既是比试，自是要公平才好。我也不用你的弓，咱们拿他们手里的弓便成。”他指着前排士卒手中的弓箭。

“行！”蒙唐应得干脆。

“霍将军……”李敢转向霍去病。

霍去病斜靠在马匹旁，笑道：“我可替你们做个见证？”

李敢温和笑道：“那倒不用，只是不知道将军是否有兴致，也下场来试试？”

对于霍去病，他心中确是存有几分质疑，以前也曾经听闻霍去病身为期门郎官之时，便已精通骑射，却不知传闻是否属实。今日见到蒙唐对霍去病态度十分尊敬，以蒙唐为人性情，若霍去病只是以势压人却无真本事，他断不会是如此态度。

蒙唐难得地朝近旁士卒使了个眼色，示意他如方才一般替将军助威。但因此举动实在太过罕见，那士卒被自家校尉的模样吓了一跳，还以为他脸抽筋，呆愣当场，紧张过度地盯着他。蒙唐无奈，怒瞪他一眼，士卒越发紧张得手足无措。

只想了片刻，霍去病无甚兴趣地摆摆手，“还是罢了，方才我眼睛被沙子迷了下，现下瞧东西还是双影呢。”

虽知道他所言皆是推托之词，但李敢生性宽厚，加上军阶有别，只垂目笑了笑，倒也并不再出言勉强。

看到此处，易烨低低讶异了一声，悄声道：“你说将军是不是因为怕自己比不过蒙唐、李敢，所以不敢下场？”

无人回答他。

“青儿？”易烨转头。

子青半隐在他身后，双目定定地望着某处，神情恍惚，压根儿未曾听见他的话。

易烨循着她的目光看去：李敢已取了柄弓，正将箭箙负在背后，仅距离他不到两尺的地方，缔素阴沉着脸，双目之中尽是恨意。易烨暗叫糟糕，缔素与李广之间可谓血海深仇，此时见到李敢万不要捅出什么篓子才好。

由于以前曾发生过的事情，蒙唐是知道缔素恨意由来，不愿平地起波澜，背着李敢冷瞥了赵钟汶一眼，示意他将缔素带走。自李敢到来，赵钟汶心中早有戒备，此时更是心领神会，连拉带拽把缔素带开。

“还好老大机灵……”易烨暗松口气。

对他的话，子青仍无任何反应，似乎也未留意到缔素之事，双目仍旧定定地落在李敢身上。

“青儿、青儿……”易烨狐疑不解，捅了捅她，“你怎么了？”

“没事。”

子青闷声道，头垂得更深，额头抵在他背上，不愿被人看见任何失态。

徐大铁闻声疑惑地探头过来，只当她是不舒服，笨拙地用手轻拍她的后背，一下又一下。

他不拍还好些，如此一拍，子青心中更觉酸楚，遂用手格开徐大铁，低头转身挤出人群。易烨忙跟上她，徐大铁不明就里也忙跟了出来。

“老大！”徐大铁看见赵钟汶和缔素，两人犹在拉扯之中。

子青看见二人模样，也是一愣。

赵钟汶双手箍着缔素，又不敢大喊，压着嗓子急唤道：“铁子，把他弄回营去！”

“哦。”

徐大铁虽然没弄懂怎么回事，但行动却毫不含糊，大步流星走过去，直接把缔素扛上肩头。后者拳打脚踢，幸而徐大铁皮粗肉厚，全当是挠痒痒。

“你放开我！”缔素不管不顾地厉声喊起来。

生怕被霍去病、蒙唐等人听见这里的动静，赵钟汶急得去堵缔素的嘴，偏偏缔素犯起倔来，甩着头还欲大喊……

赵钟汶怒起，一记手刃重重击在缔素后颈处，立时让他晕厥过去，软绵绵地耷拉在徐大铁肩上。

头回见赵钟汶对自家人下重手，徐大铁有点呆愣，“老大……”

“走走走，回营去！”赵钟汶怒气未消地用力推搡他，转而一想，朝易烨道，“他这模样回去不方便，先去你们那里吧。”

易烨只得点头。

校场上，霍去病饶有兴趣地自拿过一面铙和小锤来，见蒙唐、李敢都已准备好，便朗声道：“每人七箭，多者为胜；若数目相同，则先者为胜。”

蒙唐和李敢相视一笑，随即霍去病叮地轻击一下铙，两人几乎是同时伸手自箭箙取箭，弯弓瞄准，矢若流星，你追我赶……

尽头的两炷香，应声而灭。

如此好准头，周遭围观的士卒们压着嗓子惊叹着。霍去病闲闲晃悠着小锤，波澜不惊，只是笑着看。

接着第二箭，两人又全都射中。

到第三箭时，蒙唐射中，李敢却失了准头。周遭士卒们忍不住大声为自家校尉喝彩，蒙唐按捺不住心中得意，转头看了李敢一眼，后者报以淡淡微笑。

第四箭，两人均未射中。蒙唐瞥了眼周遭士卒，重重咳了一声，士卒们立时噤若寒蝉，无人敢再出声。

霍去病面上笑意更浓，微低下头，玩弄着小铜铙，似乎对比试已无兴趣。

第五箭，李敢射中，蒙唐失手。

第六箭，李敢射中，蒙唐仍旧失手。

霍去病扫了一眼灭掉的香头，目光复落回李敢身上。

只剩下最后一箭，蒙唐显然已有些焦躁，虽然箭矢已在手中，却不急着搭到弓弦之上。他垂头望着地面，长长地深呼吸着。李敢并不愿因此而抢在蒙唐前头，也低头望着箭矢，呼吸平稳，并不见丝毫紧张。

待蒙唐缓缓举弓拉弦，李敢也才将箭矢搭到弓上，瞄准……

士卒们目不转睛地盯着尽头明灭不定的点点暗红，屏声静气，两声清脆的弦响划破这片死寂，利矢破空疾出——

李敢一矢中的，蒙唐之箭则没入草丛之中。

蒙唐懊恼地把弓就地一抛，旁边兵士慌忙接住。李敢笑着揽过他肩膀，拍了拍。

蒙唐斜眼看他，道："看来这半年，你虽去督造弓弩，箭术倒是一点都没放下。我紧赶慢赶还是逊你一筹。"

李敢温和笑笑，"你整日操练人马，自是要比我忙些。"

霍去病慢悠悠踱过来，小铜铙尚在手中，待到他们面前，往蒙唐手中一抛……

"卑职无能，请将军降罪。"蒙唐忙接住铜铙，朝他行礼。

"行，回头我就把你和赵破奴关一块去。"霍去病说得极顺口。

"别啊将军，单关我一个就行了，犯不上连累鹰击司马。"蒙唐笑道，"他嘴太碎，卑职可受不了。"

霍去病笑道："单关你还算是什么惩罚。"

蒙唐嘿嘿直笑。

"行了，让他们接着比，别耽误他们赚金饼。"霍去病转头朝李敢招招手，"我们走。"

"诺。"

蒙唐行礼，目送霍去病与李敢跨上马背，消失在沉沉夜色中。

一行人回了医室，易烨帮着徐大铁把缔素放到榻上。

徐大铁凑近缔素的脸，紧张地看了又看，担心地埋怨道：“怎么还没醒？老大，你下手也太重了，打坏了怎么办？”

赵钟汶余怒犹在，听了这话，顺手扇了一记他的后脑勺儿，“我不下手重一点能行吗？你也不看看什么时候，将军可在那里站着呢！蒙唐和李敢又是故交，这臭小子要是当他的面把李敢给得罪了，八十军棍都算轻的了。”

“可是……”

徐大铁嘴里嘟嘟囔囔的，他平时把缔素当弟弟待，心中自是舍不得。

“他没事，用冷水一激就能醒。”

子青不知何时去隔壁舀了一瓢水，用手沾了些水往缔素脸上洒。缔素果然悠悠转醒，摸着后脖子，慢慢抬起身子，恼道：“哪个欠抽的崽子打的我？”

“你这崽子才欠抽呢！”

赵钟汶作势扬手，徐大铁慌忙拦在缔素跟前，缩头缩脑地想替他挨打。赵钟汶无法，只得放下手，瞪他一眼。

“喝水吗？”子青直接将瓢递到缔素嘴边。

缔素就着瓢沿，猛灌了好几口，才用袖子抹了抹嘴，对上赵钟汶阴郁的脸，仍是桀骜不驯地仰头道：“怎么，你还怕我伤了那位李三公子？”

“你以为你这两下子能伤得了他？！”赵钟汶怒道，“难不成你忘了上回你在营中骂李广，被蒙唐打了二十军棍。这次当着李敢的面，你若再口没遮拦，他不扒你一层皮才怪！何况将军也在，直接把你拖出去斩了也说不定！”

缔素梗梗脖子，硬道：“有什么可怕的，斩了就斩了，我正好见我爹娘去！”

“你这小子！”

怎么讲都讲不通，赵钟汶恨极，扬手欲打，被易烨拦下来。

“胡说什么，”易烨替他骂缔素，“什么斩就斩了，是人话吗？你不是还要建功立业，我们可还等着住你的大宅子呢。”

徐大铁拿过水瓢，一时没敢喝，先递给了赵钟汶。

子青在旁沉默了片刻，开口劝道：“冤有头，债有主，李敢虽然是李广之子，当年他也不过还是个孩子，你又何必恨他呢。”

“谁让他是李广的儿子！父债子偿，天经地义。”缔素狠狠道。

“你想要他如何偿？”子青轻声问道，眼底隐着说不出的悲苦。

缔素愣了愣，报仇对他而言，一直以来都只落在口舌之上，至于该如何实施，这层他倒是还真没想过。“若是光要他的命，是不是太便宜他了？”他咬着嘴唇问道。

闻言，赵钟汶随手捞起旁边一册竹简就摔了过去，怒道："这话也敢说，你还要不要命？还要不要命？"

"就是就是，听说李敢是有真本事的，不是那些个花架子，你有几个脑袋敢去动他。"见赵钟汶当真怒极，易烨打圆场般帮腔，一面暗推缔素，示意他莫再乱讲话，"这些话你在心里想想也就罢了，千万别说出来？"

赵钟汶长长地吐口气，双目不放松地盯着缔素。两人对峙半晌，缔素才软下声音，粗声道："知道了，知道了，下次再看见他，我忍着，忍着不动手，忍着不开口，连放屁都忍着，行了吧！……再说我今日也没干什么啊！"

"还说没干什么，你那眼睛跟飞刀子一样，"赵钟汶没好气道，"要不然我何必把你拖了走。"

"行行行，下次我连看都不看他，只拿屁股对着他。"缔素哼道，"我拿屁眼看他，看谁还管得着，哼！"

易烨大笑；赵钟汶也忍俊不禁，嘴角硬生生地扯了扯；徐大铁见他们都笑，只当赵钟汶终于原谅缔素，也跟着嘿嘿傻笑。子青俯身收拾起竹简，因为适才的重摔，一根麻绳断裂，几支竹片散落，她轻拢起来，放到一旁。

"也不知道谁会赢？"徐大铁这下惦记起方才没看的比试，担心道，"蒙校尉可别输了。"

缔素皱眉附和，"他可别输给姓李的。"他抬胳膊时觉得有些异样，低头望去才发觉穿在铁甲下的襦衣腋下破了个大口子，想是方才拉扯时不慎扯破的。

"还不卸甲，脱下来赶紧补补。"赵钟汶没奈何道，又转头向易烨要针线。

易烨一时想不起针线在何处，倒是子青自小陶盒里寻了出来，并簧剪一起递给易烨。缔素卸甲脱衣，把襦衣丢给赵钟汶，毕竟春寒料峭，又顺手扯了夹缊被披在身上，盘着腿在榻上等着。

"老大，我这儿也破了，骑马的时候特别难受。"徐大铁也忙卸甲，撩起襦衣，指着裆处委屈道。果然裆处破了大口子，私处晃晃荡荡，一览无遗。

"我去烧水。"子青垂头快步出去。

赵钟汶笑骂道："行了行了，见了你媳妇再亮家伙。脱了……"

易烨笑着插口道："得了，我来给你补。"

徐大铁呵呵傻笑，窸窸窣窣开始脱大袴。

夜空幽暗，无月，反衬着漫天的星子越发地亮。

医室内，时而传出笑骂之声。

子青静静地蹲在灶间烧火，想起还在校场的那个人，往事重重，浮现在脑海之中，心中隐隐作痛。

信马由缰地行出一段路，霍去病始终未发一言，李敢暗忖：莫非他是因为自己胜了蒙唐，故而心中不快，毕竟蒙唐现在应算是他手底下的人。

他正自思量，便见霍去病笑着转过头来。

“今日看你箭法，方知青出于蓝而胜于蓝。”

李敢忙道：“将军谬赞，我与家父还相差甚远。”

“我也曾看见李老将军的箭法，准则准矣，可惜……”霍去病却未再说下去，只摇头道，“奇怪，你的箭法倒不像是李老将军教出来的。”

李敢一怔，着实想不到霍去病竟有如此洞察力，“将军说对了，授我箭法确是另有其人，并非家父亲授。”

“哦，是何人？”霍去病颇感兴趣。

“是家父的一位故交，只可惜……我已很多年没有他的音信了。”李敢忆起往事，心中怅然。

“确是可惜。”霍去病惋惜，转而笑问道，“你若来我军中，不知李老将军可否愿意？”

李敢笑着推却道：“多谢将军厚爱，只是我大哥、二哥皆已不在，我自己也不想离开家父身边。”

他的话霍去病并不以为然，道：“你若来我军中，以你的能力，封侯指日可待，到时候李老将军岂不是更欢喜。”

李敢听霍去病提及封侯之事，心中一动，只是想的并非自己，而是家中老父。李广难封侯，是朝上朝下皆知的事情，也知此事是李老将军一块耿耿于怀的心病。当今圣上城府颇深，本就心意难测，他们这些外人也就更加无法揣测圣意，根本无从得知李广难封侯的缘由究竟何在。

而眼前此人，霍去病，自幼在宫中进出，圣上恩宠如亲子，也许他会知道其中缘故。

可自己与霍去病毕竟并不相熟，问了会不会是自取其辱？李敢心中几番纠结，究竟该问还是不该问？

脑中想起老父立于城墙之上，站得笔直却略显老态的身影，李敢心中一酸，终于还是开口问道：“霍将军，你知不知道、知不知道……恕我鲁莽，是关于家父，他半生戎马，为朝廷尽忠尽力，可……”

“你是想问，李老将军为何迟迟不能封侯之事？”他话难启齿，霍去病已然明白。

李敢重重点下头，“是，将军与圣上亲厚，可知道其中缘故？”

霍去病目光复杂，俯身摸了摸马颈，径自沉默着，似乎并不愿答这话。李敢见状，心下黯然，但也不愿勉强他人，遂道：“是我鲁莽，将军只当我没问过。”

霍去病直起身来，微微叹了口气道：“关于此事，圣上确是从未对我说过其中缘由。……不过，圣上倒是提起过关于李老将军的一事，且颇有微词。”

李敢一惊，急问道：“是何事？”

“置水关外，羌人反叛，此事你可知道？”霍去病问道。

只听到“置水关外”四字，李敢的脑袋就嗡地闷炸一声，微不可见地点了点头，“我知道。”

霍去病停了半晌，才接着道：“……圣上说杀降不祥。”

李敢微别开头，一时也不知该说什么，良久才长长吐了口气，叹道：“这件事，也是家父此生心中最为懊悔之事。此事确是我李家之过，再怨不得旁人，不能封侯也在情理之中。……多谢将军，今日之事我绝不会向别人提起。”

霍去病点了点头，劝道：“李老将军虽难封侯，但你却不是不能。你若来我军中，必有一席之位，你不妨与老将军商量商量。”

李敢持缰拱手道：“将军美意李敢心领，只是眼下多有不便，来日方长，也许以后能有机缘在将军帐下效命。”

听他说得含蓄，想来是李广因蒙唐之事恨自己恨得牙根痒痒，又怎么肯让李敢过来。霍去病一扯缰绳，纵声大笑，“罢了罢了，我不为难你，来日再说。”

虎威营已然不远，他策马驰去。李敢暗松口气，策马跟上。

夜渐深沉，赵钟汶等人皆已离开。铜制拈灯烛光摇曳，案上摆着被摔坏的竹简，子青已卸过甲，身穿襦衣，跪坐在案前，手持细麻绳对准竹简小孔，小心翼翼地穿过去……

地上，木盆中热气升腾，易烨脱了布袜，把脚伸进热水中，惬意地龇着牙。

“青儿。”泡了一会儿，他唤了声。

“嗯？”

子青不抬头，手捻着绳子，目光只放在竹简上。

易烨飞快地瞥了她一眼，佯作不在意地问道：“你认得李敢？”

手微微一顿，子青呆了呆，抬眼望过来，迟疑了一会儿，才复垂下目光，答道：

“嗯，以前认得。”

虽然易烨心中早有答案，但见子青并未在自己面前遮掩，还是觉得开怀，“以前的事很少听你说起，方才看你那样，把我吓了一跳。难道李敢以前欺负过你？”

捻着细麻绳，却怎么也穿不进小孔里，子青暗叹口气，索性放了下来。

“没有，以前他待我很好，像哥哥一样……”她想着，又补充道，“有时候比哥哥还好。”

“这么说你也认得李广？”

她的瞳仁立即痛缩，淡淡道：“认得，我爹爹一直拿他当知交好友。”

听出她语气间对李广的恨意，易烨皱眉想了想，想起六年前倒在山坡上昏迷不醒的子青，猜测道：“难道李广害了你家？”

子青咬咬嘴唇，猛地把竹简卷起，连没装上的竹片也一并裹在里面，起身低道：“我困了。”

易烨暗叹口气，也不勉强她，笑了笑道：“那就早点睡吧。”

子青脱履上床，襦衣叠在床边，背身朝外躺下，被子一裹，便不再动弹。

瞧着她又是心疼又是无奈，易烨自行摇摇头，拿布擦净脚，起身倒了洗脚水，又灭了灯，这才在榻上躺下。

夜凉如水。

这日骑射操练，易烨有如神助，竟在纵马之时射中木靶，而且居然还是靶心。看清之时，惊得他自己差点从马背上摔下来，坐稳之后便忙高声喊旁人来瞧。

赵钟汶与子青只是笑，徐大铁无比羡慕。独缔素哼了句大实话，“瞎猫撞见死老鼠，有什么好神气的，你怎么也得连续射中三箭才算能耐。”

“小鸡崽子！”易烨自马背上拿弓去捅缔素腰眼，仍旧得意扬扬，“莫扫我的兴，你道是每只瞎猫都能撞上死老鼠吗，这叫天幸！得祖宗保佑才行，懂吗？”

缔素扮了个鬼脸，“你以为你是霍将军啊，人家可是斩了二千多个匈奴人，勇冠三军，那才叫天幸！不过人家不是祖宗保佑，而是姨母保佑。”

“缔素，不得胡说！”

赵钟汶喝住他。

“怕什么，外头都这么说。铁子，走！”缔素满不在乎地撇撇嘴，一夹马肚，一溜烟跑远了。徐大铁紧随其后。

“这臭小子，就是嘴太欠！”赵钟汶没奈何地骂道，“也不想想，这些话是咱们能说的吗？

没一会儿，缔素打着马又回来了，徐大铁颠颠地跟在后面。

“老大老大，猜我刚才打探到什么？”缔素一脸兴奋与神秘，双目直放光。

赵钟汶瞥了眼他身后的徐大铁，后者仍旧是憨憨的，并无激动之色。

“和吃食没关系？”他猜，如果是关于吃食，徐大铁会比缔素更加兴奋。

缔素不满道：“当然没关系，老大，你当我只是个吃货吗？……我刚才碰到虎威营的兄弟，听他们说，自下个月开始，咱们就要和他们一块操练了！”

闻言，赵钟汶只是“哦”了一声。易烨、子青面上也是淡淡的。

见众人漠然，缔素顿觉扫兴，皱眉奇道：“难道你们就没盼着这日？”

“这事有什么盼头？”赵钟汶不解。

缔素眉头皱得越发紧，将众人缓缓扫了一遍，大有怒其不争的意味，可惜这表情出现在他略显稚嫩的面上，未免有几分滑稽之意。

“这事说明，咱们也能出征了。”他特地压低嗓音，庄重道。虽然没人知道什么时候会出征，但谁都知道以圣上对霍去病的宠信，霍去病必定会是带兵将军之一。霍去病一直以来都住在虎威营内，谁都知道虎威营他是必定会带去出征的。

闻言，众人还是漠然。

不甚感兴趣，易烨吆喝着马转开，口中嘀咕道：“弄得我还差点以为能加月俸呢……”

缔素发急，扯缰拦在易烨前头，不满道：“要不怎么说你们鼠目寸光……”他后面的话还未说出口，脑袋便同时被一前一后两柄弓各敲了一记。

“小崽子！”赵钟汶笑骂道，“讨打是不是？”

易烨笑责道：“说谁是鼠目？”

“说错了，说错了。”缔素忙讨饶，解释道，“我是说，一出征，那立军功的机会可就来了，到时候，月俸还算得了什么！”

“别傻了，你当立军功是容易的。”赵钟汶连连摇头，“匈奴人个个彪悍得很，可不是吃素的主。”

“老大，你怎的长他人志气，灭自己威风。”缔素不以为然，“要我说，匈奴人也没什么可怕的，霍将军率八百人就能杀两千多匈奴人且全身而退，你算算，咱们汉军一个就能顶他们三个。”

赵钟汶语塞，半晌低道：“你也会说这是天幸……再说那八百精骑都是期门郎官出身，和咱们也不一样。”

有些恼怒他的窝囊，缔素催马跑开，取箭搭弓，连射三箭，居然箭箭都中靶，且有一箭正中红心。他远远地朝这边得意地扬了扬下巴，赵钟汶瞧见，无奈苦笑。

“这小子狂是狂了点，可箭法是真不赖。”

易烨由衷笑道，转头看见子青不知何时已经跑开，也在一圈一圈地纵马射箭，东一箭西一箭歪歪扭扭。待她停下来时，徐大铁眯眼看去，指着笑道：“勺子，是根勺子。”

众人闻言，好奇望去，木靶上钉了七支白羽，赫然就是一把勺子的模样，哄堂大笑。

子青赧然笑了笑，“……碰巧了。”

易烨盯着木靶，凝神看了会儿，又去瞧子青，后者早已复去纵马射箭，所射的箭依然歪歪扭扭，只是再看不出形状来。

细雨蒙蒙。

罩在袍外的素纱蝉衣已被雨丝濡湿，李敢仍无避雨之意，站在后院小校场，挽着一柄黑漆旧弓，一箭又一箭，仿佛全神贯注，又仿佛是全然心不在焉。

钉木靶上的白羽，水珠晶莹，七支白羽赫然组成北斗七星的图案。

这少年时候的游戏，而今的他已经可以轻易做到，只是昔日游戏的同伴却不知再到何方寻去。

“三公子，夫人有请。”有人在他身后恭敬道。

李敢暗叹口气，自然知道母亲所为何事，微点了下头，“知道了。”

他返回屋中，细细把那柄旧弓上的水珠擦干净，在弓架上安放好，这才随意地拂了拂发梢水珠，往母亲房中过去。

年纪渐大的缘故，李老夫人的针线活已不能和年轻时相比，昔日碗大的牡丹花一日便可绣成，而今三四日仍不可得。近来连着几日的阴雨绵绵，她手腕越发酸痛，连针都拿不甚稳，仍勉力缝补着丈夫的一件绛色深衣。

“母亲。”

李敢进来，俯身在地施礼。

李老夫人放下针，拍了拍合榻，笑唤道：“敢儿，过来坐。”

李敢依言，上前坐到她旁边，看见李广的深衣，笑道：“爹爹这件衣裳可有些年头了，难为娘你补了又补，倒比缝件新衣费的神还多。”

“谁说不是呢，可惜你爹爹是个老顽固，哪里肯换新衣。”李老夫人含着笑，伸手握住儿子的手，只觉得湿湿冷冷的，衣袍上还夹着一股子凉意，颦眉关切问道，“怎么淋雨了？冷不冷？”

“不冷，”李敢忙笑着宽慰道，“在后院练箭，没在意下雨了。”

“和你爹爹一样，握上弓就什么都忘了。”李老夫人摩挲着儿子的手，顿了半晌，才问道，“敢儿，我听说昨日中散大夫毛大人与你爹爹小酌，席间提出两家结亲，可被你回绝了。可有此事？”

“是。”李敢恭顺答道。

李老夫人摇头叹道：“你年纪也不小了，按理说弱冠之年就该给你成家，可你总是不肯，前前后后回绝了二十多门亲事。毛家小姐我是听说过的，知书达理，秀外慧中，论家世也与我们家门当户对，我想，不如……”

“娘，”李敢打断她，“孩儿此时还不想成家，等过些日子再说吧。”

“这话你已说了两年，还想糊弄我吗？”

李敢微笑，“孩儿不敢，只是我日日忙于军务，确是无心家事。便是娶一个回来，又顾不上人家，岂不是对不起人家姑娘。”

“这话不对，你爹不也是忙吗？可娘也生了你们三兄弟出来。”李老夫人劝道，“你早点成家，也好早点让我抱孙子。”

“娘，你不是已经有了陵儿了吗？”李敢笑道。

李老夫人叹口气道：“你大哥就留下陵儿一个孩子，对咱们李家，实在是单了点。所以我才想你早些成家。”

“我看陵儿就挺好的。”李敢对这个唯一的侄儿也是爱宠有加。

“说来说去，你就是不肯成家。”李老夫人望着儿子，“你今日给为娘一句实话，你心里是不是已经有了中意的姑娘？”

李敢仍是微笑着摇了摇头，只是笑意中透着几分苦涩。

李老夫人岂能看不出儿子的异样，仍如对待幼年时的他那般，抚着他的头，“敢儿，我知道你是个孝顺孩子，可你在娘面前不用遮遮掩掩这般辛苦。喜欢哪家的姑娘你尽管说出来，是不是怕你爹爹不同意？娘去和你爹说。”

“娘……”

外间雨势渐大，淅淅沥沥，李敢转头望去，雨水顺着屋檐滴下来，一串串，在石阶上溅开，玉珠般剔透。

“敢儿……”李老夫人叹道，“你知不知道，看你这么辛苦，其实娘的心里更辛苦。”

李敢静默了良久，转过头来，涩然问道：“娘，你还记不记得秦叔叔一家？”

李老夫人沉重地点了点头：“当然记得，怎么会忘呢，他不辞而别，你爹找了这么些年都没有他们的消息，也不知他们现下究竟在哪里？”

“我十六那年，爹爹和秦叔叔给我和阿原定了亲。”李敢静静道，“这亲事，我一直也没有忘记。”

万想不到竟是为了此事，李老夫人这才恍然大悟，“原来你一直惦记着阿原那孩子，你这傻孩子……且不说根本寻不到他们，我们两家弄得如此，怎还能做亲家呢？”

李敢平和地笑了笑，“这事是咱们对不起秦家，现下虽然寻不着他们，可秦家并没有提出退亲。我自然要守着约定，再不能对不起他们。”

“你……”李老夫人着实不知道该如何劝自己这个傻儿子，“他们走了六年，算来阿原现下已是十八岁，应该是已嫁了人，你怎么还傻乎乎地等着她呢。”

“若我寻到她，她当真嫁了人，我也才能安心。”

“你这傻孩子，若是一辈子都寻不到她怎么办？难不成你还一辈子不成家？”李老夫人急得直叹气。

李敢安抚地替母亲顺理后背，含笑道：“不会，当然不会。”

在母亲的叹气声中，他施礼告退。缓步走在屋下的廊中，风中夹着雨丝迎面而来，几许清凉几许温柔，他低低自语道：“不会，当然不会，此生我怎会遇不见你。”

第四章　严苛操练

暴雨。

这是陇西郡今年入春以来最大的一场雨，铺天盖地，如瓢泼盆倾，丈外便看不清人影。子青笔直地站在雨中，雨水沿着武弁疯狂地倾泻而下，铁甲、襦衣，再到里面的内衫，无一不是湿透。身旁焦躁不安的马儿在刨着蹄子。每一次雷声自头顶滚过，她就得加倍用劲地拽紧缰绳，以防受惊的马儿脱缰而去。

不光是她，此时此刻整个振武营的士卒们都在这暴雨之中咬紧牙关硬站着。因为蒙唐就在他们面前，跟他们一样淋着雨。

他不动，振武营中绝无一人敢动。

这是他们与虎威营一同操练的第一日，当全体在霍将军所指定的地点集结完毕之后，天幸或不幸，碰上了这场暴雨。

传令兵飞马而至，带来将令：原地待命。

在下一个命令到来之前，他们只能在雨中直挺挺地站着，任凭雨疾如箭，径自岿然不动。

一道滚雷，马儿差点脱缰，幸得子青、赵钟汶齐齐援手方才拦住，易烨狠狠咬牙把缰绳在手臂上缠了三四道。徐大铁高大的身躯挡在缔素身前，替他遮去部分雨水，两手分别牵住他和缔素的两匹马，铁桩子般牢靠。缔素年纪尚幼，耐心有限，虽不敢动，但欲张口抱怨，岂不料被雨水灌了满口，只得悻悻闭了嘴。

一个时辰过去。

两个时辰过去。

雨势终于慢慢转小，而众人所期盼的传令兵却始终未见身影。

饶是蒙唐，在如此暴雨中立了这般久，腿也微不可见地有些打晃。他略挺了挺早已僵直的背脊，面无表情地看着一千多名士卒……

士卒们表情各异，大多是疲惫麻木的，也有呆滞的、茫然的、愤怒的，可队列总算还算整齐，铁戟、铁铩、铁戈齐刷刷地朝天而指，未有东倒西歪。没有一个人倒下，也没有一匹马脱缰。

暴雨初歇，转为细细蒙蒙的雨丝，马匹们摇头抖鬃地甩去身上雨水，看上去它们比起它们的主人要更干爽惬意得多。天际乌云裂开道口子，阳光便从那处直洒下来，落在远处草地上，草尖上光芒闪耀。

远处马蹄声起，姗姗来迟的传令兵总算是来了。

不管是对眼前一千多名淋成落汤鸡的士卒，还是对面色不善的蒙唐，传令兵皆是一脸的视若无睹，传将令，“将军有令，五里坡东，饭已备下，请蒙校尉带兵过去。”

五里坡是虎威营素日操练之地，距离振武营却颇有段路，众士卒浑身湿透，都想着快些回营烘烤，此刻听说吃顿饭还得跑那么远，心下皆有些不满。

“诺。”

蒙唐面色不变地应了，振臂一挥，“上马！”

身子全浸着水，加上皮甲，快有平常的两倍重，加上站得四肢僵硬，易烨试着跨了两下，差点掉下来，幸而子青在旁用肩膀一顶，才顺利骑上马背。徐大铁则结结实实摔了一跤，赵钟汶伸手拉了他一把，才骑上马。

缔素倒还算轻巧，自己就上了马，拽了拽缰绳，皱眉道：“把咱们干晾了两个多时辰，他们那边倒吃上了，这算怎么回事！”

“你闭上嘴，少说话。”

赵钟汶疲倦地瞪了他一眼，示意他不要惹事。

缔素本还想说话，待要出口之时，却打了个冷战，又接连打了几个大喷嚏，便把原本要说的话给忘了。

子青听见身遭喷嚏声此起彼伏，暗暗忧心，这场雨淋下来，又不能及时换干衣喝姜汤驱寒，只怕有不少人都要受凉。

一路朝着五里坡驰去，将到虎威营的地界，蒙唐的头却越发高昂起来。底下众士卒此时也无须命令，纵然武弁还在不停地滴着水，却个个昂首挺胸，一扫方才的倦怠之相。蒙唐间或着回头看了一眼，铁塑的唇角下冰冻着笑意，什么都未再说。

五里坡将近，远远便听见那边传来的欢腾笑闹，一大群人围着，叫好喝彩之声，惊叫遗憾之声，夹杂着牛杂汤的香味。

光是闻着那个味，众人神态虽不变，但脚下不由得暗暗催动马匹再快些。

再近些，便可看见那群人所围之处竟是个鞠城，上百士卒围成鞠墙，城中有十几人仅着绛红襦衣，飞腿腾挪，追赶跳跃，玩得正在兴头儿上。蒙唐领一千多名士卒自鞠城旁过，马蹄如雷，场中人完全熟视无睹。场边观战的闲人，回头看见他们，也不过对他们浑身湿透的狼狈模样指点讥笑几句，便复转回头看蹴鞠。

“那个是霍将军！”易烨低低惊道。

赵钟汶、缔素闻言望去，鞠城中果然一人，衣着虽与众人无异，但五官俊秀非常，身形修长，蹴鞠就在他足下盘带，虎虎生风，正是霍去病无疑。因刚下过大雨，草丛中尚有积水，脚步飞纵激起水花无数，光影闪烁间，衬得他越发眉目清秀。

“听说霍将军甚喜蹴鞠，京城里是出了名的，没想到他在军中也……”赵钟汶没再往下说。

此时正好有蹴鞠被踢入门中，猛然间爆发出声浪极高的喝彩，如惊雷贯耳，子青微微皱眉，往鞠城内淡淡瞥了一眼，依旧策缰而行。

“不是牛杂汤吗？怎么是这个？”缔素盯着碗中黏稠焦黄之物，不可置信问道，“还有，这个是什么东西，什么味道？”

见缔素长得如豆芽菜一般，负责舀羹的庖厨显然没把他放在眼中，道：“废什么话，有的吃就吃。”

旁边士卒也纷纷恼道：“那边不是有牛杂汤吗，怎么给我们吃这个？”

“牛杂汤是你们吃的么，那是留着给将军蹴鞠之后下汤饼用的。”庖厨没好气道。

“……”

缔素纵然满肚子怨气，也没法说什么，只得端着自己的那碗焦豆糊走开，找到赵钟汶等人，低低抱怨道：“什么东西，一股子怪味，怎么吃啊！”

“看上去好像是烧糊了的豆子而已，能吃。”赵钟汶安慰他道，用木柶在盘中搅了搅，试着找出焦黄之物的原貌来，忍不住惋惜道，“真是可惜了，好好的豆子就如此糟蹋。”

徐大铁端着盘走过来，才蹲下就扒拉了一口，紧接着忙不迭地吐了出来，皱着脸道：“苦的，难吃。”

“好像还加了生姜。”

易烨皱眉盯着盘中物，焦味直冲鼻端，不用吃也能大概知道其味之差。他身旁的子青垂着头一口一口地如常吃着，只比寻常慢了些，盘中已吃了一小半下去。

“青儿，你还真吃得下啊？”看着她往下咽，易烨都觉得难受。

子青点头道：“就是焦了点，能吃。”

赵钟汶给自己塞了一大口，粗粗嚼了嚼，就赶着咽下去，硬撑着笑道：“就是，能吃能吃，都快吃……”话未说完，忽地涌上一阵反胃，赶忙捂上嘴。

看他如此模样，缔素和徐大铁更是一口也吃不下。

“是给人吃的吗？”

“他娘的，这玩意儿连狗都不会碰……”

“要在我们乡里，哪个婆娘敢把饭煮成这样，休了都没人再娶。”

周遭嗡嗡嗡一片低低的抱怨之声，不时有人同徐大铁一样，才尝了一口便呸呸呸地往外吐。不远处，鞠城那边的欢腾笑闹传过来，此时听见，顿觉分外刺耳。碍于蒙唐，众人虽不敢大声咒骂，但抱怨声却是越来越大，指桑骂槐的也有。

白白在雨中等了两个时辰，浑身上下湿透，吃的居然是这等烧焦之物，众士卒正自心中愤愤，便看见蒙唐面无表情地端了盘焦豆糊走过来，立时噤若寒蝉。

蒙唐停住，无视旁边火长忙不迭让出的树墩子，他显然没打算坐下来。拿木柶舀了口豆糊，连眉头都未皱上一皱，就往口中送去。他三口两口把自己盘中的焦豆糊吃了个干净，然后冷冷看着士卒们，干脆利落道：“盘中羹饭，须得吃净，违令者，斩！”

……

众人迟疑了片刻，才返回神来，参差不齐答道：“诺。”

蒙唐大步流星地走了。

缔素盯着他背影半晌，低声狐疑道：“你说，他是不是赶着找个地方好吐了去？”

“快吃吧！话多有什么用。”赵钟汶连塞了两口，强忍着反胃的恶心之感，又去催促徐大铁，“铁子，快吃！当药吃！”

“太苦了，俺不想吃。”徐大铁嫌恶地看着木盘，偏偏他的那盘还特别多。

赵钟汶沉下脸来，喝道：“没听见吗，违令者斩！快吃！”

缔素艰难吞了一口，拍着徐大铁道：“铁子，吃！为了一盘豆糊送了命可不划算……等以后咱们也出人头地，我请你吃烤全羊！”

徐大铁见缔素也开始吃，只得委屈着吃起来。

这焦豆糊，苦且不说，又加了姜块在里面，辣得怪异，又稠又涩，就是心一横闭着眼往下吞都很难吞下去。易烨吃得无比艰难，梗着脖子吞下去大半盘，还剩下一些，他几番举起木柶，一闻那味，恶心地几乎把刚吃下去都吐出来。

用木柶最后把盘子刮干净，子青吃下最后一口。易烨无比羡慕地看着她干干净净的木盘，奇道：“你不觉得恶心？”

子青老实道：“是有点恶心，不过终归能吃。”

“我实在是吃不下……”易烨盯着木盘，哀叹道，“再吃下去，我就得全都吐出来。”

子青看了他一眼，伸手拿过他的木盘，“哥，我替你吃。”

“你还吃得下？！”

“嗯。”

子青复拿起木梱，把易烨盘中的焦豆糊也吃完。待她吃完，抬起头来，看见缔素端着木盘，一脸恳求地望着她：

“你要吃得下，就把我这盘也吃了吧？我宁可去持戟十圈，也不想吃这玩意儿。”

子青苦笑一下，忍住胃中不适，接过缔素的木盘……

旁边徐大铁也递了过来，憨憨道：“还有俺的。”

“他就算不恶心，也会撑死的。铁子，我替你吃！”赵钟汶没好气地拦下徐大铁那盘，恼道，“连蒙校尉都吃得下去，你们倒吃不下了。”

缔素不服道：“老大，我们哪能跟蒙校尉比。他是什么人，铁打的汉子铁打的心，瞧他方才那模样，你就是给他一盘生铁，他也能给你嚼嚼吞下去。”

满嘴都是糊焦味，加上也说不过他，赵钟汶懒得再说话，瞪了他一眼，没奈何地埋头吃自己和徐大铁的那两盘豆糊。

他们刚吃完，只听见鞠城那边传来一声响亮的铜铙声，继而又是一阵喧闹嘈杂的欢呼声。子青用袖子抹了下嘴，木盘递还缔素，抬头望去，看见蹴鞠结束，原本围作鞠墙的士卒们都已散开，笑笑闹闹地谈论着什么，往这边行来。

庖厨那边也开始忙碌，牛杂汤的香味忽地分外浓郁起来，向四周逸散开，很快盖过豆糊的焦味。

相隔不到十丈远，振武营的士卒们不仅闻得到香味，还能看见庖厨下出一盘盘热气腾腾的牛杂汤饼。

吃的人丝毫没有要避忌的意思，就这么大咧咧地在他们目光所及之处，用箸挑着，大口大口地咀嚼，呼噜呼噜地喝着热汤，嘴角的汤汁直往下淌，都顾不上擦，吃得那叫一个喧腾。

“铁子，你出息点行不行，把口水擦了。”缔素没好气地拿了徐大铁的手去擦他的嘴角。

目不转睛地盯着不远处吃得最欢的一个，徐大铁使劲咽了下口水，“你说，他们会不会还给咱们也剩一点？俺也想吃。”

“我只要喝点汤就成。”

赵钟汶唉声叹气，吞了两盘子焦豆糊，只觉得全身都焦糊了一般。

易烨眼尖，看见霍去病也在其中，叹道：“我原来只道汤饼是给霍将军一人的，没想到他们人人都能吃。你说，要是再多一点，也能留些给咱们该多好。”

缔素狠狠道：“咱们在雨里站了一上午，就给咱们吃豆糊。他们倒好，什么都没干，光玩来着，倒能吃上汤饼！霍将军还说什么军中赏罚分明，我看全是胡扯！……”

他尚在义愤填膺，冷不丁脑袋被赵钟汶狠敲一记。

“你小子闭嘴！别给我惹祸！”赵钟汶低低叱道。

重重的脚步声自他们身后走过来，缔素方欲还口，回头赫然发觉走过来的人正是蒙唐，也不知他听没听见自己的话，顿时僵直了身子，动也不动地呆立着。

经过缔素身旁时，蒙唐虽脚步未停，却冷冷哼了一声，惊得缔素脖子上汗毛都竖起来。幸而他什么都未说，径直穿过众人，朝虎威营那边走过去。

“他也要去吃了吗？”

徐大铁傻傻问道，不经意说出振武营中大半数人的心里话。

坡上，一群齐刷刷的眼珠子盯着蒙唐。

蒙唐行至霍去病跟前，抱拳行军礼。霍去病斜靠在一块大石旁，神情闲散，虽不至于不耐烦，却可看出不甚专心，挥手让蒙唐免了礼，便转头朝近旁的士卒吩咐了句什么。

那士卒领命，不出众人所料，果然是到庖厨那里端了盘汤饼，复返回去。

“蒙校尉真是冲着汤饼去的？”缔素大失所望。

双手环胸而立，暗暗抵住胃部，子青摇头轻道：“我猜，蒙校尉不会吃。”

赵钟汶赞同地点点头，“我也觉得他不会吃。”

“汤饼那么好吃，不吃多傻呀！”徐大铁不解。

那士卒将汤饼端了回去，递给蒙唐。蒙唐只顾专注与霍去病说话，看也不看便推开，那士卒只得退到一旁。

缔素奇道：“老大，你们怎么知道他不会吃？”

子青看了眼缔素，淡淡笑了笑，没说话。赵钟汶也只是笑，没再解释。易烨笑道：“蒙校尉是什么人，难道跟你似的，就惦记着吃！”

“民以食为天，这有何错。”

缔素满不在乎地顶了回来。

子青冷眼观察，见蒙唐态度虽恭，但霍去病却连话都未与他说上几句，有时甚至还与旁人打岔说笑，对蒙唐甚是敷衍。蒙唐似乎也意识到，不多时便复转了回来，面上仍是一贯的毫无表情，唯脚步比去时稍嫌滞重。

被晾在雨中两个时辰，吃食上如此明显的厚此薄彼，对蒙唐又是不冷不热，在霍去病眼中，看来压根儿没把振武营当回事。想到来日可能要跟着这样的将军上战场，子青心中便压了大石般沉甸甸的。

好不容易虎威营的人吃完汤饼，霍去病与旁边赵破奴等熟稔的人闲聊了一会儿，无意间抬眼看见侧面坡上尚还有一千多名如落汤鸡的士卒，方才招来传令兵说了几句。传令兵便朝振武营这边过来……

“将军有令，振武营中若有善蹴鞠者可留下，其余回营。”传令兵朗声道。

众士卒呆立，一头雾水。

蒙唐急步上前，问道：“难道下午不再操练？”

传令兵笑答道：“将军蹴鞠，余兴未了，待会儿还要再玩，今日就不操练了。……对了，你营中可有擅长蹴鞠者，挑六七个出来陪将军玩玩。”

“没有。”蒙唐沉下脸干脆道，转身朝众士卒喝道，“上马！回营！”

“诺！”

众士卒领命，这般被戏弄，皆是敢怒不敢言，呼啦啦全上了马，一路泥泞飞溅地回了营。

第二日，仍是等到日正午，众人才得知：霍将军因昨日饮酒过量，刚刚才起身，但因头还有些昏，故而取消操练。

第三日，霍去病仍没有出现，赵破奴倒是来了，完全无视蒙唐不善的脸色，硬是笑眯眯地把他拽走了。一千多名士卒无任何号令，只能在原地干等，这一等就等到了日落西山，星辰漫天……

马可以低头吃草。

人却只能看着它们吃。

第四日，连吃了两三日难以分辨的稀糊，又被足足饿了一日，饶得这日天气甚是晴好，往操练所在的路上，众士卒也不复以前精神抖擞的模样，面上皆透出些许闲散之意。没人指望今日能正正经经地操练一回。霍将军会不会露面尚是难说，便是他露了面，也未必会操练，蹴鞠的可能还更大些。唯一指望的是，膳食不知是否会稍加改进。

刚翻过山坡，眼前齐刷刷的戟光戈影亮得直晃他们眼睛，被擦拭得雪亮的玄甲，在日头下沉默而轻蔑地看着他们。

缔素暗吐口气，恼道：“居然让他们占了个先。”目光落在虎威营士卒们所持劲弩之上，勉强按捺住垂涎之意。

“霍将军来了！”易烨看见为首之人，惊喜道。

霍去病背对着他们，身披玄色披风，披风上暗纹日头下隐隐可见光芒闪耀，想是绞了金丝在里面。子青对这等虚耗人力之物向来是不能苟同，对披风主人近几日的行径也甚为不满，当下便转开目光。

只顾着和赵破奴说话，霍去病似乎对振武营人马的到来完全没有察觉。蒙唐先命众人下马原地待命，这才下马，绕到霍去病马身前行礼。

“末将来迟，请将军恕罪。”

见到蒙唐，霍去病微点了头，回头看去，正对上振武营八百多双静静的眼睛。他微微笑了笑，复转回头，朝蒙唐道：“今日就让他们试试辨识金鼓旗帜。”

辨识金鼓旗帜，这是最为基础的操练项目，振武营早在两个月前便操练过数十次，且由伍长逐个口述考核，可以说完全没有必要在此时操练此项。除非是，霍去病对于振武营尚心存疑虑，并不怎么认可。蒙唐对霍去病虽敬，但心中也难免有恼意，僵着脸应道：“诺。”

见状，霍去病又是一笑，朝他招招手。

蒙唐不解，满腹疑惑地走过去。霍去病就在马上俯下身子，朝他附耳说了几句话。蒙唐抬起头来，皱眉道：“如此，是不是不太妥当？”

霍去病笑道：“你只管按我说的去做。”

蒙唐无奈，只得领命。

“今日我们同虎威营的弟兄们一起操练金鼓旗帜。”

蒙唐回到众人跟前朗声道。

闻言，众人不约而同地松了口气，之前见蒙唐那副模样，还以为霍将军故意出难题想刁难，谁都未料到竟然会是最基本的辨识金鼓旗帜。

“鼓手旗手就位。”蒙唐又道，“各曲长出列！随我来。”他领着八位曲长纵马至稍远处，低声吩咐事务。

赵钟汶低头复检查了一遍旗囊，见各色旗皆在，遂安下心来。徐大铁牵着驮鼓的马出列，一时也不知该将鼓放于何处，环顾四下，正看见虎威营的鼓已架好，便过去将鼓与虎威营的鼓并排架好。

嘿嘿……呵呵……他憨憨笑着，笨拙地试图向那位鼓手示好，无奈后者一脸漠然，完全无视他的热乎劲。贴了个冷屁股，徐大铁挠了挠头，只得缩回自己鼓旁。倒是缔素在队列中看得直跳脚，“腿还没有铁子胳膊粗呢，神气什么！”

不多时，蒙唐与八位曲长便折返回来，曲长各自入队列之中，并未见异常举动。众人心下皆有些不解，但容不得他们多想，号角一声长响，战鼓已擂起……

起先还只是最简单的操练，自上马、下马开始，然后是策马前进一丈、二丈，这些对于众士卒来说实在是再熟练不过，霍去病竟也来来回回操练了数十次。

然后便是左转、右转，这原也简单，对于易烨、子青而言，只需盯牢赵钟汶手中令旗，听令转向便可。

初时速度尚缓，转来转去，倒也不难；接着战鼓稍急，马匹由踱步改为小跑，踢踢踏踏地溜达着，如此轻松的操练，加上暖洋洋的日头，倒让人有了几分闲散之意。

金鼓忽改。

一支红色令旗骤然出现在赵钟汶手中。

与此同时，曲长用尽全力的吼声，试图竭力盖过马蹄声响：

“左转！左转！”

“左转？！”易烨怔住，他原记得蓝旗才是左转，可是……

由不得他多想，曲长的吼声还在继续，且率先往左转去，身旁已有一部分人不假思索地掉转马头，跟随曲长向左行去。

有人策马向左，有人策马往右。

且皆在行进之中。

顿时彼此间撞作一团。

马嘶人吼，不绝于耳，场面混乱不堪。

子青本就行在最右侧，听令后并未往左，而是依令旗往右拐去，所以毫发无损。见易烨最为倒霉，被撞得人仰马翻，她急忙下马，先替易烨把马拉起来，这才把半压在马身下的易烨扶了起来，“哥！没事吧？”

“没事！”易烨试着走了几步，才发觉脚崴了，“……小事、小事，祖宗保佑！”他又赶着去查看马匹，幸而马儿皮实，虽摔了一跤倒也无事。

缔素灵巧，马摔了，人却无事，跃在混乱之外，恼怒地皱着眉头一向右转后勒马驻看的虎威营，目光或嘲弄、或嬉笑、或轻蔑，如同在看一场天大的笑话。

一直观望的霍去病慢悠悠地纵马过来，面上似笑非笑。蒙唐紧随其后，则是阴沉郁闷，心中隐怒不发。

“你，过来。”

霍去病看见瘸着脚的易烨，朝他招了招手。

不知将军有何吩咐，易烨赶忙一瘸一拐地奉命过去。子青在后微皱着眉，不知这位霍将军又要折腾什么新花样。

霍去病俯着身，半靠马颈，戏谑般的笑意挂在唇边，问道：“我记得你是医士，怎的自己倒把脚崴了，还如何去治别人？”

易烨暗自吃了一惊，“将军还记得卑职？”他仅在入营前与霍去病见过一次，距今相隔数月，怎么也没料到霍去病还认得出他来。

霍去病笑瞥了眼稍远处的子青，“那个是你弟弟吧，上回治喉咙疼，还算有两下子。”

“是。”连青儿也记得，易烨又惊又喜，答道，“将军的记性可真好！”

见他二人闲聊开来，蒙唐脸色越发难看。

“我的记性确是还算不错，”霍去病倒也不谦虚，却也不是来叙旧，话锋一转，“不过，看上去你们的记性似乎不太好。”

“卑职……”易烨不知该说什么。

“军规之中，关于旗鼓一节，你且背来与我听听！”霍去病一改闲聊语气，坐直身子，命道。

“诺。”易烨紧张地回想了一下，“凡各官兵……”

“大声点，要让你这些兄弟们都听得见。”霍去病手中马鞭指向振武营，点道。

易烨咽下唾沫，朗声背诵道：“凡各官兵，耳只听金鼓之声，目只看旗帜之色，不拘何项人等，口来吩咐，决不许听。如鼓声……”

“行了！把这句再念一遍，再大声点！”

易烨扯着嗓子，“……不拘何项人等，口来吩咐，决不许听。”

霍去病目光缓缓自面前众士卒身上扫过，众人此时已然知错，一片寂静无声。

“蒙唐，你营中的弟兄，你自己来处置。”霍去病转头朝向蒙唐，面上再无半分玩笑之色，“幸而此番只是简单操练，且马速尚缓。若是在操练阵法，疾驰之中，那可就是出人命的大事了，更莫谈与敌军对阵又当如何。”

蒙唐满手冷汗，腾地翻身下马，单膝跪下，垂头道：“末将训教无方，请将军降罪！”

“待操练后，自去领四十棍吧。”

霍去病淡淡道。

“诺！”

这日操练之后，蒙唐在众目睽睽之下硬生生地挨了四十军棍，看得振武营众士卒心中无不戚戚然，皆想着蒙唐回头还不知会怎样来对待他们。待蒙唐回了大营，连欲给他上药的医士都被赶了出去，只独自待在帐内，直至入夜也未见他出来。

“天大的事情，睡一觉也就过去了……轻点、轻点……明日说不定就没事……青儿，你轻点，这可不是秃噜猪蹄子。”

医室内，易烨坐在床上，疼得直龇牙，子青正替他在受伤的脚踝上擦药酒推拿。

“忍着点，要把淤血揉散才行。”

子青手上一阵急搓，疼得易烨直往后缩。

缔素对易烨的话不以为然，道：“就蒙校尉那人，他能白白挨那四十棍，我看他是把这笔账全记在我们头上。现下他躲在帐里，指不定怎么咬牙切齿想着怎么整治我们。”

“你这是以小人之心度……”易烨龇牙摇头。

缔素哼了一声，“我小人，行！明日你就等着瞧吧。……铁子，想什么呢？”

徐大铁一直靠在旁边看着子青替易烨擦药酒，神情恍惚，猛然听见缔素问他，挠着头如实道：“俺在算，有几日没吃到肉了？”

“这有什么可算的，自和虎威营一起操练，除了豆糊就是萝卜糊，哪有肉。”缔素没好气道。

易烨见子青停了手，长吐口气，自行穿好布袜，又道：“老实说，我觉得今儿这事，霍将军做得有点不地道。明摆着是他让蒙校尉设这个局来蒙我们，害我们入了局，他倒把蒙校尉打了四十棍，这实在有点说不过。”

满手的药酒味，子青起身用布巾擦手，听见易烨的话，摇头道：“此事是大患，蒙校尉这四十棍挨得不冤。”

“这事可是霍将军故意诓我们的！”易烨仍是不服。

“与其说诓，不如说试。”子青颦眉道，“若是上阵临敌，匈奴人中不乏通汉话者，到时故意扰乱，岂不更糟糕。”

赵钟汶在旁边，半天都没说过一句话，此时方才开口，“你们几个说句实话，当时谁往左转了？”

“我反正是右转。”缔素飞快道。

“实话？”赵钟汶狐疑，平日里金鼓旗帜缔素就背得颠三倒四，操练时只知道跟着大伙儿走。

缔素硬是梗了梗脖子，“当然是实话。”

赵钟汶看向子青。子青简单道：“右转。”

接着，赵钟汶又看向易烨。易烨只得讪讪道：“我当时想右转的，可听见曲长喊了那么一嗓子，我心里就想曲长眼神是不是不好使，如此一想，就耽误了些工夫……”

缔素大笑，打断他，“别绕了，你左转就说左转，说那么多废话做什么。”

“我真没左转，只不过……也没右转，光在琢磨这事情来着。”易烨解释道。

赵钟汶微叹口气，“平日里军规都背得挺溜，怎么一到用的时候就……唉……”

“老大，当时跟着曲长右转的人多了去，咱们这伍算是好的了。”缔素安慰他。

赵钟汶肃容道：“以后只可看旗行事，再不可听旁人呼喝，更无须迟疑，下不为例。”

“诺。”众人应道。

易烨更是连连点头，“一定一定，就是蒙校尉亲口喊，我也不理。”

“只当是狗吠！”缔素笑嘻嘻地补上一句，引得赵钟汶也忍俊不禁。

次日早练，胡笳声起。

易烨脚肿得鸡蛋般大小，实在无法下地，只得托子青告假。待子青匆忙穿戴毕，出门而去，易烨回头看了眼漏壶，才惊奇地发现——今日胡笳竟然比寻常足足早吹了半个时辰。

“难怪我这么困……”他一面同情地想着校场上的同袍，一面躺回榻上拥衾而眠。

此时距离日出尚早，校台上火光中的蒙唐满脸阴郁，连带着天上也是阴云密布，地上更是阴风阵阵，吹得众人心中小鼓打个不停。

见众士卒到齐，蒙唐清了下喉咙，沉声道：“自今日起，初一、十五外出取毕，任何人等无军令在身，皆不得外出……”

一直以来，初一与十五都是众人心心念念所期盼的日子，尤其能出营快活，此时骤然被取缔，众士卒虽不敢喧哗，却忍不住发出低低惋惜之声。

“你看，他果然开始整治我们了！”缔素挨近子青，压着嗓子道，“你哥还说我是小人之心，怎么样，被我说中了吧！”

子青没吭声，只捅了他一下，让他站回去。

校台上，蒙唐接着道：“自今日起，各曲长每日须得交互抽查曲中士兵旗帜金鼓号令，限十人，若能知其意，则已；如不知，则取伍长问之。伍长能言，则治兵卒以不受听之罪。伍长不能言，则取队长问之。队长能言，则治伍长之罪，士卒免究。如队长不能言，则取火长问之……”

他一条条一列列地说下来，底下的众士卒冷汗直冒。

“疯了、疯了……每日抽查，还是各曲交互抽查……”缔素对这些个金鼓号令最是头昏脑涨，没料到蒙唐居然一下子如此严苛，听得他脚直发软。

赵钟汶朝他低道：“你小子争气点，别到时候连累我。”

“老大……”

听台下骚动嗡嗡之声渐起，蒙唐猛然清了下喉咙，顿时回归寂静。他方才接着又道："凡在操练之时出错者，四十军棍，重犯者，斩！"

一道阴风自众人脖颈上刮过，冷飕飕的，让人起了一身的鸡皮疙瘩。

缔素目瞪口呆，"犯两次就要斩，这也太狠了！"

子青垂目，轻轻深吸口气。

赵钟汶按了下缔素肩膀，沉声道："回去赶紧再背背，蒙校尉可不是说着玩的。"

"我知道。"缔素欲哭无泪。

蒙唐这记重拳，在营中起到了立竿见影效果。无论吃饭、走路，常能见到口中念念有词者；便是睡觉，夜半梦话，多数也改为金鼓旗帜条令。

这日操练，令旗挥舞，马蹄翻飞。

霍去病命人故技重施，喊话之人军阶变换不等，赵破奴也被迫充了回数，连蒙唐都被逼着心不甘情不愿地喊了几喉咙。幸而早间那些话犹在耳边，众士卒耳只听金鼓，目仅看旗帜，心无旁骛，一切闲杂人声尽抛诸脑后，再未出现之前景象。

见状，蒙唐虽一径沉着脸，眉头却是渐松。

驰了一日，日渐西斜，早已远远超出平日操练所在。振武营在前，虎威营在后，驰到一处坡上，原地下马休息。

赵破奴送水囊给霍去病，后者正看着远处的河水，此时上游连下几场春雨，河水湍急奔流，远远地便能听见哗哗的响声。

"蒙唐，你过来。"霍去病随口唤道。

蒙唐走近，看见霍去病唇边一抹笑意，原本已些微放松的心立时又警惕起来，循着他目光望去——

河水！如此湍急！人马是万万过不去的……蒙唐虽不知道霍去病意欲何为，但这位将军行事不按常理，不由得心里一阵阵发紧。

"这河里到了春天便有种鱼，"霍去病朝河水努努嘴，闲闲而谈道，"与箸一般长，通体青色，背脊上有条红线，拿来炖汤味道平常，烤着吃却是鲜美无比。你可尝过？"

原来是想吃鱼了，蒙唐悄松口气，答道："没吃过。"

"想尝尝吗？"

蒙唐一怔。

霍去病似勾起兴致，"走！去抓几条上来给你尝尝。"

"将军，将军……"蒙唐急道，"末将现下不饿，还是等操练结束后再去不迟。"

霍去病眯眼看了看日头，"也不早了，既然你不饿，那我就自己烤着吃。鹰击司马，你可要来几条？”

赵破奴笑应道：“好啊！不过将军记得让高不识来烤，他烤鱼的手艺可是一绝。”

蒙唐见他二人翻身上马，竟当真要去抓鱼，他心中极是不满，但碍于军阶无法劝阻，只得沉着脸走向马匹。

鼓声又起，众士卒纷纷上马策缰，依令旗所示，朝河水方向而去。

河水越发接近，响声如雷，与马蹄声交织在一起。

二十丈。

十丈。

仅剩五丈，行在前头的士卒，已能看见河中翻腾的浪头。

行进的鼓声却仍在响着。

三丈！浪尖上聚聚散散的白沫似在冷笑。

鼓声依旧。

行在前头的可全是振武营的弟兄们，蒙唐急怒攻心，朝霍去病吼道：“将军！”

霍去病神色专注，只当充耳不闻。

军规明令——如鼓声不绝，便前面是水火，也须跳入；如鸣金该止，就前面有财物可取，亦不准动。

赵钟汶把令旗攥得死死的，脑中一片空白，唯有鼓声穿透而来。

“完了，我不会水，这样去见我爹娘也太冤了！”缔素哀号道，他为能赢得霍去病的注意，故意行在队伍前头，此时深悔却也来不及。不过号归号，鼓声不绝，他断不能去勒马。

易烨今日未来，子青就行在缔素身旁，闻言并未吭声，她虽不能相信霍去病当真如此草菅人命，但也不由自主地庆幸易烨崴了脚，不必来受此折磨。

两丈。

“将军，将军，将军……”蒙唐连叠声地喊着。

仅余一丈。

马蹄已踏上浅滩，前方便是河水。

冲在最前头的士卒们全身绷紧，子青夹紧马匹，缔素喉咙干哑。

鼓声催命般在身后紧迫着。

……

浪头滚滚而下，前头的马匹天性使然，惊恐不已，再顾不上马背上的人。后腿急刹，前蹄高高扬起，冲劲犹在，顿时甩出去好几个人。

眼看缔素双手脱缰被甩出去，子青眼疾手快，忙探手拽住他衣领，另一手紧拽住缰绳，随缔素同时跌入水中，水花四溅。

一直到此时，霍去病的手方自空中狠狠斩下，催命般的鼓声立止。

除了前面被受惊马匹弄得手忙脚乱的，其他人纷纷紧急勒马。自马背摔落在水中的士卒们幸而平日操练有素，人虽摔出去，缰绳却大都还紧攥着，前前后后硬是让马给拖上岸来。

子青紧拽着缔素，被马匹拖着，也爬上浅滩来。

全身湿透，缔素直喘大气，胸脯剧烈起伏，扳着子青肩膀想说话又说不出来，只能略抬了抬下巴，目光中的含义无疑是一多谢了，兄弟！

子青苦笑，伸手抚了抚受惊不小的马匹。

后来就地宿营的时候，缔素卸了甲，便去拿了鼓槌直敲徐大铁的脑袋，后者抱头动也不敢动。

“我都快掉河里，你还在那儿敲敲敲，也不知道停一停！”缔素没好气道。

徐大铁解释道：“我没留意，我只能看着总旗，总旗挥了我才能停……”

“差点害死我！……你个木头脑袋……”

虽知道他也只能听令行事，缔素还是不解气，拿着鼓槌一通乱敲。子青坐在地上，低头脱靴子，把里面的水倒出来，她知道缔素不会真伤了徐大铁，倒也不去拦。

“行了、行了，差不多就行了……就知道欺负老实人。”赵钟汶看缔素不依不饶的，干脆抢了鼓槌下来。

缔素冲着他道：“老大，你也是，就这么眼睁睁地看着我冲进河里！”

“我有什么办法……”赵钟汶对霍去病这种练兵方法虽不能苟同，却是无可奈何，“军令如山，他才是将军。”

“还好我和子青命大。”缔素叹道。

子青微微笑了笑，只淡道：“幸而马儿机灵。”

缔素只低落了一会儿，便复又得意起来，瞧瞧不远处的虎威营，道：“不过这回咱们可没给蒙唐丢脸，那真是不要命地往水里冲，我看他们虎威营也未必敢这般。”

“那是，你拿命来换面子，谁比得过。”赵钟汶笑道。

缔素抬头挺胸道：“要不怎么说，是骡子是马，就得拉出来溜溜……对吧，铁子？”

猛然问到自己身上，徐大铁反应不过来，挠了挠头，没头没脑问道：“该吃饭了吧？”

“你怎么就惦记着吃？！”

缔素抬眼，见日当正午，顿时也觉腹中饥饿，转头去问赵钟汶："老大，该吃饭了吧，吃什么呀？"

赵钟汶没好气，"我哪里知道。"

正说着，传令兵过来了一"将军有令，河中有鱼，肉质鲜美，各营下河抓鱼，就地烤炙果腹。"

抓鱼！

眼睁睁地看着水流湍急的河，众人皆呆愣住，手中无钓竿，也无渔网，人下去连站都站不稳，如何能抓得到鱼。

"老大，怎么办？！"缔素把湿漉漉的襦衣也脱下搭在树枝上晾晒，"反正我不会水，要不咱们饿一顿……你怎么连甲都不卸，快脱下晾晾，湿衣裳穿着不难受啊？"后一句却是对子青说的。

"还好。"子青只肯把靴子脱了晾。

缔素不可理解地摇了摇头，接着也脱靴子。

赵钟汶犯难地看着河水，其他士卒已有起身往下游行去，抢先去找水流平缓些的河段。

"别晾了，咱们也往下游去。"赵钟汶唤他们。

子青依言起身，打着赤脚去拎靴子。

缔素却起得不情不愿，"那么多人都拥到下游去，咱们去了也没地方站。再说了，这河里到底有鱼没鱼，谁也不知道！贸然就下去，傻不……哎呀！"他被一个松果砸中脑袋，恼道，"哪个没长眼的崽子砸的我？"

他才回头，便看见霍去病半靠稍远处的一株老松下，手上尚抛着一个松果，脸色挂着轻松的笑意。缔素愣了愣，暗忖：难道是将军？应该不会？……

正自想着，霍去病朝这边招了招手，缔素又是一愣，左右张望，不能确定将军唤的是自己。

倒是子青在旁提醒他道："将军好像是在唤你。"

缔素犹在迟疑中，悄声问道："我能过去吗？没令旗，没金鼓，我就这么过去算不算是违反军规？他会不会是在故意诓我？"

赵钟汶与子青皆是一脸无奈。

"摔傻了吧你，现在又不是在操练，你还不快去！"赵钟汶推了他一把，紧接着又把他拎回来，"等等、等等穿成这样怎么去！"缔素光着膀子，仅着大袴，着实不规整。

子青飞快取下树枝上的襦衣塞到缔素手中。

缔素急火火地边穿襦衣边往霍去病这边飞奔过来，单膝跪地行军礼，“将军！”

看他衣裳不整的模样，霍去病用脚随意踢了下他，道：“起来吧，先把衣裳穿好。”

“诺！”

缔素急忙起身，手忙脚乱地去系襦衣的系带，越是慌乱越系不上。赵钟汶在远处看得直摇头，不解道：“这小子平常看着挺机灵，怎么这时候倒慌成这样。”

子青淡淡一笑，没接话。

“将军不会为难他吧？”赵钟汶转念又替缔素担心起来，“这小子可千万别再乱说话。”

此间，缔素忙乱了一阵，总算把襦衣系好，脑门儿沁出细细密密的汗珠，等着霍去病的吩咐。

“你怎么不下河抓鱼？”霍去病问道。

缔素紧张，忐忑回道：“禀将军，卑职不会水。”

“哦……”霍去病不在意地点了点头，奇道，“你善寻水源，怎的不会水呢？”

缔素闻言惊喜过望，“将军、将军认得卑职？”

“缔素，你是我特地从羌骑营挑过来的，怎么会不认得。”霍去病笑了笑，打量了下，朝旁边赵破奴问道，“你看看，他是不是长个儿了？”

赵破奴笑道：“比起年初那会儿，好像是长了点。”

未料到将军竟还看得出自己长高了，缔素受宠若惊，一时手足无措，都不知该往哪里摆才好。

蒙唐到下游转了一圈，疾驰过来，翻身下马，朝霍去病禀道：“将军，下游处河水颇深，士卒中善水者寡，是不是也可以让他们打些野鸡野雁？”

“也行！”

见霍去病答应得痛快，蒙唐顿松口气，招来旗手让他传令下去。而后才发觉缔素站在眼跟前，他皱了皱眉头，问霍去病道：“将军，这小子是不是闯什么祸了？您尽可交给我处置。”

“那倒没有。”霍去病懒懒笑道，“这小子不会水，倒敢往河里冲，着实给你长脸。”

手下兵卒如此刚强，蒙唐心中自是十分得意，面上却只作无表情，道：“军规明令——如鼓声不绝，便前面是水火，也须跳入。他们本该如此，将军不必夸赞。”

连缔素都能看出蒙唐面容下强制冰冻的笑意，更别提霍去病与赵破奴。

赵破奴笑着问缔素道：“你不会水，方才跌入水中，不怕吗？”

霍将军，鹰击司马，蒙校尉都在眼前，缔素自觉要争口气，咽口唾沫道："回禀鹰击司马，我自马背上摔出去的时候，手里还拽着缰绳，所以并不害怕。"他顿了下，"……我同伍的兄弟，还是让我给拽回来的，要不然他差点让河水卷了走。"为了给霍将军留下个好印象，他故意把这事倒着说，反正子青也不在跟前。

霍去病眉毛微挑，下巴朝稍远处努了努，"你同伍的兄弟，是浑身湿透的那个吧？"

缔素回头望去一只能看见子青的后背，他单膝半跪着，似乎正在休整弓弦，时不时抬头与赵钟汶商量着什么。

"你瞧瞧，都湿透了，却连甲都不卸？"霍去病淡淡笑了笑，朝蒙唐道，"你去把他唤过来。"

"诺。"

蒙唐果然过去把子青唤了过来。

"卑职参见将军。"子青规规整整行军礼。

"免礼。"霍去病转头问赵破奴，笑道，"你还记得他吗？"

赵破奴盯了子青一会儿，想了起来，笑道："记得记得，很有些气力，所以将军才留他下来。"

子青只垂目静静站着。

"这铠甲浸了水倒有平常两倍重，你穿着不嫌沉？"赵破奴朝子青奇道。

子青答道："不嫌。"

霍去病打量她片刻，问道："缔素说你差点让河水卷了走，幸而是他把你拽了回来？"

子青微微怔了下，随即答道："是，幸得他援手，卑职才免一难。"

生怕被拆穿，缔素正自紧张，听见子青这话才松了口气，悄悄朝她投去感激一瞥。

闻言，霍去病目光有些异样，深深注视她一眼。

第五章　林间荒冢

“高不识这小子磨磨蹭蹭的，怎的还不来？”赵破奴向东北角张望着。

霍去病不耐地挥挥手，“不等他了，咱们先走，有本事让他自个儿找来。”

“行！”赵破奴笑道，又去唤蒙唐，“有处抓鱼的好地方，你去不去？”

心里惦记着手底下的一千多士卒，生怕自己不在时出什么篓子，蒙唐面露为难之色，婉拒道：“我还是在这里打些野味，晚上也好给将军下酒。”

霍去病也不勉强，道：“如此也好，我那里存了些酒，就等着你了。”他踱到自己那匹玄马跟前，扯了缰转身便要走。

在军中近半年，难得霍去病才留意到自己，实在不甘心他就这么走了，缔素心念一动，也不知哪里生出来的勇气，急蹿到霍去病跟前，抱拳行礼，“将军要烤鱼，小人可以给将军捡柴火。”

霍去病尚未说话，蒙唐已经冷道：“你是什么身份，也来凑热闹。”

缔素一凛，低头没敢再吭声。

幸而霍去病倒不在意，笑道：“我正缺两个捡柴生火的……你，也一起过来。”他顺口又唤上子青。

子青微愣，下意识地就想回绝，“卑职是医士，恐防意外，还是留下来待命为妥。”

霍去病未料到她会拒绝，微挑起眉，存心抬杠道：“你这话的意思是，将军我若有何意外，倒是无须理会的。”

“卑职不敢。”子青言拙，不懂与他巧辩，硬邦邦道，“卑职只是不能擅离职守。”

霍去病被噎了一下，略略提高声音，“蒙唐！”

虽是将军，可终归年纪太轻，逃不脱少年心性，蒙唐暗叹口气，命道：“子青，我自会安排，你就去替将军拾柴生火吧。”

见蒙唐如此发了话，子青无法，只得领命道：“诺。”

他二人步回去牵马，赵钟汶迎上来相问，两人如实告之。方才见他们在将军跟前，生怕是出了什么岔子，赵钟汶一直悬着的心，此时才放下来，又叮嘱缔素好好伺候着，千万莫要乱说话。

缔素连声答应，急匆匆上马，追着霍去病与赵破奴而去。子青收拾起心中不快，策马跟上他。

赵破奴所说的“抓鱼的好地方”还真是不易找，驰到一处密林前，便只能下马而行。此时已近初夏，莺飞草长，四人在林中穿行，除了鸟叫，时时还有不知名的虫鸣之声。

“这里与河水距离甚远，如何会有鱼呢？”子青默默跟在后头，环顾四周，心中暗忖。

又行一段，霍去病忽转过头来问缔素：“你善寻水源，到了此间，你不妨试试，找出最近的水源来。”

“原来将军存心试我。”缔素心下暗喜，朗声道：“诺。”

当下他便停住脚步，平定心情，闭上双目，仅用鼻子深吸口气；片刻之后，他的头微微向西南方向偏过去，又深嗅口气……随即，他睁开双目，往西南面急行出数步，嗅了嗅，这才信心满满地向霍去病禀道：“沿着此方向，不出半里，定有流水。”

霍去病与赵破奴对视一眼，前者面露微笑，后者则又惊又喜。

“你这小子，比上林苑的猎犬还强！”赵破奴上前也学缔素那般嗅了嗅，奇道，“你闻到什么？我怎么闻不到。”

缔素笑道：“有湿气，我的鼻子感觉得到。”

子青也试着吸了吸鼻子，除了草木清香，别的都闻不出来，不由得暗暗佩服缔素的天赋异禀。

霍去病牵着马，越过他，边前行边问道：“将来到了大漠里，你可有把握？”

缔素半点也不谦虚，仰头得意道：“小时随我父亲进过大漠，我就曾找到过暗河。”

“此事当真？你可别再说大话……”霍去病转头盯他一眼，“暗河隐在沙层之下，你如何能找到？”

“若问我究竟是如何找的，我也说不上来，反正我就是知道它在何处。”缔素挠了挠脖子，似乎他自己也有些困惑。

霍去病未再追问，笑了笑，自往前行去。

赵破奴经过时，拍了拍缔素肩膀，“你还真是有福气。”

又行了一段，已能隐隐听见夹杂在虫鸣间的流水淙淙之声，缔素知道自己所言不虚，心中愈加得意，放慢脚步朝子青轻道：“此处若真是好地方，下次咱们带老大他们一块来。”

子青只是淡淡一笑，并未作答。

待到跟前，果然有一深潭，霍去病拴好马，先探头瞧鱼去，奇道：“好长一阵子没来，这鱼怎的也不见多？”

闻言，拴好马的赵破奴也探头去看，皱眉遗憾道：“是不见多，看来真是吃一条少一条。”说罢，他自箭箙中取了箭矢，又不知从何处摸出条细绳子，系在箭矢末端，往弓上一搭，便往潭中瞄准。

缔素好奇，跟着勾头探脑想看赵破奴如何射鱼，只见潭水碧青碧青的，深不见底，鱼儿在水中摆尾畅游，一浮一沉，甚是逍遥。

夕阳火红，也许是浸水铠甲太沉的缘故，子青微有些眩晕，拴好马匹，定了定神环顾四周，泉水附近的地上有大小不一的石头高低散落，或玄色，或白色，衬着绿草，倒似一方浑然天成的棋局。

面前景象眼熟之极，她猛然间有些喘不上气来。

怎的会是这里？！

过往岁月中的吉光片羽自眼前飞速掠过，她似乎能听见空灵通透的埙声在林中穿行，拂开层层叠叠的绿枝，直击向她心中最脆弱的地方……

她的身子微微晃了晃，伸手扶住旁边的树。

“子青，你快来看鱼！”缔素唤她，“快来……”

他的大呼小叫立时招来赵破奴的白眼，“小声点，回头把鱼都吓跑了！”

缔素立时收声。

“我去拾些柴。”子青朝他低声道，未待缔素点头，便朝林中步去。

霍去病似不在意般地望了眼她的背影，复转过头看向泉潭。

慢慢地走着，铠甲越发地往下沉，拖得她的脚步越发滞重。她的目光牢牢盯住林中的某处，笔直前行，任凭树枝自身上、脸上划过，手始终恭敬地垂于身侧。

终于到了，她立住，缓缓跪下来，先重重地磕了三个头儿。

日光透过繁茂的枝叶，温柔地落在这处荒冢，原来立于冢前的木牌早已歪倒在杂草丛中。

她起身拨开乱草，拾起木牌，拽着衣袖细细擦拭，风吹雨打，刻在木牌上的字早已斑驳……

正怔怔出神之际，忽听见身后有脚步声响，已经距离极近，令她猝不及防，猛然回头才发觉霍将军不知何时到了自己身后，而自己也许是过于专注，竟然对此浑然没有觉察。

“这就是你捡的柴火？”霍去病声音略带戏谑，伸手拿过木牌，微眯了眼细看，念道，“墨门秦鼎之墓。他是谁？”

仓促间，子青根本不知道该如何作答，只能呆呆看着他。

“你认得？”他微挑眉。

一阵酸楚之意涌上，子青艰难地摇了摇头，她记起自己的身份是易子青，来自武陵郡的偏僻乡壤，她如何能认得埋在陇西郡里的人呢。

霍去病显然是不信，目光探询地停留在她脸上，道：“不认得，你还擦它做什么？”

“卑职、卑职……只是觉得他孤零零葬在此处……甚是、甚是冷清……”子青不善说谎，几句话也说得磕磕巴巴，“所以、所以……”

“看你擦得那么仔细，倒像是认得一般。”霍去病道。

子青垂着头，咬着牙低道：“真的不认得。”

霍去病淡淡一笑，道：“既是如此，把这个拿去当柴烧也成。”说罢，作势欲要将木牌一掰为二……

“将军不可！”

子青大急，一时竟顾不得他是将军，一手直探向他双目，趁他避让之际，劈手夺下木牌，护在怀中。

霍去病虽被她逼得退开一步，反应却是甚快，飞足踢过来，直逼面门。

已然护住木牌，子青未敢再与他动手，不避不让，硬生生挨了他一脚，身子跌了出去。

“你好大的胆子！”霍去病冷哼道。

自知冲撞了他，子青忙爬起来翻身跪倒，道：“卑职无状，甘愿领罚，但荒冢何辜，还请将军勿惊扰泉下之人。”语到末处，喉间哽咽，心中只觉万般无奈，恨不得再不当什么破劳子医士。

霍去病正待说话，林间忽无端起了一阵风，娉娉婷婷，在树木花草间腾挪，直转到他二人的前头，骤然消失……

被风卷起的一朵嫩黄小花，在半空失去凭力，袅袅落下，正落在子青衣衿之上。

木牌仍被她紧扣于胸前，指节微微泛白，霍去病看着那朵花儿，虽看不清她低垂的头，却也想得到那一脸的倔强。

“起来吧，不过与你玩笑罢了，把你吓成这样……”霍去病不悦道，“我便是轻狂，也知死者为尊。”

眼前人喜怒无常，子青亦分不清他究竟何时是真，何时是假，只能依言起身，垂目而立。

霍去病探手去欲拿过木牌，子青本能地退了一步，将木牌扣得越发紧。

“给我。”

霍去病一眼看见这少年被自己所踢到的半边脸肿得老高，赫然有血痕在上面，心中竟不由自主地生出些许不忍。

“将军……”

子青心中尚存疑惑，目光戒备地看着他。

“给我！”

按捺下心中的异样感觉，霍去病加重语气，跨上前来，不耐地径自从她手中将木牌抽了出来，略用衣袖拂了拂，俯身将木牌插入坟前的地里，且仔细用土培好。作罢，他拍去手上尘土，理了理衣襟，朝坟长鞠一躬，朗声道：“在下汉冠军侯霍去病，惊扰之处，还望秦前辈见谅。”

子青立在一旁，怔怔地看着他。

“快捡柴去！还愣着干什么？”

霍去病返身往回走，看子青呆愣的模样，顺口叱道。

见他似乎不欲再逼问自己，子青心下稍松，复望了眼那坟，便依命去拾柴。

这边，赵破奴已经射了四五条鱼上来，缔素正用随身佩的短刀刮鳞去肚肠，忙得不亦乐乎。

“你去，看高不识来了没有，若是来了，就领他过来。”

霍去病轻踢了脚缔素，撵他道。

“诺。”

缔素自觉受到重用，很是快活，起身收了刀，手在衣襟上蹭了蹭，小耗子般蹿入树林里。

霍去病又探头去看泉潭，一看之下便拦住赵破奴，“够了，别再射了。”

赵破奴低头去瞅地上零零落落的四五条鱼，不解道：“将军，这些还不够塞牙缝的呢。待会儿高不识一来，他一人可就能吃五条。”

“让他来尝尝鲜的，可不是让他来填肚子的。”霍去病提溜着鱼，将它们一条条并列排在平滑的石面上，“这些就够了，正好一人一条鱼。这潭里的鱼也不多了，犯不上斩尽杀绝，给它们留个种。”

赵破奴笑，收起弓来，“将军说得是。”

身后窸窸窣窣，赵破奴回头去看，见子青抱了些枯枝自林中出来，遂指挥她道："放那边去，石头垒起来的那地方。"

子青依言，放好枯枝，估莫着不够用，欲返身再去拾。

"你脸怎么了？"赵破奴看她肿得老高的脸上赫然有几道血痕，奇道。

"嗯？"子青拿手去抹，此时方才觉得生疼，低头看见血迹，便胡乱用衣袖抹了抹，忙掩饰道，"大概是方才被树枝刮的。"

如此一抹，非但弄不干净，越发弄得脸上狼藉，霍去病见状皱了皱眉，"用水洗洗干净去。"

子青只得到潭边掬水洗脸。

赵破奴越发不解，"捡个树枝也能弄成这样，你不会是碰上熊了吧？"

霍去病白了他一眼，"有些草是带些毒性的，肿了也不奇怪，有什么可大惊小怪的。"

赵破奴只好不作声，但心中仍是犯嘀咕。

泉水冰凉清冽，掬到脸上极是舒服，烫如火烧的感觉立时消退了许多。子青正洗着，忽有只手自身后探向颈边，她本能地转头，正对上霍去病……

因距离过近，唇瓣竟轻轻擦过他的！

子青惊得不轻，往后急退，差点掉进泉水之中，幸而被霍去病一把拉住。

"慌什么，"方才那下，霍去病也不甚自在，又看出她目中的紧张戒备之色，手上捻了朵嫩黄小花给她瞧，解释道，"这个，沾在你衣襟上了……"

虽觉得莫名其妙，但子青仍是"嗯"了一声，垂目补上句，"多谢将军。"

霍去病似乎察觉到自己举动的怪异，飞快扔掉小花，换上一副不耐的神情，"把甲卸了，自己到火边烤烤。蒙唐可护犊子得很，别弄得回头我还得给他交代。"他背转了身，不经意地轻舔下嘴唇。

蹲在枯枝旁的赵破奴并未留意他二人情形，边打着火石边笑道："将军这话算是说对了，别看蒙唐平日对手下冷冰冰的，最护犊子的就属他。方才我就担心，要是蒙唐问起来该怎么说……"

此时暮色渐沉，林中光线消逝得飞快，霍去病听着赵破奴絮絮叨叨，心不在焉地往火堆里添着枯枝，余光瞥见子青已卸下甲，襦衣宽大，越发显得身形单薄，只是背脊却挺得笔直，静静立于暮色中，便像是林中的一株幼树般。

"柴火怕是不够，你再去拾些来。"赵破奴不在意地使唤子青道。

"诺。"

霍去病看她进了幽暗的林中，才问赵破奴道："你可认得墨家的什么人？"

"墨家？"赵破奴皱眉想了想，"有些年头没听说过墨家的人了，自圣上独尊儒术之后，好像就散了吧？"

霍去病朝林中努了努嘴，"里头有个荒冢，就是墨家人的。"

他努嘴的方向正是赵破奴的背后，赵破奴一激灵，只觉得背后冷飕飕的，起身挪了个方位，才问道："是谁？"

"秦鼎。你听说过吗？"

"不知道。"赵破奴不用想就摇了摇头，转念又笑道，"不过我听说墨者任侠尚武，大多都是武艺了得的人，特别是墨家的剑法，那可是不传外人的。将军，你说那荒冢会不会藏有什么剑谱？"

霍去病斜眼睇他，道："行，你去挖挖，我在这儿等你便是。"他素知赵破奴对鬼神敬畏之心甚重，绝不敢去做掘人坟墓之事。

赵破奴嘿嘿直笑，果然连连摆手，"将军说笑了，我就随口这么一说，就算真有我也不能去拿，掘坟可是要倒八辈子霉的缺德事儿。"

霍去病微微一笑，顺手添了根枯枝到火中，此时四周已完全暗了下来，天上一轮新月如钩，淡淡光芒洒下来，周遭树影斑驳。

"那小子不会是迷路了吧？"良久不见缔素回转，赵破奴不由有些担心。

霍去病以为他说的是子青，双目望向暗黑林中，口中淡道："像他那般的性子，便是迷了路也能找回来。"

"……"赵破奴听不甚懂，"他性子怎么了？"

"缔素撒了谎，他说是他救了那小子，其实是那小子救了他，当时我看得清清楚楚。"

赵破奴怔了下，这才明白霍去病所指的是子青，遂回想道："可你问他的时候，他承认是缔素救了他。"

霍去病捅了捅火堆，盯着火光出了一会儿神，道："像他这样的年纪，哪来这样的沉稳……"子青身上有着与年纪出身极不相称的某种东西，这让他疑惑不解，却又无从寻找缘由。

赵破奴笑道："这我不知道，不过这话若是用在将军你自己身上，倒也行得通。"

正说着，林中传来脚步声，同时还有一股淡淡的略带辛辣刺鼻的味道飘过来，霍去病与赵破奴相视一笑，皆知道是高不识来了。高不识嗜嚼苦柯，随身常带着，身上也有股长年不散的苦柯味，走到何处，未见其人便先闻其味。

"老高，你什么时候才能把这玩意儿戒了？"赵破奴提高嗓门儿，笑着喊过去，

“亏得我先抓鱼，否则就你这么大的味，早把鱼给熏跑了。”

林中传来一阵爽朗大笑：“赵破奴，上回你小子上我那里，靴子一脱，八里地的蚊子都跑光了。我没挤对你，你倒还来挤对我！”

说话间，一个高大人影自林中出来，缔素跟在后面，越发显得小鸡崽儿一般。

“将军！”高不识向单腿盘在石上的霍去病行礼。

霍去病笑着指了指旁边的石头，示意他坐，“那玩意儿吃多了没好处，能戒还是戒了吧。”

高不识哈哈一笑，挠了挠连腮胡须，连连摆手，“嚼了二十多年，戒不了，戒不了，要我戒它，那就跟要了我命一样。”他见赵破奴早已把鱼穿好，便拿了到火上炙烤，又自身上掏出数个瓶瓶罐罐，飞快且依次有序地撒到鱼身上，直看得人眼花缭乱。

赵破奴拿过个小罐，在鼻端嗅了嗅，笑道：“这个闻着最香，给我算了。”

“拿去便是。”高不识大方得很，“你们中原人虽说会吃，但论起炙烤用的香料，实在少得可怜，还不及匈奴的一半。”他是匈奴人，因匈奴部落间的不和，受到伊稚斜的排挤，早些年便已归降了汉廷，颇受重用。

赵破奴笑道：“要不将军怎么惦记着叫你过来呢……对了，此间无酒真是可惜，这烤鱼下酒，可是人间美味。”

高不识哈哈一笑，起身到马鞍袋里掏出个满满当当的皮制酒囊，抛与霍去病，“马奶酒，将军你可喝得惯？”

霍去病不答，只管伸手接住，拔开塞子先饮了一大口，这才递给赵破奴。

林中窸窸窣窣作响，高不识转头喝道：“谁啊？”

只见子青低着头抱着捆树枝转出来，缔素忙上前接过来，把树枝抱到火堆边上，勤快地添加着。

霍去病瞥了眼子青，后者不知在何处摘了些浆果，马儿挨在她手心上正吃得欢。子青虽喂的是她的那匹寻常马儿，但自己那匹玄马看上去眼馋万分，直往她跟前凑。

“瞎喂什么呢你！”他起身大声叱道，“野地的东西岂能给马乱吃，有毒没毒你都不知道！万一马有个好歹怎么办？”

乍然间见霍去病怒起，莫说缔素，便是赵破奴与高不识也骇了一跳，连忙起身望向子青。

子青自然不能再喂下去，只得垂手回道：“禀将军，此果无毒。”

“你怎知无毒？”

霍去病皱眉大步走过去，自她手中夺过浆果，此果不过小指头大小，通体紫红，却是他从未见过之物。

高不识拿了几个，在火堆旁细瞧，过了会儿笑道："将军放心，此果在匈奴唤作火莲珠，马儿馋它如琼脂玉液，偏偏甚是稀少。我只知道，怀了崽的母马吃这个最是好。"

闻言，霍去病方才放下心来，朝子青道："你的马怀崽了吗？喂这个……瞧你这点出息。"后一句话却是对着他那匹玄马说的。玄马早已将头探到主人肩旁，迫不及待地将他手中的浆果吃了个干净。

拍掉手上残渣，他复坐回去，见子青仍垂目而立，开口唤道："还干站着做什么，过来坐下吧。"他所指的是他旁边的地方。

子青当他是泛泛一指，并不当真，只在缔素旁边拣了块石头坐下。

见状，霍去病也不好再说，盯了她几眼作罢。

饮了几口马奶酒，赵破奴朝高不识笑道："可惜前阵子李敢来的时候你不在，否则你与他倒是可以比比箭术。你可知道，连蒙唐都输与他。"

"李敢……"高不识想了想，问道，"他与李广将军比，如何？"

"这我可不知，不过想来，自然还是要差些的。"

高不识不以然道："那有何可比，若是李广将军来了，与他一较高下，才是快事。想当年李广将军在此地当郡守时，我们可没少和他交手，那时李广的箭术确是十分了得，堪称我平生所见第二人。"

霍去病与赵破奴闻言皆奇，李广箭术天下闻名，在高不识口中仅能排第二，却不知这第一人是谁。

"那第一人是谁？"赵破奴急问，紧接着又补上一句，"你可别说是你啊！"

高不识哈哈大笑，"我虽有这心，无奈力不能及，这第一人自然是另有其人。"

赵破奴催促他，"别卖关子，快说快说！究竟是谁？"

霍去病嚼着鱼肉，虽未出声，双目也看着高不识，显然也是等着他说。缔素在旁，他素来最恨李广，此时知有人箭术高于李广，心中自是大乐，直瞅着高不识。唯独子青一人，仍是低首垂目，目光只落在火堆之上。

"说起来，此人也是李广军中之人，"高不识笑道，"若论起技巧，他的箭术其实与李广不相上下，甚至在力气上还不及李广。但此人心极静，临阵有泰山崩于前而面不改色之势，像他那般从容气度之人，我此生再未见过。"

捡了根树枝在手中，子青静静听着，无意识地在地上划拉着。

光听见高不识的溢美之词，霍去病并不以为然，问道："你倒是说说，他究竟如何了得？”

“那时，我曾连发三箭，他立于城墙之上也发三箭，相隔约三十丈，每箭都正对上我的箭尖，将我的箭支于半空击落。”高不识道。

赵破奴低低赞叹了一声：“这般箭法，确实了得！”

霍去病也点头道：“没想到李广军中还有这等高手。”他自李广军中挑走蒙唐，却未料到还有人会有这等身手。

见他二人赞叹，高不识面带笑意，并不打断，待他们说罢，这才慢悠悠地补上一句，“最可恨的是，他是蒙上双目射的箭。”

这下举座皆惊，赵破奴更是满脸的不可置信，“蒙着双目，这怎么可能？”

高不识耸耸肩道：“若非如此，我也不会敬他为第一人。”

火堆噼啪作响，缔素惊得连鱼都忘了吃，一迭声地朝子青道：“不可能吧？蒙着双目还怎么射？”子青垂目，不言不语，拿树枝的手冷得如冰一般。

霍去病问道：“可他为何要蒙上双目？”

“那是一场赌约，他所守那座小镇，兵不过百，论起来绝非当时我部的敌手。”高不识回想起当年返汉境抢粮之事，“偏偏我们连攻了两次都攻不下来，他守城的花样还真是多。后来我们欲再攻，他便立在城头喊话，说不愿见两边士卒无辜伤亡，要与我单挑。当时我以为他只是个小小城吏，并未放在眼中，便放言三箭取他性命。后来，你们也知道了……”

他长叹口气，转而又笑道：“我输得心甘情愿，输给此人，一点都不丢人。”

“那么，你们就真的撤军了？”缔素好奇地问道。

“那是自然，我们匈奴人个个是汉子，说的话岂能反悔。”高不识理所当然道。

霍去病追问道：“此人可还在李广军中？”

高不识摇头遗憾道：“他似乎早已不在李广军中，我虽打听过，却无半分消息，这么多年都未再听说过此人。”

“他唤作什么？”霍去病问。

“他姓秦，秦鼎。”

一阵风刮过，火舌摇曳吞吐，火光映在每个人面上，明灭不定，显得分外诡异。

火堆旁，忽陷入死一般的寂静中。

赵破奴惊愕万分地盯着霍去病，嘴半张着，一时却发不出声来。

霍去病面无表情，径自怔住……

不知自己说错什么的高不识呆愣住。

缔素被赵破奴一脸见鬼的表情吓到，悄悄挨近子青。子青仍静静低头在地上划拉着，对周遭恍若未闻。

半晌，高不识忍不住道："怎么了？将军，你们认得他？"

赵破奴指了指林中，干哑着嗓子道："这里面有个坟，好像就是秦鼎。"

高不识也是一惊，"他死了？！"

霍去病静静道："里头是有个坟，写着墨门秦鼎，不知道是不是你说的这个人。"他说话时，目光似不经意落在子青身上，只是后者深垂着头，根本看不见任何表情。

"墨门……"高不识恍然大悟，"原来他是墨家的人，难怪守城时有那么多花样，难怪难怪！他的坟在何处？我想去看一眼。"

"我带你去。"

霍去病丢下烤鱼，自火堆中捡了几根粗些的树枝当作火把来用，领着高不识往林中去。赵破奴不想去，又不想被他们笑话，纠结后还是觉得跟着去要好些。缔素本就十分好奇，忙不迭地跟了上去。

火堆旁，仅剩下子青一人，长长的影子映在身后，与树影相交叠。

风过时，树影轻摆，仿佛一只巨大的手在温柔地抚摸着她的头发。

终于，忍了许久的一滴泪水缓缓自她脸庞滑落，迅速渗入草丛中，再难寻踪迹。

高不识立在坟前，按匈奴人的礼节，恭恭敬敬行了礼。

"这坟少说也荒了有五六年。"赵破奴看木牌斑驳，周遭杂草丛生，叹口气道。

"我再未听说过他的音信，却未料到他却在此地。"高不识甚是遗憾，"他年纪也不过三四十岁，功夫又好，怎的会如此英年早逝，唉……"

缔素缩在众人身后，打量着孤坟，见平平无奇，而木牌上的字他也仅认得一个"门"字，顿觉无趣得很，悄悄往后退去。

霍去病转头略扫，方才发觉子青并未跟来，心下微有些纳闷儿。待高不识与赵破奴各自唏嘘过后，众人便复转回去，还未出林中，他便已看见少年孤身坐在火堆旁，静静地添着树枝。

"你怎么没去？"他貌似随意地在子青旁边坐下。

不惯与他如此接近，子青略退远些，才有礼道："林间有风，怕走了火，所以卑职留下来看着火堆。"

缔素挨着她坐下，朝她道："没什么好看的，就是处野坟，前面竖了一块木牌，哪里有一点气派，连平头百姓的坟还不如呢。"

低低"哦"了一声，子青没作声。

霍去病在旁听得清楚，淡淡道："墨家节用节葬，本就反对厚葬久丧，若此地是个大家，岂不就是墨家人欺世盗名。

对于墨家学说，缔素并不是很明白，此时听得似懂非懂，自然是不敢去问霍去病，便附耳问子青："什么叫节用？"

子青尽量简短道："就是说，吃穿用度都不必讲究，食能果腹，衣能御寒便足矣。"

"那活着也太没意思了。"缔素直撇嘴，很不以为然。

赵破奴听见，笑问道："那你倒说说，活着是为了什么？"

缔素理直气壮道："身为男儿，自然是要建功立业。"

"人小志气不小，"高不识笑道，"那你建功立业之后呢？"

缔素笑得有些腼腆，"我想在长安城里买座大宅子，再买上一大堆奴仆来伺候我，做好吃的，烤全羊……"

"再娶上几个漂亮姑娘，是不是？"赵破奴探身过来拍缔素的后脑勺儿，"你怎么跟我想到一块去了，干脆咱俩住一块得了！"

听得众人皆大笑。

霍去病瞥了眼子青，忽问她道："你呢？"

"嗯？"子青没反应过来。

"你想要建功立业吗？"

子青习惯性地垂目，摇了摇头，"卑职没想过。"

"那你活着为了什么？"

子青怔了下，似乎从未想过这个问题，半晌才答道："做事。"

似乎觉得她的回答有些意思，霍去病眉毛微挑，追问道："做什么事？"

"分内的事。"

子青并不善言辞，拙道。

霍去病想了片刻，淡淡一笑，终于未再问下去。

次日回到营中，易烨的脚消了些肿，加上休息足够，蹦来蹦去甚是有精神，把原是给子青留的面饼拿出来，掰一掰，大家分了一块吃。

缔素总算是等到了好时候，忙把自己在霍将军跟前如何如何，详详细细地讲了一遍，其中难免有些添油加醋的地方。好在子青厚道，虽然听出所述有些出入，倒也不去驳他。

易烨笑道："你还挺机灵，下回将军若是要把你调虎威营去，你怎么办？"

缔素眼睛一亮，"会吗？"

“那可不一定……”易烨存心逗他。

“鱼好不好吃？”徐大铁问道，他的心思只在这一处。

“真不错，”缔素咂巴着嘴回味，“你想想，高不识亲手烤的，那叫一个香，鱼肉又鲜又嫩……是吧，子青？”

“是。”子青微笑，纯粹是不愿扫他的兴。

于是，徐大铁就开始流口水。

赵钟汶坐在榻上，紧皱眉头，神情游离，似乎在想着别的事情。

缔素没等到他的赞叹声，主动凑过去，“老大，想什么呢？”

“没事、没事……”赵钟汶回过神来，眉头却尚未松开，“我在想那河，水挺急的。”

“嗯，怎么了？我们不是没掉进去吗，你还瞎担心什么？”缔素不解。

“不是，我是在想，上游肯定是下了大雨。”

易烨点头道：“今年是闰年，雨水是要比寻常更多。”

赵钟汶低低应了，他由这条河水联想到家乡的那条河，不知那条河又是什么光景，若是碰上这样的大水，那道矮矮的堤如何防得住，地里的庄稼……他没敢想下去，起身吆喝着铁子、缔素：“走，回去，回去，都是一身的土，赶紧都洗洗去。”

见他们都走了，易烨这才朝子青问道：“你脸上怎么回事？”

“不是说了么，不小心跌了一跤，被草割的。”子青照例这套说辞。

“你骗他们也就罢了，以为骗得过我？”易烨甚是不满，“一看就知道是被人打的，血道都出来了，什么人对你下重手？”

子青只好换个说法，“没事，就是操练的时候不小心碰的。”

“谁碰的？”

“不记得了。”

易烨盯了她半晌，方才无奈叹口气，心知她是决计不愿说真话了，指了指墙角的木桶道：“热水有现成的，你到桶里洗洗吧。”

屋内屏风后头有个半旧的木制浴桶，是给病中的士卒泡药浴所用。子青多日来都是尽量简单地擦洗，但昨日落水又一直穿着湿衣裳，身子受了寒气，确是极想泡一泡。此时天色已晚，大概也无人会进来……

看出她踌躇之意，易烨道：“我把门闩上，你尽管洗便是。”

“嗯。”

子青拎了几趟热水，倒入桶内，在屏风后解了衣裳，身子慢慢浸下去，暖流柔柔地包裹着全身。她放松身子，暗暗舒服地吐了口长气。

屋内升腾的袅袅水汽，间或响起的水声，易烨听了一会儿，竟不自觉地有些心猿意马，用力拧了下自己胳膊，忙在案前坐下，自拿了记录士卒病况的竹简来整理，将心神拉回。

才洗到一半，外间忽地有人叩门。

子青一惊，骇得全身僵直。

易烨忙提高声音问道："谁？"

"我！"是蒙唐硬邦邦的声音。

易烨也是一惊，压低了声音对子青道："你别作声，待着不动，他不会到屏风后头来看。"

既是蒙唐，那便是非得开门不可，子青缩在水中，动都不敢动一下，生怕弄出些许水声。

易烨深吸口气，蹦过去开门，满脸堆笑地迎出去，想把蒙唐拖在门外说话。

不料蒙唐压根儿没理他，推开他径直大步进了屋，张望了下，皱眉道："怎么这么大湿气？"

屏风那头，子青紧绷着身子，大气也不敢出。

"我刚洗了个澡。"易烨急蹦回来，忙解释道。

蒙唐瞥了眼他的脚，总算没再追问下去，粗声粗气道："跟赵钟汶说，听说東河发了水，让他写信回家问问。"

易烨愣了下，似懂非懂地道："诺。"

"别说是我说的。"蒙唐冷道。

"诺。"

说罢，蒙唐似一刻都不愿多留，甩上门走了。

易烨赶忙把门闩好。子青长舒口气，却再不敢泡下去，匆忙洗了洗便穿好襦衣出来。

"東河发了水，老大家里头不会是遭了水吧……"易烨自言自语，说罢又连着"呸呸呸"了几口，"童言无忌，童言无忌，祖宗保佑，祖宗保佑。"

子青擦着湿发，颦眉不语。

第六章　铁子惹祸

这日早练，易烨尽量轻描淡写地告诉赵钟汶这个消息。

“听说柬河发了水……”他见赵钟汶目光开始发直，忙紧接着道，“我想未必是你家那段，没那么巧的。你若不放心，可以写信回家问问。”

赵钟汶还未开口，徐大铁在旁已急得哇哇大叫起来：“发水了，那俺娘怎么办？俺妹妹怎么办？怎么办？怎么办？……俺要回家去！”小时家里发过一次水，直淹到屋顶，他记得再清楚不过了。

“铁子，铁子……别急！”缔素强摁着他，安慰道，“柬河那么长呢，也不一定是你家那段发了水。”

徐大铁虽是人高马大的，话音中已隐隐有了哭腔，“要是俺家那段怎么办？”

“先写信，再托人打听着。”子青再想不出别的法子，知道赵钟汶与徐大铁皆是归心似箭，可身在军中，又岂能回得去。

信牍发了出去，可回信一直未等到。

打听到的消息，却是一桩比一桩坏。

徐大铁已然再也按捺不住。

“俺要回家！回家……”

夕阳下，徐大铁脸上嘴角和眼角俱开裂着，鼻血直淌，双手反剪，五花大绑地被押着，口中尚不停地怒吼。

“铁子！铁子！……”缔素急得不行，可除了一迭声地叫唤也不知该怎么办。

“他犯了什么事？”

赵钟汶拦在跟前，问押派的人，却被一把推搡开来。

“我是他伍长！”赵钟汶急忙道。

闻言，押派的人方住了脚步，没好气道：“胆子比天还大，居然想闯出营去，伤我们好几个弟兄。”

子青等人听他这般说，皆心往下一沉，这等罪行，把铁子绑上往蒙唐跟前一送，那可就是死路一条。

赵钟汶又急又气，扬手啪就给了徐大铁一大巴掌，“魔障了你！魔障了你！”

“兄弟、兄弟……”易烨腆着脸往前凑，手直点着脑袋，“他脑子不好使，最近又被热毒迷了心神，并不是真想闯出营去，你们别跟他一般见识……”

大家都是一个营里的，加上易烨身为医士待人和善，颇有些人缘，押派的人知他用意，朝他们没奈何道：“迟了一步，兄弟，他打伤好几个人，前头已经有人禀报蒙校尉。”言下之意，便是他们想做人情也已经不能，说罢，便押着徐大铁继续前行。

赵钟汶等人满心焦急，只得跟在后头，一路跟到蒙唐帐外，眼睁睁地看着徐大铁被推进去，屏气噤声地听着里头的动静。

帐外旁边还拴着几匹马，其中一匹竟自踱了几步，把头伸到子青脖颈拱了拱。倒把全神贯注的子青微吓了一跳，转头望去，才发觉这马儿正是霍去病那匹玄马，大概还记得以前吃火莲珠的时候，故而对她格外亲热。

“霍将军也在帐内？”子青下意识心道。

正在此刻，便听得帐内蒙唐的声音，“私闯营门，意欲脱逃，先押起来，明日午时斩首！”

赵钟汶脑袋嗡了一下，再不想更多，大步直冲入大帐之中，眼中也看不见其他人，只朝蒙唐扑通一声重重跪下，“铁子家遭了水，母亲和妹妹都音信全无，他是一时情急，万请校尉大人饶了他这次！”

见老大闯了进去，易烨、子青等人忙也跟着进来，齐刷刷地皆跪在赵钟汶身后。

当着霍将军的面，蒙唐见这么一大帮人事先也未经通传便闯了进来，前头又有徐大铁闯营门之事，越发显得自己营中军纪松散，顿时沉下脸来，“你们眼里可还有军纪！统统拖出去，四十军棍！”

霍去病半凭在案几上，只顾低头看着案上竹简，帐内闹成这样，他连眼皮都未抬一下。

忖度着霍将军应还记得自己，缔素膝行过去，朝霍去病求救道：“将军、将军开恩！将军开恩啊！”

霍去病抬头瞥了他一眼，倒有些好笑道：“怎么是你？”

说这话时，他的目光已将帐内众人都扫了一遍，看见子青时，略停留了一瞬，方转向鼻青脸肿的徐大铁，皱眉瞅了半日，淡淡问道：“想回家？”

徐大铁愣了片刻，重重点头老实道：“嗯，俺想回家。”

“他家里遭了大水，母亲和妹妹直到现下都音信全无……”赵钟汶急急替铁子补充道，“他这是急的，平常他绝不敢这样。”

霍去病挑眉，望向蒙唐，道：“你营里，家里头遭了水的有多少人？”

蒙唐皱着眉头，答道："恐怕有近百人，听说今年几处地方都决了口，有的家里头虽说人没事，可房子还有地里的庄稼全毁了；还有不少连家里人如今是死是活都不知道的，这不就是一个么，要不怎么闹成这样……"他朝徐大铁努了努嘴，一脸犯难。

易烨听出蒙唐话语间透露的维护之意，再一低头，细想那句"明日斩首"，想是蒙唐当着霍去病的面要做出法纪严谨的样子，待霍去病一走必定还是有回转余地，而他们直愣愣地冲了进来，确是太莽撞了。

"军中不比别处，别处尚可按制回家守孝三年，唯独军中不可，这你是知道的。"霍去病冷淡道，"便是你我，也是如此，想必不用我多说。"

蒙唐默然点头。

霍去病的手指在案上轻轻敲击了几下，接着道："今夜你便将家里遭了水的人都召集起来，仍有家人下落不明者，便登记造册，交与鹰击司马。"

"诺。"

"家中田地损毁者，若有意往边疆屯田，可登记造册。"

"诺。"

"你好言安抚他们，须得申明利害关系，虽其情可谅，但操练不可误，更不可做出动摇军心之举，否则严惩不贷。"

"诺。"

听到"严惩不贷"四字，跪着的赵钟汶等人皆心中一紧，担心他接下来对徐大铁也不会容情。

霍去病却再无下文，懒懒把竹简卷起，起身时又扫了眼底下黑压压跪的一帮人等，眉宇间似有些不耐烦，朝蒙唐道："明日午时之前，需将竹册送到。"

"诺。"蒙唐见他举步欲走，忙追问道，"那……他怎么办？"这个"他"自然指的是徐大铁。将军嗒嗒嗒吩咐了一堆话，独独未说该如何处置徐大铁，倒让蒙唐无所适从起来。

跪着的众人此时全都齐刷刷地看着霍去病。

略住了脚步，霍去病淡淡道："按律当斩……"

"将军方才不是还说其情可谅吗？"蒙唐急急道。

闻言，霍去病方回过头来，大笑道："我就知道，你之前要斩他不过是做样子给我看罢了。赵破奴说全军之中，最护犊子的就属你，今日看来当真是如此。罢了，死罪可免，活罪难逃，我看他长得结实，一百二十军棍应该也挨得下来。"

"诺。"蒙唐忙应道。

一百二十军棍甚重，受刑者大多要去半条命，起码躺半月以上不能动弹，但能保住一条命已是万幸，赵钟汶等人皆松了口气。军士把倔头倔脑的徐大铁押了出去，易烨脑中已开始自动自觉地配起药方子，好给受刑后的徐大铁用。

“走吧！天太热，让马歇歇，将你营中好手召集过来，让我瞧瞧拳脚功夫练得如何？”

霍去病显然不欲在此话题上再做纠缠，抬脚往帐外走，走了几步又停住，回首用手轻轻巧巧地一点，“你，也过来。”

抬首对上他的目光，子青微愣了下，不解唤她何事，待被蒙唐轻踢了一脚，才低首垂目应道：“诺。”遂起身跟在蒙唐身后出去。

帐内仅余下赵钟汶、易烨、缔素三人。

易烨望着帐帘，又是担心又是不解，嘀咕道：“他唤青儿做什么？”

“奇了，为何唤的不是我？”缔素自在心中嘀咕，没说出声来。

赵钟汶直至蒙唐脚步声消失，才缓缓起身，长松了口气，“一百二十军棍……好歹是捞回一条命来，走吧。”话至尾音，已如叹息，他亦是满脸倦容。

此时日已西沉，校场之上，火把通明，里三层外三层围了个水泄不通，营中的拳脚好手皆汇聚在此。

因天气闷热，又比的是拳脚功夫，并不用刀戟兵器，故而在蒙唐默许下，参加比试的士卒都脱去襦衣，赤膊上阵，身上仅着一条大袴。火光下，汗水顺着背脊淌下来，闪闪发亮，越发显得个个虎背熊腰，壮硕有力。过招时，更是你来我往，拳拳见肉，砰砰作响，不耍半点花架子，很是给蒙唐长脸。

霍去病看了两三场，嚼了丝笑意在唇边，似乎还甚满意，忽地转过头来问子青道：“你可胜得了他？”指的是场中刚刚得胜的那条大汉。那大汉名唤公孙翼，是军中难惹的刺儿头，已胜了三五人，一脸得意之色。

子青立在他身后良久，也不知将军唤了自己究竟有何事，又思量他或者已经忘了自己，正在走也不是不走也不是的时候，乍然听他这一问，愣了愣道：“卑职不是他的对手。”

霍去病轻笑了下，竟俯过身来，在她耳边轻道：“我看未必，你在林中抢东西时，身手倒好得很，我眼珠子都差点让你废了。”

不惯与他如此靠近，子青不着痕迹地退了步，记起自己在林中夺木牌之事，确是情急之下未顾得上太多，时近两月，没想到将军依然心有芥蒂……

她只得单膝跪下，垂目道：“是卑职无状，请将军责罚。”

“你与他打一场，我便免去你的一切责罚；若是胜了，还有奖赏。”霍去病伸手一把将她拉起来，似笑非笑道。

子青看了眼场中的公孙翼，暗叹口气，“谢将军。”待她站起身来，才发觉校场内有些古怪，安静地出奇，几乎每双眼睛都盯在她和霍去病身上，就连蒙唐也不例外。

霍去病身为将军，本就是众人焦点所在，而子青不过是营中平平无奇的医士，众人乍见霍去病对他的态度带着几分亲密，心下皆啧啧称奇。有好事者也曾听说过霍去病与当今圣上刘彻甚是亲近，此时见状越发肯定霍去病是好男风之人。

并未料到众人心中所想，子青缓步走入校场中央，朝公孙翼抱拳行礼。

公孙翼之前曾与子青交过手，知他有些古怪，一时并不敢小觑子青。他边想着，边拳头一握，拉开架势。

子青在握拳时习惯性地食指指节凸出在外，形如凤眼，迟疑片刻后，她又将它缩了回去，心意已定：既然将军对上次之事记恨在心，自己便挨顿打，让他消气便是，免得日后他再找别的麻烦。

只是迟疑这么一会儿，拳风呼呼，对方硕大拳头已经直奔面门而来。她忙伸手格开，因力道关系，斜退开一步，心下暗自思量着该如何敷衍过这一场。

脚毫不放松地扫向她下盘，被子青避过之后，公孙翼欺身过来，双拳齐出，子青双手抵住他双拳，胶着不下，两人四足你来我往，踢得激烈非常。

明知只需足尖点中他腿上的麻筋便可占上风，但子青本就是被逼无奈下场，并不欲取胜，故而虽打得热闹，却都没有冲着公孙翼的要害。

公孙翼并不知子青心思，愈战愈勇。他身量本就比子青高大，见踢了几脚都撼不动，遂用膝骨狠狠撞向子青的后腰眼一观战的霍去病微皱了皱眉，没作声。

这一撞甚狠，子青颦眉松了手，踉跄了几步。

公孙翼得意一笑，余光略扫了眼周围，本就想看看众人钦佩的目光，乍然发觉霍去病面有不愉之色，心中咯噔一声，暗忖，不好，将军看来对这小子中意得很，我堪堪赢他也就是了，可别让他落下什么伤。

如此一想，他再出手便缓和了些。

避开几拳，格开几拳，又挨了几拳，子青心中微有些诧异，但也猜不到公孙翼的心思，只得循着他的出手，又结结实实挨了几记。

嘴角被打裂开，血渗进嘴里，咸咸的，子青暗自忖度着该差不多了。

公孙翼看见了血，也不想再打下去，即拉了个天大的架子，连珠般打出数拳，看着又凶又狠，力道上却是大打折扣。子青顺势挨下这几拳，踹跚跌倒，便算是认了输。

金刀大马地往场中一站，公孙翼摆出一副志得意满的模样，享受着周围的喝彩。

子青只当没看见，默默爬起身来，擦了擦嘴角的血，行至霍去病跟前，单膝行礼，垂目禀道："卑职无能，无力取胜。"

霍去病微沉着脸，似乎懒得再理她这个败卒，挥挥手示意她退下。

子青依命退了出去。

尽管刚挨过一顿拳脚，她的步伐略有些慢，但背脊仍旧挺得笔直一霍去病扫了眼即掉转开目光，那暮色之中幼树般的身影已如水墨淡淡印在眼底。

子青如释重负地出了人群，方才死活挤不进去的易烨忙过来要扶她，她摆了摆手，示意自己没事。

"怎么被打成这样！"缔素轻触她脸上的青紫，恼怒地啧啧作声，"敢情我们在外头听见的那些动静全是他在揍你！"

嘴角破了，被他碰得生疼，子青微侧头避开他的手，勉强笑道："都是些皮外伤，不碍事的。"

"被公孙翼打成这样都没事！"缔素缩了手直摇头，"看不出你还挺扛揍。"

子青没接话，问赵钟汶道："铁子呢？"

"被押起来了，大概是为了杀鸡儆猴，要他明日一早当众领棍。"赵钟汶盯了她半晌，"你，真的没事？"

"真没事。"

子青龇了龇牙，挤出笑意。

"没事就好。"

赵钟汶长叹口气，顺手拍了拍她，触动到她后腰眼的痛处。子青眉心一拧，疼得手心直冒冷汗，强忍住没哼出声来。易烨看在眼中，心知有异，但因不便在赵钟汶和缔素面前详细询问，只得暂且走在她身后，留心观察。

缔素觉得她无大碍，便又想起之前关心的问题，奇道："将军为何偏偏挑你上场？"

"大概因上次我对他有不敬之处，"子青猜度道，"所以他想小惩一下吧。"

"什么不敬之处？"缔素追根究底。

若是一五一十说出来，必会牵扯出其他事情，子青含含糊糊道："我也记不得了，瞎猜而已。"

缔素狐疑地多盯了她一眼，未再多问什么。

待回了医室，易烨关上门，方转身沉声问子青："到底伤哪里了，快说！"

子青扶着柱子缓缓坐下，心知瞒不过他，故轻松笑道："就是后腰挨了记重的，也没什么。"

"趴下来，让我看看。"易烨道，话说出口才意识到多有不便，皱了眉，"眼下不是讲究那些的时候……"

子青未答话，默默趴了下来，埋着脸看不清模样。

易烨撩起她的襦衣，也不敢撩高，只敢到腰部，赫然瞧见那块色泽甚重的乌青，倒吸了口凉气，恼怒道："营中切磋而已，公孙翼下手这么狠！"他用手按下去摸了摸，骨头尚有，松了口气："我用药酒替你推推，你且忍着点疼。"

子青低低应了一声。

易烨自墙角坛子里舀了一点药酒，倒在手心中一阵急搓，然后猛地贴上她的伤处，用力揉推。

子青咬着嘴唇，只是不作声，唯见抓住榻边的手背上青筋凸起。

为了让她分神，易烨随口问道："上回你不是能制住公孙翼吗？怎么这回被他打成这样？"

"将军恼我上次无礼，我只想这次挨顿揍，大约能解了他的气，日后莫再找我麻烦才好。"子青埋着脸，声音瓮瓮的。

"你若打赢了公孙翼，说不定他反而会对你另眼相看。"易烨笑道，手底下一点不停，"再说，他不是说赢了还有奖赏吗？"

"我不想要。"

子青闷声道，并未说明不想要的是奖赏，或是霍去病的另眼相看。

易烨停了一瞬，自言自语道："可惜公孙翼不是咱们这儿的，不然将来他肯定也有求到咱们的时候，不至于对你下这般重手。"

子青知道易烨心里打的主意，淡淡笑了笑，"他已经算手下留情了。"

"还笑！幸而祖宗保佑，骨头没事，这处不比别的地方，稍有差池，你就得瘫！"易烨收了手，替她整好衣衫。

次日晨练，徐大铁果然在众目睽睽之下挨了一百二十军棍，尽管赵钟汶再三托请过，但因蒙唐也在场，执行军卒一点也不敢马虎，这一百二十棍打得结结实实，未有半分虚架子。打完之后，徐大铁皮开肉绽，下半身被血浸湿了大半，赵钟汶等人忙把他背回医室中去。

饶得平日里比牛还壮，这顿打挨下来，徐大铁也是气若游丝。易烨有条不紊地清洗伤口，敷药，包扎，连子青都插不上手，只能守在灶间煎药。

日子慢慢滑过，徐大铁渐渐好转起来。为了安抚住他，易烨便用了缔素的法子，伪造了封假的信牍，哄得徐大铁以为娘和妹妹全都安然无恙，且连大黄狗都尚活蹦乱跳。只是打那之后，当徐大铁喜滋滋地说起家中之事，众人因心中有愧，总听得难受非常，常寻借口避开去，只剩缔素陪着他闲扯。

立秋之后，下过几阵秋雨，天气也慢慢转凉，操练却是越发密集，且霍去病常常让全军带上一两日干粮，沿着边境线一路驰骋，在外两三日才返回来。有一两次遇上入境打秋风的匈奴人，便一举歼灭，可惜都是小股匈奴人，往往后面的人还不知道发生何事，便已经被先头军斩杀殆尽。

这日回营，易烨累瘫到榻上，把革靴扒拉下来，一边晾着脚，一边心怀忧患感慨道："瞧眼下这架势，怕是没过多久就当真要把咱们都拖上大漠里去打上一仗了。"

子青卸了甲，又打了盆水来洗脸，连着捧了几下冷水泼到脸上，仍不过瘾，干脆把整个脸都浸到水中，半晌也未见她抬起头来……

"青儿！"易烨提高嗓门儿，试探唤了声。

"嗯？"

子青方才抬头，一脸水珠四溅，用手随意抹了抹，看向易烨。

瞧她连鬓边的头发一并弄得湿漉漉的，易烨好笑问道："埋在水里头想什么呢？"

"没什么……"子青顺手绞了把布巾丢给他，神情有些茫然，"这些天咱们看到守边塞的戍卒年纪都偏大了些，兵器也大多老旧，塞关屯上多数连射机括也都弃之不用，待匈奴人来如何守得住。"

"我估莫着他们压根儿也没打算守住，匈奴人来，他们只需把烽火点上，缩入塞关中，就算是尽职了。"易烨拿着布巾费劲地搓脖子，"你操这心干什么，这事可不是咱们管得着的。"

"我……是觉得那些机括不用实在可惜。"子青侧着头，还在想。

易烨搓完耳根，想起来了，"你是说墙垛上的那些连射用的机括，哎，那些东西可有些年头了，我都不会用，更别提他们了。"

子青垂目，没再作声，自端了木盆出门去倒，和冲进来的缔素撞了个正着，一整盆水一滴没落全用来泡缔素的靴子。

"你——"缔素焦躁地低头跺跺脚，原想抱怨几句，忽记得此行更重要的事情，遂急转道："嫂子！嫂子来了！"

易烨与子青听得稀里糊涂，奇道："哪个嫂子？"

“还有哪个嫂子，当然是老大的嫂子了。哦，不对不对，是老大的媳妇！”

易烨迅速了解了，“梅芝？”

“对，对，对！”缔素一脸坏笑，怪腔怪调学赵钟汶的梦话，“梅芝，梅芝，你的头油真香。”

易烨禁不住大笑，又忙问道：“老大呢？老大眼下又出不去，军中她如何进得来？”

“你别忘了咱们蒙校尉，那对嫂子可真是不错。听说嫂子在营外等了两日，蒙校尉一回来就把嫂子接入大帐，方才让老大赶紧去呢。”缔素啧啧赞叹道，“看不出蒙校尉这人还挺长情的。”

得知嫂子平安无事，子青听着也替赵钟汶欢喜，问道：“老大的娘亲呢？也一同来了？”

“这我就不知道了。”

缔素耸耸肩。

过了一个时辰，他们方才见到赵钟汶，后者一扫近两月以来的阴郁，整个像换了一个人，神采奕奕，容光焕发。

“铁子呢？铁子呢？……”

他东张西望，毫无目标性地想找徐大铁，狭小的医室内是决计藏不下徐大铁的，显然他欢喜得有些傻了。

“老大，快说说……”

缔素急着想听，却被赵钟汶打断道：“快去把铁子找来，我有他家里人消息，快去！”

只愣了一瞬，缔素便飞奔出去，只隔了半晌，便听见砰砰砰的脚步声一路砸过来，徐大铁咧着嘴，满头大汗地出现在他们跟前。

“老大……”

赵钟汶不待他问便道：“你妹子现下和我娘亲在一起，都来了陇西。”

闻言，徐大铁眼睛灿灿发亮，“俺妹子来了，她是来看俺的！俺娘呢？俺娘来了吗？”

赵钟汶目光闪烁了一下，含含糊糊道：“你娘，好像没来。”

“哦。”

徐大铁有些失望，不过想到能看见妹子，立时又欢喜起来，颠颠要往外头走，被赵钟汶一把拉住。

“你去哪？”

“去见俺妹子呀！”徐大铁理所当然道。

“着什么急，今日才十二,十五才许外出，你且再等几日。”

“还得等……”徐大铁急得在室内来回踱步，猛然又停下脚步，扳着指头算日子，“十二、十三、十四、十五，那就是还得过四日俺才能出去。”

室内渐渐昏暗，子青寻出火石，咔咔咔地点灯，安慰他道：“今日已是黄昏，不算一日，你再等三日便是。”

灯刚点上，噼里啪啦连炸了几朵花，易烨见状笑道：“今日果然是喜事连连，灯烛都要来报喜……”他一眼瞥见门外的人，目光透着诧异，“哟，连你也来凑热闹？”

门外之人大咧咧地走进来，缔素见了便闪到徐大铁身后去，警惕地盯着来人。

公孙翼扫了缔素一眼，几分不屑，几分冷淡，道：“老子不是冲着你来的，别自己往脸上贴金了。”

缔素用鼻子轻轻“哼”了一声，终究没敢顶他。

“来来来，过来这边坐。”易烨倒是已换上一副笑脸，旧交故识般地招呼着他，惊着了赵钟汶等人。唯子青知其缘由，淡淡地自顾做事。

公孙翼很大气派地摆了下手，道：“不坐了，我还有别的事得忙。本来是没空过来的，不过念着咱们的交情，我还是特地跑一趟。”

这话说完，赵钟汶等人皆圆瞪双目紧盯易烨，嘴张得能塞进拳头，显然受惊不小。与公孙翼交情不浅——意味着什么，众人都很明白。

“哦，是何事？”易烨奇道。

“就是来问你一句，我那里弄到几支雕翎箭，你有没有兴趣？”羽箭中以雕的翅毛为最佳，其次为角鹰，鸱鸮又次之。而寻常士卒所用羽箭则是更次的雁翎或鹅翎，射出时手不应心，遇风便有很多斜飞的。而雕翎箭飞起来比鹰翎更快，飞出十余步箭身便端正，且还能抗风吹。

“雕翎箭！”听到这三个字，在旁众人眼睛皆是一亮，易烨惊喜道，“这可是稀罕物，你怎么得来的？”

公孙翼得意地抬抬下巴，“这你就别管了，就说要不要吧？”

“要要要，当然要。”易烨忙道。

“三支，一个小金饼。”

易烨有点傻了，“还要钱？”他还以为是公孙翼感念自己治好难言之隐，想送礼表示感谢。

公孙翼眉头一皱，受伤般地叫起来："当然要钱来买，你以为那玩意儿是天上掉的呀！老子为了弄这点东西容易吗，也就是你，我才卖一个小金饼，别人两个金饼都未必买得到。"

"多谢你的好意。"易烨只好赔着笑脸谢谢他，"不过一个小金饼我也买不起，我根本没有那么多钱。"

公孙翼想了一瞬，慷慨道："你若是真的想要，可以赊账。也就是你，别人我是断断不会让他们赊账的。"他忽地压低嗓门儿，凑到易烨跟前，用仅能让屋内人听见的声音，"你可知道，上月箭术考核的时候，有人为了买一支雕翎箭，肯出一个小金饼呢。"

缔素在徐大铁身后小声嘀咕道："什么人啊，脑袋被驴踢了吧！"随即被公孙翼狠狠瞪了一记。

赵钟汶神情有些异样，不过抿着嘴，什么也没说。

"我知道我知道，多谢多谢。"易烨连连拱手，"我的箭术，就是全用雕翎也射不中香头，我压根儿就不存这个念想。你还是去问问别人吧，可别为我耽误了你的财路。"

"当真不要？"

易烨肯定且诚恳地点头，"当真不要。"

公孙翼回过头来看其他人，"你们呢，有人想要吗？"

没人吭声。

"真是不识货，一窝土包子。"公孙翼悻悻地骂了一句，大步出门而去。

缩在门后头，一直看着公孙翼走远，缔素才跳起来冲着他背影没好气道："谁土包子！三支箭卖一个金饼，当咱们都是傻子不成！"

子青颦眉思量道："若真是雕翎箭，他卖得倒也不算贵，就怕不是真雕翎。"

"假雕翎也不要紧，只要这箭一准能射中香头，若射不中还把钱退给我，那我就买。"缔素想得甚是精明。

众人闻言皆笑。

秋夜渐深，子青给曲中两位犯了嗽疾的士卒送过汤药，又复诊过脉，知无大碍方才折返回来。屋中众人早已散去，独易烨不似往常般歇息，反而举了灯台，弯腰撅腚，窸窸窣窣地只顾翻捡东西。

"哥，找什么？要我帮你吗？"子青先吹熄了手中灯笼，问道。

易烨没回头，口中道："不用不用，你忙你的，灶间里我已经坐了水，给你洗脚用的。”

子青见状，便自去灶间倒了滚水，木盆拿进屋内，又加了瓢冷水，脱了革靴布袜把脚伸进去泡着。雾气升腾，半晌，鼻尖上便沁出细细密密的汗珠来，一日中的疲乏解了许多。

这厢，易烨已经喜滋滋地寻出了些东西，一起拿了过来，放到地上，细细地倒腾起来。

子青认得那些大都是进补的药材，其中有当归、黄芪等，看他小心翼翼一点不落将药材屑都筛了出来，再细细地用小竹筒子装了。

“哥，这是要做什么？”她不解问道。

易烨转头朝她一笑道：“老大过两天不是要去看他娘亲和媳妇吗？我想着咱们也没什么拿得出手的东西，就挑这些进补的药，把细末都筛出来，让他带了去。虽说是细末子，效果还是有的，她们一路劳顿，正好用得上。”他顿了下，又是嘿嘿一笑，“再说，这些细末子原就未必用，咱们筛些，也不能算挪用军中药材，对吧？”

子青看着他手中的小竹筒子，再想到今日赵钟汶的神情，微微一笑道，“还是哥你想得周到。”

易烨摇头晃脑，挑眉得意道：“要不怎么说穷则生变呢！咱们俩每月月俸全都寄回家去，可谓是一穷二白，自然得想其他法子。”

第七章　秋日雕翎

待到十五那日，易烨把这些药材细末交与赵钟汶，又告知炖汤之法，赵钟汶自是感激，话不多说，只将手握成拳，不轻不重地击了好几下易烨胸口。

瞧他与徐大铁欢欢喜喜地出营去，这份简单且谦卑的满足感传染着子青等人。子青怔然望着天际，此时正值秋高气爽，天空越发显得高远澄清，几簇薄云浮在其上，偶尔可见南归的大雁列队飞过，水墨画般让人心生安详倦怠。

缔素也盯着天空，半晌，跳起来拽住子青，兴奋道："咱们今日打几只雁去，就在野地里烤了吃，如何？"

子青被他扯得东倒西歪，还未答话，易烨已把缔素拽过去连连拍打，大笑道："咱俩想到一块去了！我方才就在想烤雁腿的滋味，那叫一个香……"

"你们去吧，医室不能没人，我留下来守着。"子青笑道。

易烨皱眉道："怎么你又不去，回回都是你守着，也该出来走走才对！"

"没事，守着也挺好。"

"不行，难得这么好的天，再往后等下了雪就没意思了。"易烨已想到法子，"上回二曲的戈鸣还欠了我个人情，我请他来替咱们守一日，定然无妨。"戈鸣是二曲的医士，有一回偷拿药材出去卖，正碰上邢医长抽查盘点，幸得易烨仗义，临时挪了些过来，才使他免于一难，此后忙把亏空补上，再不敢做挪用之事。

子青终觉得不好，道："这样不妥吧……"

"不过一日，横竖无大事，有何不妥。"易烨急急就要去找戈鸣，走了几步又返回来朝缔素咬耳朵，"你莫忘了去墩子那里……"

缔素连连点头。

眨眼间，两人兵分两路，转瞬无影。

不过一盏茶工夫，易烨果然领了戈鸣过来，再三谢过他，便拿了弓箭拖着子青往马厩去。子青奇道："不等缔素了吗？"

"他说在马厩等我们。"

到了马厩，果然缔素已经牵了马在等他们，看见易烨便鬼鬼祟祟道："今儿运气好，还让我从墩子那里顺了些孜然来。"

“走走走……”易烨已有些迫不及待，“别让人抢了先头。”

三人一路纵马过来，路上零零星星也遇到其他士卒，皆三五成群，多半和他们一样，也是出来打野味。易烨寻了处开阔人稀所在，跃下马，便让马儿自在周围闲逛吃草。

缔素手挽着弓箭，双目先朝地上四处望，想着能猎到野兔也是好的。

“别找了，方圆十里你也别想看见一根兔毛。”易烨嘲笑他。

他们所去之处是素日操练的所在，凡地上的野味，如野鹿、狍子、野兔要么被猎尽了，要么就搬了家，都不会傻乎乎地在此地游荡。唯有天上，尚有些野雁、野鸭可以一猎。

子青用弓随意扒拉着已略带青黄的怀风草，目光搜索着什么。

“青儿，别找了，压根儿没有！”

“其实，沙鼠也好吃的。”子青道。

想到那蹿来蹿去的小家伙，易烨眉头皱起来问道：“你吃过？”

知他觉得恶心，子青低头一笑，没答话。

“真的好吃？吃起来什么味的？”缔素嫌碍事，把身上自魏进京那里弄来的零碎东西全掏摸出来，一股脑儿放在地上，这才凑过来。

“别信她的，”易烨一把推开缔素，“青儿舌头不灵光，但凡能吃的东西，她都说好吃。”

子青仍是笑了笑，并不反驳，仰头去看天空，远远的正有群大雁排成“人”字形往南边飞去。

“来了！来了！”易烨直捅缔素，“快！射只肥的！”

缔素挽弓搭箭，斜睇他，“你怎么不射？”

“你先来，我箭术不如你，万一没射中，惊着它们岂不更糟。”

“这倒是！”

听着颇为受用，缔素遂专心瞄准，待雁群越来越近，只听见嗖的一声，箭离弦而去—雁群中的头雁用翅膀猛力拍打了下箭支，嘎嘎—叫，身子晃悠了下，落下几片羽毛，随即便振奋精神，复领着雁群疾飞。

“这就叫雁过拔毛。”易烨在旁，双手抱胸点头忍笑赞道。

失了些许面子，缔素自然有些不愤，发小孩子脾气道：“那你来便是，射下来便成，若射不中，掉的毛比我多也成。”

听了这话，连子青也忍笑垂首。

缔素不再多话，复挽弓瞄准，这次射得极准，队末的一只老雁直直落了下来。易烨欢欢喜喜地跑去捡，一面还朝缔素嚷嚷道："再多射几只！还能留一只给老大和铁子呢。"

这群雁已然飞过最佳射程，缔素待要骑马去追，被子青拦住。

"等下一群便是，这群若折损太过，遇上鹰岂不危险。"

缔素想了想，笑道："也是，小雁得留着，来年等它们长大了，咱们再吃不迟。"

提溜着死雁回来，易烨遗憾地看了眼逃命去的雁群，把箭递还给缔素，催促两人道："愣着干什么，快去捡些干马粪来，我来拔毛！"

"射中什么位置？"缔素拎过来瞧，在雁身上循着血迹找箭洞。

"别找了，"易烨好意指点他，"屁股旁边那里。"

缔素皱眉，暗忖自己明明瞄准的是脖子，怎的射中屁股。

"看，雕！"子青忽指向天际。

易烨与缔素皆抬眼望去，果然长空之上，能看见一个黑点在极远处盘旋。易烨捅捅缔素，笑道："快！把雕毛射下几根来，咱们也好做几支雕翎箭，赚些钱。"

自然听出他是在打趣自己，缔素没好气地白了他一眼，才复望向那只黑雕，无限遗憾道："这雕根本就在射程之外，别说射中，连毛都挨不到一下。要不咱们射下来，拔了他的毛做成雕翎箭，三支给老大，剩下也够咱们赚钱的。"

"老大？"子青转头看他。

缔素耸肩道："老大这两日到处找人借钱，想买雕翎箭，不过这事他不让我告诉你们。"

易烨奇道："这是为何？"

"他说上回已经从你们这里借了两个金饼，至今都没还上，再不能欠你们什么，更不能因为他害了你们。"

"害了我们？"易烨不解。

子青愣了愣，随即明白过来，低声提醒他道："上回你告诉他，是拿药材换的。"

早已忘记当初自己是怎么糊弄赵钟汶的，易烨这才恍然大悟，嘴张了个"哦"的口型，半天没合拢。

缔素不光鼻子灵，耳朵也甚尖，眼睛亮闪闪地羡慕道："上回那钱，是你们俩拿药材换的？你们俩守着那么多药材，岂不是守着金山银山在过日子！"

"别胡说！我们俩可没做过私卖药材的事情！"易烨喝止住他。

"那金饼从天上掉的？"

知道缔素是个打破砂锅问到底的性子，若不说实话，他必定喋喋不休地问下去，易烨没奈何地如实告诉他："金饼是蒙校尉给的，他也不知从何处知道老大缺钱，硬是给了两个金饼，又不让我们告诉老大。"

听罢，缔素啧啧有声，似在感叹什么，片刻转头，一脸鬼祟问道："你们说，蒙校尉是不是还惦记着咱们嫂子？"

"……他能这样至少算是有情有义吧，是条汉子……"易烨无意纠缠此话题，低下头，左右开弓地拔雁毛，猛然又抬起头朝缔素道，"这事你可别说漏了嘴！"

"知道知道，放心吧！"缔素不耐烦地挥着手，转头看见子青又在盯着天际，便用肩膀撞了撞她，"别看了，要是有强弩说不定还能擦点边，咱们拿的这弓，压根儿就够不着。"

子青轻轻"嗯"了一声，双目眨也不眨地仍紧紧地盯住那雕儿。

"他看什么呢？"

缔素不解，又蹲到易烨旁边去，刚开口便吃了一嘴毛，呸呸呸地到处吐唾沫。

易烨于百忙中扫了眼子青，问过去："青儿，有法子吗？"

子青已收回目光，俯身拿了弓，再把箭箙背上，快步朝马匹走过去，声音传过来道："它应该会下来捕食，我且试试……"说话间，她已跃上马背，轻叱一声，朝着雕儿盘旋所在驰去。

"我也去！"

缔素决计不肯放过这等好玩的事，也上了马追着她去。

"你们……"易烨拎着半秃的老雁忙站起来，无奈二人已经跑远，只得朝两人背影嚷道，"快些回来！别生事！"前一句是朝子青说，后一句是朝缔素说。

缔素连叱几下，催着马匹倒赶到子青前头去。平素里，易烨、子青箭术皆不如他，想要射下这雕儿，他想着自然还是得靠他才行。

子青也不介怀，策马随后。

两人直至近处，方才下马，商量片刻，知雕儿警觉，各自寻了遮掩之物，弯弓搭箭藏身其间，只待那雕儿落下来猎食之时才拉弦。

这一等便是一个多时辰，那雕儿依旧优哉盘旋着，时近时远，时低时高，可始终在射程之外，倒像是知道有人等着，存心戏弄他们一般。缔素毕竟是小孩子性情，耐不得久，早把弓箭放了下来，在藏身的大石之后伸胳膊伸腿，不安分起来。他又闲闷得慌，想和子青说话，喊了过去，分明看得见子青就在不远处深草里蹲着，可她不仅不答话，且连身形都是一动不动，这份耐心着实让缔素自愧不如。

似乎每一阵秋风卷过时，草上的翠色便要减分颜色，不知不觉间显出憔损的枯黄来。原还在天边的云缓缓压了过来，苍穹间阴阴沉沉，风一阵一阵地刮过。子青便隐在青黄之中，听着草丛中不知名的虫儿鸣叫，双目虽未曾离开过天上的雕儿，思绪却是飘飘忽忽，难以集中……

忽听天际传来一声雁叫，甚是哀苦，叫得人九回肠，她展目寻去，是一只孤雁，不知怎的掉了队，正拼命地往前赶。

雕儿自然也听见了，岂能放过这绝佳的猎物，几番盘旋之后，便做出俯冲之姿。

子青收敛心神，手扣着羽箭，拉至满弓，待那雕儿一进入射程之内，羽箭离弦而出一电光火石之间，她分明看见，竟同时有三支箭射向那只雕儿！

一支箭略偏了些，斜斜擦过黑雕。

另外两支箭便如同约好了一般，齐齐射入雕儿的两肋，那雕儿甚是骁勇，勉力扑腾着翅膀，挣扎欲飞，终是摇摇晃晃地掉了下来。

是谁？除了缔素还有谁？

“射中了！中了！”缔素欢欣鼓舞地自大石后跃出来，连蹦带跳冲过去。

并未急着去捡拾猎物，子青自半人多高深草中起身，目光直直地探向西北方向，另一支箭所射出的方向——风吹草低，那人缓缓直起身子，尽管相隔甚远，子青仍能感觉到他的双目准确无误地盯着她。

将军……子青微怔了怔。

是他！霍去病微偏了下头，唇角不自觉地勾起一丝笑意——未料到又是这个幼树般的少年。站在这里望去，他瘦瘦小小，背脊仍是习惯性挺得笔直。霍去病比他们来得更早，故而知道他已静静伏在深草中一个多时辰。

他这样的年纪，哪来这样的沉着？

霍去病微眯起眼睛，这个少年总是让他感到疑惑，答案却无从寻找。

子青未敢举步上前，心中担忧这雕儿怕是留不住。

“青儿！快过来啊！”缔素回头朝她急急嚷道，“这雕儿凶得很，我制不住它，你快来！”

子青用眼神示意他，无奈缔素心思全在雕儿身上，压根儿未曾会意，早转回头去，背着她犹在嚷道：“快点！快点！没想到咱们俩都射着了！只可惜不是一箭穿心……”

见状无法，子青只得过去，压低声音道：“将军也在，左翼一箭是他射中的。”

“将军！”

缔素被吓了一跳，猛地直腰四处张望，这才看见半隐在深草中抱弓站立的霍去病，顿时呆愣住，也不知该怎么办才好，本能地单膝跪地遥遥向将军行礼。

见他跪下，子青也只得跟着跪下。

这下，满眼都是摇来摆去的扶风草，连霍去病也看不着了。缔素回过神来，压低嗓门儿问子青道："你方才说，这雕是将军射中的？"

"左翼那支箭是他的。"子青答道。

"我射中了右翼？"子青箭术素来不如自己，缔素当时又未看分明，想当然地认为另一箭是自己射中的，一时不知道该担忧还是该欢喜，"那到底算他的，还是算我的？我若是不跟他争，能得他赏识吗？"

"不知道。"

子青低头垂目，猜人心思不是她的长处，更不用说此人是霍去病。

随着沙沙沙的脚步声越来越近，两人都未敢再说话，静静跪着，直至面前的草被分开，一双滚边暗云纹鹿皮长靴出现在眼前。

瞧这二人跪得端正，霍去病也不去理他们，径直朝雕儿走过去。那雕虽受了伤，凶狠丝毫不减，血斑斑点点溅在周遭杂草上，一时确是让人近不得身。

"你们俩，脱件衣衫。"

霍去病背对着他们端详那雕，忽然道。

子青背脊发紧，纹丝不动。

幸而缔素干脆，今日出来狩猎本就未着甲，此时快手快脚地就把半旧绛红襦衣脱了下来，光着膀子恭恭敬敬地递给霍去病。

拿过襦衣，霍去病丝毫未有迟疑，直接罩住雕儿，由着它在里头挣扎。看情形他是要把雕儿带走，白白候了一个多时辰，雕翎看来是拿不到了，子青立在一旁，咬着嘴唇看他兜头把雕儿裹了起来。

"这雕是谁先射中的？"霍去病这才回头问了这么一句，以他的身份显然是很多余的话。

缔素没作声，他也舍不得雕翎。

子青犹豫了下，平着声音答道："是同时射中的。"

似乎觉得有趣，霍去病盯住她，半晌，才慢吞吞问道："那你说，这雕该归谁？"

"我们、我们……不要雕。"缔素结结巴巴道，"……我们就想要几根雕翎。"

下边的事情自然也听说过一些，霍去病立时明白过来，微微一笑道："怎么，想自己做雕翎箭？想奇货可居，还是想月底考核的时候露一手？”

都被将军说中，缔素挠着脖子，嘿嘿傻笑。

“能射中这雕，箭术不错。”

“多谢将军夸奖。”

缔素骤然察觉到将军这是在赏识自己，小脸上腾地开始放光。

闻言，霍去病淡淡扫了子青一眼，又偏过头来看缔素，加重语气问道：“是你，射中的？”

“嗯。”缔素忍不住得意补充道，“我们羌人自小就习弓箭。”

霍去病似笑非笑地哼了一声，转朝子青道：“我记得你是医士，可会治这雕的箭伤？”

“我没试过。”子青垂目如实道，“而且，现下身上也没有带药。”

霍去病将手指举到唇边，一声清亮的口哨声后，一匹玄马也不知从何处冒了出来，轻快地朝他们跑过来。

“你跟我回营，那里有药。”他拎着雕儿，轻松跃上马背，居高临下地看着尚未反应过来的子青，不耐烦地催促道，“你的马呢？”

将军要回虎威营，那里有药是没错，可也有其他医士，邢医长也在，自己似乎并无必要跟过去。子青艰难迈步朝马儿走去，想开口婉拒，一时又思量不出理由来。

霍去病却没什么耐心等人，叱了一声，便策马先头而去。

再无他法，将军喜怒无常，还是莫要违逆才好，子青颦眉翻身上马，与尚光着上半身的缔素对视一眼，再无话可说，暗吐口气，叱马追上将军。

一阵秋风卷过，激得缔素连打两个喷嚏，这才回过神来，想着什么都没捞着，还白白搭上件衣衫，垂头丧气地收拾了弓箭，返回去找易烨。

跟在将军后头，直到进了虎威营，子青也没等到下一句命令。霍去病下了马，倒像是浑然忘记还有她这么个人跟着一般，边走边听迎上前的鹰击司马赵破奴汇报军中事务，略略吩咐几句，便径自进了大帐。

将军大帐岂是闲杂人等擅入之处，子青在帐外刹住脚步，拿不定主意究竟该不该进去。帐外守哨的两名士卒上上下下地打量她，目光透着毫不掩饰的疑惑，显然也不知道究竟该不该放她进去。

“还不进来！”帐内传来霍去病不耐烦的声音。

子青只得硬着头皮进去。

帐内，霍去病单膝跪在地上，正小心翼翼地解开包裹黑雕的襦衣，又惧雕儿凶猛，仅将雕儿受伤的两翼露了出来，眼皮都不抬一下便朝子青道：“快过来！按住它！”

子青快步过去，跪地依样按住雕儿。

“当心点，可别再伤着它。”霍去病嘱咐着起身，自往角落里孔雀蓝竹笥掏摸了一阵，手上便多出一个琉璃小瓶，通体翠绿，晶莹得如要滴出水一般。拔开木塞子，嗅了嗅，皱眉自言自语道：“也不知究竟管不管用……”

说话间，他已复折回来，将琉璃瓶往子青鼻端一凑，抬下巴问道：“闻得出来吗？这是什么？”

一缕异香自瓶中飘出，是她从未闻过的香气，她如实道：“卑职不认得。”

霍去病微微笑了笑，道：“这药据说愈合伤口快，且不会留疤痕。是宫里头专给娘娘用的，你不认得也应该。”

对于宫廷内奢华之事毫无兴趣，子青只应了一声，没接话。

“我要拔箭，你且按住了！”

霍去病手法极快，箭头拔出，随即将琉璃瓶中的药撒在伤口之上。雕儿吃痛，奋力挣扎，无奈被子青制住无法动弹，双爪狠蹬抓破衣料，利爪顿时在子青手上挠出几道血痕。

手背上火辣辣地疼，子青一声不吭，只按着雕儿不动，挪也未挪一下。

霍去病眼皮都未抬一下，似没看见一般，不闻不问，将雕儿另一翼上的箭也拔了下来，依样上好药，又去找了布条把伤口包扎上。只是这么一小会儿，子青手背上又多了好几道血痕。最后，霍去病自怀中取出一个打造得极精细且带着链子的小金环，将它扣到雕儿的脚上，另一头扣在旁边铁架上，满意地轻叹口气，“行了，把它松开。”

瞧这情形，将军竟是想养着这雕儿，而且这念头由来已久，要不然他也不会早早就备好扣雕爪的金环。子青松开手，再把被雕儿扯得稀烂的襦衣也拿了回来，暗自思量着这衣衫还能不能补回原样。

“卑职告退。”

看左右已无事，子青垂首道。老实说，她实在有些弄不明白将军为何要自己跟来，上药包扎都用不着她，要按着雕儿，随便在帐外找一士卒也是可以的。

霍去病转过头，目光在她脸上停留片刻，眼中情绪难辨，淡淡道：“急什么，我还有话要问你。……这两支箭，有一支是你的吧？”他下巴努了努，指的是刚从雕儿身上拔出来的那两支箭，箭尖上尚留着血。

按理说他应该认为那是缔素的箭才对，子青不解他此时这般问又是何意，便默不作声。

见她不答，似乎也在霍去病意料之中，他随意在榻上坐下，道："你们俩两支箭靠得很近，你不会是想告诉我，连你都不知道是你射中了吧？"

子青沉默了一瞬，平平道："我们俩，谁射中那雕都是一样的。"

"如何一样？"霍去病挑眉，"谁射中的雕，雕翎自然就归谁，这又如何能一样呢？"

"雕翎并非我们自己要用，是预备给我们伍长的。"子青顿了顿，她话原不多，但又恐霍去病误会他们受赵钟汶逼迫，不得不解释道，"伍长素日待我们甚好，此番他家里头遭了水灾，家人投奔了来，正是缺钱的时候。"

霍去病却仍不依不饶，摇头道："便是如此，他射中的，是他的人情；你射中的，是你的人情，还是不一样。"

"只要伍长能用上雕翎箭就好了，谁做的并不重要。"子青答道。

霍去病眯眼半晌，忽道："上回在河边，明明是你救了缔素，为何要让他冒你的功？"

此事将军是如何得知的？子青一愣，讶异地抬眼望向霍去病。后者直直盯着她，眼中探究之意十分明显……

子青复垂下双目，仍道："人救上来就好了，谁救谁并不重要。"

见状，霍去病冷哼了一声，"这种傻乎乎的道理，是谁教你的？"

子青深吸口气，按捺下胸中想反驳他的恼意，压抑着语气淡淡道："是我爹，他说过——功成不必在我。"

闻言，霍去病怔了怔，垂下眼帘，低低缓缓地重复了一遍，"功成不必在我……"他微扬眉看向子青，似笑非笑道，"那你如何建功立业，加官晋爵？难道永远做个下层医士？"

"我没想过，只想做好分内之事。"

"什么事才算分内之事？"

自外间传来淅淅沥沥的雨声，凉意慢慢地渗入帐内，子青有点恍神，沉默了半晌，低道："命里事。"

她的声音很轻，让人听了却觉得如千斤重的铁砣一般，直拖着人往下沉去，连喘气都甚为艰难。霍去病深吸口气，竟也不知该说什么—眼前的少年，不过十七八岁，他这样的年纪，哪来这样的沧桑。

一时间帐内静悄悄的，无人说话，只听外间的雨声下得越发紧了。

"你的手……"霍去病回过神来，留意到子青手背上的抓痕还在渗着血珠子，心下没来由得一软，把琉璃瓶往案上一挪，故作漫不经心道，“看你年纪小，今日就便宜你了，擦这个药吧。”

“卑职是粗人，犯不上用这么好的药。”

子青自己朝手背上呸呸吐了两口唾沫，随意抹了抹，便算是治疗妥当了。

看得霍去病一脸嫌恶，直皱眉头，“没想到我军中的医士竟然是这样，你……”

他话未说完，便听帐外有人禀道：“将军！”

“进来。”霍去病听出是赵破奴的声音。

赵破奴顶着斗笠，披着蓑衣就进来了，夹带着满身雨水，朝霍去病喜道：“将军，最新一批柘木弓送到了！”

霍去病脸上倒不见喜色，皱眉道：“这批弓半个月前就该送过来了，怎的拖到现在？”

赵破奴笑着回道：“这次押送，李敢也跟着来了。”

听到李敢二字，子青身子僵了僵，神情顿有些不自在。

“他倒是老实，知道误了期，赶着来挨骂……你去让他过来，我有话要问。”霍去病直摇头。

“诺。”

赵破奴依命而去。

子青默默地往门口处退了一步，“卑职告退。”

“嗯。”霍去病有事在身，也没空再理会她，“等一下……”他将帐外守哨的士卒唤进来，命他把身上的蓑衣斗笠都脱给子青。

“不用。”子青心想淋回去也不算什么，以前操练时所淋的雨可比眼下的雨大多了。

“穿上！哪来这么拗的性子。”霍去病不耐道。他自己不知从何处拿出了一个朱红漆匣，打开匣盖，内中整整齐齐放置着数十支银镞雕翎箭。他从中取出三支，递给子青……

子青愣住，因不明何意，也不敢贸然伸手去接。

“拿着！”霍去病瞧她神情，又补上一句，“借你而已，我不管你给谁用，不能弄坏，月末考核之后便需拿来还我。”

子青再无犹豫，接过箭来放入箭箙，沉声谢道：“谢将军！”

外间赵破奴的声音传进来，“将军，李敢来了。”

“进来！”霍去病懒懒地坐回榻上。

李敢进门的那一瞬，子青将斗笠扣上，低低压在脸上，然后才穿上棕蓑衣，沉默着退了出去。

“李敢参见骠骑将军。”他朝霍去病单膝跪下，不卑不亢地行军礼。

霍去病已在案前坐好，先前的笑意早已收敛起来，也不客套，直接冷淡道：“这批弓半个月前就该到了，你们足足拖延了十四日，可知罪？”

李敢平和回道：“只因北麓今年气候异常，竟一连下了近二十日的雨，弓身难烘，故而迟了半月，还请将军恕罪。”

“我倒是想恕罪，可你们这一来，误了我操练的大事，这又怎么算。”霍去病不依不饶。

“弓身如不尽数烘干，韧度有变，差之毫厘，谬以千里。这批弓虽也可在半月前赶出，但论其质，却是不可同日而语，还请将军明鉴。”

霍去病本还想再为难为难他，但见李敢神情从容，便失了些兴致，抬头吩咐赵破奴道：“你去振武营，通知他们换弓一事，晚饭之前，务必把所有旧弓收齐，等候明日发放新弓。”

“诺。”

赵破奴领命，急匆匆地走了。

帐内仅剩下霍去病与李敢二人。李敢仍然半跪着，未敢私自起身。霍去病盯了他半晌，才懒懒地一挥手，“起来吧……”

“谢将军。”

李敢起身。

“你既知罪，就该认罚。”霍去病饶有兴致地看着他，“今晚正好有操练，你可愿随我一同去？”

听他语气转变，李敢知道对于兵器延误一事，霍去病是不欲再追究下去，悄松口气。加上他心中也极想看看霍去病所操练出来的兵马，能跟着去，便是累些也值得，当下毫不犹豫应承：“听凭将军吩咐。”

“好。”霍去病目光中有些许笑意，打量了下他，“你先去歇息吧，到了夜里，我自会派人去唤你。”

李敢依言出帐。

第八章　重遇故人

振武营，三更刚过。

雨下得越发紧，又打了几个雷。

医室内，易烨被雷声惊醒，在榻上翻了个身，低低咕哝了句什么。子青在床上也被惊醒，听着外间响成一片的雨声。这一醒，想起白日里与李敢擦肩而过之事，心中微澜，只静静躺着，却再睡不着。

雨声是如此之大，连夜间巡营士卒的脚步声都被淹没在其中，良久，子青倦倦地合上双目，慢慢地复沉入睡乡之中……

夹杂在雨声中的某个声音骤然闯入耳中，惊得她立时睁开双目，更甚于听见响雷。她屏住呼吸，侧耳细听，当再次听见时，立时跃起身来，伸手要去拿弓箭。

易烨被她吓了一跳，“青儿？”

没摸到弓箭，子青这才想起因为要换弓，旧弓已经上交，新弓须得明日才能领到。

“怎么了？”易烨撑起身子，不明白她在做什么。

“哥，你听见外面的马蹄声没有？”子青压着嗓子，摸到放短铩的地方，“我怀疑，有人趁着雨夜袭营。”

“袭营！！！”

原本尚在迷迷糊糊之中的易烨一下子全醒了，一骨碌自榻上起来，不可置信地问道：“匈奴人来了？”

“不知道，你待在屋里别动。”

话音刚落，子青已经手持短铩，猛地拉开门冲入雨中。

易烨急喊道：“你小心……”话音未落，便听见门外传来马嘶声，心下发紧，再顾不得子青的嘱咐，抄起长戟也跟着冲了出去。

一道闪电劈裂长空，煞白刺眼的电光在一瞬照亮他眼前的景象，惊得刚在雨中站稳的易烨长戟脱手，踉跄着连退几步，几乎跌倒在地——倾盆暴雨中，一匹玄马高高扬起前蹄，马背上的人一身黑衣，头戴面具，青面獠牙，仿佛自幽冥而来，甚是骇人。

“哥！快去击鼓！”

子青挡在易烨跟前，头也不回，雨水自短铩尖头往下淌，寒光闪耀。

马上的青面人手持一柄长刀，居高而下，青铜面具后的目光看不出任何喜怒哀乐，只冷冷看着子青，似乎在嘲弄她的自不量力。

“青儿！”易烨腿还是有些发软，仍硬撑在她身旁。

“快去！”

子青已听见又有马蹄声朝这边来，心中发急，猛力推了易烨一把。

刀光闪过，青面人虚晃一刀，逼着子青退开，催马追向易烨。子青疾步紧追上前，飞身跃出，短铩破开雨线，直刺向黑衣人背心要害。

听得身后动静，青面人侧身伏在马背上，险险避过，后肩铠甲竟已被刺破，方觉子青棘手，遂不去管易烨，掉转了马头……

子青一击不中，跌落在地，打了个滚站起，眼角瞥见易烨身影消失在雨幕之后，心下稍宽。

那人似乎并不急于出手，刀在手中轻巧地转了两圈，面具后的眼睛盯着子青。

雨没头没脑地狂泻而下，他居高临下，子青紧紧握着短铩，铩尖上滴着水……身后，马蹄声响，她微侧了下身子，余光瞥见来人，深吸口气，来人仍是一个戴着赤色面具的黑衣人。

“这个留给我，前面跑了一个，你快去追。”

青面人瓮瓮道，隔着雨声，声音听起来越发怪异。

赤面人似点了下头，目光略扫了一眼子青，遂叱马要越过子青往易烨的方向追去。子青未加思量，身子一矮，厉吼出声，力灌双臂，挥动短铩朝马腿横扫过去……

马匹前腿吃痛，嘶吼着急刹住身子，前蹄软软跪倒在地。

原在马背上的赤面人径直被摔了出去，正待翻身站起，子青丝毫不给他喘息的机会，短铩破空刺去，寒光点点，分取他身上几处要害。

赤面人无法，就地滚开来，沾得满身泥泞，甚是狼狈。奇怪的是，在一旁的青面人丝毫没有要援手赤面人的举动，只在马背上看热闹，颇有些自得其乐。子青虽心下生疑，但眼前的状况却容不得她腾出工夫细想。

赤面人翻滚之中已拾起方才易烨不慎掉落的长戟，单膝着地，挺身持戟挡住子青的短铩。

短铩与长戟相击，火花在雨水中溅开，两人虎口都是一麻。

子青不待他喘息，手腕轻抖，铩尖顺着长戟一路划下，溅出细线般的火光，若不是赤面人反应甚快，持戟的手指差点让她废去，但也被她逼得一手不得不松开长戟。

未料到此人竟然臂力惊人，丝毫未有不便之处，力道更是不弱。他单手挺戟格开短铩，戟刃破开雨线，在身遭画了一个完美的弧形。

被刃尖迫开在弧形之外，子青短铩斜护在胸前，连退几步，她知眼前人不容小觑，深吸口气……

咚！咚！咚！

急迫的鼓声穿透雨帘，自营中不远处传来，应该是易烨在击鼓示警，子青心上悄悄地松口气，手上仍不敢有半分松懈。旁边的青面人听见鼓声，似乎嘀咕了一句什么，淹没在雨声之中。

赤面人已挺身跃起，长戟横扫过来，与短铩哐当猛撞在一起。

长戟短铩，子青自然吃了些兵器较短的亏，但短铩用起来要较长戟轻便些，故而子青变招极快。

雨下得急促，子青出招越来越快，想迫得他手忙脚乱露出破绽来。

又是一道电光劈下，两人之间迫得甚近，赤面獠牙的青铜面具在闪电下显得越发狰狞。面具后的人盯着子青，却是彻底凝住不动，只定定地看着她……

终于等到这处空当，子青未再迟疑，反手疾刺，铩尖挺进，眼看已刺入那人左胸，突然一柄长弯刀凌空出现，格开她的短铩，刀柄反撞在子青肩头，劲道甚大，她连退开几步。

原来是一直旁观的青面人终于出了手，朝赤面人怒骂道："你傻了，想死在这里不成？"

赤面人左胸处铠甲已被划破，里面的衣裳也尽碎，胸口处被短铩划破，血渗出来，顺着雨水往下淌。他却根本连看都不看，也不去理会青面人，只缓缓站直身子，双目看着子青，仿若自言自语道："阿原……"

雨声在耳边轰鸣。

雷声几乎是压着头顶碾过。

赤面人将手伸到脸上，掀开赤面獠牙的青铜面具，雨水落在他俊朗温谦的脸上。

"阿原，我终于找到你了！"

汉，元光四年，秋。

陇西郡。

"阿原！快过来，瞧这个！"

一个十五六岁模样的男孩停在捏面人的摊前，使劲朝梳着双髻的小女孩招手。

被唤作阿原的小女孩闻声快步跑过来，鼻尖上沁着细细密密的汗珠，眼睛发亮地盯着摊上五颜六色形态各异的小面人，小手却紧紧地别在身后，似乎强自忍耐着，生怕自己伸手去拿。

"你喜欢哪个？咱们就买下来。"男孩很是慷慨，拍拍怀中钱袋的位置，"我身上有钱。"

感激他的好意，女孩朝他腼腆一笑，目光复回到小面人，扫来扫去，最后长久地停留在一个绛红将军身上……

循着她的目光，男孩一伸手把绛红将军拿了下来，端详笑道："这个好，你瞧像不像我爹爹？"

"不像，"女孩摇头，"你爹爹有胡子，这个将军没有胡子。"

坐在摊子后的小贩听见对话，看着男孩奇问道："你爹爹是将军？"他瞧这两个孩子都穿着半旧苎麻布，与寻常百姓一样，并不像是将门中人。

男孩语塞了下，没答话，丢了两个铢下来，一手拿着小面人，另一手拉着女孩跑掉。两人一路跑到街道清冷之处，已瞧不见那小贩，男孩这才停下脚步，舒了口气。

"李家哥哥，你爹爹便是李广将军，你为何不告诉他？"女孩胸膛起伏，气息却还稳，不解地问道。

李敢摇头道："那可不成，若让爹爹知道我在外头说出他来，一顿板子是逃不掉的。……阿原，你拿好了。"他把小面人往秦原手中递去。

秦原却背着手不肯接，吞吞吐吐道："这是你的，我看看便好了，不能要。"

"怎么不能要，我就是给你买的，我送你，不行吗？"

秦原仍是摇头，"不行，若爹爹知道了，会罚我的。"

中间隔着个小面人，两个孩子面面相觑。李敢虽看得出阿原极喜欢这面人，但也知她断不肯收，只得道："那我替你收着，你想瞧了，便来找我，可好？"

秦原欢喜地点头，"成。"

又端详了一会儿，李敢忍不住道："阿原，咱们拿树叶给这面人添上胡子吧？像我爹爹那样。"

秦原抿着嘴笑，不说好，也不说不好。

李敢笑问道："怎么，你舍不得？"

秦原仍是不作声，眼睛不舍地看着小面人。

"行，那就不给他添胡子。"李敢看出她的心思，遂大度道，"等以后我当上将军，大概就是这般模样。"

秦原眼中盛着满满的笑意，用力点了点头。

有一骑自街那头驰来，看见他们俩，跃下马笑道："三公子，你们还在这儿只顾着玩，李将军回来了！"

两个孩子闻言，皆是惊喜。

"我爹爹呢？"秦原仰着头问。

"回来了，都回来了！三公子，夫人让我赶紧带你回去！"马上的人伸手来拉他。

李敢应了，却不伸手，道："我和阿原一块回去。"

"小娃娃！"那人笑了笑，倒也干脆，跃下马来，"你们骑马回去，快些！莫让夫人等。"

"多谢李大叔。"

李敢上了马，又把秦原也拉上马背，先往秦原家的方向去。李敢已有些懂事，心中自有些计较，这次陇西郡置水关外羌人反叛一事，爹爹已去了近三个月，此番回来想来已经顺利解决。若是此番功劳上表，说不定爹爹也能封侯了。

在家门口，李敢才勒住马，秦原手脚伶俐地跳了下去，口中急唤道："爹爹！爹爹！……"

秦鼎自门内出来，往内奔的秦原正好一头撞进他怀里。

"阿原！"秦鼎把秦原抱起来，拿胡子没头没脑地蹭她，逗得她咯咯直笑，"又溜出去玩了，在家乖不乖？"

"秦叔！"李敢跃下马，规规矩矩地抱拳行礼。秦鼎于他虽无师徒之名，却有师徒之实，李敢对他自是尊敬有加。

秦鼎笑着微微点下头，目光却有几分复杂。

"李家哥哥都和我一处练箭，爹爹……"秦原缩着脖子直笑，抬眼又看见爹爹的头发，伸手去拍，"爹爹，你头发上有灰。"

她拍了几下，都拍不掉，心中奇怪，凑近细细端详，这才吃了一惊："爹爹，你的头发怎么变白了？"

秦鼎笑了笑，没答话，低头望向李敢，"三公子，你快回去吧，你爹爹也回来了！"

毕竟比秦原年长，李敢已察觉到秦鼎神情有异，拱手辞道："秦叔，我先回去。……阿原，我晚些时候再过来，给你瞧那个将军。”

秦原搂着爹爹的脖颈，朝他颔首，笑着挥挥手。

谁曾料到，这一别便是六年。

元狩初年，深春。

雨夜之中。

李敢！

子青惊在当地，背抵着墙，不可置信地望着他——后者在雨中缓缓绽开微笑，带着毫无保留的真挚和温暖。

鼓声乍停，取而代之的是一声长长的、尖锐的胡笳声。

由恍惚中猛醒过来，子青骤然明白此事的严重，疾冲到李敢面前，急道：“此地不可久留，你快走！让人看见，你便是逃得出去，也会祸及你全家。”她俯身拾起青铜面具，急着要替他再戴上。

李敢按下她的手，温颜道：“既然找到了你，我自然是要带你一起走。”

“胡笳声响，蒙唐马上就到！”子青虽不明白他为何要夜闯军营，但她自是不能看着他死在这里，“你快走！快走！千万别再做这种傻事！”

这话传到青面人耳中，重重地冷哼了一声，似乎甚是不快。

不远有人在大声呼喝，密集的脚步声，且又有马蹄声朝这边过来，子青弄不明白眼下究竟是何种状况，越发心焦。

“将军！”一匹马自雨幕中冲出来，马背上的人朝青面人急道，“有两名兄弟差点被擒，亮了身份……”说话间他方看见李敢已摘了面具，遂松了口气，“蒙唐马上就过来。”

将军？！

子青有点懵。

说话间，蒙唐手持六石劲弓，脚步溅得泥水飞溅，飞奔而至。

直至此时此刻，青面人方才慢条斯理地取下面具，朝蒙唐懒懒道：“蒙唐啊，我入你大营已近一刻，而你巡营四十人尽数伏倒，竟无一人可示警。若我是匈奴人，此时早已取得你颈上人头。”

蒙唐立着，对于霍去病夜袭此事，他事先半点不知，此时又是气恼又是羞愧，直愣愣地呆了片刻，才想起该行军礼，单膝砰地往泥地里一跪，梗着脖子硬邦邦道：“是末将失职，请将军责罚。”

见他模样，霍去病微微笑了笑，“此番我是趁你营中弓箭尽数上缴之机，加上天降大雨，确实有些取巧。不过越是这等时候，你越该加倍戒备才是。”

此时心里嘀咕的辩解之言被他尽数说了出来，蒙唐再无话可说。

“赵破奴！收队！回营！”

霍去病轻松地转了马身，看见李敢身上还渗着血，摇头叹道：“此番连累你受伤，我日后见了李老将军可不好说话……”

李敢看着子青，眼中欣喜之意最是明显不过，转向霍去病道：“此番若非将军，我岂能找到阿原，这点伤又算什么。”

“阿原？”霍去病扫了眼子青，他尚记得她明明唤作子青。

雨水没头没脑地打过来，子青立在当地，此状况她已完全不知该如何应对才好。

李敢也是一呆，方才大喜过望，他一时也未细思量为何会在此时见到她。直至此时，他留意到子青的衣着打扮，虽淋得湿透，仍可看出她身上穿的襦衣，发式都与军中士卒一般模样。

“你在军中？”他颦眉看着她，“难道他们不知你是……”

子青打断他的话，直直看着他，“我是今年年初入的伍。”

“你……”

李敢生生忍下喉咙中的话，分别六年以来，他自有成百上千个问题想问她，但此时此地却非两人可畅谈之处。

将青铜面具顺手抛给蒙唐，霍去病朝李敢笑道：“你这旧友是我军中医士，倒是有些意思。你且随我回营更衣疗伤，待明日我将他唤来再与你叙旧，如何？”

刚刚找到子青，李敢固然不愿她再离开自己视线之中，但霍去病此话虽是问句，却是半点与他相商的意思都没有。话音刚落，霍去病便吩咐赵破奴与李敢共乘一骑，自己策马当先，披雨而去。

“明日我等你。”李敢深看一眼子青，重重道。

待听得子青“嗯”了一声，他方才上了赵破奴的马。冲开雨幕，霍去病所带来的十八铁骑转瞬消失在雨中，隐隐之中尚能听见马蹄声。

雨点噼里啪啦地打在青铜面具上，蒙唐拿着它，似乎拿着此生的奇耻大辱，铁青着脸将它远远地扔掉，转而大步回了营帐。

其余诸人心下惶恐不安，也只得各自回去歇下。

医室内，子青与易烨各自换了干衣裳，躺下歇息。

易烨有心想问她与李敢之事，却又不愿勉强她，几番欲言又止，子青自然有所察觉，但只做不知道。

雨已渐歇，时而能听见外间巡哨士卒的脚步声。

不知过了多久，子青翻了个身，声音极轻，还带着些许鼻音道："哥，你睡了吗？"

无人答话。

子青便又不语，双目望着黑暗中的屋梁，怔怔出神。

"傻啊你……"易烨的声音突然响起，"我若是睡着，你把我叫醒不就行了。万一我正在梦里持戟十圈，你不叫我，还想让我累死啊。"

子青禁不住微微一笑。

"想说什么就说吧，这些年你像个闷葫芦一样，什么事都不说。"易烨温言道，"我虽没什么本事，可你有什么心事对我说说，心里多少也会宽敞些。"

"哥……"子青低低唤了声，停了好一会儿，才沉下声音缓缓道，"六年前，置水关外羌人反叛，不光是缔素的父母在那里，我爹爹也在那里。"

易烨在黑暗中低低地倒吸口气，"你爹爹是羌人？"

"不是。他是替李广去劝降羌人。得到李广的允诺，爹爹答应羌人，只要肯降，李广就不会为难他们，更不会伤他们性命。后来的事，你也知道了……"她默然。

易烨无力道："李广把羌人都杀了。"

"对，他骗了那些羌人，也骗了我爹爹。我还记得爹爹回来的时候，头发上灰扑扑的，我以为是尘土，伸手去替他拍，却怎么也拍不掉。我才知道，他竟是白了头。

"他带我们搬家，离开了李广，却又不离开陇西郡，另找了处小镇住下来。可一日一日过去，他的话一日比一日少，有时候连着几日都不说一句话。再后来，忽然有一日他不知怎么来了精神，带着我和娘去逛集市，买了好多东西，都是娘平常舍不得买的。他又带着我去河里抓鱼，然后烤给我和娘吃。娘拾柴的时候偷偷掉眼泪，我不明白，娘也不许我问，她见爹又是欢欢喜喜的模样。

"日头慢慢要落下去，爹爹说他有事要去办，我问什么事，爹爹说他欠了些债，不还不行。娘扶着树，笑着跟爹说我等你回来。爹走了，娘跪倒在地，我才发现娘掩在袖中的手指指甲抠得全破了，血淋淋的。"泪水滑下，迅速渗入杨木枕中。

听到此处，易烨低低地急唤道："不好，你娘该拦着他，你爹爹他是要……"

"娘知道，一直都知道。"子青咬了咬嘴唇，"她是这世上最懂我爹爹的人，所以她不能去拦着他。"

"那你爹爹他……怎么不去找李广算账？"

"没有，该说的话爹爹早已与李广说尽，八百多人还是被杀了。人都死了，再找李广又有何用。"子青长长地吸了口气，"我找到爹爹的时候，爹爹朝西而跪，长铩穿心，眼睛还睁着。”

“葬了爹爹，没过多久娘就病倒了，一日比一日重，药吃下去也不顶用。有一日，她问我，自己能活下去吗？我点点头。”她喉咙一阵阵发紧，“第二日早起，我才发现娘也去了。”

“葬了娘以后，也不知怎的，我再不愿见人，就开始在山里头游荡，从这座山到那座山，直到那年冬天摔断腿时遇见易大哥。若不是易大哥将我背回去，我大概早已是荒山野岭里头的孤魂野鬼了。”

易烨想起子青刚被大哥背回来时的模样，还真是小野人一般，就是性子倔得厉害，接腿骨时疼得满头冷汗，牙都快咬碎了，硬是吭也不吭一声。

“你爹爹与李广不是知己好友吗？李广难道不知道你爹为人，为何要他做这等不仁不义之事？将你好端端的一个家害得如此！”易烨愤恨道。

“我后来才想明白，他是存心的，他是存心要逼死我爹爹。”子青咬着牙道。

“这是为何？”

“因为圣上罢黜百家，独尊儒术。李广多半是怕我爹爹在他身旁，会影响他的仕途，所以想逼死爹爹。”

“你爹爹是……”易烨不解。

“我爹爹是墨者。”

“原来你爹爹竟是墨家中人！”

易烨这才恍然大悟。刘彻独尊儒术之后，对其他诸子百家多有忌讳，尤其以墨家为甚。因墨家非攻非儒，任侠尚武，墨者大多武功高强，行事又另有一套法则，并不以国法为先，故而刘彻下令严剿。

“难怪你有一身好功夫……”易烨叹道。

子青黯然道：“若你见过我爹爹，才会知道什么是真正的好功夫，连李敢的箭术都是爹爹教的。”

“那你的箭术……”易烨想到子青和自己一色一样的百射不中。

“太久未练，手生了。”

子青淡道，她并不想说自己是故意与易烨一样，以防哪日易烨因为考核不合格被弃，好歹两人还可以同进退。

易烨狐疑地盯了她一眼，黑暗中什么也看不清。子青翻身，生怕他再追问，咕哝道：“该说的都说完了，我困了。”

“等等。”易烨想起李敢，“李敢，你不恨他？”

“他是我儿时最好的玩伴，当年的事与他无关，我很明白。”子青闷声道，“可他毕竟是李广之子……”

后面的话她未再说下去，易烨也已经明白。

再好的伙伴，隔着如此沉重的家恨，相见已不如不见。

李敢回去包扎妥伤口，因他身量与霍去病差不多，霍去病便命人拿了自己的衣衫先给他穿上。

“既受了伤，便在这里养好了再走。”霍去病自己也换了件素纱蝉衣，又轻又细密，靠在榻上喝姜汤，“多住几日也不妨事。”

“不过是蹭破点皮，并不要紧。”李敢接过军士递来的姜汤，笑答道。

霍去病直摇头，“我的刀若再慢些，你身上可就多个透明窟窿。你倒是不在乎，到时候李老将军来找我兴师问罪，我岂不是麻烦。”

李敢垂目回想那瞬，心下却无半分惊险，只觉得那倾盆大雨寒铩利刃便如江南春雨杏花绿柳一般，唇边笑意禁不住浮现出来。

“他，是你什么人？”霍去病饮罢姜汤，方问到正题上。

“她……他是我旧时玩伴。”

李敢想着需从霍去病这里将子青要走，必得隐去子青原是女子且是墨者后人一事，何况此事终是爹爹之过，他也不便明说，故而只说得极简单，“他爹爹与我爹爹是故交，也曾教过我武艺。后来他家举家迁走，便失了音信，今日好容易才寻到他。”

霍去病闻罢，击掌笑道：“难怪今夜你俩打得不相上下，原来竟是一个师父教出来的。他爹爹如何称呼？”

“他爹爹姓秦，单名一个鼎字，武艺极是了得，连箭法都可与我爹爹比肩。”李敢笑道。

“你说他唤作什么？”霍去病的脸隐在烛光阴影处，声音似乎有些异常。

“秦鼎。”李敢诧异复道，他看不清霍去病的面容，“将军听说过？”

霍去病“嗯”了一声，才貌似随意道：“好像听高不识提过，是有这么个人。”

李敢知道高不识原是匈奴人，与秦鼎交过手也未可知，故而并未在意。他心下想着另外一事，思量再三，起身朝霍去病抱拳施礼，“在下还有个不情之请，恳请将军应允。阿原他家与我家是故交，家父多年来一直盼望能寻到他们。眼下终于找到他，他年纪不过二九，实在太小，还请将军通融，放他与我回家去。”

霍去病连想都未想便摇头，“那怎么行，军中正是用人之际，这等人我找都找不来，如何能放走。”

“将军，”李敢焦切道，“阿原毕竟还小，他这年纪本就不该入伍，将军如放了他走，我再给将军荐些武艺高强经验丰富之人。”

霍去病起身，伸懒腰打了哈欠，眯眼道：“折腾一晚上，我也困了……”

“将军！”

“你且莫急，这事……”霍去病思量片刻，拍拍他肩膀，“这样吧，明日将他唤了来，他若是自己愿意跟着你去，我也不强留，如何？”

李敢不疑有他，大喜道：“多谢将军！”

霍去病微微一笑，随意挥挥手，宽袖飘飘，自出门而去。

李敢一夜未眠，好不容易等到天蒙蒙亮，往霍去病这边过来，却被告知将军仍未起，请他晚些时候再来。李敢虽心中焦切，却也无法，只得复返了回来。殊不知，此时的霍去病早已起身，命人去振武营将子青带来，特别吩咐须得隐蔽行事，先莫让李敢知道。

子青进帐，霍去病便将昨夜问李敢的话又问了她一遍。旧事不愿再提，子青也说得极简单，只说两家是故交，故而认得李敢。

霍去病摆弄着案上的书刀，目光并不落在她身上，故意问道：“你这身武艺不弱，李敢说你爹爹也曾教过他，那你爹爹现下在何处？”

野地里的那处荒冢骤然出现在脑中，子青怔了下，回道：“我爹爹多年前便已故去。”

“怎么死的？”

子青沉默了良久，也未开口。

霍去病也不逼她，淡淡叹道：“那日你既已到了你爹爹坟前，虽说没带什么祭品，可也该上炷香才是。”

子青愣住，定定地看着他。

霍去病装作没看见，接着问道：“你原姓秦，怎的又改了姓易？”

猜想是李敢告诉了他，子青亦无奈，只得如实说明易家是如何收留她，待她如己出；她不忍易老先生受兵役之苦，便以身相替。

“若认真追究起来，你替他入伍，这可是大罪。”霍去病有意轻描淡写道。

子青深伏在地道：“此事皆是子青莽撞，所有罪责我愿一肩承担，与易家无干。”

“嗯……”霍去病皱眉，作为难状，“此事却难，你兄易烨是知道此事的，自然他脱不了干系。”

子青心中一紧，低道，“易家仅剩易烨一子，请将军法外开恩。”

霍去病有点好笑，“难道你家不是也只剩了你这么一根独苗吗？”

“我……”

子青呆愣了瞬，无言以对。

“此事，你出于纯孝之心，我暂且倒是可以不追究。”霍去病慢条斯理地接着道，“待日后你在军中建功立业，再来将功补过也是可以的。只是……”

子青抬起头来，目光如星，等着他后面的话。

指头在案上轻轻叩了叩，霍去病斜眼睇她，道：“只是李三公子说你年纪还小，求我让你跟他回家去。”

子青沉声疾道：“将军断不能允。”

她如此回答倒是让霍去病所料不及，他撑起身子，盯着子青奇道：“你不愿去？”

“不愿。”

霍去病微拧了眉头，“这是为何？”

“我义兄尚在此间，入伍时我二人便说好同生共死，我岂能弃他而去。”子青淡道。

一抹笑意自唇边逸开，霍去病暗忖：早知如此，我也不必多此一举。思罢，他遂道：“这话若是我去与他说，他多半不信，还是你自己去与他说吧。”

“诺。”

一时有军士托了食案进来，在霍去病面前的案几上放下。食案上清一色滚银红底漆器，一箪熬得香稠的小米粥，五六个烙得极细巧的羊髓饼，并一小盒鱼醢。

昨夜睡得迟，霍去病只觉得口中有些发苦，无甚食欲，懒懒地自拿了碗去盛粥。

“卑职告退。”子青见已无事，便欲退出去。

霍去病瞥了她眼，本已点头，忽又顺口问道：“你可吃过了？”

一大早就从振武营赶过来，子青自然是腹中空空，便老实道：“还未曾吃。”

“那就在这里吃吧，”霍去病挥手让她至下首枰上坐下，“这些我也吃不完，剩下的也够你吃一顿的了。”

子青无法，只得依命。

霍去病自吃了半碗小米粥，羊髓饼只咬了两口便仍丢回盘中，便再无胃口，招手让子青把食案端了去吃。他自己又差人去命庖厨下碗汤饼送来。

这边，不过一炷香工夫，子青便已吃了三个羊髓饼，且连霍去病咬剩下的那个也一并吃了。他瞧她吃得极专心又极快，吃相却是端正，并不似乡野之人那等粗鲁无状。待到汤饼送来，不光羊髓饼，子青已将整箪的小米粥连同盒内的鱼醢全都吃净。

“看不出你个头儿不大，胃口倒是好。”

霍去病扬声唤了军士来把食案撤下，又吩咐把李敢请来，这才浅浅饮了口热汤，又用箸挑了片汤饼，放在口中慢嚼。

不多时，可听见外间脚步声急促，霍去病料是李敢，遂瞥了子青一眼。后者也正转头望向门口，目光中竟有少许苍凉凄苦之意，落在他眼中，不由得怔了怔。

李敢进来，一眼便看见子青，一时也忘了向霍去病见礼，只大步朝子青走过去，欢喜唤道：“阿原！”

子青起身，避出案外，规矩行礼，“子青参见李校尉。”

李敢忙搀起她来，“你我之间，何必行这些礼数。”

面对他满怀暖意，子青只是垂目不语，半晌，又抬头问道：“你的伤……”

“只蹭破了点皮，不碍事。”李敢忙道。

霍去病似笑非笑地“哼”了一声，“两寸深也叫蹭破点皮，你的皮还真厚。”

力道自己是有感觉的，子青也知那伤断不会轻，垂首不吭声。

李敢以为她是因在霍去病面前拘束谨慎些，并不以为意，接着笑道：“我已求得霍将军开恩，让你跟我一道回去。待出了军中，咱们再去寻秦叔、秦姨……”

子青猛然抬起头，道：“你要去何处寻他们？”

旁边，霍去病并不看他们，箸只在汤中拨弄着片片汤饼，轻轻叹了口气。

一下子被子青盯住，李敢微有些疑惑，“你不知道他们在何处？难道你与他们失散了，所以才会入伍？”

喉咙哽咽了下，子青硬是把几乎冲口而出的话又咽了回去，淡淡道：“多谢你的好意，但我不能做临阵脱逃之辈，不能同你回去。”

李敢闻言，大惑不解，担忧急道：“你在此处有多危险你可知，万一……”碍于霍去病，他不能明言，只得道，“万一、万一有什么闪失，那可是会掉脑袋的！”

子青不言，倒是霍去病在旁误解其意，冷哼道：“李三公子，你也是武将之后，怎的说出此等让人笑掉大牙的话来。若我军中士卒都是这般想法，临阵必定畏畏缩缩，也谈不上杀敌，只等着匈奴人来杀便是。”

“我……我不是这意思。”

李敢无法争辩，却是满心着急，看着子青：“若是秦叔、秦姨知道你在军中，定也会担心，你还是随我回去才妥当。”

子青低首垂目，咬牙道：“恕不能从。”

“究竟是为何？”李敢焦切问道，“你明知……为何还要留在这里？”停了一刻，见子青只是不答，他狐疑地瞥了眼霍去病，怀疑是他暗中使了什么手脚。

“将军！可是你不放她走？”他直截了当问道。

子青忙道：“与将军无关，是我……我想建功立业。”

霍去病正喝汤，被李敢这一问，没好气地咽了下去，才道：“听见没，他这般思上进，你便该为兄弟高兴才是。”

李敢盯着子青，自是不信她的话：“你又如何会有这等志向，还是说实话吧！”

子青沉默一瞬，低道：“此刻我在军中也有兄弟，说好了必要同生共死，我不能弃他们而去。”

“你与他们怎能一样！”李敢急道。

听到此处，霍去病微挑了眉，靠在案上，支肘举箸，似笑非笑地插口道：“他如何不一样？我倒要听听。”

李敢自知情急之下说错了话，也无法解释，心中又因劝不动子青而焦急，涨红了脸立在当地说不出话来，半晌才朝霍去病道：“将军，我与阿原多年未见，可否准他与我外出共叙旧谊。”

霍去病自然知道他是想寻处清静地方劝说子青，笑叹道：“他不愿随你回去，你又何必勉强。”

“将军……”

霍去病瞧李敢异于常日，料他与子青必有见不得人的古怪，心中不由好笑，遂举箸挥了挥，“人之常情，去便是了。”

子青与李敢各自牵着马，往营外行去。

一路上，见子青只是沉默不语，李敢也且忍耐着，直待出了营门至人烟稀少处，才刹住脚步。

“阿原，我爹这些年一直都很懊悔，他也在找你们……”他就立在她跟前，双目紧紧地盯着她，让她避无可避，“当年的事，你是因此还怪着我吗？”

子青摇头，轻声道：“当年我虽年幼，却也知此事与你无关。”

李敢微松口气，接着问道：“秦叔……他是不是还在怪我爹爹？”他见子青不答，心下有了答案，黯然神伤，叹道，“置水关外，爹爹大错铸成，这么多年他追悔莫及，已成了一块心病。若秦叔能原谅他，便是负荆请罪，爹爹也是肯的。”

子青仍是不语，眼眶却是微微泛红，遂垂目低首，牵着马绕过他往前行去。

“阿原！”李敢追上前，再无别法，一把拽住她的胳膊，“是因为秦叔，所以你不肯随我走吗？可难道他不知让你留在军中是何等危险，万一、万一……”

子青任由他拽着，强按下鼻端酸意，扯开一丝微笑，“李家哥哥，你还记不记得陇西街头咱们以前常去吃豆腐花的那家铺子，这些年过去，也不知还在不在？”

李家哥哥——她的这声唤一下子把李敢扯回往昔岁月中，时隔这么多年，终于又听见了她唤自己，禁不住心中暖意涌动，眼眶竟起了些潮意。

“你、你来陇西这么久，就没去看看吗？”他尽力让自己的语气显得自自然然。

“没有，一直在军中，未曾出来。”

李敢笑道：“那咱们去找找，还有捏面人的手艺刘，说不定他还在。小时候你往他摊子前一站就挪不动脚步，就是舍不得买。”

子青微微一笑，翻身上马，柔顺道：“好，咱们去找找。”

见她神情已较先前软服许多，李敢自是大喜，况且时辰尚早，劝她也不急在这一刻，遂也上马。两人两骑，往陇西城内驰骋而去。

昨夜的一场雨，将陇西街头洗得油光水滑，街两边的铺子一个挨一个，热热闹闹，望不到头。

六年未再踏上此处，子青看着脚底下的青石板路，耳边是嘈杂的人声，不禁有些恍惚，仿佛只要她飞奔起来，就能沿着这条街道回家去。

仍旧如儿时一般，李敢伸手拉住她的手，穿入来来往往的人流之中。

“两碗豆花，一碗得放双份蜂蜜。”寻到豆花铺子，李敢熟练地吩咐。

铺内的花白胡子抬眼一扫，微愣了下，端详李敢、子青片刻，恍然笑起来，“这不是李家的三公子吗？还有她，叫什么来着？……长大了，都长大了，这都多少年了！”

李敢笑道：“多少年我们也还惦记着您家的豆花呢，您这手艺，可别撂下了。”

“哪能啊。”

花白胡子嘿嘿直笑，快手快脚地盛好两碗豆花，果然给其中一碗加了两勺蜂蜜，并把那碗端到子青跟前。

“小丫头，还这么淘气，打扮跟男娃一样。可你这么一打扮，跟你爹爹还真是一个模子里刻出来的……家里可都好？”花白胡子摸了摸子青的头。

“都挺好的。”子青笑了笑，虽然不甚自在，却未躲开，依旧柔顺得像六年前的小女娃。

李敢看着她，唇边的笑意忍不住漾开，也伸手在她头上摸了摸。

两人都吃得慢，一小口一小口，子青埋头吃得专注，而李敢大半工夫都是在看着她，只是间或才应景地抿口豆花。

“好吃吗？”他问。

子青抬头，“嗯”了一声，仍旧低头下去，过了一会儿便已吃得干净。然后她自身上掏摸出两个铢，放到案上。

李敢笑道：“你能有几个钱，还抢着付账。”

“小时候，一直都是你付的钱，现在也该让我付一次。”子青没看他，目光落在街道的青石板上，声音很轻，“……总是我欠着你的，能还一点是一点吧。”

“你别这么说，该是我家欠你的才对。”

瞧着她瘦瘦小小的身形，也不知这些年是如何过来的，李敢按捺下喉间的哽咽，复打起精神，强笑道：“秦叔、秦姨住哪里？我想去看看他们。”

子青望着他，半晌将头一低，淡淡道：“不用了。”

“你在军中，他们可知道？”

“知道。”

子青答得很干脆，起身谢过花白胡子，往街道走去。

李敢快步追上，与她并行，疑惑不解道：“就算秦叔……秦姨怎么会答应呢？”

人群熙熙攘攘，子青只顾埋头前行，似乎浑然未曾听见他的问话，李敢心下微怔，想拉住她，却被她轻轻挣脱。

“秦叔是不是出什么事了？！”思及秦鼎墨者的身份，李敢忐忑不安，硬是拦在子青跟前。

刹住脚步，子青目光越过他，定定望着前方某处。

“卖面人的摊子走了。”她道。

李敢回过头，循着她的目光望去，幼时的面人摊子总是在大枣树下，现下只有个卖水粉胭脂的货郎站在枣树下叫卖。

“说不定搬到别处去了，咱们再找找。”李敢道。

子青摇头，语气忽地有些轻松，微笑道：“你还当我是小娃娃吗？”

李敢瞧她模样，笑道：“你当真是大了，再不把这些小玩意儿当回事，小时候难得能上街来玩，一来你必是要来看小面人的……你来军中这么久，怎么从来没出来逛过？他们欺负你？”

“不是，是我自己不想出来。”

“这是为何？”

“不想见人。”子青淡淡道，“尤其不想见到以前认得的人。”

闻言，李敢呆了呆，脚步微滞，待回过神来，目光忧伤，轻声问道：“阿原，你连我也不想见吗？”

子青沉默不答。

李敢接着问道："几个月前，我到振武营，还与蒙校尉比试箭术，你可看见我了？"

子青点头。

胸口骤然闷住，呼吸间隐着丝丝的疼痛，李敢强自按捺着，低低叹道："你还是恨着我。"

子青平静地摇头道："没有，我知道这件事与你无关。"

"你还恨我爹。"

她静静地望着他，半晌，带着些许茫然垂下眼帘，道："我不知道，真的不知道，所以我不想见你们，因为我不知道该如何面对你们。"

李敢双手握住她肩膀，急道："我知道，你不用一个人为难。让我去见秦叔！我向他赔罪！我去负荆请罪，只要他肯见我，他要怎么罚我都可以。"

子青摇头，"他不会见你……李家哥哥，咱们两家的事是没法解的，以后我也不想再见你。"

"阿原，你……"李敢急道，"你知不知道我找了你多久，这些年我一直在找你，一直在等你，现下好不容易才找到你，你……你不能这样……我还要好好照顾你……"

由于着急，他的声调免不了有些高，引来旁人侧目。子青瞧他脸涨红，轻叹口气，淡淡低道："我不这样又该怎样？难道这世上还有什么原该如此的事吗？"这话说得甚是沧桑，与她的年纪极不相符，只听得李敢愣了愣……

子青挣脱开他的手，缓步往前踱去，语气冷淡道："都说李广将军原该封侯，当年他平定羌人叛乱，斩杀八百余人，立下大功，可至今也未见圣上封赏。你说说，还有什么原该如此的事吗？"

印象中的阿原打小厚道，还是头一遭听她用如此讥讽的口吻，李敢心中刺痛，说不出话来。

"我一直在想，如果当时我爹爹没有带着我们离开，那么接下来李广将军会不会将我爹爹卖给朝廷，来换取一个千户侯？"

"不会，当然不会！"李敢急道，"当年我爹爹就已经后悔了！他一直都把你爹爹当兄弟一样……"

"兄弟……"子青惨然一笑，"八百多条人命，爹爹说是他欠的，所以他撑着，强撑着……"

李敢听出不对之处，"秦叔，他怎么了？"

两人已行至空旷之处，子青不欲再说下去，抬眼望着他，"李家哥哥，今日我能请你吃碗豆花，着实欢喜得很。可我已不是当年的阿原，以前的日子很好很好，却也没法子扯回去重新来过。咱们今日别过之后，再不必见。”话到此间，看见李敢神情，子青微别开头，竟还淡淡笑了笑，“小时候读庄子，不懂，现在才明白，什么叫作不如相忘于江湖，挺好，也挺好的。”

“我寻了你六年，好不容易才见到你，你却告诉我从今以后不必再见。”李敢定定地盯着她，“这也叫挺好的？”

“难道非要逼着我向你家寻仇吗？我不想做那种事。”

“阿原……”

子青打断他，目光中满是疲倦，“别再逼我了，就这样，挺好的。”她翻身上马，轻叱马匹，“走吧，该回营了。”

李敢在原地呆立半晌，这才上马追上她，尽力让声音显得柔和，“好，我不逼你，你可以不见我，可是你不能在军中待下去，这太危险！”

子青淡然道：“这是我的事，你不必管了。”

李敢探身就去抓她的缰绳，一双眼睛怒得要喷出火来，道：“别的我都可以不管，可我要你好端端的！”

喉咙间似被异物哽住，子青暗吸口气，转过头来望着他，放缓语气，“我在军中有事要做，待此件事了，我自然会离开。”

“什么事？”

“没什么，”子青微别开脸，“不过是欠了些债。”

“欠债，多少钱？”李敢忙道，“不管多少，我这里总能给你凑出来。”

“是人情债。”

子青淡淡一笑。

人情债又如何能用钱还清，李敢语塞片刻，仍是不甘心道：“没有别的法子吗？非得留在军中？”

“嗯。”

深知子青性情与其父如出一辙，只要是扛上肩头的事情，便是被压得寸步难行，也会紧咬牙关撑下去。李敢瞧着她平静无波的侧面，知道再劝也无用，遂道：“如果出了什么状况，你就说是我的亲戚，大概霍将军还会卖我几分薄面，不管什么事，都让我来扛。”

子青只淡淡一笑，不说好也不说不好，只道：“我知道。”

两人策马回虎威营，尚未进营门，便已听见里面人声鼎沸，喧嚣尘上。待进了营中，才看见不远处士卒们围出一方鞠城，内中人影身手矫健，跳跃腾挪，入水蛟龙一般。

“听说霍将军是蹴鞠好手，在京城便是出了名的，”李敢望过去，笑道，“没想到他在军中还有这么大的瘾头。”

子青对此不甚感兴趣，对于在营中蹴鞠更是不能苟同，当下只是淡淡扫了眼，便转朝李敢道：“想来将军应无事吩咐，我得回振武营去了，就此别过。”

李敢抢先一步拉住她的马缰，柔声道：“我明日便走了，日后你又不愿见我，就且再陪我些时候吧。”一路过来，他心中早已一番计较，子青素来实心眼，说不见他定是当真的话。可他现下知道了她的下落，来日方长，可以慢慢劝得她回心转意，实在犯不上此时与她硬撼。

他这般软语相求，子青本就是软心肠，听他说得恳切，着实无法狠下心断然回绝，当下只得含含糊糊地“嗯”了一声，权当是答应了。

忽地一物夹带着呼呼风声自鞠城内破空而来，李敢因是背对鞠城，仅听见风声，不明其物，几乎是不假思索伸臂将子青搂入怀中，带着她避开。

待躲开后，李敢定睛望去，才看清此物原是个鞠球，再转头望去——鞠城之中，霍去病头戴无帻缁布冠，身着素色冰纨褠衣，正接过军士递过的羊皮囊，仰头饮水，双目饶有兴趣地瞧着他们……

其他士卒皆循着将军目光望过来，见李敢二人状况，或起嘘声，或吹口哨，皆是满脸暧昧的表情。

子青脸色不甚自在，自李敢怀中挣脱出来，也不说话。李敢此时方觉不妥，尴尬一笑，讪讪向她解释道：“我、我不知道是球……”

他话未说完，便被鞠城内的霍去病打断。

“你们俩，过来过来！”霍去病顺手将羊皮囊高高抛还军士，朝李敢招手唤道，似乎觉得他二人好玩，眼神中透着些许逗弄之意。

将军命令，李敢、子青两人皆无法违抗，明明知道多半是要被霍去病嘲弄，仍是得硬着头皮依命过去。

“卑职参见将军。”

行至霍去病跟前，不管周遭士卒目光如何异样，子青只做视而不见，规矩行礼。

李敢也依品阶向霍去病见礼。

霍去病嘿嘿笑了笑，目光在他二人身上溜了个来回，笑问道：“这么快就回来了？怎么不在陇西多逛一会儿？”

“早些赶回来，因为午后就得起程回去，”李敢答了两句，便不由自主侧头去看子青，后者低眉垂眼，默不作声地看着地上沙砾。

自他见到子青开始，心思与眼神就独独在这少年身上，几乎是一刻不离。霍去病原还有些诧异，直至刚刚看见李敢抱住子青，方才恍然大悟一李广家风正派，对子孙管教甚严，怎么也未料到李敢竟有男风之好。

再看子青，长得虽瘦了些，晒得黑了些，脸皮子倒还算嫩，生得也颇清秀。若非见过他掷长戟的那个生猛劲，让人误当成女娃也是有可能的，倒难怪李敢对他念念不忘，依依不舍之情溢于言表。

如此也好，他一直希望能将李敢招揽过来，现下有了子青，不用他劝着，李敢自己就会想要过来，成算要大得多。

想到这里，冠军侯面上笑意愈浓。

“脱衣袍，下来蹴鞠！”霍去病往前踏一步，毫无预兆地揽上子青的肩膀，笑出一副心无挂碍的模样，朝李敢道，“在京城就听人说起李三公子脚法甚佳，可惜一直也没有机会和你切磋一番。”

骤然被他揽住，子青背脊僵硬，浑身汗毛竖起。毕竟男女有别，她虽生在军中，但一直避免与人有过近的肢体接触，此时与他挨着如此之近，偏偏又不能明目张胆地挣脱，不由暗暗颦眉。

“蹴鞠？！”

李敢口里问着，满眼只看见子青不自在的模样，想替她解围，碍着霍去病又不好有所动作。

微不可见地试着挪动下肩膀，子青想尽可能不着痕迹地把将军胳膊抖落下去，不料霍去病仿佛不在意般将胳膊一勾，反而将她揽得更近了些。着实难受，子青暗吸口气，猛地弯腰下去，佯作整理革靴，使他胳膊落了个空，待再站起来，已退到一旁去。

霍去病歪头瞥了她一眼，目光让人瞧不出思绪来。子青只低眉垂目地作待命状，波澜不惊。

见状，李敢强隐下笑意，伸手解去外袍，朝霍去病笑道：“我已多时未玩过蹴鞠，脚法生疏，还请将军包涵。”

早有军士捡回鞠球，交还给霍去病，他伸腿将鞠球颠了颠，将球复踢入鞠城内，朝李敢一挥手，“只管踢就是，啰唆什么。”

李敢将外袍递给子青，低首柔声道：“等我一会儿。”

眼看着子青生硬地接过李敢外袍，霍去病不怀好意地勾唇一笑，下巴微扬，“你也下场来！”

"卑职不会蹴鞠，请将军恕罪。"

子青答得顺溜，依旧低眉垂目，连眼皮都未抬一下。

李敢忙拦在前头，笑道："他确实不会，下了场反而碍手碍脚，扫了将军的兴致。"

"你对他……"

霍去病话只说一半，瞅着他笑了笑，便转身大步走进鞠城之内。李敢未及思索，回头看了子青一眼，便也快步跟上。

心知李敢是给自己惹了麻烦，子青暗自烦恼，加上她对蹴鞠毫无兴趣，也不欲在旁观看，便退了出来，自在营中一隅等候，低首颦眉听着鞠城那边传来的喧哗。

云的影子在地上慢慢挪动着。

"喂！你……过来！"有人在嚷嚷。

不能确定是否在唤自己，子青循声抬头，看见两鬓发白的邢医长站在不远处，手里头还拎着两个沉甸甸的瓦罐，正是在叫她。

子青快步过去，规矩行礼，"邢医长。"

邢医长毫不客气地把瓦罐往她手中一递，自己捏胳膊捏腿地抱怨起来道："连个药童也不配给我，……你，是振武营的那个谁吧？"

"卑职易子青。"

邢医长打量了她一番，没好气地抱怨道："你们这些年轻人闲着发呆，样样事情倒让我这老头儿子老天拔地地跑。别整日只顾着玩，将军贪玩，你们就跟着有样学样，以为自己是谁……"

子青从来不是喜欢解释的人，不管他说得有理没理，也不反驳，默然听着他责备。

"还愣着干什么，呆头呆脑的，还不跟我送药去。"

说罢，邢医长便背着手自顾往前走。

子青迟疑一瞬，望了下鞠城，那里喧嚣尘上，显然玩得正酣，想来一时半会儿不会结束。她再不犹豫，快步跟上邢医长，往虎威营纵深处行去。

帐内歪着两条汉子，一个伤了条胳膊，另一个伤了条腿。子青随邢医长进去时，两人榻前都摆了一摞箭支，帐正中摆了个蒜头铜壶，内中插着三四支箭，地上歪七扭八地散落着数十支箭，显然是这二人养病闷得发慌，正在玩掷壶游戏。

看见一地的箭，邢医长越发没好气，胡子一吹，瞪眼道："你们俩就不能消停一会儿，孙应，你这胳膊还想不想要了；李均明，你不能动弹怎么还不闲着……"

被唤作李均明的汉子，忙嬉皮笑脸地解释道："老邢，我腿可没动弹，动动手没什么关系，你的话我可听着呢。"

邢医长压根儿就不去搭理他，朝子青吩咐道："把玄色瓦罐里的汤药倒出来。"

子青依命，先将瓦罐放到案上，将倒扣的陶碗拿下来，小心地倒好汤药。药是刚刚才煎好的，热气升腾，帐内顿时药香四散。

"哎哟！什么时候添的药童，老邢你熬出头了？"伤了胳膊的孙应歪着身子瞅子青，口中笑道。

"我哪有这福气，临时抓来用的。"邢医长自怀中掏出一沓布包，抖落开来，一长排由大到小的金针熠熠生辉，下巴朝孙应一抬，"把襦衣脱了。"

孙应颇为无奈，慢吞吞地开始脱襦衣，"还来啊，都扎过三回，我好得差不多了……你那些针要是闲得慌，你就拿它们绣绣花也行，老扎我做什么。"

"哪来那么多废话。躺下！"邢医长喝道，转头又朝李均明道，"你，喝药！"

李均明乖乖接过子青端来的陶碗，一脸嫌恶地开始喝。孙应也已乖乖趴下，手长脚长地垂在榻下。

邢医长坐下，扬声将子青唤过来，朝孙应背上努努嘴，问她道："施过针吗？"

"仅试过两次。"子青如实道。

"补气该灸何处？"

子青愣了下，略一思量，"气海，气海俞，中脘……足三里，三阴交。"

邢医长捻须摇头，"就这么几个穴道还背得磕磕绊绊，可见一点用都没有，你且施针试试。"

子青还未答，孙应先抬头不满道："老邢，合着你是拿我来给这雏鸟练手啊，我也太冤了吧……"

"闭上嘴，老实待着！哪来那么多废话。"邢医长毫不客气地把他脑袋按下去，"三更半夜溜出去瞧马下崽，摔折了腿，我看你就是活该，闲着没事给我老头儿子添麻烦，扎几针怎么了。……拿着，气海！"他捻了根锋针，递给子青。

子青心下不免对孙应有些许歉然，下针却毫无迟疑，扎下去后，轻拢慢捻。

邢医长接着道："气海俞，中脘……"

子青在易曦身畔学医多时，加上她本身便是习武之人，故而认穴极准，下针又轻又快，加上邢医长不时从旁提点两句，整个针灸过程下来颇为顺利，倒也没让孙应吃什么苦头。

"毛手毛脚的，实在是军中无人，才让你们混上医士。"饶得没出什么错，邢医长还是没一句好话，直摇头，"回头到我那里拿册书回去看，好好背熟，听见没有！”

“诺。”子青回道。

邢医长挑眉道：“认字吗？”

“认得。”

“认得就好，别白瞎了我的书册，攒起来不易……”

邢医长口中嘟嘟囔囔，拿着针囊挪到李均明那边，忽又朝子青吹胡子，“还站在这里干什么，等我伺候你？一点眼力都没有，还不端着瓦罐到帐外候着去……”

“诺。”

子青倒是好脾性，不恼不愠，老老实实地拿过瓦罐到帐外候着。

见她出去，邢医长顺手给张望的李均明后脑勺儿扇了一记，“臭小子，看什么看……还不脱裤子！让我看看腿！”

子青在外头候了良久，邢医长还未出来，李敢倒找了过来。

“阿原……”

他大概是问了好几个人才寻了过来，刚才自鞠城出来，汗珠子直淌，连擦都顾不上擦一下就先到处找她。

“我还以为你回营去了。”看见她，李敢显然松了口气，笑得释然。

“我随邢医长来送药。”

子青将他的衣袍递还给他。

此时，帐帘被掀开，邢医长自内中出来，不甚在意地瞥了李敢，道：“……这不是李家的三儿吗，小崽子长得倒挺快。”

李敢一愣，疑惑地打量邢医长，半晌，恍然大悟地尊敬道：“刑扁鹊，多年未见，没想到你已在军中效力，别来无恙否？”

见他二人竟相识，子青也是未料到，静静候在一旁。

“怎么可能无恙，老胳膊老腿的，也撑不了几年了。”邢医长满腹怨气，“身旁连个药童都没有，这里的将军是一点都不懂尊老爱贤。”

正说着，霍去病缓步自营帐拐角处转出来，笑道：“老邢，你怎么不说说你骂走了多少个人？”

“那是将军你送来的人不中用，上回居然还有人偷喝我的药酒，这种人在我跟前，那不是给我添堵吗？我老头儿子还能活几年，就不能过几天顺心日子……”

看见霍去病在跟前，邢医长没一点收敛的意思，仍是愤愤不平。

与这老头儿子相处惯了，霍去病也不恼，嘿嘿道：“所以，我看您还是一个人过得清静，我们大家也都落个清净。……你们认得？”他问的是李敢。

李敢点头，微笑道：“我娘生了我之后，身子一直不好，后来我爹请了刑扁鹊来给娘调养身子，他在我家足足住了有两年。”

闻言，子青暗自颦眉回想，她倒未记得有此人，想来邢医长也应该不认得她。

霍去病望望他们三人，思量片刻后点了点头，“你们俩自小一块长大的，如此说来，邢医长也认得子青？”

“不……”

子青堪堪开口，便听见邢医长道：“当然认得了，她以为她改了个名字，我就认不出她来了！”

这下，子青彻底呆住了，完全说不出话来。

李敢也有些发傻，支支吾吾问道：“阿原才出世不久，您就离开我们家了……您怎么认得出她来？”

邢医长理所当然道：“你看她那眉毛、那眼睛、鼻子、下巴，和她爹爹长得那是一模一样，还有这个……”他拽拽子青脖子上的细绳，所挂的骨埙露了出来，“这个还是她爹爹央着我做的呢，我怎么可能认不出来。”

“这是您做的。那第一日……您就……”子青想起初入军营时，那时未着甲，邢医长确实看到过自己胸前所挂的骨埙。

“第一日我就认出你了。”邢医长脸上一副他们都是傻子的表情，斜着眼看他们，“我还想让你来当药童，不过可惜将军不允。”

霍去病嘿嘿一笑，慢吞吞地踱步到子青旁边，瞧了她一眼道：“老邢你就别做梦了，这小子身手不错，练练没准儿还能更好，我且留着用呢。”

邢医长用鼻子哼了一声，没作声。

“原来以为你就是个犟头犟脑的傻小子，”霍去病懒懒地把胳膊搭上子青的肩膀，低首笑道，“没想到你在军中还有点人面啊。”他几乎就是俯在她耳边说话，气息拂到她脖颈处，暖洋洋的。

如果说之前在鞠城旁子青还认为他是无心之举，那么此时她已能确定他是存了心戏弄自己。她往旁边退开两步，与霍去病拉开一段距离，垂首道：“将军说笑。”

被她如此明显地避开，霍去病面色一沉，露出不愉之色。

李敢也看出霍去病对子青心存戏弄之意，虽然不明白是为什么，但本能地就想护住子青，朝霍去病笑道：“阿原还是个孩子，不懂事，将军大人大量，莫与他一般见识。”

“你心疼了？”霍去病瞥过来，哼道。

李敢语塞，一时不知该如何应对。

邢医长将诸人神情皆收在眼底，重重咳了一声，连连摇头道："瞎胡闹，尽是瞎胡闹。这地方是你该来的吗？到哪里玩不好，非得到这里来，真是没法子！"他瞅着子青没好气，见后者默然垂首，又转向霍去病，"好歹也是个将军，就该有点将军的样子，大度大度……成日就看着你们这些毛娃娃在眼皮底下瞎闹腾，我还得少活几年……"

听着这老头儿毫无尊卑的唠叨，霍去病不怒反笑，反身搂住邢医长的肩头，"老头儿，别操心了，我瞧你肯定活得比我长。"

"呸呸呸……"邢医长急急地往地上吐口水，"你个乌鸦嘴，一点忌讳都没有，你才多大，就说这种话。"

霍去病大笑出声，用力紧了紧邢医长，这才松开。

邢医长仍是没好气，瞪了眼霍去病，"我那里还一堆事情等着呢，老夫告退。"说罢，开步便走，走了两步，回头朝子青道，"还杵着？等过年啊！还不跟我去拿书简。"

"诺。"子青转向霍去病行礼，"卑职告退。"

霍去病微微一笑，道："去吧，振武营今日发新弓，你从老邢那儿出来就回营去吧。"

"诺。"

子青目光在李敢面上停留片刻，终是什么都未说，垂目转身快步跟上邢医长。

直至她的背影消失在拐角处，李敢才收回目光，轻轻叹了口气，那口气叹得情致缠绵牵肠挂肚，听得霍去病起了一身鸡皮疙瘩。

"这么舍不得，你不如干脆来我这里，我调你去振武营，日日都能见着他。"霍去病作诚恳状地给他出主意。

李敢心中一动，将这话反反复复揉搓，思量良久才道："我爹爹必是不依，他现下年岁大了……我不能……"他紧接着又叹了口气，那口气叹得满腹不舍无限惆怅，听得霍去病鸡皮疙瘩又掉一地。

"走走走，接着陪我蹴鞠！"霍去病不耐看他这婆婆妈妈的模样，推搡着他往鞠城走，"晚上高不识也过来，他烤的羊肉可不一般，起码能让你多喝三四坛子酒，酒一下肚，什么烦恼愁情就都散了。要不，我晚上再把子青叫过来陪你喝？"

"不……不用，"李敢涩然苦笑，"她从不饮酒。"

霍去病耸耸肩，李敢向来是他颇为欣赏的年轻武将，眼下看到他这般为情所困模样，心下着实不以为然，奇道："那小子怪是有些怪，可也还只是个娃娃，你怎么见了他就跟魔障了一样，真看上他了？”

“不不不……不不……将军千万别误会。”李敢猛然回头，连说了几个不字，才忙解释道：“她，他……打小和我一块，就像、就像我亲弟弟一般。”

“亲弟弟？！”霍去病高高挑眉。

李敢艰涩点头，“是，阿原他还是个孩子，日后、日后……他若有做错的地方，恳请将军网开一面，千万饶她一命。”说至话末，他声音中已有些异样。

瞧他模样，霍去病好笑起来，道：“听你这话，好像你就肯定他一定会犯错？”

实情自然是不能明说，李敢尴尬笑了笑，只道：“毕竟他还小，犯错也是难免的事。”

“我看你是关心则乱。”霍去病取笑他，玩闹般踢了他一脚，“走走走，少在这里蝎蝎螫螫的，真这么牵肠挂肚，就到我这里来。”

鞠城已在前方不远，军士们大声呼喝，欢腾笑闹，两人再无多话，快步走去。

第九章　卫青探营

邢医长的医室要比子青、易烨的医室大上三四倍，其杂乱程度也是成倍增长。到处堆满了药材、书简；还有煎药用的三足铜皿，捣药的铜杵；榻上还躺着一个黑漆人偶，上面用红色线条画出经脉……

室内能下脚的地方可谓少之又少，中间仅一条细如羊肠的空处可供行走。子青就小心翼翼地立在羊肠径分岔口，打量四周，叹为观止。她刚刚才想明白：初次见到邢医长的那间医室多半是赵破奴特地安排的，生怕他们这些新医士有样学样。

邢医长撅着腚埋首在书简堆中，翻翻拣拣，把原本就杂乱无章的书简翻得更加混乱。过了好半天，他才掏摸出一册由黑灰布囊装套的竹简，长呼口气，"找到了。"

拍拍布囊上所积的厚厚的灰尘，他扶着腰站起来，慢慢走过来，将书简递给子青，道："这是《阴阳十一脉灸经》的第一册，你先拿回去看，木偶也抱回去，勤加练习，有什么地方不懂再来问我便是。"

"诺。"

子青恭敬接过书简。

因四下无人，她犹豫片刻，谨慎问道："您，认得我爹爹？"

邢医长顺手拍着头发上的灰，边点头道："当然认得，还熟得很。"

"那您知道、知道我是……"

"你是个女娃娃，我当然知道。"邢医长忆起往事，笑得很开心，"你娘难产，亏得有我在。我当时还骗你爹爹说你是男娃，你爹爹热心地要替你把尿，一打开襁褓……哈哈哈……我现在都记得他那呆样，哈哈哈！"

子青深施一礼，道："多谢医长没有拆穿，此恩子青铭记在心。"

"我才不说呢。"邢医长撇嘴道，"霍娃娃口气大得很，说什么甭管匈奴人、汉人，能打仗就行。我看，甭管男娃、女娃，能打仗就行。你虽不该来，不过既来之则安之，反正也走不了，就且混下去吧。想想将来有一日，霍娃娃突然发现你原来是个女娃娃，哈哈哈，说不定模样和你爹爹差不多，哈哈哈……"

他径顾自娱自乐，只把子青听得额角冒汗。

"还是莫有这么一日的好。"她无奈道，再朝邢医长深施一礼，"多谢医长，卑职告退。”

邢医长犹自笑得开怀，不在意地颔首挥手。

子青遂抱着木偶，揣着书册，一路回了振武营。

人偶积了厚厚的一层灰，易烨颇花了工夫才把它清理干净，看着细细的经络红线，清清楚楚地标注出来的穴道位置，不由啧啧赞叹道：“当医长是挺好，还有这么精致的人偶。”

没听见子青接话，易烨转头望了她一眼。

子青正跪坐在榻上，在新发下来的新弓弓弣上密密地缠上布条，这样持弓时不至于打滑。一道又一道地绕着，她似有些心不在焉，心思也不知在何处，浑然未曾听见易烨的话。

半晌，她骤然想起什么，抬头道：“哥，我的事缔素不知道吧？”

“当然不知道，我舌头哪有那么长。”易烨一副被小瞧的受伤模样，“再说，那小子要知道这事，还指不定得怎么恨你，你吃得消吗？”

子青长呼口气，颦眉郁郁道：“他还是不知道的好，否则日日看见我这个仇人，他肯定不好受。”

“你日日看着他，难道心里就好受？”——子青隐忍的性情他再清楚不过，易烨深看她一眼，还是把这话咽进了肚子里。

缠好弓弣，子青又试了试弓弦的松紧，略略调整了下，待都弄好之后，她又想起一事来，“哥，我昨日带回来的雕翎箭可已给了老大？”

“没呢。”易烨拍了拍脑袋，“今日蒙校尉心情不佳，加上发放新弓，大家都想抢在前头挑好的，那叫一个乱啊。再说你又去了虎威营，我这里连一点风声都听不到，实在担心，就把这事给忘得干干净净的。”

“不打紧，明日给他也是一样的。”

知道自己给易烨平添忧虑，子青心中歉然，又觉几分温暖，忽感到倦意涌上，缓缓往榻上一靠，目光注视着室顶，轻轻道：“哥……你若真是我亲哥哥该有多好？我就是你的亲妹子，谁也不认得，什么都不知道……”

易烨几乎从未听过子青说这种话，再看她神情，知她必是累极倦极，被那些过往的人与事压得透不过气来。

“傻丫头，我就是你哥，亲哥！”他在她身旁坐下，劝解道，“你就是心重，想太多，把那些事都丢掉，犯不上事事都自己撑着。”

子青涩然苦笑，倦倦闭上双眼，轻道：“命里的事，如何丢得掉。”

易烨叹气，转头望向窗外，夜已渐沉，一轮残月悬在天边，在旁，是未睡醒般惺忪闪烁的北斗七星。

翌日，校场上。

“雕翎箭！”

缔素拿着那三支箭，左看右看，爱不释手，双目兴奋地直放亮光。

“哪来的？你们从哪里弄来的。”他追问道。

赵钟汶看见箭支虽然欢喜，但也是不甚放心，疑虑问道：“这箭……是你们花钱买的？还是蒙校尉……”

“不是不是，压根儿没花钱，也和蒙校尉没关系。”易烨笑道，指了指子青，“这是她从将军那里借来的，要不怎么说祖宗保佑呢。”

“你向将军借雕翎箭？！”缔素吃了一惊，看子青素日不声不响，没想到她竟然有胆量向霍将军开这个口。

子青不想解释太多，只淡淡笑了笑，道：“将军说，过了考核之日便须归还，不得损坏。”

赵钟汶瞧她模样不似撒谎，遂放下心来，自缔素手中接过一支箭，朝子青感激道：“欠你这么大个人情，我实在是……”

“是将军体谅下情，与我有何相干。”子青忙道，“我不过是替他把箭送过来。”最怕听到别人说什么欠自己的话，她开口就想将此事撇清。

缔素鬼鬼祟祟凑过去，在她耳边问道：“我那件襦衣扯得都快烂了，将军有没有提到我？”

子青愣住，有些为难，不知该如何回答。

“易子青！易子青！……”

正巧校场的那头，有人在朝她大喊，堪堪解了她的围。子青撇下缔素，快步过去，听那军士说了几句话，复返了回来。

“怎么了？”易烨见她眉头微颦，关切问道。

子青不解道：“他说有人送了好些东西来，让我自去东营门取，还说，我一个人拿不了，得再叫上一个。”

易烨自地上一跃而起，道：“我与你去便是。……谁送的？”

子青皱眉摇头，“我不知道。”

缔素酸溜溜道：“我瞧你的运气是越来越好了，将军都卖你三分面子，现下还有人给你送东西。”他仰面往地上一躺，叹道，“将军什么时候才能留意到我啊？唉……”

闻言，赵钟汶半是无奈半是恼怒地轻踢了他一脚。

子青望着缔素，暗叹口气，拉上易烨往东营门去。

两个大包裹一个小包裹，外加上一篓子黄澄澄的柑橘，分了些柑橘给守营门的军士之后，子青与易烨肩挑手抬，一路把这些东西拖回了医室内。

子青还在解包裹的时候，易烨便先挑了个柑橘吃起来，边吃边点头道：“甜，真甜……青儿，你也过来尝一个！”

“嗯。”

口中应着，子青已经解开了第一个包裹，四件天青短襦整整齐齐地折叠着，皆絮了棉花，由薄到厚。最上面的襦衣左衽微微鼓起，她将手探过去，自衣中摸出一个小布包。

将布包置于手中，摊开，子青呆怔住——内中静静躺着一个小面人，绛红将军的模样。

“什么玩意儿？”

易烨探头过来，瞧见是个小面人，也愣了下，捏在手中端详。

酸楚之意涌上鼻端，子青双目一时间雾气蒙蒙，匆匆背过身子，飞快地用袖子胡乱抹了抹，才复转过来，道：“这些东西，都是李敢送来的……我，不能要。”

“不要？”易烨嘴里还塞着两瓣柑橘，听她这么一说，顿时吃下去也不是，吐出来也不是，犹豫片刻后提醒子青，“可这柑橘，咱们已经分掉了好些，怎么办？何况，你昨夜说李敢今日一早便走，咱们就是想还这些东西，也没地方找他去啊。”

子青只知东西自己不能要，倒未想过这些细节，愣了愣，复道：“反正我不能收这些东西。”

易烨已三口两口把柑橘嚼了嚼咽了下去，然后替她决断道：“那就这样，柑橘反正吃也吃了，放着又会烂掉，咱们就把这些吃了，下回重买一篓子还他。这些衣裳……就先摆着吧。这两包都是什么？”

子青摇头，她既然已经决意不要，就不再去解另外两个包裹。

“我瞧瞧啊！”易烨见子青欲拦住，紧接着道，“万一也是吃的呢？烂在里头岂不糟糕。”

听他这么一说，子青只得由着他去拆包裹。

另一大包裹中是两双羊皮靴，羊毛翻在里头，细细密密，煞是暖和。另外，还有四双素色绢袜和两副手衣。小包裹内竟是一小盒一小盒整整齐齐的药丸，易烨挨个儿仔细瞧了瞧，皆是些给女子补血养气的药丸。

“没想到李敢心还挺细，想得真是周到。”易烨瞥了眼子青脸色，皱眉道，“你脸色是不太好，该补补才是……药丸放久可会霉，白白糟蹋了。”

子青颦眉，烦恼地看着面前这一大堆东西。

听室外脚步声渐近，易烨忙把药丸收起来，刚收好便见缔素顶头进来连门不敲一下。

“老大让你们过去……这么多东西！”他也不问人，自便拿了个柑橘剥起来，又勾着头去瞧其他东西，“这衣裳好，又厚实……谁给的？谁给的？”

怕他炸毛，子青自然不能说李敢，睁着眼睛只不作声。

易烨胡乱解释道：“是我们家的一个远房亲戚，正好路过陇西，就顺道送点东西过来给青儿。”

“你们不是兄弟俩吗？怎么不送给你？”

缔素又去瞧靴子，奇道。

“他、他……所以说他偏心啊，”易烨往下瞎掰，“看青儿老实，就只心疼他一个，压根儿就没想到我。”

缔素颇同情地望了他一眼，把手中剩的半个柑橘塞给他，随即自拿了一只靴子在脚上比画着，叹道：“这靴子可真暖和。”缔素原就比旁人好动些，靴子自然也比旁人更破更旧，加上他尚在长个头儿，靴头处早已撑开，是赵钟汶拿针线生生绞住，眼看着又快要崩开了。

新旧两双靴子摆在一起比对，子青便有些不落忍，犹豫再三，还是开口道：“你不妨试试，若是合适，就给你穿。”

“真的？！”缔素喜道。

子青点头：“嗯。”

缔素喜滋滋地脱了自己的靴子，将羊皮靴子套了进去，在地上来来回回踩了两趟，只觉得轻巧绵软，像踩在云端一般，欢喜道：“正好，可真舒服啊！比我原先那双挤脚的破靴子可强多了。”

“那你就穿着吧，别脱了。”

“你当真给我？”缔素自是舍不得脱，却也觉得受之有愧，“这靴子好像不便宜，你真舍得给我穿？”

子青微微一笑，道：“再贵也是给人穿的，你穿着好就行。”

“反正你还有一双。”

缔素给自己找了安慰，又喜洋洋地来回走几趟。

易烨望了眼子青，她正低首在翻那四件崭新的夹棉襦衣，从中又拿了一件来，递给缔素。

“你的那件襦衣都扯烂了，试试这件，看合不合身？”

李敢送来的衣服都是按着子青的身形，缔素个头儿身量都与子青相当，当下他便欢喜地卸了甲，接过新襦衣，边穿边道：“咱们差不多，肯定合身……”

待他穿好一看，果然合身，子青道：“这儿还有几件，看来你都能穿，你再来挑挑。”

“这些……”缔素未料到子青如此大方，“你自己不穿吗？怎么还给我？”

“我不缺衣衫，而且我哥也穿不了。”子青把襦衣往他跟前一推，鼓励道，“你挑吧。”

缔素瞥了眼易烨，后者笑着耸耸肩，他遂不再推让，笑道：“那我就再挑一件，一件就好。”他便又挑了一件稍厚些的，因久未穿过新衣，抱着夹棉襦衣在怀，顿时有着说不出的满足。

缔素可谓是从头到脚焕然一新，端详完这个，又去端详那个，道：“我去给铁子看看……”他转头欲走，走到门口才“呀”了一声，回头道：“对了，老大让我来告诉你们，过会儿各曲有对抗操练，我怎么忘得干干净净！”

一听说对抗操练，易烨就垮了肩膀，“什么对抗，分明就是比谁更扛揍，哎哟……青儿，药酒还剩多少？”

“还有一些……”子青起身催促他们，“走吧，去校场，迟了老大该挨骂了。”

三人便往校场去，缔素因穿了新衣新靴，想着让老大和铁子都看看，快步跑在前头。

易烨稍滞两步，望向子青，问道：“那些衣物，你当真都给他？”

子青望着缔素背影，声音里有着说不出的倦意，道：“我欠他的，能还一点是一点吧。”

“那你如何还李敢？”

“折成钱。”子青无奈道。

回想面料、做工，易烨在心中粗略地计算了一下，实在不是一笔小数目，笑着摇了摇头。

“自今晚开始，一日一丸，把那些药丸都吃了，你也该好好补补。”他道，“反正都要折成钱还他，不吃白不吃。”

子青摇头，心下已有思量，“药丸给老大和铁子拿回去，那边有三个女人，一路劳顿，正好派上用场。”

易烨皱眉道："你……你就一点都不吃？"

"我不需要。"

子青答得平静而坚决。

她平素极温和，但一旦坚持某件事情，便是十头牛也拽不回来。易烨暗叹口气，又道："剩下的衣服和靴子，你总是该穿吧？摆着也是浪费。"

"我不需要。"子青道，抬眼见易烨脸色不善，便好言解释道，"这样也可以少折些钱。"

易烨翻了个白眼，着实拿她一点办法也没有。

虎威营，秋风萧索。

霍去病慢悠悠地在校场中踱步，看着士卒操练。士卒们两两之间以长戟、矛、铩对抗，因怕误伤，兵器刀刃都裹上粗布扎捆结实。

不远处一士卒手持长戟，气势磅礴，逼得对手在地上打了好几滚……霍去病心中咯噔一下，乍然想起那日雨夜中的一幕——

绛红少年手持短铩，雨水倾泻而下，衬得面似雪目似星。他手腕轻抖，铩尖顺着长戟一路划下，溅出细线般的火光，差点废掉李敢的四根手指。

墨家任侠尚武，身为墨者后人，难怪他有那么好的身手，一点都不亚于李敢。

少年身上那种与年纪极不相符的气质，也因为他是墨者后人的关系吗？霍去病微颦起眉，秦鼎的坟自眼前飞快一掠而过……

"将军。"

赵破奴声音骤然在身后响起，打断他的思绪。

霍去病微皱起眉，掏掏耳朵，转头没好气地看向赵破奴。

赵破奴笑得一脸春光灿烂，才道："将军，卫大将军来了！正在营门口等着您。"

"舅父来了！"

霍去病又惊又喜，也不管是谁的马，快步跃上最近的马匹，一路就朝营门口飞驰过去，赵破奴紧随其后。

营门口静静停着一辆黑缯盖偏幰辇车，除了车夫，并不见其他随从奴仆。霍去病跃下马匹，朝辇车笑唤道："舅父！舅父！"

军中识得卫青的人甚多，他因不喜张扬，故而虽然已到军营，生怕引起士卒喧哗，故而一直待在车中，听到霍去病唤他，方才自车上下来，瞥一眼霍去病，极力淡淡道："你娘说你在外头野了大半年，也不回去一趟，她心里头不踏实，让我来瞧瞧你。”

看舅父还硬端着架子，霍去病长臂一伸，笑着搂上他的肩膀，揶揄道：“是我娘心里不踏实，还是您心里不踏实？”

“你这猴崽子，你的兵都看着呢。现下你是骠骑将军，就该有点将军的样子！”卫青把肩头的猴爪子打掉，习惯性地训导霍去病。

霍去病眼一扫，果然连赵破奴在内，守营门的士卒都看着这儿，个个憋着笑。他重重咳了一声，神情虽是无所谓状，却低首附耳朝卫青道：“舅父，在他们面前您就别再唤我猴崽子，我丢不起这人！”

卫青笑哼了一声，抬眼细细打量自己这个亲外甥，大半年不见他越发黑瘦，眉宇间英气勃发，且多了几分沉稳，少了些许轻狂，确是长大了。卫青名分上虽是霍去病的舅父，但实际上便如同霍去病的父亲一般，自霍去病幼年他便受姐姐卫少儿所托，对霍去病悉心教导，骑马射箭无一不是他亲自授受。两人名为舅甥，实则情如父子，卫青此番前来，便是他不知霍去病在此处练兵究竟状况如何，着实放不心来，便是顶着被刘彻疑心的风险也要亲自来看一看。

“对了，眼看就要入冬，你娘也不知你回不回去，托我带了好些东西过来，都在车上呢。你让人都卸下来吧。”

闻言，霍去病朝一直在旁待命的赵破奴努了努下巴，后者立时领命，招手唤了几名士卒到车上去搬东西。

一件件大包裹搬走后，另还有一个错金银带流铜簋形小鼎，卫青亲自到车上拿了下来，无奈道：“这里头是鹿肉鲍鱼笋白羹。”

霍去病呆愣住。

“你娘非要煮，逼着我给你带过来，说是你就爱吃这个。”卫青把小鼎交给赵破奴，继续道，“因为怕坏，不得已，多放了好几倍的盐，就和腌出来的差不多了。”

霍去病连连皱眉，嫌弃道：“那还怎么吃？”

卫青也甚烦恼，道：“就着米粥吃，应该还可以。”

“我娘也真是的，送什么不好送这个来，我在这里哪里就缺一口吃的了。”霍去病直摇头。

“还说，大半年都不回去，一点消息也没有，军务就那么繁忙？”

“我有写信回去啊，每个月都写。”

卫青越发没好气，道：“你那也能叫信，每封信都一个样，安好勿念，遥祝康健，连落款在内都不超过十二个字。”

霍去病摊手，样子看上去比卫青还无奈，道：“不然我该写什么，总不能写军务吧。”

卫青长叹口气，想伸手去摸摸他的头，想着是在军营门口，硬是忍住了，叹道：“大概得等你为人父母的那日，你才会懂……”

霍去病不耐这些婆婆妈妈儿女情长的事，边领着卫青往营里走，边岔开话题，笑道：“您可是咱们大汉朝的大将军，您也来指点指点，瞧瞧我练兵如何？”

“我一路没下过车，你且让我歇歇。”卫青笑笑回绝。他此番私往去病军中来，圣上必然不悦，若还在霍去病军中指手画脚，恐怕圣上的不悦就不会是一点点。

“那就到我大帐去歇歇。”

霍去病转头又给赵破奴递了个眼色，后者会意地往庖厨而去，吩咐准备吃食。

进了大帐之中，霍去病先张罗着把自己平日坐的狼皮褥子给卫青铺上。卫青也不理会，自踱步到巨大的羊皮地图前……与此一样的地图，卫青自然也有，弯弯曲曲的墨迹他看得烂熟于胸，梦里时常就在这片大漠疆场之上飘飘沉沉。

“陛下要你比匈奴人更快，你想好怎么打了吗？”卫青眉头皱着，手指在陇西郡画了两个圈。

霍去病点头笑道：“想过，不过始终想不出最好的。”

“何谓最好？”

“上回我率八百人，斩匈奴两千余人，未损一兵一卒。”霍去病抬头挑眉，故意与舅父玩笑道，“这次若伤一人，便算不得最好。”

卫青听罢，笑着直摇头：“你这个冠军侯还当出名堂来了，哪来那么多的讲究，打仗哪有不死人的。”

本来就是与舅父玩笑，霍去病哈哈大笑，起身行至卫青身旁，也看向羊皮地图，手呼啦画了一下，飞快地自祁连山绕了一圈，不甚满意道：“匈奴主力陛下不许我去招惹，我还能去哪，只能去找右贤王部。”

听到他领圣命不能寻匈奴主力，卫青这才稍稍安心，霍去病毕竟是头遭带兵，若让他去和伊稚斜硬碰，着实有些冒险，想来陛下也是有所顾忌。“右贤王部”——他的目光自陇西郡起一路往祁连山寻过去，这一路、这一路……

“这一路可不好打。”他道，“从乌鞘岭过去，胭脂山、合黎山、羌谷水，大大小小有七八个匈奴部落在这带，彼此守望，若是孤军深入，极易被他们反包抄。”

“自然是要打他们个措手不及。”霍去病不在意笑道，“我想过了，粮草辎重一概不带，这样骑兵才能够快！”

卫青吃了一惊，他早知霍去病骨子里胆大妄为，却不知这孩子竟会说出这等话来。

“兵马未动，粮草先行，是古来兵书再三叮嘱之事，你……你怎么能不带粮草辎重，一味求快？”

“只有够快，才能打得他们措手不及，若是带上粮草辎重，那就真的只有被围歼的份儿。”霍去病耸耸肩。

卫青无法理解地盯着他，“不带粮草，你们吃什么？”

“匈奴人那里肯定有吃的。”霍去病轻松一笑，捏捏卫青肩膀，想让舅父放松下来，“羊肉、牛肉他们都有，我何必费劲去带。对了，舅父，晚上我让高不识来烤羊肉给你吃，这匈奴人烤的羊肉跟咱们吃的味道就是不一样。”

似乎闻到羊肉的膻味，卫青没好气地挥手赶开，“得、得、得，赵信没叛变那会儿，我吃得不比你少。晚上我也不能待你这里，待会儿就得走了。”

“那怎么行，舅父难得来一趟，怎么也得住两三日。再说，您还没看过我怎么练那帮小子？”霍去病凑过去，附耳得意道，“服服帖帖的，可不比您那会儿差，真的！”

被他弄得耳朵直痒痒，卫青躲开，拿手掏了掏，皱眉道：“治军一定要严，但也需情理兼顾。我听闻你这次还造册替受灾将士寻找家人，这事倒是做得妥当。如何？是不是有人闹事？”

“闹，怎的不闹，打得鼻青脸肿的还硬要回家去。”霍去病想起此事也是头疼，“虽说此事已经托了大司农，可直到现下，找到的还不到册中一半。肯北上屯田的也不多，这些人，宁可在家乡等着饿死，也不肯挪一挪。”他所能做的实在有限，而这部分有限都无法尽如人意。

看着外甥皱紧的眉头，卫青伸手重重按了按他肩膀，有放心有欣慰：霍去病毕竟还是长大了，懂得体恤士卒下情，如此带兵之道，方才能得士卒的生死相随。

“我得走了！”卫青起身。

“这么快？！”

“还想到镇上去看个人。”

“谁？”

卫青略一思量，转头望向霍去病，“得闲的话，就换身衣袍，随我走一趟，如何？”

“舅父开口，哪里有不得闲的道理。”

霍去病笑道，果然到屏风后卸甲更衣，换了件玄色蝉衣。

两人往帐外走时，正碰上赵破奴领着端各色吃食的军士进来，看霍去病衣着便知要出营去，忙道："将军、大将军，又出去，要不先用点，这有庖厨刚蒸好的枣泥糕，新鲜打下来的大枣子……"

"甜腻腻的，便宜你了。"

霍去病顺手拽着赵破奴转了个圈，让他带着军士返回去。

两人打马出营，一路西行。

"舅父，到底是谁？"

终究是年轻，好奇心重，眼看已快到镇上，霍去病按捺不住又问道。

卫青倒也不吊他胃口，淡淡道："此人你也见过，只是不知你可否还记得。"

"我见过？谁？"

"四年前，我麾下曾有一人，相貌不奇，双手却善舞长铩，屡立战功……"

未等卫青将话说完，霍去病已经想起来，喜道："骈宇骞！他还曾救过舅父呢。"

"不错，就是骈宇骞。"说起这个人名，卫青口中却有几分苦涩。

冠军侯又开始打算盘，喜滋滋问道："他也在陇西？"

"嗯，他……"卫青顿了片刻，才道，"他被匈奴人废了一只手，脚也瘸了，我本欲招他在府上谋个差事，可他执意不肯，宁可留在陇西郡做个平头百姓。"

"手废了？！"

霍去病一呆，他还是在十五六岁时远远见过骈宇骞一次，只记得此人将双铩舞得虎虎生风，势不可当，何曾想到今日已是英雄不在。

说话间，已到了镇上，霍去病牵马跟在卫青后头，拐进一条小巷。看着卫青去叩一扇老旧的木门，他静静而立，隐约可听见墙内有妇人责骂孩子的叱喝之声，微微皱了皱眉头。

半晌，木门才打开，尚未见人，一条大黄狗龇牙咧嘴地率先扑出来，饶是卫青，也连退数步。

见此恶犬，霍去病手腕一抖，袖中匕首已隐在手中，被卫青制止住，方才罢了。

"回来、回来……"一妇人将黄狗唤回，探头不甚友善地打量着卫青与霍去病，"是你们敲门？"

"是。"卫青和颜悦色地有礼道，"请问骈宇骞可在家否？"

"寻他做什么？"妇人不客气地问道。

"故友，叙旧。"

妇人生得一双厉眼，上上下下地打量他二人，倒像他们是什么宵小之辈。霍去病耐心有限，见这妇人对舅父如此无礼，便欲发作……

忽地里间传来陶碗被打破的声响，继而伴随着孩童号啕大哭之声，妇人再顾不得他们，掉头就急急冲回屋里。

“你个败家子！败家子！就知道糟蹋……”

孩童尚在大哭，又添上妇人打骂之声，着实好不热闹。

卫青与霍去病对视一眼，霍去病已经率先跨步进了小院，卫青只得跟在他身后。

小院东一块西一块地种了些当季蔬菜，大概是刚施过肥，弥漫着一股让人不适的臭味。堂屋内，那妇人拽着孩子打，大黄狗摇着尾巴就地上的小米稀粥舔得正欢。

孩子已哭得上气不接下气，两管鼻涕直拖下来……

“看我以后还给不给你饭吃！”妇人恶狠狠地撂下这句，这才放开孩童歇了手，转头看见黄狗在舔稀粥，顿时气不打一处来，飞脚踢过去。

狗，呜咽呜咽地躲了出来。

“你这孩子，是亲生的吗？”霍去病直皱眉头。

妇人一转头，看见霍去病和卫青皆站在院中，怒道：“你们怎么进来的？谁让你们进来的？你们这是私闯民宅！”

“这位大嫂，我真的是来找骈宇骞，如果他不在这里，你能不能告诉我他在哪里？”卫青上前有礼道，且自袖中掏出自己的帕子，蹲下身子替那孩子拭干纵横满脸的鼻涕眼泪。

妇人愣了愣，道：“他还在卖货，没那么快回来。”

“在哪儿卖，我去找他。”

卫青环顾这屋内，连像样的家具也没几件，孩子身上穿的明显是大人旧衣所改，妇人衣物也是补了又补。

“他，一般都在街头那棵枣树下面。”

“多谢。”卫青自怀中掏出锦囊，内中沉甸甸的，放到桌上，温和道，“这些请您收好。”

妇人拿过锦囊，看了一眼，便倒吸口气，迅速放回桌上，推了回去，“这些不明不白的金锭子，我可不能收，会害死我们家老骈的。”

“请夫人放心收下，这些本来就是他存在我那里的。”卫青微笑复推给她，“在下卫青，是他的故友。”

“卫青……”妇人怔了怔，吃惊地抬眼看他，“卫青卫大将军？！”

卫青点头。

从最初的惊讶中回过神来，妇人很快恢复冷冷神情，瞥了眼门外的霍去病，也没打算问他是谁，直不愣登地收起锦囊揣好，平板着声音道：“既然是卫大将军看望伤卒的抚恤金，那我就收了，多谢。”

便是“多谢”二字，她说出来并无甚诚意，卫青倒也不愠不恼，与霍去病告辞出来。

身后老旧的门被重重地关上，见到舅父还得看如此市井民妇的脸色，霍去病很是有些不愤。

“给她送钱倒像咱们求着她。”

卫青微微笑了笑，道：“是我求着她没错。”

“舅父……”

“是我亏欠他的，送这些钱也不过是为了让自己好受一点。”卫青拐出小巷，往街头走去，“自然是该我求着她。”

霍去病快步跟上，“您何必往自己身上揽。您自己说的，打仗哪有不死人的，更别提受伤了。”

“我既是主帅，就须负全责。”卫青淡淡道。

霍去病一怔，脚步微滞，看着舅父的背影。

听得身后脚步声停，卫青也刹住脚步，缓缓回过身，倦意深藏在唇边细纹之中，“去病，将帅的目标只有一个，那就是赢。可将帅要扛的，并不仅仅是输赢……”

“舅父……”

霍去病只觉得今日的舅父与往日有些不同。

卫青涩然一笑，道：“日后，你就会明白了。”

卖胭脂水粉的货郎用他仅存的左手打开脂粉盒，殷勤地请面前已是半老徐娘的妇人闻香味。几番挑剔后，又是一番讨价还价，妇人方买了一盒水粉款款离开。货郎把铜铢丢入钱箱里，靠着树坐下，循声抬头找树上尚在鸣叫的秋蝉。

“老骈。”

一个高大的身影笼罩在他身体上方。

骈宇骞眯眼，片刻之后，立起身来咧嘴直笑，欲要跪下行军礼被卫青搀住。

“将军！”

“还说得闲的时候到京里去瞧我，”卫青虽在笑，眼中却隐隐有泪花，“每年中秋我都备了螃蟹等你，等了几年也没见着你。”

被他这么一说，骈宇骞眼圈也发红，声音哽咽，瓮声道：“卑职、卑职……卑职是怕将军公务繁忙……”

“说什么话呢你，我在你眼中就是这种人。”

“将军恕罪……”骈宇骞举袖胡乱抹去渗出的泪花儿，展颜笑道，“将军恕罪，是卑职愚钝。今日将军来了，我做东，我来请将军，如何？”说话间，他已快手快脚地开始收拾货担。

“好。”

卫青答应得极爽快，转了头朝霍去病，笑问道：“去病，老骈要做东，你想吃什么？”

霍去病已在旁站了一会儿，听他俩一问一答，心里极不好受，此时听舅父问自己，强笑道：“骑了半日马，喉咙干渴得很，就想喝碗豆花。”

卫青点头笑道：“甚好，与我所想一样。”

听到卫青唤“去病”二字，骈宇骞打量着霍去病，奇道：“莫非这位就是骠骑将军霍去病，将军您的外甥？”

“就是他。”卫青笑道。

“果然是英雄出少年，如此年轻便已官拜骠骑将军……”骈宇骞似在赞叹，又似有话未尽，“以前将军常带他来校场，我还记得。”

霍去病笑道：“我也记得你当年双手双铩，有万夫莫当之勇。”

“好汉不提当年勇啊！”骈宇骞哈哈大笑，单手稳稳担起货担来，一瘸一拐地往前行去，边道，“前头就有个卖豆花的摊子，我知道你们是想替我省钱，不过你们是吃过御膳的，这里的东西未必合口味，豆花就豆花吧，也许还吃个新鲜呢。”

果然只走了两步路，就看见豆花铺子，花白胡子打着盹儿，听骈宇骞叩了几下案板才抬起头来，顺手擦了嘴角淌的口水，笑道：“原来是老骈啊，新鲜事，今日怎么肯来照顾我生意，平日你娃娃想吃口你还舍不得呢。”

“哪来那么多废话，三碗豆花，多搁蜂蜜。”

“好咧！就来！”

卫青、霍去病、骈宇骞三人在旁坐下。不一会儿，花白胡子就把豆花端了上来，骈宇骞自己先吃了一口，然后招呼他们道：“虽然是小东西，不过这老头儿子在这条街上做了十几年的豆花，很有些名气，你们不妨尝尝。”

“是有些名气，我记得听人叨叨过。”霍去病饮了一大口，又香又滑，甜丝丝的。

卫青吃了几口，抬头再看骈宇骞，后者早已三口两口吃完，正用袖子抹着嘴。

“老骈……我长安家里头缺个管事，总也找不着合适的，你……”

他话未说完，便看见骈宇骞一脸倦然笑意，那笑容太过熟悉，熟悉得仿佛是镜中的自己，卫青骤然停了口。

“将军，这里挺好，再说我也住惯了。”骈宇骞明白他想说什么。

霍去病摇头不解道："到长安城里我舅父府中，吃的住的，样样都要比你现下好，舅父自是不会亏待你，总是强过你日日摆弄那些胭脂水粉。"

骈宇骞仍是笑道："长安是好，可我还是喜欢住在这里。"

卫青黯然且羡慕地望着他，知再劝也无用，当年的骈宇骞是如此，现下的骈宇骞仍旧一样。

"这里有什么好？"霍去病奇道，他想到骈宇骞家中的婆娘和孩子。

此时日渐西沉，火烧云映得天地间一片绚烂的红，骈宇骞看着那抹血般红色，淡淡笑道："我的兄弟们都躺在大漠里，这里离他们近些，我心里踏实。"

闻言，卫青喉咙间原本的甜味忽地化为苦涩，在胸中千回百转，然后浮上眉间。

霍去病未再作声。

羊杂碎的浓郁香味飘荡在空中。

徐大铁珍惜且小心翼翼地将自己碗中每一小块杂碎肉都挑出来，攒了一小撮，满足地叹息着。

"铁子，你干什么呢？"

缔素盯着那小撮杂碎肉，想着若是一口吃下，定然嚼得满口生香。

徐大铁嘿嘿笑道："俺妹子最爱吃这个，俺给她留着。"

听着周遭人都是一怔，片刻后，易烨率先开口劝道："你得到初一才能见着你妹子，这肉留到初一非得馊了不可，可留不住。"

"你别白糟蹋这肉。"缔素手脚快，说话间已经替徐大铁把肉又拨回碗里去，顺手还搅了搅。

"唉唉唉……你……唉……"

辛苦半日白费，徐大铁苦着脸，用木梱在白羹中捞了捞。

赵钟汶安慰他道："铁子，这肉留不住，你莫着急，到了初一咱们到街上买两斤新鲜羊肉拎回去，要烧要炖汤都使得，给你妹子好好补补。"

"真的？！"徐大铁眼睛发亮。

"真的。"

赵钟汶笑着点点头。

子青瞧他神情，想来是对月末的箭术考核极有信心，心下稍宽，也不多说话，含笑埋头嚼面饼。

"老大，什么时候带我们看嫂子去？"易烨笑呵呵地拍赵钟汶肩膀。

赵钟汶嘿嘿笑了笑，黑瘦的脸上难得有几分羞涩，道："总会见着的，以后……

不急不急……"

众人正自好笑，忽地见曲长快步朝这边过来。

"易子青，缔素。"他二人闻言忙起身，曲长目光在他俩身上上下打量了一番，"嗯……你们俩待会儿回去把东西收拾收拾，明日清早早饭前到虎威营报道。"

缔素心中一喜，子青却是一惊。

"要卑职到虎威营，所为何事？"她问。

"为何事我也不知，鹰击司马说是暂时借调，用个把月就还回来。"曲长朝缔素特别道，"到了那边伶俐点，别闯祸，别给咱们营丢脸。"

"诺。"

缔素早已喜不自禁，忍住满腹的欣喜，直待到曲长走远，才咧着嘴笑开来，抓着赵钟汶肩头直摇，"老大、老大，听见没有，将军特地要把我借调过去！"

"听见听见听见……你可别惹祸啊……"

赵钟汶被他摇得几乎把木椾飞出去，连忙把他的手拍掉。

"肯定是那日射雕，将军见我箭法好，是个可造之材……"缔素兴奋得直搓手，"说不定这次是个重要任务，所以将军就想到了我……铁子，你说是不是？"

虽然不太明白，但见缔素欢喜，徐大铁也觉得甚是欢喜，连连点头。

子青眉头深颦，脑中转来转去，也想不到霍去病将自己借调过去究竟有何用意，是否又是与李敢有关？

"青儿……"易烨也不无担忧。

对上他的目光，子青勉强一笑，安慰道："没事的，不是说个把月就还回来了吗。"

夜里，一灯如豆。

子青已将本就不多的衣袍收拾好，整整齐齐地叠好，打成包裹。易烨就靠在旁边看着她收拾，愁眉深锁，半日也不说话。

"哥……"子青转头瞧见他模样，试探地唤了一声。

"嗯……"易烨随口应了声，继而才回过神来，道，"灶间里我坐了水，你待会儿洗个澡。到了虎威营，不方便的地方可就多了，更别提洗澡……你说将军到底要你过去做什么？"

"我想不出来。"在子青看来，将军练兵着实怪招百出，难以琢磨，她是无论如何也猜不到他心中所思所想，"好在只说是借调，个把月就回来了。"

"个把月也够久的，我就担心你……"

子青微微笑了笑，“我会当心的。”

易烨叹了口气，复皱了眉头，自顾继续苦思。

子青本就拙于安慰，见状无法，再看夜已深沉，想来不会有人来，便到灶间取了水倒到屏风后的浴桶之中，再把门闩好，快手快脚脱衣洗澡。

“哥，月底前我估摸着是回不来，你记得把那些药丸给老大带回去给嫂子。”子青想起这事，隔着屏风道。

“嗯。”易烨这次没再劝她自己吃，“也好，就算月底考核老大没射中，他拿着这些药去折成钱，也能顶些用。”

“还是哥你想得周到。”子青浸在暖暖的温水中，倦意一阵阵袭来，“考核过后雕翎箭你先替我收着，等我回来拿去还给将军。”

“嗯。”

“老大若是还缺钱，就把收着的那几件新袍子也一并给他吧，多少也能折些钱。”

“行。”易烨应了，又道，“要还这些东西，你想过欠李敢多少钱吗？”

子青伏在木桶沿，心中计算着究竟该还多少钱，低低呼出口气，意识到自己确实非常缺钱。

大概算了下，易烨就直摇头，单靠他二人的月俸，就不知要还到何年何月。

轻轻的咚咚两声，忽听见外间有人敲门！

子青一惊。

易烨已跳起来，还未问谁，便听见缔素的声音。

“是我！快开门，快开门，巡营的快过来了！”缔素急得不得了。

此时已是宵禁时刻，士卒不得随意在营中行走，否则须受处罚，易烨听缔素催得紧，不知出了什么要紧事，只得给他开了门。

缔素侧身一溜，飞快地闪进来。

“什么事？非得大半夜地溜过来。”看见缔素面上尚存兴奋的笑意，易烨开始后悔，他意识到不会是什么大事。

“你们不也还没睡吗。”缔素嘿嘿一笑，“也没什么事，我就是想再来借一副手衣，上回看见有两副新手衣，呵呵。”

“眼睛倒挺尖。”易烨好笑，“这是什么大不了的事情，也值得大半夜溜过来。”

“反正我也睡不着，想到明日就要去虎威营……”缔素的兴奋劲始终未曾消退，“你想想，这可是将军特地点名要调我过去的。”

易烨奇道：“这和手衣有什么关系？”

缔素理所当然道：“人靠衣装马靠鞍，在将军手底下，我当然要打扮得精神点。”

“你这小子……万一被抓住了怎么办？老大怎么也不拦着你。”

“老大早睡着了，白日里练箭都练疯了他。抓着也不怕，我都想好了，就说突然胸闷，喘不上来气，来找你们瞧病。子青呢？”缔素张望着，而后察觉到满屋湿气，了然地往屏风后探去，“洗澡呢？”

易烨急忙挡在他跟前。

屏风后，子青浸在水中，浑身僵硬，起来也不是，不起来也不是。

“你们这里就是好，还能泡……”缔素羡慕道，停了一瞬，忽欢喜道，“要不我也一块洗吧，明日去虎威营，干干净净清清爽爽得看着精神。”说着便要往屏风后去。

“不行不行不行……”易烨紧张地拦着他，“你不能在这儿洗。”

子青心知再不能泡在水中不动弹，赶忙起身，也顾不上擦干，伸手就去取挂在屏风上的衣物要穿。

“我又不多用水，和子青一块洗就成。”

缔素对于易烨的紧张很是费解，越发好奇，伸手就去挠他的腰眼。易烨是最怕痒的，缔素若来硬的他倒坚持得住，眼下被他一挠，不由自主就缩着身子逃开，缔素趁机就闪到屏风后头……

子青还来不及穿上衣袍，只能把衣物掩在胸前，大概遮住身子，湿漉漉的乌发披散在肩头，越发衬得肌肤白皙。

见此情形，缔素瞬间呆若木鸡，盯着她说不出话来。

“你、你、你……”

易烨着恼，把缔素猛地拽出来，没好气道：“你什么你，还不出来！……青儿，你穿衣裳吧，我把这小子捆起来算了。”

子青默默裹好胸前白绫，再把衣袍一件件穿好，这才自屏风后转了出来。

“你……”缔素上上下下打量着她，喃喃自语，“怎么会这样……你也太像个女人了！可你怎么会是女人呢？这怎么可能……”

说着，他就走上去，满脸迷惑地想探手去摸摸子青胸部，被子青尴尬闪开。

她闪开的动作已令人了然，缔素立在当地，不可置信道：“你……真的是个姑娘？”

易烨将子青拉到身后，沉声道：“臭小子，听好了，子青是我妹子，是为了替我爹才从军的。你要是把这事说出去，我可饶不了你！”

“她是你妹妹！”缔素还是觉得无法相信，看看易烨，又看看子青，半晌才压低嗓子紧张道，“你们知不知道，这要是被发现，可是杀头的死罪！”

“当然知道。”易烨白他一眼，“所以你小子千万别说出去。”

“我怎么可能说出去！”缔素急忙道，“可是你们、你们……也太冒险了！”

“这也是没法子的事情，我爹有病在身，如何受得了军中这些操练。”易烨叹气。

想到操练之严苛，缔素也点点头，“这倒也是。”

“总之，你替我们保守住这个秘密，你就是我和青儿的大恩人！我家的恩人！”

听易烨说得郑重，缔素也郑重起来，脸上带着略显稚气的严肃，“易大哥，咱们是兄弟，不说外套话。我跟你们担保，这事我绝不会说出去，杀了我也不说。”

瞧他一脸的刚毅顽强，易烨这才稍稍放下心，重重拍了拍他肩头，道：“大恩不言谢。这番你和青儿去虎威营，辛苦你多照顾她……”

“放心吧！包在我身上。”

保护弱女子的心态油然而生，缔素自感肩上责任重大。

易烨身后，子青已从包袱内寻出手衣，一言不发地递了过来。

“青儿，你放心，有什么事你尽管跟我说，我一定会帮你的。”缔素接过手衣，朝她认真道。

子青微微一笑，“我知道。”

待缔素要走，易烨不放心地叮嘱道：“记着，这事连老大和铁子也不能说。”

“老大也不能说？”缔素一愣。

“不能，知道的人越多对青儿越不利。”

“嗯，明白了。”

缔素点点头，闪身出去。

室内，易烨与子青对视半晌，皆不知该说什么。缔素毕竟只能算是个孩子，他究竟能将这个秘密保持多久，无人知晓，眼下也只能过一日算一日。

第十章　大漠之行

根据曲长所传达的指令，子青与缔素二人在早饭前便得到虎威营，故而二人在早起操练时便匆匆辞别赵钟汶等人，纵马往虎威营赶来。

在营门通报之后，便有军士过来，将他俩直接领到校场一角。早有十几骑人马等在那里，为首一人便是霍去病。

“禀将军，人已带到。”军士朝霍去病禀道。

霍去病随意点了下头，便挥手让军士退下，目光淡淡扫了眼子青与缔素。他身后有几人见原来是在等这两个不起眼的小士卒，自然不放在眼中，不甚满意抱怨道：“你们小兔崽子睡得好觉，让我们在这儿等了小半个时辰。”

曲长命令中只说早饭之前，也没说具体时辰要求，子青与缔素虽然都觉得有些冤枉，但两人皆俯首帖耳，不敢辩解，更不用说是反驳了。

好在霍去病也没说要罚，跃上玄马，提高嗓门儿道：“出发！”

随即，赵破奴、高不识在内其余十几骑翻身上马，子青、缔素也忙跟上。一行近二十骑人马往西北方向绝尘而去。

他们这一行人马，霍去病是将军，赵破奴是鹰击司马，高不识是校尉，剩下十几人还有几名是中郎将，几乎皆是期门郎官出身，自是无人会把子青和缔素这等小兵小卒放在眼中。途中其他人之间尚有问有答，间或嬉笑怒骂，却没人来搭理子青、缔素。二人只能傻傻跟着走，根本不知道去何处，去做什么。

“听见水声了吗？”奔驰了近一个时辰，缔素转头问子青，“前面有河，水很急，我能感觉到。”

子青侧耳细听，果然河水轰鸣声越来越响，“是黄河？”

再行一段，远远已经能看见渡口，驰近之后，众人下马。早有等候在此的人迎上来，将他们引入一处屋舍之中，朝霍去病恭敬禀道：“依将军的吩咐，驼队在对岸已租借妥当，锦缎丝帛也已装载上船。”

子青有些愣住，因为屋舍内摆在他们面前的，是一队跋涉大漠的寻常商旅所要用的全部物件。

“卸甲，各人找自已合适的衣服换上，合穿就行，别挑挑拣拣磨磨蹭蹭，船还等着……”赵破奴扬声吩咐道，话音未落便被一件抛过来的衣袍连头罩住。

紧接着，旁边东中郎将谭智把一双半旧的靴子塞入赵破奴手中，笑道：“你不用挑了，这是最臭的一双靴子，你用最合适。”

赵破奴揪下头上的衣袍，抱着靴子，仍是好脾气地催促道：“上了船就有早饭吃，别说我没告诉你们。”

“早说啊你，饿我们这半日。”

又一双旧布袜抛过来，赵破奴照单全收，抱着衣物去换。

子青已卸了甲，当着众人的面，身上的襦衣自然无法再脱，只得慢吞吞地先把布袜靴子都换了。缔素自己快手快脚地换好，看子青神色不对，恍然大悟，眼珠滴溜溜一转，把一件翻毛的皮袍举得高高的，对着光佯作自言自语道：“没长虫子吧？”

这一瞬，被衣物挡住的子青飞快地脱下绛红襦衣，将半旧石青襦衣穿上。

一只大手将翻毛皮袍压下来，赵破奴的脸出现在眼前，满面疑惑道：“有虫？难怪我觉得有些痒痒！”他的肩头左耸右耸，浑身不自在起来。

缔素讪讪缩回手，赔笑道：“好像是我看错了，是毛打了结，不是虫子。”

“哦……”赵破奴挠着后背走开，继续吩咐众人，“弓、弩都得带上，别落下了。咱们这是商旅，还得防着大漠里的刀客，别装得太过了。”

“咱们要去大漠？！”缔素一惊，朝子青道，“你听见没有，叫咱们防着大漠里的刀客。”

“嗯。”

子青将外袍束好，复背上弓箭，心下隐隐已有些明白霍去病此行目的。

“喂，那边两个小子过来，把这些衣袍都叠好，袜子靴子也都理好，别弄乱了。”有人理所当然地使唤他们，“回来还得穿呢。”

又不是将军，也好意思大模大样地差遣人，缔素心中暗自嘀咕着，见子青已默默地过去整理衣物，只得也跟过去，没好气地胡乱叠着。

“你说咱们穿成这样去大漠做什么？”缔素把衣物整摞搁好，又似自言自语，又似在问子青，“难道将军乔装打扮，对匈奴人搞一次突袭？人也少了点吧？”

“大概是想探探路吧。”

如果此行是为了探路的话，子青就明白了将军要带上缔素的原因。

正说着，披着狐皮大氅的霍去病自里屋出来，盯了子青一眼，随即便饶有兴趣地看着她毛茸茸的皮袍装扮，随口便吩咐道：“你就当我贴身小厮，跟在我旁边伺候，记得吗？”

子青呆了一瞬，想到这也许是自己此行所要扮演的身份，道："诺。"

闻言，缔素忍不住满怀期待地问道："我也伺候将军吗？"

"你有更重要的事做。"霍去病说罢便大步迈出门去。

更重要的事—缔素心中甚喜，自觉用处甚大。

见子青仍躬身在整理靴子，他忙捅捅她，急道："你傻啊，还不快跟上去，将军刚说了你得跟在他旁边伺候。"

子青疑虑地直起身，"他应该是指进了大漠之后吧？"

"他又没说，你现在就跟着准没错。"缔素催促她道，"快去快去，将军的命令岂能容你瞎猜，这些臭靴子我来整理。"

子青没奈何，只得整整衣袍，跟着出门去。

刚一上船，便有人朝赵破奴嚷嚷着饿，到处踅摸着吃的。不一会儿，果然有人依赵破奴的命令抬出了几篓子的粗麦面饼，重重地放到甲板上。

"就吃这个？"东中郎将谭智直皱眉头。

赵破奴先伸手拿了一个，"这玩意儿不容易坏，扛饿，大家吃饱之后，剩下的面饼就是接下来几日的干粮……来来来，别客气，多拿几个……"

"别吆喝了，什么好东西，你也好意思。"顿时有人奚落打趣。

说归说，众人手都没闲着，不过一会儿工夫，马鞍袋都鼓囊起来，众人嘴里也都各自嚼着。

缔素叼着面饼靠在船舷上，探身去瞧底下翻腾的浪花，另一只手使劲挥舞着让子青过来。

"我还是头遭坐这么大的船，你瞧瞧，连浪花都这么大！"他兴奋得很。

"你当心。"

瞧他身子探得太猛，子青伸手把他拽回来些，这才抬头看向船外。因是清晨，河面上的雾气甚是浓重，连对岸是什么情形也看不清楚，只有灰蒙蒙的浓雾，船一直在往雾中驶去，看不见前方，让人心中无端生出些许茫然之意。

霍去病往船舱内查看过已准备好的锦缎布匹，方才回到甲板上，也随手拿了块粗麦面饼，斜坐在甲板盘绳的木桩上，心不在焉地咬了两三口，目光若有所思地将甲板上的马匹和人都扫了一遍。

"这次……"他缓缓开口。

其他人倒还罢了，唯缔素与子青站姿笔直，等候将军的命令，霍去病停口瞧着他二人，无奈道："首先要改的就是这点，这次装扮成商旅，你们言语行动间须得改掉军人习性，免得被人看出破绽来。"

闻言，为表示听命，缔素动作生硬地往船舷上一靠，子青则面无表情地低头咬了口面饼。

霍去病微微一笑，接着道："下船后将货品都搬到驼队上。老赵，你率四人负责押后；伯颜，你率四人在队前开路；谭智、浩然，你二人负责保护缔素，将沿途所有水源都标注出来；余下的人，随我在队中策应。"

"诺。"

众人皆应道。

缔素此时才方知自己此行任务，更未料到，霍去病还专门派了两个人来保护他。其中谭智是东中郎将，施浩然则是长水校尉，此二人军阶皆不知比自己高出多少，竟然令他二人来保护自己，着实令他一时间受宠若惊。

斜睇了眼缔素，谭智顿感大材小用，委屈道："就这个小鸡崽子，掉锅里头也没人吃啊，还用得着我和浩然两个人来护着他？

"咱们这些人里头，会舞刀弄枪的不稀罕，会找水源的可就这么一个，到时候几万人马就得靠他找的水源。信得过你，才把他交你手上，你不愿意，要不我来替你？"霍去病掰下小块面饼丢入口中。

谭智嘿嘿一笑，忙道："不用不用，那还是我吧……小子，过来！从现在起，吃喝拉撒都不许出我一丈内，知道吗？"他朝缔素笑喊。

旁人皆笑。

顿了一会儿，西中郎将伯颜颦眉问道："将军，咱们扮成商旅，必然行动缓慢，此番又是深入匈奴腹地，若遇上匈奴人劫货怎么办？"

"驼队上的驼旗用的是长安齐家的，今年的过路钱他们早就交过了，不出意外的话，匈奴人不会来劫我们的货。"霍去病停了下，看出伯颜眼底的意思，"若是有意外，货全丢弃，尽量避免交手，走为上策。此番是为了探路，要收拾他们等下次。"

众人闻言，心下皆已明白。

长水校尉施浩然把最后一点面饼吞入腹中，起身伸了个大大的懒腰，道："又不用动刀动枪，天天光跟着那些骆驼磨蹭，还得伺候小毛孩子，没劲没劲。"

话音刚落，他便被人自身后不轻不重地踹了一脚。

"要不说你贱呢，没匈奴人追在屁股后头，你就不会过日子了。"霍去病踹完他，复坐回去，笑道："老赵，每天早晚照着饭点揍他，省得这小子皮痒痒。"

赵破奴笑呵呵道："这小子皮厚，我担心早晚两顿不够……"

“得得得……”施浩然拱手作揖，迈了几步正走到缔素旁边，把缔素一把揽过来，故作郑重道，“我责任重大，得保护这个大人物，你们谁都不许惹我啊！”

未料到他劲道太大，缔素被他勒得几乎透不过气来，幸而一把被谭智拎了出来，顿时扶着船舷连连咳嗽。

“差点勒死他，你这蛮牛。”

谭智边道，边好心地替缔素拍背，他的手劲也不轻，拍得缔素踉跄一下，几乎栽到甲板上，幸而子青及时托住，将缔素扶到旁边坐下。

“你瞧瞧你瞧瞧，刚才你差点拍死他，还说我蛮牛，你自己也不去照照镜子……”施浩然一脸的幸灾乐祸。

你一句我一句，接下来，两人扭斗成一团，霍去病看得有趣，权当佐饼小菜。

缔素哀怨地将子青瞅着，虽不敢言语，但目中意思已让人十分了然：我不要和这两个蛮人待在一块。

将军下达的命令，子青亦无法，只得安慰地拍拍他。

下船后，果然有驼队已在岸边等候，待把锦缎布匹都搬上骆驼背上，他们方才跨上马背，开始这一路的旅程。

因是打着长安齐家的旗号，一路上着实太平，即使远远地有匈奴人经过，看见他们是齐家商队，也无人来为难他们。有时到了匈奴人小部落所在地，还有普通匈奴百姓上前来与他们换些针头线脑，油盐酱醋之类的琐碎东西，霍去病也甚大方，心无芥蒂，能匀出来的皆与他们交换。

待走远后，施浩然甚是不解，皱眉道：“他们可是匈奴人，咱们干吗还要换东西给他们？”

“匈奴人就不是人了？”霍去病白他一眼，“不打仗的时候，人家也是老老实实过日子，在这种小事上去为难人家，你瞧你这点肚量……”

话还未说完，就听见嗖的一声，一支利箭从身后射出，直入草丛深处，隐约能看见一只肥硕野兔栽倒在地。子青飞快蹿过去，将野兔拎回来，挂于马侧，一日下来那里已然挂了三四只野兔。

霍去病斜睇她一眼，“打兔子倒是利索，要是烤兔子的功夫再精进些就好了。”

子青愣了愣，默默点了下头。

眼见日渐西斜，霍去病下令就地宿营，除了谭智、浩然二人陪着缔素去附近搜索水源，其他人卸下驼队的货，让骆驼得以休息，又生了篝火。子青在篝火边拔着兔毛，预备烤兔子。

瞧她把野兔背脊上的毛拔下来，当作稀世珍宝一般，小心翼翼地放入小布包内，最闲的霍去病忍不住凑过来，探手就把小布包拿过去，端详奇道："你留着兔毛做什么？"

"兔毛可以做笔。"

子青有些紧张地看着他手中的布包，生怕霍去病喘气略大些把兔毛吹跑了。

霍去病挑眉："做笔？！"

"嗯，秋冬时候的老野兔背上所生紫毛，被称为'紫霜毫'，是做笔的上上之选。所做出来的笔储墨多而不漏，耐用。"

子青耐心解释道，与此同时，想不着痕迹地从霍去病手中拿回小布包。可未料到霍去病偏偏不撒手，子青只得讪讪缩回手。

"兔毫我倒是知道，不过没想到是这老野兔背上的毛。"霍去病闲闲侃道，"你想做笔？也好，先做一根给我使使，让我看看好不好用。"

子青呆了呆，紫毫极其有限，这些兔子加起来都未必能做一支笔，将军这一开口……

"怎么，你不愿意？"

霍去病已从她不自觉颦起的眉尖看出来，心下有些好笑，毕竟还是年幼，这少年丝毫不懂得掩藏情绪。

子青思量着该怎么说才妥当，沉默半晌，也没想出什么好法子，只能抬眼如实与他商量道："若将军不等着用的话，下次再做笔给您行吗？这次的笔，是我想拿去卖些钱，有急用的。"

她目光甚是恳切，干净清澈，霍去病对上她的双眼，定定看了好一会儿，才慢吞吞道："你干脆卖给我，如何？"

"您想买？"子青有些不可置信。

"嗯。"

子青只能道："……那我卖您便宜点吧。"

"行啊。"

把小布包递还给她，霍去病随意转开，自到马鞍旁寻了水囊，饮了几口后复转回来，也不说话，只瞧着地上的野兔，伤口皆为一箭穿喉，干净利落。

"你的箭法不错，射香头对你来说应该不算太难的事情，既然缺钱，为何不去拿月底考核的金饼？"他问。

把一只拔得干干净净的兔子放到旁边，子青看了他一眼，低下头使劲地撸着手上的余毛，半晌才道："我不能要。"

霍去病怔了片刻，想起以前曾经听说过关于墨者行事，其中有件他认为甚为迂腐的事，悟道："墨者不收取任何礼物和奖赏，因为不愿别人认为自己另有所图，是这样吧？"

没想到他连这也知道，子青又看了他一眼，眼中微带诧异之色，然后点了点头。

"可月底考核这个……没关系吧？"霍去病开始意识到这个少年的想法很可能比他所能想象的更加迂腐顽固。

子青认真道："习武该是为了强身健体，保护弱小，又或者是报效国家，不该是为了钱。"

"既可报效国家，又有钱可赚，两全其美之事，岂非更好。"霍去病理所当然道，顺手在她脑袋上叩了一记，"你这孩子，也太死板了！"

颇为柔顺地挨了他这记，子青没吭声，闷头把木棍削尖，串了兔子架在火上烤。暮色渐沉，火光映在她脸上，霍去病多看了两眼，笑着摇头起身，去查看驼队。

兔子还未烤熟，缔素一行人便回来了，马背上驮着七八个满满当当的水囊。谭智将附近水源方位告知霍去病，霍去病当即取出地图细细标明，而后看着地图凝神思考……

赵破奴自怀中掏出从高不识处搜刮来的调料，围着兔子通身乱撒，急得施浩然在旁直搓手。

"你会不会啊，不会别糟蹋东西……多了多了……你这样撒肯定咸了……"

听他咋呼个没完，赵破奴干脆一脚把他踹旁边去，"滚滚滚，滚远点，全是你唾沫星子，待会儿怎么吃？……伯颜，替我把他捆了，没见过这么烦人的。"

施浩然仍嚷嚷个没完，"咸了，咸了！……伯颜，我告诉你，老赵放这么多调料，肯定是他自已想独吞这只兔子。"

伯颜硬把浩然按坐下来，打了个噤声的手势，朝霍去病一指，"你有点眼力行不行，别吵着将军。坐着，看着火！"

"不是有那小子看着火嘛，得，我瞧马去。"

浩然口中所指的那小子正是子青，她只管埋头看火添柴，于周遭的喧闹充耳不闻。缔素回来后只转悠了一圈，便被四五人差遣着做琐事，他一做完便溜到子青旁边坐下，愤愤地跟她咬耳朵道："咱们简直就是来伺候这帮爷的，压根儿就没人把咱们当回事。"

子青笑了笑，安慰他道："将军之前还说你顶重要，还派人保护你，这还不够把你当回事啊。"

“什么保护，朝我呼来喝去的，神气着呢。”缔素没好气地低声嘀咕道，“有本事他们自己找水源去，别跟着我啊。”

“兔子好了！”

子青把距离她最近，尚没有被赵破奴祸害到的烤兔子取下来，烤得金黄发亮的兔肉逸出阵阵诱人的香味。啃了一整日的面饼，缔素早已饥肠辘辘，伸手就去撕兔子腿。

手刚要触及，忽地眼前一阵风，整只兔子都不见了！缔素再回头，施浩然不知何时站在身后，抢了兔子去，正撕腿子呢。

“伯颜！”施浩然把兔腿抛给他。

“谭智！”又是一条腿。

整只兔子在他手中被瓜分干净，一点不剩，缔素垂头不语，脸都绿了。

“不急，还有兔子呢，马上就熟了。”子青拍拍他，安慰道，“将军不也还没吃上吗？”

正说着，篝火对面的霍去病小心收起地图，置入怀中，起身伸展了下，扫了眼满嘴流油的施浩然，笑着嘲讽道：“手最快的是你，偏偏还是吃屁股。”

施浩然愣了下，定睛看了看，手中那块兔后腿肉果然还连着兔屁股。

众人哄堂大笑，其中以缔素笑得最为响亮。

赵破奴那只兔子也烤妥当，他取了下来，瞧了又瞧，自己也无甚把握。左右张望了下，看见子青就在近前，遂先撕了条小腿子递给她，笑道：“你尝尝，看味道如何？”

子青把兔腿接了过去，咬了一大口，嚼嚼咽下，神情平静如常，点点头道：“……还好。”

这下赵破奴放了心，吹了吹，又撕了条腿子给霍去病，笑道：“您尝尝，应该不比老高烤得差。”

霍去病接过兔腿，出于对赵破奴厨艺的怀疑，没敢大口咬，只撕块小条在嘴里嚼了嚼，表情古怪地默然半晌，充满疑虑地盯着子青，然后很干脆地吐掉，把腿子塞回赵破奴手中，皱眉朝子青问道：“你成心诓老赵吧？”

子青摇头道：“卑职不敢，确实是还好……能吃就行。”

“你还真是不挑。”看来是对饮食要求差别太大，霍去病没奈何，转头找别的烤兔子，“还有别的兔子吗？”

这下轮到施浩然得意地笑，“我早就说不能吃……”

“不是这么差吧？”赵破奴疑惑地自己咬了一口，嚼了又嚼，硬是咽了下来，勉强笑道，“味道是重了点，有点怪，不过还是能吃的。”

“那你自己吃吧。”

霍去病自往火上寻另两只将熟的兔子，勾勾手指头把子青唤过来，吩咐道：“盯着这俩兔子，不准眨眼，别让老赵再往上头捣腾东西，等熟了，先送一只给喂马的几个弟兄去。”

“诺。”子青颔首领命。

赵破奴正拿着自己那只烤兔子，到处转悠，可惜无人领他的情，最后他靠着缔素坐下来，兔腿递过去，满怀期待地望着缔素，“你尝尝，没他们说得那么邪乎，仔细嚼嚼还挺香的。”

正所谓官大一级压死人，更不用说对方是鹰击司马，缔素满肚委屈地接过兔腿，拗不过赵破奴殷殷期盼的双目，咬了一口，嚼都没敢嚼就硬吞下去。

这边，子青吃完自己那份，又把烤好的兔子送去给喂马的几人，又被人差遣回来拿了装水的羊皮囊送去，一个一个挨着递水，待她再回来时，味道正常些的烤兔子早已被瓜分一空。她倒不甚在意，自拿了粗面饼，在上头洒了几滴水，在火旁略微烤了烤，便吃将起来。

缔素捅捅她，把兔腿递过来，“你还吃吗？”他刻意压低声音，“味道又怪，又咸得要命，你真觉得这玩意儿还好？”

“你是不是吃不下？”子青好笑问他。

缔素微不可见地点了点头，“把这玩意儿吃下去，我非得齁死。怎么办？我要是扔了它，鹰击司马大人心里头肯定得不痛快。”

“别扔，能吃就别浪费。”

烤得暖烘烘的面饼塞入他手中，子青把兔腿接了过去，一口接一口，不多时便吃得干净。

入了夜，风一阵紧似一阵，支起的简易帐篷不比营中的厚实大帐，一小股一小股的风在帐内蹿来蹿去，寒意透过衣袍，沁得肌肤冰冷。

由于缔素身负重任，可以免于站哨。而作为队伍中身份最低的小卒，子青站哨时段理所当然地被安排在午夜至凌晨时分。她不得不在刚刚睡着的时候就被人用力摇晃起来，然后被拎到寒风刺骨的外头站哨。

骆驼们整整齐齐地排着一列，静静地屈膝在地，在这样的夜里，它们安静得就像绵延起伏的小山丘。马儿垂头而立，悄然无声。星空低垂，除了风声，听不到其他声音，似乎天地之间，只剩下自己和这些温顺的庞然大物。与白日相比，子青忽有说不出的轻松之感，欢愉地拢手呵了口气，猛力对搓，再搓了搓自己冰冷的脸。

骤然，身后不远有人低低咳了两声，子青本能回头望去……

将军！

她面上笑意尚未及敛去，霍去病也愣了一瞬，随即低低喝道："笑什么？"

被他这一喝，子青忙肃容，背了身去，规规矩矩地站哨，只是这么一会儿，又听见身后传来好几声显然被压抑的咳嗽。

她犹豫了下，迟疑地回头，霍去病掩着嘴又咳了几声。

"将军可是受寒了？"作为医士，她本分地问道。

霍去病连话都懒得说，一只手冲她的方向烦躁地摆了摆，示意她少管闲事，紧接着又紧咳了一阵，好一会儿才算缓过来。

白日未听见他咳，夜里才咳，该是体内存有寒气，子青心中暗忖道，可惜眼下连热水都没有。只是不知他既然咳嗽，又何必出帐来，呛着风不是更严重吗？

"治风寒的药材是备了的，我可以去煎碗汤药。"

子青试探地问道，身子尚立在原地不动，毕竟她身负站哨之责，没有将军命令，不敢擅离职守。

霍去病低沉道："不用。"

子青只好不再吭声，眼角余光看见他自在行囊堆中翻拣出一个小酒囊，仰头连饮了几大口。既然咳嗽，怎能再喝酒，子青微颦起眉，话堵在喉咙口，她知道此时说这话将军也必不理会。

过了半晌，霍去病手持酒囊，慢慢踱到她旁边来，虽未说话，呼吸声有些重。

不知他有何命令，子青侧头看了他一眼，月光洒下来，不知是由于饮酒还是咳嗽的关系，他的脸苍白中透着些许潮红，神情倒是同寻常一般。

"你刚才笑什么？"他突然问。

"没什么……"子青呆愣了下，便对上霍去病狐疑的目光，只得如实道，"真的没什么，我、我就是觉得有这些骆驼陪着，站哨一点都不闷。"

言下之意像是在说自己很多余，霍去病微皱了下眉头。

"将军……你若是病了，就不该饮酒，煎些汤药喝才对。"子青终还是忍不住要劝道。

酒在腹中暖烘烘的，感觉已比刚才舒服得多，霍去病不在意地笑了笑，"不过是一点小毛病，天冷了偶尔会犯，也就是咳两声，没什么大不了的。"

子青认真问道："每年冬天都咳吗？那就是嗽疾。"

显然不愿意听到自己的小毛病被人冠上一顶大帽子，霍去病皱了皱眉，"你们这些医士最好小题大做，咳几声而已，什么嗽疾不嗽疾的……这事，你可别给我到处乱说。”

子青只得点点头，她自知人微言轻，定是劝不了霍去病，思量着待回营后将将军的症状告知邢医长，相信邢医长应有良方调养。

告诉邢医长，应该不能算是到处乱说吧？她想。

一阵寒风卷过，冷得透骨，霍去病扫了眼子青，强自按捺下唇边的笑意。这个少年在风中竟连脖子都未曾缩一下，背脊仍是挺得笔直，通身上下，唯将手指在手心处蜷缩了下，吸取些微暖意，随即便松开。

这样的性子，绝不是一般的倔强。

“大冷夜的站哨，怎么连手衣都不戴？”他问。

子青答道：“我不冷。”

“是没有手衣吧？”

霍去病摇摇头，自怀中掏出自己那副递给她，“戴上吧。”

“多谢将军，不过我不能收。”子青诚挚谢道。

霍去病怔了一瞬，立时想起墨者那些不成文的规矩，“哦……不能接受礼物和赏赐是吧？我知道。”

子青低首微微一笑。

“不过这个不能算是礼物，也不算赏赐。它是……”霍去病脑子转得很快，“是军需，是将军我派发的军需用品。”

“把手衣戴上。”霍去病又补上一句，“这是命令。”

虽然觉得不太对，可惜子青口拙，也说不出哪里不对，只得听命。

待她戴好手衣，霍去病瞅了瞅，皱眉道，“有点大啊，就先凑合着用吧。看不出你的手那么小。下回再给你寻一副小的。”

“不用，回去之后我可以自己做一副。”子青连忙道。

看她有点急，真是一副很怕欠人情的模样，霍去病笑了笑，未再多言，返身回了自己帐中。

子青低头端详手衣，这是一副锦缎手衣，银丝流云纹的刺绣，针脚细腻整齐，属于她所不喜的虚耗人力物件。况且也确实太大，原该是到手指半截儿处，现下都到了她末端指节上。

不过，很暖和。

如此又过了两三日，第四日黄昏时分，在马背上展目望去，便已能看见苍苍茫茫的大漠横亘在天地之间。

“今晚早些休息，明日就要进大漠，须得打起加倍精神。”

霍去病吩咐罢，又招手将缔素唤过来，朝他沉声道：“我听人说过，这片大漠中有条暗河，我要你把它找出来。”

“诺。”缔素眼睛闪闪发亮。

“能行？”

“能行，以前我就曾经找到过暗河，只不过不是这片大漠。”

霍去病点点头，又问道：“暗河隔多久才会改道。”

“暗河除非枯了，否则一般不会改道，不过若是中间遇上地母发怒，就难说了。”缔素顿了下，挠挠头，“这也是我听族中老辈人说的，也不知是不是真的。”

“你们族中还有与你一样的人？”

“祖父辈有一人，可惜还没等我出世，他就死了。”缔素神情乍然有些黯然。

霍去病点点头，温言道：“去歇着吧。”

“诺。”

缔素返身回来，看刚刚卸下驼货的子青又被指使着支帐篷，因军阶最低，无人将她放在眼中，那么大一顶帐篷也没人来搭把手，就她一个人在忙碌，旁边倒坐着四五个闲聊说笑的大汉。

他闷声不吭地过去替她拽紧绳子，子青感激地瞥了他一眼，几下将木楔砸入地面，固定住粗麻绳。两人再依次捆扎好其他三个角的绳子，帐篷才算草草搭成。

“怎么了？”

察觉出缔素异于寻常的沉默，子青诧异问道。

“没事……”缔素顿了下，还是道，“我祖父辈上有一人，也是善寻水源，我就是想起他来。”

子青静静等着他说下去。

“听说是在找水源的时候，让毒蛇给咬了，他硬撑着最后一口气爬了半里地。后来在找到他尸首的地方挖下去，果然挖出了水。”缔素眼神发虚地看向子青，“你看我父母不也都是枉死的吗，你说，像我们这种人是不是都……命不好啊？”

他的声音听起来有些飘忽，子青怔怔地看着他，似乎根本未反应过来。

“你也觉得是吧。”缔素望着已近在咫尺的漠漠黄沙，心底没来由得有点发怵，低低叹了口气，“不知道我会不会……”

子青骤然打断他道：“不会的，我……我们一块出来的，肯定一块回去，别瞎想了，有人会保护你，你不会有事的。”

闻言，缔素转身瞥了眼稍远处的谭智和施浩然，没好气地翻了个白眼。他的身后，子青默默地将木楔又重重地敲了两下，几乎全部没入地面。

进了大漠，行了两日，除了马匹有些不太适应，倒也还算顺利。只是沙子太软，吃不住劲，夜里头也没法再支帐篷，只能将驼队围成个圈圈，人就挤在这个圈圈里头歇息，好歹也能稍微挡点风。

到了第三日，漠上起了风，甚大，夹着沙子劈头盖脸地打过来，众人皆用长布巾缠头蒙面，各自裹得严实。马匹被风沙弄得焦躁不安，甚不舒服。唯有那些骆驼行得仍甚是沉稳，踏踏实实地一步一步往前走。

直过了午后，风才渐渐减弱，缔素策马到霍去病旁边，低低说了几句，霍去病遂下令其他人下马原地歇息。缔素也不再管风沙，拿下蒙面的布，纵马朝西南面过去，谭智与施浩然紧跟上他。

很快，他们就消失在一处沙丘之后，子青望着尚未消失的那道滚滚黄尘，愣神了下，随即便被人差遣着去驼背上取水囊。

"那小子闻着味了？"赵破奴扒拉下脸上、头上的布巾，吐了口长气，转头问霍去病。

"他只是说想去那边看看……"

霍去病抚摸着自己那匹玄马的脖颈，目光也停留在他们消失的方向。

"多久？咱们卸不卸货？"

"先等等吧，过半个时辰还没回来，就卸货。"

"诺。"

那边伯颜自己刚灌了两口水，便发觉自己的马儿一直哀怨地将他望着，便忙倒了些水给它喝。那马喝完水，眼神中的哀怨丝毫不减，伯颜道它受了什么委屈，卸了马鞍，上上下下地摩挲它。

抱着粟米袋挨个儿来喂马的子青瞥了眼马脚，提醒他道："右后掌上的蹄铁好像松了。"

伯颜低头望去，果然是蹄铁松了，忙命子青托住马脚，他凑前用手搬弄着，欲将蹄铁再紧上去。

霍去病与赵破奴就着地图指指画画，半晌，他抬头欲命人笔墨伺候，近旁却半个可差遣的人都没有。再望去，那个原该当他贴身小厮的人正半跪在地，险险托着马脚，让人看了有些心惊，就怕那马骤然踢一脚。

忽地西南面隐隐传来马蹄声，霍去病猜度是缔素一行人回来，展目望去，果然看见谭智出现在沙丘上，飞快冲下来，口中大声疾呼着什么……

难道是缔素出事了！

子青的心猛地往下一沉，呼啦一下站起来，也不去管伯颜，更未等候什么命令，直接跃上马背，叱马便冲了出去。

谭智渐近，可看见他面容紧张，嘴角尚带有血迹。

一来一去，两匹马儿在疾驰之中擦肩而过，她在余光中看见谭智背后也在流血。

“刀客！刀客！……”

他用剩余气力冲她大喊。

子青瞳孔紧缩，单手策马，腾出一手取出背后弓箭，速度未有丝毫减缓。

到达沙丘顶的那一瞬，她便看见了缔素，同时也看见了那群刀客，足有四五十人。缔素和施浩然被他们用绳索套在脖颈上，拖在马匹后头，死狗一般在黄沙中拖行。

没有任何思考的余地，她疾冲向前，同时双手松开缰绳，挽弓搭箭。

风从耳旁呼啸而过。

箭如流星般自她手中脱弦而出！

嗖的一声，拖着缔素的绳索应声而断。

差点窒息过去的缔素伏在黄沙之上，身子颤抖着，连连咳嗽。他还活着，子青心中稍宽，背手自箭箙中又取一箭，弯弓搭箭……

又是一箭。

乍然，一柄弯刀横向飞出，将她的箭击飞。

骑在马上的刀客举长刀朝缔素劈去，欲一刀了结他的性命。

与此同时，数支弩箭向她射来。

子青顾不上理会，依旧挽弓搭箭，凝神拉弦，瞄准欲杀缔素的刀客咽喉——霍去病等人到沙丘顶时正看见数支弩箭齐齐射向子青，马匹身中数箭，长嘶而倒。

手中箭已离弦，子青也跌落下来，顺着沙丘滚下去。

欲杀缔素的刀客咽喉穿透，从马背上一头栽倒。

“放箭！”霍去病断喝，他只是扫了一眼，便已得知这群刀客中，带弩箭者过半，其余皆是用刀，而他们这边十几人皆是弓弩好手，这般远距离攻击，他们才能稍占些便宜。

一时间乱箭齐飞，刀客那头有数人中箭，几乎箭箭例无虚发，拖着施浩然的绳索也被射断。

打了几个滚的子青自沙地上翻身站起，没了马匹，她发足往缔素方向狂奔而去，在来来往往的箭雨之中，跑得像要飞起来。

“这小子不要命了！”赵破奴倒抽口凉气，就他所见，起码有两支以上的箭堪堪地从她身侧擦过。

霍去病没作声，手持小黄弩，静静地瞄准着。

刀客中为首的虬髯大汉便知此番遇上了硬碴儿，怒道：“他娘的，再给我……”

话音未落，一箭正中他的眉心，正是霍去病所射。既然双方人数落差较大，必得先擒王才能乱其军心，他深谙此道。

虬髯大汉落马之后，这群刀客果然军心大乱，也不知到底是该迎战还是该撤退，叫唤什么的都有，顷刻间便要作鸟兽散。此时，子青已到达了距离她最近的刀客跟前。对方显然也没有料到她竟然真的能冲过来，想都没想，一鞭子抽下去，被子青拽住鞭梢，自马上拖将下来。

他拔刀，子青拔箭。

长刀尚未完全出鞘，子青手持箭柄，直接用箭尖贯穿了他的咽喉。

血汩汩涌出，那人直直倒下。

鲜血刺激到双目，子青怔了一瞬，随即便回过神来，夺了马便朝缔素驰去，途中经过施浩然，不知是死是活，还是怕他在混乱中被马蹄所踏，一把将他拎上马背。

背后乍然风声至，她本能地伏低身子，一柄弯刀自头顶呼啸而过，正是之前击落箭矢的那柄弯刀。

弯刀回旋往返，复落回主人手中，一个年纪十八九岁的少年冷冷看着子青，手一扬，弯刀飞旋而出，却非朝向子青，而是奔着不远处地上的缔素。

子青大惊，顾不得许多，纵身跃出，正扑在缔素身上，试图替他挡下这刀。

等了片刻。

刀刺入背心的疼痛感迟迟没来。

子青缓缓转头，那柄弯刀不知何时又回到那少年的手中。那少年正静静地看着他们，目光难测，半晌，用生硬的汉话问道：“他，是你的亲人？我看见……”

他的话还来不及说完便被人敲晕过去，换成一脸正气凛然的赵破奴。

其他人略略追击了下四处逃散的刀客，由于地形的关系，没追出多远便被霍去病召回，纷纷聚拢过来探视施浩然与缔素二人状况。

两人皆在昏迷之中，幸而都还活着。子青迅速地替他们都检查了一遍：缔素尚好，都是些皮外擦伤。施浩然左肩头挨了一记重的，虽未伤及要害，可血流了不少。治外伤的药都是现成的，子青半跪着替他清洗伤口，上药，然后包扎妥当，恢复她医士本职。

“这还有个活的？怎么办？”赵破奴缴了弯刀，把那晕厥的少年五花大绑，请示霍去病。

霍去病瞧了两眼，道：“我看他使弯刀还有些意思，绑了带走。”

“诺。”

本是留下来照顾谭智的伯颜出现在沙丘顶，静静地，只是望着这里。霍去病余光扫到，心中猛地咯噔一下，缓缓侧转身子，对上伯颜一动不动的身形。

谭智！

玄马踱步过来拱了拱他，霍去病无意识地伸手去拉缰绳，却拉了个空，只得定神复拉过缰绳，翻身上马，脑中空荡荡的。

回到山丘那头，能看见谭智无力绵软地靠在行装上，霍去病面无表情地翻身下马，没站稳，踉跄了一下……

刀柄还插在谭智的背上。

伯颜在身后低低禀道：“开始我没敢拔，怕他顶不过去，可没想到……”他喉头哽咽着，再说不下去。

霍去病没说话，点了下头，缓缓半蹲下来，一手托起谭智的身子，另一手探摸到他身后的刀柄攥紧。那柄刀插得颇深，他拔了一下，只退出来小半截儿，谭智身体毫无生气地颤抖了一下，温热的血自伤口处涌出，瞬间漫过他握刀的手。

那一瞬，霍去病的喉咙似乎被某物死死地哽住，几乎不能呼吸。

不愿让谭智再受苦，霍去病手上猛地用力，谭智身体重重地一震，刀哗一下被拔了出来，血顺着他的衣袍直淌到沙地上，迅速渗入黄沙之中。静静站着旁边的数人，皆是与谭智共处多年，彼此间熟悉得如同兄弟一般，见此情形，其中几人已忍不住坠下泪来。

他轻轻将谭智在沙地上放平，看见赵破奴拿了打湿的布巾过来，方才起身，退到旁边。

赵破奴忍住泪替谭智擦干净脸面，又替他将头发也梳了梳……

不远处，子青牵着负着缔素的马儿缓步走来，眼前这静默悲凉的场面已让她明白了一切。她没有走近，只是怔怔地看着，盯着谭智唯一露在人群外的那双半旧革靴。

“将军……”赵破奴开口想请示，又知道这个问题着实太过为难。

霍去病却已明白他想说什么，强压下喉间的不适，用近乎平淡的声音道：“留一件他的随身之物，取锦缎裹尸，就地掩埋。”

说罢他便猛地掉头走开，身后一片死寂。

赵破奴呆立良久，才蹲下身子，想取下谭智怀中那对鱼形玉佩。

“别拿那个。”伯颜开口制止，“那是他留着定亲用的，你别拿……”说到此处，他眼圈立时又红了，忙举袖胡乱擦了擦，才接着道，“他一个人躺在这里，孤零零的，就让这玉佩陪着他吧。”

赵破奴点了点头，复把玉佩放了回去，另取了谭智贴身匕首。

旁边有人低低道：“真的就埋这里了？……以后便是想找都找不到了。”

“别说了，将军下的命令，你以为将军就不难过。”

“……”

锦缎是现成的，用了一整匹的锦缎，一层一层将谭智包裹起来。

坑也已经挖好，赵破奴刚要去抬谭智尸身，忽被一人沉默着抢在前头，正是霍去病。以超乎寻常地细致将谭智在沙坑放平整，霍去病方才跃出坑外，看着一捧捧黄沙倾泻而下，将谭智彻底隔绝在他的视线之外。

不期然，陇西街头骈宇骞的那句话在脑中回荡着——“我的兄弟们都躺在大漠里，这里离他们近些，我心里踏实。”

现在，我的兄弟也躺在大漠里了，霍去病茫然地想着。

第十一章　楼兰王子

驼队重新出发，一步一步地离开谭智安睡的地方，大漠之中风沙瞬变，即使他们再回来，也不可能再找到他。

子青在马背上，最后回头看了一眼，漠漠黄沙，仿佛能听见谭智的声音：“就这个小鸡崽子，掉锅里头也没人吃啊……”

她闭下双眼，转回头，催动马匹前行。

这日，直走到月上中天，将军才下令停下歇息。众人皆无胃口，卸了货，喂过马匹骆驼，便各自或坐或躺或靠，安静无语休息。

这夜的站哨，竟未再派遣到子青头上。

给缔素喂了几口水，看他又昏昏沉沉地睡过去，子青半靠在骆峰上，也合目休息。

风自梦中呼啸而过。

鲜血自地上黄沙中慢慢渗出。

血越来越多，汩汩流动，在地上蜿蜒成一棵血红的树。

这棵树的枝丫漫上她的脚背……

子青骤然自梦中醒来，大口大口喘着气，惊魂未定。

“做梦了？”有人在近旁低低道。

子青侧头，这才发觉将军不知何时坐在了她旁边，他们俩靠的是同一头骆驼。

霍去病双目很亮，看得出毫无睡意，瞥了她一眼后便自顾仰头喝了一大口酒，然后随意把酒囊递过来，“来一口。”

“多谢将军，卑职从不饮酒。”

倒也不逼着她，霍去病收回手，低咳两声，仰脖又灌了两大口，然后酒囊就空了。

子青探身看了看躺在另一旁的缔素，用手背试了试他额头温度，轻舒口气。再轻手轻脚走到施浩然旁边，依样试了试他的温度，烧得烫手，忙用濡湿的布巾敷在他额头上，再替他把脉。

旁边伯颜惊醒，低声问道：“要紧吗？”

“烧得有些高，不过只要撑过今晚，大概就不要紧了。”子青同样低声回答。她伸手找到施浩然右肩头对应伤处的位置，以指用力按下，施浩然低低呻吟了一声，子青知道所压之处正是痛点所在，遂压住不放。

过了半晌，伯颜询道：“要这样压多久？”

“半个时辰以上，越久越好。”

“我来吧，你去照顾那头的小家伙。”伯颜撑起身子，挨到施浩然旁边。

子青迟疑片刻，伯颜已挡开她，依样用手指按在施浩然的右肩上。她又换过一块敷额头的湿布巾，方才蹑手蹑脚返回去。

“浩然怎么样？”霍去病问道，声音有些低哑。

“他在发烧，脉搏虽急，但健而有力，撑过今晚，应无大碍。”

霍去病点了点头，朝缔素努努嘴，“他呢？”

“他身上的伤都不碍事，是受惊过度。”子青望着缔素，低道，“他，毕竟还小。”

霍去病未再吭声，过了良久，才突然没头没脑地问道：“我记得墨家明鬼，你也相信有鬼魂吗？”

“嗯。”

“见过？什么样？”

“没见过……”子青半仰起头，望向黛蓝苍穹，轻轻道，“可我知道他们在，一直都在。”

晨光熹微，缔素自昏睡中醒来，子青喂了他喝几口水，又掰了块粗面饼给他。虽然接了面饼，缔素却无甚胃口，目光搜寻到躺在不远处受伤的施浩然，便急急要过去看他，无奈头重脚轻，子青忙扶他过去。

“烧已经慢慢在退……你不如歇一会儿吧？”后一句话子青是朝伯颜说的，他已经连续指压了近一夜。

伯颜这才松开手，长长吐了口气，由于用力过久，麻痹的手指微微有些颤抖。

缔素揪紧子青的胳膊，问道：“他，是不是伤得很重？我瞧见那刀朝他劈下去……”

子青安慰他道：“肩头的伤口较深，还好没有伤及要害，只要日日换药，坚持指压，应该会没事的。”

缔素这才放下心来，又转头四下张望，将所有人巡了两遍，仍然未找到谭智。

“谭中郎将呢？”他问。

子青默然片刻，才道：“他死了。”

缔素的双目在瞬间睁大，满是不可置信，“怎么会？”

“背心处中了一刀，致命伤，他是强撑着最后一口气回来报信。”子青静静地告诉他。

缔素呆呆站着，似乎要花费他全部的气力，才能让他自己去相信这个事实。

远远的东方，红日跃出沙面。

近处，一匹睡醒的骆驼慢慢悠悠地站起来，摇头晃脑地从鼻孔里喷气。

这个清晨与他们入大漠来的每个清晨甚是相似，只是少了一人。

“他人呢？”缔素看上去欲哭无泪，“我、我想再看看他，行吗？”

子青不得不如实告诉他：“谭智昨日便已经下葬。”

“下葬？就葬在大漠里！”缔素简直是悲愤了，怒嚷道，“怎么能把他一个人扔在这里？！是你说的，我们一块出来的，就一块回去！”

他的声音如此之大，几乎把所有人都吵醒了。霍去病半坐在沙地上，静静地看着他，没说话。

其他人也都没有说话，看着缔素。

缔素的胸脯剧烈地起伏着，泪水如倾，死死地瞪着子青，声音哽咽地走了腔调，“是不是你说的？！……一块回去！死了也该一块回去！”

子青看着他哭倒在自己肩头。

“是我，都是我，如果不是为了我，他就不会死。”强烈的自责几乎要把缔素击垮，“那个方向没有水源，可我还是想碰碰运气，我……”

“原来你们是在找水源。那里有水源，只不过你找不到而已。”

骤然，不起眼的角落里传来生硬的汉语，那个少年被捆得很结实，神色淡然。

所有人的目光顿时集中在他身上。

“不可能，如果那里有水源，我一定能找到。”缔素抬起头来，急道。

少年不屑一顾，“哼……”

霍去病起身，走到那少年面前，沉声问道：“你说，他为何找不到？”

“那处是暗河，在黄沙下面，他当然找不到。”

“暗河我也能找到！”缔素怒道。

“浅的自然好找，如果是在沙下一丈多深的地方呢？”少年冷眼瞥他，嘲讽道，“暗河横贯整片大漠，有浅处你不去挖，非得盯着最深的地方。”

“你知道暗河所在？”霍去病问道。

少年昂然道：“这片大漠底下整条暗河走势我都了如指掌。”

“能画出来吗？”

“能。”

霍去病面上终于有了一丝笑容，道：“好，你把暗河所在画出来，我核实无误的话，就放了你。”

少年也甚干脆，“不。”

霍去病不急不缓，问道：“那你想要什么？”

“我不走，我要同你们在一起，不……是同他在一起！”

少年的手不能动，朝缔素方向努了努嘴。缔素骇然吓了一跳，恼道：“我才不要同你在一起。”

“不是你，是他！”

少年的双目定定地望着子青。子青疑惑不解，微颦起眉，立在当地。

这个要求倒还真不算高，只是怪了些，霍去病奇道：“你认得他？”

“昨日才认得的。”少年实在道。

“那你为何非要留下来和他在一起？”

“我喜欢他！”

此语一出，众人无不晕厥，这般直白的表白便是男女之间也不宜当众说出，更不用说大家都是男人。

连子青也有些惊愕，着实不明白这个昨日才见过的少年如何会说这般话。

唯有缔素以为这少年看出子青的女儿身，急忙道：“你胡说什么，他和你一般都是男人，什么喜欢不喜欢的！”

少年却不以为意，双目清澈见底，坦然得近乎惊人，“他是女人我也喜欢，是男人我也喜欢，总之是他就行！”

众人再次晕厥。

子青不知所措地望着他，她与这少年连相识都算不上，他这般强烈的情感究竟从何而来。

这是一笔根本用不着费时思量的买卖，霍去病很痛快地点了头，“行，只要你画出来的图准确无误，我就让你和他在一块。……裁块素锦，给他研墨。”

“诺。”

素锦往沙地上一铺，少年咬着毛笔趴在上头，想想，画画，画画，想想……

“将军，这小子会不会是在给咱们下套儿？”赵破奴远远望了少年半日，不放心道，“他是那帮刀客的人，弯刀使得又好，怎么会这般轻易就降了咱们，还非得要跟咱们待一块？我看其中肯定有诈。”

霍去病瞥他一眼，提醒道："人家没说非得跟咱们待一块，是说要跟子青待一块。"

"那不都一样吗……那小子怎么突然就能看上子青，古里古怪的，我看这也有诈！"赵破奴言之凿凿。

"等地图画出来，还给他绑上。"霍去病想了一下，"把子青叫过来。"

待子青依命过来，他盯了她半晌，才问道："你……是不是给那小子下什么蛊了？把他魔障成这样？"

再傻也听得出将军语气中的取笑之意，子青无奈，只得不作声。

"那小子既然认你，待会儿他画完地图之后，你就去套他的话，他是哪里人，什么来历，怎么会当上刀客，最重要的是他怎么知道这片大漠的暗河走势。"

子青从未做过这等事，略有些为难道："若是他不肯说怎么办？"

"所以要你套他的话，旁敲侧击……明白吗？"

"我试试。"

霍去病顿了片刻，加上一句，"你可别反被他套出话来。"

"诺。"

望着她离开，赵破奴直摇头，"将军，这小子太老实，您这美男计看来是所托非人。"

"我用美男计了吗？"

"这是明摆着的，您为了地图，把这小子卖了。"

霍去病瞥了他一眼，淡道："他看上的人若是你，我会觉得这买卖更划算。"

直至日上三竿，那少年才算是画完，歪着头又看了遍，将毛笔随手一扔，拍拍手站起身来。霍去病把地图拿走，没忘记命人把这少年重新捆起来，最后意味深长地盯了子青一眼。

尽管颇为尴尬，子青还是不得不执行将军的指令，走到那少年旁边，犹豫片刻问道："你饿不饿？"

少年看着她，笑得灿烂，不答只道："你可以唤我阿曼。"

"阿曼。"

"嗯，我不是你们汉人，名字你读起来肯定觉得拗口，唤我阿曼便可。"

看他的相貌，与汉人比起来，他的眉弓甚高，显得眼睛越发深邃，轮廓清秀分明，显是西域人的相貌。

"你……怎么会去当刀客？"子青问道。

阿曼原想摊手，不过手被捆着，只好耸耸肩，“没活路了，当刀客还能讨口饭吃。”

“哦。”子青不知该怎么问下去，“我去给你拿点吃的。”

她匆匆去拿自己的水囊和面饼，取来之后发觉阿曼着实被捆得结实，她只好一点点把面饼掰下来喂他。见她来喂自己，阿曼咧嘴一笑，露出一口整齐白牙，就着她的手慢慢地把整张面饼都吃完，罢了还打了个饱嗝儿。

“有阵子没吃饱过了。”他笑道。

昨日那些刀客个个穷凶极恶，敢情也是因为吃不饱，子青默然无语，半晌也不知该说什么。

阿曼也不说话，只瞅着她，目中满是笑意。

被他瞧得实在有些不自在，子青起身，正看见霍去病在驼队旁边远远望着她，只得硬着头皮过去。

“禀将军，他说他不是汉人，看相貌应是西域那边的人。真名他没说，只说可以唤他阿曼。当刀客是为了讨口饭吃。”子青把自己所知道的原原本本全说了。

“没了？”

“没了。”

“你……老赵还真没说错，算了算了。”霍去病长吐口气，连看都懒得再看她，挥手让她离开，朝众人朗声道，“拔营！”

收拾停当后，驼队启行。

临行前，缔素朝着东方，谭智长眠的地方，跪下来重重地磕了三个头儿，这才抹了眼泪上马。阿曼被扔在骆驼背上，晃晃悠悠，照旧是一脸淡然无谓。驼队中，换作霍去病开路，赵破奴负责押后，伯颜居中策应。

一路就沿着阿曼所画出的暗河与水源所在而去。

如此行了近一日，人疲马乏，他们终于到达了距离最近的水源所在。

因是暗河，旁人皆看不见，缔素最先有了感知，知道阿曼竟是真的知道水源所在，原先满腹的不愤便又增加了许多，下马慢慢走到一处看似平常无奇的沙地，单膝跪地取出匕首开始挖沙子……

众人眼睛瞬也不瞬地注视着。

才一小会儿，他便能感觉到所刨出的沙子带着些许湿气，再往下刨，便有水开始渗出，再刨几下，猛地将匕首往下一插，竟有一股水柱直冲出来，水花在月光下晶莹剔透。

苍苍茫茫的黄沙之中，陡然冒出如此美丽的水花，如梦如幻，众人大多都未曾见过这般景象，一时恍若身在梦中。

缔素被淋得半身湿透，缓缓直起身子，朝霍去病喊道：“真的是暗河！”

霍去病淡淡点了点头，唇边露出一丝不易察觉的笑意。

接下来的日子，他们接连找到另外几个水源所在，直到到达地图上所标注的最后一个水源，明日他们便可离开大漠。

这处水源非暗河，而是一汪小小的湖泊，湖边有树有草，对于在沙漠中跋涉多日的他们来说，此处俨然是人间仙境。到此处来的并不仅仅他们这一队商旅，另外还有两队商旅，除了汉人，其中不乏西域人。他们在湖边生起熊熊篝火，又是烤火，又是谈笑，其间还夹杂着鼓声歌声，着实热闹非凡。

他们见霍去病一行商旅是打着齐家的旗号，亦是老商号了，尽管彼此不相识，仍是招呼他们一行人同来烤火。

骆驼背上，阿曼半靠着，侧着脸看着聚集到水边的人，唇边挂了一丝不屑的笑意。待到霍去病自旁边走过时，他嚷道：“你们汉人不是讲究君子一言，驷马难追吗？该给我松绑了吧！”

霍去病慢悠悠踱过来，却没给他松绑的意思，慰问般地摩挲着骆驼，闲聊般道：“连君子一言，驷马难追都懂，你的汉话学得不错啊，跟谁学的？”

阿曼嘿嘿一笑：“刀客里头就有汉人，汉话可比匈奴话好学……”他唧唧咕咕又讲了一长串的话，也不知用的是哪里的话，脸上满是欺负人听不懂的坏笑，末了来一句，“这是什么话，你听得懂吗？”

霍去病倒也不恼，微微一笑，接着问道：“你怎么会知道暗河的走势？”

“我若是说我打小就知道，你信不信？”阿曼嘻嘻笑着。

“你还真是天赋异禀。”

阿曼笑容不改，“这……汉话该怎么说……兄台过誉，岂敢岂敢！对吧？”

“不必客气，我也只是随口一说。”霍去病极有气度地招手唤来赵破奴，“老赵，给他松绑。”

“真要放了他？！”看见这少年的笑容，赵破奴就起一身鸡皮疙瘩，始终心存戒备。

霍去病复望了他一眼，眼神不容置疑，赵破奴没奈何，便要动手去给他松绑。

“等等！”阿曼挪了挪身子，避开赵破奴，“他就是个蛮夫，粗手粗脚的，我不要他，我要子青来给我松绑。”

“臭小子，欠抽吧你！”

赵破奴恨得牙根咬咬，就想往他那张笑脸上揍一拳。

“还挺讲究，”霍去病轻轻一笑，挑眉问他道，“地图你已经画给了我，水源也都已找到，你就不怕我卸磨杀驴？”

阿曼也笑道：“你还不知道我到底是不是驴，怎么会杀呢？”

“老赵，让子青过来给他松绑。”

霍去病微笑着走开。

尽管心不甘情不愿，赵破奴还是把正在卸货的子青唤了过来。

手脚的绳索都已松绑，阿曼略活动了下手脚，便自骆驼上跃下来。见子青沉默着转身就走，他忙赶上她，侧头问道：“你怎么不理我？”

子青解释道：“我还得去卸货。”

“我来帮你。”

阿曼笑道，兴致盎然地走在她的前头，自骆驼身上扛起布匹卸到旁边，手脚竟是十分熟练利落。篝火那边传来若有似无的歌声，他也不在意地跟着唱起来……

大概是首西域的歌曲，唱词子青自是一句也听不懂，只觉得其热烈奔放的韵律与汉朝的歌曲极不相同，听得人心中也不由自主地欢喜起来。

有他帮忙，布匹很快就都卸了下来，阿曼看子青始终一声不吭埋头做事，勾着头笑瞅她，问道：“你怎的还是不理我？”

“我……”

子青从未遇见过像他这样的人，可又绝不能说他无礼，只得退开两步，想了半日才道：“你既是西域人，为何非要和我们在一块？”

“我想和你在一块。”

子青颦眉，抬头直视他，“为何？”

“我没见过像你这样的人……”阿曼微微一笑，仿佛在回忆那日的情形，“我见过不要命的，可没见过像你这样不要命的。你骑马从沙丘上冲下来，躲都顾不得躲，我就以为你死定了；后来你没了马，居然就这样狂奔过来，我也以为你会死；再后来，你居然扑上去挡刀。你为了救那小子，还真是不要命啊！”他望向正在水边往水囊装水的缔素。

“他是我兄弟。”子青别开脸，“分内之事，不算什么，你没必要在意。”

阿曼仍是一笑，语气带着些许嘲讽，“可我敢说，换了他来救你，必不会像你这般。”

子青转头定定望了他片刻，静静道：“无论他会不会，他都是我兄弟。”

闻言，阿曼缓缓笑开，灿烂非凡，“我知道，所以我喜欢你。”

篝火那边又传来羊皮鼓的声响，一下又一下，极为原始古朴的声音，极富节奏，仿佛那节奏天生就在脉搏中跳动一般。

听到这声音，阿曼把她手中尚在收拾的东西往旁边一丢，朝她笑道：“走，我们到火边去！”

他拉着子青就朝篝火跑去。

手被他挽着，大概由于才卸过货，他的手心暖暖的，子青不甚习惯与人如此亲近，略缩了下，却被他拽得更紧了。

待她想用力抽出时，阿曼已经带着她挤进篝火圈中，这才松开她的手，握着她的肩膀对她道：“站在这里别动，我跳舞给你看！”

说罢他便转身，头微仰着，背脊挺拔，自然而然地踩着鼓点而行，行至篝火旁，将右手放到胸口，朝众人微微颔首，姿态高贵……

这原是西域的礼节，其他西域人见状，便知他要跳舞，那鼓手边打着手鼓边朝他行来，最后在他身侧半蹲下来，竟是要专门为他伴鼓。

“那小子发什么疯呢？”赵破奴被鼓点吵得脑门儿直发胀，不满道。

霍去病靠在树上，饮了口清水，笑道：“像是要跳舞。”

“一个大男人跳什么舞……”

赵破奴虽是满脸不屑，目光倒是好奇地盯着看。

鼓声突转急促，阿曼随着鼓点舞动起来，举手投足间，让人完全无法转开目光。

每一下鼓点不像是鼓手打出的，而是由阿曼跳跃的身体所弹奏出来，契合得天衣无缝。

那是一种从骨髓深处散发出的热情。

流动在他的血液里。

起伏在他的呼吸之间。

这样的舞蹈完全超乎了子青平素所知所闻。

她看着眼前这个人，熊熊火光映着他笑容璀璨，双目如星。无论舞步如何，走向何处，或近或远，他的目光始终牢牢地锁住她。

鼓点越来越急，他开始急速地旋转，双手摊开着，面上带着笑意，仿佛在承接何物，又仿佛是在准备着拥抱何人。

火光摇曳着。

水面上涟漪轻荡。

袍角飞舞，如欲乘风而去的白鸟。

少年的身姿美得近乎神奇。

没有人能把目光移开，所有人的眼睛都眨也不眨地看着他，生怕这画面有任何一丁点儿缺失。

他突然高高跃起，继而落地，并不是双脚落地，而是双膝。

令人吃惊的是，他仍在旋转之中。

双膝翩然如蝴蝶一般，在沙地中跃然旋转，围着火堆整整转了一圈，然后他才腾空跃起，站住了身子，优雅而高贵地将右手放在左胸口，微微颔首。

在其他人还未回过神来的时候，篝火旁的西域人已热烈拍手，口中大声喊着子青听不懂的话。

阿曼笑着，朝西域人的方向又行了一次礼，这才走回到子青面前。

“怎么，着迷了？”

他笑着问她，同时胸膛起伏不停，大口大口地喘着气，显然刚才的舞蹈，尤其是以双膝旋转耗去甚多气力。

子青注视着他，完全不知道该说什么。

“好多年都没有跳过，”他仍喘着气，笑着擦了擦额头上的汗珠，“还真有点生疏了。”

说着，他把头一低，正搁在子青肩膀上，温暖的呼吸就拂在她的脖颈上。

“能为一个人跳舞，真是太好了。”他低低道。

子青本想推开他，听到这话愣了一下，低头时正看见阿曼衣衿下的后脖颈，两条暗红色狰狞的疤痕赫然在目，往背脊延伸下去。

他究竟遭遇过什么？她怔怔出神。

赵破奴盯着阿曼和子青，直摇头，朝霍去病道：“你瞧瞧你瞧瞧……还好子青是个男人，这要是个女人，哪里经得住这个。这小子，他、他简直……”他搜肠刮肚地终于找出了一个词，“他简直就是个妖孽。”

霍去病也盯着那两个人，不自觉地皱起眉头，尽力淡然道：“是不是妖孽我不知道，不过，他确实不是头驴，眼下还杀不得。……明日过白龙堆，出了大漠就该到楼兰了。到了楼兰你去找当地人查他的来历，务必要查清底细。”

“诺。”赵破奴一喜，“原来将军你也对他心存怀疑，我还以为……”

“查清楚底细总没什么坏处。”

霍去病又往子青那边望了一眼，却已不见人影，忙环顾四下寻找，方才看见他二人正往水边走去，想是去取水。顿时觉得自己有些可笑，霍去病自嘲一笑，收回目光，将水囊抛给赵破奴："我去躺会儿，没事就别让人来找。"

"放心吧，有我呢。"

赵破奴笑道。

湖水旁，子青低头将水囊浸入清澈的湖水中。

阿曼在旁边掬水洗脸，又将水甩得到处都是，然后哈哈大笑。他自己玩了一会儿，突然侧头朝子青道："咱们游到湖中间去玩，如何？"

子青退开一步，摇头。

阿曼想了想，笑道："那就算了，这里人太多，下次我带你去另一处地方，比这里要美得多。"

子青微微笑了笑，没点头也没摇头。

"跟我说说话。"见她话委实太少，阿曼直截了当地要求道，"说说你的事，我想知道。"

"我的事……"子青想了想，目光黯然道，"我爹娘都不在了。"

"我也是。"阿曼欢快得简直有点不像话，道，"我们一样……再说再说！"

"我有个哥哥。"子青想到易烨。

阿曼简直是惊喜，"我也有个哥哥！我们又一样！"

"他人很好，对我也很好。"子青接着道。

"我哥哥可不怎么样，对我也……"他耸耸肩，没再说下去，然后又鼓舞她道，"说说你最喜欢什么。"

"最喜欢？"子青从未想过这个问题，思量良久，才道："小时候最喜欢捏出来的小面人，现在还没想过。"

阿曼笑道："我小时候最喜欢把器皿上面的宝石抠下来当弹珠玩，现在最喜欢的——是你。"

不知道西域人是否都是如此热情直白，虽然知道他确实对自己很好，子青还是着实不太习惯，斟词酌句道："在我们汉朝，男人与男人之间一般不用喜欢，只说兄弟情分。你可以说，我是你的好兄弟。"

阿曼听罢，笑着将她看了又看，末了还是道："我喜欢你，最喜欢的就是你！

出了大漠之后，眼前便是成片成片的胡杨林，正值秋季，黄澄澄的叶子铺了满地，天地之间一片澄静。骑着马儿踏过厚如地毯的落叶，沙沙作响，子青抬头，头顶也满是黄澄澄的叶子，华盖一般的罩着他们。

远远地还能看见楼兰城内高耸入云的塔尖，越行越近，楼兰城的整个轮廓也渐渐显露出来，甚至可看见城墙外的红柳树在风中摇曳着枝条。相较众人的愉悦，阿曼倒是兴致不高，淡淡望了一眼楼兰城，便取了布巾将头面都围了起来，仅将那双明亮的眼睛露在外面。

霍去病回头瞥了他一眼，微微挑眉，笑道："城里有仇家？"

"这两年抢了不少商旅，这城里头的仇家少说也有一打。"阿曼挑眉笑道，"我受点罪，省得给你们添麻烦。"

霍去病笑了笑，与赵破奴交换了下眼神，未再说话。

"青儿！快看那群鸟！"

忽又听见阿曼在高声唤子青，霍去病怔了怔，这小子什么时候把称呼改得这么亲密了。

子青循着阿曼手所指的方向望去，看见一群她从未见过的大鸟正自头顶飞过。那大鸟浑身通红，唯羽端为黑色，飞起来像极了正在燃烧的火焰，甚是好看。

"这是什么鸟？"她问。

"火烈鸟。"

子青由衷地赞道："这里可真美，连鸟都这么美。"

阿曼仰头望着那些大鸟飞远，轻轻道："在楼兰有一个传说，相传火烈鸟的羽毛丰满之后便会一直往南飞，不停地飞，只为在南焰山让天火将自己的羽毛点燃，而后将火种带回楼兰，它们自己则在天翼山化为灰烬。"

"化为灰烬。"

尽管只是传说，子青还是不禁有些伤感。

缔素在旁嘀咕道："难怪这鸟的羽端是黑色的，想来是烧焦的。"

"哈哈哈……"阿曼闻言大笑，"说得对，看来就是烧焦的。"

待整个驼队进入楼兰城，他们便先寻处可囤货的客栈落脚，尚还在卸货之中，城中商户听闻此处有锦缎丝帛，便已纷至沓来。

霍去病自是不管这些买卖之事，全交与赵破奴处理，只说了一句，赚来的钱给此行众人平分。只这一句，弄得赵破奴压力倍增，咬着牙根跟一堆老油子讨价还价，直至月上中天，还顾不上喝口水。

这夜，众人也总算不必再席地而睡，霍去病自是单独一间屋子，剩下的人分成两间，无论军阶，皆睡大通铺。

连日奔波劳累，缔素精神已有些不济，草草吃过饭，便迫不及待地回屋躺下睡觉。待子青等人回屋时，他早已睡熟，鼾声不止。子青见他躺在窗下，那窗上糊的绢布破了几个口子，时有风灌进来，正吹在他身上，她遂将他往旁边挪了挪。缔素睡得沉，竟也浑然不觉，翻了个身接着呼呼大睡。

子青自己和衣躺在窗下的位置，拥紧衣衿，闭目休息，半晌也浅浅睡去。

外头的商户尚在，讨价还价的声音此起彼伏。

风声，远远的，呼啸而过。

她不自觉地蜷缩起身子，颦着眉，一任在梦中浮浮沉沉……

方才楼下尚在饮酒的人中不见阿曼，霍去病轻轻推开门，走进来。

屋内没有点灯，显得狭小幽暗，榻上睡着四五人，霍去病略扫了一圈，显然阿曼也不在其中。

目光落到子青身上时，他微怔了下，月光自窗外经由破口洒入，落在她的身上，零落破碎，怎么看他都压不住心中的不适。环顾四下，仅有的几条薄毯都已有人盖着，霍去病随手从旁拎了件不知何人脱下的皮袍，欲给她覆上，不慎碰落摆在榻边的长弓。

长弓落地，弦作一声轻响。

子青骤然被惊醒，猛地起身，同时一手抽出匕首，对准来人，身体绷得像蓄势待发的箭。

“又做梦了？”霍去病低低道，半是无奈半是好笑。

认出是将军，子青松了口气，收了匕首，“卑职无礼，请将军恕罪。”

霍去病把皮袍丢给她，故作随口道：“盖上这个睡，在外头染了病会延误行程。”

“诺。”

“阿曼呢？”他问。

子青摇头，“卑职不知。”

“他不是整日和你黏在一起吗？你怎的不知道。”霍去病忍不住揶揄道。

不知该如何回答，子青只得不吭声。

直过了半夜，子青听见有人悄悄溜进屋内来，她目力甚好，虽在黑暗之中，仍辨认出进来的人是阿曼。

阿曼挨到她榻前，尽管他极力掩饰，子青还是听出他呼吸较平日要粗重些，刚欲开口询问，便被阿曼轻轻捂住嘴。

月光苍白，阿曼左边胳膊湿漉漉的，赫然是被鲜血染红。

“你……”子青迅速翻身坐起。

阿曼面色惨白，笑意倦然，子青连忙扶住他，让他在榻上躺下来。因生怕惊醒其他人，她也不能燃灯，只能借着月光脱下他的外袍，查看伤势……

“蹭破点皮，不碍事。”阿曼凑到她耳边，压低声音道。

血还在汩汩直淌，是刀伤，伤口颇大，深可见骨。

子青深吸口气，这样的伤口得用线缝合才行，她转身正欲去拿伤药等物，忽听见楼底下起了一阵极大的喧哗，有人砰砰砰用力敲着客栈的门，同时用楼兰语大声嚷嚷着什么。

她自窗口望下去，是一队楼兰士兵，腰佩弯刀，高举火把，正在砸客栈的门。

“你干什么了？”她盯着他，低声问。

阿曼表情极无辜，无奈万分道：“我只是回了一趟家而已。”

“他们是来找你的？”

“应该是的。”

子青飞快环顾了下四周，室内狭小，根本没有可以藏身的地方，她只能先草草地把伤口扎紧，然后扯过皮袍将阿曼严严实实地盖起来，“睡觉，快！”

同屋内已有人被喧哗声吵得睡不安稳，迷迷瞪瞪地抱怨着什么。

子青已经听见楼下开门的声音，随即是楼兰士兵噔噔噔上楼的声响，他们正在挨个儿搜查房间。

榻上留下了星星点点的血迹，子青顾不得许多，飞快把自己外袍脱了，盖在上头。刚刚才盖好，门便被人砰地撞开，举着火把的楼兰士兵冲进来，照得室内通亮。

榻边的地上赫然还有几点血迹，已来不及掩饰。

子青心下一紧，急中生智，手背到身后，匕首自袖中滑出，重重地在自己手腕上划了一道，鲜血顷刻涌出……

被她掩在身后的阿曼看得分明，双瞳骤然痛缩。

躺在榻上的其他人睡眼惺忪地睁开双目，浑然不知发生何事，军人长期操练出来的沉稳，使得他们在此情形下也丝毫没有流露出惊慌失措，只懒懒地盯着那些楼兰士兵。

楼兰士兵一个一个打量过去，正欲上前把阿曼也唤起来时，发现了地上的血迹，立时大嚷起来。店家急急忙忙跑过来，听罢，解释给众人：“他们问，这血迹从何而来，是谁的？”

子青缓缓自身后伸出手，手腕上鲜血淋漓，还在往下滴。

店家见了直咂巴嘴，“怎么、怎么弄的？”

楼兰士兵上上下下地打量着子青，上前拽了她的手在火把下瞅，果然是道颇深的伤口，并非作假，于是又冲她嚷嚷。

“问你呢，怎么弄的？”店家忙解释。

子青淡淡道：“不小心划的。”

正值这当口，霍去病自门口进来，神态自如，视满室的楼兰士兵于无物，独独走至子青面前，执起她的手来，心疼道：“不过和你拌了两句嘴，你若生气，发顿脾气摔个物件都可以，何苦拿刀子划自己的手。”

这话，再加上这语气，听得子青全身发毛，尚还来不及做出反应，霍去病便已叹息着把她拥入怀中。饶得浑身僵硬，子青还是乖乖地让他搂着，一动不动。

楼兰士兵全都看呆了。店家也呆了一瞬，不过到底是见多识广的，忙压低了嗓子给他们解释。楼兰士兵方才了解，又见深秋夜里子青仅着单薄襦衣，越发显得清秀可怜，不由得个个面面相觑，笑得颇为暧昧。

“那个……起来！”他们倒没忘记阿曼还躺着没起，吆喝着要他起来。

在旁的缔素何等机灵，虽不清楚缘由，也知道将军与子青是在演一出戏，遂滚到阿曼旁边，连踢带踹，佯作不耐烦唤道：“早叫你别喝那么多酒，没酒量还非得学人逞能，起来，起来……”

阿曼含含糊糊地哼了两声，并不动弹。

缔素索性扑到他身上，一通乱摇，“起来起来起来……”他凑到阿曼脑袋旁边，忽地腔调一变，学出高不识的声音来，“别闹！你个兔崽子！”

霍去病作烦闷道：“行了行了，他喝三大坛子，哪里起得来，当心吐你一身。”

客栈中醉酒者向来颇多，楼兰士兵听得声音是汉人，也不耐烦再追究下去，口中骂了两句什么，呼啦呼啦地全走了。

室内寂静无声，待听到楼下士兵出了门，店家关门落栓的声音，子青才长吐了口气，推开霍去病，掀开阿曼身上的皮袍……

经过缔素一番折腾，他的伤口又裂开，血将包扎的布条染得通红，脸疼得煞白，还有闲情朝缔素笑道：“你够沉的，差点压死我！”

“你们两个，过来！”

霍去病扫了眼子青和阿曼，语气中压抑着怒气，说罢转身便走。

缔素见子青手腕上还淌着血，忙从自己襦衣上撕下布条递过去。子青投去感激一瞥，一端用牙咬住，单手在手腕上绕了绕扎紧，只这样草草一扎，并不多在意，伸手便要去扶阿曼。

阿曼深看了她一眼，推开她的手，故作嬉笑道："我又不是断了腿，不用扶。"

子青目光担忧地望着他的伤口，血还在不断地渗出来，着实不能再拖下去了，遂又去拿了医包揣在怀中，方与他一起进了霍去病的屋子。

"他的伤口需要缝合，不能再拖延下去了。"在霍去病未开口之前，子青便抢先道。

光是看到大片的血迹，霍去病也知道阿曼伤得不轻，点了下头，从怀中掏出上次子青在他帐中看见的小琉璃瓶递过来，"这个愈合伤口比寻常伤药好，用这个。"

子青接过，遂自医包中取出篾剪，欲将阿曼衣袖剪开……

"等等。"阿曼半靠着在榻上，按住她的手，道："你的手……"

子青怔了下，随即安慰他道："你放心，我左手虽然有伤，但给你缝合伤口用右手，不会出差错的。"

阿曼虚弱一笑，道："你的手疼不疼？你先上药。"

"小伤而已，不碍事。"子青倒未把自己的伤放在心上，自旁边取了块干净的布巾叠了叠，递到他口边，"咬住！"

阿曼摇摇头，"我用不着这个。"

"会很疼，你不一定受得了。"子青皱眉劝道。

"我受得了。"他微微一笑，"比这个更厉害的我都受过。"

子青无奈，拿过小竹筒，复看了他一眼，这才拔开塞子，慢慢将竹筒内的烈性酒倾倒在他伤口之上……

阿曼含笑看着她，只有微微皱起的眉头稍许泄露他的忍耐。

然后是上药，取金针缝合，最后包扎妥当，他自始至终连哼都未哼过一声，望着子青忙碌的身形，目光深邃明亮。

"好了！"

子青轻轻替他把皮袍披上，舒了口气，思量着自言自语低道："最好再去煎服汤药。"

霍去病在案前坐了良久，虽然面前摊着地图，还是忍不住开口提醒子青，"你的伤，怎么还在渗血？"

果然手腕上的血渗出布条，子青讪讪一笑，身为医士着实有些尴尬，"我刚才没包好。"

"让我看看。"

"让我看看！"

霍去病与阿曼竟同时道。

话音刚落，两人对视一眼，阿曼笑得无赖，霍去病没好气地白了他一眼，遂又朝子青道："过来，我来替你包扎。"

子青不甚习惯，推辞道："不用，我自己……"

霍去病盯着她，不吭声。

子青只得过去，自己先解开被血渗湿的布条，才将左手递过去。

"你……"看见伤口颇深，霍去病微颦起眉头，淡淡问道，"自己划的？"

"嗯。"

"你对自己还真下得了手。"

霍去病的语气让人听不出是调侃还是嘲讽，又或者是其他。

"只是皮外伤。"子青只道是霍去病心存不愉，道："过两天就能好，不会耽误我做事，也不会延误行程。"

霍去病挑眉望了她一眼，目光暗沉，随手拿过她方才所用的小竹筒，拔了塞子，连停顿都没有，直接倾倒在她伤口之上，酒混着血水直淌下来。突如其来的灼热疼痛排山倒海一般，让子青禁不住倒吸了口气，右手死死地攥住案角，微别开脸，急促地喘着气，硬是没吭声。

阿曼定定地望着子青……

霍去病面无表情地上药，直至包扎妥当，才把她的手推开，冷淡道："好了，现在你们谁可以告诉我，今晚究竟发生了什么事！"

子青转头望了一眼阿曼，说到底，究竟发生了什么事，她也很想知道。

"你是谁？"霍去病问道，"为何要和我们在一起。"

阿曼望着子青微笑，不说话。

"你可以不说，到了明日我也能打听出来。"霍去病慢悠悠道，"只是我这人脾气不好，到时候未必能让你再待下去，你最好想清楚，楼兰的王子殿下。"

楼兰王子！子青微微一愣，如此说来，阿曼之前所说的回家一趟，竟是去了楼兰王宫吗？

将子青疑虑的表情收在眼底，霍去病叹了口气道："怎么，你不知道？那你为何要救他？还不惜划了自己一刀。"

"当时情况紧急，卑职没顾得上想这么多。"子青如实道。

霍去病似笑非笑，"我是该夸你呢？还是……该夸你呢？"

听不出将军究竟何意，子青没接话。

阿曼望着子青，目中流露出一丝歉然与不安，问道："青儿，我没告诉你，你会怪我吗？”

“朋友相交，本就不必什么都说。”子青道。

想他身为楼兰王子竟会沦落为大漠中的刀客，过着刀头舔血朝不保夕的日子，再回想到他背颈处狰狞的疤痕，猜想他必有极坎坷的经历。子青自己尚且有不愿人知之事，更何况他。

阿曼露出微笑，道：“我就知道，你必不会怪我。”

“欺负老实人……”霍去病轻轻摇了摇头。

“我才不会欺负她呢，青儿，你来，我这就原原本本地告诉你。”阿曼瞥了眼霍去病，“你若不想睡觉，听听也无妨。”

霍去病没好气地翻了个白眼，阿曼明明是被自己揭了老底，没法子只得和盘托出，偏偏要说得自己仿佛是个闲杂人等一般，当真是爱面子。

屋内一灯如豆。

阿曼半靠在榻上，闭目思量片刻，再睁开眼，朝子青暖暖微笑，开始讲述：“我的真名叫铁力曼，是楼兰的二王子，现在的楼兰国王是我的叔父。十年之前，汉朝征讨楼兰，作为降服的证据，我王兄被送往汉廷作为人质；父王同时也把我送往匈奴，表示楼兰在匈奴、汉朝之间严守中立。”

“那年我九岁，去了匈奴。”他涩然一笑，似乎并不怎么愿意回忆那段日子，“对他们而言，我与其说是个人质，倒不如说是一个玩物，可以肆意辱骂鞭打……”他目光暗沉，不愿细说。

“后来我就逃了出来。我好不容易逃回楼兰，见到父王，却马上被送回了匈奴。”他笑了笑，自嘲地撇撇嘴，“那时候我太傻，总以为只要逃回来，一切苦难就结束了。”

“回到匈奴，一切如故，或者说是变本加厉，要逃也更不容易了。我整整花了七年，才寻到机会又逃了出来。那时我知道父王已经死了，叔父也容不下我，这次我没再回匈奴，我去了汉朝，找我的王兄。”

“到了长安城，我王兄住的地方我进不去，只好去打听他经常出入之处，好不容易才见了他一面。他见了我，哭得很伤心，直说想我，要留我住下。结果当夜便有人把我捆了，要送往匈奴去。我才知道，原来王兄早就收到了叔父的信牍。”

子青皱紧了眉头，被亲如手足的人欺骗，这样的事，她也曾亲眼看着在父亲身上发生，她知道那种痛楚。

“还没到匈奴，我就杀了看守逃掉，进入大漠，为了活命当了刀客。”阿曼望着她一笑，“再后来就遇见你了！”

室内一片寂静，半晌，子青颦眉望着他，“那你怎的还随我们到楼兰来，把自己置于险境之中？”

阿曼孩子气般笑道：“我想和你在一块儿。”

“你今晚去王宫做什么？”霍去病显然并不相信他的话。

“去偷一卷画轴，画上是匈奴的地形水源图。我想把匈奴的地形水源图拓下来，有此图在手，想必你舍不得赶我走。”阿曼朝霍去病慢悠悠笑道，“商旅只要向导就足矣，没有必要了解整片大漠的水源，对吗？汉朝的将军！”

闻言，霍去病怔了下，遂也不再隐瞒，微微笑道：“汉朝骠骑将军霍去病。”

阿曼不惊不乍，只淡淡一笑。

“楼兰王宫怎么会有匈奴的地形水源图？”霍去病不解。

“你们对楼兰能了解多少，”阿曼冷笑，“我楼兰有着千年历史，能人辈出，一幅匈奴地形水源图又算得了什么。我绘给你的大漠暗河走势，那是我三岁时便看过的东西。哼……你们有什么，不过都是些征服野心罢了。”

子青默然不语，汉朝讨伐匈奴，还可说是因匈奴屡次进犯，不得已而反戈；可讨伐楼兰，着实是以大欺小，无论输赢，在道义上便落下乘。

连霍去病也半晌未语，因其位置所在，楼兰夹在汉廷与匈奴之中，犹如被夹在两块大石之中的小石粒，无论哪一方，它都无法抗衡，只能在两方的巨大碾压之下被反复磨砺消损。

楼兰何辜？

瓦罐噗噗直响，小小灶间，溢满了药味。

子青又往灶里添了把干柳条，才起身揭开瓦盖，拿箸在汤药里头轻轻搅了搅。身后响起脚步声，她回头望去，是霍去病。

“药还没煎好？”他随口问道。

“还得再熬一会儿。”子青答道。

霍去病“嗯”了一声，在灶前蹲了下来，有一把没一把地往里头添干柳条。灶膛内的火光熊熊，映在他面上，看不出任何情绪。

“火不能太大，会熬干的。”子青不得不道。

“哦。”

他没再添，干柳条在手上折着玩。

子青望了他一眼，犹豫片刻，仍是问道：“阿曼他……”

“睡着了。”霍去病哼了一声，道，“流了那么多血，这小子居然还撑了大半夜。”

“您还会让他留下来吗？”她问，显然阿曼今晚闯王宫并未拿回匈奴的地形水源图，也就是说，他对霍去病而言已毫无价值。

霍去病没吭声，望着火光出神。

“子青，若有一日，我须得攻打楼兰，你可会听我军令？”良久，他突然问道。

子青怔了片刻，随即缓缓而坚决地摇了摇头。

“因为墨家非攻？”

“嗯，他们是无辜的。”

“我会斩了你，在军前。”

她涩然笑了笑，“子青认命。”

霍去病深望着她，猛地直起身来，吩咐道：“天亮后，你去把他路上需用的药材买齐，我们即刻离开楼兰。他在楼兰太危险，早走早安心。”

“诺。”

子青眼底露出笑意，她已明白霍去病的答案。

“笑什么？”霍去病看见她的神情，冷道，“想着能和那小子在一块，欢喜？”

“不是……”

“听清楚，我的军中可不允许有乌七八糟的事情，明白吗？”

“明白。”

第十二章　匈奴婴孩

归程赶得如此之紧，众人都还未休息够，也未好好地逛逛楼兰城，按理说都该心存遗憾才是，可偏偏心情都甚好。

赵破奴做起生意来，居然颇为得心应手，卖了不少锦缎丝帛，还换来了几匹骆驼的香料，思量着回去后再狠赚一笔。一路上，他便先把钱都分发下去。沉甸甸的钱袋坠在缔素手上，解开来一看，惊得他半日都没合拢嘴。

“青儿，我们有钱了！起码有十金，这么多钱！”

他压低了声音，朝子青轻声嚷道。

子青虽未解开，但视其分量，也知道确实有不少钱，思量着拿来还给李敢，应该是绰绰有余了吧。

阿曼半靠在骆驼上，笑叹道：“你们汉朝的将军是挺懂得收买人心的啊，走一趟大漠就能赚这么多。”虽然霍去病留下了阿曼，但赵破奴始终对他心存芥蒂，并未把他当作自己人，加上霍去病并未特地嘱咐，自然这种分钱的好事也不会有他的份儿。

夜里休息时，子青把自己的那袋暗中匀了一半出来，另装一个钱袋，递给阿曼，“这是老赵忘了给你的。”

阿曼也不去细究她说的是否真话，丝毫未推脱，笑吟吟地收起来，朝她道：“回头到了城镇我去买小面人给你，好不好？”

缔素在旁，看得真切，虽不好说破，可眼睁睁看着子青如此随意大方地就送出去近五个金，又瞧阿曼收得理所当然，不由出言讥讽道：“收了人近五个金，倒只送个小面人，你脸皮也够厚的。”

“缔素。”

子青朝他摇摇头。

缔素把子青扯到一旁，对她不满道：“你傻了，这个西域人跟我们非亲非故的，半道上蹿出来，古里古怪，什么人我们都不知道，你还把自己的金饼给他？”

“他人不坏。”子青不能把阿曼的真实身份告诉他，只能道，“不是还帮着我们找水源吗？”

“还有，昨晚到底怎么回事？”缔素盯了眼子青裹着布条的手腕，“他怎么受的伤？还有你？”

子青面露难色，此事确是更不好对缔素解释。

缔素越发起了疑心，皱眉胡思乱想，豁然惊道：“是不是他对你……所以你就……他身上那刀是你捅的？你是因为歉疚，所以才给他钱？”

“不是，你莫瞎猜！”子青听得一个头儿两个大，道：“真的不是，事情我暂且不能说，总之他……对我们没有恶意。”

“那你也得留神！”缔素扫了眼不远处的阿曼，又叮嘱道，“还有，他这人毛手毛脚的，你可别让他占了什么便宜去，干脆还是我来替他换药吧。”

子青忍不住微笑，道：“真的不用，再说他的伤挺重的，还是我来比较妥当。”

“有事就叫我。”缔素不放心地叮嘱。

“嗯。”

将瓦罐架到火堆上，托缔素看着火，子青取了医包，先给施浩然换了药，欣喜地看见他伤已然差不多愈合，只要不使猛力裂开，就再无妨碍。

“能骑马了吗？”施浩然这些日子在驼峰上待得着实烦闷。

“不行，骑马可能会使伤口崩开，还得再忍一阵子。”

施浩然郁闷地长吐口气，“我迟早被骆驼颠出病来。”

子青笑了笑，低首收拾好医包，再去阿曼那边给他换药。

阿曼静静地躺在沙地上，一动不动，却又不是在睡觉，双目望着漫天星斗，正看得入神。

手背覆上他的额头，仍旧是微微烫手，子青暗自颦眉，他低烧已经持续了许久，始终不退，刚要缩回手，却被阿曼一把按住。

“青儿！”

“嗯。”

“若是不打仗，你想做什么？”

“我没想过。”

子青抽回手来，开始准备给他换药，一圈一圈把渗着药汁脓血的布条解下来。

“我们一块儿去个没人的地方，好不好？有湖水的地方……”阿曼的胳膊由着她摆弄，双目仍望着星空，无限向往道。

“你不想见人？”

阿曼咧嘴一笑，“嗯，除了你。”

子青已把旧布条解下，重新替他清洗伤口，道：“以前有一阵子，我也不愿见人，就一个人躲在山里。”

“你吃什么？”疼痛潮涌般袭来，阿曼微皱起眉头，仍兴致盎然地问子青。

“野菜，有时候也打些野物。”子青手上不停，想尽量减轻他的疼痛，口中仍旧闲扯着，“冬天的时候最难熬，找不到东西吃，又实在冷得很。有一次，我好不容易找到一只兔子，雪太厚，追的时候没留神，把腿给摔断了，差点就死在山里头，幸而有人路过救了我。”她已经开始给伤口上药。

“幸而……”阿曼叹息道，“下回还是让我来抓兔子吧！”

虽是低烧，可像这般熬了一整日，总觉得他烧得有些昏昏沉沉的，子青复将伤口包扎妥当，取薄毯将他盖好，温言道：“你且睡会儿，待药好了再起来喝。”

“嗯。”

子青挪到他另一旁，仍是寻到他另一条胳膊与伤口对应的痛点，用力指压。因用力过度，手腕处的伤口传来一阵抽痛，她微皱了眉头，没松劲。

“青儿……”阿曼已合拢双目，含含糊糊唤她道。

“嗯？”

“你……要再想一想……”

子青没听明白，“想什么？”

他用楼兰语低喃了一句，她听不懂，再欲问时便见他已经浅浅睡去。

归程他们并没有循原路回去，而是穿过大漠之后，绕过祁连山，至胭脂山，过乌鞘岭，返回陇西。这一路，水草丰足，牛羊成群，匈奴右贤王的几个部落都在其间。

换过几日霍去病所给的药，加上子青与缔素轮番指压，阿曼的伤痊愈得很快，虽然还骑在骆驼上，却常与子青说说笑笑。倒是子青手腕上的伤，因她照例该干什么就干什么，伤口崩开数次，反反复复，竟还未完全愈合。

这日行至黄昏，远远便看见前面有个匈奴部落，霍去病不愿与匈奴人过近接触，遂不欲再前行，命原地宿营。

众人正忙着卸货，站哨的人便看见了匈奴部落那里有一人骑马匆匆往这边过来，来意不明，忙告知霍去病。

待那人到了眼前，众人方看清是个年轻人，与寻常匈奴人不甚相同，面上竟有几分汉人的书卷气，遂都松了戒备之心。那年轻人满面焦切，下马来便循汉人礼节深鞠一躬，才问道：“在下冒昧相求，族内有婴孩高烧不退三日，恐有性命之危，不知此间是否有医工，可否相救？”

子青把手中货物放下，直起身子，答道：“我是！”

年轻人闻言一喜，朝她这边望过来，正看见子青身旁的阿曼，骤然呆在当地，定定望着他。

阿曼不避不躲，目光冷静自持，直视着他。

“是你吗？”年轻人犹豫了一刻，小心问道。

阿曼没动弹，面上虽在笑，眼神却是冰冷，“日磾，别来无恙？”

听到他的回答，但日磾竟有些慌乱，“真的是你？他们、他们……一直在找你，你……”

“阿曼，你认得他？”

霍去病缓步过来，神态自然，并无丝毫紧张。

“日磾，匈奴休屠王子。”阿曼淡淡笑了笑，“认得，不过算不得熟。”

日磾打量了下霍去病，客套道：“原来你和汉朝商旅在一块，难怪上回有人说在大漠里看见过你。”

“怎么，想派人快马去报信？”阿曼冷道。

“不不不，怎么会……”日磾连忙道，“我是为了扎西姆的孩子而来，孩子尚未足月，高烧不退，族中巫人看过，也无良方，故而只好来向你们求助。”

子青方欲上前，霍去病手略略一挡，朝日磾温颜道：“他的医术也粗浅得很，能不能治得好，可不好说。这中间万一有什么差池，怪在我们头上，那可就……”

他话虽未说完，日磾已明白他们是怕惹麻烦，忙道：“不会，怎么会呢……那就是个孩子，只要你们肯看看，我们确是没法子了。”

霍去病也甚是为难，此时他们乔装改扮深入匈奴腹地，与匈奴人愈少接近愈好，可眼下匈奴人找上门来，为的又是此等事情。答应救治，若婴孩出了意外，这笔账多半是要算到他们头上；不答应救治，只怕当下就会惹恼匈奴人，麻烦立时就到。

怪只怪子青答得太快，否则干脆说没有医工，岂不简单，霍去病沉沉盯了眼子青。

“我随你去瞧瞧，只是有言在先……”子青上前朝日磾道，“若有差池，皆是我一人之责，你们不可迁怒于他们。此事，你可应允？”

日磾点头应道：“尽请安心，我匈奴何尝蛮横至此。”

“请先回去，我收拾好医包，随后就到。”

日磾又是深鞠一躬，复看了眼阿曼，方才翻身上马，沿着来路驰回。

子青回转身子，正对上霍去病阴沉的脸，只得道：“卑职不得已擅作决定，请将军责罚。”

“那只是一个未足月的婴孩，你有几成把握能救那孩子？”霍去病怒道，这么小的孩子患疾，即使在汉朝也极易夭折，更何况是在此蛮荒之地。

子青默不作声，半晌道：“匈奴人喜怒难测，为免意外，我走之后，还请将军拔营先行。天亮之后，我自当追上。”

霍去病神情越发恼怒，不吭声。

赵破奴在旁，思量片刻，开口劝道：“眼下我看也只能这样，若是交起手来，倒不是怕了他们，而是肯定会暴露身份。”

霍去病狠狠盯了子青一眼，道：“前面便是乌鞘岭，我们在谷口，仅等你一日。”

“诺。”

子青领命，遂转身去取医包。缔素忙扯了她，急道：“你疯了，他们是匈奴人，你去管匈奴人的孩子干什么？万一那孩子没得救，他们要杀你怎么办？”

“此刻并非战场之上，岂能见死不救。”

子青安慰地拍拍他肩膀，收拾出马鞍袋中的无用物件，如钱袋等，都交与缔素。

这边，阿曼伸手很利落地扯掉吊着胳膊的布条，取了布巾又兜头兜脸地把自己蒙得只剩双目，行至赵破奴面前，伸手道：“把弯刀还给我！”

赵破奴愣住：“你拿刀做什么？”

霍去病看着阿曼，却已经明白，沉着脸道：“老赵，把弯刀还给他。”

“这……”赵破奴嘟囔了句什么，不甚情愿地自马鞍袋中掏出那柄弯刀还给阿曼。

阿曼接过，系在腰间，准备停当。

“你就不担心再被匈奴人抓回去？”霍去病看着他。

“我得和他在一块儿。”阿曼淡道，余光已经瞥见子青牵着马过来，便张望了下，也想找匹马来骑。

霍去病什么话都没说，把自己那匹玄马的缰绳交到他手上，拍拍玄马的脖颈，便转身走开。旁边的赵破奴吃了一惊，眼睁睁地看着阿曼骑上那匹玄马。

看着骑在马上的阿曼，子青怔了怔，急道：“阿曼，你不能去。”

阿曼在布巾下一笑，也不多言，策缰催马，竟先她一步往匈奴部落驰去。

子青心中大急，翻身上马，匆匆去追赶他。

望着他二人离去，赵破奴见霍去病沉着脸良久不语，猜度他心事，遂劝慰道：“子青毕竟还是太嫩，他又是医士，听人一问，自然就应了，并不是故意想添麻烦。”

“你错了，就算她知道会惹上麻烦，还是会应承的。”霍去病冷冷道，“传令，拔营！老赵，你的马给我骑。”

“那我呢？”

“骑骆驼去。”

玄马是匹绝世良驹，跑起来甚快，待子青追上阿曼的时候，已经是到了匈奴部落。日磾正站在那里等候他们……

“阿曼，你回去！”

子青跃下马，就急急挡在阿曼面前，阻止他再往前。

阿曼低俯到她耳边，小声笑道：“我汉话说得不好，在这里，你最好还是莫让我开口。”说罢，便朝日磾走去，示意请他带路。

子青又气又急，却是一点办法也想不出来，只得快步跟上前。周遭聚集了不少匈奴人，丝毫不掩饰目光的狐疑之色，盯着他们。日磾带着他们走向这里一顶华丽的厚毡布帐篷，掀开帐毯子，钻了进去。

帐内一位年轻匈奴女子守着婴孩，口中低低喃喃地哼着哄孩子入睡的歌调，连日耗损，面容早已憔悴不堪。

“扎西姆，这两位是汉朝商旅中的医工，我请他们来给孩子瞧瞧，说不定他们有法子救他。”

扎西姆神志恍惚地缓缓抬起头来，“日磾？”

日磾温柔地将她扶了起来，“来，你到旁边来，让他们看看孩子。”

扎西姆柔顺地由他扶起来，不抱希望地问道：“你父王回来了吗？”

“父王去了单于那里，”日磾柔声安慰，“放心吧，我已让人送信去，他很快会赶回来的。”

子青已行至床前，双膝跪坐下来，轻轻拉开婴孩襁褓，仔细端详这个小人儿。

阿曼立在一旁，目光自扎西姆身上冷冷掠过，打量着身遭。日磾偶尔抬眼，对上他的眼神，便随即避开。

手抚上去，婴孩确是烧得烫手，小小的鼻翼急促起伏着，时不时自梦中惊醒，啼哭两声，随即又复睡去。子青抚弄了他几下，掰开小嘴看看了舌头，舌苔薄黄；又自襁褓中掏出他的小手来把脉，脉象浮数，应是受了寒，加上胎里带出来的热毒未除，故而高烧不退。

当务之急，还是得先将热度退下去才行，只是这么小的孩子，退热的汤药恐怕是喂不进去。子青微颦眉头，思量片刻，将孩子小心抱起，翻转过来趴在自己的膝头，然后掀开襁褓，露出粉嫩的小背。

她俯唇下去，对着背脊处风池穴所在，竟开始辗转吸吮。

“他……他在做什么？”扎西姆从未见过这种治疗方法，惊诧地问日嘽，“他会不会伤着孩子？”

“不会的。”

日嘽虽然不太明白子青的做法，但也不知什么缘故，也许因为这个少年沉静的面容，使得自己愿意去信任他。

阿曼注视着子青，静静地，不自觉地抿了抿唇。

直过了半晌，子青才抬起头来，婴孩背上吮吸过的位置，一块近乎圆形的鲜红印记赫然在目，密密麻麻布满了吮出来的痧。

“这是什么？”扎西姆扑过来瞧。

“痧出来，体内的热毒便能带出来些。”子青闻言解释给她听，“我们中原常用刮痧来治病，但婴孩皮肤娇嫩，经不起砭石来刮，便只能用嘴吮吸出来，又叫吮痧。”

扎西姆听得似懂非懂，摩挲着孩子，仍是焦切道：“怎的没用，他的烧一点都没退？”

“你别急。”

见子青目光示意，日磾会意，复将扎西姆扶到一旁，柔声安慰。

子青又在婴孩身上分别取了几处要穴，一一吮出痧来，婴孩哭闹次数渐渐减少，只是热度依然居高不下。

看子青眉头愈皱愈紧，阿曼在她身旁蹲下，握住她肩膀，在她耳畔轻声道：“我瞧他好像已经安静些了。”

“嗯。”

“想喝水吗？我给你倒去。”

“我不用……”子青此时全副心思都在婴孩身上，转头朝日磾道，“先给孩子喝点水吧，烧了这么久，他定是渴水。”

“先前喂了几次，都喂不进去，哭闹得太凶。”日磾答道。

“再试试吧。”

子青起身退到一旁，她从未喂过婴孩，根本不知该如何喂，此事只能让扎西姆来。

扎西姆兑好一碗温温的清水，温柔地抱起孩子，用一根小小的木匙盛了水，轻轻放到婴孩嘴唇边……

小嘴尝试般吮了吮，随即便迫不及待地全饮了下去。

扎西姆连忙又盛了一匙，婴孩仍旧吮净。就这样一匙又一匙，不知不觉间，孩子竟喝了有小半碗的水下去，再未像先前那般哭闹，她心中实在是有说不出的欢喜。

子青见了也稍稍松了口气，虽然烧还未退，但起码还是起了些效验。

一碗水递到她面前，转头望去，正是阿曼，她感激一笑，接了过来。水也是兑好的，温和清澈，她三口两口便饮罢，待想去给阿曼也倒一碗，才发觉他蒙头蒙脸，压根儿连口水都没法喝。

阿曼看出她的意图，眼睛里满满的都是笑意，附耳低道："我不渴。"

他竟随自己来到匈奴部落，这对于他来说应该是最危险的所在，比楼兰还要危险。子青垂下眼眸，纵然心中万分歉然，却是一点法子都没有。

日嘽看那婴孩喝水喝得干脆，欢喜问道："他既然肯喝，不如把药端来给他喝？行不行？"

子青想着若能喝下汤药，着实再好不过，遂点了下头。退烧汤药是早就煎好的，日磾忙赶着让人去热了端来，扎西姆仍是用小木匙舀了一点，放到婴孩唇边……

小嘴很干脆地喝了进去。

众人心中一宽，不料片刻之后，孩子爆发出惊天动地的啼哭声，刚才饮下的药全都呛了出来。此后，便再也不肯喝任何东西。

此番弄巧成拙，日磾颇为自责，被扎西姆愁怨地盯了两眼，便不怎么敢再出主意。子青皱着眉头，她本就不惯给小儿治病，此番着实是捉襟见肘。

苦思半日，乍然又想到一个法子，以前曾见易曦给六岁孩童用过，只是不知能不能用在这小婴孩身上。子青轻咬下嘴唇，眼下再无他法，也只能姑且一试。

她拿碗盛了小半碗的冷水，端到床边，自己也跪坐下来，复解开襁褓，将婴孩的一只手掏了出来。手指蘸了点冷水，随即在婴孩手臂上，自腕向肘轻拍过去。

小小的水花飞溅。

"啪啪啪"的响声单调地在帐内回响着。

子青沉默着，待在婴孩右手拍了几十趟后，又换了左手，仍是蘸水轻拍。待两边都拍完，惊喜地发觉孩子呼吸已平缓许多，不像之前那么急促，再过了一会儿，摸他的手心脚心，热度竟都退下去不少。

"退烧了？！"

扎西姆不可置信地抚弄着孩子的额头，确实不像之前那般滚烫，喜不自禁地朝子青道："你这法子实在好，怎么弄的？怎的一下子热度就退了下去？"

子青笑道："这叫拍马过天河，我的老师曾用过，我今日也是头一次用，没想到效验如此之好。”

“那他会不会过一会儿又烧起来？”

子青愣了下，如实道：“我也不知道，得等等看。”

扎西姆刚刚的欢喜之情转瞬又逝，愁眉复皱，“那怎么办才好？我的孩子，我可怜的孩子……”她伸手心疼地抱起婴孩。

那孩子热度初退，也有了些精神，到了母亲怀中，似有感应，闭着眼睛直往她怀里拱去，像是饿了。扎西姆连忙解开衣袍，将乳头塞到孩子口中，看着孩子用力地吸吮着。那刻的她全心全意都在孩子身上，竟全然忘记帐内还有旁人。

日磾就站着她的近处，最为尴尬的也是他，连忙背过身，脸已涨得通红。过了片刻，他发觉阿曼、子青皆未动弹，又忙不迭地把他二人都拖出帐外来。

“你、你们……”他张了下口，自欺欺人道，“没看见什么吧？”

子青头一低，没吭声。

阿曼冷哼道：“有什么好看的。”

周围有好几名身着狐裘的匈奴人聚集过来，纷纷询问婴孩情况，日磾只说热度已暂退。子青暗忖帐内的扎西姆应是此匈奴部落中地位颇高之人。

寒风卷过，一阵比一阵猛烈。

沉沉暮色下，可看见北面有黑压压的云层翻卷而来，日磾望了一眼，自言自语道：“起北风了，夜里怕是要下雪，阿爸赶回来可不好走……”扎西姆的帐内一时不好进去，日磾便先安排子青与阿曼到自己帐内，转头又命人送了酥酪油饼，马奶来给他们充饥。

子青低头默不作声地咬了几口，乍然想到一事，忙朝日磾道：“让扎西姆自己把药喝下去，那孩子肯喝她的奶，药性随着奶水，孩子喝奶便如吃药一般了。”

日磾闻言，思量片刻，也觉得此法可行，赶忙便要去煎药，却被子青拦住，复开了治风热的方子。因是母亲先喝，她思及药性部分流失，方子上的分量便稍稍下得重些。

“两碗水煎成一碗，一日三次让她喝下。”她嘱咐道。

日磾点头，复谢了她一次，匆匆掀帐而去。

帐帘掀起时，冷风刮入，已夹着些许碎雪粒。

听着帐外呼啸而过的风声，子青眉头微颦，想着将军一行人这夜须得顶风冒雪，行路定是十分艰难，却是为自己所累，心中着实歉疚万分。

帐中再无旁人，阿曼背朝帐帘而坐，取下蒙面的布巾，先喝了口马奶，嫌恶地皱皱眉头，“还是这股味道……还在想那孩子？”他递了碗马奶给子青。

子青接过，摇头道："不是，在想将军他们，这夜顶风冒雪而行，定是十分艰难。"

阿曼伸手去拿了个饼，咬了口，笑道："他们就这样撇下我们走了，简直称得上无情无义，你还替他们担心？"

"责任在身，原该如此。"子青道，也喝了口马奶，不自觉地皱起眉头。

阿曼看了直笑道："怎么，你也不喜欢喝？咱们俩一样。"

"味道是有点怪。"

子青迫着自己又喝了两大口，才抬眼看向阿曼，道："此地对你而言太过危险，待会儿我会寻个借口，让你替我回商旅取物，你往乌鞘岭方向走，应该很快能追上他们。"

阿曼想了想，慢吞吞道："不如倒过来，我留下，你去追他们。"

"那怎么行，你怎能一人留在此地！"子青压低声音，急道。

闻言，阿曼笑得灿烂，目光中的含义已经不言而喻：这也正是他要说的话。

刚把案上的酥酪油饼吃完，日磾便掀帐帘进来，看见解下布巾的阿曼，怔了一下，朝他犹豫道："这里说不定有人会认出你来，你还是蒙上得好。"

阿曼冷冷望了他一眼，"孩子的烧已退，应无大碍，药方也已经给了你们，我们可以离开了吧？"

闻言，日磾颇有些为难，搓了搓手道："孩子现下是退了烧，可……你们能不能明日再走？我和扎西姆都担心夜里头，你们知道的，半夜里头总是烧得最厉害的时候。"他望向子青，眼中有恳求之意。

对那孩子病况原就甚无把握，此时抽身离去，子青也不甚放心，心中正自两难。

"到明日天亮就好，我就是担心夜里……再说外头风雪越来越大，也不适合上路。"日磾又道。

将子青的表情看在眼中，阿曼微微一笑，复将布巾蒙到面上，答道："行，那我们就留到天明时分。"

日磾一喜，又道："你放心，只要你蒙着脸，不会有人敢来问你是谁，一切有我挡着。"

阿曼仅仅哼了一声，并无丝毫感激之意。

夜渐深沉，寒意沁人，帐内火盆时而传来噼里啪啦的响声。

子青屈膝坐在地上，半靠在床边，合目休息，婴孩就在身旁的床上睡着，只要婴孩有稍许动弹，或是呼吸不顺，她立时便起身探查。扎西姆也在床上半靠着，同样担忧着孩子。因怕炭气熏着孩子，帐内取暖的火盆放得离床较远，日磾和阿曼就围在火盆旁，沉默着笼着手。

帐内一片静寂，无人开口说话，唯有外间呼啸而过的风声。

“冷不冷？”

扎西姆抚弄婴孩时正碰触子青的手，甚是冰冷，又见子青生得单薄，关怀问道。

子青含笑摇了摇头，顺手替孩子掩好羊毛毯子。

本就感激子青让孩子退热，加上看见她对孩子甚是尽心，扎西姆对她极为感激，当下便脱下自己的羊皮手衣递过去，轻声道：“戴上吧，这里比不得你们中原，会冻煞人的。”

“不用。”子青连忙婉拒，“我自己有手衣……”说罢一找，才想起霍去病给的那副手衣还在马鞍袋里，并未带在身边。

扎西姆仍将手衣推过来，轻柔道：“拿着，还有你这袍子，该是男人们穿的，你穿着也不暖和。等天亮了，我命人再找一件给你，我出嫁前的衣袍都还在。”

听了这话，子青睁大眼睛，看着她说不出话来。

火盆旁的日磾也转头过来，朝扎西姆奇道：“你要给他穿你的袍子？”

扎西姆理所当然道：“她一个姑娘家，老穿着男人衣裳怎么行，也不好看呀。”

“她是姑娘？！”日磾惊讶地望着子青，恍然大悟道，“难怪看上去如此斯文，我还以为他就是年纪小。你为何要扮成男人呢？”后一句自然是在问子青。

尴尬万分，子青讪讪道：“在大漠……那个……方便些……”她不安地转头去看阿曼，阿曼仍旧低首笼火，让人看不清他的表情。

尽管说得含含糊糊，日磾还是自行就想明白了，“商旅在外行走，确是鲜少见到女子，你扮成男人是为了旅途方便，对吧？”

子青只能点头。

扎西姆看待她的眼神更是多了几分怜悯，“真是不容易。”

日磾望着子青，若有所思，乍然间又转向阿曼，又惊又喜道：“难怪你和她一起来……原来你也已成婚了。”

“没有……”子青尴尬得不知道该如何解释，“我们不是……”

直至此时，阿曼方才抬起头来，望着子青笑了笑，没说话。

“嘘……”

觉得日磾声音太大，扎西姆先朝他打了个小声点的手势，不放心地望了眼孩子，才指着阿曼，轻声问日磾：“你认得他？”

日磾呆愣住，方才一时冲动，竟说漏了嘴，此时再想掩饰，竟不知该说什么。

扎西姆见日磾目光闪烁，愈加起疑，压着嗓子追问道："他到底是谁？为何一直蒙着面？"

"别问了，扎西姆。他是来帮我们的……"日磾道。

子青在旁悄无声息地站起身来，手隐在衣袍下，已暗自做好了准备，若是扎西姆发觉阿曼身份而失声高呼，她立时可以一记手刃劈在扎西姆后脖颈上，既能让她昏过去，又不至于伤了她。

日磾愈是要替阿曼掩饰，扎西姆就越发好奇，探身望去，"是谁，我也认得，是不是？"

子青盯着她，随时都准备出手。

就在此时，阿曼缓缓抬起头来，解下蒙面的布，平静道："别来无恙，扎西姆。"

见到他真实面容，扎西姆倒抽口气，手紧紧压住胸口，极力压抑着嗓音："是你，铁力曼！你……真的没死？"

阿曼勾唇一笑，目光冰冷，"怎么，我没死，让你们很失望？"

"不，怎么会……"扎西姆忙道，"我们都一直盼你能好好的，真的，他们让你吃了太多苦头，你能逃出去，真是太好了！"

阿曼没吭声，看着面前的旧识，早年的遭遇重新浮现在眼前——

炎热的夏日，有蚊虫在周遭嗡嗡地飞，他赤裸着上身，被绑在木桩上，身上满是被虫咬的伤痕，化脓溃烂，又疼又痒。日头明晃晃，直晒下来，神智已是昏昏沉沉，嘴唇上满是开裂。

"水、水……"他低声喃道。

面前正经过两个人，其中的少年惊诧地望着奄奄一息的他。

"日磾，他是不是死了？"女娃儿躲在少年身后问。

"没有，还喘气呢。"

女娃儿这才小心翼翼地探出头来，害怕地瞅着他，道："前日还好端端的，他怎么突然被绑起来了？"

"嘘，听说他想逃走，被塔姆汗给抓回来了。"

他仍在低喃："水、水……"

"他想喝水。"女娃儿小声道，"怎么办？要不我们喂他喝点水？"

少年直摇头，"不行，让塔姆汗知道，我们会挨骂的。"

"他好像快死了，我……害怕。"

"我们还是快点走吧。"

他能看见少年拉着女娃儿飞快地跑开，因为晕眩，视线很快一片模糊。

婴孩的小鼻子皱了两下，随即哇的一声大哭起来，扎西姆没再顾得上阿曼，匆忙回身抱起他来，摸头摸手，以为他又有何处不舒服。

子青皱紧眉头，重新又给孩子把脉，脉象较之前已平和许多，实在不解孩子为何又大哭。

“是不是饿了？”她猜测道。

可孩子在扎西姆怀中不适地扭来扭去，压根儿就不理会唾手可得的奶水，只是一味地哭闹。

子青眉头皱得越发紧，一遍遍地摩挲着孩子的额头。婴孩不同于其他病人，说不出哪里不舒服，只能眼睁睁地看着他哭闹，却完全不知道究竟他在经受何种折磨。

扎西姆把手伸到孩子身下，湿漉漉一片，顿时松了口气，笑道：“他是尿湿了。”

“尿湿了……”

子青没有丝毫侍弄婴孩的经验，愣了一下，才明白过来，也舒了口气。

自旁边另拿了干净柔软的棉布，扎西姆把孩子放到床上，打开襁褓，温柔地替他换下尿湿的布巾。日磾忙去端温水给孩子擦拭小屁股。

“过来烤烤火。”阿曼唤子青。

子青依言过去，单膝半蹲下，将手笼在火盆上，片刻之后又想起刚才的事来，转头望了眼阿曼，后者面上波澜不惊，仍旧如平常一般。

“阿曼，你是不是早就知道我……”她不得不问道。

“嗯？”

他侧头一靠，正好靠在她的肩头，倦倦地打了呵欠。

子青有些不自在，可没忍心挪开，便由他靠着，低道：“你是什么时候知道我是女儿家的？”

“第一次见到你，我就知道。”

子青愣了愣，“那你怎么没拆穿我？”

“你是你就好了，喜欢扮成什么都行，我觉得都挺好。”阿曼说得理所当然，过了一会儿又笑起来，“再说，我不说破，他们才不会对你有非分之想。”

闻言，子青尴尬地挪了下。阿曼坐直了身子，歪头来看她。

“我是不得已……”子青轻道，“其中缘故，待日后我再告诉你好吗？”

“不说，也没有关系。”阿曼微笑道。

看着他的眼睛，子青知他并无责怪之意，垂首惭愧地笑了笑。

重新包上柔软干爽的棉布，婴孩的哭声渐小，逐渐转为小小的哼哼，扎西姆轻轻拍抚着，让他喝奶，很快孩子吃饱之后又进入了梦乡之中。

子青复过来，看孩子果然一切安好，放心许多。再看铜壶沙漏，再过小半个时辰，天就该亮了，如无意外，她与阿曼应该可以全身而退。她思量着天亮后还要去追赶商队，遂闭目浅睡，以便养些精神。

朦胧之中，隐约能听见日磾在对阿曼说话，用的又是匈奴语，断断续续，听不分明。待她再睁眼时，身上不知何时多了一条粗羊毛毯，而帐顶的通气洞孔已透进光来。

天终于亮了……

因为睡得姿势不好，想起身时才发觉双腿已经完全麻木，子青踉跄了下，惊醒了扎西姆。

“你们，要走了？”扎西姆望了眼孩子，轻声问道。

“孩子未再发烧就好。”子青立在原地，等着那股麻劲过去，“你按方子再喝三日药，孩子只要肯吃奶，应该就会没事了。”

“这次真是多亏了你们。”扎西姆感激道，原本为了孩子，她还想再多留他们两日，但想到铁力曼的真实身份，知他们在此地着实危险。

阿曼也直起身来，布巾早已蒙回脸上，先望了眼子青，而后才懒懒地伸了个懒腰，顺脚踢了踢火盆，惊醒睡得最沉的日磾。

“青儿，走吧。”他朝子青道。

子青点头，俯身拿了放在旁侧的医包。

日磾边整理衣袍边起身，口中忙道：“不急不急，你们要赶路，还是吃些东西垫垫再走吧。”

子青婉拒道：“多谢好意，不过我们延误已久，还是赶路要紧。”

“你们可以带在路上吃？”

“不用，我们随身有干粮。”阿曼淡道。

子青朝他二人施礼告辞。

扎西姆见他们即刻就要走，起身到旁边描金漆盒中，取出一对沉甸甸的珠玉鎏金耳珰出来；又在一方锦囊中抓出一把金粒子，连同耳珰便要塞给子青。

“原该重酬你们，可王还未回来。”扎西姆歉然道，“这些小东西，聊表我心中谢意。”

子青自是绝不会要，扎西姆又坚持要给。不惯与人推脱，子青连退几步，逃般快步出帐。阿曼自然同子青一般，幸而扎西姆对他始终心存隔阂，也不敢相强。

“此番，真是多谢你……们。”扎西姆轻轻对阿曼道。

阿曼没吭声，复看了眼孩子，淡淡一笑，迈步出帐篷。

日磾连忙跟出相送。

经过一整夜风雪，天地间已是白皑皑一片，雪尚在飘飘洒洒，只是已不若夜里那般密集。

日磾走在阿曼身边，低低地由衷劝道：“上回我曾陪阿爸到单于那里，听塔姆汗提起过你，颇有不甘，听说他还曾派人到大漠中去抓过你，可人都没回来。”

阿曼冷哼一声。

“这条路你最好还是莫再走了，跟着商旅也不能担保万无一失。”日磾继续劝道，“别再回来了……”

阿曼瞥他一眼，冷道：“你也是匈奴人，为何反倒来帮我？”

日磾怔了下，叹口气道：“如此说来，你该恨我们才对，可此番不是也多亏了你们吗？”

“我并非为了你们。”阿曼淡道。

“可我仍是承你的情。”

日磾坚持道。

正在这时，不远处传来急促的马蹄声，片刻工夫便行到他们眼前，为首一人身材高大，着貂裘，戴羊羔软帽，正是日磾的父亲休屠王。

“阿爸！”

昨夜雪下得紧，日磾着实没有料到休屠王竟能连夜赶回来。

“孩子呢？”休屠王骑在马上，居高临下地望着他们。

“已经退热，现下正睡着呢，扎西姆在守着他。”日磾忙道。

闻言，休屠王方才松了口气，知道孩子没事，便也不用急在一时，遂松开缰绳，跃下马来，用马鞭点点阿曼与子青二人，皱眉问道：“汉人！他们是谁？”

日磾不敢隐瞒，如实道：“他们是我昨日自汉朝商旅中请来的医工，就是他们治好了孩子的病。”

“你去请汉人来给我的儿子治病？”休屠王皱眉。

他身后的马上，还坐着他自单于那里请来的大巫师，目光冷漠地盯着子青二人。

日磾低声道：“我……我也是一时情急，所以……”

休屠王打量了下子青二人，毕竟知道是他们救了孩子，倒也未再说什么。大巫师端坐在马上，冷冷道：“既然是汉朝的医工，为何还要蒙着面，难道有什么见不得人的地方？”

阿曼一动不动，也不吭声。

子青身体绷紧，袖中的匕首已滑入手中。

见势不妙，日磾忙在旁打圆场道：“他生得不好，脸上又有疤痕，所以不愿示人……阿爸，我这就送他们走。”

大巫师眼极利，瞥见阿曼掩在衣袍下一角刀鞘，当即跃下马来，挡在阿曼面前，寒意森森道：“我不知，原来汉人也会用弯刀？”

他骤然伸出手来，想扯下阿曼蒙面的布巾。

阿曼早有防备，退开一步，让他的手落了个空，侧身朝子青低道：“你快走！”

子青果然自他身旁走开，不待众人反应过来，她便已疾步行至日磾身后，匕首寒光一现，紧紧逼在日磾脖颈之上，沉声道：“谁都别动……阿曼，你快去牵马！”

“大胆！”休屠王没料到这个瘦瘦小小的少年竟敢挟持日磾，怒道。

子青不吭声，匕首略紧，日磾的脖颈上立时出现一道血痕，一滴鲜血淌下，休屠王气得脸色发青，却没敢再上前。

“一块走！”阿曼沉声道，拽着日磾拖向后，子青的匕首牢牢地逼住日磾，血痕赫然在目，众人皆不敢擅动。

“别过来，否则就杀了他！”

三人往马厩方向退去。

弯刀也已出鞘，阿曼紧紧握在手中，目光戒备，脚步却没有丝毫滞缓。

马厩就在拐角近处，玄马在内不耐烦地喷着响鼻，一副等候已久的模样。阿曼快手快脚解开缰绳，牵出马来，便让子青先上马……

“让我坐后头，这样他们不敢朝你们射箭。”日磾用微不可闻的声音道。

阿曼看着他，眼底透着些许诧异，怔了一瞬，随即将他扶上马背，正坐在子青身后。他自己也随即翻身上了匹枣红马。两匹马破开雪雾，直冲了出去。

休屠王眼睁睁地看着他们消失在雪雾之中，转头朝后面的人吼道：“还不给我追！日磾若有事，你们一个都别回来！”

话音刚落，立时他身后冲出去七八人，追着子青、阿曼消失的方向而去。

大巫师在旁冷淡道：“日磾不会有事的，你还没看出来，日磾根本存心帮着他们，要不然早就跳下来了，怎么在马背上坐得那么老实。”

休屠王盯了他一眼，重重道：“日磾是我儿子，你说话当心点。”

知道休屠王对长子极是爱护，大巫师讪讪一笑，自是不会再说下去，转而道：“还是去看看孩子吧，也不知这两个汉人有没有施什么妖法。”

闻言，休屠王虽没好气，但终究还是不放心，急急往扎西姆的帐篷赶去。大巫师暗自冷哼一声，也随即赶上。

连夜顶风冒雪的跋涉，众人早已疲惫不堪，亦被冻得不轻，马匹骆驼也现出疲态。谷口附近正好有处巨石遮盖的挡风之所，众人将马匹骆驼皆赶入内，又拾了干枝生起火来，皆围在火堆旁，过了一会儿方才缓过劲来。

缔素心中始终惦记着子青，啃两口面饼便要探身朝外头张望张望，有时又觉得仿佛听到马蹄声，便奔出去候着，总是失望而归。

“将军。”赵破奴将一块烘热的面饼递过去。

霍去病心不在焉地接过，咬了口，目光暗沉地盯着火堆，似乎并无甚胃口。

知将军心中担忧何事，赵破奴没敢再与他说话，转向缔素，压低嗓门儿问道：“子青的医术到底怎么样？”

闻言，缔素犹豫了下，一时也不知道该怎么说，无意间转头看见将军正盯着自己，挠了挠脖子，如实道：“我也不知道，在营里的时候大都是易大哥看病，青儿就给易大哥打下手，煎个药什么的，我很少看见她给人瞧病。”

霍去病垂下眼帘，复咬了口面饼，无滋无味。

“我看他治浩然的伤，倒还挺在行。”赵破奴不知道是在安慰谁，还在是自我安慰。

缔素偏偏还要不识趣，满腹烦恼地嘀咕道：“那是外伤，和那孩子的病又不一样。青儿，她还是……落到匈奴人手里可怎么办？”

“他还是什么？”赵破奴没听明白。

“啊……”缔素意识到自己差点说漏嘴，“她还是我兄弟呀。”

旁边的伯颜静静听着他们的对话，吃完一块面饼，又饮了几口水下去，起身理了理衣袍，朝霍去病道：“将军，请允我回去接应。”

霍去病眉毛微挑，看了他一眼，没作声。

“万一他们遇上什么事，也许正需要人呢。”伯颜顿了一下，语气转低，“就算他们人已经没了，咱们也得知道，是不是？”

施浩然腾地站起，道：“我也去！在大漠里，这小子还挺带种的，若是就这么没了，岂不可惜。”

“那我也去！”缔素也忙立起来，急道。

霍去病淡淡扫了他们一眼，“都给我坐下……”他的声音不大，却是没有人敢违背，伯颜、施浩然、缔素只得又坐了下来。

“将军……”伯颜望着他，劝道，“浩然说得对，那小子带种，没了可惜呀！”

霍去病不理会他，自怀中掏出带了一路的羊皮地图，上面星星点点添了许多他的标注，并阿曼之前所绘出的大漠水源图，递给赵破奴，“老赵，把这个收好，若有闪失，小心你的脑袋！”

不解何意，赵破奴懵懵懂懂接过，仔仔细细揣入怀中。

“正午之前，若我未回来，你就带他们过乌鞘岭，连夜赶到逆水渡口，那里有船接应。天黑之前，我必回渡口与你们会合。”

“将军！”

不仅赵破奴，其他人也都立时明白霍去病想做什么，腾得全站起来。

“将军，你不能亲自去！让我和浩然去即可！”伯颜急道。

霍去病望他，问道：“你会说匈奴话吗？”

伯颜怔了下，老实道：“不会。”

“浩然，你会吗？”

施浩然也蔫儿了，“不会。”

赵破奴在旁好意提醒他道：“可是将军，你也不会说匈奴话啊。”

闻言，霍去病连磕巴都未打一个，理所当然道：“我虽不会说，可听得懂，比你们略强一点。”

“将军，太危险了，还是让卑职去吧！”赵破奴急道，“我成日听高不识叨叨，也能听懂一些匈奴话。”

“不行。”霍去病干脆道。

“这是为何？”

“你连马匹都没有，怎么去。”

说罢，霍去病没再搭理他，自拿了箭箙背上，又取了弓，翻身上马，在众人目光中疾驰而去。

赵破奴挠了挠头，有点委屈：自己没马匹，是因为马匹被将军骑走；只要将军你不去，我不就有马匹了吗？

玄马颇为神骏，尽管背上驮了子青与日磾两个人，四蹄在雪上翻卷，仍跑在枣红马的前头。子青刻意放缓马速，与阿曼保持一致。后头虽有人追来，但相隔较远，又有雪花阻挡视线，他们生怕误伤日磾，没有人敢贸然朝他们射箭。

双方就这样僵持着。

此地毕竟是匈奴人的地盘，地形也没有他们熟悉，拖得久了，肯定是会吃亏。

阿曼略一思量，朝子青道：“青儿，你先走，我来引开他们！”

“不行！”子青一口拒绝道，“我来引开他们，这马跑得快，我才能甩得掉他们。”

生怕她缓下来，阿曼急道：“不行！”

日磾突然开口道：“我来引开他们……铁力曼，我来骑你的马。”

“你……”阿曼看了眼日磾。

“我帮不了你什么，只能做到这一步。”日磾在马背上站立了起来，对于自小在马背上摔打长大的匈奴王子，这算不上什么。

阿曼没再犹豫，松了缰绳。

一瞬间，两人交错腾挪而过，各自安然落在马背上。

“保重！”

脖颈上的伤口还微微渗着血丝，日磾朝他们笑了笑。

喉咙似乎被某物哽住，阿曼发不出声响，重重点了下头。

子青轻叱一声，玄马发力，肆意展开四蹄，雪被踏得如烟尘般腾起，很快将日磾远远甩在后头。日磾回头望了一眼，掉转马头，朝另一方向驰去。

后面追兵虽发觉他们分了两路，但休屠王命令他们需救回日磾，故而皆追着日磾而去。

子青与阿曼驰出极远，许久也未听见身后有追兵的马蹄声，方才各松了口气。因生怕被循着马蹄印找过来，两人又下马，寻了些树枝绑在马尾上，以便消除马蹄印。

“日磾这么明显地帮着我们，回去之后，不知会不会受责罚？”复上马时，子青颦眉道。

阿曼就坐在子青身后，手环绕过她，接过缰绳，叱马而行，口中答道：“他是长子，休屠王对他稀罕得很，就算受责罚也有限。”

“此番真是多亏了他。”

子青低首叹了口气，看见雪粒子打在阿曼握缰的手上，遂弯腰自马鞍袋中取出霍去病所给的手衣，让他戴上。

“你的？”阿曼见手衣自己戴着正好，显然对于子青来说太大了。

“将军给的，太大，我就没用，你拿去用吧。”

举起手来，端详了下手衣，阿曼嘻嘻一笑，“也好，我戴着正好。”

他腾出一只手，揽她靠向自己怀中。子青方欲挣开，便听见他关怀道：“昨夜你没怎么睡，现下休息一会儿吧。”

“我不困。”子青坐直身子。

阿曼又将她揽回来，轻道：“那你别动，我想和你说说话。”

听出他语气似乎有些异样，子青怔了怔……

“日磾……我第一年到匈奴的时候就认得他。”想起以前的事情，阿曼的语气透着说不出的倦然之意，“我是楼兰王子，他是匈奴王子，却是天差地别。在我眼中，他自私、胆小、怕事。在我快被活活晒死的时候，他甚至连一口水都不敢给我喝，只因为他害怕挨骂。虽然他没有嘲笑、捉弄过我，可我还是恨他。”

脑中浮现出日磾的模样，子青静静地听阿曼说下去。

“直到今日，我都没有想到他竟然会这样来帮我……”阿曼停了一会儿，突然笑起来，子青的几缕发丝自他下颚拂过，有些许痒痒，“真怪，好像遇见你之后，很多事情都不一样了。”

子青微微一笑，“与我何干，他一直都想帮你，只是顾忌的事情较多而已。”

“以后见面……”阿曼本想说下一次也许可以请日磾喝酒，忽地想到自己此时正与汉军同行，只怕是不易。

子青默然不语，下一次再见到日磾，多半是在战场之上，生死相搏之时。

到了那时，又该如何向他说一个谢字。

雪仍在下，玄马跑起来不仅快，而且极稳。

子青一直在留意着周围有没有商旅行过的骆驼蹄印或是马蹄印，可惜昨夜雪太大，痕迹都被盖住，几乎寻不到任何有用的踪迹。

“这是往乌鞘岭的方向吗？”从未来过此地，她身上又无地图，子青担心迷路。

阿曼“嗯”了一声，无所谓道：“应该是吧。”

“等等。”

子青喝住马匹，自马上跃下来，蹲在地上仔细查探，一无所获，颦眉望向阿曼，“这里不像有商旅经过，咱们大概走偏了，怎么办？”

阿曼耸耸肩，毫不在意地笑道：“偏就偏了，咱们正好就不回去了，岂不是好！”

“怎能如此，”子青张望四周，试图想确定自己究竟在何处，忧虑道，“将军他们还在谷口等我们，得尽快赶回去才行。”

阿曼也翻身下马，自鞍袋中拿了面饼，掰一半下来，自己只半靠着树慢吞吞地嚼着，看着子青四下张望，也不着急，更不去帮忙。

“青儿……”他望着她的背影。

“嗯？”

子青没回头，仍在寻路。

阿曼缓缓道：“我知道有一处地方，有很美的湖水，湖边还有成千上万的鸟儿，飞起来就像云一样轻盈。你想去看吗？”

“嗯。”

“那我们……”

阿曼话只说一半，子青骤然回头朝他打了个噤声的手势，同时蹲伏下身子，目光戒备地盯着林中某处。

一声很轻微的树枝被折断的声响。

悄无声息地拔出弯刀，阿曼慢慢行至子青身畔，准备来者一露面，就掷出弯刀，务求一击即中。

他们身后，玄马摇头摆尾地原地踏了几下，竟把原本就系得松垮的缰绳甩开，热络地直往林中奔去。子青探身想去抓住他，连马尾都没捞到。

“回来！回来！……”她急道。

玄马压根儿不理会他们，鬃毛甩得飘扬起来，竟然长嘶一声，兴奋之意溢于言表。

它这声叫唤之后，一人自林中走出，马儿一头拱过去，在他怀中直蹭，亲热得不知怎样才好。

“将军！”子青惊喜道。

阿曼立起身来，望了眼子青，笑容中带着些许怅然之意。

霍去病缓步走过来，表情看不出丝毫喜怒，只淡淡地打量了下他们俩，问道：“两个人才一匹马，是逃出来的？”

不得不欣赏这位汉朝将军的判断力，阿曼笑了，答道：“运气不错，总算是有惊无险。”

“可有受伤？”

问这话的时候，霍去病的目光在子青身上多停留了片刻，似在探查。

子青禀道：“没有，多亏休屠王子日磾相助，我们才能平安离开。”

“是孩子出事了？还是他？”霍去病瞥了眼阿曼。

子青一笑，“孩子没事，已经退了烧。阿曼差一点被来自单于那里的人认出，幸而日磾相助，让我们离开。”

霍去病点了下头，面色一沉，又问道：“既然逃了出来，你们不往乌鞘岭去，在这里磨蹭什么？”

闻言，阿曼不作声，只顾偏着头看雪，嘴角含了一丝笑意。

“我们迷路了。”子青如实道，“雪太大，找不着商旅的踪迹。”

霍去病为了找他们也绕了一大圈，颇费周折，却不愿说出口，他们安然无事便好。看她神情，也知她没有撒谎，遂未再问下去。

“你是特意回来寻我们的？”阿曼问道，故意找碴儿般的无赖笑容，“不是该把我们丢在那里，生死由命吗？还来寻我们做什么？”

“阿曼……”

子青朝他摇摇头。霍去病身为将帅，竟然亲自出来寻他们，说实话，她确实甚为感动。

霍去病冷冷瞥了眼阿曼，自是不会去回答他的话，只命子青将赵破奴的马也牵了过来，他自然还是骑玄马，子青与阿曼同骑赵破奴的马，往乌鞘岭赶去。

第十三章　船头夜话

赶到乌鞘岭的谷口时，早已过了正午，赵破奴并不敢违抗霍去病的命令，已带着一行人往渡口而去，于是他们又马不停蹄地赶往逆水渡头，总算在天黑之前到达，与其他人顺利会合。

缔素看见子青，划开人群直冲上来，上上下下地打量她，喜道："你没事吧？那些胡人有没有为难你？怎么现在才来，我一直在担心，生怕你有个闪失，那我如何向易大哥交代……"

他说话啪嗒啪嗒倒豆子一般，子青也插不进话去，只得含笑听着他说。

赵破奴见将军安然无恙归来，心下一松，迎着霍去病过去，行礼道："将军！一路皆按您的命令，并无任何意外。"

霍去病点头，"把驼队交与渡口的人，东西卸到船上去，沿着逆水往下回陇西，虽是顺流，最快也得后日才能到。你再去问问渡口的人，有没有粟米，多买一些，此行马匹累得不轻。"

"诺。"

赵破奴领命，走时倒没忘了先从阿曼手中牵回自己的那匹马。

沉沉暮色中，阿曼独自一人走到河边，立在岩石之上，望着脚底下翻腾的逆水，不言不语。

"你，和我们回去吗？"身后有人问道。

阿曼回头，见是霍去病，勉强扯了扯嘴角，想笑却未笑出来。

"你即使留在这里，也毫无益处。"霍去病看出他的心思来，"在我军中，起码我可保你不必惶惶终日，被匈奴人追捕。"

"你没必要收留我。"阿曼微挑起眉。

霍去病哼了一声，"是没必要，我军中从不收容无用之才，我只是觉得你还勉强能派上用场。"

阿曼闻言，双目微微眯起，"什么用场？"他敏锐地想到自己的身份，被胁迫的楼兰，以及那些不似亲人的亲人们。

霍去病无所谓地道："比方，跳个舞……"

两人对视，片刻之后，阿曼忽地大笑起来，笑声引得其他人都朝这边望过来。

“这可不行，我只为一个人跳舞。”他待笑完，才道，“不过你军中若有不费力的闲差，我倒是可以暂时委屈一下。”

“听上去像是我捡了个大便宜。”霍去病淡淡一笑。

阿曼侧头思量了一会儿，正色问道：“你就不担心我会惹来麻烦？”

“只要你自己安分点就行了。”霍去病瞥了眼不远处正卸货的子青，“我是看在你能和他生死与共的份儿上，算得上条汉子，才会让你留在军中。”

同样也望了眼子青，阿曼一笑，“我是看在你还算关心下属，不至于不顾她死活的份儿上，才勉为其难留在你军中。”说罢，他随意自岩石上跳下来，再未理会霍去病，径直回到驼队之中帮子青卸货。

霍去病复思量了一遍他的话，自嘲地笑了笑，遂返身先上船去。

待香料都卸到了船上，赵破奴又扛了一大袋子粟米上船来，船便起锚，顺风顺水地沿着河道行驶。

马匹都拴在船的后舱处，经过这一路的颠簸，都瘦了一圈。黄灿灿的粟米倒入马槽中，立时齐刷刷地响起一片沙沙的咀嚼声，再无其他声响。众人总算再不用啃干巴巴的面饼，在船上吃了顿热乎饭，拌着羊杂碎的白羹，还有大块大块的炖牛肉，香味久违之极，便是缔素这样的小身量，也连吃了三碗。

刚吃完，赵破奴便去舱房转了一圈，皱着眉头回来，先进了霍去病的舱房，俯身在他身边说了几句。

霍去病不搭理，自道：“你自去安排……对了，把地图还给我。”

赵破奴自怀中掏出来，原原本本递给将军，补上一句，“完好无损，您可看清楚了。”

霍去病接过地图，看也不看他，抬腿就踹。

早有防备，赵破奴笑着闪身躲过，出了舱房，朝众人吃饭的舱堂过来。

“咳咳……”

他先清了两下嗓子，试图引起众人注意，结果是压根儿没人搭理他。唯有缔素望过来，双目亮晶晶，以为赵破奴又要发钱了。

“有件事得跟你们说一声，”赵破奴只好提高嗓门儿，“我刚才到下面舱房转了一圈，发觉有两间舱房都渗了水进去……”

“船要沉了？！”只听了一半，施浩然就惊得跳了起来，“我可不会水啊！”

赵破奴忙打手势，“安心安心，船不会沉，水是这两日停在渡口修船的时候渗进去的，一时半会儿也干不了。所以那两间舱房没法睡人，现下就剩下两间舱房，咱们人多，再挤也挤不下，我估莫着得有人去睡马厩。”

“干吗睡马厩，铺盖卷卷，睡这里不是一样吗？”施浩然不解。

赵破奴只好解释给他听：“这可是在船上，外头还在下雪，这里前后串风，睡一夜非得冻出病来不可。”

“哪里就那么娇贵。”施浩然白了他一眼。

“你们谁想去睡马厩，”赵破奴换上一副笑脸，开始吆喝，“把稻草一铺，再摊上铺盖，那可不比床差。”按以往的习惯，赵破奴必定会直接安排军阶最低的人去睡马厩，可今日他却不愿如此。子青与缔素军阶最低，缔素倒也罢了，子青这一路行来，却是几番出生入死，让人不得不对他另眼相待。不知不觉间，赵破奴已把她当成真正的同袍，模糊了军阶之别。

“我去吧。”子青起身道，便要去拿铺盖，已是两天一夜未曾好好睡过一觉，她着实困得厉害。

赵破奴皱眉，“你……马厩你睡得惯吗？”

“能睡就行。”子青并不在意。

阿曼笑了笑，随着子青一块儿起身，“我也去。”

“那我也去！”缔素不甚情愿地起身。

赵破奴见已有三人，遂道：“行了，再加上我一个，咱们四个睡马厩也就大概够了。”

“老赵，你可留神，别睡到马粪堆上。”有人打趣他。

“明早儿糊一脸……”

众人哄笑。

赵破奴痛心疾首地看着他们，“你瞧瞧你们，欺负俩孩子去马厩也就算了，我可是好心好意替你们去的。”

“记得别脱靴子啊！你要脱了靴子，那才真叫欺负人家呢。”施浩然笑道。

“滚滚滚……”

赵破奴弯腰故作脱靴状，不慎怀中掉出一物，哐当一声掉落在地上。

一把匕首。

正是赵破奴自谭智身上取下的贴身匕首。

众人目光落在那把匕首上，舱堂瞬间鸦雀无声，陷入死一般的寂静之中。赵破奴俯身拾起匕首，细细拂去上面的灰尘，又拿袖子撸了撸，才复放入怀中。

“没事的话，都早点去歇着吧。”

他再无心思说笑，说罢便转身离开舱堂，行至外头甲板之上，悄无声息地落了两滴泪，用衣袖抹了，又朝霍去病的舱房走去。

“将军。”他立在舱房门前。

“进来。”

霍去病听出赵破奴语气异常，挑眉望了他一眼，笑问道：“怎么，就算没人肯去睡马厩你也不用这样吧？”

赵破奴行至他前面，屈膝坐下，自怀中掏出那柄匕首，放到霍去病面前。

双目一痛，霍去病缓缓伸手抚上匕首，“谭智的？”

“嗯。”

“我记得他爹爹以前是在舅父麾下，三年前就战死了。”霍去病的手指慢慢摩挲过匕首鞘上凹凸的花纹，“他家中还有何人？”

“只剩下他祖母和母亲二人。此事对她们定然打击甚大。”赵破奴忧虑道，脑中杂七杂八，“很快就到冬至了，大节下的，听到这消息……发放的抚恤钱也有限……”

霍去病自将匕首收起，低道：“我亲自去一趟他家。”

“他家在长安。”

“我知道，冬至将近，我也该回去看看我娘了。”

外间水流汩汩，近得仿佛小时候娘亲在耳边的呢喃，霍去病想到犹在灯下等候的一双双眼睛，骤然觉得呼吸艰难。

后舱马厩内。

子青把稻草铺了铺，薄毯往身上一裹，蜷起身子，合目休息。耳边听着马儿吃草料的沙沙声，还有外间流水哗哗的声响，竟是无比令人安心。

阿曼抱了条薄毯进来，见子青蜷在角落里，小兽一般，遂在她身旁好笑地蹲下来，刚欲与她说话，便听见均匀绵长的呼吸声，她竟然已倦然睡着。在她身旁坐下来，阿曼伸出手去，轻轻替她掠开几缕发丝，借着风灯昏暗的烛光，静静地望着她。

“这么大的马粪味，怎么睡人啊！”缔素也抱着薄毯，边进来边不满地抱怨道。

听见声音，阿曼合上眼睛，佯作睡着。

缔素一进来便看见他待在子青旁边，总觉得这个西域人对子青不怀好意，子青毕竟是姑娘家，若是吃了什么暗亏岂不糟糕。他暗自思量着，便用脚顶了顶阿曼的膝盖，朝他道：“喂，你到这边来睡，别挨着她！”

阿曼懒懒睁开双目，似笑非笑地望了他一眼，“为何？”

“青儿她睡觉浅，你同她挨这么近，会吵着她的。”

“那你就莫再说话了。”

阿曼朝他做了噤声的手势，随即索性躺了下来，薄毯蒙了大半面，丝毫未把缔素放在眼中。

缔素气恼，却是拿他一点办法也没有，自捡了处地方躺下。

最后进来的赵破奴，见内中三人皆已睡下，并无不适或抱怨，心下甚为满意，自也捡了处地方，稻草铺得厚厚的，四仰八叉地躺下来。

夜渐深沉。

马厩里，赵破奴的呼噜声此起彼伏，时而铿锵顿挫，时而细如哨音，千变万化，令人叹而观止。马儿们甩着尾巴表示着对这个异族人的极大不满。

子青极轻地翻了个身，睡至半夜被吵醒后，再也睡不着，实在不愿干躺着听上整夜这种奇异的呼噜声，便悄然起身，裹了毯子想到舱堂坐一会儿。才进舱堂，凉意便从脚底漫上来，因为前后通风，果然是比马厩要冷得多。

外间的雪不知何时已停了，她缓步踏上甲板，仰头望天，黛蓝苍穹，厚厚的云层散开来，几粒星子显得分外地亮。正自深吸口气，忽地听见另一侧船舷传来熟悉的咳声，她循声望去，在暗沉的夜色中辨出将军的轮廓。

“子青？”霍去病也已看见了她，哑着嗓子训斥道，“大半夜的不睡觉，跑出来做什么？”

“卑职马上回去。”

子青自是不会说赵破奴呼噜打得多么奇异，朝霍去病施了一礼，转身欲回去。

霍去病怔了下，唤道：“等等。”

“嗯？”子青停住脚步，回首。

“替我去舱房把酒拿过来。”

闻言，子青立在原地未动弹，迟疑片刻，还是尽职劝道：“将军，饮酒于嗽疾不利，我劝你还是莫喝。”

霍去病不耐烦道：“快去……这是命令。”

子青无法，只得听命去霍去病舱房之中拿了酒囊出来递给他。霍去病接过，拧开塞子，先灌了两口下去，才瞥了眼子青道：“你也来一口。”

“我从不饮酒。”见将军已无事吩咐，她便准备回去，“卑职告退。”

“等等！”霍去病又叫住她，似乎想不起有何事要吩咐她，思量了半晌才颦起眉道：“有件事我一直想问你……”

"将军请问。"

霍去病居然踌躇了下，才问道："你的功夫都是你爹爹教的？"

"嗯。"

"你爹爹的功夫与你相比如何？"

"胜过数倍。"

"那……你爹爹是怎么死的？"

子青仿佛被某物狠狠戳中，定在当地，说不出话来。

微弱的星光下，少年的双目黑白分明，有一种惊人的干净。那瞬间，霍去病看着她的眼睛，只觉得心莫名其妙地一软，禁不住低首又咳了几声。

"你家既然和李老将军是故交，你爹的死和他家可有关系？"他试探问道，心中想的却是子青若仍不言语，自己便不再逼他就是了。

子青沉默半晌，在霍去病将要说出"你不愿说也罢了"的时候，她点了点头。

"真和李家有关！"霍去病回想起子青对李敢的态度，此时方意识到她一直对李敢保持着某种礼节上的生疏。

"嗯。"

子青总算出声了。

"究竟是怎么回事？"他问。

子青深吸口气，才道："将军可听说过六年前置水关外，羌人反叛一事？"

霍去病点头，"我知道，李老将军处置了八百余名已降的羌人，这事做得不太厚道。"

"我爹爹，便是当年被李广派去招降的人。"她望着黑压压的河水，平平道，"他被李广所骗，自觉对不起那八百羌人，自戕身亡。"

怎么也想不到他爹爹竟是自戕，霍去病一时说不出话来。

舱堂内却传来响声，子青转头望去，看见有两人正立在舱堂门口，其中一人胸膛起伏不定，双目要喷出火来一般紧紧盯着她……

"缔素……"

"原来你早就知道！早就知道！"缔素一步一字地逼到她面前，怒火中烧的他已完全顾不上理会霍去病，即使他是将军，"你早就知道，是你爹害死了我爹娘！是不是？"

子青艰难地抿了抿嘴唇，"嗯。"

"你一直瞒着我，你和你哥还装作与我是好兄弟！你们卑鄙无耻！"缔素想起平日里大家在一块的热乎劲儿，骤然有种被欺骗至深的耻辱感。

“不是，和我哥没关系，”子青生怕他迁怒易烨，忙解释道，“我是被他们家好心收留的，其实我并不姓易。”

“那你姓什么？”

“我姓秦，秦原。”

“秦原……”缔素缓缓念了一遍，复抬头冷笑道，“原来你连名字都是假的，你究竟还有多少不可告人的事情？”

因为无言以对，子青深垂着头，背抵在船舷上，一句话都说不出来。阿曼走过来，他并不清楚缔素的身世，也不想知道，他的眼中只看见沉默得让人心疼的子青。

“哼……都说中原人狡诈，多忘恩负义之辈，我今日才知。”阿曼冷冷地看着缔素。

缔素愤慨道：“你是说我忘恩负义，你知不知道，她爹爹便是杀我爹娘的仇人？！”

“我只知道，你爹娘死了，她的爹娘也死了！她不欠你什么！可在大漠里，她为了救你，连自己命都不要！”

“我不稀罕！”缔素嘶哑着嗓子道，“谁要她假惺惺来救我！我宁可死，也不要她来救！”

“够了！”

霍去病此时方出声，低低喝住缔素。

直觉感到将军也站在子青一边，缔素冷冷一笑，道：“你们都帮着她，觉得她可怜，以为她是什么老实人，其实你们才是被她骗得最厉害的人！”

知道缔素要说什么，子青猛然抬起头来，定定地望着他。

“她不可告人的事情还多着呢，你们知不知道，她其实是……”

缔素恶狠狠地对上子青双目。

心里很清楚缔素将要说的话，子青近乎认命地看着他，脑中茫然想着：斩了自己也就罢了，希望此事将军不要迁怒易烨……

“她其实是、其实是……”缔素怒视着子青，咬着牙根，喉咙哽咽，那句话却始终无法冲口而出。说出来之后子青会落得什么下场，他也清楚。

霍去病微皱起眉头，打断他道：“他其实是墨者后人吗？这我早就知道了。”

墨者后人，缔素其实并不很明白这四字意味着什么。刘彻罢黜百家，独尊儒术之后，因墨者大多武功高强，行事又另有一套法则，并不以国法为先，故而被刘彻下令严剿。子青的这一重身份对她而言确也是极为不利。

子青仍看着他，目光中无一丝恳求，有的全是无奈。

狠狠地再看她一眼，缔素自喉咙间低低地“嗯”了一声，再未说什么，决绝转头离开。

“缔素……”子青知道此时他定是难受万分。

“别叫我！我不认得你！”缔素背着身子，大声嘶吼道，随即头也不回地大步奔开。

望着他背影消失在舱堂内，真切地感受到缔素承受的苦痛，子青只觉得胸口被巨石所压，气闷难当，才尽力喘了两口气，泪水再也禁不住，一下子冲眶而出……不惯在人前流泪，她只得举袖挡住面，任由泪水淌下，咬着牙一声不吭。

霍去病望着这个非一般倔强的少年，想着他在大漠箭雨中飞奔的身影，此时才知道他单薄的肩膀上竟扛着如此沉重的过往。心里着实不是滋味，他也不开口去劝子青，只靠在船舷上，一阵咳嗽之后，仰头又灌了一口酒。

“青儿……”阿曼等了半晌，禁不住担心地唤了她一声。

“嗯。”子青放下衣袖的同时已擦干泪水，强自平静道：“我没事。”

霍去病瞥了她一眼，酒囊又递过来，“喝一口，会舒服点。”

“卑职从不饮酒。”子青仍旧还是那句话。

“有没有人说你倔得像头驴？”霍去病摇摇头，无奈且心痛地看着她，“傻小子，你以为自己能扛下一座山吗？”

子青没吭声。

阿曼伸出手接过酒囊，“我喝一口。”事实上，因心中郁闷难当，他接连灌了好几口，直至整个酒囊都空了。

“你爹爹也是被李广所骗，你该明白，这事怪不得你爹爹，更怪不到你身上！”阿曼顺手把酒囊丢到一旁去，扳过子青肩膀朝她道，“你根本不需要愧疚，更不需要拿自己的命来还他！”

子青轻轻摇了下头，道：“无论何种缘由，八百羌人是因为听从我爹爹的话而送了命，我爹爹在当时没有看破李广意图，终是难辞其咎。”

阿曼深吸口气，想继续劝服她：“好，就算这其中有你爹爹的错，你爹爹也已经自戕，以命相抵，足够了！没有人逼着你拿自己再往里填！”

“爹爹自戕，我知道他并不是想要以命相抵，他只是太累，撑不下去了。”子青脑中重新浮现出血色夕阳下的那幕，静静道，“爹爹撑不下去的事，我替他撑着。”

霍去病靠在一旁听见这话，心中咯噔一下，偏过头去咳得越发凶猛。

“你能撑到几时？你有几条命够往里填的？！”阿曼几乎算得上是在恳求她，

“这事根本不该你来扛，你别揽到自己身上！”

子青朝他勉强一笑，问道：“阿曼，你是西域人，可听说过我们中原的神话故事盘古开天？”

“听过，他是开天辟地的巨人。”阿曼道。

“对，他是神话中的英雄，因为他用自己的身体撑开了天地，天日高一丈，地日厚一丈，盘古便日长一丈，就这样过一万八千年，直到天极高，地极厚，盘古才累倒下来。”

“嗯？”阿曼一时不解其意。

“我爹爹说，盘古一辈子就做了这么一件极简单的事情，就是撑着，再苦再累也撑着……就这么撑着，那就是顶天立地。”

阿曼听懂了，深闭上双目，再说不出话来。

霍去病也听懂了，一声不吭，船舷旁水声潺潺，如雨声一般。他恍惚间又想起那日下雨时，子青在大帐内所说的话。

——什么事才算分内之事？他问。

——命里事。

原来，这就是他的命里之事，甩不掉，挣不脱，所以就这样沉默地撑着。

第二日仍是在船上，缔素始终寒着脸，几番交错而过，都对子青视而不见，直至第三日清晨下船，也未和子青说过一句话。

渡口便是来时上船的那个渡口，他们复进了旁边的屋舍，一摞摞换下来的绛红衣袍整整齐齐地摆在榻上等着他们。

“浩然，把谭智的那套衣袍拿给他换上。”霍去病指着阿曼，淡淡道。

施浩然心感不适，急道：“将军，他怎么能穿……”

“谭智可没你这么小气。”

霍去病沉着脸，打断他道。

“我……”

施浩然未再说下去，低头寻出谭智的衣袍，在手中停留了半晌，待霍去病拍拍他肩膀之后，才不甚情愿地递给了阿曼。

阿曼接过衣袍，倒也不急着换上，先端详了下……

“怎么，你还忌讳？”施浩然没好气道。

阿曼笑着摇头，看着干干净净的袖口，道：“他是个喜洁之人吧？”

施浩然愣了下，点了点头，不自觉地放缓语气，嘀咕了句：“你仔细着点穿，别给他弄脏了。”

“嗯。”阿曼拿了衣袍，环顾四周，想寻子青。

这边，缔素已更衣着甲，套上靴子，看见子青因不便仍磨蹭着未换装，迟疑了片刻，默不吭声地举高换下的衣袍，好替她遮掩住……

子青快手快脚地换好襦衣，立起身来，感激地望着他道：“缔素……”

“手衣还给你，这套衣袍靴子待我回去就换下来。”

先把手衣丢还给她，缔素别开头狠狠道，压根儿不再看她，大步出了屋子。

子青拿着手衣，立在原地，心中百般滋味，终也只能叹了口气，开始着甲穿靴。不经意间，眼前一错，阿曼正立在跟前。

“原来你穿上汉朝铠甲是这等模样。”他伸出手来替她系紧铠甲上的皮绳，笑道，“还挺精神的！”

“你也是。”

阿曼身量与谭智差不多，衣袍也甚是合身，如此穿着起来，一扫之前倦懒的模样，确实精神。

“你们中原人的发式可实在不好梳。”阿曼道，他的发式一直是如西域人那般结成小辫散下来，如今要他束发盘起，着实有些不习惯，“你来帮我梳吧。”

“嗯。”

子青接过木梳，立起身来，阿曼就坐在榻上，感觉着她的手指在发间穿插而过，微微有些发痒，轻柔如风……

更好衣袍，霍去病自里屋掀帘出来，正看见这幕，皱了皱眉头，朝阿曼道：“连头发都不会梳，你到底还能干什么？”

阿曼耸肩，笑得无赖。

霍去病又盯了眼子青，想说什么终还是没说，没奈何地摇摇头，出门而去。

回到虎威营的时候，正是日上中天，老远便能听见震耳欲聋的马蹄声如雷声般滚滚而来。子青已隔了月余未听过这动静，此时复听见，便有几分亲切之感。又想着很快就能回到振武营，能看见易烨、赵钟汶、徐大铁，心中更生出几分平实的欢喜来。

进了虎威营，霍去病径自回了自己的大帐，其他人也都各自回去，独独留了子青、阿曼与缔素在帐外等候，却也不说究竟为何。缔素不愿与子青待一块，自到稍远处独自待着。

阿曼自进营来，一直在环顾周围，见即使是霍去病不在的时候，军营内依旧是一派秣马厉兵，低低呼出口气，转头朝子青道："看样子，等开春雪一化，你们就要对匈奴用兵了。"

子青没吭声，微不可见地点了下头。此行霍去病所标注的就是行军路途水源所在，按理说，她身为小卒，不该妄加猜度军机大事，可她能感觉到，真正征战沙场的日子已越来越近。

劲烈的北风将绛红色的帅旗吹得噼啪作响，铁画银钩的霍字引着阿曼端详半日。

"那个字是什么意思？"他问子青，他虽会说汉话，但汉字却认得极有限。

"霍，霍将军的霍字。"

阿曼偏了偏头，皱眉道："这就是霍字，实在不怎么好看。……你的名字怎么写？教教我。"

左右无事，也是在帐外干等，子青在地上捡了块小石头，一笔一画地在地上写给他看：秦——原——

"这个好看！"阿曼夸道，"一看就知道人也好。"

知他是故意逗自己欢喜，子青呵呵一笑，也问道："你的名字用你们楼兰的文字怎么写？"

阿曼接过她手中的小石头，在沙地上写得飞快，长长一串……子青歪头看去，果然是与汉字天差地别，一点都看不懂。

"怎么样？看出什么来了？"阿曼笑问道。

"嗯……像个小人在跳舞，"子青凝神细看，伸出手指，沿着线条起伏翻转，笑道，"看，这是他在单膝跪地；这是他摊开手；这是他在转圈圈……"

阿曼顺着她所说，细细端详，笑道："怎么我以前不觉得，被你一说发觉还真是这么回事。"

"楼兰人都会跳舞吗？"子青问道。

"不止会跳舞，还会唱歌，在楼兰街头，从三岁娃娃到八十岁的老头儿，个个都是能歌善舞。"

子青回想着楼兰街头的画面，微笑道："楼兰那么美，你们一定是很快活！"

"若没有汉朝与匈奴的交战，楼兰会更美。"

阿曼耸了耸肩，一转头，忽看见一个老头儿就立在自己身后，面色颇为严肃，正上上下下地打量自己。

他刚开口询问，老头儿便探手过来，啪地一下揪了他一根头发，拿在手上端详，自言自语道："卷毛？真是西域人！"

"你……"若不是看他年纪颇大，阿曼就动手了。

旁边，子青尊敬地朝老头儿施礼，“邢医长。”

“这卷毛娃，哪来的？”邢医长指着阿曼问子青。

“他……这次帮了我们极大的忙，所以将军就破格准许他留在军中。”子青忙又补充道，“他唤作阿曼。”

邢医长也不知听没听见她的话，接着问道：“这一个多月你们跑到什么地方去了？居然还能捡个卷毛回来。”

“老头儿！我叫阿曼，不叫卷毛。”阿曼拿手指头戳了戳邢医长的肩头。

闻言，邢医长直皱眉头，“这卷毛怎么连汉话都说不好。”

子青想起一事须得向邢医长禀明，遂先试探问道：“将军，秋冬是否常犯嗽疾？”

邢医长愣了下，眉头高高挑起，问道：“你听见他咳嗽了。”

“嗯。”子青如实禀道，“我听见过几回，都在半夜，将军一咳嗽就喝酒，喝得还不少。”

这话说罢，可不得了，邢医长气得吹胡子瞪眼睛，“我千叮万嘱，还让他带了药丸去，他、他、他居然还敢拿酒灌，看我不打断他的腿！”

话音刚落，邢医长已经怒气冲冲地直奔将军大帐而去。

“他……刚才说什么？”子青始终不太相信自己的耳朵，疑惑地问阿曼。

阿曼笑容满面道：“他说要去打断将军的腿！”

大概过了有一盏茶工夫，他们方才看见邢医长自将军大帐中出来，面上仍是一副气哼哼的模样，但显然气已消了不少。

霍去病随后也自帐中出来。

“看来这老头儿光说不练。”阿曼有点遗憾道。

“你们俩，过来！”

霍去病朝他二人唤道。

子青和阿曼走过去，子青分明看见霍去病正瞪着自己，想是恼自己多嘴之故，只得默默地低下头。

“阿曼，邢医长那里正好还缺个药童，你就先跟着他吧，军中的规矩也慢慢学着点。”霍去病说罢，便示意邢医长可以把阿曼领走了。

阿曼不动弹，看了眼子青，问道：“这老头儿干吗的？我跟着他做什么？”

“他是军中的医士长。”子青解释给他听，“你当他的药童，就是帮着碾药煎药，整理药材，还能学到医术，是个很好的差事。”

“真的？”阿曼微眯起眼，狐疑道。

“嗯。”

阿曼这才看向邢医长，无所谓道：“走吧！”

“看看，这口音，我还得先教他说话，忙都忙不过来！”邢医长瞅着霍去病不满地抱怨，又拿鼻子一哼，总算没再絮叨下去，抬腿领着阿曼走了。

现下，就剩子青立在霍去病面前。

“进来！”

霍去病扭头复进帐去。子青只得低首依命跟进去。

进帐没走两步，霍去病便乍然停下，皱眉盯着她，问道：“咳嗽的事，是你告诉邢老头儿的？”

“是。”

“喝酒的事也是你说的？”

“是。”

子青一一承认。

霍去病又气又无奈，道：“我不是吩咐过你，此事别到处乱说吗？”

“告诉邢医长不能算作到处乱说吧……”子青不太明白将军的意思，“他是医长，理当了解将军您的病况。”

“我当时的言下之意就是——别跟邢老头儿说！”霍去病忍不住在她脑门儿上敲了一记，“你啊！差点就让邢老头儿把这事捅到舅父那里去。”

脑门儿生疼，子青只得低首不语。

霍去病想想还是觉得不解气，盯着她道：“你，把手衣还给我！”

“啊？！”

子青呆愣。

“愣着做什么，那晚给你的手衣，还给我！”

子青没想到，将军还有往回要东西的习惯，迟疑道：“可是，那副手衣我已经送给阿曼了。”

显然也没想到子青会把将军赠予的东西顺手送人，霍去病微微挑眉，“你把我的东西送人？”

子青不得不谨慎地更正他，“您是按军需发放给我，那应该算我的。”

霍去病瞪着她，良久没说话。

“您实在想要的话，我去找阿曼要回来。”子青只得抬脚准备出去。

“算了！”霍去病没好气地喝住她，行至榻上坐下，瞅了她半晌，才又道：“你的身手不错，胆识也够大，在振武营当一个医士确是有点屈才，不如到虎威营来吧。”

“多谢将军抬爱，虎威、振武皆须杀敌，卑职还是想留在振武营。”子青答道。

“你是为了你哥？”霍去病淡淡道，“你须得明白，在战场上可是谁也顾不得谁的。”

“卑职明白。”

霍去病沉吟片刻，“你要回振武营也好，我会将缔素留在虎威营，免得你二人又生出什么事来，搅得军中不得安宁。”

子青低头默然，自知是给霍去病添了烦心事。

“行了，回去吧！”

“卑职告退。”

子青转身欲出帐，行至帐帘前又被霍去病唤住。

“傻小子！”

“嗯？”

“别忘了……”霍去病望着这个幼树般的少年，话到嘴边，却改成，“我的笔！”

子青微微一笑，“嗯。”

士为知己
SHI WEI
ZHIJI
全3册

蓝色狮
著
【中册】

江苏凤凰文艺出版社
JIANGSU PHOENIX LITERATURE AND
ART PUBLISHING, LTD

目录 Contents

第十四章　出征前夕

子青回振武营后，禀过蒙唐，便回了医室。正好易烨才给人送了汤药回来，见她全须全尾，周身齐整，才算放下心来，自是欢喜不尽，接连念叨着“祖宗保佑”。而后他又问起缔素，子青便如实相告。

“这小子……”易烨叹了口气，“以前他心心念念地想要去虎威营，现下总算是合了他的意。只是以后想再见一面，可不那么容易了。老大还说，到了冬至那几日，让咱们一块上他家涮羊肉吃去，也不知还能不能叫上他。”

子青黯然，片刻后又想起一事，“月底考核，老大可射中了？”

易烨被她一提醒，也想起一些事来，拖着子青先在榻上坐下，“我正要告诉你这事呢——老大那日运气实在差了点，还是没射中，我看他急得就差把自己给当了，我就把那几盒药丸都偷偷托人拿出去卖了，拿回来的钱就给老大应急。”

子青点头，毫无异议。

“可钱还是不够……那日是我陪着老大去，总算见着了嫂子，还有老大的娘亲。”易烨眉头打了个结，直摇头，“这辈子我还没见这么能折腾的老太婆，光是为了租个房子，她就能跟人打起来，看了几处房子都不满意，挑三拣四的。要么就嫌院子不规整；要么就嫌屋里太暗生冷；还嫌旁边挨着小孩学堂太吵……我看她就是想要住大房子，不停地拿蒙校尉来说话，说蒙校尉把家里人都接了出来，住多大多好的房子，要老大也争气些，都是一个乡里出来的，她可不想让人看笑话。”

“后来呢？她们现下住哪里？”子青皱眉道。

“摊上这么个娘，凑多少钱也不够使呀！”易烨亦是满肚牢骚，“她就没一处中意的房子，还想着住客栈去，幸亏被我死活拦着。你说说，住一日客栈，可顶得上半个月租钱了，老大哪里经得起这么折腾。好说歹说才答应先租下一处房子，说只是暂住，租金只准交一个月，让老大赶紧想法子换一处，弄得人家房主脸色那个难看啊。”

子青担忧问道：“那过了这个月怎么办？”

易烨嘿嘿一笑，“我让老大背着她娘，多交了两个月租钱，到时我就不相信她舍得白交租钱。”

“还是哥你有办法。”子青微笑道。

“那当然，我不想这些歪点子，老大怎么办？他就是浑身是铁，能打几个钉！”易烨悠悠呼出口气，“见识了他娘亲，我觉得我娘简直就是九天仙女下凡尘。”

子青抿着嘴笑，“夫人本来就极好。”

易烨顿了顿，想起另外一事，朝她肃容道：“可有个事得告诉你，是关于雕翎箭，那箭咱们能不能晚些时候再还给将军？”

“弄坏了？”子青微微一惊。

“没有没有，你放心，就是现下在别人手里，等下月的月底考核一过就能还回来。”易烨忙道，“我这也是没法子，眼看老大就快让钱给逼死了，就做主把雕翎箭租出去，月底考核之后拿回来。”

“租？”

“对啊，又不能拿去卖，只好租了，价钱也算得便宜，都抢着要呢。”

事已至此，也只能迟些，若是将军问起，自己再好好赔罪。子青丝毫未出言责怪易烨，只想起身上的钱袋，掏出来给易烨，“哥，这里有些钱。”

倒未想到她身上会有钱，易烨好奇接过，解开来一瞧，大喜过望，“这么多钱，一个、两个……五个金饼，你从哪里得来的？”

“这次跟着将军出去的人都得了，大概算是酬劳吧。”

“你们这趟到底去哪里了？人都瘦了一大圈。”易烨问。

“将军不让说。”

易烨故作皱眉，道：“怎么，连我也不能说？！”

“嗯，不能说。”子青为难地点点头。

瞧她的模样，易烨忍不住拍拍她脑袋，笑道：“不说就不说吧，我给你烧水去。对了，你饿不饿，要不我上墩子那里瞧瞧还有没有吃的。”

“我不饿。”

“哦，对，我得先把钱收好。”

“哥，你替我算算，这些钱抵作东西，拿去还给李敢够不够？”

“不用算，肯定够……”

大概是分别一阵的缘故，连子青的话也不由自主地多了起来。两人絮絮地说些琐事，平实非常。

晚间赵钟汶与徐大铁也都过来，见到子青安然回来，自然都是欢喜。缔素的事情，子青隐去两人纠葛，独独只说将军对他甚为赏识，故而将他留在了虎威营。听罢，徐大铁只觉得失了同伴，瘪着嘴在旁闷闷不乐。赵钟汶虽也替缔素欢喜，但平日里护着他都成习惯了，乍然知道他去虎威营，还真是不放心。

“本还想着冬至的时候，咱们也买条羊腿，一块到我家去吃煮羊肉去。”赵钟汶有些怅然若失，“现下大概见一面都不易。”

“找人传个话就行。”易烨安慰他道，“再说了，那小子还能忘了我们，等着吧，没准儿过两日他自己就得找咱们来。”

赵钟汶笑了笑，“找不找咱们倒无所谓，别在那头闹出什么事就好了，他老老实实地别闯祸，比什么都强。”

大雪纷飞中又过了半月，转瞬冬至已到。

正是春生夏长、秋收冬藏，接二连三的大雪落下来，连营中的操练也几乎都停了下来。为了包冬至这日的羊肉馄饨，魏进京提前两日便到处逮人到庖厨帮忙剁羊肉馅去。

子青脾气好，又是个最好差使的，因医室中无事，便被魏进京拖去庖厨，足足剁了近一整日的羊肉馅，弄得一身羊膻味。回来之后易烨便催着她换身衣袍，换过之后仍觉得有味道，便又催着她把头发也给洗了。

平日操练比这个还脏，倒也没见易烨如此催促，子青心中不解，但仍乖乖听命，烧了热水，把头发也解下来洗净。

“明日咱们要去老大家里头，他娘可不是个省油的灯，咱们收拾得利落点，免得到时候被她挑什么刺，老大面子上过不去。”

易烨捅了捅火盆，想让火烧得更旺些。子青正凑在旁边擦干头发，不留神便烧焦了一小缕，顺手拿起旁边的篔剪修剪掉，又抬头问易烨：“明日咱们俩都去，医室中无人恐不妥当吧？”

“放心，我都跟人说好了。明日二曲的牛子过来替咱们守一日，后日我过去替他。冬至连着休息三日，他们也想出去转转。”

忽有人叩门，子青与易烨对视一眼，她遂飞快地把尚湿漉漉的头发一拢，盘上，顺手用一根签子簪上，才起身去开门……

门一开，一个兜帽低垂的人挟带着满身飞雪正立在面前，笑容灿烂。

“阿曼！”

子青认出他来，甚是欢喜，忙侧身先让他进来，又伸头张望了下，没看见邢医长，才复关上门。

因大漠之行的事情不便告诉易烨，故而子青也没有向他提起阿曼其人，此时易烨乍然见到阿曼，自然是不认得。

待阿曼除下兜帽，露出深眼高鼻的轮廓，易烨更是呆了呆，“西域人？！青儿，你何时连西域人都认得了？”

“哥，他叫阿曼，是邢医长的药童。”

邢医长脾气古怪是出了名的，易烨撇嘴道：“邢医长古古怪怪的，连药童都用西域人……你听得懂我说话吗？”后一句他问的是阿曼。

阿曼笑着耸了耸肩，也不作声。

易烨同情地望着他，道：“他连话都听不懂，可怎么在邢医长手底下混，还不得让那老头儿照着三顿打，这倒霉孩子。”

子青知道阿曼是故意在逗易烨，故而只低头含笑不作声。

倒是阿曼瞧见她的头发尚还湿着，便自自然然地伸手拔下木签子，将她头发细细拨弄开来，拉她到火盆旁，柔声道："赶紧烘干，湿发盘起来会头痛的。"

子青笑了笑道："我知道，方才不知是你，所以才先盘了起来。"

易烨在旁，瞪大眼睛，直愣了半晌，才把子青拖到一旁，压低声音道："他，知道你是……嗯？"

"嗯，他知道。"

"他怎么知道的？！"易烨更惊。

关于这点，子青也不甚明白，如实道："他说第一次看见我便知道我是姑娘，不过他一直替我保守着这个秘密。"

易烨又望了阿曼一眼，心中始终不太适应，颦眉道："西域人？能信得过吗？"

子青笑而不语，知阿曼从虎威营过来一路风雪，自去灶间给阿曼舀了碗热水暖暖身子。

"是邢医长差你过来的？"易烨问阿曼。

"嗯，你们营年底的药材总表还未送过去，老头儿发了火，派我过来找你们拿。"阿曼自身后取下个包裹，"对了，还有这个，缔素托我带过来的。"

易烨看是个鼓囊囊的包裹，还未拆开便笑道："就知道这小子还惦着咱们，还送这么多东西，我瞧瞧……"

包裹解开来，刚瞧见里头东西，易烨便愣住了。

全是子青送给缔素的衣物，已洗得干干净净，连靴子一并整整齐齐地摆在面前。

子青眼底掠过黯然之色，一言不发将衣物和靴子都拿过去，默默收起来，又问阿曼道："缔素在虎威营里可还好？"

"我常见他独自在校场上练习弩弓，很是勤勉。"阿曼道，"不过准头倒是一般。"

易烨想起明日之事，忙朝阿曼道："你再帮我们带句话给他，可好？"

阿曼先瞅了眼子青，才笑道："你是青儿的哥哥，这有何不可。"

来不及细想他话中之意，易烨笑道："就告诉他，明日大伙儿都去老大家中吃煮羊肉，都惦着他呢，让他也来，我们在东营口等他到巳时。"

"行。"

"等等，你告诉他，我留守医室，不能去。"子青急急补上这句。

易烨皱眉道："青儿……"

"哥，他若知道我也去，断然不会来。"

"那你怎么办？"

"我不要紧，不过是少吃一顿煮羊肉而已。"子青道，"老大和铁子都惦记着他，若见不到，心里肯定不好受。"

易烨说不出反驳的话来，虽然知道她说得对，但总觉得对子青来说还是委屈了些。

“明日你到虎威营来，我烤羊肉给你吃。”阿曼兴致勃勃地朝子青道，“你们中原人烧的羊肉味道可实在平常。”

子青摇头，“没有授命，我不能擅自去虎威营。”

知她做事一板一眼，甚守规矩，阿曼倒未再勉强她，不在意地笑道：“那我来找你，也是一样的。”

天黑前营门关闭，任何人没有将军手谕皆不得进出，阿曼见天色已不早，便别了子青，回虎威营去。待他离去，易烨皱眉思量了良久，才朝子青道：“你和这个西域人，怎么认得的？”

去大漠的事情不能说，子青也不知该怎么回答，只得含含糊糊道：“途中遇见的。”

“他怎么对你……青儿青儿，他叫得还挺亲热，我瞧他看你的眼神都不对劲，”易烨眉头皱得越发紧，不放心地叮嘱道，“你以后还是离他远点好？”

“阿曼人挺好的。”

子青已梳好头发，正用匕首休整一支笔杆，紫毫修剪齐整，服服帖帖地聚拢成撮，这支兔毫笔已几近完工。

“做好了？”易烨探头问。

“嗯，还得在笔杆上上一道亮漆。”

子青埋着头，仔细地刮掉笔杆上任何一点小小的不平整。这支笔虽是极认真地做出来的，可若拿去与官家出品的那些笔相比，还是显出几分拙朴。

易烨怀疑道：“这笔，将军能要吗？像他那种自幼就在皇宫进进出出的人，会看得上你的笔？”

子青也甚无把握，持笔端详，叹口气道：“我已经尽力了。”

长安城内，雪并不若陇西那么大，细细小小地飘着，不知不觉间也在屋脊上积了薄薄的一层。

卫大将军的府邸深处，小风炉上煮着酒，酒香满溢出来，与近处的梅花香缠绕纠缠。卫青就坐在榻上，含着笑，望着梅林中舞剑的年轻将军……

剑气凌厉，气势如虹。

挥、斩、劈、挑、刺……

时如雷霆万钧，时如流水潺潺。

朵朵梅花扑扑而落，漫天漫地，比雪还紧。

回廊处，平阳公主亲自端了腌制好的梅子，朝卫青笑着缓步过来。卫青忙起身，接过梅子，放到案几之上，然后扶公主同坐于合榻之上。

“快让去病歇一会儿吧，又不是小时候，你还日日盯着他的功课。”平阳公主笑道，“明日我还约了几位夫人来赏梅，他再舞下去，这花可就落干净了。”

酒已温热，卫青起身斟了两杯，朝霍去病唤道：“去病，且歇会儿，过来喝口酒暖暖。”

收了剑，霍去病边走过来边擦着额头上的汗水，朝平阳公主笑道：“母亲上回说，舅母腌的梅子最是爽口，只是不知如何腌制，想讨个方子，自己试试呢。”

平阳公主笑道：“这有何难，待会儿我写下来，你带回去便是。这方子原是宫里御厨教的，我嫌太甜，减了些蜂蜜的分量，才是现在这个味儿。”

“去病先替母亲谢过舅母。”

平阳公主起身，笑道：“我这就写去，庖厨那里正备着菜，你舅父一样一样吩咐下去，都是你爱吃的，不吃完可不许走啊！”

霍去病呵呵笑道：“去病谨遵公主旨意。”

平阳公主又朝卫青一笑，细心叮嘱道：“记得少喝点酒。”见着丈夫含笑点头，她这才娉娉婷婷自回廊转了回去。

见公主离开，霍去病将剑往旁边一摆，端杯一饮而尽，才往卫青身旁歪着，笑道：“在陇西待久了，回京城这些日子，天天闲得不是吃就是喝，还真有些不习惯。”

额角尚有汗珠，卫青自拿袖子替他抹了，才道：“我猜度陛下的意思，开春雪一融便要用兵，你可都准备好了？”

“别说等开春，就是现在要出征，我也没问题。”霍去病不在意道，捻了一颗梅子丢入口中，因酸劲拧起眉，奇道，“我娘怎么会喜欢吃这个？”

“女人家都爱吃这个。”

“酸……”

霍去病把核吐出来，又自斟了杯酒，持杯在唇边慢慢饮着。

“陛下那里去过了？”卫青又问。

“嗯。”

“可说了什么？”

“问了些军中的状况，也没什么，尽是闲聊……”霍去病想起来又是一笑，“不过陛下现下对李美人可宠得厉害，到哪里都带着，一点避讳都没有。”

“你也看见了？”

“看见了，论相貌比起姨母年轻时一点不差，人又活泼，会逗陛下开心，难怪陛下惯着她。”

“这话可莫让皇后娘娘听见，她心里该不舒服了。”卫青叹道。

霍去病不甚在意，“这事，姨母可比您想得开。”

“你年纪也不小了，”卫青道，“上回你娘还跟我提这事，说想请公主帮着物色，若有合适的，就替你去提亲。”

“原来我娘还打这主意呢，”霍去病哈哈大笑，“难怪这次回来，冷不丁就问我鹅蛋脸好，还是瓜子脸好，我说都凑合，她还不乐意了。”

“你小子没心没肺的……”卫青沉吟片刻，“不过这事，还不急，我劝她也别替你做主，说不定陛下有他的主意呢。”

“我不急，且由我娘自己忙活去。”霍去病竖起一根手指头，笑道：“我就一条，话得少，要不然听完我娘絮叨，回了家还得听媳妇絮叨，我可受不了这个……公主就挺絮叨的吧？”他压低嗓子凑到卫青旁边问。

“你这臭小子！”

卫青玩笑般轻踹了他一脚。

“你就没个中意的人？”卫青问道。

霍去病摇头。

卫青猜测道：“你打小便常在宫里进进出出，难道看上的是公主？”

“真没有，我现下哪有这个心思。”霍去病讨饶道，“我看着匈奴人都比看着姑娘家亲，这事还是过两年再说吧。”

卫青无奈笑了笑，“我就是替你舅母探探口风，既然你没中意的人，她也就有数了。”

霍去病嘿嘿一笑，复替舅父斟满酒，端了给他。

“这次回来能待几日？”卫青接过耳杯。

“再陪着我娘两日，也就得回陇西去了。”霍去病不自觉地笑了笑，“把他们撂在那里，终归心里放不下，还是人在安心些。”

卫青岂能不明白他的感受，骤然间，许多熟悉的面孔浮现在眼前，喊得出名字的，喊不出名字的，一个个鲜活如初……

“对了，舅父，您可认得墨家的人？”霍去病乍然问道。

卫青一怔，“墨家？自陛下独尊儒术之后，好像就没再听说过，陛下对他们颇有忌惮，也不见他们再出来。”

“李广军中曾经有一人，名唤秦鼎，听说他就是墨者，一直助李广守城多年。”

“你如何得知？”卫青神色凝重，问道。

霍去病坐直身子，道：“高不识以前曾经与他交过手，提起他的时候，赞赏不绝！听说这墨者的功夫可当真是好！”

卫青皱了眉头，“这些胡人的话也不可尽信，墨家以武犯忌，陛下所忌惮的也正是这点……去病，此事你不可再对别人提起，便是高不识那边，也吩咐一声，让他莫到处胡扯。李老将军驻守边塞多年，那都是他一日一日熬过来的，没有功劳还有苦劳。若被好事之人以此事为把柄，给他扣上个结交墨贼的罪名，对老将军未免太不公平了。”

“您倒是厚道，人家可未必领您这份情。”霍去病懒懒道，瞧见卫青眼睛盯过来，才道，“秦鼎早在六年前就死了，我还指着把李敢也给挖过来，哪里会去招惹李广。舅父，您就放心吧，我不过就是随口一问……”

听他话中似乎另有其意，卫青疑惑问道：“难道，你也认得墨家的人？”

“没有。”霍去病答得极快，笑道，“您都不认得，我上哪里找去。只不过觉得功夫这么好的人，不能为我所用，甚是可惜。”

卫青虽未再追问，但总觉得去病神情有异，特地盯了他两眼，方才罢了。

“等你回陇西的时候，先到我这里来一趟，”卫青又嘱咐道，“酒窖还有些好酒，你装两车走，和营里的兄弟们还有那些校尉，把酒分了，当了将军就该有将军的样子，莫让人觉得你光惦记着自己回京城来享福，知道吗？”

霍去病点头笑道：“诺。”

这日清晨，易烨与赵钟汶，还有铁子牵了马匹，便先行至东营门口，往四下张望着，想找找缔素可曾来了。不料，虽未看见缔素，易烨却看见了另外一个人，愣了半晌，遂上前抱拳行礼道：“李校尉！”

李敢在积雪中立了已有一阵子，他原是请人向蒙唐通报，但不料蒙唐今日恰巧不在营中。而得不到准许，他是绝对不能擅入军营，一时无奈，又不愿就此离去，便立在营门之外。

他并不认得易烨，微愣了下，虽见易烨仅是士卒打扮，却仍不失礼节，温颜问道：“你是？”

“卑职是子青的哥哥。”易烨自怀中掏出钱袋，数出三块金饼，心疼地递过去，“上回李校尉送来的东西，子青一直惦记着将钱还给您，这些您瞧够不够？”

望着易烨递来的三块黄灿灿的金饼，李敢目光忧郁，并不伸手来接，抬眼看向易烨，“原来你就是她的哥哥，多谢你照顾她。她，可还好？”

“挺好的，挺好的……”

易烨干笑，他本因为李广当年之事，连带着对李敢也颇有些微词，原想给了钱就拔腿走人，却不料李敢如此温文尔雅，一心只关心着子青，倒叫他一时不知该如何是好。

“她在营里吗？”

“在……”

“我进不去，你能帮我请她出来一趟吗？”李敢把易烨拿金饼的手推了回去，温和笑道，“这些便算是酬劳。”

易烨呆住，看了眼手里的金饼，纠结了下还是复递过去，艰难道：“不可，她可能不想见你。”

李敢仍是不接，垂目道：“你替我向她转告一声，我是自云中郡过来的，只是有几句话想和她说。”

此时正是冬至大节，李敢不在云中陪着李广过节，倒大老远地赶到陇西来，易烨自是有几分不忍，踌躇片刻，道：“我去跟她说一声，可她肯不肯出来见你，我就不知道了。”

“多谢！”李敢喜道。

易烨过去与赵钟汶说了一声，便翻身上马再往营内去，不多时回到医室，见子青正拣了药材埋头在碾压。

“哥？你怎么又回来了？”

易烨皱眉道：“李敢来了，就在营门口呢。”

子青手停滞了下，随即接着碾压，只淡淡“哦”了一声。

“他想见你。”易烨接着道，“我拿了钱要还他，可他不肯要。要不，你自己去还？”

子青不作声，皱着眉头。

“他说是从云中郡过来的，蒙校尉不在，他又进不来，看样子在雪地里立了有些时候。”易烨絮絮道，偷眼看了眼子青脸色，遂道，“算了，你不见他也是应该的，我去把钱丢给他，管他要不要。”

子青仍是低着头，一言不发。

易烨本已跨出门去，忽想起一事，大感不妙，朝子青急道：“李敢他现下就站着东营门外，待会儿缔素来了，岂不是正好碰上……糟糕糟糕，这小子可别惹祸！”

子青眉头皱得越发紧，丢下手中的碾轮，朝他走来，“我出去瞧瞧。”

“嗯。”

两人一骑，又朝着东营门口过来，子青很快便看见了犹立在雪地中的李敢。

几乎是同时，李敢看见马背上的子青，心中大喜，急走几步上前来，拉住马匹，看着子青一跃而下。

“阿原。”

“李校尉。”

子青朝他施了一礼，随即转头望向虎威营方向，远远看见有两人两骑正往这里来。她目力甚好，认出其中一人正是缔素。

“阿原，怎么了？”李敢看出她神色异常，关切问道。

子青转回头来，皱眉望着他：“你快走吧！”

李敢不明就里，道：“阿原？”

马蹄声已越来越近，子青焦急地望了眼易烨，易烨瞬间会意，掉转马头迎着缔素驰过去。与此同时，子青拉着李敢往旁边行去……

徐大铁看见缔素果然来了，喜不自禁，挥着手朝他大声呼喝，又欢喜地往前奔去，却不慎被雪一滑，结结实实地摔了一跤……缔素见状，虽知他无大碍，却仍是与易烨擦肩而过，赶到了徐大铁身旁，翻身下马。

“铁子！”他替徐大铁拍去身上残雪。

徐大铁倒一点不在乎身上脏不脏，只望着他嘿嘿傻笑，“俺就知道你准得来，去老大家吃煮羊肉，你哪会不来呢。”他又自怀中掏摸着，半晌摸出个羊拐骨，宝贝般得意地递过去，“这是俺帮墩子剁饺子馅，他给了俺两个这个，俺特地给你留了一个。”

接过羊拐骨，缔素笑着揣入怀中，转向赵钟汶唤道：“老大！”

近两月未见，倒觉得这小子似乎瘦了一圈，赵钟汶用力捏了捏他肩膀，笑道：“虎威营怎么样？真比咱们这里好？”

缔素笑了笑，“还行。”

才发觉缔素旁边另一骑是阿曼，易烨皱了皱眉头，没想到这个西域小子果真又来找青儿，也不知是不是别有用心。阿曼半遮着脸，目光准确无误地看见稍远处的子青，因不知她身旁是何人，故而并不贸然上前。

“走吧走吧，还得先去买羊腿……”

知此地不宜久留，趁着缔素还未看见子青、李敢时赶紧走，易烨笑着催促道。

徐大铁却不去牵马，憨憨地将手一指道：“子青还在那边，咱们得等她！”

闻言，易烨根本还不及反应，缔素便已循着铁子所指的方向望去……

众人皆是静默，除了徐大铁，他扯开嗓门儿朝子青大喊：“子青，快来！快来！我们要去买羊腿！”

子青立在原地，动也不能动，虽未回头，但料想缔素已经看见了自己和李敢。

“铁子、铁子，别叫了，青儿她不跟我们一块儿去。”易烨朝徐大铁道，同时担忧地偷瞥缔素。

缔素定定地望着了青和李敢的方向，始终一言不发，脸上僵硬得毫无表情，让人看不出他究竟在想什么。

赵钟汶并不知缔素与子青之间的芥蒂，只担心缔素找李敢生事，上前便去拉他，“走吧，难得大家能聚一块儿，别惹事。他是校尉，咱们可惹不起。”缔素被他强扳过头来，脖颈强梗着，仍旧不说话，沉默着上了马。

见他肯上马，大概是肯走了，易烨微松口气，殊不知缔素狠叱一声，拨转马头，竟然就朝着子青、李敢奔了过去，他连忙追去。

“这混小子！”赵钟汶骂了一句，赶忙也上马追过去。

早有一人行在他们前头，阿曼倒抢在了缔素的前头赶到子青身边，皱眉戒备地盯住缔素。

李敢并不认得缔素，但见缔素神色冰冷，也知其来意不善。

子青转过身，抬头望向马背上的缔素，眼底深处藏着悲悯，张了张口却说不出话来。

“我爹娘死了，你爹娘也死了……”缔素极缓极慢道，“可真正该死的人还活着，我真是不明白，你竟然还能和李敢站在一处，你的心里，难道就不恨吗？”

“缔素……”

“你爹娘在九泉之下，何以瞑目？！”

缔素目光恨极，死死地盯了李敢一眼，再无多话，复拨马回去。见他总算没有动手惹祸，赵钟汶稍稍放心，连忙拍马追上。

“青儿？”易烨担心地看着子青。

“哥，我没事，你快去吧。”子青勉强挤出笑意道，“铁子该等不及了。”

“嗯，那我给你带好吃的回来。”

“嗯。”

易烨离去，子青转过头来，朝李敢疲倦道：“你爹当年杀的八百美人，缔素便是他们的后人。若是下次，他对你有无礼之举，还请你体谅。”

阿曼在旁已经明白李敢身份，目光暗沉，料子青不愿与此人多言，下马揽住她便要走，低道：“走，咱们回去。”

身后传来风声，正是李敢左手疾出，抓向阿曼正揽着子青肩膀上的手。

手腕被他擒住，阿曼转身冷笑，被抓住的左手手掌疾翻，竟然反握住了李敢的手腕，与此同时，弯刀已出鞘，声响轻如泉吟，脆如碧玉……

反射着雪地寒光，那瞬弯刀亮得刺眼，画了道弧线，竟是朝着李敢的手劈落下来！

这一生变甚快，李敢怎么也想不到面前这个少年出手如此狠辣，待想抽出胳膊，却被他牢牢抓住。

眼看刀将要劈断胳膊，李敢疾起飞腿踢开阿曼握刀的手。

阿曼侧身让开，却仍未放开李敢的胳膊，手上用劲，借着李敢胳膊之力，双腿腾空，连环般踢向李敢。

绛红衣袍在风中翻飞。

双腿疾踢，又狠又准地踢在李敢胸膛上。

李敢功夫本不弱，但看着这少年与子青甚是亲厚的份儿上，一直不愿出重手，故而暂落下风，被踢得连连后退。

“阿曼！”子青颦眉不解，好不容易缔素已走，想不明白这二人怎么会打起来。

听见子青的声音，阿曼方松开李敢的手腕，腾挪跃开，弯刀却仍未回鞘，转头朝子青笑道：“我知道他就是李广的儿子，你且看着，我来替你出气！”

“当年之事，与他无关，你别伤了他。军中私斗，若再打伤校尉，将军也保不住你。”子青急道。

阿曼歪头想了片刻，遂收了刀，笑道：“原来你是担心我，不是担心他。”

子青不答，皱眉望向李敢，叹道：“你走吧，莫再来了，钱我会托人送至云中郡。”

“阿原，我只问你一句！”李敢行至她面前，定定地望着她，“方才缔素说的话是不是真的？秦叔和秦姨真的都死了？”

子青静默片刻，终是点了点头，“嗯。”

仿若被巨锤击中，李敢身形微晃，强撑着又问道：“怎么、怎么死的？”

子青却不愿再答，也未再有只言片语，转身慢慢离开。

“自戕！”阿曼近似残忍地看着李敢，“因为内疚，因为觉得对不起那八百羌人，他自戕身亡。”

闻言，李敢踉跄后退。

阿曼逼上前，接着狠狠道：“我若是你，绝没脸再来见她！”

说罢，他再不看李敢一眼，牵了马去追子青。

茫茫天地之间，李敢立在雪地中，心痛若绞，气闷难当，却是无地宣泄，只能任由世事如潮水般将自己淹没，直至窒息。

冬至刚过，各营便又紧锣密鼓地操练起来，除了日常必需的兵器操练之外，尤其各营之间彼此要配合的阵法，更是一遍又一遍，顶风冒雪地操练至烂熟。

虽然一直未有命令下来，但操练之余，累得精疲力竭的众人心中都能隐隐感觉到——有人跃跃欲试地期盼着，有人忧心忡忡地等待着，还有人无所谓地埋头过日子。

那日，长安城的清晨与往常并无什么不同，空气冰凉清冽。刘彻立在宫栏边，凭台远眺，周遭尽是滴滴答答的声响……

屋脊上的积雪正在融化，沿着屋檐珍珠般的往下掉落，到了地上汇成细细长长的水流。磨得光亮的青石板上湿漉漉的，倒映出着宫栏旁的刘彻。

刘彻扯掉围在脖颈上的貂绒暖脖，丢给旁边的内侍，任凭清冷的空气沿着脖颈直透入体内，低低道：“雪终于融了……去！八百里加急，替朕把去病召回来！”

“诺！”

内侍不敢有丝毫耽搁，脚步匆匆而去。

陇西郡，霍字旗在风中猎猎飘扬。

徐大铁射出箭箙中的最后一箭，正射在靶心边缘上，他乐得不行，拽着易烨直叫他看。

“了不起呀你！”易烨笑道，另把一捆箭矢放入他箭箙之中，“再来！说不定，祖宗保佑，待会儿还能射中。”

“等俺回去的时候，跟俺妹子说！”徐大铁喜滋滋地转身继续射箭去。

不远处，到河边刷过马的子青正朝他们走过来，神色异于往常，似有心事。易烨自然最先留意到，待她走近便问道：“想什么呢？呆愣愣的。”

子青抬眼看了他一眼，咬了咬唇，沉声道：“我看见马槽里加了熟豆饼。”

“熟豆饼！”易烨眉毛扬起来，心疼道，“这些马倒是越吃越好了！照这么下去，若是哪天它们吃上羊肉馍馍，我也不奇怪。

“哥，我不是这个意思。”

“那是什么意思？”易烨奇道。

“让马吃熟豆饼，是在为长途奔袭做准备。”子青凝眉道，“最多不超出三日，我们便要出征了！”

易烨吃了一惊，“这么快！也没听蒙校尉提过，一点风声都不透的？”

“既然是要突袭，事前是不该透出风声来，你我二人知道便好，你切莫说出去。”

“嗯。”

易烨虽点了头，目光却望向赵钟汶与徐大铁。子青循着他目光，也明白他心中所想：出征在即，即使家人就在近处，赵钟汶与徐大铁却仍无法回去与家人再相聚片刻，让人心中怅然不忍。

“走的前一晚，会让留家书的，这是惯例。”子青低低道。

易烨怔了怔，才明白她的意思，不由自主地仰头长长吐出一口气来，白雾在空中消散，再无影踪。

虎威营内，邢医长收拾着他的旧书简，不停口地唠叨着。阿曼在旁，心不在焉地用竹刀削刮着竹牍，听着外间来来往往的马蹄声。

“老邢！”他唤了声邢医长。

邢医长仍撅着腚，埋首于书堆之中，再懒得去纠正阿曼这个西域人在言语上的不敬之处，可有可无地嗯了一声。

阿曼用刀背吱啦吱啦地刮着竹面，吹了吹竹屑，才接着道：“你这么大年纪，若跟着霍将军出征，老胳膊老腿，吃得消吗？”

“想问什么就直接问，别拐弯抹角的，我可最烦这个。”邢医长没好气地转头瞥了他一眼。

阿曼转头一笑，道：“将军若把你放在营里，我可不跟着你。”

“你不跟着我，跟着谁去！”邢医长哼了一声，“我知道你有两下子三脚猫功夫，没用，卷毛小子。将军从未让你跟着大军操练过，可见他从没想过让你跟着去。”

“你跟他说说，普通刀剑伤，我帮着包扎包扎也算凑合。”

“没用！将军是什么人，但凡有两下子的，没有他不惦记的。不让你去，肯定是有什么缘故。”

邢医长掏出册布套上满是灰尘的竹简，用力拍了拍，室内尘土乱窜。阿曼不甚在意地扇了扇，道：“你不肯帮忙，那我自己说去！”

“你说也没用。”邢医长自布套中取出竹简，摊开来，朝阿曼走过来，往他跟前一递：“看看这个，是楼兰文吗？”

阿曼扫了一眼，点头：“嗯，这东西你打哪里偷来的？”

“什么偷的！送的、送的、人家送的。”

“谁送你这个，明知道你看不懂。”阿曼嗤之以鼻，“这不是糟蹋东西嘛。”

“你看得懂就行。”邢医长难得地赔笑，道，“快，读给我听听。”

“嗯……居延草药手札……”阿曼仅念了开头几字，便停下来不念了，挑眉望着邢医长，“下面的不认得了。”

“你……”

阿曼笑得无赖，“老邢，你去和将军说说，待事成了，说不定我便又认得了。”

“你这臭小子！还敢来威胁我！”邢医长作势卷起竹简便要打。

“别举高了，当心闪了腰……”

阿曼摆出一副任他打的姿态，还好意提醒他。

邢医长被他气得恼道：“打仗有什么好玩的，一场仗下来，死的死，伤的伤，缺胳膊少腿，你当是儿戏啊。”

“我知道，可我还得去，这是要紧事，很要紧。”阿曼何等聪明，听出邢医长口风已有些松动，笑道，“放心，回来之后我还给你译这些破烂玩意儿。”

邢医长疑虑地看着他，这段时日相处下来，阿曼常常被他责骂，却也不见动真气。这个西域少年整日看似嬉皮笑脸，心中却是严守着许多秘密，他觉得这个西域少年绝非一般人。

“不过我可不能保证将军一定会答应。”

“行！”

待入夜后，邢医长看灶头上的川贝炖梨已经炖得差不多，遂命阿曼拿下来，用伏兽银纹漆碗装好，覆上盖子，自己亲自拿了往霍去病大帐去。守在帐前的士卒见是邢医长，知道这老头儿脾气，未敢盘问，直接通报。片刻后，便听见霍去病在内请邢医长进去，遂放行。

“昨夜可好些？”

邢医长进去后，也不管军中礼节，把炖梨放在案上，径自问道。

霍去病正拿了根小竹枝在沙盘前划拉，心不在焉道：“嗯，好……”刚说完，便又低咳了几声。

见状，邢医长叹口气，不满道：“拖了一冬天，连你的嗽疾都治不好，我算是没脸见人了，干脆回家种田去得了。”

霍去病此时方自沙盘中抬起头来，朝邢医长暖暖一笑，道：“老头儿又怎么了？谁招你惹你，我把他拖出去打二十军棍。”

“哪来那么多废话，赶紧过来吃梨。”邢医长催促他道，“待会儿冷了吃下去，还不如不吃呢。”

知道惹谁也别惹这老头儿，否则叨咕起来要人的命，霍去病笑着丢了竹枝，起身到案几前坐下来，揭开盖子，随着热气冒出，一股梨子特有的清香直蹿入鼻端……

他拿银匙挖起来，一口一口慢慢吃着，半晌抬眼，发觉邢医长还在跟前，就盯着自己吃梨子。

“有事？”他饮了口里面的梨汤，问道。

邢医长皱眉点了点头。

“说吧。”

“那个卷毛小子想跟着你出征，托我来跟你说。”

霍去病低头又挖了一匙梨，送入口中，才道：“他没跟着大军操练过，没法儿去。”

“这理由我说过了，他压根儿不理，这孩子可不傻，知道这就是你一句话的事情。”

“我就一句话，他不能去。”霍去病随口道。

邢医长直吹胡子，“他可没这么好打发，最好给个理由，要不然又把我老头儿子折腾一番。”

霍去病思量片刻，暗忖阿曼用心，微叹口气，道：“你让他过来，我来告诉他。”

等的就是这句话，邢医长又探身过去，皱眉问道：“他究竟是什么来历，你倒是和我说清楚。我瞧他实在有些古怪，并不像一般的西域人。”

“老头儿，又说大话，你才认得几个西域人，”霍去病抬头笑道，“他就是路上捡来的，身手不错，就留下了。”

邢医长哼了声，背着手往外走，口中嘀咕道：“身手不错倒留着不用……当我老头儿糊涂……”临到帐门，又回头重重叮嘱道，“夜里若再咳了记得吃药！”

霍去病笑了笑，道：“知道，你现下就让阿曼过来吧。”

邢医长回去之后，不多时，帐外士卒通传之后，阿曼大步进帐来，见霍去病仍吃着炖梨，也不等他开口，自在榻上坐了，撑案支肘等着他吃完。

霍去病饮完最后一口梨汤，将碗匙一推，朝阿曼道：“你倒说说，你为何想去？因为恨匈奴人？想多杀几个？”

阿曼耸耸肩，“不行吗？”

“你光图爽快，会给我惹麻烦的。”霍去病直摇头，“匈奴人中认得你的人怕是不少，混战之中你若是被人认出来，你想过后果吗？”

“她一个人，我不放心。”阿曼直截了当道。

“原来你真是为了那个傻小子！”霍去病直摇头道，“他对你而言有那么重要吗？连后果都不顾了。”

阿曼微皱起眉头，道：“将来的事将来再说，眼下我不愿考虑那么多。”

“如果你被匈奴人认出，这事会给我惹很大麻烦，所以我是绝对不会应允的。”

霍去病制止住开口欲言的阿曼，“而且，一旦匈奴人发觉楼兰两位王子都在汉朝，而且一位还随同汉军与匈奴作战，他们显然会认为楼兰已投靠汉朝，很有可能会对楼兰用兵泄愤。”

阿曼不语。

霍去病淡淡问道：“你难道就不为楼兰着想吗？”

“我早就被楼兰所丢弃。”烛光阴影下，阿曼目光郁沉，“在楼兰，没有一个人曾经为我着想过，我为何要替他们着想。”

霍去病半靠下去，撇嘴道：“楼兰虽说和我关系不大，可这事也不是我所希望看见的，匈奴人一旦取下楼兰，据城为守，对于汉军是个麻烦。所以，多一事不如少一事……楼兰挺美的地方，那地方打起仗来，有些可惜了。”

铜制青玉二九支灯，烛火交相辉映，连成一片模糊的光影，阿曼眼前似乎飞掠过那成群结队如红云般的火烈鸟，他一径沉默着……楼兰，是他美丽的故乡，是他回不去的故乡。

看着阿曼默然行出帐外，霍去病低首怅然地叹了口气，片刻之后，一跃而起仍回到沙盘旁边，收敛心神，凝眉细思。

如子青所说，两日之后，蒙唐果然宣布了即将出征的消息，他们仅有一日来磨砺戟刃，整修弓箭，包括留下信牍。

屋外，子青半蹲着，在磨石上一下一下打磨着铩刃。

屋内，易烨端坐在案前，替赵钟汶、徐大铁写信牍。

公孙翼晃晃悠悠地闲荡过来，在子青旁边蹲下来，看着她打磨铩刃，半晌也没说一句话。子青自是不去理会他，埋头专心打磨。

“你这样不行！”

瞧了一会儿，他伸手夺过她手里的铩刃，将她挤到一旁，自己似模似样地打磨起来，口中道：“得像我这样，手腕往下沉，刃才能磨得快！”

子青望了他一眼，问道：“你也是来托我哥写信牍的吧。”

公孙翼往刀石上浇了一瓢水，水花四溅，衣摆湿了一小片，他也不在意接着打磨，“写什么信，老子家里头都死绝了，哪还有人。无牵无挂，也挺好的，比你们强，哈哈哈……”他的笑声怎么听都有些干涩。

子青低首，有一瞬的茫然，表示赞同，“无牵无挂，是挺好的。”

狐疑地转头盯了她一眼，确定她并无讥讽之意，公孙翼才不自然地复转回去，将铩刃又狠狠打磨了几下，递给她，大声道：“行了，就得像这样才行，要不然怎么杀人。杀人，明白吗？你以为还跟操练一样比画比画就算了啊……”

“杀过人吗？”他骤然将面孔逼过来，死盯着她。

子青沉默不语，静静与他对视。

虽然知道子青功夫不错，但公孙翼显然不认为眼前这个瘦瘦小小的少年有杀人的勇气，讥讽般的龇了龇牙，压低声音问道："刀劈开骨头的声音，听过吗？血自咽喉喷射出来的声音，听过吗？你连做梦都忘不了那声音……"

看着眼前干净安静的双眸，公孙翼再掩饰不住自己眼底的恐惧之色，不想再说下去，喉头上下滚动，猛地转开来。

"别想太多……"子青在他身后，轻声道，"咱们便是死了，也是和兄弟们埋在一块儿，挺好的。"

公孙翼高大的背影挺了挺，应道："是啊，挺好的。"

说罢，他再未回头，大步地走了。

屋内，易烨把写好的信牍交给赵钟汶、徐大铁。

赵钟汶接过来，在手上握了半晌，面上满是不自觉的温情笑容，与他以前的笑容不太一样。自上月赵钟汶从家中回来后便常常浮现出这样的笑容，旁人好奇地问他，他只笑着摇头，怎么问都不肯说，连易烨、子青同伍之人也听不见他透半点口风。

"俺想再回家一趟。"徐大铁拿着信牍，鼓着嘴生气，"俺妹子又不认得字，俺直接回家去和她说话不是更好吗，还写什么信？"

易烨安慰他，"等咱们回来，咱们再去找你妹子，到时候打仗的封赏也下来了，你妹子不是想要件秋香色的袄子吗？到时候咱们就去裁三丈秋香缎给她，她肯定欢喜。"

"再买条羊腿？"

上回的涮羊肉吃得徐大铁念念不忘，做梦都流口水。

易烨豪气道："买！当然买！"

待赵钟汶与徐大铁都走后，子青才拿着铩尖自外头进来，取了铩杆重新装回去，用皮绳一圈圈地绕紧，确保不会掉落。

易烨自榻上草席下摸出两个带绳的小木牌子，上面分别写了易烨与子青的名字，还有他们所在的营号。若他们战死，这块小木牌子将会被战友带回来，作为他们牺牲的凭据。

"青儿。"易烨唤了她一声，将小木牌子抛给她。"先戴上吧，天未亮便要起行，免得到时候又给忘了。"

"嗯。"

子青依言戴上，塞入绛红袍内，小木牌子与骨埙并排在一起。易烨自己也已戴好，他不惯胸前有异物，戴上之后足足愣了好半晌，才回过神来。

"青儿。"

"嗯？"

“若我死了，你就把我的牌子摘了，莫让人拿了去，这样我爹娘就不会知道。”易烨絮絮道，如在交代寻常事物，“你每月替我寄些钱回去，可好？”

“好。”子青答得平静。

易烨自己的信牍之上一片空白——写什么他们看了都会伤心，倒不如不写，易烨如是说。

无牵无挂，孑然一身，子青的信牍亦是一片空白，她不需要交代任何后事。

要还给霍去病的三支雕翎箭连同那支做好的紫霜毫静静躺在盒中，她一直都没有机会见到将军，自然也就没法将东西给他。思量片刻，子青蘸墨在盒外用小字写明此物转呈霍将军。

虎威营中一隅，阿曼靠在石上，慢慢地雕刻着手中的一小块木头，一刀一刀，刻得极是认真。其间邢医长在帐内唤了他几次，他皆不应不理，全神贯注只在手中的木刻上。

终于惹恼了邢医长，再坐不住，自帐内踱出来，倒要瞧瞧他究竟在做什么。

“什么东西？”邢医长能辨出木刻是只鸟儿的模样，踢了他两脚，皱眉道，“都什么时候了，你还有心思折腾这娃娃家的玩意儿。”

由着他踢，阿曼自岿然不动，心神全在木刻上。那木鸟其实已经完工，他细心地修去一些毛刺。

邢医长恼怒起来，大力推搡他肩膀，阿曼手一歪，刀划在手指上，殷红的血一下子涌出来，沾染上木刻。

邢医长愣了愣，急骂道，“你这娃娃，怎么不知道留神，快进来，我给你上药裹裹。”

阿曼笑了笑，将手指在鸟儿翅膀上涂去，将那鸟儿的一对翅膀染得血红，端详着道：“没事，这样更好看！”

“我是说你的手。”

邢医长气不打一处来，仍是小心地拽了他的伤手往帐里头拖。阿曼丢了刻刀，拿好木鸟，由着他将自己拖入帐内。

手脚快捷边替他清洗伤口，边上药，瞧他双目只望着木鸟，邢医长问道：“这是什么鸟儿，脖子怪长的。”

“火烈鸟。”

邢医长显然听说过，但未见过，端详了会儿道：“原来这鸟儿生得这模样，你刻它做什么？”

阿曼抬眼一笑：“不可说。”见手已经上好药，他把木鸟放入怀中，起身去搬火盆眼下已是初春，天气暖和许多，阿曼在屋内生起火盆，邢医长在旁被烤得背直痒痒，挠个不停。

“你这到底是要干什么呀？！”邢医长瞧他穿得比自己还单薄，不像冷的模样，不满问道。

“嘘……不可说！”

阿曼直朝他打了个噤声的手势，示意他不要再说话。

拿他没奈何，邢医长直吹胡子，往榻上一倒，侧歪着身子，他倒要看看这个西域娃娃究竟想捣鼓什么。

阿曼端端正正地跪坐在火盆前，自怀中取出木鸟，合在掌中，口中喃喃念着邢医长压根儿就听不懂的话，似吟似颂，似唱似咏……

然后他慢慢将木鸟放入火盆之中，火舌燎上指间也毫不避让。

火烈鸟在火盆中被点燃。

被血染红的翅膀冒出缕缕白烟，变成另一种炙热的红，亮得灼人。

阿曼目光专注而深情地注视着这只正在燃烧的火烈鸟，双手缓缓在身侧摊开，低低说了句什么——骤然间，火盆中发出爆裂之声，火苗猛地蹿起一人多高……

绚烂的火焰里，隐隐约约能看见一只大鸟腾空飞去的影子，稍纵即逝！

邢医长瞪大了眼睛，眨也不眨地看着这一切，他见过巫术，但却从未见过如此美丽的巫术。

火盆之中，原本那只木刻鸟儿已经化为灰烬，火焰归回平静，阿曼垂下双手，满足地微笑着。

“你在……不不不，你快告诉我，这是什么巫术？”邢医长回过神来，惊诧地问道，“中原的我都懂，也见过匈奴人的巫术，可没见过这种。”

“这不是巫术。”阿曼轻轻摇头。

“那只鸟，是什么？”

阿曼微有些惊讶，“你看见了鸟？”

邢医长比画道：“它，飞着？！”

“对，我让它替我去守护另一个人。”

阿曼低首，唇边含着笑意——火烈鸟是楼兰王族的守护神，我让它去到你的身边，守护住我最珍贵最心爱的宝石。

“谁？”邢医长好奇问道。

阿曼摇头，仍是道：“不可说，不可说。”

邢医长开始瞎猜，“难道是霍娃娃？”

阿曼白了他一眼，自收拾了火盆，到外间看新月初升。

第十五章　河西一站

元狩二年，早春，汉朝骠骑将军霍去病率一万人马渡过黄河，出征漠南。

相较长安而言，漠南的春天要稍迟一些，雪还未融尽。马蹄踏处，雪化为水，噼里啪啦地溅开。

出征的每名士卒皆带着两匹或者三匹骏马，为了让马儿保持丰沛的体力，在全速奔驰半日之后，便全军下马稍作休整，然后换乘另一匹马。

子青饮了口水，目光环视四周，两旁尚覆着皑皑白雪的山峦草木皆甚是眼熟，这正是上回归途时曾走过的路，再往前行一日路程，便可到休屠王所在匈奴大部落。她微颦起眉，不对，照此奔袭的速度，根本用不着一日，今夜便可突袭休屠王部。

夜间突袭，对于汉军来说，是可以将伤亡减到最低，她想着，却不知怎的想起那个尚在襁褓中的婴孩……

身遭战马嘶鸣，兵刃寒光闪烁，她猛地翻身上马，手牢牢地拽住缰绳，不让自己再想下去。

“这得啥时候才能吃饭啊？”

徐大铁连吞带咽地吃下去两个粗面饼，正喝水，他满脑子想的都是热羹饭，却失望地发现军中根本没有举火之令，更别提埋灶做饭。

赵钟汶自马背探过身子夺下水囊，叮嘱他道：“少喝点水，要不然面饼在肚子里头胀起来，可是会死人的。”

徐大铁苦着脸抚抚肚子，哦了一声，然后低低道：“可我饿……”

“忍着。”

易烨把马鞍搬到另一匹马上，系好皮绑带，翻身上马，长呼口气，朝徐大铁笑道：“匈奴人最喜烤牛羊肉，说不定咱们和他们一打完，就有现成的吃。”

“真的啊？！”徐大铁又惊又喜。

易烨嘿嘿直笑，“当然是真的，你没听见将军说的，咱们这趟不带粮草辎重，就是为了节省一点，反正匈奴人也有吃的，咱们就吃他们的，又好吃又热乎。”

闻言，子青忍不住低首苦笑，也只有易烨才能这般解释将军的话。不带粮草辎重，每人随身只备下两日的干粮，是为了以最快的速度对匈奴人进行奔袭，此法着实冒险之极，万一……孤军深入匈奴腹地已是十分冒险，这一万人马若是再断水断粮，后果着实让人不敢想象。

总令旗挥下！

赵钟汶飞快取出自己的旗，向众人挥出相应旗号——上马出发！全速前进！

大军向西而行，在急速的奔驰之中，看着红日西沉，又看着苍穹低垂繁星隐现。直至夜半，与休屠王部落还有段距离之时，霍去病方才下令缓行，慢慢潜至近处，方才下令停下换马，但不可举明火，更不可说话。

为免马匹无故受惊，每匹马儿头上都被盖上黑布，黑压压的大军伏在这处山坡背面，长期枯燥艰苦的操练在此时体现出了效验，他们安静得就像是月光的阴影，无声无息。

霍去病亲率虎威营中的强弩好手攀上坡顶，坡下便是休屠王部落，近千个帐篷错落有致地分布在这块地方。因已是夜半，尚燃着灯火的帐篷寥寥无几，四队巡夜的人，每队四人，来来回回交叉巡视，还有七八个站哨的匈奴人站在外头，时不时懒怠地打着呵欠。

"老赵，过来！"他朝赵破奴低低道。

赵破奴伏着身子，手脚并用地爬过来。

"你传令下去，以明火为号，全军向休屠王部落发起进攻！"

"诺。"

赵破奴飞快地回去。

霍去病继续伏在坡上，向伯颜勾了勾手指头，伯颜立即把脑袋挨过来。霍去病朝休屠王部落距离此处最远的那对巡哨努努嘴，低声问道："够得着吗？"

伯颜目测了下距离，点了点头："六石弩可以。"

"要一箭毙命，同时！"

伯颜略数了下人数，仍点了点头，"可以，把浩然也算进来，正好够了。"加上他自己和施浩然，他手底下能开六石弩的强弩好手，正好一人一个，不必冒着被发觉的危险前行，在坡上便能将所有巡哨的匈奴人干掉。

"去准备，听我号令！"

"诺。"

淡淡星光下，霍去病望了望脚底下鸦雀无声的人马，暗吐口气，转头再看，伯颜、施浩然并二十来个弓弩好手已然准备妥当，六石弩皆架在腰上，只待他一声令下便立起开弩。

"准备点火。"霍去病吩咐旁边的随身士卒。

士卒自怀中掏出火石，旁边的火把上裹着浸过油的干棉布，朝将军点头示意已准备好。

稀薄而冰冷的雾霭中，霍去病的手狠狠往下一斩，强弩手齐齐站起身来，腰开六石劲弩，二十几支利矢划破夜空，射向匈奴部落！

"举火！"霍去病喝道。

火石迸击，火星四溅，瞬间棉布便熊熊燃烧起来，几乎是同一时刻，脚底下玄甲攒动起来，马蹄奔腾，赵破奴领着他们直冲入匈奴部落。

随着嗖嗖之声，巡营各人几乎皆被射中要害，来不及示警，便栽倒在地。唯有一人被射中的竟是屁股，当即大声疾呼，霍去病微皱起眉，伯颜已眼疾手快地补上一箭，方才将他撂倒。

“那箭谁的？”霍去病没好气地问。

施浩然行过来，苦着脸道：“是我……”

“射屁股？想什么呢你！”霍去病顺手抽了下他脑袋，转头望去，眼见匈奴部落中已有人被方才的呼喝声惊醒，持弓弩利器出帐来，正遇上冲入营中的赵破奴，当即被长戟穿胸而过，鲜血喷涌而出。

一万汉军长驱直入，绛衣玄甲，势不可当，凡持兵刃反抗者，一律格杀。又引了火去烧帐篷，将藏于帐中朝汉军射箭的匈奴人也都逼出来。

火光冲天，匈奴人惊慌失措地自燃烧的帐篷中逃出，或束手就擒，或被斩杀当地，这场突袭从一开始便已没有任何悬念可言。

看着下面连成片的火海，霍去病直起身来，抖了抖皮甲上的尘土，瞧见施浩然尚在原地不自在地耸肩扭脖。

“你小子，又怎么了？”

“有个玩意儿钻我衣里头了，刚刚就是这玩意儿咬了我一口，手一抖，就……”

施浩然深皱着眉头，探手进去抓，狠狠扒了几下，竟拎出条红黑相间的大蜈蚣来。此时已是初春，正是冬眠的虫儿往外爬的时候，想是这只蜈蚣刚自土中爬出，正好爬上伏在旁边的施浩然身上。他恶心得全身直起疙瘩，猛力摔在地上，用弩身砸得稀烂。

“瞧你这点出息！”霍去病倒好笑起来，踢了脚他屁股，“赶紧先找个医士去。”

施浩然只觉得腰际被咬之处火烧火燎般的疼，也不敢耽搁，急急跑下去找医士救治。

子青与易烨因是医士，并不用参加这场突袭，两人牵着马望着远处火光之中的兵刃厮杀，除了厮杀之声外，隐约还可听见妇孺哭号之声。

一声细弱之极的婴孩啼哭声，电光火石般传到子青的耳中，那瞬，心骤然抽痛。

他只是个孩子。

一个毫无伤害能力也毫无反抗能力的孩子。

子青定定地望着那片燃烧的火海，汉军正在将更多的人自帐篷中赶出来。火舌吞吐中，一个个踉跄的身影在火光中哭号，眼睁睁地目睹自己的家园被铁蹄踩踏，被烈火燃为灰烬。

深吸口气，子青翻身上马，朝易烨飞快道：“我去看看有没有人受伤！”说罢便轻叱一声，马匹朝着火海方向奔了出去。

后头施浩然急急过来，正是奔着子青来的。自大漠之行后，子青治好他的肩伤，在医士之中，除了邢医长，他就对这个少年颇有些信任，被蜈蚣咬了也记着要来找他。不巧的是，刚好看见子青疾驰而去。

“子青！你……”施浩然哑着嗓子唤了声，子青早已蹿出三四丈远，加上周遭嘈杂，自然是听不见。

本待也上马的易烨望了他一眼，立时恭敬行礼，“长水校尉，你……”他瞧见施浩然皱着眉头，一脸痛苦。

“你，医士？”

“嗯，我是子青的哥哥。”

听说是子青的哥哥，施浩然才勉强看了眼他，道：“我腰上刚刚被蜈蚣咬了，疼得厉害！”

“您快卸甲，我来看看。”

医人天性，易烨快手快脚地忙活起来。

休屠王部落之中，战斗已基本结束，汉军一个帐篷一个帐篷地挑开，确保再没有漏网之鱼。

已降的匈奴人皆被赶到部落空地之上，手背到身后，低首跪着，因是半夜于床榻间被骤然惊醒，大多数人都来不及穿外袍，仅着单衣在冷风中，背脊微不可见地发着抖。

子青在这群人中看见有几个怀抱婴孩的女人，但都不是扎西姆。手持短铩，掠过不好的预感，她快步走近扎西姆所住的帐篷，还没进去便听到里头有异样的声音，她想进去，却被另外两名汉军拦在门口。

“办着事呢，识趣的就到一边去！”那两名汉军朝她道，压根儿没把她放在眼中，赶苍蝇似的赶着她。

子青不动，问道：“办什么事？”

“小孩子家，还没开过荤吧。”其中一汉军笑道，“要不，你排最后，等我们玩过了再留给你。”

子青这才明白里头在发生着什么事情，眉头紧皱，短铩疾出，分点向二人腰腹腿间，逼得他们让开路来，口中怒叱道：“军中明令，严禁奸淫妇孺，你们难道不知！”

说话间，她人已闯了进去。

帐内，眼前的一幕让她更加怒火中烧——

扎西姆的衣袍尽落，被逼着趴在矮柜上，一名曲长装扮的大汉趴在她身上，大手紧握着她的腰。子青看不清扎西姆的表情，她发丝散落下来，她一声不吭，默默忍受着，柔顺得仿佛这个躯体不是她自己的。

孩子，静静地躺在身后的床榻上，睡得正香甜。

为了孩子，她什么都能忍受。

子青连想都没想，一脚猛力踹开那名不知是哪营的曲长，自地上捡起衣袍，飞快覆上扎西姆微微颤抖的身体。

“你！”曲长踉跄几步，站稳身子，看清子青只是名寻常士卒，怒道：“找死啊！敢坏老子的事！”

子青挡在扎西姆身前，短铩笔直地指向曲长，沉声道：“军中明令，严禁奸淫妇孺，违令者杀无赦！”

“她是匈奴人！”曲长捡回大袴，狠狠吐了口唾沫，“匈奴人年年入关，打家劫舍，奸淫我汉家女子。我玩一个匈奴女人又怎么了！你给我滚开！”

扎西姆草草裹好衣袍，飞快地扑到床榻之上，抱起孩子，紧紧搂在怀中，复躲到子青身后。直到这刻，真实地抱着孩子，她眼中才忍不住滴下泪来。

原先守在帐外的两人也冲了进来，见到子青护住扎西姆，铩尖对着曲长，都有些愕然。

“这小子居然帮着匈奴人，你们还不给我上！”曲长提着大袴，怒骂道。

那两人对视一眼，果然向子青冲过来，却被子青夺了其中一人的长戟，借力打力，一拨一挑之间，干脆利落地将另一人的长戈击飞出去，落在地上，犹自微微抖动。

曲长这才明白眼前的少年绝非泛泛之辈。

“匈奴人也是人，一个女人何辜之有，此举禽兽不如！”子青鲜少骂人，更鲜少用如此重的话，此时恼怒至极，铩尖轻抖，“你若执意而为，休怪我不客气！”

扎西姆此时方才察觉出子青的声音有些许耳熟，仔细盯了她一眼，不由得吃了一惊，“是你！你……你原来是汉军！”

子青望了她一眼，轻点下头，未说话。

“原来你们认得！”曲长一声冷笑，自觉抓住了子青的把柄，有机可乘，“身为汉军，私通匈奴，是叛国之罪，该斩的人是你！”

“我是否私通匈奴，不是你说了算！”见他是这等迫不及待就反咬一口的小人，子青根本不屑与他辩解，短铩滴溜溜在手上转了一圈，径直划开身旁帐壁，外间的喧嚣和着冷风呼啦一下全灌进来。

单手持铩，另一手拽住扎西姆，子青戒备地盯着三人，带着她自裂缝处退出了帐篷。

曲长为首，其他两人跟随其后，亦步亦趋地逼着她。

外间其他汉军见状，皆有些诧异，曲长趁机大喊大叫起来：“此人勾结匈奴人，现下还想护着这匈奴女人逃跑，快抓住他！”

“你满口胡言！是你奸淫妇孺，违反军规在先。”

子青怒道，见周遭汉军目光已变得异样，虽未对自己出手，但却挡在她们身后，再无处可退。

“出什么事了！”

蒙唐骑着高头大马，六石黑柄劲弓拨开众人，看见拖着匈奴女人的子青，眉头顿时紧皱起来。

“越骑校尉，你的人私通匈奴，现下又想护着这匈奴女人逃跑，你可不能护短啊。”那曲长自然认得蒙唐，朝他拱手行礼道。

蒙唐冷冷望向子青，问道：“你拖着个匈奴女人干什么？”

子青松开扎西姆，禀道：“这女子被他欺辱，卑职断不容此等有违军规之事，故才护住这女子。”

“他分明是认得这个匈奴女人！想带她逃走！”曲长嚷道。

蒙唐接着问子青：“你认得她？”

“是，我认得她。”子青毫不避讳地承认，“将军也知道此事，我可以解释明白。但他违反军规，奸淫妇孺确是千真万确，我亲眼所见。”

“那就到将军跟前说清楚！”蒙唐沉声道，手一点那名曲长，“你跟着来，敢做就得敢当！”

“有什么不敢当的，一个匈奴女人而已，哼！”

部落空地上，霍去病淡淡地扫过地上跪得密密麻麻的匈奴俘虏，来回踱了几趟，似乎并不甚满意。

赵破奴疾步过来，低低向他禀道：“问出来了，休屠王与休屠王子日磾前日就去了浑邪王部，正好都不在。”

霍去病用手指推了推额角，目光望向周遭，皱眉道：“也不说悠着点，帐篷烧了快有一半吧？老赵，你把能吃的都找出来，全军原地休整，两个时辰之后出发。”

“诺。”

赵破奴领命，转身碰上迎头过来一脸阴郁的蒙唐，紧接着便又看见后头的子青、扎西姆、曲长等人。

“你们这是……怎么了？”赵破奴眼看着蒙唐径直朝霍去病过去，便问后头的那名曲长，“郭鸣，出什么事了？”

郭鸣先朝赵破奴行了一礼，才朝子青努努嘴道：“我不过玩玩那个匈奴女子，那小子就跟疯了一样，我才发觉那小子原来和这个匈奴女子是认得的，他有私通外敌的嫌疑，所以我特来禀报将军。”

“不能吧……”

赵破奴看他指的那小子正是子青，心里就直摇头。

这边，蒙唐已经将事情向霍去病禀明，末了硬邦邦地补上一句，“子青虽是我振武营的人，倘若他当真有私通匈奴嫌疑，我必亲手斩了他。”

霍去病听罢，先扫了眼扎西姆。

扎西姆鬓发凌乱，赤足站在冰冷的地上，袍角在风中翻飞，隐约可见里头白皙的腿。她静静搂着怀中的孩子，温柔地看着孩子的每一下呼吸，似乎周遭一切全都与己无关。

“子青，这孩子就是上回你所救的那个孩子吧。”他几乎是即刻就明白了整件事情。

子青点头，“是，她便是孩子的母亲扎西姆。”

“扎西姆，休屠王的王妃。”几乎是转瞬之间，霍去病双目寒光乍现，转而盯住郭鸣，冷冷道，“你，竟然对王妃无礼！”

“卑职、卑职……”郭鸣有点蒙，将军与子青的对话他全然听不懂，“卑职以为她只是个普通匈奴女子，匈奴人进犯边关时，辱我汉家儿女，卑职也是想以牙还牙……”

“军法明令，不得奸犯妇孺，违令者斩。”

霍去病压根儿不去理会他说什么，只淡淡陈述道。

“将军恕罪！卑职知错！”郭鸣忙求饶道，“将军恕罪！将军恕罪啊！”

出征匈奴，所获财物，连女人在内都算是战利品，按说应等汉廷明令配赏，但他们身为军士，先尝口鲜，这原是军中旧例，向来是不会被深究的。他是头遭跟随霍去病出征，着实没想到这位年轻将军不仅练兵与众不同，连赏罚也是如此严苛，一丝不苟。

赵破奴在旁看了片刻，见郭鸣求助地望着自己，便凑过来在霍去病耳边嘀咕了句什么。

“哦，你说他爹是郭进，”霍去病转头，盯了赵破奴一眼道，“不认得。”

见将军决心已定，装傻充愣到底，赵破奴只得退到一边。

郭鸣失望万分，跪在地上只道：“卑职知罪，还请将军给卑职一个戴罪立功的机会，卑职便是肝脑涂地也心甘情愿。”

“军令如山。”

霍去病望着他，只说了这四字。

郭鸣脑袋轰的一声，便知难逃一死。子青在旁，也未料到霍去病竟能当真做到执法如山的地步。军中虽有条令，擒获贼妇，未奉明文配赏而奸犯者，以军法论处。但当真执行者，却是少之又少，一方面自是军法有弛废之处，另一方面是匈奴人长年进犯中原，民怨极大，士卒中有此等举动，一般为将者亦不会过分追究。

“将他绑了，军前问斩。”霍去病道。

火把高举，将空地照得如同白昼一般。

郭鸣被捆着，跪在冰冷的地上，一动不动，漠然地盯着前方。虽然即将问斩，但他骨子里仍是个军人，哭号求饶这等事情再不会做。

赵破奴上来，将一碗酒凑到他嘴边，郭鸣没有推脱，大口饮下，溢出的烈酒顺着下巴直淌到衣袍内。

“有什么话要留下吗？”赵破奴低问。

“没有，我既然做了，就敢认。将军拿我来杀鸡儆猴，我也没什么可冤的。”郭鸣已想明白这事，哑着嗓子道。

赵破奴默然，再无话要说，便退到旁边去。

众人皆已聚齐，整个空地上鸦雀无声，不仅汉军，连同身为俘虏的匈奴人都在静静地等着……

霍去病寒着脸，朗声道：“犯卒郭鸣，奸犯妇女，违我军令，军前问斩，以儆效尤！”简短的一句话说罢，再无丝毫犹豫，朝行刑手微一点头。

刀光闪过！

人头落地，郭鸣身子重重栽倒。

“众将听令，再敢有违军令者，严惩不贷！”霍去病沉声道。

“诺！”

齐刷刷的声音，犹如闷雷滚过一般。

子青又回了残破的帐篷，拿来扎西姆的靴子，又替她披上一件披风，自始至终都沉默着。面对扎西姆，她心中只有愧疚，但她知道，愧疚是这世上最无用的东西，她什么都做不了。

匈奴俘虏中一位老嬷嬷战战兢兢地出来，服侍着扎西姆穿上靴子，又想替她抱过孩子。手刚触及孩子，扎西姆便猛地一惊，本能地将孩子死死搂在怀中，直到看清眼前的人，才松懈下来，方由着老嬷嬷将孩子抱过去。

指尖轻轻拨弄着孩子的乌黑头发，她万般眷恋不舍地望着这个孩子。子青在旁看着，心中不好受，想出言安慰，却也不知该说什么，猛地转身走开去。

“子青。”将军在不远处唤她。

子青快步过去，抱拳行礼，静候将军吩咐。

“这女子和她的孩子甚是重要，你之前救过她的孩子，方才又救下她，她必定对你甚为感激。”霍去病道，“你去好言安慰她，让她不必害怕。告诉她，汉廷对于俘虏总是宽待的，定不会伤害她和孩子。”

“诺。”

子青领命，转身欲走。

“等一下……”霍去病唤住她，盯着她半响，皱了皱眉头，手伸过来，啪啦啪啦在她脸颊上连拍数下，“打起点精神来，这仗才刚开始，愁眉苦脸的怎么能行！”

他拍得不重，脸颊不觉得疼，倒是热乎乎的，子青勉强扯出一丝笑意，道：“诺。”

忽然身后传来惊呼之声，子青转身望去，看见几名军士惊慌失措地指着一处火烧得正烈的帐篷惊叫，仅能堪堪看见一角披风自帐帘闪过，正是她方才替扎西姆披上的披风。

“那女人、那女人冲进去了！”有人在大叫！

老嬷嬷抱着孩子，立在当地，布满褶皱的脸上老泪纵横。

火在帐篷上熊熊燃烧着，时而传来支架烧断的噼啪之声，眼看着整座帐篷就要坍塌下来……

一人飞奔疾冲入内！

霍去病定定地看着那个幼树般的身影消失在火中，头一遭，指尖发冷，无法呼吸。

火在寒夜的风中烈烈燃烧。

那一瞬，周遭的喧嚣似乎距离他很远，人影在眼前晃动，吵嚷着什么，霍去病完全都听不见，眼中只有那顶燃烧着的帐篷。

他要费很大的气力才能让自己站在原地不动，而不是冲向那顶帐篷。

一声巨大的噼啪之声，帐篷两根主要的支撑立柱被烧断，半边倾斜地轰然坍塌下来……

堪堪委地的帐帘骤然被撞开，一道人影就地翻滚而出，正是子青死死抱着扎西姆，将她尽力护在怀中。

松开扎西姆，为了扑灭身上残存火焰，子青就地接着打滚，随即便有一件狐皮大麾蒙头蒙脑地盖到她身上，有人隔着大麾急促地替她拍打着，手极重，打得生疼。直过了半晌，确定她身上火焰都被扑灭，才停了手，将大麾揭开来。

霍去病盯着眼前这个少年——他活着，幸而他还活着！

子青坐起身来，双目对上他暗沉的双眸，这才知道方才的人居然是将军。

“不要命了你！”

手穿过衣衿，扳住她的后脖颈，他哑着嗓子，劈头就骂。

对于这样的责骂，子青不知该如何应对，扯出牵强之极的笑意道：“没事……”目光瞥见旁边躺着的扎西姆，顾不得将军在前，忙起身过去看她。

“身上有没有烧伤……”

将军这句在她身后问的话，她已全然未曾听见，心中只担心着扎西姆，低伏在她身边，焦急地唤着。

对于这个压根儿没把自己当回事的少年，霍去病看着她，突然觉得自己着实有点多余，站起身瞥了眼扎西姆，遂吩咐旁边士卒拿点水过来。

扎西姆被披风裹得严严实实，身上几乎没有受到什么损伤，但因吸入的烟气过多，已然昏厥过去，被洒了冷水之后，便悠悠醒转过来。

对上子青双目，她方知自己竟然还活着，秀目绝望地一闭，泪水涌出。老嬷嬷抱着孩子候在旁边，哭得哽咽难言。

“别寻死！”子青轻声道。

本就拙于言的她，面对这么一个一心求死的人，只剩下满腹焦急，不知如何才能劝得她回心转意。

扎西姆慢慢撑起身子，望着子青，轻轻缓缓道：“你何苦要救我？”

“你为何要寻死！”子青半跪着，双目焦切地盯着她，“这不是你的错，不要为了别人的错误来伤害自己！”

“我无颜再活下去了。”扎西姆低道。

子青扳正她的肩膀，死死地握着，语气近似于哀求，“做错的人不是你！你还有孩子，别留下他，别留下他一个人！”

别留下他一个人！——在她身后，霍去病听见她的话，骤然了悟到了什么，双目凝视着这个单薄的背影：子青，他其实就是那个被留下来的人，尽管他倔强如斯，挺拔的背脊似乎能扛下所有责任，可始终没有人问过他，他是否愿意被留下来。

扎西姆滴下泪来，泪眼婆娑地望向老嬷嬷怀中的孩子……孩子正自睡梦中醒来，小鼻子抽了两下，眼睛还未睁开，便先咧开嘴哇哇大哭起来。

“是饿了还是尿湿了？”扎西姆将眼泪一抹，问道。

老嬷嬷探手入襁褓摸了摸，“尿湿了……”

扎西姆撑起身子，暂且将自己的辛酸都抛诸脑后，眼下最要紧的事便是她的孩子需要换块尿布，要不然容易受凉。

看她和老嬷嬷顾着忙活孩子去，子青松了口气，虽然身上因为穿得厚，又有铠甲护着，并未被烧伤，但双手的手背上却燎起成片水泡，此时方才感觉到疼痛。

试探着轻碰一下，疼得火烧火燎，她暗自龇牙，想起身寻易烨，让他替自己处理一下伤势。

“将军。”起身后她才发觉霍去病竟然还未离去。

霍去病没好气地扫了眼她的双手，道：“你倒是好本事，那女子一点事没有，自己倒弄得满手泡。”

“烫了点皮，小伤而已，不碍事的。”子青明白将军关切之意，微微笑了笑道。

她本待说罢，便向将军告退去寻易烨，不料霍去病已持起她的手来细看，谨慎地只用两根指头拈住她的手指中部，显然是怕触及水泡弄疼她。

“真的不要紧……”

她话未说完，霍去病已吩咐随身士卒道：“拿水来！”

士卒随即拿来水囊，霍去病接过，用嘴咬掉塞子，一手执水囊，一手执她的手，清亮的水就自水囊倾泻而出，淌过子青的手背，淅淅沥沥地落到地上……

火烧火燎般疼痛的手，在水的温柔抚摩下，疼痛一点一点地消退着。

“将军，不可！”子青想抽回手，却被他拈得甚紧，急道。奔袭在外，清水对于人和马匹来说都是至关重要的，岂能为了自己的伤这般浪费。

“别动。”霍去病瞪了她一眼，“再动这水就浪费了！像你这种伤便得用流水来冲，这样不至于伤及下面的血肉，好起来也快……”

子青默然不语，这种疗法她岂能不知，只是眼下水为贵重之物，她又岂能拿来为自己疗伤。

说话间，一整个水囊的水都已倾倒干净，霍去病毫不犹豫地唤道：“再拿水来。”

递水过来的是赵破奴，朝子青笑道：“臭小子啊！那么大火都敢冲进去，我还真没见过像你这么不拿命当命的人。”

子青讪讪一笑，不知该如何接话。

“这是我的水，尽管用，不用心疼。”他手上还拎着另一个水囊，接着笑道，“我才问出来，前头不远便有汲水的地方，你都用完了，我才好再灌新的去。”

闻言，子青才稍稍安心。

赵破奴又凑到霍去病旁边，笑道：“我刚刚才知道，那口泉眼还有个名堂，叫作什么伏鹰泉眼，传说……”

霍去病打断他的絮絮叨叨，边替子青冲着伤口，边问道：“郭鸣葬了吗？”

“嗯，挖了个坑埋了，就在东面，我特地留了个记号。”赵破奴叹口气道，“到时候若是郭家的人非要尸首，也寻得回来是不是？您这次说斩就斩了，郭进可是光禄大夫，陛下那边您恐怕也得给个交代。”

霍去病淡淡道：“陛下的旨意，对匈奴须得连打带拉，尤其是匈奴右贤王部，与伊稚斜向来分歧不断，更加要下功夫。咱们这次没逮到休屠王，那女子又是休屠王王妃，保全了她，说不定日后能少费不少功夫。”

子青听罢他们的对话，这才明白霍去病的真实意图，保全了扎西姆，他日说不定能劝得休屠王不战而降，且又能保全多少汉军匈奴的人命，当真是个好法子。

水又用完，霍去病丢给赵破奴，又拿过一个水囊来，执起子青的另一只手，接着冲她的水泡，神情间无半点不耐。

“好小子啊！”赵破奴挠了下子青的头，笑道，“难怪你那么不要命地去救那女子，能明白将军的心思，不容易！”

子青愣了愣。

霍去病好笑地哼了一声，“就他这榆木脑袋，你还当他是为了我！他是当真紧张那母子俩，命都不要……”他顿了下，皱眉盯住她，“你不会是自己看上那女子吧？”

闻言，子青大窘，“怎么可能！”

看她脸微微发红，霍去病这才笑了笑，未再为难她。

处理好施浩然的伤口，易烨便急急地往这边赶过来，找到子青时，赫然便看见她一手的泡，惊道：“怎么弄的？”

“不小心燎着了。”子青补上一句，“方才已用水冲了许久，也不怎么疼。”

易烨直皱眉头，返身在马鞍袋中掏摸出医包，替她挑破水泡，上药，然后包扎妥当，低低叹了口气，“记着别碰水……接下来又不能好好休息，手上怕是要留疤了。”

子青瞧被他包扎好的双手，不甚在意地笑道：“这下连手衣都不必戴了。”

“真是个傻……”易烨没奈何地拍拍她脑袋。

这场突袭中，汉军大获全胜，伤亡屈指可数，他们医士几乎无事可做，加上仅有两个时辰的休整，都想着赶紧填饱肚子，然后还可以小睡一会儿。

自匈奴营帐中果然搜出不少可吃的东西，但自然不可能每名士卒都分得到，仍有部分士卒照例得啃自己的粗面饼。

徐大铁咬了几口面饼，闻着那边煮羊肉汤的味道，羡慕得口水都要滴下来。

手仍是疼，子青无甚胃口，略吃了几口，便卸了马鞍下来，想靠在上头小睡一会儿，弓箭与短铩都放在触手可及的地方。

正待躺下，便瞧见有名军士端了一大碗热腾腾的羊肉汤过来，问哪位是子青。

子青忙起身应了。

那军士将羊肉汤递给她，也不说何人让他送来，为何送过来，只说了一个“吃”字，便转身走了。

子青愣在当地，端着肉汤，不明就里。周遭同曲不少士卒目光中均带羡慕之色，易烨笑着起身替子青端过碗来，问她道：“那人是谁？”

“我也不认得。”子青疑惑道，“是不是送错人了？”

“指名道姓地找你，怎么可能送错人。”易烨道，肉汤的香味直蹿上来，让人如何能把到手的美味再拱手让出去，“快吃！”

“老大，铁子，过来一块吃。”

赵钟汶尚还觉得有些不好意思，徐大铁却是丝毫没有迟疑，起身凑过头来，也不怕烫，就着碗沿先喝了一大口，暖意直达腹部，舒适非常，控制不住地又喝了一大口。

拿了木梱，赵钟汶好笑地将铁子拖开来，将木梱塞到他手中，笑道：“急什么，慢慢来，别人还没吃呢。”

众人喝汤吃肉，因时辰有限，羊肉还没炖烂糊，咬起来还颇得嚼嚼，铁子也不介意，只嚼两下便往下直吞。

子青只浅浅喝了两口汤，见肉汤实在有限，便推说困倦，让与他们吃去，自枕在马鞍上合目休息。手上的伤一阵阵地发疼，她原以为定会难以入睡，却只不过片刻工夫，便在嘈杂声中沉沉睡去。

梦中隐约听见胡笳声响，她猛地坐起身子，环顾四周，才知还未吹胡笳。天还未亮，零星的几处火堆还在燃烧着，沉沉雾霭之中，躺得横七竖八尚在睡梦之中的同袍们，日里绛红的衣袍此时望去灰扑扑的，梦境般的不分明，仿佛与她相隔甚远。

有种隐隐的不安自心头掠过，子青深吸口气，想搓搓脸，举起手来才意识到手上还包扎着，只得用手指轻轻对搓后，捂了下眼睛。

就在这时，真正的胡笳声响了，这是命他们出发的胡笳声。原本躺在地上的同袍们皆动弹起来，一瞬间，灰色褪去，绛红复又鲜活起来。

短短几日之内，霍去病带着这一万铁骑，接连转战匈奴五大部落，以迅雷不及掩耳之势给予匈奴人沉重的打击。

这固然是极大的胜利，汉军接连几日马不停蹄，每日皆仅休息两个时辰而已，但依然精神抖擞，虽是平日训练有素，亦是被这巨大的胜利所支撑着。如此辉煌战果，待凯旋之后，定然可盼封赏。

此刻的汉军已过了焉支山，直达祁连山。按照地图所示，祁连山脚下，就在汉军右前侧便有一条溪水，而匈奴另一部落折兰王部便扎营在此。霍去病决定先取下折兰王部，然后全军原地休整，补充清水。

出人意料的是，当他们到达距离折兰王部还不足一里时，便听到探哨回报，本该就在前方的折兰王部空空荡荡，仅留下一片存留扎营痕迹的空地。

霍去病面无表情，下令全军原地不动，又命再探，直到确定方圆数里之内并无埋伏，方才命大军继续前行，直至溪边。为谨慎起见，霍去病亲眼看见有鸟雀小兽在溪边饮水，并无任何不适反应，方才允许众将士至溪边取水。

他自己则率十几骑，往折兰王部的驻营地探查。

帐篷已全部拆光，地上零零落落丢了些日常物件，如半旧靴子、脱落下来的马蹄铁、几根皮绳等，还有罐被打翻得盥洗用的粗盐……

霍去病扒拉了下火堆的灰烬，手探入内试了试，已无余温，他眉头不自觉地皱了起来——这说明，匈奴人已走了良久。

"春日草长，他们会不会是迁到别处去放牧了？"赵破奴问道。

霍去病摇头，"雪还未融尽，他们不会这么早就急着走。你看那个盐罐子，盐对他们而言十分贵重，整罐盐都打翻，且不收拾，说明他们走得很急。"说到此处，他骤然想到什么，起身道："你们在附近散开来找！"

"找什么？"赵破奴不解，"不是说他们早就走了吗？不可能还在附近。"

"不是找人，是找东西，找他们拆下来的帐篷，或者是放进山里的牛羊。"霍去病沉着脸道，“如果他们的目标是我们，那么一定不会带着这些东西一道走。”

赵破奴露出如梦初醒却有大祸临头的表情，“可是，他们是怎么得知我们的行踪的呢？”

“匈奴人自然有他们自己的联络方式。”霍去病望了眼天上，鸟雀飞过，目光暗沉，“纵然我们已经够快，但终是防不胜防。去，快去找！”

“诺！”

在一番仔仔细细地搜索之后，他们在距离营地稍远的一处密林中找到被树枝掩盖起来的帐篷等物件。

“还要找那些牛羊吗？”赵破奴脸上罩着一层黑气，他们只有一万人马，又是深入匈奴腹地，快准狠是他们的优势，而与匈奴人两军对决，硬碰硬，在人数上便已经是极大的弱势。

“不必了！”

与预料中一样，霍去病面沉如水，猛地一扯马缰，掉转马头往回奔去。

溪水旁，子青正在饮马，因不知何时再出发，故而也不敢卸马鞍。手轻轻抚摸过马儿的肩胛骨，明显的凸起有些硌手。短短几日下来，纵然是两匹马轮番骑乘，它们仍是瘦了一大圈。

徐大铁掏摸着自己早已空荡荡的干粮袋，将沾了屑屑的手指放到口中咂巴。赵钟汶无奈且好笑地看着他，众人各自随身带的干粮皆已吃得差不多，就等着到下一个匈奴部落才好补充。

一直在张望的易烨看见自林中出来的将军和鹰击司马等人皆神情冷凝，扯了下子青的袍袖，“青儿，你看那边？”

子青循着他的目光望去，看见不远处霍去病正跃下马背，随身士卒依命自背上取下一物，快步跑上前，在地上铺开一张颇大的羊皮地图……

赵破奴率先蹲下身，手划拉一下，点了点，所示便是他们现在的大概位置。

“不能再往前走，再走就难以抽身了。”他道。

霍去病盯着羊皮地图，日光有些刺眼，他微微眯起双目，脑中快速地思考判断着——不会只有折兰王部知道他们的存在，此时此刻必定整个匈奴右贤王部都已经在部署着如何围歼他们。折兰王藏匿起帐篷和牛羊，显然是想让他以为部落只是寻常迁移，让他在扑了个空之后再继续往前行去。再往前，再往前正是浑邪王部，此时该已是排兵布阵，严阵以待了吧？

确是不能再前行。

只能退！

可该怎么退？

霍去病不会天真到以为匈奴人只在前面设了重兵，腹背处也定有他们的伏兵，等着收拾败退的汉军残兵；又或者在汉军未中计的情况下，对后撤汉军迎头痛击。这支伏兵的人数是他眼下无法得知的，但鉴于匈奴人常是以部落为战，这支伏兵的人数必定会远远超过汉军。

也许是两万、三万，又或者是四五万彪悍的匈奴人，正在前面等着他。

真正的以逸待劳，看上去更像是守株待兔，两头都堵死，等着汉军这只肥美兔子自投罗网。

霍去病深皱下眉头，决心已定。

既然非得有一场恶战不可，那么这场仗的兔子也绝不会是汉军!

撤退!

在短暂的休整之后，汉军全体上马，他们的身后是逐渐沉落的夕阳。他们奔驰着，直到被全然的黑暗所笼罩。

被马颠簸得一句话要分成三截说的易烨压低了声音问子青:“你说……为何……突然要……撤退？”

对于他们这些小卒来说，只知依命行事，自然无人会向他们解释原因。

子青默然摇头。

她真的不知道，她只是本能地察觉到汉军正处于致命的危险之中。已入祁连山，却未对匈奴部落进行突袭，反而回撤，这只能说明汉军已被匈奴人察觉。

身处匈奴腹地之中，区区一万人的汉军，几乎是无处可逃。

“我饿了……”已几乎一整日都未吃过东西，徐大铁饿得前胸贴后背，满脑子想的都是吃食。

“别说了……不去想，还行……”

赵钟汶不知是在安慰自已，还是安慰别人。

“前头……就有吃的吗？”徐大铁问道。

无人回答他。

第十六章　皋兰血月

皋兰山，在苍茫月色下，如同一头静静地躺卧着的巨大黑龙，延袤二十余里。午夜时分，汉军到达了这条黑龙的爪下。

在这条回程路上，设伏的最佳地点便是皋兰山的龙首处，那里道路狭小，匈奴人只要扼住咽喉要塞，就可以将败退的汉军荡平。

马被罩上黑布，大军静静地在山脚下等待着，等待着将军的命令。

霍去病微垂着头，靠在石上，慢慢撩着马鞭。他也在等待着，派出去的二十几名哨探还未回来……

冷冷夜空，一轮残月如钩，透着淡淡的血腥味。

"将军，他们回来了！"

赵破奴俯身，用低得不能再低的声音道。

一个中了箭的哨探在军士的帮助下才能从马背上下来，挣扎着想半跪下来，霍去病抢先一步扶住他，急问道："他们有多少人马？"

"很多……能看见折兰王部与卢侯王部的部旗，两个部落加起来有四万多人马，就在五里以外。"哨探喘着气道。

四万多人马！

赵破奴闻言先暗吸口冷气，也就是说，前方有着四倍于他们的匈奴人，兵强马壮，以逸待劳。而汉军已连续多日作战，兵疲马倦，加上缺乏粮草，大部分士卒此时皆已是饥肠辘辘。

"知道了，带他下去治伤！"

霍去病挥手让人将哨探带下去，凝眉片刻，紧接着吩咐道："令各营校尉到这里来。"

"诺！"

随身士卒疾奔而去，不消一会儿工夫，八名校尉便已尽数到齐，先看见赵破奴铁青的脸色，再看见霍去病冷凝的眉目，诸人已能感觉到大敌当前的压迫。

"探哨来报，前方五里匈奴伏军四万余人，正等着我们。"霍去病沉着声音道，目光自各位校尉脸上逐一扫过。

校尉们或神色有异，或目光微惊，他们并不是没有胆量去打一场硬仗，但匈奴人的数目还是大大超出了他们的预料。

"是块硬骨头，"霍去病轻道，语气忽然变得无比坚定，"但非得啃下来不可！现在，我需要一个营，将这四万余人引出来，是个玩儿命的活儿，你们谁愿去？”

沉寂片刻，彼此间此起彼伏的呼吸声在寒夜中显得异常清晰。

蒙唐站出来，抱拳道：“末将愿往，以全营之力，冲开血路，请将军带军突围。”

施浩然拦住他，道：“振武营是弓骑营，这近身活儿玩不转，还是让我去！”

“你……”蒙唐怒瞪他。

“你什么你！”施浩然头昂得比他高，“这时候还跟我争什么！”

霍去病望着施浩然，点头道：“好，你去，但要记住，不是要你去杀开血路，而是要你败，边打边退，将人引过来！可明白？”

“明白。”施浩然自嘲地笑了笑，“就是当鱼饵，让他们看得着，吃不着。”他语气间说得轻松，却明白当这个诱饵的代价，一个营仅千余人，面对四万余人，且还需边战边退，这就跟明知是挨揍还得生扛着差不多。

“好。”霍去病接着道，“你将军中余下的马匹全带上，务必弄大声势，要让匈奴人以为你们就是全部汉军。退下来后，我会让虎威、振武两营埋伏在两边接应你。你先去准备！”

“诺！”施浩然没有一句多余的话，快步离去。

接下来，霍去病看向其余校尉，道：“虎威、振武两营埋伏在前方路口两侧，浩然退过来之后，对追击的匈奴人发射三轮箭弩，三轮之后，建武、建威两营以锥形阵插入，其余各营听我号令，变阵为——车凌。”

车凌！

众人听到这个阵法，皆是一凛。

车凌，顾名思义，整个阵法发动起来犹如一只只转动的车轮，高速冲杀的骑兵组成每个转动车轮，生生不息，转动不止，直至将敌军分割碾碎。各个车轮之间大轮套小轮，小轮挨着小轮，彼此间守望相助。

只是此阵法对主阵之人的要求非常高，主阵之人必须有极为敏锐的判断力和极为快速的决断力，才能有效地指挥各轮变化，稍有不慎，一轮出错则牵发全阵自噬。

因此，此阵虽为古阵法之一，诸人皆知效验惊人，但真正用的人却是少之又少。

霍去病，这位年仅二十岁的将军，他当真能够驾驭此阵吗？

将军的脸隐在月光阴影处，众校尉看不清他的表情，仅能看见他浓黑的双眉。淡淡的白雾消散复始，他的呼吸沉稳而坚定，忽而，霍去病微转过头来，双目深邃，其中未见丝毫慌乱。

众校尉深吸口气，道：“诺。”

众人各自领命而去，分头做准备。

全营上下都已做好准备，长水校尉施浩然快步复回来，朝霍去病道：“将军，扬烈营全营整装妥当。”

霍去病微点了下头，他知道这诱饵不好当，扬烈营必定折损甚巨，强自按捺着心中的歉疚，拍了拍施浩然的肩膀，道："有劳，去吧！"

施浩然咧开嘴笑开，白白的牙如孩童一般，拱手行礼，重重道："末将领命！"

他转身离去，披风一角在风中翻飞。

霍去病独自立在原地，看着施浩然翻身上马，领着千余士卒万余马匹往皋兰山龙首方向驰去，很快消失在沉沉夜色中。

望着扬烈营背影的并不仅仅是霍去病一人，各校尉已将任务布置下去，几乎每个士卒都已知道今夜将有一场硬仗要打，必须全军迎战，不留一人。

这就意味着，子青、易烨等人皆得参战。

马蹄滚滚，扬烈营就从他们身侧经过，扎入未知的黑暗之中。易烨只觉得一股寒意自脚底升起，不可抑制地在全身弥漫开来。

"哥……"子青低低地唤了他一声。

她最是知道易烨为人，虽在军中多时，也皆参与操练，但他身为医士，只知"救人"二字，实未曾伤过人，更不用说杀人。

"嗯？"

"打起来时，你跟紧我。"

易烨怔了一下，随即强作笑容，"说的什么话，瞧不起你哥我了吧！顾着你自己就成了，免得我还得分神来操心你。"他见子青一声不吭，只望着自己，双目中尽是忧虑，遂伸手摸了下她的脑袋，"别瞎担心，自有祖宗保佑！你瞧咱们这些天攻破那么多匈奴部落，不也挺顺利的……是吧，老大？"

赵钟汶正在最后一次检查自己的弓弦松紧，听见他问，笑而不语。

易烨瞧他又笑得极温情，终于忍不住了，撺掇着他，"老大，都到这时候你还能这么笑，你真不愧是我们老大！到底什么好事，说出来听听，我们也好壮壮胆气。"

赵钟汶仍是笑而不语。

易烨拿弓柄去捅他的腰眼，赵钟汶一躲，生怕闹出更大动静来，遂道："好好好，我说就是……可这事跟你们没关系呀……"

"说说，说出来，我们一面可壮胆气，一面也是替你欢喜呀。"

赵钟汶踌躇片刻，笑了又笑，才用极小的声音道："我有儿子了！"

易烨与子青皆是一愣，易烨率先反应过来，喜道："是嫂子有了？"

赵钟汶点点头，满足地叹了口气道："现下我有儿子了，所以我才不怕死呢，我是有儿子的人！"

其实子青本想说孩子还在腹中，未必是儿子，犹豫片刻，终是不愿扫赵钟汶的兴，微微一笑道："恭喜老大！"

"原来有了儿子便不怕死，"易烨嘿嘿直笑，"老大，商量个事，我当你儿子干爹成不成？”

赵钟汶笑着点点头道：“求之不得。”

徐大铁把脑袋凑过来，以为是什么好玩的事，急道：“那俺也要当干爹！”

“你不是干爹，你是孩子舅舅。”赵钟汶笑道，“我媳妇认了你妹子当妹妹，你可不就是孩子舅舅。”

“舅舅也挺好的。”

徐大铁憨笑，倒是容易满足得很。

一时之间，众人辈分皆长了一级，彼此孩儿他爹，孩儿他舅地称呼起来，其乐融融，浑然忘记身处何时何地。

沉沉夜里，蒙唐不知自何处冒出来，死盯着赵钟汶，重重地咳了两声。众人立时敛笑收声。

“不知死活的东西！现在是什么时候了，还有心思闲扯家常。”蒙唐压低了声音怒骂他们，“若非大战在即，全都该领军棍。”

众人噤若寒蝉，再无一人敢出声。

此时各营皆已准备妥当，将军策马慢慢行至军前，全军寂然无声，静候将军的军令。

望着面前黑压压的人马，霍去病足足有半晌工夫没说话，双目如星，只是看着他们，看着……

“前方，是四倍于我军的匈奴人！”他终于开口道。

军中起了一阵按捺不住的骚动，骤然知道面对如此强敌，咂舌吃惊者不在少数。

霍去病接着平静道：“也就是说，你们每一个人，只要杀掉四个匈奴人，我们就可以回家去！”

在他口中，这场硬仗仿佛成了一个极简单的算式。

“想回家吗？”他几乎是带着笑容在问。

敢出声的只有几个胆大的士卒，稀稀落落回答道：“想！”

“想回家吗？”

他略略提高声音，复问了一遍。

“想！”回应的声音也更多。

“想回家吗？！”

霍去病大声问道，猛地抽出剑来，剑光如雪，寒气逼人。

这次，他得到的是排山倒海般的回应，“想！想！想！”

“好！”霍去病朗声道，“凡我将士，必英勇杀敌，战端一开，即为死战之时！”

“临阵，将不顾军先退者，立斩！”

“临阵，军不顾将先退者，后队斩前队！”

“敢违军令者，格杀勿论！”

接二连三杀气腾腾的军令下来，全军士卒热血翻涌，都不由自主地握紧手中兵刃，将背脊挺得笔直。

在千军万马之中，子青望着她的将军。

幽暗夜色中，一人一马立在她前方，剑光映着他的卓然身姿，遥远而陌生，却让人心生敬佩之情。

生也罢，死也罢。

跟着将军，打这场硬仗，也不算窝囊。

虎威、振武两营被安置在路两侧的密林之中，弓弩齐备，蓄势待发地等待着……

紧握着弓，易烨的手心直冒汗，时不时就往衣袍上蹭一蹭。

子青蹲在他旁边，看出他的紧张来，低低道：“哥，你还记不记得从军时你对我说过什么？”

“嗯？”易烨平素话就多，此时更加想不起曾说过什么。

“自今日起，咱们兄弟俩同生共死，黄泉路上，总是有我陪着你的。”子青目光盯着暗黑的来路，轻道，“便是死在此地，也没什么大不了的。”

易烨扯开嘴，无声地笑了笑。

远处来路，墨般浓重的雾霭之中，隐隐已传来刀戈马蹄之声。

来了！

他们来了！

几十匹惊马最先退到他们眼界内，紧接着便是扬烈营的人马，展目望去，原先的千余士卒，现下退回来的尚不足百余人。

子青攥紧弓弣，定定地看着眼前浑身浴血的同袍们。为了紧紧引住匈奴人，他们不能背身而逃，只能且打且退，几里路退下来，丢了一路的尸首，仅余了近百人将匈奴人拖引至此。

匈奴人的长刀挥过，正从近处一名同袍脖颈上划过，血沿着刀锋飙出，洒在旁边树枝之上，顺着往下滴落。

同袍自马上栽下来，他的血正滴在子青的手背上，尚还温热，炙得她的身体紧绷如弓弦。

匈奴大军尚在其后，战鼓未响，他们不能有任何异动。

霍去病隐在黑暗中，看着前方咬牙强撑的扬烈营，一个又一个士卒在他眼前倒下去，面上毫无表情，仅仅咬肌在颊边隐隐凸起。

终于，匈奴大军踏上了埋伏地域，他注视着，缓缓举起手来……近旁鼓手攥紧鼓槌，力贯双臂，等着将军的号令。

手自空中狠狠斩下！

鼓槌猛力击上牛皮大鼓，鼓面剧烈震动！

埋伏着的汉军骤然爆发出如雷如霆的嘶吼之声，震彻山野！

这种声音是只有受伤的猛兽在反扑时才会发出的声响，自胸腔中喷涌而出的悲鸣，在眼睁睁看着扬烈营的同袍兄弟们折损殆尽，他们再也按捺不住……

与此同时，箭离弦而去，子青飞快地自箭箙中取一箭，复搭上弓，满弦，又是一箭射出。伏在两旁的虎威、振武两营，弓弩齐发，接连不断地发射了三轮，箭矢弩矢飞得密不透风，将匈奴大军的前军射得人仰马翻。

三轮弓弩之后，胡笳声响，匈奴人还未及反应，前方适才惨败的汉军骤然人数暴增，一改败退之相，策马以势不可当之速度朝着他们冲过来。这正是建武、建威两营依将令，以锥形阵插入匈奴大军之中，如一把最尖锐的匕首直刺下来，匈奴大军在猝不及防间被分割开来。

鼓声突然一滞，继而响起的几下，是有特定节奏的鼓声。

这是车凌阵法启动的鼓声！

过往的操练中，子青早已听得烂熟于心，可在此时此地听到这鼓声，还是不由自主地望了眼暗夜中的将军所在方向。

车凌，转动起来固然效验无穷，但面对数倍于汉军的匈奴大军动用此阵，若是落败，便是全军覆没，绝无突围逃生机会。

“战端一开，即为死战之时。”

直至此时，她方才明白这句话的真正含义，将军没有留下任何后路，包括他自己。

易烨提铩上马，由于紧张又或是手心汗太多的缘故，他手滑了一下，几乎摔下来。子青侧身用肩膀顶住他，助他上马，方才自己跨上马背。

行在前头的同袍已然冲了出去，视线所及之处，一位同袍直接与匈奴人撞了个人仰马翻，摔倒在地后，尚用长戟将匈奴人刺倒。

视野中一片猩红，子青叱马冲入战阵之中，左刺右挑，耳边尚能听见身后易烨为了壮胆，异于寻常的嘶声吼叫！

锐不可当的汉军一鼓作气冲入匈奴大军之中，累月累日上千遍的操练在这时刻体现出了惊人的效验，一个个车轮合拢成型，开始转动，重重碾过……匈奴人回过神来时，大军已被切割成碎散的小块，每一块都被汉军所困，在不停歇的奔驰砍杀时车轮亦在缓缓收拢。

长久以来，汉朝骑兵向来是弱于匈奴，折兰、卢侯两王从未想过汉朝骑兵竟然有这等凶悍的冲杀，而对于车凌阵法，他们更是从未见识过。

不过这些并不能吓到在马背上长大的匈奴人，他们与生俱来的强悍不羁，压根儿就没有把这区区一万汉军所要的把戏看在眼中。

被围住的匈奴人凶悍地砍杀，各个车轮都在经受着猛烈的冲击。

马刀挥舞，长戟突刺，鲜血顺着残肢流淌。

汉军顽强地抵住一次次匈奴人的突围，纵然车轮中有人倒下，后面很快补上，碾压着更多的匈奴人。

“跟着我！”

虬髯染血，折兰王一马当先，挥舞着长长的马刀，在嘈杂厮杀的千军万马之中，他凭着野兽般的天生本能嗅出车轮中的弱处，手起刀落，两名汉军士卒滚落马背。

车轮断裂缺口就出现在一瞬间。

折兰王带兵突围，却仅仅只有十几人跟上了他，车轮很快合拢，而折兰王很快意识到，自己只是从一个车轮进入到另一个车轮。

匈奴人不似汉军，并无齐整军服，故而要在暗夜中辨出他们首领并不容易。方才折兰王所用那柄马刀镶嵌的宝石在月光下熠熠生辉，再加上他所着貂裘，针针反射着寒光。

将寒光收在眼底，霍去病一剑斩落近旁的匈奴人，微眯起双目，对于他而言，辨出匈奴王的所在是至关重要的事情。

将令至，鼓声又变——这是命乾位轮实施绞杀，其余诸轮全力协助的将令。

是乾位轮！就在他们的旁边。子青单手持铩，将一个匈奴人挑下马背，皮甲上早已溅满鲜血，不知自何时开始，她已听不见身后易烨的吼声。

易烨是否还跟在身后，是否还活着，她全然不知。

车轮转动不止，她甚至连回头看一眼都无法做到。

有风声自脑后呼啸而来，她本能地俯下身子，稍迟了一刻，粗壮的铁棒挟带疾风自她脑侧擦过，耳根被撕裂开来，温热的血顺着脖颈往下淌。

骤然间，充斥在耳边的喧嚣厮杀声被远远抽离，她被奇异的宁静所包围着，抬起双目，所及之处仍是血光淋漓，杀戮遍野——

在她不远处的前方，是被迫入轮内的赵钟汶，单枪匹马地在三个匈奴人的围攻之下苦苦挣命。肩头、腹部、大腿上全都被马刀砍得鲜血淋漓，他素日和善的面容此刻近乎狰狞，长戟死死握在手中，全然不顾性命地在拼杀……

稍近处，另一同袍举矛的手被齐刷刷地砍下，断臂处血流如注，失去兵刃的他策马一头朝匈奴人撞过去，硬是将一名匈奴人撞到马下。

被砍下的匈奴人头颅被挑在长戟尖端，高高地飞甩出去，鲜血雨般淋下来。

噩梦般的不真实，又或者这就是个噩梦。

她在这片不合时宜的全然宁静中，茫然发怔。

猛然间，她的马被一股大力猛地一撞，踉跄跌入旁边轮中，她不得不紧紧攥住缰绳才能不让自己从马背上掉下去。只这一撞，所有的声音瞬间又回来了，冰冷的刀戈之声，将她自恍然懵懂之中狠狠拽了回来。

她被撞入的正是乾位轮，身遭几乎全是折兰王的近身侍卫，而折兰王就与她相隔半个马身。

两三把马刀同时朝她劈砍下来！

一直留意着折兰王的霍去病看得分明，即使是在暗夜中，他也能准确无误地辨出那个少年的身影。

还未想明白自己该做什么的时候，他已举起手中经过改良可连射的小黄弩，没有丝毫犹豫，三发弩矢流星般激射而出，自厮杀的人马缝隙中穿过，奇迹般的迫开子青身遭的匈奴人。

子青单手持铩护在胸前，抬头与霍去病遥遥相望，看见他尚未放下的小黄弩，知道是他在千钧一发之际救了自己。

“杀了他！”

她是距离折兰王最近的人，弓弩笔直地指向折兰王，他朝她下命令。

喧嚣过甚，她听不见他的话，可她看懂了。

“诺！”

她在心中领命，迅速收回目光，挥铩击飞一柄砍向自己的马刀。

另一柄马刀砍的是她的坐骑，马匹脖颈被划开，剧痛使它用后足立起，长嘶哀鸣……子青几乎被它甩出去，不得不松开缰绳，借着马儿立势，用短铩掷穿近旁一名折兰侍卫，与此同时，高高纵身跃开，正落在折兰王的马背上。

未料到汉卒竟然如此胆大，折兰王视此为奇耻大辱，勃然大怒，反手一刀狠狠劈过来，子青手中已无兵刃，硬是生生挨了他一刀，左肩胛骨裂开的声音清晰得让人毛骨悚然。

听声音便知道劈中，折兰王手肘向后猛击，想把子青甩下去，却不料喉咙一凉，似有冷风灌过，他迟疑地低首看去——一柄冰冷的箭矢自喉间穿过！

正是子青取了背上箭箙中的箭矢，以挨他一刀的代价，徒手用箭矢刺穿了他的喉咙。

折兰王身死！被一个毫不起眼的汉军小卒所杀！

骤失统帅，一瞬间，周遭的折兰部匈奴人在短暂的呆愣之后，轩然大乱，毫无章法地左突右冲。

六七把马刀齐唰唰地砍向子青，皆是要为折兰王报仇的匈奴人。子青左肩剧痛，勉力用短铩堪堪挡了几下，便自马背上滚落，重重摔到地上……

头顶处，几点星子澄清透亮，温柔如水，便似娘亲的双目。

终于可以不必再留下来了吗？

刀光雪亮，寒气逼人，她闭上双目，等待着最终的那刻。

逆水河畔，在距离渡口不远的地方，依从邢医长的吩咐，几十顶医帐平地而起。还有马车接连不断地将各式各样的药草运送过来。

忙了一整日，此刻虽已夜半，阿曼却了无睡意，坐在河边，静静地听着水声潺潺。

眉头微皱，他双手交握着，戴着子青送给他的那副手衣。

夜空中，骤然响起一声鸟儿凄厉的鸣叫。

他心头猛地一悸，抬头望去，夜空沉沉，哪里还寻得到鸟儿的踪迹。

预想中的刀锋并未落下，一只大手擒住她胸前铠甲，径直把她拎到了另一马背上，用几乎嘶哑的嗓子朝士卒们怒吼道："匈奴王已死，杀啊！"

身侧的匈奴人不知何时被同袍们所杀，子青方看清说话的人正是伯颜。伯颜已无暇再搭理她，一剑割下折兰王的头颅，高高挑于长戟之上。

那支箭尚穿在折兰王的咽喉之上，在森冷的月光下，箭镞反射着寒光。

子青只看了一眼，便不欲再看。

地上横七竖八地躺倒着尸首和受重伤的人，有匈奴人，也有汉人。一个腹部被剖开的匈奴少年躺在地上不停地号叫着，他看不见自己的伤，只会本能地拼命用手去把流淌出来的那摊子温热往回塞。

他的痛苦没有持续太久，很快有一柄长戟狠狠落下。

心脏所在，简单地扎进去，微转了下，号叫声便消失了，只有双目犹自还睁着，那双手中还握着殷红的温热。

他的旁边是个右掌被齐根斩掉的汉卒，似乎全然感觉不到痛楚，捡回自己仍握矛的右手，坐在地上满脸疑惑地想把它再装回去……

子青在马背上挣扎着坐稳，左肩的伤血流如注，疼痛非常，疼得让她连手中毫无兵刃都忘记了，只将缰绳在左掌中绕了绕，双腿用力夹了马肚，便要跟上伯颜。

忽旁边有一柄短铩被递过来，她本能地想躲开。

那人吼道："拿着啊，你空着手想去送死！"

是的，是塞过来给她，而不是刺过来，她接过短铩，抬眼望去，看见了缔素——他亦是浑身浴血，恼怒地瞪了她一眼，随即转开，自在地上的尸首中拔了一柄长马刀出来，挥了两下，似乎感觉甚是顺手。

他竟是将自己的短铩给了她。

"老大呢？"他朝她吼道，似乎在战场之上，每个人说话都只能用吼。

脑中掠过在匈奴人中苦苦挣命的赵钟汶，子青说不出话来，只能摇头。她看着缔素，他双目充血，眉宇间昔日的稚嫩仿佛被血洗净，一夕长大成人。

缔素狠狠皱了下眉头，未再看她，持刀策马复冲入战阵之中。

不再去理会肩头那近乎要将人撕裂的疼痛，子青咬牙，右手攥紧短铩，叱马亦冲入战阵之中。

鼓声急促，又有所变。

震位轮告急，此时的乾位轮中匈奴人已被绞杀殆尽，乾位为空，伯颜率部赶往震位轮，两旁车轮疾驰转动，很快补上乾位缺口。

群马奔腾，夹杂在其中的子青已然回不去，便紧紧跟上缔素，跟着伯颜前往震位轮。

月光森冷，马蹄翻腾，他们堪堪到达震位，迎头便撞上大批匈奴人马，正是冲出震位轮的匈奴人马。他们所经之处势如破竹，绛红浸血，断肢残骸横飞。

或是将令使然，或是胸中血气，汉卒无一人退缩，离位与坤位的汉军迅速补上，霍去病双目痛缩，挥剑劈开近身两名匈奴人，不得不再下将令。

胡笳响起，反反复复的长鸣，分外凄厉。

变阵！

同样是车凌阵法，之前的各个车轮已开始有序散开来，在月光下，马蹄纷沓，浸透着鲜血的绛红在砍杀声中渐渐形成一个巨大的不停旋转的旋涡。

这便是车凌阵法的终极阵型。

将匈奴人卷在这旋涡之中，激荡，绞杀，直至吞没。

几支弩矢破空而来，玄马适时地挪了半步，弩矢自霍去病身侧擦过，臂甲被射破，血立时涌出……霍去病连看都未看一眼，穿着破损的铠甲，驰马冲入战阵之中，这个终极阵型已不再需要任何将令，它将会激荡至最后一刻。

“汉军威武！”

玄马高高扬起前蹄，他嘶声高吼着，弃了小黄弩，一手持剑，一手持戟，接连将四五名匈奴人挑落马下。

“汉军威武！汉军威武！汉军威武！”

回应的吼声接连不断传出去，直至连成一片，响彻九霄。

“汉军威武！”

缔素亦在嘶吼，干哑的嗓子几乎撕裂。

子青紧随其后，喉咙已发不出声音，右侧一位断臂的同袍被股大力推撞过来，口中鲜血直冒，迎风溅了她一脸。此人身上伤口甚多，最重的是腰腹一道口子，血咕嘟咕嘟地往外冒，浓重的血腥味直冲鼻端。

刚想把人推开，瞥见污血乱发之下的那张脸，子青怔住，辨出此人正是施浩然。

这样的伤，他已然是活不成了。

在大漠中，他险险捡回了一条命，此时此刻，又将命丢在此处。

又有马刀挥来，子青挥铩挡开，双目充血，一咬牙，将他推下马背，策马继续砍杀。

施浩然重重落地的声音，仿佛一块巨石砸在她心头，让她喘不上气来。

不远的前方，伯颜与一匈奴悍将正在生死搏杀间，兵刃相击，火星四溅，骤然有柄箭矢射中伯颜右胸，他持戟的手一滞，身形晃了晃……匈奴大将岂会放过这等良机，马刀明晃晃地一闪，随即便朝他脖颈劈下！

哐当！

斜里插出的一柄剑替伯颜挡下这致命的一刀。

伯颜不顾箭伤，毫不迟疑地挺戟上前，长戟穿心而过，将匈奴大将毙于马背之上，这才喘着粗气转头望向救他一命的人。

"将军！"

插在伯颜胸膛上的白羽渐渐被血染红，双目刺痛，霍去病哑着嗓子问道："卢侯王在哪里？"

"好像在北面。"

"你带人马跟我过去。"霍去病盯了他一眼，"你还能行吗？"

伯颜伸手，咔嗒一下就把露在胸膛外的半截儿箭矢折断，随手扔掉，用因疼痛而更显粗嘎的喉咙应道："能行！"

"好。"

霍去病喉咙哽了一下，再无言语，策马往北面冲杀过去。

巨大的旋涡缓缓地旋转着，碾出漫山遍野的鲜血残肢，生与死在其间变得毫无界限，唯有月光森冷地落在这片翻腾的尸山血海之上……

子青已经数不清是第几次将短铩刺入人的胸膛，拔铩的时候，对方的血飞溅出来，由初始的温热很快变得冰冷，一次又一次。短铩仿佛是用血浇铸在手上，被鲜血浸透，掌心处炙热湿滑，手背上结痂发黑冰冷刺骨。而对于肩上的伤，她已无知无觉，再感觉不到任何疼痛。

在没有尽头的冲杀之中，她失去了缔素的踪影，幸而伯颜身材高大，在众人马之中甚好辨认。眼界边缘，伯颜的前方似乎还有一个熟悉的绛红身影，毫无缘由的，她近乎本能地跟随着他。

旋涡北面，卢侯王率同身旁的几名大将也在寻找汉军的首领——那个年仅二十的霍姓将军。

汉廷仅有一万人马，深入匈奴腹地，兵疲马乏，可算是强弩之末，竟然能与四万匈奴大军鏖战多时，还斩杀了折兰王。卢侯王率兵几番冲杀，居然始终都冲不出汉军阵法，反而损兵折将，仍旧在这个旋涡中打着转。

他的牙都快咬碎了，不管是对于他还是对于匈奴人来说，这都是奇耻大辱。

在挑下汉军旗手之后，卢侯王泄愤般把“霍”字绛红旗倒插，穿甲而过，戳入汉卒胸膛，鲜红迅速浸透绛红旗帜……

再抬起头时，他看见了不远处那位年轻的将军。

也许同为首领的直觉，尽管霍去病所穿战袍平常无奇，可他还是在第一眼就认出此人就是汉军统帅。

眼前的霍姓将军，比他想象中还要更加年轻，却更让他有压迫感。

那是一种很奇怪的感觉，他曾经玩过汉人的六博棋，其中有一条规则便是“王不见王”，他一直不甚了解，为何要规定王不能见王。

看见霍姓将军的那刻，他突然明白了。

几乎在同一时刻，霍去病也看见了卢侯王，然后目光落下，看见那个被旗穿膛而过的士卒。

那士卒还未死，四肢抽搐着，嘴角泛出血沫，双目茫然地望着苍穹！随即，卢侯王狠狠地拧转旗杆，尖锐粗糙的旗头在他膛内搅动，超出承受极限的痛楚令他双目圆睁，口中不能控制地冒出更多血沫……

如同烧得通红滚烫的炭块塞入心房深处，痛楚如烈焰般灼烧着霍去病的全身，脸上咬肌的凸起分外明显，只顿了一瞬，他厉声叱马，直直朝着卢侯王冲过来。

除去平常匈奴士兵不算，卢侯王身侧还有十几名近身侍卫严阵以待，为首三人，个个身量高大，豹目圆睁，马刀染血。他们皆是匈奴人中赫赫有名的勇士，虽不至于以一挡百，但普通汉卒着实不是他们的对手，此役至今，他们所斩杀的汉卒已过百人。

见将军一马当先，伯颜叱马跟上，厮杀至此，仅余十几骑紧随在他身后。

在距离卢侯王还有丈余距离，霍去病骤然转向，长戟挺起，毫无预兆地捅进一名匈奴侍卫身体内，再一挑，匈奴侍卫便自马上飞起，自胸膛飙出一串弧形的血线，重重地朝卢侯王撞过来。

卢侯王策马躲开，看也不看那匈奴侍卫一眼，死死盯住霍去病，反手亮出背在身后的长刀。他的刀与平常匈奴人所用不同，宽增三分，长了近一倍，刀尖之上滴血不染，在月光下雪般刺目。

冷冷一笑，霍去病握紧长戟，正待与他交手，已有一人擦过身侧大吼着冲了上去，却是不知自何处冒出来的赵破奴，满脸是血，举止间似有癫狂之态，长戟舞得毫无章法可言。

刀戟相击！

火星四下飞溅！

两人胶着，互拼臂力。赵破奴力贯双臂，面目狰狞地大吼大叫，带血的唾沫星子隔着刀戟溅到卢侯王脸上。

两名匈奴侍卫一左一右，两柄长马刀朝赵破奴背心砍去，堪堪之际，被霍去病挡开，随即他被二人围攻，而伯颜与所带十几骑此时早已与匈奴人拼杀成团。

子青与面前的匈奴大汉已拆了十几招，那人气力颇大，每一下都打得虎口发麻，一时难以取胜。眼角余光似瞥见了缔素，她不禁有些心焦起来，便想要速速取胜。那匈奴大汉是卢侯王身旁的头号勇士，见子青瘦小，又是带伤之人，原想着三招两式就结果了她，见久战不下，此时也有些焦躁，一对铁锤挟着风舞得越发急促。

哐当！

铁锤砸落，短铩一架，三指初的木杆被砸断。

子青俯身躲过，铁锤正落在马身上。马匹椎骨被击得粉碎，痛嘶悲鸣，四蹄茫然无助地踩踏了下，身躯软趴下来。

手中无兵刃，为了躲开重锤，子青在血水中就地打了几个滚，仰面而躺，重重地喘息着，右手正好摸到一柄长矛。

头顶处，匈奴大汉所骑的枣红马高高扬起前蹄，铁蹄正待落下……

“啊！……”

子青嘶声呐喊着，力贯双臂，用尽全身气力，将长矛刺向马胸。

长矛穿透马身，直直刺入匈奴大汉咽喉！他的双目尚圆睁着。

前一刻还如雷霆般舞动的双锤，骤然停滞在空中，然后重重落地，溅起血水无数。

“勒比！”

卢侯王看着他自马上栽倒，痛失爱将，如断一臂，立时怒不可遏，接连砍出七八刀，赵破奴躲闪不及，胳膊上立时挨了一刀，再舞起长戟便有些滞停。

霍去病解决掉另外两名匈奴近身侍卫，转头看见因耗尽气力而静静躺在血水中的子青，一时也不知他是死是活，胸口似有某物在内扭转撕裂，几乎喘不过气来。

一声嘶吼自赵破奴那里传来，他骤然回神，长戟一攥，策马朝卢侯王而去，堪堪挡住劈向赵破奴的一刀。

见是这位霍姓将军，卢侯王唇角泛起笑意。这场仗打到此刻，汉军愈战愈勇，愈战愈不要命，他都是看在眼中的，最终的结果，他已隐隐看见，虽然他极不愿意承认。

既然结果已定，那么他希望能与这位年轻的汉军将领进行最后的对决。

长刀迎风一摆，血滴无痕，卢侯王正襟危坐在马上，傲然注视着霍去病。

不需要言语，霍去病已然明白他的意思，朝赵破奴沉声道：“老赵，伯颜身上有伤，你且助他，这里交给我。”

“诺。”赵破奴虽不甚情愿，但他从来未曾违抗过将军的命令，恶狠狠地朝地上吐了口血，压根儿没去管胳膊上的伤，策马去寻伯颜。

霍去病扬手扔掉长戟，仅余长剑持在右手，轻拽缰绳，静静看着卢侯王。

王不见王——卢侯王双目深藏着悲恸，他仿佛已经看见这场对决的结果，这一瞬稍纵即逝，他厉声叱马，长刀寒光胜雪，朝霍去病冲过来……

刀与剑狠狠地撞上。

两者相抵，剑自刀锋上一路刮下，溅起长串火星，发出刺耳的摩刮声。

刀似苍龙，剑似游龙。

两人对拆几十招后，卢侯王故意卖了个破绽，引霍去病上钩，却被霍去病识破，将计就计，佯装中招，侧身险险躲过致命一击，由得他将自己的长剑击飞。

就在卢侯王警戒之心稍松之际，霍去病以迅雷不及掩耳之势自马鞍上跃起，单手撑在马背，飞足踢向卢侯王面部，眼见他向后仰躲，左足一勾一挑，将他手中长刀高高踢向空中……

待刀再落下时，已被霍去病稳稳持在手中，刀刃雪亮，正架在卢侯王的脖颈之上。

“降吧！”霍去病沉声道。

刀锋所依处，冰冷彻骨，卢侯王冷然而笑，道：“要大漠上的苍鹰向你们低头，休想！”说罢引颈向前，鲜血自脖颈喷涌而出。

霍去病双目暗沉，手上使力，顿时将卢侯王的头颅砍了下来，滚落到一地的血水之中，再拾回长戟将头颅高高挑在戟尖处……

“卢侯王已死！”他用几乎干哑的嗓子高声吼叫，“汉军威武！”

“汉军威武！汉军威武！……”

赵破奴、伯颜等人见到卢侯王头颅，心中均是狂喜，也跟着吼起来。

吼声一波波地传出去，排山倒海一般，势不可当！

战至此刻，折兰王、卢侯王相继战死，匈奴大军溃不成军，或死或逃，再无力与汉军抗衡。

听见周遭呼啸声一波波地袭来，皆是汉军的声音，透着难以言表的兴奋，子青想起身，身子却沉重如铅块，竭尽全力也不过才动了动手指头。

“子青！”有人俯身将她拉起来，焦切地唤着她，“你没事吧……咱们胜了！胜了！你听见了吗？咱们胜了！”

看着缔素血污狼狈的脸，子青迟缓片刻，才明白他所说话的意思。

胜了？

竟然胜了！

这样实力悬殊的仗，竟然真的让他们打胜了！

因气力耗损过度，她的身子打了下晃，映入眼帘内遍地的尸首迅速把她自喜悦中拽了回来。她摇摇晃晃走了两步，目光四下急切地张望着，“我哥呢？我哥呢？……哥！哥！哥！”

没顾得上再理缔素，她也不知从哪里来的气力，踉跄着往前走去。

缔素立在当地，默然地看着自脚下一直延伸到黑暗之中的尸山血海，怔怔地站了片刻之后，骤然也跟着喊起来：“老大！铁子！……”

“哥！哥！……”

眼前汉卒与匈奴人的尸首重重叠叠，似乎无边无际，子青茫然行走其间，这样一场混战下来，压根儿不知该到何处去寻易烨。

骤然脸上火辣辣一疼，竟是被人重重扇了一耳光！她还未来得及看清谁打的，便先听到一个熟悉的声音——

“他娘的，你号什么号！”是蒙唐粗嘎的嗓子，“还没死绝呢！”

子青眼冒金星，缓缓抬起头看向蒙唐。

长戟拄地，蒙唐拖着伤腿半依着，双目充血，冲着眼前这片残躯断肢哑声吼道：“没死的都动起来！老子带你们回家！听见没有，老子带你们回家！……”话到尾梢，他嗓子已受不住地猛烈咳嗽起来。

不远处，一人抬起一只鲜血淋漓的手，示意自己还活着。

子青辨不清他是何人，心里只盼着他就是易烨，跌跌撞撞地行过来，才看清此人却是公孙翼。

一只胳膊齐根而断，伤处犹在冒血，公孙翼艰难地喘息着，伸手死死攥紧子青，“救我，救我，我不想死……”

子青什么都没说，先替他卸了血迹斑斑的铠甲，又用匕首割下旁边马尸的一大块肉，将带血的马肉径直贴到他断臂处，让他自己按住。

“我的药包寻不见了，这个也能止血。”她虚弱地朝他道，“你按住了。”

见她又站起身来，公孙翼痛得面色苍白，急道：“你这就不管了？！”

“我得去找我哥……”

子青继续摇晃着往前走去，迎面而来的是三三两两相互搀扶的汉卒，她不停口地去问：“看见我哥了吗？振武营的易烨……看见我哥了吗？振武营的易烨……”

得到的是摇头，再摇头，没有人回答她。

她接着磕磕绊绊地往前走，口中不住地呼喊着：“哥！哥！哥！”

地上传来微弱的回响，有人扯了扯她的一方衣角，子青后知后觉地低头望去，待看清此人，呆愣一瞬之后，眼泪在顷刻间滚落。

“老大！老大！……”眼见老大当下的情形，她满脸泪痕，抬头尽力高呼道，“缔素，老大在这里！在这里！”

赵钟汶已然是气若游丝，只是心中尚有牵挂，强撑着一口气不散。他身上几处伤口不提，尚有一柄长戟当胸穿过，将他与马匹牢牢钉在当地。

缔素狂奔而至，随着他而来的还有蒙唐。

两人看见赵钟汶这副模样，缔素怔在当地，迟疑了良久，呼吸艰难，已不知究竟该说什么做什么。

倒是蒙唐，蹲下身来，硬是抑制住喉头千斤重压，朝赵钟汶沉声，“你放心，有我！”

“我……我儿子……”赵钟汶微不可闻道。

“我知道，你放心！”蒙唐重重地点头，“他们娘俩儿都不会受委屈。”

听到他这句承诺，赵钟汶再无所牵挂，眼中满是感激，然后光芒渐渐黯淡、消散……

蒙唐轻轻合上赵钟汶的双目，缓缓起身，拔出那柄长戟。血并不像料想中那样喷射出来，而只是缓缓流淌出一点点，大概是因为赵钟汶体内的血早已所剩无几。

最后，他拉开赵钟汶的衣襟，取了那块标明身份的小木牌。

小木牌将代替赵钟汶回到汉朝疆土。

而赵钟汶，他则要永远地留在这片异域。

泪水在子青脸上冲刷出两道痕迹，她最后望了眼赵钟汶，举袖胡乱抹了抹眼睛，让视线清晰一些，继续踉跄往前走去。

“哥！”

她惶惑不安地四下搜寻着，微微颤抖的双手泄露出心底的惧怕。若是易烨也同赵钟汶一样，又或是更甚，该如何是好？

“青儿、青儿……我在这里……”

她耳边隐约听见了易烨的声音，大喜过望，循着声音找去，却未看见他。

“我在这里……”

极微弱的声音自一具马尸下面传过来，子青望去，这才看清易烨被马匹压住，仅仅一双腿露在外头，动弹不得。

“哥！”子青脸上泪痕未干，喜道，“你等着，我就把你弄出来。”

她欲将马尸挪开，无奈经过那样一场激战，气力早已耗损过度，加上肩头尚有重伤，马匹对她而言重得便如一座山。她几番用力，都无法将马尸挪开来。缔素奔过来帮她，无奈马匹膘厚，两人都无法搬动。

“谁帮帮我！帮帮我！我哥在下面，他还活着！”

子青朝近处的其他汉卒呼喊求助。因匈奴人嗜好戴项链、手链等配饰，除了占了大多数的伤卒，还有些汉卒正在翻拣尸首中的值钱物件，听见子青的呼喊，他们抬头看了一眼，倒是有人抬脚往这边走，才行了几步，似乎又瞥见什么值钱物件，禁不住俯身去翻拣。

见此情此景，子青已是欲哭无泪，身体摇摇欲倒，“求求你们，快……”

有人自身后大步过来，什么都没说，俯身扳住马身，低低闷吼一声，竟以一人之力便将马匹翻了过来！

“将军！”

这两字子青哽在喉咙中，发不出声来，看着霍去病轻柔地扶起易烨，让他靠在缔素身上。

胸口重压骤然离去，易烨虚弱地靠着，咳喘不歇。

“哥……”子青一面轻唤他，一面紧张地搜索着他身上看得见的伤。脖颈、肩膀似有两道口子，却不知伤得多深，伤势究竟如何。

易烨看出她的意图，边咳边安慰她道：“祖宗保佑……这些伤都是皮外伤，没伤到要害……死不了……”

知他向来习惯安慰人，子青不语。

“就是……左腿的筋好像断了……”易烨接着道，目光难测地看着自己的腿。

即使他不说，子青也已经看见他左腿上那道深可见骨的伤痕，低首开始去撕自己的袍衣，双手直抖，撕了几下竟半分也撕不动，这才想起该用匕首。

只听见旁边传来“嘶啦”一声，霍去病已撕下自己的一角袍裾，径直递给她，盯了一眼她早已碎裂的肩甲，染血衣袍已发黑结板，“你肩膀。”

“没事，只是皮外伤。”子青接过布条，本能回道。

明显看出那伤绝不是什么皮外伤，再看她仿佛随时都会栽倒的身板，霍去病皱紧眉头，还欲说什么，却听见不远处有人高呼他——

“将军！奉义中郎将不行了！”

他拔腿欲走，却又转头盯着子青，几近命令道：“你，还有你们都得活着！”说罢，快步飞奔而去。

一个简单的“诺”字在心头彷徨，子青怔了片刻，即使只是在心中，她也没有回答。

药包还在马鞍袋里，而马匹压根儿不知该上何处去找。子青只能先简单地替易烨包扎起来，待包扎好，她也再无气力，慢慢坐下来，半靠着马尸。

“青儿，你的伤……”易烨急道。

“没事。”子青朝他倦倦笑道，“祖宗保佑，你常说的。”

缔素看得分明，知她伤得甚重，割了块自己的衣裾，想替她包扎下肩膀的伤，但需先卸了她的铠甲。子青投去感激一瞥，自己伸手解开铠甲系带……

部分铠甲被血粘连在伤处，早已凝结干涸，此时将甲卸下，如从伤口处剥下一层皮般，子青疼得几乎喘不上气，紧紧咬着嘴唇，冷汗大滴大滴地往外冒。

甲卸下来，竟有肉翻出，白森森的肩骨赫然可见，缔素倒吸口气，再不忍去看，一狠心替她包扎起来。其间子青自是痛不可当，嘴唇咬破，手指死死地抠入地面，却硬是一声不吭。

待缔素包扎妥当，她已无力撑住，眼前一黑，晕厥过去。

“青儿……”

易烨吃了一惊，也顾不得腿上的伤，扑在地上爬过去，先持了她一只手把脉。

脉搏虽弱，所幸还有，易烨长吐口气，仰面躺地上再不愿动弹。

缔素费劲地拖起易烨，让他也半靠在马尸上，又将他的腿摆好，看着眼前昔日的同袍身受重伤奄奄一息的模样，他眼圈一红，又禁不住要坠下泪来。

“你瞧瞧你……还是个孩子……我们又没死，哭什么……”易烨看着他，勉强笑着安慰他。

缔素喉咙哽得难受，低哑道：“老大……老大没了，就在那边。”

易烨怔住，转过头努力望向缔素所示的方向，眼界内一片猩红，尸首横七竖八，哪里辨得出哪一个是赵钟汶。

“铁子呢？”他深吸口气，才问道。

“我还没找到他。”

缔素望着四周，茫然无助地立着，某种东西自腹中直蹿上来，他骤然蹲下身来，双手抱头，顷刻间泣不成声：“我怕……若是他也……怎么办？”

“可若他和我一样，正等着你呢？”易烨皱紧眉头，死抓住他，不知从何来的气力，他猛地推了缔素一把，“快去找铁子，别耽搁！”

缔素似应了一声，踉跄着走开。

晨曦初现。

霍去病靠在一块山石上，胳膊上的伤已粗略包扎过，正在听各营回报伤亡人数。

“虎威营，全营余二百三十六人；建武营，全营余三百一十二人，祁校尉战死；建威营，全营余三百五十人；扬烈营，全营仅余四十三人，施校尉战死……连伤者在内，全军只余两千八百一十三人。”

一个个冰冷的数字。

一张张似乎尚鲜活的面孔。

嗓子里甜腥的东西涌上，霍去病硬是梗着脖子，仰头灌下一大口匈奴人的马奶酒，紧接而来的一阵狂咳逼着他把酒尽数吐了出来，淡淡的红。

赢了！竟是这样赢了！

他带出来一万人马，一夜之后，仅存两千余人。

还有七千余人，正静静躺在他的面前。

“将军！”赵破奴急急赶到他面前，披头散发，身上几处口子虽包扎上了，但血仍是透了出来，“此地不宜久留，伤卒众多，也须得尽早赶回去救治。”

沐浴在微弱的晨光之中，霍去病低低咳着，没有看他，只道：“得把兄弟们都埋了！”

赵破奴喉头一哽，他何尝不想如此，只是眼下又哪有挖坟的工夫，余下的人十个中九个伤，大战初歇又何来气力。

“将军……”他想劝。

“我不能让他们暴尸荒野，会让野兽、鸟禽糟蹋的……就在那里吧，”霍去病打断他，手指向朝东的山坡，坡下有一处天然的浅浅凹处，“朝着汉域。”

说罢，他咽下喉头的腥甜，站起身来，径自动手拖起最近的一具汉卒尸首。

“将军！”

他的背影倔强如铁，赵破奴再无力劝阻，遂招呼其他士卒都来帮忙。

众士卒见将军亲自动手，皆默默无语地加入进来。

“他没死！没死！”

缔素死死搂着徐大铁，不让人将他拖了走。

比起其他汉卒，徐大铁着实算得上是最周正的一个，没有残缺，身上几乎没有血迹，也没有伤口。

他只是静静地躺在那里，气息全无，鼓槌仍握在手中。

耳边犹还响彻着战斗时的鼓声，他双手始终没有停歇过。

体力透支，再透支……他是活活累死的。

蒙唐大步过来，一把将缔素拖开，探手试了下徐大铁的脖颈脉搏处，目光暗沉了下，便要俯身去拖他。

缔素一下扑过来，往下扳蒙唐的手，急道：“他没死，没死！”

“死了。”

“没死！”

“他死了。”蒙唐扬手就甩了缔素重重一巴掌，怒目道，“你难道还要让他暴尸荒野？！”

缔素半晌说不出话来，嘴唇颤抖着，眼睁睁地看着蒙唐将铁子负上肩头。铁子是个大块头，比蒙唐还要高出一头，此时被蒙唐背负着，脚尖还拖在地上，在地上划出一道直直的路来。

呆呆地看了一会儿，火辣辣的脸颊让他回过神来，梗了下脖子，大步行至赵钟汶处，用力将老大负起。

蒙唐将徐大铁放下，随后，缔素也到了，将赵钟汶放在了徐大铁旁边。

“老大，铁子……你们好好的，在那头等着我，早晚我过去寻你们。”缔素单膝跪着，替他二人整理着衣袍，口中低喃着，“到时候，别忘了我这兄弟。”

“你跟他说，每年清明，我总给他留一炷香，让他记得来受用。”

蒙唐在缔素身后闷声道，说罢转头大步便走了。

一时尸首搬妥，毫无生气的绛红重重叠叠，干涸暗沉的血迹，刺得人双目直想流泪。

紧接着，近百支带绳索的三棱箭齐齐射向山坡高处，深嵌入内。绳索就绑在上百匹马儿身上，霍去病深闭上双目，轻点下头——马匹向前奔去，半壁山坡轰然倒下，滚滚烟尘顷刻间淹没了所有一切。

待烟尘消散，眼前再看不见那层层叠叠的绛红，残坡之下已多了一座巨大的坟，苍苍茫茫。

再没有可以耽搁的工夫，霍去病一声令下，但凡伤卒，能动弹的上马，不能动弹的捆上马，两千多人马迅速撤离皋兰山，迎着晨光，往逆水渡口驰去。

子青自晕厥过去之后，虽然脉搏还在，却始终未再醒过。马匹颠簸甚巨，被牢牢捆在马背上的她却只觉得自己仿佛置身云端，被一只浑身通红大鸟负在背上，山高水远，穿云拂月，就这样一直飞着，也不知是要飞向何处。

那鸟儿好生眼熟，她想要记起它的名字，脑中空空荡荡，却是不能。

第十七章　何以家为

逆水渡口，上百艘的船正等待着他们。

阿曼与邢医长都在最先头的船上。身为医长，邢医长因年纪太大，虽无法随军打仗，但须得及时了解伤卒状况，在船上做出有效的安排。

而阿曼，他随船而来，只是因为担心着一个人。

久久的等待，他们终于看见了汉军的到来。

“就……就剩这么点人？”邢医长不可置信地揪住赵破奴。

“咱们赢了！”

赵破奴只说了这四字，他一身的口子，强撑到此地，早已是强弩之末，被邢医长一拽，差点全身都瘫倒在这老头儿身上。

“阿曼，快来接着他。”邢医长回头唤道，这才发觉阿曼不见踪影。

自看见汉军，阿曼的心头便重新浮起与那夜相同的不安，视野内的汉卒伤痕累累，缺胳膊断腿的人满眼皆是；还有一些汉卒虽被捆在马背上带回来，然而可见垂下来的手已发紫青色，显然已死去多时。

不会，她不会有事，一定不会有事！

他深吸口气，强自镇定，从一个个血污模糊的面孔上搜索过去。直到看见那个被捆在马背上的瘦小身影。

是她！

阿曼轻轻撩开散在子青脸上的发丝，温柔注视片刻，然后将自己的脸靠上去，贴着她的。

肌肤微凉，却能感觉到些许暖意，他的唇角微微含笑。

不管她伤了何处，只要她还活着，就好。

船静静地航行在河道之上，行至午夜，雨淅淅沥沥地下了起来。

早春的雨，彻骨的冰冷，点点滴滴，每一下都像是落在心头。霍去病只睡了两个多时辰，便披衣起身，坐到案前，低低地咳着。由于伤处发炎，他一直在发着低烧，加上征战多日，身体早已疲惫到了极处，按理说该好好歇养才对，可他却再睡不着。

一灯如豆，面前的案上摊着空白竹简，这是他须得呈于圣上的战报。

他缓缓地研着墨，一下又一下，良久才提起笔来——

此次出征，连破匈奴五大部落，击杀匈奴折兰王，卢侯王，虏浑邪王之子及相国、都尉，获休屠王之祭天金人，共斩获八千九百六十人。

对于圣上来说，此简战报是不折不扣的捷报。可对于他而言……

一万汉军随他出征，离开皋兰山的时候，仅余两千八百一十三人，待到了渡口，重伤不治而亡者又有数百人，均被就地掩埋，能上船的汉卒不足两千三百人，其中伤者过半。

七千余人埋在了皋兰山下，此生再也回不来。

“将帅要扛的，并不仅仅是输赢。”——不期然，他复想起舅父说过的那句话，淡淡的一句话，他直至此时此刻才知道舅父扛了些什么，而自己肩上要扛的又是什么。

胳膊上的伤处痛如火烧，手中的笔犹有千斤沉重。

一字一字，他在灯下缓缓写着。

舱尾，子青半靠在舱壁上，仍在昏迷不醒之中。她的伤处已上药，又重新包扎过，连身上所穿衣袍都重新换过干净的。

阿曼端着药碗，极耐心地用小木匙一点一点地将药汤自她唇中喂进去。

似乎被药汁呛到，子青剧烈咳了几下，缓缓睁开眼睛，视线内模模糊糊，辨不分明，只听得落在船身周遭的雨声叮咚，清晰无比。

“下雨了？”身子随着船身微微起伏摇晃，仿若梦中，她低喃着。

“嗯，下雨了。”

阿曼柔声答道。

听见他的声音，她抬眼望了他片刻，方才辨出他来，微微一笑，虚弱道：“阿曼，我刚才还看见你家乡的鸟儿，真美。”

阿曼一笑，道：“是啊，以后我再带你去湖边看它们。”

他又喂了她一匙汤药，子青柔顺地咽下之后，才问道：“这是什么？”

“邢医长给你配的汤药，我知道很苦，可你的伤很重，不能不喝。”阿曼轻道，又喂了一匙。

“我的伤……”

子青茫然地思索着，良久才将之前的记忆连接上，如梦初醒的同时悲恸不已，挣扎着要起身，急问道：“我哥呢？我哥呢？”

“他在另外一头，缔素在照顾他。他还活着！”阿曼忙放下药碗，按住她，“你的伤很重，不能乱动！”

“真的？”

“真的。”

听他言之凿凿，子青这才未再挣扎，只是方才这番挣扎，左肩上的血迅速濡湿布条，渗了出来。这般疼痛，清醒过来的她也只是皱了皱眉头，环顾四周，问道："我们在船上？"

"嗯。"

阿曼想接着喂她汤药，子青倦然摇摇头，右手接过他手中的药碗，三口两口径自喝完。

见状，阿曼一笑，将空碗搁到一旁，起身拿了干净的布条过来，"你的伤口刚才又裂开，我给你换药……你放心，这里是后舱，此时又是半夜，不会有人过来。"

换药便须得脱衣，男女有别，毕竟不便，子青怔了怔，道："我……我可以自己换药。"

"伤在肩背，你如何换药。"阿曼微叹口气，目光中透着恳求，"我来替你换，好吗？"

子青低头，这才发觉自己衣物也都已换过干净的，想来也是他。

"你身上的伤不止一处，我……"阿曼仍望着她，明白她心中所思，解释道。

"我明白，"子青打断他，低头闷声道，"你替我换药吧，劳烦。"

子青侧靠着舱壁，满身的伤口早已让她疼到麻木，她压根儿就没有问过阿曼自己伤情如何。

"我看过我哥的腿，怕是保不住。"她低低道。

替她拢上衣裳，阿曼尽可能轻柔地扶她侧躺下，不去触及左肩上的伤。说实话，易烨是死是活，他并不在意；汉军是输是赢，他也不在意；他唯一在意的，只有眼前这个人。只要她还活着，能这样守着她，一切足矣。

"你可看过自己肩的伤？"阿曼叹道，"比他的腿伤更重，谁砍的？"

"折兰王，"子青苦笑，"这刀换了他一条命，算起来还是我欠他多些。"

"老邢说，再深一寸，左手就不能动了，你下半辈子便要成废人。"

子青仍是笑了笑，道："挨那刀的时候，我以为整条胳膊都得被卸下来，没想到还能留着。"

"这么拼命做什么，值得吗？"阿曼温柔地伸过手去，将子青面颊上几缕被汗浸湿的发丝撩到她耳后。

"那时候是实在没法子了，我没想那么多。"子青还是记挂着易烨，抬起身子，"我哥的腿，伤了筋络，我得去瞧瞧他。"

"你现在绝对不能动，若是伤口再裂开，我宁可把你打昏过去，不与你说笑。"阿曼强按住她，安慰道，"邢医长的医术不是很好吗？有他给你哥诊治，你别担心。"

子青心中却是明明白白，苦笑，"此仗伤者甚众，我哥不过是普通小卒，上头还有校尉、曲长、官长……哪里轮得到邢医长来给他诊治。"

“我来想法子，必让那老头儿先给你哥诊治。”阿曼轻松笑道。

“当真有法子？”

阿曼笑着点点头，“自然当真，不过你得先答应我一件事。”

“好，你说。”子青忙问道。

“待你伤愈，便随我一块离开，”昏暗的烛光下，阿曼紧紧盯着子青的脸，“可好？”

雨声阑珊，点点滴滴，凄凄清清，子青沉默不语。

“你本就不该在军中，况且，此番出征，汉军折损七成以上，你身受重伤，”阿曼劝道，“下一次，谁能料想到下一次又会是什么状况？”

雨声之中隐约夹杂着几声压抑的低咳，正是行至舱尾想透口气的霍去病背抵着舱壁，隔着薄薄的木板，静静听里间的对话。

“老大死了。”子青没头没脑道。

“不光是他，七千多名汉卒埋在那头，回来领功封赏的人又是何人？”阿曼冷笑道，“霍将军他会记得这七千多名汉卒的名字吗？他会记得他们长什么模样吗？他会记得他们都受了什么伤，流了多少血吗？”

良久，子青才道：“我，不能走。”

阿曼皱眉，按捺下心头的气急，问道：“是为了你哥？他的腿伤我也看过，即使能保住腿，将来行走也多有不便。汉军又岂会要一个瘸子，你哥是不可能再留在军中。或者，你又是为了缔素？”

“不是。”子青缓缓摇了摇头，此战她非但没有帮上缔素，反过来是缔素将自己的兵刃给了她，“你以为我不想走吗？我想，我恨不能此时此刻就远远离开，再不必持戟操戈，再不必看着同袍在生死搏命……可我不能走！”

阿曼双目痛楚，不解道：“为何？”

“我的命，是七千多人垫出来的，没他们，我活不了。我也记不得他们的名字，记不得他们长什么模样，更不知道他们受了什么伤，流了多少血，可他们此行未做完的事情，我至少得替他们做完。”子青缓缓道。

“头一遭带兵出征便折损七成以上，你还要跟着这样的将军继续征战？”阿曼只看见归来的伤兵残将，对霍去病的带兵能力倍加质疑。

“此役是绝地之战，换作他人，只怕是全军覆没。将军他……”子青顿了片刻，才接着又道，“我信他！”

静谧的夜，雨水冰冷沁骨，霍去病背靠在舱壁上，将子青的话听得再分明不过……

面对七千多具汉卒尸体，他尚能强忍住眼泪。

而此时此刻泪水终于无声地滑落下来。

经此惨烈一役，依然有人相信他，愿以命相托。

阿曼良久未语，默默地注视着她。

“对不起，可我哥……”子青生怕他因此而不帮易烨，恳求地望着他。

霍去病双目暗沉，心中忖度，阿曼若拿此事为难子青，此人便不可再留。只是仅仅将他逐出，又或是当作匈奴俘虏绑送长安，他尚需再做裁夺。

“放心吧，天一亮我就去找老邢。”阿曼的手温柔地拂过她的眉眼，“这事我会办妥，你不用操心。你要留下便留下，我总是陪着你的。”

“多谢你。”

子青自是再感激不过。

“等此件事了，你会走吗？”阿曼轻声问。

“会！”子青答得毫不犹豫。

“到时候我带你去处极好的地方，可好？”

“好啊。”

似乎子青的应承让他欢喜不尽，阿曼深吸口气，灿烂笑开，将她的手紧紧合在掌中。

外间，任凭雨水打湿衣袍，霍去病只是眉头微颦，一动不动。

待船靠岸，伤情严重的汉卒先安置在就近的医帐中，轻伤者做简单处理后送往别处。

阿曼诸事皆不理会，径直将子青抱入自己所住的医帐之中。

邢医长又替霍去病换过一次药，严厉喝止他骑马的意图，硬是把将军塞入马车之中，看着马车往长安方向而去。

春雨绵绵密密反反复复地下着。

医营之中，每日都有重伤不治的人被抬出去埋掉，也有人在慢慢转好。随着霍去病回朝的日子越久，众人的猜度也就越多……

他们猜想着长安的模样；猜想着那座雄伟辉煌奢华美丽的庞大宫殿；猜想着那位拥有天下的无上君主生得如何模样。

想得最多的是这位君王究竟会给缺胳膊少腿的他们多少赏赐！

残破的身体，唯有丰厚可观的赏金，才是他们来日生活的保障。

长安的春雨，细软绵绵，伴着轻柔的柳条拂过人面，丝丝痒痒，不若陇西那般冰冷。

未央宫中，皇后卫子夫，她又是霍去病的姨母，专门在自己宫中整治了一席家宴，连同卫青，卫少儿一并都请了来，为霍去病庆功。

“表兄的伤可好些了？”

卫长公主，卫子夫的长女，关切地问卫少儿，眼珠子还不时往长廊尽处张望着，等待着霍去病的身影。

“多谢娘娘和公主记挂着，已经好多了。”卫少儿回道。

卫子夫先悄悄扯了扯卫长的袖子，示意她举止不可失了女儿家的矜持，才朝卫少儿笑道：“此间并无外人，妹妹莫要拘谨，既是家宴，便要如百姓人家一般不拘礼，才显得热闹亲和。”

卫少儿含笑，唤了声：“姐姐。”

卫子夫笑着应了。

“表兄怎的还不过来？”卫长急道，转头看见母亲的薄责目光，撇嘴道，“是你说可不拘礼的。”

卫子夫无奈一笑，拉过她手来，道：“急什么，去病在陪你父王说话，咱们等等又何妨。”她转向卫少儿，“妹妹，这次去病立下大功，圣上还说要在长安城里选个离宫里近的地方给他建府邸，比现下他住的起码要大上四五倍，想来就是在说这事呢。”

“那岂不是和舅父家一般大！”卫长插口惊喜道。

卫少儿面上喜忧参半，道：“去病他这点功绩，如何能与卫青相提并论，这么大的府邸赏给他，只怕又要惹得人说道。”

“不怕！”卫子夫不喜她这般畏畏缩缩的模样，“去病是真有本事，他出征之前，朝堂上不是也议论纷纷，说他靠的是我这个皇后姨母才能领兵。可你瞧瞧，他连破匈奴五大部落，斩折兰、卢侯双王，又缴获了休屠王祭天金人，这满朝堂的人，谁还敢再说一个字。”

“姐姐说得是。”

卫少儿忙道，将面上的忧色压入心底。

长廊尽头，有宫女用小碎步急急跑来，立在台阶下禀道：“大将军、骠骑将军在东雀门外求见。”

“让他们进来吧。”卫子夫道。

“诺。”

宫女离去不多时，卫青与霍去病两人身影便出现在长廊之上，缓步走来。远远望去，两人身量相差无几。

待近前来，卫长忙起身要向舅父表兄见礼，霍去病已在阶下先向卫子夫行礼。

卫子夫笑道：“免了免了，快过来让姨母瞧瞧你，听说是伤在左臂是不是？还疼不疼？”

霍去病上前来，待卫青坐定，自己方在下首的案上坐了，含笑答道：“皮外伤，不碍事。”

“没事就好，你在外头打仗，别说你娘，我也是整日悬心，”卫子夫笑瞅一眼卫长，“连这丫头也天天往她父王那里跑，打听前方的战报。”

卫长含羞低下头，又忍不住偷眼去看霍去病。

“让姨母操心，是去病的不是，去病先向姨母赔罪。”

霍去病自斟了杯酒，朝卫子夫一敬，满饮而下。

“这孩子真是大了……”卫子夫朝卫少儿笑道，“什么赔罪不赔罪的，我还是头遭听他这般说话。”

卫少儿望着自己的儿子，此番回来，他的变化显而易见，话越发见少，神态举止倒隐隐看出几分卫青的影子。此番他立下奇功，圣上零零散散的赏赐一拨接着一拨，却从不见他有半分喜色。起先她只道是他伤势未愈，故而心情不佳，可直至他伤口痊愈之后，他仍是这番模样。但凡有上门道贺的人，他一概推说尚在养伤，一个都不见。

此时见他饮酒，她忍不住柔声劝道：“你的伤才好，还是少喝点酒。”

“你别老管着他，”卫青自斟着酒，在旁替霍去病说话，“让他喝便是，男人喝酒不算个事。”

霍去病只自笑了笑，并未说话。

“去病表兄，我敬你一杯，贺你此番凯旋，为汉廷立下大功！”卫长端了杯酒，娉娉婷婷地立起来，眉梢含羞带笑，朝霍去病道。

“多谢。”

霍去病虽在笑，脸上却不见丝毫喜色，干脆利落地将酒一饮而尽。

卫青深深注视着他，想说什么，碍于其他人，终是未说出来。

卫长见他将酒饮尽，心中欢喜，又好奇问道：“听说我父王赏你府邸，是在何处？”

霍去病怔了下，似乎未料到她会问此事……

卫青替他答道：“府邸的事，去病已经推辞了。”

闻言，卫子夫与卫长皆是奇怪，唯卫少儿暗松了口气，觉得儿子做得对。

“为何不要？”卫长不解。

与此同时，卫子夫问的是：“圣上可有不悦？”

卫青笑道：“去病说，匈奴未灭，何以家为！圣上听了这话，岂会不悦。”语气间，对霍去病该举动也甚是赞赏。

“匈奴未灭，何以家为？”卫长将这话反复在心中咀嚼两遍，再望向淡然饮酒的表兄，脑中既有些糊涂，又有些茫然，恍恍惚惚间觉得这个自己打小便认得的人，似乎隔了层雾水般遥远。

卫子夫听了这话，方才放下心来，笑道：“去病有此大志向，圣上自然欢喜。”

听到姨母所说“志向”二字，霍去病在心中黯然自嘲，又斟了杯酒饮下，只觉满腹伤郁无可排解。

对霍去病越发好奇，卫长问道："我听父王说，表兄在皋兰山下与匈奴人打了一场极漂亮的仗，不仅以少胜多，还斩了匈奴双王。表兄，你与我说说，匈奴人比汉军多了几倍，你是怎么打赢的？"

正是心中最痛之处，霍去病原想只说"天幸"二字，话到嘴边之际，眼前似又浮现出熹微晨光下的满地黯淡绛红，他迟疑了片刻，淡淡道："是七千多将士拿命换来的。"

"嗯？"

卫长一时没听清楚，待要再问，却被卫青以目光制止，只得不语，但心中甚为不解。她平日里所见到的人，但凡有些好事，总想着不着痕迹地吹嘘显摆，可表兄为汉廷立此大功，怎的好像一点儿也不欢喜。

霍去病酒意微阑，半撑着头，展目望去，堂外细雨霏霏，染得石阶旁的点点青苔越发碧青。

美婢温酒，家人们笑脸和煦，对他的称赞此起彼伏，和暖的不知名的香气自熏笼中一缕缕透出来……一切都显得那么平静而祥和，柔软如泥沼一般，让他无知无觉地往下陷落。

不期然，烟雨深处的一株幼树映入眼界，与此同时，脑海中某个熟悉的身影一闪而过，那双眼睛清澈见底，带着常人无可企及的倔强。

他的心骤然抽痛。

"表兄，你想听什么曲子？"有人在问他。

"去病、去病……"是卫少儿的声音。

霍去病回过神，抬眼看去，不知何时卫长已坐在琴案后面，正抿着嘴笑他醉态。

"曲子……《无衣》吧。"他随口答道。

卫长愣了下，显然这曲子并不适合此间氛围，转头望向娘亲，卫子夫只朝她微微一笑，并未多言。

旁侧卫少儿看在眼中，忙道："去病这孩子，大概还以为自己在军中，咱们家宴可不能听他的。上回我来时曾听公主奏过一曲，虽不知其名，却极是好听，去病，你可想听听？"

娘亲盯着自己，霍去病明白她的意思，直起身朝卫长微微笑道："想来公主琴艺又有精进，去病自然也想一饱耳福。"

卫长含羞地低首一笑，口中只道："姨母既然喜欢上回那首曲子，那我就再弹奏给姨母听。"

琴音泉水般流淌而下，缠绵清冽，却是《诗经》中的《淇奥》。

"……有匪君子，如切如磋，如琢如磨……"卫长低着头，只作专注状，双颊渐渐染上淡淡绯红。

女儿的心事，卫子夫如何能不知道，只是刘彻那里始终无声无息，她看不透圣上心思，生怕犯了他的忌讳，也不敢贸然有所表示。她留意着霍去病，后者在琴音中依旧神色如常，并无半分异样。

因得圣上厚爱，霍去病自小在宫中进进出出，宫中乐师长亲教了他五年多的琴，琴艺可谓是青出于蓝而胜于蓝。虽说自他当了期门郎官，甚少再听见他弹琴，但这曲中之意，他不会听不出来……

卫子夫暗叹口气，女儿这一番心意多半是要落空，自己再不能由着她的性子，该为她将来好好打算才是。

待宴席散了，卫青、去病诸人告辞出来。

"去病酒喝得有些上头，我带他去城外遛遛，醒醒酒。"卫青朝卫少儿道。

与卫青在一块儿，卫少儿再无不放心，点点头，瞧还飘着细雨，便伸手替霍去病把斗篷的兜帽戴上，叮嘱他道："仔细别淋着雨。"

霍去病笑应了，先扶她上了马车，方才自上马，与卫青策马往城门行去。卫青生性稳重，又是知百姓疾苦的，在城内只按缰缓行，直至出了城门才叱马疾驰向前。

风夹着雨丝，冰凉扑面，所行的路在霍去病幼年时便行过无数次，再熟悉不过，约莫过了小半个时辰，卫青方才缓下马来，在河边一处柳树林翻身下马。

霍去病跟着下马，将马儿拴好，沉默地缓步走着……孩提时的他不喜在人前发愤用功，倒常常躲在这里练习剑术、箭术等。虽多年未再来过，但树上仍可寻到他当年的一道道剑劈刀砍，手抚上去，凹凹凸凸，粗糙不平，眼前仿佛看见尚是孩子的自己咬着牙在苦练。

"舅父，你也知道这里？"霍去病回头望向卫青，笑问道。

卫青随手拍了拍树，道："我怎么能不知道，那时候你一消失就是大半日，你娘就怕你闯祸，若连我都不知道你在何处，我还如何当你的舅父。"

霍去病自嘲一笑，"没想到，我还以为你们都不知道呢。"

斜风细雨，卫青静静立着，望了半晌河水，才淡淡道："你此次出征，赞赏之言，圣上、还有旁人都说了许多，我便不再多说。我只想问你，一万人随你出去，仅剩两千余人归来，赢得是不容易，你可曾想过自己是否有做错之处。"

见他未语，卫青接着道："你还在养伤的时候，我替你去过施家，其母自收到讣闻之后便卧床不起，家中仅余一幼弟，见着我嚷着也要从军，替兄长报仇。"

将头狠狠抵在树上，手紧紧扣入树皮，双目深垂，霍去病一句话也说不出来。

"你安然无恙地回来，你娘、我固然欢喜。由己推人，死在漠南的那七千余人，他们身后又有多少亲人……若你不能反省此战中自己的失误所在，不光我会失望，连那七千多士卒都是枉死，你可明白！"卫青自后拍了拍霍去病的肩膀，"我知道你心里难受，还记得我曾对你说过的吗——将帅要扛的，并不仅仅是输赢？"

“我记得。”

低垂的双目下深藏着伤痛，霍去病闷声答道。

卫青再未多言，望着因痛苦而深抵在树干上的霍去病……

良久之后，霍去病才转过身来，低低道：“那些从船上抬下来的伤卒，像骈宇骞那样的不在少数，这些日子下来，也许还有人死去。我在长安待着，日日赏赐不断，可我所希望的，只是他们能少死一些，哪怕就一个也好。圣上还要赐我府邸，我怎能接受。”

同样身为将军，大大小小打过那么多仗的卫青岂会不明白，看着眼前的甥儿——曾经几时，他还只是个策马街头的少年，锦衣华服，恩宠一身，飞扬跋扈；而眼下，这个少年终于长大，用最残酷的方式成长，真正明白了“责任”二字的意义所在，让自己可以为之欣慰，为之赞赏。

“来日你还得领兵打仗，身为将帅，肩上的所有你须得一直扛下去。”卫青沉声道。

记忆深处有个人的话复浮现出来，霍去病涩然苦笑，道：“是啊，有人告诉过我，撑着、撑着、一直撑下去，就是顶天立地。”

突然间，他想见那个少年了。

黄昏将至，阿曼半蹲在帐外煎药。

过了半晌，易烨拄着拐杖，一瘸一拐地自帐中出来，眉头皱着，压低了声音道：“她这样大概多久了？”

阿曼直起身来，瞥了眼帐内，低叹道：“一过午就发烧，直烧到晨间才退，反反复复地好一阵了。”

“老邢怎么说？”

“老头儿只说急不来，伤得重，得慢慢调养。可营里缺药也不是一两天了，药不对症，拿什么调养。”阿曼显然对邢医长不太满意，“夜夜都烧得睡不好，身上还有伤，再这样拖下去，人会熬不住的。”

易烨眉头紧缩。

忽地不远处似有一阵喧哗，两人望去，只看见几辆运药材的马车驶过，马车后头似乎还有人……

“看样子，老邢总算把药材办回来了。”

易烨喜道，拐杖用得不甚习惯，往那边蹒跚行去。

阿曼眼力甚好，看清行在马车后头的人，便知喧哗声因他而起，自是不会上前凑此热闹，返身掀帘入账内……

“是邢医长回来了？”半靠在榻上的子青也听见了外间的喧哗，放下手中医简，抬头问道，“他买到药材了？”

“有几车子的药材运进来。”阿曼把手放在她额头上试了试热度，伤病缠身多时，子青下巴越发显得尖。他微不可见地皱了下眉头，劝道，“看书伤神，你还发着烧，多歇歇才好。”

“我睡不着。”子青歉然望着他，“闭上眼睛老瞎想，还是看书的时候心里静一些。”

方才晾的水已转温，阿曼端给她，子青放下书简，用右手接过，咕咚咕咚一气全喝了。

“我哥……他说他以后想在陇西开家医馆。”她放下碗，朝他笑道。易烨经过一阵子的郁郁寡欢，现下终于振作起来，对将来有了新的打算，她心中着实欢喜。

“开医馆？得要不少钱吧？”

“我正想此事呢，”子青叹口气道，“也不知朝廷给伤员的抚恤金是多少？何时才能发下来？”

“指着抚恤金开医馆？”阿曼自然而然耸肩道，“汉廷断断未能如此慷慨。”

他刚说罢便看见子青在愣愣发怔，立即便后悔了，何苦再给她添一桩心事呢。刚想寻话往回找补，身后帐帘风动，有人大步进来……

“将军——”

子青吃了一惊，随即便欲下榻行礼，被阿曼急忙按住。

“发着烧呢，别乱动……”阿曼连头都未回，只管掖好盖在她身上的毯子。

霍去病闻言，眉头一皱，问道：“还在发烧，怎的伤还未好？”眼前的子青面有倦意，双颊因发烧而泛着红，比过往又消瘦了许多，唯双目还是与过往一般清亮。

“麻黄、生地、熟地等药材，不是缺这样就是短那样，药不对症，拖来拖去就拖到现在也未好。”阿曼起身转头，双目直视霍去病，平平叙述道，“这些日子，因药材短缺又死了数十人，就埋在河边上。”

霍去病一言不发，他在长安城中一收到老邢的信牍，便马不停蹄地四处收购药材。因去年大水之后，各地均爆发疫情，大量药材都被送往疫区，特别是几味常用紧要的药材，更是缺得厉害。他也是好不容易才收罗到这几车，亲自往这里送过来。

外间传来哧哧之声，像是汤药潽出来的动静。

“我去煎药。”

阿曼不放心地望了眼子青，不得不出帐去。

帐内便只剩下子青与霍去病二人，子青心里想着伤卒抚恤金的事情，正踌躇着开口询问，便先听见霍去病淡淡道：“此番你力斩匈奴折兰王，立下大功，我知道你不收任何形式的赏金，所以替你做主，改升你为医长，军阶同中郎将。”

封赏？……子青愣了愣。

由普通士卒直接晋升至中郎将，可谓天地之别，见她无反应，霍去病以为她惊呆了，顺口又补充了一句，“老邢面前，你可得识时务，低着点头。”

子青仍在发愣。

“怎么，欢喜傻了？”霍去病微微一笑。

“将军……”子青终于开口，小心翼翼问道，“这次，我能不能要赏金呢？如果把中郎将换成赏金，能得多少钱？”

霍去病气得说不出话来，只拿眼瞪她，一脸的恨铁不成钢。

“不行是吗……那、那就算了。”

伸手向人要钱本就不是她会做的事情，此时见霍去病脸色不善，子青自己便先愧了。

“你是不是又缺钱了？”他问。

子青垂目，老实点头。

霍去病不由自主地想起之前，这小子穷得要制笔拿去卖，“你怎么老是缺钱？”

子青说不出话来。

“中郎将都不要，宁可要钱，该说你傻还是该说你贪财！”霍去病没好气地问道，“说吧，要钱做什么，说老实话，我没准儿还能考虑考虑。”

子青犹豫片刻，才愧道：“我哥他想在陇西开一家医馆，我估摸着他的抚恤金肯定是不够，所以……”

“抚恤金？”

“他的腿伤了主筋，使不上劲，瘸了。”

霍去病掩下眼底的黯然之色，接着问道：“那为何不回老家去，还要待在陇西？”

“除了医术，他别无所长，老家那边原本就是开医馆的，挣不了几个钱，还得靠砍柴、挖药草补贴着才行。我哥的腿，再上山去挖药草就不太便利了。”子青顿了片刻，低道，“家中先生与夫人年事已高，我哥总不能让他们再为自己操心。”

我知道了。”霍去病瞥了她一眼，“此事我会再斟酌。”

“多谢将军。”

子青身子微晃了晃。她虽说人在榻上，但与将军说话，自是不敢再靠着，一直强撑着身子，时间一长未免气力不济，只感到一阵阵头昏目眩。

霍去病看出她的异样，抢上前将她扶住，一手探向她额头，果然烫手，又是气恼又是心疼，“过了个把月，还烧成这样，你的伤究竟是怎么治的？让我看看！”

末一句话让子青大惊失色，本能地往回缩身子。

“不用，伤口已经快长好。”

霍去病只当她是倔强惯了，越发不放心，一边扳她的身子，一边就要去揭衣袍，我记得是伤在左肩上。”

子青无处可闪，攥紧衣裳，急得大喊：“阿曼！阿曼！……”

话音未落，阿曼已快步进帐来，见此情形，并未上前，冷笑疾道：“听说汉廷好男风者众，将军有此好也寻常，只是不该对伤卒动手。”

被他这么一说，霍去病自是不好再去解她衣袍，恼怒道：“你胡说什么！我不过是想看看他的伤。”

阿曼不语，只看着子青。

霍去病再看子青，后者目光中戒备之意显而易见。坊间流传霍去病得刘彻厚爱，全因男色侍人，霍去病自己自然也有所耳闻，但权当是鸡鸣狗吠，并不理睬。

直至今日看见子青目光，心中一震，难道在他眼中，也将我看成是那等人？霍去病胸中气恼难当，再未说一个字，愤然离去。

子青长松口气，难免心中有愧，不安道：“将军好像恼得不轻？”

阿曼耸了耸肩，“要他不起疑心，又要他停手，只能如此逼他，咱们也是没法子。再说，正因为他不是那等人，我也才敢用此策。”

“话虽如此……”

子青仿佛犹能看见霍去病离去前的模样，越发愧疚。

“别想了，至少他以后都不会再来与你拉拉扯扯，也算是件好事。”阿曼倒无半分愧色，笑着安慰她，“劳了半日神，你且躺下歇着，待会儿药好了，我再来唤你。”说着便扶她躺下，又替她将毯子密密地掖好，瞧子青还忧心忡忡地睁着眼睛，索性把手捂到她双目之上，“闭眼，睡觉！”

他的手心暖暖的，子青哧哧一笑，只得依言合目。

“往上放，往上放！受了潮气可不得了！”这边，邢医长满头大汗，絮絮叨叨地指挥人将药材分门别类地归置，不经意一回头，才发现霍去病不知何时一脸煞气地站在身后。

“我已与陇西都尉通过信牍，要用什么药，你可直接去找他，他自会派医曹去办。”霍去病淡淡交代道，“此间既然无事，我便先回长安了。”

“谁说无事，你急什么，马上就入夜了，忙了两日，在这里且歇一晚再走，正好我还可以替你用针灸一下，你那个嗽疾……”

“不必麻烦。”霍去病抬腿便要走。

“什么不必，你跟我过来、过来！”邢医长费了好大劲才拽住他走，口中不解地嘀咕道：“这娃娃哪里受了气？”

霍去病何等耳力，怎能听不见，顿时怒气又起，恼道：“谁受气了！”

“好好好……不是你，是我！是我老头儿子没眼力，活该受你霍大将军的气。”

邢医长连拉带拽地把霍去病带到自己医帐，帐内仍是他一贯的风格，乱得没处下脚。霍去病嫌恶地踢开脚底下好几样杂物，总算给了邢医长一点面子，没有转身就走。

“来，坐下。”邢医长哗啦一下把榻上乱七八糟的书简、药秤等物扫到一旁，腾出地方给霍去病坐，“你先把衣袍脱了……我的金针呢？放哪去了？”

“你怎么不把你的官印丢了？”

瞧老头儿撅着腚满屋找，霍去病嘲讽他道。

“你怎么知道我把官印丢了？”邢医长不在意地问道。

霍去病只觉得头发胀，问道：“真丢了？要盖戳的时候怎么办？”

“一般也没人找我盖戳，实在要的时候，拿萝卜现刻一个，方便得很。”邢医长自药臼里翻出金针布包，“原来在这里……”

官印、萝卜，霍去病深吸气，努力让心情平静。

邢医长抖开针包，回过身来，奇道：“怎么还没脱衣袍？快点快点，要不天一暗，我还得找火石灯盏，太麻烦。”

霍去病除下半身衣袍，认命地由着老头儿拿针在身上戳来戳去……脑中有个人影晃来晃去，终于，他还是忍不住责问道：“老头儿，子青怎的到现下还在发烧，你怎么给他治的伤？”

“巧妇难为无米之炊，没药我怎么治，她的伤本来就重，心思也重，又不爱说话，若能像那些没心没肺的人，说不定还能好得再快些。”邢医长微眯双目，拈着金针，慢慢转动，“也亏得有阿曼整日陪着她，要不然她就成哑巴了。”

闻言，霍去病沉默不语。

邢医长捻了片刻，随即又取一根金针刺入肺俞……霍去病只觉喉头一甜，张嘴呕出口血来，随即便觉周身通畅，身子也轻了许多。

“好了。”

邢医长收针，口中唠叨道：“你这娃娃也是心思重，这些日子回去没少喝酒吧？我告诉你，活着的呢就得好好活着，该干什么还干什么，踏踏实实的，比什么都强。”

霍去病苦笑，“事事都能如你说来这般轻松就好了。”

两人正说着，阿曼撩帐进来，见霍去病在内，愣了下，不甚讲究地向他行了个礼，朝邢医长皱眉，语气不善道：“她肩上的伤又化脓了，你能不能给她用些正经药，再拖下去都快烂出一个洞来。”

“有药我能不给她用吗？”邢医长气恼，拔腿就往外走，“我去看看她。”

霍去病心中担忧，拢上衣袍便要跟着去。

“你们俩都别跟过来，我瞧病不喜欢人在旁边碍手碍脚。”邢医长回头朝他二人恶狠狠道。

“等等！”霍去病自怀中掏出一小琉璃瓶，递过去，淡淡道，“搁在身上怪碍事的，拿去用了吧。”这个瓶子是宫里上好治外伤的药，他本就是要给子青的，只是之前被阿曼气急，便忘了这个事。

一看便知是宫里的东西，邢医长收了，随即快步离去。

帐内正在一点一滴地暗下来。

霍去病紧皱着眉头，脑中忍不住要去回想子青方才的模样，消瘦的双颊，单薄的身子，看起来脆弱得随时都会消失一般。心下隐隐有些后悔，早知不该大怒，他病成这般模样，自己何必与他斤斤计较。

阿曼瞥了眼霍去病嘴角的血迹，一言不发地在榻上坐下，双手猛力搓了搓脸，长长地吐了口气。

“肩伤还未好？他方才还告诉我伤口快长好了。我看他瘦得就剩骨头了，养伤养伤，养字为重，饮食上多调理才对。”霍去病开口道。

阿曼抬眼，眼中苦笑之意再明显不过。

“将军，此医营中皆是重伤，又都是下层士卒，大多人身有残疾，都不可能再从军，也就是军曹们眼中的废人，你觉得谁会看重这里。这里不光是缺药，拨给的粮食都极有限，每日仅够熬两顿稀粥，连肉都见不着。”他不得不常常到河里去摸鱼，勉强还能烧个豆腐炖鱼汤，算是肉菜。

是了，这里是下层士卒的医营，邢医长还能留在此处都已不易，霍去病暗叹口气，“我知道了，这事我会安排。”

阿曼看着他，欲言又止……

“想说什么，说！”霍去病不耐道。

“能不能找个借口，将她从这里迁出去？”阿曼问，“你是将军，这事应该不难。”

在医营内日日见到的不是残肢剩躯，就是奄奄一息的人，再不然就是抬出去的死人，子青看在眼中，心里不好受，有时一整日也不说一句话。他想着换个地方，子青大概就不至于整日郁郁寡欢了。

霍去病沉默片刻，心中纠结，一时抹不开面子，漠然道：“按你之前所说的话，此间伤卒无数，我若独独为他开了这个例，岂不是搬起石头砸自己的脚，正好落了你们的口实。”

阿曼一愣，知霍去病还在气恼，也不再相求，苦笑道：“不行就罢了。”

霍去病冷哼一声，自出帐去。

第十八章　北地蹴鞠

将军走后第三日，当地县尉亲送了几车粟米，二十几头牛羊并鸡鸭鸽各几笼前来慰军。面对这突如其来的无端殷勤，众人虽不明就里，但该吃的东西还是照吃，一样也没落下。

子青向来只知不能浪费，而不在意吃的是何物，不管阿曼端来什么，苦药或者鲜汤，她全都尽数喝下。或者是汤药起了效验，或者是调理得当，又或者是那琉璃瓶中的药有奇效，肩上的伤终于未再反复化脓，老老实实地开始慢慢结痂。

吃了几只鸡之后，易烨简直是精神抖擞，整日里瘸着个腿在营内蹦来蹦去。这日晌午，他又蹦到子青帐中，身后还带着个人，笑道："青儿，你瞧瞧谁来了？"

自下船后便再未见过缔素，此时见到，子青自是欢喜，再看他穿着打扮，腰际所带的佩剑，已然升为官长。

"缔素……"子青轻唤一声，不知怎么就想起刚入伍那时，想起老大和铁子，喉咙便不由自主地有些哽咽。

见了她，缔素似乎有些不自在，前仇自是无法报，可就这么原谅她，他又过不去自己心中的坎儿，遂硬邦邦道："我是奉了将军之令过来。"说罢，解下身上包裹，递给她。

子青不明其意，解开来看，内中是一套绛红郎中将的军袍，并腰带等物。

"将军命你往北地郡。"

"北地郡？！"子青仍是不甚明白，"现在就去？"

"嗯，这是将军的命令。"缔素点头，"马车已经在营外候着。"

原不想打扰他们叙旧，但听到此处，阿曼不得不自外掀帘进来，问道："要子青去北地郡做什么？"

"将军并未明示。"缔素道。

"行了……"易烨搂上缔素肩膀，拍拍他，"将军的命令你已经传达完毕，现在说说你所知道的。子青去北地郡做什么？"

"我真的不知道。"缔素顿了顿，才道，"不过此番出征中，由普通士卒直接晋升为中郎将，除了她，再没有别人了。可知，将军对她十分看重。"

"要不怎么说祖宗保佑！"易烨笑道，"中郎将，这可了不得。"

看来上回将军恼了之后，便不愿将军阶换作赏金给自己，子青暗叹口气，想来将军是当真恼了。

“对了，”缔素想起另一事，转对易烨道，“将军让你去定川镇上找一位冯姓医工。”

易烨愣住，“冯姓医工？然后呢？”

缔素摇头，“将军未说，只吩咐让你去找这个人。”

易烨越发糊涂，自言自语地嘀咕：“难道那个人能治我的腿？不可能……”

阿曼问缔素道：“将军要子青何时往北地郡？”

“将军说，若他伤无大碍，便即刻动身。”

子青一时也揣测不出将军究竟何意，方才又听见马车已在营门外候着，便转身去收拾零碎衣袍，被阿曼拦住。

“我来吧，我和你一起去。”他道。

缔素闻言忙道：“将军并未提及你……”

阿曼连头都未抬，满不在乎道：“未提及便好，也就是说，他并未说我不能去。”

缔素愣住，明明知道他是强词夺理，却一时不知该如何反驳。

“阿曼，这样不妥……”

毕竟是在军中，稍有不慎，便有违抗军令的风险，子青也想阻止阿曼。

阿曼回过身来，双目含笑望着她，道：“没事，我只说是老头儿让我照看你，将军还肯给老头儿几分面子。你的伤势虽说无大碍，但每日汤药还得喝，万一路上再有反复，没我怎么行。”

“青儿，你一人在军中是绝对不成的，须得有人照应。”易烨插口道，“否则，万一出了篓子，可就是杀身之祸。”

这些日子下来，阿曼对子青的悉心照料，易烨尽数看在眼中。虽知阿曼是异族，但也看得出他对子青情真意切，绝无半分虚假。有他在子青身边，应是会尽心尽力地保护她。

子青也知他们说得有理，只得不再多言。

“对了，去北地郡会经过定川镇吗？若是能跟你们一道走就再好不过了。”易烨问道。

“总是差不多的，便是不经过，让马车绕一下也可以。”缔素此番见到易烨腿脚不便，他心中不好受，加上也十分好奇将军为何让易烨去找那个医工，便满口答应下来，“走，我替你收拾东西去。”

“好好好。”

易烨蹦跶着领着缔素出帐去。

不多时，诸人皆上了马车，缔素吩咐了车夫几句话，便自上马，并不与子青他们同乘车。

易烨随着马车晃晃颠颠，低叹道：“这小子一下子就长大了，哪里还像个十八岁的模样，长得这么嫩，就当了官长，也不知底下的人听不听他的。”

瞧着缔素在前头沉默的背影，子青不禁怀念起以前那个少年，旁边还有铁塔般憨憨的铁子，两人兴高采烈地挥舞着长戟短铩，飞扬跳脱……

“你还记不记得，这小子还说过，以后要在长安城里买幢大房子，把咱们都请去，让人伺候着洗脚。”想起以后的事，易烨直乐，“现下看来，咱们没准儿还真能指望上呢。”

只可惜老大和铁子都已不在，子青在心中黯然道，转念又想起担忧已久的另一事，“不知老大的家人，还有铁子的妹子怎么样了？”

家中再无男人，仅剩下这三个女人，也不知该怎么活？子青倒是还记得赵钟汶临死前，蒙唐曾答应会替他照顾家人，只是不知他是否真的履行承诺？

有风穿透进来，寒意料峭，阿曼取了条薄毯子，将子青密密裹上，淡淡道：“你们中原有句话，穷则独善其身，达则兼善天下。你呀！就是个穷人，明白吗？伤才好一点，又操这么多心。”

子青闻言，低头微笑，也不与他争辩。

又塞了个包袱在她腰后让她靠着舒服些，阿曼无奈地瞅她一眼，忽又笑道：“实在闲了，也可以想想我，想我一次，我就唱支歌给你听，如何？”

知他喜欢玩笑，子青只是笑，并不当真回答。

瞧这俩孩子，易烨摇摇头，探身出马车外，将缔素唤了过来。

“老大媳妇那边，你可有她们下落？”他问。

缔素点头道：“我去过她们住的地方，老大娘亲还病着，她们在家就替人做些缝缝洗洗的活儿，我瞧度日不易，要拿钱给她们，嫂子说什么也不肯收，后来我找了那房子的房东，想替他们多交几个月租，才知道已经有人替她们交了三年的租金。”

“是蒙校尉？！”易烨猛拍了下大腿，忘了是伤腿，疼得龇牙咧嘴，“真没看错他，是条汉子！”

子青也在心中暗暗敬佩蒙唐，果真说到做到。

易烨又问道：“嫂子不是有了身孕吗？”

“嗯，说是秋天的时候生。”

易烨长叹口气，道：“老大有后，没什么遗憾的了。”

留下来的孩子……

子青愣愣发呆。

日暮西山，马车缓缓驶入定川镇。

这个镇子并不算大，缔素下马向路人打听此间的冯姓医工，很快有人给他指明方向。再往前行一会儿，存仁医馆的牌匾便在眼前。

“就是此处了，听说这家存仁医馆便是冯姓医工所开。”缔素朝他们道。

易烨、子青皆好奇地下马车来，打量着这处医馆。

唯阿曼似乎不甚感兴趣，懒洋洋地蹭下马车，淡淡扫了眼四周。

缔素先扶着易烨进医馆去，子青见阿曼立在原地不动弹，便问道：“怎么了？”

阿曼百无聊赖地一笑，道：“你哥在此地开医馆，你也可以放心了。”

“我哥在这里开医馆？”子青仍是不解。

“你上回不是和霍将军说你哥想开医馆的事嘛，他肯定是把此处医馆买了下来，所以才让你哥过来寻什么冯姓医工。”

子青一愣，想了又想，“可……可是中郎将……”

阿曼朝她笑道：“这样一个小医馆，对于霍将军来说不过是九牛一毛，他可不在乎这点赏金。”

子青颦眉，开始计算着买下这处小医馆究竟需要多少钱。

“别想了，要我说，这中郎将的封号，再加上这小医馆，得了好处的是他，可不是你。”阿曼耸肩。

子青不解地望着他。

“以他的身份，这些不过都是些小恩小惠罢了。”阿曼淡淡道，“像你这般人，必对他死心塌地，自然是他得了好处。”

子青沉默片刻，摇头道：“将军，他不是这样的人。”

阿曼倒不在意，歪头瞥她，笑道：“你瞧，现下就开始替他说话了吧……可怜我这个没权没势的穷人。”

“阿曼……”

子青百般无奈，又不知该如何解释，正好此时自医馆内传来易烨喜悦的唤声：“青儿！青儿！你快来，你想不到吧，这医馆竟送给我了！”

果然被阿曼说中了，子青转头，阿曼耸耸肩，一副意料之中的模样。

冯医工年事已高，并不是陇西人氏，本就想着要落叶归根，霍去病遣人买下他这处小医馆，说妥待易烨前来接手。医馆虽不大，后头临着住家小院，颇为方便。镇上就这么一家医馆，平日镇上的人看个头儿疼脑热的，糊口不成问题。想来，将军并非随随便便买下，而是为易烨考虑得颇为周到。

易烨医术稳妥，定居在此处，子青终是放下心来。

又行了几日，终到了北地郡，还未到军营，便已听到震耳欲聋的操练声，想得见内中秣马厉兵之状。

本待往将军大帐，行至一半，遇见赵破奴。

“来了？伤好了吗？”赵破奴看见子青，毫不惊讶，倒像是遇见隔壁邻居一般随意。

子青拱手行过军礼，才笑道：“已经痊愈。”

瞧她全须全尾，算是齐整，赵破奴笑得欣慰，又道：“将军算着你们该前日到，最迟昨日也该到了，已问过几次了。”

为了送易烨绕了些路，子青歉然道：“有事耽搁了。”

赵破奴笑了笑，朝大帐遥遥一指，“正好将军就在里头，你自个儿过去吧。你们两个跟我过来。”他指的是缔素和阿曼。

缔素自是不敢多问，依命行事。阿曼则微微挑眉问道：“干吗？”

“你们在路上磨磨蹭蹭的，邢医长的信比你们到得还早，要你把他的医室收拾出来。”赵破奴边走边道。

“他的医室收拾和没收拾有区别吗？！”阿曼无奈笑道，转头朝子青扮了个鬼脸，这才快步跟上赵破奴。

子青笑着往将军所在大帐行去。

帐口军士见子青虽年纪轻轻，但所着军袍军阶为中郎将，面上不免要透出惊诧之色。通报过后，示意子青进大帐，还是忍不住多盯了子青好几眼。

待进大帐后，看见将军正背对着，立在巨大的羊皮地图前，似乎正在思索……

“卑职参见将军。”子青道。

霍去病随口“嗯”了一声，并未转过身来。

未再出声，子青静静立着等候。

过了半晌，霍去病慢吞吞地转过身来，飞快地瞥了眼子青，随即便收回目光，自在榻上，貌似随口问道：“伤都好了？”

“已经痊愈。”子青答道。

霍去病皱了皱眉头，不甚信任地抬头望她：“我记得上回你告诉我伤口已经快长好，而阿曼却告诉邢医长，你肩上的伤快烂出一个洞来了。……说老实话！否则我就亲自验伤。”他充满着警告意味地盯着她。

子青尴尬地一笑，只得如实道：“有脓血，所以每天还得换药，不过邢医长说，再喝一段日子的汤药便可。”

果然还未好，虽在意料之中，霍去病还是掩不住眼中的阴郁之色。

“将军命缔素急召我来此地，可是有要事？”子青看出他的不愉，忙道，“我的伤已无大碍，请将军尽管吩咐。”

“嗯。”霍去病颦眉思量了片刻，这才想起什么一般，再认真不过地问她：“我的笔？”

子青愣了下。

“你答应做给我的笔，紫霜毫。”他提醒她。

“哦，已经做好了。”这无论如何不能算作是件正经事，子青虽然觉得奇怪，仍是答道，“出征前我放在陇西军营的医室中，应该还在那里。将军若是有急用的话，我即刻动身去取。”

“那倒不必，”霍去病飞快地否决，“我自会派人去拿。”

接下来，两人陷入一阵静默。

银柄书刀在霍去病修长的手指上飞快地摆弄着，他既不说是否还有事吩咐，也未让她退下，倒像是有什么事情颇为踌躇一般。

子青立了半晌，也不知该说什么，想起一事，开口道：“我哥医馆一事，多谢将军，钱……”

“不必谢我，钱会从你月俸里扣的。”霍去病打断她的话，显然是料到了接下来她想说的话，“本来我是可以直接把钱给你，不过……这事你去办一定会花更多钱，得不偿失。”

尽管他语气中嘲弄之意明显，但子青倒对此毫无异议，含笑道：“多谢将军考虑周详。”

他盯住她片刻，突道：“饿了吧？”也不待她回答，他便命帐外军士进来，吩咐准备两份饭食。

“坐吧，说说医营那边的事。”霍去病似乎骤然轻松许多，朝子青道。

子青依命，在下面的榻上坐下，道：“药还齐全，县尉还送了不少吃的，这些日子，比前阵子好多了。就是抚恤金迟迟未发放下来，大家心里都惦记着这事。”

霍去病低低地“嗯”了一声，“我知道了。”

一时军士端着食案进来，炙小羊肉还滋滋冒着油汁，香滑稚嫩，麦饭盛得冒尖，香气四溢……

“把我案上的肉再拨一半给他。”霍去病示意军士。

子青连忙就要拒绝，“不……”

霍去病不满地盯着她，打断道：“瘦成这样，还不多吃点怎么行？……再多点，把那块大的也给他。”

军士默默地将肉拨拉到子青食案中，忍不住偷眼瞥了子青，除开军阶，也就是瘦瘦小小的少年，看不出有何能耐，竟得将军这般青睐有加。

眼前炙肉堆成小山一般，子青深吸口气，也没敢再推脱，只得举箸低头开始吃。霍去病也举箸，吃得几口，便抬头瞥她一眼，见她专心吃饭的模样，唇边的笑意忍不住地漾开来。

“那日……”他持杯饮了口酒，慢吞吞道。

子青自食案上抬起头来，腮帮子被吃食填得鼓鼓的，探询地望着他，等着将军的下文。

霍去病眼睛一眯，问道：“你当真觉得我好男风？”

子青动也不动地愣了一瞬，脸骤然涨得通红，霍去病刚想询问，便见她飞快掩口背过身去，剧烈地咳嗽起来，竟是被噎了。

费劲地将口中食物都咽下去，子青这才尴尬地转过身来，这才发觉不知何时霍去病已经在自己案前，半蹲着身子看她……

案上多了一耳杯水，显然是他刚刚端过来的。

“卑职失礼，还请将军恕罪。”子青愧道。

霍去病“哼”了一声，下巴抬了抬，示意她先喝水。

小心翼翼把耳杯端起，轻抿了口水，子青随即便把耳杯放回案上，忐忑不安地瞥了眼已是近在咫尺的将军。

“我不过是问句话，你就吓成这样？嗯！”霍去病偏偏还要再欺身过来，越发显得双目如星。

“不、不是……卑职从未把将军想成那种人。”

子青本能地想往后躲，又生怕霍去病再次误会，只得硬着头皮解释。

“当真？”他的额头几乎是顶着她的。

“当真。”

他的气息萦绕着她，子青心跳如鼓，唯一能做的，就是尽可能地不喘气。

“那就好，”霍去病慢悠悠道，“你还得明白一件事，就算我好男风，也不会瞧上你。”

“卑职明白。”子青垂目道。

瞧她低眉顺眼老老实实的，霍去病自觉算是消了些气，遂不再捉弄她，返身回去，轻松催促道：“吃啊，小心别再噎着了。”

“诺。”

子青心中暗松口气。

“对了，还有一事你去告诉阿曼。”霍去病转为正色，低低道，“我收到消息，楼兰国王，也就是他叔父身患恶疾，恐怕时日无多了。”

“他的叔父可有后嗣？”子青隐隐明白接下来会发生的事情。

“没有。”霍去病微皱起眉头，“这个位置是个烫手山芋，我听说在汉朝做质子的楼兰王子，也就是阿曼的哥哥，一听到这事立即就病倒了，说什么都不肯回去继位。”

阿曼会何去何从？子青拧眉，默然不语。

月上中天，军营四下一片寂静。

阿曼替子青换过药，边在铜盆中沐手，边吩咐她道：“虽然是到了军营，但在你伤愈之前，切不可逞强动武，若伤势再有反复，难保不落下病根儿来。”

子青点头应了。

“行了，在车上颠簸了几日，你早些歇着。”他取布巾擦了手，笑道，“这里规矩多，不比医营，我先回帐去，免得被人找碴儿。”

“阿曼，你等一下，我有事要告诉你。”

瞧她一脸正色，阿曼微怔，走过来，在榻上挨着她坐下，“怎么了？”

子青便将楼兰国王病重之事告诉他。

听罢，阿曼脸色微变，默然半晌，忽地冷笑一声，“他要死便死就是，与我有何相干！”

知道这些年来阿曼的遭遇，屡被亲人所背弃，他对他们毫无感情也在情理之中，子青低道：“你在汉朝的哥哥并不愿回去继位，你……匈奴人眼下一定在找你。”

“他当笼中鸟当惯了，自是不敢飞出去。”阿曼冷哼，“汉廷好吃好喝地养着他，倒没想到养出个不敢继位的废物来。”

楼兰夹在汉朝与匈奴两者之间，如同在夹缝中求生存，而楼兰国王便得充当保持平衡的小石粒，长年战战兢兢、如履薄冰，稍有不慎，得罪其中一方，便有可能招致杀身之祸。

子青猜度阿曼叔父的恶疾大概也与长期郁郁不安有关，她看着阿曼不说话。

“我早就与楼兰王室再无关系。”阿曼猛地站起身，定定地盯着烛光，不知是在对她说，还是在对他自己说，语气斩钉截铁，“他继位也罢，不继位也罢，王位都与我无关，楼兰……也与我无关。”

说罢，他大步出帐去。

帐帘落下，子青望着他的背影消失，不知怎的，脑中想到初到楼兰看见被火烈鸟烧红的天际，灿烂非凡，美丽如斯，令人难以忘却。

说来也怪，将军急急地将自己召了来，却未见安排任何事情给自己。子青的军阶虽高，但无实务，不仅是无事可做，也无人可用。

军中每日有三顿，不知是否将军吩咐过，每顿都有军士将饭食送至她帐中，用三层漆盒盛着，有汤有菜有饭，不仅丰盛，而且做得精细。比起昔日子青还是士卒时所吃的东西自是要好上几倍。

又过得几日，邢医长也到了。子青便去他那里帮忙，常被他塞一册医书打发回去。好在子青生性喜静，一册医书便可看上数日。如此过了一阵子，肩伤已然在不知不觉间痊愈。

其中有过几次，霍去病召集众将领议会，因军阶关系，她不得不列席，但也轮不到她开口。尽管将军的目光间或会扫过，不过待在角落的她完全被视若无物。

有时，她忍不住要疑心将军是特意让自己来此地养伤的。

“他怎么可能斩了折兰王？捡便宜冒功的吧？”

“也得他有这个本事捡那么大个便宜，直升为中郎将，听庖厨的人说，因身上还有伤，每日三顿他的都是单做。”

“我看多半是装的，好吃好喝，又不用操练。军中养这些吃闲饭的人，真是碍眼。”

“谁说不是……”

说话声渐渐远去，旁边便是存放药材的帐内，隔着薄薄的帐壁，子青轻叹口气，这才知道自己的三餐竟然都是庖厨单做的，该去和庖厨说一声才是。她低下头，接着将莲子中的芯挑出来，直挑了满满一小袋，这才收拾了往邢医长的医帐这边过来。

此时天色已近正午，正是吃午饭的时候，大队人马熙熙攘攘地自她身旁经过。

北地郡营中上一次出征的旧部原就不多，子青识得的人更是少之又少，此时只管避在旁边垂目低首而行。

“司律中郎将！”

颇为响亮的唤声，穿透嘈杂的人群，传到子青耳中。

子青停住脚步，循声望去，不远处一匹枣红马上端坐着一位约莫二十三四岁模样的年轻人。在大帐军事议会时子青曾见过，讨寇校尉方期，军阶与自己平级，皆为四品杂号。唯一的不同之处在于，方期带兵数百人，子青则是孤家寡人一个。

虽然对方端坐马背，高高在上，子青仍不愿失礼，抱拳施礼。

方期草草还了个礼，策缰过来，行到她跟前仍未下马，笑问道：“司律中郎将力斩折兰王一事全军皆知，什么时候给我们露一手？”

子青淡淡笑道：“天幸而已，不足称道。”

“您又何必自谦。在下拳脚粗浅，不自量力，想与中郎将切磋切磋，不知可否赏脸？”方期道。

不知何时他们周遭围上来大群士卒，闻言皆兴致勃勃，等着看他二人之间的较量。

“在下山野把式，绝非方校尉的对手，还是不出丑为妥。”子青含笑，举了下手中装满莲子的小布袋，“邢医长还等着我送东西过去，不敢耽误，先行告辞。”

说罢，她朝方期歉然一笑，仍是低首离去。自觉话已经说得很周全，给方期留足了颜面，不料还是听见身后传来议论声——

“什么人，瞧不起咱们校尉是吧？”有士卒道。

“切……肯定是怕一较量就露馅。”方期身旁的士卒不屑道，“什么斩折兰王，我瞧他就是个冒功的，连将军也给他蒙了。”

方期低咳两声，说话的人连忙噤声。

子青暗叹口气，只觉得后背针扎一样，不由得加快脚步往前走。

到了邢医长的医帐，将挑拣好的莲子交与邢医长熬莲子羹，子青这才返回自己的军帐，途中正碰上给自己送饭菜的军士。

“劳烦告诉庖厨，我的伤已经痊愈，明日开始不必再给我一个人单做，我随大家吃一样的饭菜便可。”子青朝他道。

军士摇头，“这是将军特地吩咐，除非将军亲自下令，否则庖厨那边可不敢擅自更改。”

子青只得不再多言，谢过军士，想到为这点小事还得去回禀将军，就着实烦恼。待吃过饭后，思量片刻，终觉得再这般日日吃小灶实在不妥，遂整理衣冠，往将军大帐而来。

还未到大帐，遥遥便看见霍去病出帐来，旁边早有军士备好玄马等候着。

看样子将军有事要出去，自是不能为这点小事去耽误将军的军务，子青刹住脚步，未再向前。

霍去病本已要上马，眼角余光瞥见一身影，说来也怪，军中清一色的绛红军袍，远远望去并无区别。可这个身影，他几乎是立即就分辨出来。

他转过身，朗声叫住这个已打算折返的身影：“子青，过来！”

未料到将军竟能留意到自己，子青怔了下，快步上前，施礼道：“卑职参见将军。”

霍去病随意挥了挥手，示意她免礼，然后凝目打量了下她，瞧着气色比初来时好了许多，满意道：“我才问过老邢，你的伤已经痊愈了是吧？”

“是。”子青点头，“多谢将军关心。”

“那就莫整日闷着，随我去走走吧。”霍去病扭过头就去吩咐旁边军士，“把雪点雕牵来给他。”

军士颇怪异地瞥了眼子青，随即领命而去，不多时便牵了匹马儿。这马通体玄色，唯独背脊上有点点白色，便像是落了雪粒一样，独特有趣得很。

“这马可闲了好久，就等着你伤愈。”霍去病笑着抚摸着马鬃，“可是千里挑一的良驹，本来还有另外一匹，可惜是白色，上了战场就太扎眼了。所以我就给你留了这匹雪点雕。”

子青望着马匹，又是感激又是惊诧，一时竟不知该说什么才好。

“上去试试！”霍去病翻身上马，兴致勃勃地催促她。

“多谢将军。”

子青仍未忘记先谢过将军，这才上马，随着霍去病叱马出营。

此时已近初夏，草长莺飞，处处一片生机盎然。

子青在营中多日，并未出来走动，此时乍然到了旷野，只觉天地开阔，一呼一吸间似有草香盈盈，不禁心旷神怡。

尽力奔驰了一阵子，论起脚力，雪点雕竟一点都不比玄马差，紧紧跟着，丝毫未被霍去病甩丢在后头。除此以外，子青又发现，雪点雕不仅神骏，而且有着通人性般的敏锐。往往要拐弯时，还未策缰，子青只是微倾身子，它便自发自觉地拐过去。这般细腻敏感的马儿，子青骑着它，又平添了分心疼。

“马儿怎么样？”霍去病缓下马速，转头问道。

“好。”子青顿了下，感激道，“再不能更好了。”

似早就料想到她会喜欢，霍去病展目自得一笑，接着叱马往前行去，直行到一处小坡上，才勒住缰绳，朝子青打了个手势，两人皆隐在松树林中。

小坡下面，喧嚣尘上，杀声震天，正是伯颜所率的广威营在操练。

霍去病也不言语，眯起眼睛静静地看了一会儿。子青亦不出声，也望着坡下操练的汉卒……

喧嚣自耳边抽离，取而代之的是一年之前在振武营操练的情形，历历在目，熟悉异常，仿佛是昨日。

老大。

铁子。

缔素。

哥……

正茫然想着，耳朵骤然被人拈了一下，子青回过神来，看见霍去病正瞅着她。

“想什么呢？”不待她回答，他伸过手来，揪面片般好玩地又在她耳垂上揪了一下，有趣笑道：“怎么耳朵那么容易红？”

耳根子被他揪得直发烫，子青不自在地胡乱搓了搓耳朵，也不知该如何回答。

看着眼前这个幼树般的少年，霍去病摇头叹气，道：“你啊，年纪本来就小，生得又单薄，连脸皮都这么薄。难怪老听底下有人议论，怀疑你斩匈奴王是冒功。”

“怎么能以貌取人呢。”子青低声嘀咕。

霍去病好笑道：“就你这模样，还真不能怪他们。”

说话间，他牵着马缓步走出松树林，不再隐藏，优哉游哉地显现在坡下广威营的视野内。阳光洒落下来，玄黑披风上的暗金云纹反射着光芒，令子青微微炫目。

将军现身，伯颜快马加鞭驰上坡来，还未到跟前便跃下马，向霍去病规规矩矩地施军礼。

“卑职参见将军。”

霍去病笑道：“邢医长再三地跟我抱怨，说你不老实，伤还未尽好，便日日往外跑。”

伯颜笑道：“都已经好了，日日待在帐内，着实憋闷。再说，底下这些小兔崽子，不看着他们，我也放心不下呀。”

“莫要逞强，”霍去病吩咐道，“否则逞一时英雄，引得伤口复发，出征时可别怪我不带上你。”

“不会不会，伤口上的痂都开始掉了。我当心得很，又不拉弓操戟，绝对不会复发。”伯颜忙道。

霍去病微微一笑，方未再说什么。

伯颜瞧见霍去病身后的子青，一眼又瞥见她牵着的雪点雕，笑道：“原来雪点雕是给他留着呢……这马老赵可惦记了不是一两天，这下好了，他可以死了这条心。”

原来赵破奴也喜欢这马，子青顿时有些歉然。

霍去病倒是一副不以为然的模样，哼道：“你问他舍不舍得他那匹黄彪，吃着碗里的，看着锅里的，不能惯他这臭毛病。”

伯颜哈哈一笑，道：“将军说得是。”

马鞭随意在手中轻轻敲了几下，霍去病捅捅伯颜，“去，叫这帮小子把小石头都给我捡干净了。”

“又来这招啊。”伯颜无奈。

“怎么了，心疼？”

“哪能……”伯颜笑道，“不过我恐怕不能陪将军蹴鞠了，我这伤……”

“本来就没打算让你上，”霍去病看都不看，随手就把子青拽了过来，“有他呢，你再给我挑几个机灵点的。”

蹴鞠？子青愣住。

“将军，我不会蹴鞠。”她忙道。

“这个容易，我教你。”

霍去病顺手解下披风，往旁边一丢，折了根树枝，半蹲着在地上画起道道来。伯颜笑着摇摇头，复上马驰下坡去，让士卒们拣了块空地将小石粒都捡干净。

“听明白了？”

霍去病简明扼要地把蹴鞠规则讲了一遍，扬眉问子青。

子青微微皱眉，没吭声。

“真是笨，还不懂？”霍去病探身过来敲她脑袋。

子青侧头躲过，微有不满道：“规则我是明白了，可我不明白为何要蹴鞠？”而且听伯颜的口气，显然将军这么做也不是一次两次了。

“本将军行事，你需要懂吗？”

霍去病站起身来抖了抖袍子上的草屑，高高在上，斜了她一眼。

子青自是不好再说什么，也准备起身，头上骤然挨了一记，隐隐生疼，正是霍去病趁她不备，补上方才被她躲过的那记，此时双手抱胸，歪着头笑吟吟地看着她。

揉揉脑袋，子青也没法与他计较，不着痕迹地退开两步。

“疼吗？”他偏偏还要问。

子青只能道："还好。"

"过来给我瞧瞧。"他貌似真的在关心。

子青狐疑地盯了他一眼，"不疼，不用……"

"快过来！"

子青无法，抱着顶多再挨一记的心情，慢吞吞地走过去。

霍去病笑着替她揉了揉，在日光下晒得久了，触手处，她的头发暖洋洋的，暖意自指尖直传上来，有种说不清、道不明的异样感觉……

"傻小子，你不如当我弟弟吧？"霍去病笑道，一起经历过许多，再看这个少年，便觉得他委实让人心疼，几乎是不由自主地想将他纳入自己的羽翼之下。

子青诧异地抬眼，"将军没有弟弟？"她仅仅知道霍去病的舅父是卫青，姨母是皇后，其余的家事便不甚清楚。

霍去病目光黯淡了下，奇怪的是，在她面前他并不觉得需要避讳，淡淡道："听说是有个弟弟的，不过我没见过他。"

"听说？"子青更不明白了。

"我爹是个小吏，当年我娘并没有嫁给我爹，后来我爹另娶了妻室，听说有了儿子，应该算是我弟弟吧。"

"哦……"子青点头。

看着她黑白分明的双目，霍去病微微一笑，忍不住又揉了揉她的头，"哦什么，你懂吗？"

"懂，可将军怎么会没见过呢？"

"我从来没去寻过他们。"霍去病耸耸肩。

"这是为何？"子青不解。

霍去病瞥了她一眼，随即转开脸道："他们也没来寻过我，也许我爹根本就不想认我？"

"怎么会呢！"子青愣了下，眉头拧起，未想太多便道，"也许是将军你以小人之心度……"

"你说什么？！"霍去病忽地转过头来，高高挑起眉毛。

"不是，"子青马上意识到自己的错，忙更正道，"也许是将军你想得太多了，可能他们也一直在等着你呢？"

他凉凉瞥了她一眼，什么都未说，踱到旁边逗弄马匹。

手指无意识地绕着小草，一圈又一圈，子青若有所思……

直过了半晌，霍去病瞧她总不说话，忍不住捡了块小石粒丢过去，"发什么呆呢？"

"我在想，以将军今时今日的地位，他们并未上门攀附，想来也是出于对将军的爱护。"子青老老实实道。

“哼，他们是没脸上门。”霍去病不以为然。

“可俗话说，穷在闹市无人问，富在深山有远亲。”子青往日在乡野间，见那些在城中有富亲戚的人，多数都喜吹嘘炫耀，不管受不受待见，厚着脸皮也要去走亲戚。

霍去病怔了怔……

山坡下，士卒们已经将一大块青草地上的石粒全捡得干干净净。又在伯颜的号令下，以人为墙，整整齐齐地围出一方鞠城来。

“走！蹴鞠去！”霍去病用脚轻踢了下子青，交代道，“别跟人硬撞，拿到鞠球就传给我，知道吗？”

对于蹴鞠着实陌生，子青只有连连点头的份儿。

鞠城之中，两边各站十二人，由于衣着皆为绛红，所以得有一队在胳膊上系上玄黑布条，以示区别。

小旗挥下，鞠球飞旋，绛红人影在身周飞掠。

毕竟是初次，子青立在原地，看着鞠球在众人脚下传来传去，令人眼花缭乱。尽管规则都已经明白，可当真正身处其中时，她还是有些茫然……

鞠球，不会自己滚到脚下。

去抢吗？

铲？剪？踢？踹？……

伤到人怎么办？

“子青，接球！”霍去病看出她的呆愣，飞腿将球踢至她脚下。

鞠球滴溜溜地滚着，子青用脚拨弄了两下，疑虑着该往哪里踢，是球门？还是复踢还给将军？不过才迟疑了片刻，斜里插进来一人，将鞠球劫了走，转瞬便飞起一脚，鞠球射向鞠门，幸而被守卫扑出。

轻轻“啊”了一声，子青愧然低头，随即后脑勺儿便被人拍了一下——

“臭小子！再丢球就以军法论处！”霍去病故作恶狠狠状，在她后背猛推了下，“去！把球铲回来！”

子青不得已，足下发力……正好对方开了一记大脚，鞠球高高飞起，她朝着鞠球落点飞奔而去，前方已经有人严阵以待，眼角余光还可看见侧旁有人奔过来阻截她。

灵活地闪过阻截者，在鞠球还未落地之时，她抢在前头高高跃起。

对方球员不甘示弱，也跃起身子。

两人为了争抢鞠球，在空中猛然砰地撞在一起。

这小子，明明吩咐了他莫跟别人硬撞！霍去病狠皱下眉头。

终是子青抢在了前头，在被撞开前用额头将鞠球顶开，鞠球在空中画出一道漂亮的弧线，落向霍去病所在的方向。

霍去病自是不会错过的，上前将鞠球稳稳掌控在脚下，晃过拦截的人，又将鞠球传给前方的队友。

摔倒在地的子青一骨碌爬起身，又一脸歉然地将被自己撞倒的那人也拉了起来，刚想给人赔不是，却被霍去病拽过身来。

“叫你不要硬撞怎么不听！”霍去病眉头紧锁，敏锐地探查她的表情，不放过一丝一毫，生怕她对伤情有所隐瞒，“有没有影响伤处？”

“伤口已经痊愈多日，不会有事。”子青笑着，又道，“何况撞的是右肩，并无妨碍。”

子青身手极好，自己是知道的，所以在他伤愈之后，要尽快让他做一些恢复性的活动。瞧他笑得轻松，倒不像是撒谎，霍去病方未再追究。

鞠球仍在众人奔跑的脚下传递着，两方拼抢，踢得越发激烈，连鞠城边的伯颜也坐不住，站起来大声呼喝……

子青踢了一阵子，渐渐掌握了些蹴鞠时的技巧，如何铲球，飞挑，动作越发熟练，亦越发迅速。她动作如狡兔般灵活，对方往往只见人影一晃，球便已鬼使神差般地滚到她的脚下，竟是连防范都来不及。

她的个性在鞠城中也成了优点。子青拿了球，尽管自己有能力带球突破，但她往往宁愿传给比自己位置更佳的队友，不独不霸；加上跑位准确，传球落点控制精准，很快便受到同队的喜爱，特别是与霍去病配合起来，更是默契之至。

不知不觉间已踢了大半个时辰，子青所在队已连入几球。伯颜敲响了小铜钹，示意时辰已到，蹴鞠结束。

欢呼声顿时四起。

这样的欢呼喧嚣声，子青以往也曾听过，只是此刻身处其中，与以往的感受完全不同。同队的人皆击掌欢呼，接连几人跑过来，她也学着他们的模样，笑着高举双手，与他们击掌庆贺。

霍去病也正与旁人击掌，抬眼看着这个少年在不远处展颜畅笑，春柳绽芽一般清新动人，心中忍不住要想：若能想着法子，让他常常这么笑就好了。

待到最末，子青小跑至他面前，额头发梢上尚有大滴大滴的汗珠往下落。

“将军！”她举着双手，是来与他击掌的。

霍去病笑着看她，伸出手，却并不与她击掌，而是捧住了她的脑袋。

下一刻，他把自己的头凑过去，重重地，撞上她的额头。

在两个人额头相抵的那瞬，子青怔怔地圆睁着双目，她还是头一遭如此近地看着将军……

睫毛的阴影下，深邃的双目闪着亮光。

那是某种不可摧毁的坚韧光芒，带着它与生俱来的温暖。

很久以前，她曾经在父亲眼中看到过。

松开手，霍去病看着似乎被撞糊涂的子青，大笑起来，揉揉她的头，“傻了？”

子青回过神来，额头处确是隐隐发疼，手抚上去，似乎还鼓了个包。

“你小子简直天生就是蹴鞠的料儿！”霍去病笑道，“该带你去长安城才对！”刚说完，他几乎立即便后悔了，想到这个少年变成供皇亲贵胄赏玩的宠物，他就觉得无法忍受。

“蹴鞠是挺有趣的。”没有留意霍去病的神情变化，子青也未想太多，只遗憾道，“可惜以后不能再玩了。”

他不解问道：“这是为何？”

“越是觉得有趣好玩，越不能放任自己，否则就会玩物丧志。”子青呼出口气，怅然道。

霍去病不可思议地注视着她，愣了片刻，这才知道墨者对自我的要求竟是如此严苛，越是喜爱越要自我限制。

“你爹爹说的。”他挑眉。

“嗯。”

“以后别听你爹爹那套，听我的。”霍去病干脆利落道。

子青不满地颦眉盯着他。

“我是将军！你的将军！”霍去病理所当然地补充道。

两人回到营中，已是近黄昏之时，正好用饭的时候，营中飘着一股饭菜的香味。子青乍然想起自己原本的来意，忙朝霍去病道：“现下我的伤已经痊愈，请将军吩咐下去，让庖厨不必再为我一人单做。”

霍去病随意点了下头，道：“行，自明日起，你也须开始随军操练，卯时到我帐前候命。”

“诺。”

牵着马往马厩走，行至一半，赵破奴匆匆迎上来，向霍去病简要地禀报些军务，目光却时不时地瞥向子青所牵的雪点雕。

子青避到一旁，抬眼看见不远处阿曼斜靠在旗礅上，正朝着自己笑。直看见子青瞧见自己了，他才起身行过来。

“额头怎么青了一块？撞哪了？”他首先留意到。

“不小心撞的，撞、撞树上了。”子青尴尬道，总不能说是将军撞的吧。

正听着赵破奴汇报军务的霍去病莫名其妙地微微一笑。

阿曼无奈地笑了笑，目光瞥向她身旁的雪点雕，只打量了片刻，便情不自禁赞道："真是匹好马！"

"嗯，跑起来像风，"子青对这匹马儿也极是喜爱，抚摸着它道，"而且好像通人性一样。"

"将军给你的？"阿曼故意问了句废话。

子青点点头。

看着雪点雕的赵破奴觉得肝有点疼。

阿曼伸手也去抚摸马儿，飞快地瞥了眼背对自己的霍去病，目中光芒闪烁……

"青儿，这马我也喜欢得很，你把它给我好不好？"他突然道。

霍去病的背影骤然僵硬。

子青只犹豫了片刻，便将缰绳交到阿曼手中，笑道："好啊！"

现下，轮到霍去病觉得肝有些疼。

粗糙的缰绳在手心摩擦着，阿曼注视着她……他双瞳的色泽原就比中原人来得更浅，此刻在夕阳的余晖之中，便似块晶莹剔透的宝石，收敛天地灵泽，让人不禁目眩。

半晌，他才扯唇一笑，复把缰绳交还给子青，道："逗你玩的！我怎么舍得夺你所好。"

子青却不接，道："我知道你现下没有马。"

阿曼硬是将缰绳塞回她手中，笑道："不碍事，等我用得着的时候，再向你借不迟。"

子青方再未说什么。

身后的霍去病却已是一脸不愉之色。

"哪来的？"两辆满载着酒坛的马车自他们身畔驶过，霍去病颦眉问道，"要这么多酒做什么？"

"哦……"赵破奴拍着额头，笑道，"高不识回来了！伤已痊愈，又升了官职，一回来就嚷嚷着要请客。这不，就在弩射校场那边生了几堆火，自己又是烤羊又是烤鹿地忙活着，说是他才知道将军的口味。"

霍去病似笑非笑，往弩射校场的方向看去，果然可见几处火光摇曳，隐隐地也可闻见香味。

"两车的酒坛子，这么大阵仗。"他笑了笑，"老高这是请了多少人？"

"远的营就罢了，近处两个营四品以上他都请，除去留守营中的，我估摸着今夜二三十人是该有的。"

霍去病思量片刻，借着高不识这顿宴请，大伙儿聚一聚也好，遂吩咐道："把我帐里那两瓮蒲桃酒也拿去，权当是我给老高的贺礼，大伙儿尝个新鲜。"

赵破奴哈哈一笑，"这酒我还只听过未尝过，今日是有口福了！"

说罢，他忙忙地张罗去了。

霍去病这才慢悠悠地转过身来，朝子青没好气道："听见没，晚上在弩射校场，老高请客。"

"我也得去？"子青资历浅年纪幼，在众将领中总是显得格格不入。加上她自己不善与人攀谈，对这种场合本能地有些排斥。

"怎么，不想去？"霍去病微眯起眼。

子青只得摇头："不是。"

余光扫过阿曼，霍去病哼了一声，似懒得再与她说话，将缰绳丢给近旁的军士，自顾大步走了。

将军这般喜怒无常，着实是让人难以琢磨，子青看着他的背影，暗叹口气。

阿曼毫不在意地嘻嘻一笑，凑过来朝她咬耳朵道："老邢不肯去，要我替他。夜里有我陪着你呢，咱们一块儿喝那个蒲桃酿的酒，可好？"

"我不饮酒的。"子青笑道。

"那好，我替你多喝点。"阿曼笑吟吟道。

两人边说边笑往马厩方向行去，军中懂马的人不在少数，那雪点雕甚是神骏，引人侧目。口口相传，天色还未尽黑下来，将军将雪点雕送与子青一事便已传遍大半军营，自是引得一干人等愤愤妒忌。

第十九章　蒲桃美酒

待到了点灯时分，子青思量着不可失了礼数，便特地换了身与军阶相符的齐整衣袍，才掀帐帘出来，便瞧见了阿曼。

“你这么一穿，我同你走在一块，便似小厮一样。”他玩笑道。

“你怎么会是小厮呢，你……”

后面的话子青未再说下去，她不能劝，也不愿去劝他，回不回楼兰该由阿曼自己来决定。

阿曼却已明白她未说出口的话，目光有一瞬的黯淡。

还未到弩射校场，便可看见几堆熊熊燃烧的篝火，再近些，又听得见高不识的大嗓门儿，影影绰绰地见到许多熟悉的人影。

子青想拣处不引人注意的角落，正找着，不慎背部撞到一人，转头看去，正是之前所遇见的讨寇校尉方期。

“原来是司律中郎将。”方期眉毛一挑，“我听说中郎将今日得了匹好马，而且还是将军亲自赠予。这等好事，怎么兄弟我就碰不上？”

这话说得酸不溜丢，子青又岂能听不出来，当下不便接话，只淡淡一笑。

阿曼在旁，笑道：“这有何好问的，自然是你不如他。”

“阿曼……”子青忙拽了拽他，示意他莫惹事。

未曾料到这等回答，方期一时也说不出话来，重重哼了一声，借着火光将阿曼打量一番，冷道：“我当是谁，原来是条蛮夷之地的卷毛狗。”

闻言，阿曼似乎一点也不着恼，朝子青笑吟吟道：“我本还奇怪，他年纪比你大，个头儿比你高，怎的就不如你呢？现下才明白，原来此人是专练嘴皮子功夫，咱们不学也罢。”

“你是什么东西，敢奚落我？！”方期怒道。

汉军中军阶分明，阿曼不过是个无名小卒竟敢对他如此说话，方期自是愤怒难平，探手便欲来抓他。

阿曼自是不惧他，冷笑以对。

“子青！”是将军的声音！

此刻方期的手已扣在阿曼肩头，听得这声音，终不愿在将军面前生事，遂怒瞪阿曼一眼，狠狠收了手。

子青暗松口气，这才转身望向声音来处——不远处，高不识起劲地拿刀往下割鹿腿肉，将军就立在他旁边，正端详着戳在刀尖上犹滴着油的烤肉。

是自己听错了吗？她有丝迟疑，看起来将军似乎并未看见自己。

“子青，过来尝尝这肉！”霍去病又道，随手朝这个方向招了招，连眼皮都未抬一下。

身后方期冷哼一声，子青自是不愿与他多纠缠，拉了阿曼，快步往将军那边行去。

“卑职参见将军。”

霍去病还未说话，高不识先将子青打量了一番，笑道：“原来是你！一年多前看着还是个娃娃，现下竟成中郎将了？哈哈哈，不过看着怎的还是个娃娃，哈哈……”

瞥了子青一眼，火光下越发显得生嫩，霍去病忍不住笑道：“可不就是个娃娃，傻头傻脑的……尝尝，老高的手艺可不常能尝到。”刀尖上戳的烤肉径直递到子青鼻子底下，果然是香味四溢。

子青接过刀，咬了一小口，肉汁香浓，着实好吃。

“吃口肉，再喝一口马奶酒，最是畅快！可惜你们喝不惯马奶酒，这中原的酒好是好，可就是味道淡了些，喝着不爽利。”高不识笑着，又割了块鹿肉递与霍去病。

霍去病笑道：“我让赵破奴拿了两坛子西域的蒲桃酒过来，你可试过？”

“闻着是香，可尝起来……将军，不是我不领情，可那酒又酸又甜，没长开的娃娃才喝呢。”高不识直皱眉头，朝子青一指，“给他喝倒正好！”

阿曼避在子青身后，低声和她嘀咕道：“不识货的家伙，正好，待会儿咱们拿了来喝。”

“早料到你喝不惯，那酒是自西域千里迢迢运过来的，不过是让你们尝个鲜罢了。”霍去病哈哈一笑，朝子青道，“听见没，那蒲桃酒给你喝正好。”

“卑职从不饮酒。”子青忙道。

霍去病不以为然，语气略重了些，“在军中哪有不饮酒的，喝，还得多喝点！……再说这蒲桃酒便似蔗水一般，酸酸甜甜的，你喝来正好。”他前头语气重，到了后半截儿话，却又放缓，倒是在哄小孩子一般。

一时诸人皆到齐，围着火堆坐下，烤羊烤鹿或撕或割，一坛坛美酒启开封泥，酒香汇着烤肉香弥漫在校场之上。

阿曼也不知从何处将那两坛子蒲桃酒寻了来，抱到子青旁边，自拿碗倒了，先饮了一大口，方心满意足笑道：“不能算得上好，念千里迢迢才来到此地，便不与它计较。”

子青也有几分好奇，探头来看，瞧那酒色也煞是好看，半紫半红，清澈透亮，一并连酒香也透着芬芳，奇道：“怎的这酒与中原的酒一点都不像呢？”

“你也尝尝！”阿曼把碗端到她唇边。

子青往后一缩，谨慎地摇摇头。

阿曼倒不勉强她，自己又饮了一口，朝她道："这酒不比中原的酒，一点都不烈，你饮一点其实并不碍事的。"

子青瞧他饮酒时神态颇有留恋之意，笑道："你以前可是常喝？"

阿曼笑着点点头，"这酒在我们那边，便是孩子也可喝的，我自七八岁上便可喝得不少。"

他二人正自说说笑笑，冷不丁忽有一人冒出来，站在子青跟前，手里还端了碗酒……

子青抬眼，见是将军，且看他面色不善，连忙站了起来，问道："将军可是有事吩咐？"

霍去病冷淡道："此间将领，除你，皆来向我敬过酒，怎的你架子这般大，还等着我来向你敬酒不成？"

被他如此一说，子青也知自己着实不合时宜，忙道："请将军恕罪，卑职绝无不敬之意。我……"她四下张望，想寻些茶水，才好以茶代酒，实在不济用清水也成。

见她正寻着，霍去病用脚轻轻踢了踢酒坛子，不耐烦道："酒不就在这吗？还寻什么！"

"卑职、卑职……"

子青原想说卑职从不饮酒，但恐将军听了此言更加着恼，只得硬着头皮自倒了一碗蒲桃酒，双手端着敬向将军，然后饮了一大口。酒入口中，出乎意料，虽有稍许涩意，但还算酸甜冰凉。

霍去病冷眼瞥她，似乎在等着什么……

子青无奈，暗叹口气，复将酒碗凑到唇边，直至全部饮尽。

"味道如何？"霍去病凑过来，眼中笑意隐隐。

此时，她这才后知后觉地意识到，方才将军故意作出那等模样，原来就是为了哄得她老老实实喝酒。

阿曼自倒了碗酒，也起身来敬霍去病，无甚言语，只将酒碗饮尽，笑着亮给他看。

霍去病笑了笑，亦饮尽碗中酒，随手便丢了碗。一手拎着酒坛子，另一手一把拽了子青胳膊，将她拖了走，边走边道："你也该去给高不识敬酒才对！怎的一点都不懂事！样样还得我来教。"

"将军，我……"

子青完全身不由己，直被他扯着走。

阿曼在后头望着，面上的笑意渐渐显出几分苦涩。

又敬过了高不识，子青连饮两碗，霍去病见她眉间微蹙，遂就近割了块羊肉给她。

"大碗喝酒，便得大块吃肉，有肉压着酒，方有滋有味，又不易醉。"

子青紧吃了几口，方将上涌的酒力压下，轻呼口气，奇道："这酒喝起来，怎的指尖会觉得发麻?

霍去病好笑道："你当真是毫无酒量，才喝得两碗就指尖发麻，该好好练练才是。"

"酒量也能练出来？"

"那是自然。"

此刻又有人过来向霍去病敬酒，子青瞧霍去病一碗一碗地饮，与自己相比，酒量确实了得。

高不识烤的肉固然好吃，上头所撒的香料也颇为丰富，子青多吃得几口便觉得干渴，此间又寻不到水喝，她思量着蒲桃酒不醉人，小口小口地饮应该无碍。

来敬酒的人一茬接着一茬，待霍去病好不容易打发了他们，复转过身来，才发觉子青自己一小口肉一小口酒，吃得正欢，那酒坛内竟已下去了一大半。

霍去病伸手夺了她的酒碗，又好气又好笑道。

"你……你初次饮酒，怎能喝这么多。"

子青抬头笑道："我小口小口地饮，不碍事的。……说来也怪，我手已不觉得麻，可怎的腿却有点酸？"

"不许再喝了！"

"哦……"子青愣了下，又改口道，"诺。"说罢才觉得坐着与将军说话着实不敬，忙就要站起来。她坐得久了，不觉如何，待要起来，身子不自觉地打着晃，竟有些站不稳。

霍去病忙伸手扶了她一把，取笑道："你瞧瞧，喝多了吧！"

子青站稳身子，解释道："不是……就是腿有点酸，又有些犯困，不碍事的。"

"还嘴硬。"

霍去病硬按着她坐下，"老老实实在这里等着，我让人给你做碗汤去。"他转身便去拎了名军士，让他吩咐庖厨做碗热汤，速速送来。

不远处起了阵哗然，正是众人来了兴致，撺掇着高不识露一手功夫。见众人有兴致，高不识酒酣脸热，也不推脱，遂脱了外袍，露出一身精壮赤肉，胸口处绣了偌大一只虎头，作张口咆哮状，栩栩如生，煞是吓人。

"我一个人要，甚是无趣，须得有人与我来战！"高不识将衣袍在腰际裹紧，朝众人道。

众将虽在嬉笑，但皆知高不识武艺高强，大多不肯自取其辱。直过片刻，有一人站出来，笑道："我与你来战。"此人正是方期，他原于期门军中调拨而来，也是其中的佼佼者，不免自识甚高，对高不识并不以为然。

高不识将他打量一番，哈哈笑道："你比我小，我且让你双手，免得他们说我欺负你。"

方期忙道：“这岂非是我占了你的便宜，不可！”

高不识笑道：“你若逼得我用了手，便算是你赢。”

被人如此小觑，方期自是不快，待要再推却，高不识却已不耐。

“莫再啰嗦，下来拳脚比试，方见真章！”

方期只得下场。

众将自在旁呼啸助威，好不热闹。

刚交上手，高不识虎步生风，虽手不能用，但腿上却是力道十足。两人对拆十余招，竟不分上下。

方期心中暗自佩服，“此人虽是匈奴人，却是有身真本事！”

高不识生得虽粗，心思却不粗，眼见有几处破绽可将他伏倒，但众将皆在场，便想着要给他留个面子才是。遂又与他缠斗了一会儿，卖了处破绽，让他逼得自己用了左手，方跃开来，笑道：“我既用了左手，此局便算是方校尉赢了！”

方期暗自感激，先前傲慢之意大减，拱手道：“多谢相让，小弟胜之不武。”说罢，便退下场。

高不识哈哈大笑，朗声道：“还有哪位想上来陪本将耍耍？”一时无人来应，他瞥见霍去病正笑吟吟瞧着自己，显然是看出自己方才相让之事。“将军，何不下来活动活动筋骨！”他笑嚷道。

霍去病笑了笑，转头自身后提溜出一人，夺下那人手中的鹿肉，往场上一推。

“让他陪你练一回！”

鹿肉嚼得正香甜，忽不翼而飞，子青尚在懵懵懂懂之间，便孤零零站到了场上。

虽然知道是要与高不识比试切磋，但方才那场比试，子青全然不曾留意，此时见到高不识双手背负着，乃是不用双拳之意，只道是比试规矩如此，便也将双手背负起来。

见她这般，诸人中低声嗤笑者众，自是视她不知天高地厚，霍去病倒像是瞧见什么好玩的事，唇边笑意若隐若现。

阿曼弃了酒肉，立在场边，专注地看着子青。

两人皆不用手，究竟该如何比试，众人皆好奇得很，何况与高不识比起来，越发显得子青一副小身板可怜见得，不由得让人担心她会不会被高不识一脚给踢飞出去。

“比试点到即止，不可伤人！”霍去病朗声道。

高不识哈哈笑道：“将军放心，老高这点分寸还有。”众将皆笑，想那将军方才不说，此时才说这话，定然是生怕高不识伤了子青。

“诺。”

子青只知领命，步履挪了挪，双手虽还背负着，目光紧盯住高不识，已是在戒备之中。

风声乍起，高不识近得几步，长腿横扫过来。

略退半步，子青仰头让过，脚尖朝上，疾踢出去，快捷无比，分点向高不识长腿上几处麻穴。饮酒之后，她神智仍清，但力道却难免有些把握不准，出手难免没轻没重。这几脚踢下去，力道甚大，将高不识踢得半边身子都麻了，踉跄退开方才站稳。

霍去病微微一笑。

“好小子……”高不识赞了一声，遂收起敷衍玩闹之心。

火光摇曳，两人腿来脚往，打得正是精彩。

高不识虽身高腿长，却是半分占不得子青便宜，好不容易抢进身前，又被子青用肩头撞了数下，力道一下比一下大，排山倒海一般，只觉胸口闷疼难当，退开好几步，重重喘息。好在子青并非步步相逼求胜心切之人，只立在原地，等着他歇息片刻。

阿曼在场边笑着大喝了声：“好！”

周遭观战的诸人，以方期为首，不免有些愕然，原以为此番比试高不识对上子青，便如老鹰抓小鸡，怎料得到两人不仅对战数回合，且高不识还落了下风。方期难免疑心，高不识亦是故意让着子青，但二人打得激烈，招招落在实处，又着实不像做作假。

这边，高不识双手不再背负，朝子青大声嚷道：“负着手打起来不爽利，咱们还是放开来打，痛快！”

子青性情随和，他说怎样便怎样，点头答应，遂也不再负手。

手解了缚，高不识顿觉轻松，不再碍手碍脚，拳头一握，眯眼瞧了子青片刻，拉开架势，双拳呼呼生风，如虎生双翼，直扑过来。

之前打了一阵子，子青的酒劲倒是逐渐上来了，只觉得举手投足都如在梦中般轻飘飘的。见他来势汹汹，心中倒无半分忌惮，仰面转身，躲过他两拳，绕到其身后。一脚顶勾住他的脚，双掌齐发，往高不识背心上重重拍去，这一连串的动作行云流水般顺畅……

脚被勾住，背心又遭大力，高不识尚来不及反应，便已扑倒在地。

众将哗然。

霍去病似也有些惊讶，目中有些掩饰不住的赞许。

高不识一骨碌翻身，急道：“不算不算，方才我没站稳，咱们再来！”说罢，双拳拉开架势，又朝子青扑来。

子青身形微晃，由得那铜钹大的拳头自面皮上呼啸而过，相差不过寸许。她此时方才伸手擒住高不识的左手，往上按得几下，高不识只觉得手筋一阵酸麻，待要用右手来救，子青却已按到他肩膀，双手一撑，整个人自他头顶腾挪而过，跃到另一边，将他右手一拉一架，一个过肩摔，高不识便被她直挺挺地摔到地上。

这一下摔得颇重，高不识身材魁梧，重重落地时众人只觉得地面都震了震。

诸人目瞪口呆之际，阿曼慢悠悠地自又去倒了碗酒，想着这般好戏该边看边饮才有滋味。

霍去病微低了头，似在强忍着唇边笑意。

高不识翻身跃起，尚被摔得云里雾里，一脸诧异地盯着子青，自言自语地嘀咕道："这小子是怎么弄的……"

待胸口气息平稳，高不识大步迈上，双拳挟风往子青面门击去。子青仍是略退半步，拳成凤眼，凸处往他臂弯手腕处撞了两下，趁着他手酥麻无力垂下，紧接着又是用肩头一撞，直直撞在他手上……

骨头咯咯作响，手腕几乎被折，疼痛难当，高不识痛呼出声。

子青见状也吓了一跳，方知自己力道过大，慌忙上前查看伤情，口中更是连声歉然。

忍痛活动几下手腕，知道手没断，高不识素来性情豁达，松口气后忍不住哈哈大笑，自嘲道："早知还不如不用手，刚出手就差点被你给废了。"

霍去病也大步入场来，见高不识无事，便将子青拎了，斥责道："老高这是故意让着你，难道瞧不出来，怎的下手没轻没重的。"

"将军此言差矣，我可没让着他，这小兄弟是有两下子，我老高心服口服。再说，若他与我较量还藏着掖着，岂不是瞧不起我，那我才真该着恼呢。"高不识反倒护着子青，"来来来，小兄弟，你我再来过。"

子青直摇头。

"怎么，你瞧不起我？！"高不识瞪她。

子青忙道："怎敢？只是我方才饮了酒，力道便有些失了分寸，还是改日再切磋为妥。"

"哈哈哈，我也饮了酒，怎的没有你这般本事。"高不识想了片刻，"拳脚功夫我自是不如你，不如咱们来比别的。"

子青仍是摇头，"今夜切不能再比，须得改日。"她方才差点失手将高不识的手腕折断，心中已是惶惑不安，方才明白爹爹为何说喝酒误事。

"将军，你方才吓他做什么，你瞧瞧！"

高不识抱怨起霍去病来。

"择日再比试，也无不可。"霍去病笑着拍拍他道，"你过来喝酒是正事！"说罢一手执了子青，一手执了高不识，同往火堆旁行去。

一时诸将也复回到火堆旁接着饮酒吃肉。

方期却无甚胃口，脑中反复回忆方才比试场面，疑惑问旁人道："司律中郎将可是当真了得？会不会是那匈奴人故意输给他，做给咱们看的？"

旁人皱眉，“便是要故意输，也犯不上输得这般惨吧。”

伯颜恰好就在一旁，闻言取笑道：“我说你们也太小肚鸡肠了，他赢了高不识便是作假，难道斩了折兰王也是作假不成？”

方期不以为然道：“他斩了折兰王，我又没看见。”

“我看见了！”伯颜淡淡道，眼前似又出现尸山血海般的战场，一张张鲜活的面容扑面而来。

“当真是他斩的？！”方期凑过来，“怎么斩的？可否说来听听？”

伯颜叹了口气，“拿命换的，拼着挨了折兰王一刀，手持箭柄刺穿他的咽喉，真正的一箭封喉。”

闻言，方期愣了愣，似在想象那个画面。

子青自觉闯了祸，对不住高不识，也无甚心情再吃喝，便趁着无人留意的时候悄悄离开。才行至校场边缘，便听身后有脚步声追上来，回头望去，见是阿曼，遂松了口气。

“你怎的不留下来？”阿曼毕竟是西域人，她瞧得出今夜的酒肉难得合他之意。

阿曼耸耸肩，“你既已不在，我留下来做什么。”

与他并肩缓步而行，子青点头叹道：“也是，今夜里来的人，有一大半我都认不全。……阿曼，你瞧我是不是把高校尉给得罪了？我现下越想越后悔，又不知此事该如何补救？”

“得罪便得罪了，有甚要紧的。”阿曼无所谓地笑道，除子青外，他何尝把旁人放入眼中。

子青仍是皱眉，懊恼道：“早知就不该饮酒，爹爹说的真是没错，我若不饮酒便不会这般没有分寸。”

“既是比试切磋，自然要用真功夫，他技不如人，你又何须自责。”阿曼劝慰道，“难道你非得输给他才安心么？”

“又不是沙场搏命，便是输给他又有何妨。”

阿曼笑着侧头望她，问道：“怎的你一点好胜心都没有？”

“我只是不愿彼此伤了和气。”子青叹道，又想起自己将高不识摔倒在地那两下，当着众将，定是让他颜面全失，只是当时自己怎的一点都未考虑到这层。

见她当真懊恼得紧，阿曼揽了揽她肩膀，安慰道：“你们今日比的仅仅是拳脚，改日你在兵刃上找补回来不就行了？再说，难道你瞧不出今夜是将军存心让你在军中立威，你若存心输了，恐怕将军也不会答应。”

子青怔了怔，“我手底下也没有一兵半卒，为何要立威？”

“你这中郎将是将军所封，平日军中闲言碎语便颇多，说你无才也就罢了，还说将军是中意你的美色才将这天大的功劳给了你……”

“美……色……”

子青差点咬到自己舌头，还是头一遭听这话用在自己身上，着实哭笑不得。

阿曼嘻嘻一笑，转到她身前，手扶住她脖颈，此间虽无火光，但星月朗朗，照得子青面容清清楚楚，“其实他们还是没懂，像你这般人，世间再叫我往何处去寻。”

他的指尖微微发着热，子青只道他也喝得多了，欲将他的手拿下来，阿曼却顺势将她紧紧拥入怀中，头搁在她肩上，低低唤道：“青儿、青儿……”

“嗯？”

子青听他声调有异，心中莫名地抽痛，一时也不忍将他推开。他却未再说下去，只将她抱得越发紧，似将她嵌入骨中那般抱法。

忽有人在旁重重地咳了两声，子青吃了一惊，转头看去正是方期，后者眉头紧皱，此情此景，看上去倒比她还尴尬。

“他、他喝多了，不舒服……阿曼！阿曼！”子青忙解释道，待要推阿曼。阿曼却干脆装醉，重重压将下来，就赖在她身上不动弹。

方期上前替她扶住阿曼，自是闻到酒味，方才略略释然，没话找话道：“他们毕竟是西域人，大概是喝不惯中原的酒。”

“大概是的。”

子青自是不会去说阿曼根本只喝了蒲桃酒。

“他住何处？我替你送他回去便是。”

方期见子青身量比阿曼要矮，背他有所不便，略一曲身，轻松将阿曼负到背上。

子青眼睁睁看着阿曼朝自己眨了眨眼，又不好拆穿，只得道，“在邢医长的医帐旁边，我领你去吧。”

于是她直领着方期至阿曼帐中，阿曼大咧咧地往榻上一摊，只作酣睡状，也不知是真睡还是假睡。子青不得不替他脱靴盖被，方期在旁忍不住哼道：

“这小卒，倒让我等这般侍弄他，明日须得让邢医长好好调教一番才是。”

子青笑而不语，自然也不担心。

待将阿曼弄妥，两人便出得帐来。

子青行在前头，方期稍落在后，只出了帐几步，子青便听身后有拳风袭来，本能侧身躲过，同时双手锁住对方手腕，旋身翻转，便几乎将对方的手扭折。

“你这是做甚？！”她盯住方期，不解道。

方期又是疼又是愧，忙道：“方才见你与高校尉比试，我一时手痒，也想试试。”

子青这才松开他的手，道：“那你也该说一声才是。”

揉揉手腕，方期亦不隐瞒，如实笑道：“不瞒你说，我之前还猜度高校尉会不会是故意输给你，故而有此一试。

“现下试出真假了？”

“试出来了。”方期哈哈一笑，施礼道，“司律中郎将果然是好本事，深藏不露，往日是我等看走了眼。”

“不敢当。”子青还礼道。

“你这摔人的功夫着实好，我还想从你这儿学两招，过几日你可得教教我。”

“不敢当。”

“来日骑马射猎，定要唤上你，到时可莫要推托。”

“嗯。”

听方期絮絮说了许多，一改平日倨傲的模样，子青只知点头应承，到后来也不记得都应承了些什么，只觉越发困顿。

见她满脸倦意，方期反复叮嘱了改日切磋之事，方才放她回去睡觉。

一宿无事。

次日卯时，天还黑着，子青便依从将令，等候在将军帐前。

将军的大帐内透着烛光，却不知将军是已起身，还是尚未睡觉。子青微颦着眉头，伸手直揉额头，昨夜后来只觉得困顿，回帐后倒头便睡，想不到早起时便觉得头痛，仿佛被几块巨石压住，着实不好受。

“将军传中郎将进去。”军士朝她道。

她依命掀帘进去，瞧见将军端坐榻上，小风炉上升腾着水汽，他正用红木夹子夹了团茶饼放入进去……帐内安安静静的，唯有茶炉上的水发出轻微沸声，淡淡茶香弥漫于帐内。

“卑职参见将军。”子青低声道。

霍去病抬眼瞧她，问道：“头疼？”

“嗯。”子青老老实实道，“昨日着实不该饮酒。”

“案上有碗醒酒汤，你先喝了。”霍去病仍垂目去看茶。

子青见旁边案上果然有碗醒酒汤，还冒着热气，也不知是何时做来的，心下正思量，便听见将军淡淡道：

“庖厨一早给我送来的，我估摸着你多半会头疼，便给你留了一碗。”

“多谢将军。”

子青端了起来，小口小口饮着。

霍去病未再理她，专注于煮茶，待水沸了三沸，便取了长竹勺将茶汤舀出，盛在玉色茶碗中。

水汽袅袅，他并不饮，眉间紧锁，只凝视着茶汤，似在思量着什么。

不知道将军有何心事？子青暗忖，自不便开口相问，将饮罢的空碗放回案上，静静垂手立于一旁，并不惊扰于他。

直过了良久，霍去病才长长吐出一口气，抬眼见子青干站着，便招手唤她：“过来替我尝尝这茶。”

子青依命过去，端起茶碗，浅饮一口。

“如何？”他问。

“能喝。”子青道。

霍去病忍不住摇头微笑，问道：“在你眼中，只有能喝和不能喝？我是问你这茶味道如何？”

“有点苦涩。”子青如实道。

霍去病看着茶碗，淡淡道：“饮茶其实是在品煮茶之人的心境，若煮茶之人满心欢喜，茶汤自然甘甜；煮茶的人不快活，茶汤也会苦涩。”

子青怔了片刻，问道：“将军可是有什么心事？”

霍去病不答，只一扬手，便把茶碗中的茶汤尽数泼掉，起身问她道：“你可愿随我去一处地方？”按理说，他身为骠骑将军，要属下随行只需下命令即可，何须开口相询，此时这般问来，却是不合常理。

子青点头，“卑职愿往。”

“你就不问问，要往何处去？”

“但凭将军吩咐。”

“好，你速去换套寻常百姓衣袍，牵上雪点雕到东营口等着。”

“诺。”

子青领命，速速回帐换过衣袍，去马厩牵了雪点雕出来，到东营口时发现霍去病也已换过一袭普通衣袍，正牵着玄马已在不耐烦地等候。一名军士抱着水囊干粮快步跑过来，分别替他们装入马鞍袋中。

此时天已蒙蒙亮，两人两骑疾驰出军营。玄马与雪点雕皆是日行八百的神驹，称得上是千里挑一，只听得风声自耳边呼呼刮过，周遭树木似都连成线般。一路上将军一言不发，只是赶路，子青紧紧跟着他，像这般马不停蹄地行了半日，方才见将军缓下马来，继而勒缰下马。

马儿牵到旁边林中歇息饮水，他们也随意用些干粮。

子青靠树坐着，安静地嚼着面饼，抬头眯眼瞧了瞧日头方向，粗略判断出他们这是向东而行，只是仍旧不知是往何处而去。

吃罢一个面饼，霍去病抬眼瞥她，顺手又丢了块石子过去，笑道：“你怎这等沉得住气，到现在都不问问我们去何处？若换作赵破奴，此时我耳朵早已长出重茧来。”

“到了自然便知道，卑职不必多此一举。”子青答道。

“我几日前听说，这里附近有个贩人的黑市，像你这般细皮嫩肉的少年甚是吃香，也不知能卖几个钱，今日我便是想带你去问问。”霍去病慢悠悠道。

子青低头一笑，“将军怎会是那种人呢，莫要弄我。”

霍去病也是一笑，“你就这般信我？”

“因为将军是将军呀。”

子青也不管这是句缠头缠脑的话，一副原该如此的模样。

霍去病听罢，沉默片刻，忽淡淡道：“当年，你爹爹也是这般信李广吗？”

过了半晌，她才黯然道：“想来，应也是吧。”

“你就不怕，我也做出像李广那般事情吗？”

只这一句，将子青定在当地，霍去病忽觉得自己太过残忍，何苦要如此逼问他，只是又禁不住得想知道他的答案。

良久之后，子青低低道：“怕的。”

“那你为何还要信我？”他紧紧地盯住她。

“就是想，想去相信。”子青沉默片刻，道，“就像摔倒许多次，还是想要站起来接着走下去，总不能一辈子都爬着吧。”

他望向她。

初夏的阳光透过树叶的缝隙落在少年身上，化成一个个圆圆的光斑，风过时，光斑在身上跳跃。少年低垂着头，静静不语，发间眉梢，无不晶莹闪耀

“他是女人我也喜欢，是男人我也喜欢，总之是他就行！”——无端地，他脑中响起大漠之中阿曼对着子青所说的那句话，当时的他只觉荒唐可笑，直到此时此刻他才明白，那是因为阿曼几乎是在第一眼就看出子青的稀世可贵。

这个少年，善良得让人心疼，执着得让人怜惜。

幸而，此时他就在自己身旁。

霍去病出了一会儿神，才猛地意识到自己在想什么，心绪顿时有些混乱，忙收敛心神，将杂念抛诸脑后，起身故意粗着嗓子道：“吃饱还不快起来，赶路要紧！”

子青闻言，忙起身收拾好干粮，便要去牵马。

“再喝口水。”毕竟夏日炎炎，霍去病提醒她道。

子青便停步，又饮了一大口水，方才去牵马，便听见将军在身后道：

“我们要去平阳县。”

“平阳县？”

“我爹爹住在那里。”

足足赶了一日的路，饶是马匹神骏，在日暮之前他们便到了平阳县。正逢上学堂放学，一群半大的孩童斜背着书袋嬉闹着自他们跟前经过，见他们是面生的外乡人，便忍不住多看几眼。

“请问小哥，霍家住在何处？”霍去病逮了个梳总角的孩童，蹲下身问道。

孩童稚声稚气，一本正经问道：“你问的是哪个霍家？”

“在县主记室管文书的那位。”

孩童听罢，似懂非懂地想了一会儿，便朝不远处一个八九岁模样的大孩童嚷道：“霍光，你爹爹是不是在主记室里管文书？”

霍光！

霍去病定睛望去，见那孩童也往这边望过来，眉目间竟有几分熟悉。

霍光抛下伙伴，朝他们跑过来，问道：“你们找我爹爹。”

“不，不是……”霍去病看着自己的弟弟，瞧他衣袍上还沾着玩耍时沾上的泥点草屑，自然而然地伸手替他掸了掸。

“那你们找谁？”霍光问道。

霍去病笑了笑，岔开话题，道：“在下也想在此处开一处书馆，只是不知道你们在学堂里都学些什么？”

霍光打量了他一会儿，不答反问道：“先生想教什么？若还是闷死人的圣贤书，那可无趣得很。”

“圣贤书就一定闷死人吗？”

霍去病大笑。

牵着两匹马，子青立在一旁看着这兄弟两人，眉目间确是有相似之处，但将军大概是更像他娘亲，五官清隽，霍光则浓眉大眼，相较之下，稍显粗粝。

霍光的目光落在霍去病腰间佩剑上，剑鞘上瑞云伏虎，铸工精细，一看便知不是市集所卖的寻常刀剑。

循着他的目光看去，霍去病微微笑问道：“怎么，喜欢这剑？”

霍光连忙摇头，硬是收回目光，不肯流露出羡慕之意。

倒是有几分骨气，霍去病对他又多了几分喜爱，便故意笑道：“本来我与小哥投缘，便是送给你也无妨，可你年纪太小，又岂会用刀剑。”

“我怎的不会用，便是弓箭我也会用。”正是年少轻狂时，霍光岂容被人小觑。

霍去病故作不信，挑眉道：“你才多大，怎么可能还会弓箭？！小哥莫说诳语。”

“不骗你们，”霍光被激，急道，“你们在这里等着，我去拿弓箭，射与你看。”说罢返身便跑，一溜烟转过街角便不见了。

“他必是回家去取，将军，我们不过去吗？”

本以为霍去病此番前来平阳县是来拜见爹爹的，此时瞧他并未跟上霍光，子青不由诧异。

明明知道父亲就在不远处，霍去病却有些踌躇起来，思量着此时便是见了也不知该说些什么，难不成就进去叩个头儿，如此突兀，又会不会惊着霍家？

“将军……”子青探询地唤了一声。

霍去病回过神来，喟然叹道：“我怕这般贸然前往会惊着他们。”

“也是，该提前下个帖子才是。”子青同叹道，虽说是儿子来拜见父亲，但两人在官阶上天差地别，将军如此贸然进去，定会让霍府上下手忙脚乱。

“罢了，还是下次再说吧，回去让赵破奴先送些礼品过来稳妥。”霍去病道。

总觉得霍去病语气中带着些许如释重负，子青偷瞥了眼霍去病表情，虽然很快便收回目光，但仍是被他发觉了。

“看我做甚？”他挑眉。

子青微笑道：“怪道常言说近乡情怯，原来将军也会如此。”

霍去病哼了一声，“笑话，本将军面对数万敌军都未曾胆怯过，此时又怎么会有怯意。”

子青也不与他争辩，只垂目含笑不语，冷不丁被将军揪住了耳朵。

“怎的不说话了？”霍去病倒反过来逗弄她，揪着便不松手。

“将军说不是便不是，卑职无话可说。”

子青忙道，急着躲开，先将自己耳朵救下来是要紧事。

“当真无话可说？”

“当真，自然当真。”

好不容易待霍去病松了手，子青揉着耳根子，又烧又烫，不用看也知道定是红了一大片。

“怎的又红了？”霍去病似觉得好玩，笑道，“此番我可轻得很。”

子青也不知该做何解释。

“过来让我瞧瞧。”

霍去病还未说罢，便将她的头扳了过来，瞧耳根子处，自然而然地低头替她吹了吹……只这一吹，气息萦绕在耳畔脖颈处，子青只觉得身上一阵酥软，前所未有怪异之极，慌忙躲开来。

幸而此时不远处霍光举着张小木弓快步跑过来，霍去病方才转了身去看霍光。

“瞧！这是我的弓，我能用它射中十步远的树。”霍光朝霍去病得意道，“你若不信，我现在就可以射给你看。”

霍去病兴致勃勃地择了一株树，朝霍光打了个手势。

霍光摆了个有模有样的姿势，双腿站定，看得出是经人指导过，非是自己乱来的野路子。他搭上箭，又憋足了气力拉开弓，嗖的一声，小羽箭飞出去，果然射在霍去病所指定的那株树的树干上。

击了下掌算是赞叹，霍去病转头去问子青：“你在他这年纪时，比他如何？”

子青笑了笑道：“不及。”

霍去病倒知子青谦逊，定不是实话，多睇了她一眼，便朝霍光走过去，道：“你的背挺得再直些，便是二十步也不在话下。”

说着，已行至霍光身畔，取了箭替他搭在弓上，一手顶在他腰处，一手把住握弓的手，待弓似满月，轻声道：“放！”

箭离弦激射而出，射中稍远处一株老树树干，约二十步远。

霍光提着弓箭跑到树干前端详，整个箭尖都没入，费了好大劲都没拔出来，转身朝霍去病兴奋地嚷嚷道："拔不出，怎么办？"

霍去病双手抱胸而笑，只朝子青努了努下巴，子青便快步过去替霍光将羽箭拔出。

"怎的你一扶着我后腰，射出的箭差别这么大。"霍光朝霍去病连蹦带跳奔过去。

"那当然，姿势摆得正，才能将气力用到一处。"

霍去病拎提着他的小弓，端详片刻，温颜笑道："这弓还是小了些，像你这般大，可以用大些的弓，才能练出臂力来。

说到此事，霍光不免有些懊恼，"我跟爹爹说过几次，可爹爹总说我还小，连骑马也不让我学。他就知道让我老老实实待在家里头……"

听着弟弟的抱怨，霍去病感觉得出父亲应是个本分老实且不愿惹事的人，想来当年他与母亲之间的事情，也许就是他这辈子最出格的事情了。若当年他当真娶了母亲，将自己养在膝下，以他的教导，大概也不会有今时今日的骠骑将军了吧。

所谓失之东隅，收之桑榆，应该就是如此这般，究竟是福是祸，谁又说得清呢？

想到此处，霍去病不由自主地笑了笑，风轻云淡，此事在他心中便已再无芥蒂。

"长大后想做什么？"霍去病弯下腰，将小弓复还给霍光，"文官还是武官？"

"自然是武官！"霍光眼睛亮道，"就像咱们汉朝骠骑将军那样！将那些个匈奴人打得大败。你知道么，他也是霍姓！要是能叫我看见他一次，那就好了。"

再想不到，自己居然是弟弟心向往之的人，霍去病愕然片刻，转而低低笑开。

子青闻言，也垂了头抿嘴而笑。

"天色不早，小哥你快些回去吧。"霍去病伸手拍拍弟弟肩膀，含笑道，"我想……将来有一日，你会见着他的。"

"那是自然，等我去长安，就能见着他了。"

霍光想得极简单，骠骑将军就住在长安，自己去了长安自然就能见着他。

"对。"

霍去病笑了笑，看着弟弟跑开，便跟上前几步，直到街拐角处，瞧见霍光跑向的人家门口正立着 一位中年人，白面长须，石青长袍。

那中年人似薄责了霍光几句，这才放孩子进了门，自己也随后进去，将半旧斑驳的红漆大门掩上。

夕阳西下，重门深闭。

霍去病静静立了一会儿方才转身，这才看见那少年也静静立在夕阳之下，橘色余晖落在他身上，暖意浓浓。

第二十章　子青开荤

夜色将至，霍去病原想再往回赶一段路，待困倦时在野地里随便对付两个时辰，只是看见子青后，转念一想，若野地过夜子青必要守夜，这孩子早起还头疼，熬夜定然不适，还是该让他好生歇息。

“寻个客栈住一夜，明日一早再赶回去。”霍去病朝子青道。

子青点头，思量着此番出行未带换骑的马匹，确是该让马匹好好歇息。

于是两人寻了家客栈，用了饭食，歇过一晚，次日天还未亮便又起身赶路，黄昏前赶回了北地郡。

霍去病刚入军营，赵破奴便急急赶上前来，行礼禀道：“陛下有旨，请将军即刻回长安。”

“可有说何事？”

“未说。”

霍去病摸了摸玄马，将缰绳丢给子青，“替它洗个澡，再多喂它些粟米。”

“诺。”子青自牵着两匹马离去。

“等一下……”霍去病唤住她，挑眉问道，“你可想去长安？”

子青老实摇头，“卑职不想去。”

霍去病轻笑一声，随意摆了摆手，示意她离去，转头仍与赵破奴说话：“镇宁他家也是在长安吧？他娘亲可是还病着？

“是，其实他心里记挂得很，可又怕耽误操练，没敢向将军您说。”

“你让他速速准备，随我去趟长安。”

“诺。”

军营附近没有溪河，子青便自己去井边担了两桶水，撩袍挽袖，拿了马刷蘸着井水一下一下给马儿细细洗刷。

“司律中郎将，你怎的在这里洗马？”有一人牵了马自马厩后头绕过来，“叫我好找！”

子青抬眼，见是方期，遂笑道：“可是有事？”

“你忘了？！”方期似有些失望，“咱们不是说好，你要教我两下子的吗？”

“哦……”子青歉然一笑，并非存心忘记，只是前夜方期说了许多，她着实也记不住，“好，麻烦稍候片刻，待我刷好这两匹马，便与你拆招，如何？”

“好，好。”

方期先去将自己的马拴好，随后也挽了袖过来，想帮着她一块刷。不料，玄马认生，见他靠过来便要躲闪，马蹄挪动，摇头甩尾将二人溅了一身水点子。

“这马真是……”方期定睛，这才认出，奇道，“这是将军的那匹马呀！”

“嗯。”

“真是匹好马。”

既然是将军的马，方期便不好与它一般见识，转到雪点雕旁边，抚着它背脊上的雪点问道：“这可是将军给你的那匹马？”

“嗯。”

“我光听他们说将军将雪点雕给了你，还没亲眼见过它呢。”方期语气中的羡慕之意毫不掩饰，又转过来掰马嘴，啧啧赞叹，“瞧瞧这牙口……还是将军自己亲自去马场挑出来的。”

竟还是将军亲自挑选的，子青怔了怔，略有些尴尬，不知该如何回答，便只埋首刷马。

待子青将马刷好，牵回马厩之中，又倒了粟米在马槽中，瞧着两匹马儿嚼得欢快，而不知不觉间，天色已暗了下来，闷闷地滚过几道雷，雨点噼里啪啦地落下来。

“怎生又下起雨来了？”方期无不懊恼道，“这该如何是好？”

子青立在马厩下，仰头看夜空闪过的电光，禁不住要去想：将军奉旨连夜赶回长安，也不知是否淋着雨在赶路？

“青儿！”

借着马厩下挂的风灯，子青看见阿曼撑着一把伞，信步而来。

“阿曼，你怎知我在此处？”她奇道。

阿曼目中笑意盎然，却只是不答，道：“走吧，我给你留了些饭菜，还在邢医长的小灶上热着。”

“可是……”子青转头望向方期，自是不好将他一人抛在此处。

方期忙摆着手道：“不碍事不碍事，你快去吃，不用管我。”

“你也还未用过饭食，不嫌弃的话，不妨过来一块吃。”三人仅有一把伞，子青左右张望着找雨具。

“那也好！”方期倒是一点也不与她客气，答应得甚是爽快，朝阿曼招呼道，“前日你我有些误会，莫往心里去啊！”

阿曼淡淡笑道：“青儿都不与你计较，我还计较什么。”

两人说话间，子青已然在马厩后墙上找到一件有些破损的蓑衣，往身上披去，被阿曼一把又抓了下来，将蓑衣递给了方期。

“你生得瘦，与我同撑一把伞方便些。”阿曼道。

子青听他说得有理，遂便与阿曼同伞。方期自披了蓑衣，跟着他们，往医帐那边过去。

因下着雨，为免将饭食搬来搬去麻烦，三人便就在小灶间用饭。这里挨着邢医长的医帐，原是为了他煎药方便，老头儿脾气古怪，非要有六个灶眼才肯，加上还得堆放柴火，故而虽唤作小灶间，其实里头颇大。

饭菜便摆在炉灶上，阿曼留得甚多，两人吃绰绰有余，三人吃倒也不嫌少。子青拨了小碗麦饭，浇了些许羊肉羹，立在一旁吃起来。

羊肉羹是和着萝卜一块烧的，阿曼不喜萝卜，边吃边挑挑拣拣，把零零碎碎大小萝卜块全拨拉到子青碗中。子青也不计较，来者不拒，一点不落地全都替他吃净。

“你二人好像识得很久了，”瞧得出他二人关系匪浅，方期朝阿曼奇道，“你是西域人，为何会来到我汉军？”

“高校尉还是匈奴人呢，这有何奇怪的。”阿曼满不在乎地瞥了他一眼。

“倒也是。”方期点了点头，又去问子青，“你这身功夫是怎么学的？教习之人是谁？”

子青把口中饭食咽下去，答道：“家传的，我爹爹所教。”

“令尊在何处？不知收不收弟子？”方期忙问道。

子青还未答话，阿曼便已抢在头里替她答了——

“人家那是家传的，一代传一代，且只能传给长子，哪里还能传给外人。你瞧我识得她这么久，也从来没在她这里学过一招半式。”

方期狐疑地望向子青，“那是我太冒昧了，原还想着你能教我两下子呢。”

子青忙笑道：“没那么玄乎，大家相互切磋指点也是应该的。”

阿曼没奈何地望了子青一眼，紧吃了几口，把剩下的饭往子青碗里一扣，朝方期道：“不如咱俩来切磋一下如何？”

“你？”

“嗯。”

“他与你比，如何？”方期问子青。

子青笑道：“初见时，我就差点死在他刀下，幸而他手下留情。”

忆起那时情形，阿曼眼中满是笑意。

光听着方期自是不能信服，丢下碗，抹抹嘴，朝阿曼道：“那我就与你比画比画。”

阿曼拱手笑道：“仅是切磋而已，点到即止，不必分胜负，如何？”

“成。”

方期退开几步，便在灶间内拉开架势。

子青捧着碗，退到墙边站着，又谨慎地将几个摆在灶头上的煎药瓦罐拉到身畔来，一并连油灯也拉了过来。

外间，雨水顺着屋檐往下流，伴随着电光雷声，玉珠串成线一般飞快地落着。

“阿曼，千万当心，若打破了东西邢医长可会着恼的。”子青提醒道，“你脚边那个篓子往旁边再踢踢。”

阿曼轻踢几脚，把竹篓子踢到柴火堆旁边，看着方期，微挑下眉，连个起势都没有，便朝方期欺过来，双指如钩……

手指堪堪从方期眼前划过，他仰面让开，同时腿疾踢向阿曼要害。

阿曼不急不慌，双手正抱在方期腰上，顺势低俯下身子，腿飞起一勾，整个身体便似弯弓，恰避开方期那一踢，脚后跟则重重扣在方期肩头上。

看在眼中，子青心知阿曼已经手下留情，否则所扣的便是方期的后脑，而非他的肩头。

肩头吃了一记痛，方期退开两步，笑道：“好小子，看不出你也是深藏不露。”

阿曼微微笑了笑，打了请的手势，自是这次请方期先出手。

“我寻常都用兵刃，这赤手空拳着实不惯，”方期低头拣了根细细柴枝，“权当是剑吧，你也捡一根，免得让我占了便宜。”

随意捡了根柴枝，阿曼掂了掂，轻飘飘的，不甚称手，但也只能勉强。

阿曼的刀法比起拳脚又是更胜一筹，加上手底下有分寸，比自己强，子青自是不担心，只打量着周遭，看看可还有什么该收未收的物什。

旧日在期门军中，方期也算是佼佼者，加上父亲兄长都曾跟随卫大将军出征，他也算是将门之后，弓箭骑射、剑法戟法都操练得颇为熟练。却不想直至来到军营之中，才知道此间卧虎藏龙，高不识他不是对手，子青他也不是对手。此二人倒也罢了，一个是校尉，一个是中郎将，输给他们还算勉强认命。现下，阿曼仅仅是个无名小卒，且还不是汉人，自己若败在他手下，便着实有些失了面子。

有了这般想法，方期便想着在兵刃上绝不能再逊色于他，攥紧柴枝，摆出起势。

阿曼轻轻巧巧地将柴枝在手中转了几圈，面上似笑非笑，脚步微微一错，便攻上前去。

他所捡的柴枝比起方期略短，与弯刀相似，适合近身攻击。方期剑法颇为纯熟，因所用的兵刃为柴枝，易折易断，两人皆未用上力道，纯粹是比试招式而已。

雨声渐急，叮叮咚咚声不绝于耳。

两人打得也越发激烈，方期身上衣袍倒有几处被柴枝划过，不免有所破损。倒是阿曼一袭半旧绛袍不见半点痕迹。

但见方期所持柴枝横扫过来，阿曼身有灶台抵住，退无可退，一脚踏上灶沿，身子借力腾空跃起。这灶间甚是低矮，他居然还能擦着房梁自方期头顶翻滚而过，轻巧落地。

房梁上经年累月的灰被他蹭了一下，扑扑而落……

阿曼丢了柴枝，扑打着身上灰尘，笑道：“不能再比画下去了，再比下去，灰落到药罐里头，邢老头儿又该骂人了。”

若是临阵对敌，方才他在自己身后，要置自己于死地实在是轻而易举，方期轻呼口气，缓缓转过身来，心中不禁有些许失落。

“没想到……”他笑容涩然，顿了顿，似乎不知道该怎么说，将子青与阿曼看了半晌，还是忍不住叹了口气道，“我这些年来就是个井底之蛙，哪里有脸来当校尉，真该回去再老老实实练上几年。”

见他妄自菲薄，子青口拙，也不知该如何相劝，便望着阿曼。

阿曼笑道：“你当这些功夫蹲在家中能练得出来，都是生生死死间练出来的。就拿青儿来说，鬼门关前都转悠过几次……”

他的话着实不像在劝慰，子青暗扯了下他的袖子，示意他莫再说下去。

方期默然片刻，抬眼问道：“皋兰山那仗，听说惨烈至极，能说说吗？”

子青呆愣了半晌，才缓缓道：“那仗死了很多人，满地都是血，断肢……汉人、匈奴人……”

雷声轰隆隆压着屋顶滚过，她仿佛间又听见那夜轰鸣的战鼓声。

“铁子，我的同伍兄弟，他敲出来的鼓声便像这雷声。”

“他也……死了？”方期问道。

“嗯，死了。”子青靠着墙慢慢坐下，回忆渗入思绪之中，“铁子在小时候为了救他落入井中的妹妹，在水中泡得太久，脑子便不如常人好使。箭他总是射不准，操练时常被人笑话。”

方期皱了皱眉，“这种人怎会被留在军中？”

“你不知民间兵役之苦，铁子是为了给娘亲治病，让人买来顶替的。”

“还有这等事？！”方期显然不知。

阿曼挨着子青也坐下来，冷冷一笑，“汉廷长年用兵，民间都已经快被榨干了，这等事也不算稀奇。”

方期长叹口气，“这样的人，要他去打仗不是去送死吗？”

“他是鼓手，死的时候身上没有伤痕，是力竭而死。”鼓声在她记忆深处密集地敲打着，固执而坚持，那个几近力竭的高大身影一点一点地在脑中显现出来，子青颦着眉头，“我一直在想，若我是鼓手，只怕也做不到像他这般尽忠职守，这与身手好不好实在没有什么关系。”

方期听罢，静默许久，才缓缓点了点头：“你说的对，身手再好，也做不到像他那样。”

阿曼捅了捅子青，一脸的担忧与不满，道：“想一想也就罢了，你可别给我做出什么傻事来！”

子青没回答，低首微微笑了笑。

“记住了？！”阿曼不依不饶，接着捅她。

“嗯，记住了。”

子青无奈应道。

又过了几日，霍去病自长安回来，与他同行而来的还有合骑侯公孙敖。他是在长安安逸惯了的，乍然与霍去病赶了两日的路回北地郡，公孙敖面色便已有些青黄不接，连霍去病夜里要为他摆接风宴的好意都推却了，只想着找一处地方好好歇息，缓缓气。

霍去病即命赵破奴去为公孙敖安置妥当，瞧着公孙敖拖着脚步的背影，笑着摇摇头，自回了大帐中。

帐中案上摆了个旧木盒，上面墨迹清秀，写明是转呈骠骑将军霍去病，也不知是何时送来的。霍去病边脱去披风，边随手将木盒打开，瞥了一眼，随即愣了下，内中是三根雕翎箭，还有一支毛笔。

紫霜毫，他忍不住笑了笑。几月前便命人回陇西营中医室去取这笔，不料陇西军营进驻了另外的汉军，原来医室之物早已不知被归置到何处去，他便命人再去细细寻找。直到现下，他才算是看到这支在去年秋天子青就应承做给自己的笔。

正端详着笔，赵破奴掀帘进来，压低了声音朝他道：“合骑侯怎么来了？”

霍去病眼皮都没抬一下，“你说呢？”

“他又要掺和一脚？”赵破奴唉声叹气，“将军你说他怎么就不能消停消停呢，莫不是卫大将军又为他说了情？”

“圣上的旨意，认了吧。”霍去病耸肩，“我都认了。……对了，让人把子青叫来。”

“他不在营中，过午时我才见他和方期等人一块出营去了。”

霍去病眉毛一挑，“谁许他们擅自出营的？”

“今日是本月十五，将军你忘了，可以出营的。”

霍去病瞪了他一眼，没作声。

赵破奴似乎想起什么事，站着嘿嘿直乐。

“傻乐什么，说！”将军发话。

“将军，你猜方期他们带着子青那傻小子去做什么？”

“骑马打猎，要不还能干什么。”此地不是长安，要玩的话，花样实在有限得很，霍去病忽又觉得好笑，“怎的现下他们对子青没什么妒恨了？”

“没有，服气得很，那交情……”赵破奴接着嘿嘿笑，凑过来朝霍去病道，“我听说他们找了个姑娘，还是个老手，要给那小子开开荤。”

“什么！”

将军拍案而起。

原摆在案上的木盒被袍袖一拂之下摔落到地上，雕翎箭散在地上，赵破奴留意着将军的脸色，颇识时务地敛起面上笑意，连喘气声也略略控制了下。

似乎也意识到自己的失态，霍去病深吸口气，试着平复心情，终归还是恼怒，叱道："子青才多大，根本还是个孩子，简直是瞎胡闹！"

赵破奴小心翼翼道："他就是生得嫩些，其实也不小了，将军您在他这么大的时候，早就……"

话未说完，霍去病瞪过来一记恶狠狠的眼神，赵破奴赶忙收声。

"他们去了何处？"他咬着牙问。

"这个……详细的我不知道，我也就是昨夜里听他们顺口那么一说，说不定只是说着玩的，未必就来真的。"赵破奴试着安慰他。

霍去病扫了眼铜壶沙漏，此时才未时三刻，距离规定的归营时辰还有两个多时辰，心中越发烦躁难耐，皱紧眉头，在帐内踱了两个来回，猛地抬头吩咐道："派人到各个营口守着，人一回来就来见我！"

"诺。"赵破奴迟疑了一下，"是子青？还是方期？"

"全部，一块儿出去的人全都给我叫过来，一个不许落下。"

"诺！"

赵破奴快步退下，一出帐便暗自长吐口气，心下满腹疑惑，这种事在军中也不算稀罕，将军怎的这般大的怒气？

独自在帐内，霍去病只觉得胸中憋闷难当，低头时一眼瞥见地上散落的雕翎箭，微怔了怔，忽地意识到自己这股子怒气着实有些莫名其妙。

子青，幼树般的身影在脑中越发清晰，他焦躁地转了个身，却仍是挥之不去。再往深处，去想子青与女子的缠绵姿态，却怎么也想不出来，倒弄得心情越发不适。那么个干净的孩子，怎能带他去沾惹风月，他思量自己的怒气该是由此而来，遂在心中又将方期叱骂了好几回。

铜壶沙漏，细细小小的沙线往下流动，似比平常还要慢上好几倍。

拿了册书简强逼着自己坐下来，霍去病仍是忍不住时而便抬头看一眼，无奈沙漏慢得让人着恼，让人很是疑心它是不是活得不耐烦了。

在最后一次看沙漏，发觉居然还未到申时，他终于忍无可忍地丢开书简，跃起身来，掀帘走到帐外，日光刺目，天色尚早，而并非是沙漏坏掉了。

不远处士卒们三三两两走过，他眯起眼辨认了一刻，并未看见子青的身影。

"将军，公孙将军抱怨天气太热，问军中可有冰块。"

一名军士小跑着过来，向他禀道。

霍去病面沉如水道："你去找柄扇子给他，一柄不够就多拿几柄。"

"这……"军士僵在原地，显然这不会是公孙敖想听的话。

利眼一扫，霍去病不耐烦道："他若还嫌热，就让他哪里凉快哪里待着去！"

"诺。"

此时此刻，军士看得出将军心绪不佳，没敢再问下去，抬脚欲走。

"等等，"将军唤住他，稍稍收敛了些许怒气，淡淡道，"你去问赵破奴吧。"

"诺。"

稍远处围了一座鞠城，是几名未出营的校尉叫上三五士卒，正一块儿蹴鞠，玩得正在兴头上。

霍去病信步踱过去，围观的士卒们见是将军，自发自觉地给他让出一条道来，又连忙躬身行礼。他仅仅随意挥了挥手，示意他们免礼，只立在场边观战。

"将军，一块儿下来耍！"

场上的屯骑校尉，并其他几名校尉都停下来，笑着招呼他。

他淡淡一笑，摇了摇头，让他们继续。

校尉们自是不好，也不敢勉强他，呼啦一下各自散开，继续蹴鞠，也因有将军观战而兴头更浓，蹴鞠时分外卖力。

瞧着一个个绛红身影在场中奔跑跳跃，他脑中不期然又浮现出那个少年在鞠城中的飞扬之姿，静若处子，动若脱兔，灵气逼人……只是这么想着，他的唇边便不自觉地泛起一丝笑意，而眼前的蹴鞠究竟踢得如何，他却是半分也未看入眼中。

酉时初刻，子青与方期等人刚进南营门，便立即被人上前告知将军召见。不知所为何事，他们忙急急往将军大帐，却又被告知将军不在帐内，经人示意，才知将军在鞠城边，忙又寻过来。

"卑职参见将军！"

方期立在霍去病身后，朗声道。子青稍后于方期，也垂目施礼。

霍去病慢慢转过身来，面无表情地将他们打量了一番，一言不发，弄得众人惴惴不安，脑筋急转，思量着自己近来有没有做什么触犯军规的事情。

半晌未听见将军开口，子青不免诧异，抬眼望去，正碰上将军恶狠狠盯住自己的目光，骤然一惊，忙垂下双目，心中越发疑惑不解。

霍去病重重哼了一声，也不搭理他们，自行往大帐走去，经过子青身边时，脚步一滞，俯身过来在她脖颈旁闻了闻，眉头皱得更紧，沉声问道："你喝酒了？"

"喝了几杯。"子青只能如实低道。

"还喝了几杯！"霍去病怒气渐盛，转头看向方期等人，厉目一个个扫过来，众人无不噤若寒蝉，大气也不敢吐一口，"谁带他去喝酒……说！谁的主意！"

一时无人敢说话，众人都有些摸不着头脑，估莫着将军是恼怒他们不该带子青去喝酒，可说到底，这也不算是个事，为何着恼至此。

“是我自己喝的酒，与他们没关系。”

子青低低解释道。

“哼！你真是越来越出息了！”霍去病重重道。

子青自觉理亏，深垂着头，没敢再说话。因为低着头，露出脖颈后一小块肌肤，白皙粉嫩，倒像是刚刚出浴，霍去病看在眼中，忍不住要去想他方才做下的事，怒气更盛，喝道：“你随我进帐来！我有话要问你！”

转而又朝其他人道：“你们候在此处，若无我吩咐，不许挪一步！”

“诺！”

方期等人忙应了，眼睁睁看着子青随着霍去病离去。

直到此时，避在一旁观望的赵破奴才自旗纛后转出身来，慢慢踱到方期等人跟前摇头叹气。

“鹰击司马，您别光叹气啊！倒是说说，我们这是招谁惹谁了？”方期焦急问道。

“你们带子青去找姑娘了？”赵破奴问。

“是啊。”

“他……那个……开荤了？”

“那当然，”方期压低声音笑道，“真是人不可貌相，那姑娘对他恋恋不舍，说他是难得的好男人，又温柔又体贴，直要他下回再去呢。”

赵破奴愣了愣，转瞬叹了口气，未再理他们，径自走了。

跟着将军进了帐，子青自是一个字也不敢说，就静静地立着，等候将军的训斥，目光所及之处，赫然看见案上那支紫霜毫，分外眼熟。

“这笔……”她忍不住问道，“可是我制的那支？”

霍去病扫了她一眼，没好气道：“做得这么糙，不是你所制还有谁。”

与将军案前其他毛笔相比，那支紫霜毫确实显得分外拙朴，被他如此一说，子青惭愧起来，道：“做得是糙了些，要不我还是拿回来自己用，我再另行托人给将军买一支上好的。”

说着，她便欲上前将笔拿回来，不料被将军抢先一步拿在手中，转瞬收入袖中。

“既是给了我，怎的还有往回拿的道理。”霍去病不满道。

子青迟疑道：“可……将军用这笔，会有失身份吧？”

霍去病眉毛一挑，“你是墨门中人，怎么会在乎这些？”

“我是，将军你又不是。”

被她的话一堵，霍去病怔了片刻，才不甚自然地转过头，淡淡道：“我也不在乎。”

子青看着他的后背，心中似有所感，低低“哦”了一声。

一时间帐内陷入一阵静谧，两人皆没有说话。

手笼在袖中，霍去病下意识地摩挲着笔杆，过了半晌，转过身来，故意粗声道：“还愣着做什么，我要试试这支笔，也不知好不好用，你还不研墨去。”

“诺。”

见将军喜怒无常，子青着实捉摸不透他，只得依命在榻边坐下，揭开铜质避邪砚盒，放入小墨粒，滴水，取石砚杵开始细细研墨。

霍去病瞥了她一眼，自在案前坐下，寻出一块空白竹牍，待墨研好，便提笔蘸墨，试着写了几个字……

子青在旁看着，这还是她头一遭看见将军的字。

劲瘦、挺拔、舒展，字如其人，果不其然。

“想什么呢？”

耳边骤然响起将军的声音，她回过神，抬眼正对上将军透着不满的目光。

“嗯？”她不知该说什么。

此景落在霍去病眼中，赫然便是一副魂不守舍的模样。

“还在想那个姑娘？”他收回目光，提笔慢条斯理地蘸墨，仿佛问得漫不经心。

子青一呆，“什么姑娘？”

笔一滞，霍去病胸中隐隐有怒气起伏，索性挑眉直视着她，道：“方期今日不是带你去找姑娘了吗？还装什么？”

将军居然知道此事！

子青待在当地，脸上一阵红又是一阵白，完全不知道该说什么。

“头一遭？”他斜睇她。

这种事确实是头一遭，子青老老实实地点点头。

“如何？”他就是想套她的话。

子青不自在地挪挪身子，千难万难才从牙缝中挤出几个字，“还、还不错。”

他强自按捺住怒气，偏偏还要问：“如何不错？”

“这个……将军你还是别问了吧。”与他谈论这种话题，还得骗着他，子青着实坐如针毡，目光中不禁透出恳求之意。

霍去病本待再好好为难她一番，此时见她这般目光，心中一软，淡淡道：“那些地方不干不净，以后少去。你是医士，自己该明白。”

“卑职明白。”

子青忙道。

瞧她低眉垂目的模样，倒也还算乖巧，霍去病忍不住多看了她几眼……

此时，赵破奴在军士通报后大步进来，本还以为将军多半在朝子青发脾气，倒未料到两人安安静静地研墨写字，一副全然无事的模样。他心中不免诧异，瞥了眼子青，才朝霍去病禀道：“将军，公孙将军问明日是否可带他去巡视武卫、司金两营？”

“明日你带他去吧。”霍去病并无所谓，停了一瞬，微微笑道，“记得让他卯时出发，得让他明白，此地可不比长安。”

赵破奴亦是一脸坏笑，“卑职也是这么想的。……对了，将军，方期他们还在那里站着呢，是不是……”

“哼！光站着是太便宜这帮小子了。”霍去病想了一瞬，沉声道，“让他们每条腿绑上两个沙袋，再拿上长戟，绕着弩射校场跑十圈。”

“这个，他们会不会太累？若是影响明日操练就不太好了。”

赵破奴是个老好人，本还以为将军消气了，怎么也没想到将军仅仅是不恼子青一人，对方期等人仍是照旧。

“累什么，这帮小子就是成日太闲了，才会想出这么多馊主意。”霍去病冷冷道，目光扫过来，“不拿他们来练练，他们就不懂得消停。”

“诺。”

赵破奴苦笑，忍不住又瞥一眼子青，退出帐来，心中暗忖：还是这小子命好，将军这么大的火气都舍不得发到他身上。

对于方期等人眼下境遇，子青何尝不同情，只是自己也算是共犯，自然是不敢出言求情。

过了一会儿，霍去病写罢，在水盂中洗净笔，然后才搁下笔来，点头略略赞道：“看着虽糙了点，用起来倒还合手。”

见将军满意，子青心中也欢喜，垂目一笑。

“很快又要出征讨伐匈奴了。”霍去病轻叹口气，取过银柄书刀，开始刮竹牍上的字迹，口中淡淡道，似在与她闲聊。

子青颦眉片刻，想到方才赵破奴口中的人，疑惑问道：“方才鹰击司马所提到的公孙将军莫非是合骑侯？”

“就是他。”

“此番他也要带兵出征？！”

“嗯。”霍去病斜睇了她一眼，问道，“你知道他？”

子青忧心忡忡地点点头。在军中多时，她自是也曾听说过一些公孙敖的战绩，那些战绩绝不是让人能欢喜得起来的。

“圣上的旨意，没法子。”看出她的忧虑，霍去病没奈何地苦笑，“合骑侯，若要说他不会打仗，确是冤枉他了；可若要说他很会打仗，根本就是胡扯。”

子青默然不语，一个优秀将领懂得用最小的牺牲换取最大的胜利，而恰恰相反，一个庸才将领则很可能使许多士卒白白丧命。圣意就这样摆在面前，合骑侯想要建功立业，圣上亦想要提拔，而公孙敖的能力反而被放在了最后考量。

“怎么，看不惯？”见这少年虽不说话，可面上却是明明白白写着，霍去病好笑道，“我差点忘了，墨家尚贤尚同，你自是不服此等将领。”

子青仍是沉默，眉头拧着。

“傻小子……”

霍去病倾过身，伸手扶住她后脑勺儿，定定地盯住她，道：“你只要跟着我就好了，我才是你的将军，不会让你去他手底下的，别的事不用你操心。”

繁星点点，月光如水，映着阿曼手中的弯刀雪般铿亮。他举起来，端详片刻，眉眼深邃。似不甚满意，他转瞬又舀了一瓢水浇在磨刀石上，水花四溅，碎玉般晶莹剔透……

欲回帐去的子青瞧见，便绕过来，半蹲着看他磨刀。

阿曼侧头朝他一笑，道：“这刀好久未用，也是时候该磨一磨了。”

子青报以一笑，犹豫片刻，还是问道：“是什么时候？”

“不是很快又要出征了吗？这回，我同你一块儿去。”阿曼低头磨刀，笑得理所当然。

“你怎么知道？”

“上回皋兰山那仗，你们汉朝皇上一定会想，若是当时有人策应，定不会有如此重大的伤亡。所以这回霍将军带着公孙敖回来，公孙敖便是你们汉朝皇上指派过来策应霍将军的，说不定还有另外几路汉军，我所料再不会错。”他顿了顿，摇头笑道，“可惜霍将军不见得领汉朝皇上这份情，觉得公孙敖是个累赘也说不定。”

竟是全都被他说中，子青愣了片刻，又问道：“你也要去？可匈奴人只怕还在找你，我觉得……”

“你会守着我吧？”阿曼打断她，头歪过来，轻轻撞着她的，“你不会让我被他们抓回去吧？”

“当然，可……”

阿曼又打断她，眼中的笑意澄净灿烂，“所以我也得守着你……能多久算多久……”

望着他的眼睛，子青似有点明白，“你，决定回楼兰了？”

静默片刻，阿曼缓缓低下头，仍是在笑，只是多了几分苦涩，“不该是我，对吗？我一直在想，以后咱们去的地方，有碧青的大地，接着天际的水，虫鸣鸟叫，不闻人声。你想过吗？”

子青说不出话来，只能忧伤地注视着他手中的弯刀。

“什么时候走？”良久，她低低问道。

“怎么也得等这次讨伐过匈奴，你安然无恙，我才放心。”

“阿曼，你不必为了我……”

“我不是为了你，是为了我自己。”阿曼转过头来，深灰的眼瞳反射着星光，“我得知道你好好的，只要你好好的，我才会觉得活着还没有那么糟。”

楼兰眼下的处境，可以想见阿曼回去之后的艰难，心中一阵酸楚难当，雾气漫上双目，子青飞快低垂下头。

看她低首处，两滴眼泪迅速渗入尘土之中，阿曼强制按捺住胸中翻腾，脸上仅是微微笑了笑，用肩膀轻撞她几下，道：“我还没走呢，你怎的现下就开始难过？舍不得我？”

也觉得自己实在伤心得没道理，可不知为何，想到日后天各一方，阿曼须得在夹缝中苦熬，子青心中就禁不住地难受，没有人能比她更明白那种不得不担当的苦楚，可对于阿曼来说，这苦楚近似残忍。

飞扬脱跳的他，舞姿热烈如火，笑容灿若阳光，这些美好都将在这残酷责任之下磨损殆尽。

不该是他，真的不该是他。

见她眉头深颦，确是当真伤心，阿曼也不去理会弯刀，随手丢到一旁，将子青搂入怀中，低低喃喃道：“真的难过了？真有那么舍不得我？那你跟我一块回楼兰，好不好？我天天都能看着你，你也天天都能看着我……”

尽管他声音极低，又说得含含糊糊，子青还是听清了他的话……

正在此时，邢医长自医帐内掀帘出来，瞧见二人模样，重重地咳了几声，恼道：“这里是什么地方，由得你们如此！”

阿曼虽松开子青，但仍搭了条胳膊在她肩头，嬉皮笑脸朝邢医长道：“青儿正难过呢，我还不能安慰安慰她了。你这老头儿好没道理！”

邢医长瞧子青眼圈微微有些发红，也愣了下，奇道：“怎么了？你们这些娃娃就是毛病多，出去玩了一整日，就该欢欢喜喜的才对，怎的还反倒伤心起来。”

“没事，我……”子青朝邢医长施了一礼，“我先回帐去了。”

她拔腿欲走，阿曼唤住她。

“青儿！你再想想……为我……”他定定地看着她。

子青怔了怔，什么都未说，径直去了。

第二十一章　河西二战

这夜之后，也许是阿曼生怕被她拒绝，又或者是他不愿逼她太快做出决定，阿曼像是完全忘记一样，再没有向子青提过此事。

子青心中却是纠结的，头一遭，她如此难以作出决断。

她知道自己须得早日离开汉军，否则迟早会有东窗事发军法处置的一日。那么出征归来后，离开汉军，陪阿曼往楼兰去，也并非不可行。

只是，一想到要离开汉军，心底为何如此抵触。

夏日渐长，烈日炎炎，出征的时日也到了。

刘彻的进攻战略是，让骠骑将军霍去病与合骑侯公孙敖各率两万骑兵出北地郡分两路进击河西匈奴。与此同时，以郎中令李广、卫尉张骞率部出右北平，自另外方向出击，从而达到牵制左贤王，策应西路汉军的目的。

表面上看，此战略考虑周详，声东击西，定能将匈奴人打个措手不及。但也仅仅是纸上谈兵而已……

当霍去病率领两万精骑到达与公孙敖约定的会合地点之后，发觉公孙敖还未到。

于是，大军原地休整，静静等待。

霍去病同时派出哨探，往周遭寻找

咬了口干硬的面饼，无甚胃口再吃，子青抬头望向不远处的将军，他面上波澜不惊，看不出任何情绪，故而她也无从猜测实际情况究竟有多糟糕。

“喝口水吧。”阿曼将自己的水囊递过来。

子青摇摇头，“还不知道会不会进沙漠，得省着点喝。”

疾驰了一日一夜，此时的汉军就在巴丹吉林沙漠的边缘，沙漠的风吹过来，热辣辣的，夹杂着细沙，直往铠甲衣袍缝隙里钻，弄得人很是不适。

这片苍苍茫茫的大漠，便是站在边缘往里头看，也让人不禁一阵阵地犯怵。

“喝我的，没事。”阿曼硬塞过来，道，“瞧你嘴唇都有些起皮了。”

子青仍塞了回去，只抿了抿嘴唇，劝道：“我现下还不觉渴，你也得省着点喝。”说罢，又忍不住转了头去望将军，心中免不了忧虑。

现下的她身为中郎将，已不再是以前只需听命的小卒。出征前的军事会议中，她就知道他们该在此地与公孙敖部会合，然后对休屠王部发起合击。而眼下，公孙敖部不见踪影，究竟是迷路，还是途中遭遇了匈奴大军，不得而知。

汉军不宜在此地久留。

随行军士拿下背上所负的地图，半蹲着将发黄柔软的羊皮地图在地上摊开，霍去病在地图前半蹲下来，颦眉思量着……

阿曼眯起眼睛，远远地盯着他，举起水囊饮了一小口。

半晌，霍去病抬眼看了眼茫茫黄沙，立起身来。

"咱们要进大漠了。"

阿曼淡淡道，整片西域地形都在他脑中，近似直觉，他已明白霍去病下一步的决定。

"可公孙将军还未到……"子青忧虑道，尚未开战便已两军失散，之前所做的战略部署全然作废，此番出征究竟该如何继续下去？

阿曼朝她一笑，道："看样子，霍将军是准备甩掉公孙敖单独作战了。其实这样也好，公孙敖那等庸才，跟着也是累赘。"

"你怎么知道？"

"若是我，我也会这样。"阿曼满不在乎地耸了耸肩。

果然将军很快就下达了命令，由于要进大漠，为防风沙，汉军都各自取出长幅绛红布条，将头面包裹起来，仅仅露出双眼在外。

子青才将自己蒙好，便有人来传令——将军叫她过去。

"卑职参见将军。"她快步过去行礼。

霍去病瞧着面前少年，面巾掩去她的容貌，却越发显得双目清澈，心底迟疑了一下，问道："做先行军，可愿意？"

"卑职愿意。"

"给你百骑，再带上缔素，作为先行军，为大军寻找水源。若遇上匈奴人，切不可迎战，只需回来报信。"

"诺！"子青领命。

霍去病望着她，语气放柔，又道："一定要小心！"

"卑职明白。"

寻水的百骑人马比大军先行一步，驰入大漠之中，沙尘滚滚。在一色一样的衣着打扮中，霍去病轻而易举地辨认出那少年若隐若现的身影，不过半炷香功夫，消失在沙丘之后，心中似感怅然，仿佛空落落的。

赵破奴立在他身侧，将军神情尽入眼帘，暗叹口气，问道："将军，咱们这次可是要横穿大漠？将士们随身携带的粮草有限，要横渡大漠至少需要三日。"

"够了！"霍去病望着大漠，淡淡道，"只要水源充足就行。"

面对这片茫茫大漠，赵破奴还有些发怵，深吸口气，未再说话。

"传我将令，拔营！"

霍去病重重道。

行至正午时分，加上正值酷暑时分，沙漠之中的滚滚热浪扑面而来，铺天盖地，仿佛天地都成了一个巨大的熔炉，将人与马在其中淬炼。汗透铠甲，重得直把人往下坠，不仅是人，马匹也闹将起来，焦躁不安，不肯前行。

“不能再往前走了！”阿曼拉下面巾，喘着气朝子青道，“就算人受得了，马匹也撑不住，得歇下来，等到日头偏西才能接着走。现下后面的大军肯定也在原地歇息。”

“可是将军要我们找到水源……”子青也是被晒得头昏目眩，咬牙强撑着而已。

“若是把马累死了，咱们就得死在这里。”阿曼提醒她。

子青拉下面巾，探手一摸雪点雕，已是浑身湿透，浸在水中一般，再跑下去确实会撑不住。若将马儿累死，在大漠之中，无异于是自剁双腿，得不偿失。

“全体下马歇息！”

她话音未落，身畔有人策马过来，还未到便自马背上滚落下来，躺在沙地上再不能动弹。

子青翻身下马，赶过去，将那人面巾拉下来，正是缔素。他双目紧闭，满头满脸的汗，已然被热得晕厥过去。

急急替他卸了甲，子青又去掐他的人中，听得缔素痛哼一声，却仍未转醒。

阿曼含了一大口水，兜头朝他喷下，缔素这才悠悠睁开眼睛，手足无力地撑坐起来。

“子青……”他有气无力道，手软软抬起指向前方一座沙丘，“我能感觉到，那边有水，很多很多的水。”

前方有水？！

奔驰良久，因大量排汗，加上马匹也需要大量饮水，随身所带的水已经剩得不多。

子青环视周遭，其余众人也皆热得东倒西歪，还有几匹马吃不消沙漠的灼热，歪倒在地。

“你们照顾好他。”她吩咐旁人，“我去那边探探，若当真有水，你们再过来。”

“诺。”

子青起身时，眼前迸出几点金星，身子不由自主地晃，阿曼眼疾手快地扶住她。

“还是我去吧，你歇会儿。”他看着她，颦眉道。

“没事！”

子青稳住身子，去牵雪点雕，几下都没上得了马，阿曼用力托了她一下，才勉强爬上去。雪点雕热得够呛，十分不乐意再跑，慢吞吞地往前踱着，怎么都不肯跑。

阿曼自后头追上来，他的马死活是不肯再让人骑，死死趴在地上闹脾气，他是跑着追上来的，什么都不说，牵过子青的马，往沙丘那边走。

“阿曼……”

“别说话了，省些气力。”阿曼头都未回就堵上她的嘴。

子青只得不说话，趴在马背上喘息，铠甲重得千斤一般，双目渐渐模糊。

如此这般在烈日下慢慢地爬上那座山丘，阿曼凑到子青耳边吹气，笑道：“青儿，快！睁开眼睛看看！”

子青缓缓睁开眼睛，随即被眼前的景象惊呆了……

这次缔素所料不错，果然有水，很多很多的水！

出现在她眼前的是一个巨大的湖泊，湖边绿树成荫，芦苇丛生，水鸟嬉戏其间，而在湖心中还有星星点点几座小岛。

这不像塞外大漠，倒像是烟雨江南，她翻下马来，使劲揉了揉眼睛：“这是幻象吗？阿曼，你也看见了？”

“看见了！”见她站不稳，阿曼半揽半扶住她，笑道，“是真的，我们找到海子了。”

“我赶快把他们都叫过来，到树荫躺会儿就都能缓过来了。”子青喜道。站着沙丘顶上，朝着缔素等人的方向连喊带比画，可怜嗓子干得冒烟，嚷出来的声音都是哑的。

好在比画的意思简单明了，都看得懂，知道是已寻到水源，皆欢喜不已。

待子青回首，准备往湖泊行去，听见阿曼低低道：

“有人！”

子青一怔，深闭下双目，定定心神，再睁眼望去——远处树荫下隐隐能看见马匹嚼草。

匈奴人？还是沙盗？又或者是商旅？

两人牵着马，往湖泊走过去，脚步缓步，弯刀匕首各自掩在袖中，戒备着前方绿荫下的人。

与此同时，对方也在注视着他们，绛红军袍将他们汉军身份表露无疑，但对方并未流露出什么敌意。

行至相隔约还有十丈远时，阿曼眼瞳紧缩，骤然刹住脚步——西域的马鞍与中原不同，而他所看见的马鞍，从做工到绣纹，皆出自楼兰王宫。

子青心中一凛，低低问道：“怎么了？”

阿曼却不说话，缓缓拉下面巾，静静地立着，双目定定盯住对方，面沉如水。

对方自树荫下出来，为首是个长着一把花白胡子，皱纹沟沟壑壑的老者，眯着眼睛看他们，很快把目光长久地停留在阿曼脸上，直至辨出的那瞬……

子青诧异地看着老者朝他们跌跌撞撞地奔来，他身旁有人想伸手扶他，他却根本置之不理，口中呼号着，一脸的悲喜交加。

她听不懂他说的话，是楼兰语吗？

“阿曼，他……”

阿曼略略敛起眉宇间的冷峻，侧头朝她笑了笑，道：“不必担心，这些人我都认得，我会把他们都打发了。”

虽听他如此说，但子青仍是不敢松懈，仍是攥紧匕首，以备应对突发状况。

不一会儿，白须老者已然到了跟前，已是泪流满面，竟然就地匍匐下去，虔诚地去亲吻阿曼的鞋子。此情此景把子青骇了一跳，再看跟在老者身后的那些人，皆匍匐在沙地上，一副诚惶诚恐的模样。

阿曼冷然而立，由着老者与众人行此楼兰大礼，目光凛冽，压根儿就没把此举当回事，冷冷哼了一声，拔腿就走……子青就这样眼睁睁地看着这群人又乌拉乌拉地追着阿曼过去，直追到一株高大棕榈树下，仍像方才那样，照样匍匐在阿曼脚下。

似乎极为不耐，阿曼说了句什么，老者一行人方从地上爬起来，立在他跟前，神态始终谦卑恭敬。阿曼问一句，他答一句，两者间用楼兰语交谈起来。

听不懂楼兰语，光靠看神情子青也猜测不出原委，但他们如此谦卑，想来不至于伤害阿曼。由着雪点雕自去饮水啃草，她缓步走到近处的树荫下歇息，时不时望一眼阿曼。

刚开始他们谈得还算和缓，渐渐似乎为了什么事情争执不下。

老者似在连连恳求，说着说着又朝阿曼跪了下来。阿曼始终一脸冰冷，根本不为所动，斩钉截铁地扔下几句话，在先行军其余人到达湖泊之前，回到子青身边。

眼看劝说无效，老者也实在没有办法，一来不敢违抗阿曼的意思，二来不想与汉军有纠葛，一行人并马匹全都避得远远的。

缔素被众人自马上抬下来，放在阴凉处，有士卒取了水给他擦了擦上半截儿身子，凉风一吹，暑热便已去了大半，人也算缓了过来。其余众人各自三三两两在树荫下歇息，虽有人看见楼兰老者一行人，但以为是沙漠牧民，并不以为异，也没那些多余气力去寻他们的麻烦。见状，子青放下心来，展目见阿曼独自一人避在稍远处，正望着湖水出神。

她走过去，递上水囊，道：“刚汲的水，这湖的水是甜的，你尝尝。”

阿曼接过喝了几口，往老者方向努努嘴，朝子青轻松笑道：“他们歇过正午这会儿，在大军到达之前就会离开这里。”

子青疑惑问道：“他们是来寻你回楼兰的吗？”

“嗯。”阿曼像是想到什么好笑的事情，“那个老头儿，就是你方才看见那个哭得稀里哗啦的老头儿。你知不知道，当年我好不容易回到楼兰，就是他苦劝我父王将我遣回匈奴。今时今日，他满大漠转悠着苦苦来寻我，也不知可否想过当年。”他脸上带着笑讲述着，事不关己般风轻云淡。

“你叔父……”子青不知该怎么问。

知道她在想何事，阿曼答得倒是干脆，“还没死，不过估计也快了，要不然也不会让这老头儿出来寻我。”

“他是在求你跟他们走吗？”子青犹豫片刻，仍是问道。

阿曼转了头去看湖面上一掠而过的白鸟，佯作没听见她的话，用手指着，笑道：“快看！它刚抓了条鱼！”

子青向来是不愿勉强他人的，见他不答，也能料到七八分。

“阿曼，你……”

阿曼头都未回，骤然问道：“青儿，你想好了吗？”

子青呆了呆，待明白他问的是何事时，望着他的背影，陷入一片茫然中。

没有听到回答，阿曼低首苦涩笑了笑，道：“所以别劝我，让我在你身边再多待几日吧。”

风自湖面上卷过，带着水汽朝他们扑过来。

衣袍在风中烈烈摆动。

眼前的背影是如此孤单寂寥，映在眼中，子青内心深处隐隐生疼。

墨家曾有过那么多位先辈助弱小国家抵御强敌，自己虽然远没有先辈的过人才能，但也应该尽全力去帮助他，最起码，能让阿曼不至于如此孤独。

“我跟你去。”子青乍然道。

话音刚落，阿曼迅速转过身来，不可置信地看着她，“你……当真？”

子青点头。

他面上先是喜悦，紧接着又转为忧伤，定定注视着她，问道：“若将来有一日，你怨我怎么办？”

“怎么会？”

阿曼涩然苦笑，声音低得近乎自言自语，道：“我知道你是可怜我，才愿意跟我走。这般背井离乡，又是随我留在无趣憋闷的楼兰宫城之内，你终有一日会后悔的。”他抬起头来，“将来若有一日你想走，我便送你走，再不会留你。只求你莫要怨我，恨我。”

“我不会，将来也不会。”

现下已下定决心，子青内心纵有对汉廷的不舍，但至少不再纠结，脑中考虑的便是其他事情，与阿曼商量道：“此番随霍将军出征，我断不能中途弃他离去，你可先回楼兰，待汉军班师回朝之时，我便去楼兰寻你，如何？”

“我同你一块留下。”阿曼道。

子青误以为他担心自己不会去楼兰，便道：“你放心，我自会信守承诺。”

阿曼微笑道："知你素来千金一诺，我从未担心过这个，只是打仗毕竟凶险，经过上次一役，我若不在你身旁，我怎能安心。"

子青说不出话来。

遣人回报之后，近黄昏时，霍去病率领汉军到达了湖边，此时楼兰老者一行人果然已经离去。大军在湖畔休整，人马皆稍作歇息，补充了水源。子青向将军简短禀报，自是隐去了楼兰老者之事，将军确定接下来的方向，仍是命他们先行一步。

才整装待发，子青忽听见不远处传来一阵哗然，有哨探急急来报霍去病。再等得一会儿，楼兰老者一行人被五花大绑地押送到霍去病跟前。

阿曼眉头皱起，低低咒骂了几句，他本已经上马准备随子青出发，现下不得不翻身下马，朝霍去病那边快步走过去。

子青忙跟上。

"这帮楼兰人在远处鬼鬼祟祟的，我怀疑他们是匈奴人的探子！"一名探哨向霍去病禀道。

霍去病上上下下打量着楼兰老者，淡淡问道："会汉话吗？"

"会，会。"楼兰老者忙答道，"将军饶命，我们就是过路的，想来湖边歇息，可看汉军在这里，所以没敢过来，就远远地躲着，想到汉军走了再来。"

"从何处来？往何处去？"

眼角余光已经看见朝这边行过来的阿曼，霍去病问得漫不经心。

"从汉廷来，现下回楼兰去。"

"自汉廷回楼兰，"霍去病眉毛微挑，"走到这里？！你们似乎在绕远路。"

"是，原该从皋兰山走，经祁连山，可听说汉匈常交战，那里不太平。我们是做玉石生意的，一次损失就会倾家荡产，实在不敢冒险。"老者对答如流。

阿曼已到近处，双手抱胸，饶有兴致地听着老者胡扯。

"玉石生意……"霍去病转向赵破奴，手一伸，"把你定亲的那块玉佩拿出来，给他瞧瞧。"

四月间才定下亲事，玉佩还是女家特别送过来的，赵破奴自是有点舍不得，"那是我的，再说我……没带身上。"

霍去病也不与他废话，直接上前往他怀里掏摸，弄得赵破奴连连后退，伸手阻止他，"我自已拿、自已拿。"这才心不甘情不愿地掏摸出一块蝶形白玉，盈盈湖光反射下，晶莹剔透。

"这玉的品相如何？说说。"霍去病问老者。

老者持在手中端详，片刻后，勉强笑道："是块好玉，品相上乘。"

闻言，阿曼翻了个白眼，继续等着看笑话。

"此玉出自何地？玉质如何？色泽如何？"霍去病慢条斯理地接着问，"雕功又如何？”

“这个……”老者语塞。

直到此时，阿曼方才走上前来，轻叹口气朝霍去病道：“将军，卑职有事要禀报。”

瞥了他一眼，霍去病似早就料到他要说的是什么，将玉佩还给赵破奴，挥手让左右退下，这才示意阿曼说话。

“他们，是来寻我的。”阿曼语气颇为无奈，“我已经让他们走了，想来是走得不够远，让哨探误以为是匈奴探子。”他不得不替他们开脱罪名。

霍去病微微一笑，“不是走得不够远，而是他们本来就想跟着你。”

阿曼苦笑，无言以对。

“他们这么跟着，也不是法子，你有什么打算？”霍去病懒懒往树身上一靠，似乎不经意地望了一眼稍远处的子青，“怎么，舍不得走？”

阿曼也望了一眼子青，迟疑片刻，并不想告诉霍去病关于子青的决定，只笑道：“既是出征，现下连匈奴人影子都未见着就走未免太可惜了，我怎么也得等到赢了匈奴人再走不迟。”

霍去病自是不信他的话，心中只道他是舍不得子青，低首笑了笑道：“那也由得你。只是你须得把他们打发干净，下次再被哨探发觉，可别怪我……”他用手在脖子上轻轻一划。

“我明白，我会让他们立即回楼兰去。”阿曼用脚轻踢几下地上跪着的楼兰人，微恼道，“还不快谢过霍将军。”

以老者为首，众人皆齐声称谢。

霍去病似笑非笑道：“我倒不用他们来谢，你记着欠我份人情就行。”说罢，他招手让人来给他们松绑。

阿曼用楼兰语低低吩咐了老者一番，其间老者若有所思地抬头望向子青方向，随即连连点头，率众人离开。

看在眼中，霍去病隐隐察觉到子青与此事也有关系，待再往深处去想，心中骤然不适起来。

沙漠中的夜色极美，苍茫穹庐，布满璀璨的星子，触手可得一般。只是比起白日时，风由灼热变得冰冷，自身侧刮过，小细针般扎人。

子青行在最前头，时而仰头望向星空，通过观星来辨别方位。

已是午夜，马速渐渐缓下来，阿曼策马行到她身畔，笑问道：“困不困？”

“还好，午后睡了一个多时辰。”子青微微笑道，“上回出征是初春，冷得人发困，现下已是好多了。”

阿曼顿了一下，又道：“我已告诉霍将军，我将回楼兰去。”

“嗯。”子青微微颦眉，叹道，“我想等要走的时候再告诉他。”

“青儿……”阿曼料到子青的想法，“你可曾想过，若告诉了霍将军，也许你就走不成了。”

“他对我算有知遇之恩，我不能不辞而别。”

“将军对你颇为看重，怎会肯放你走。”

她心中歉疚，道：“我走便已是对不住他，若再不辞而别，岂非罪上加罪。”

“若将军不允，将你捆起来，不许你走，怎么办？”阿曼半开玩笑问道。

默然良久，子青仍是道：“不会，将军他……会明白我的。”

“你就那么相信他？”

子青未再说话，仅重重地点了下头。

三日不到，汉军如狂风一般掠过了沙漠，在居延泽稍作休整，再沿着羌谷水往下，直至祁连山脚下。

夜空中，乌云翻滚，风一阵又一阵地刮过，眼看一场大雨将至，浑邪王部落的匈奴人大多皆在帐中歇息，只有少数人出来照料牛羊，又或将帐篷系得更牢些。沉沉黑夜中，无人察觉到，一支汉军竟会越过整个大漠，兜了如此大的一个圈绕到此处，正静静地潜伏在背山阴处，等待着他们年轻将军的号令。

电光闪过，照得霍去病一身玄甲铿亮，手中的剑，冰寒如雪。

终是回来了！

他仿佛又回到了皋兰山的那一夜。

那夜之后，他甚至不敢抬头去看月亮，总觉得那轮月亮流淌着血腥气，看了会让人喘不过气来。

而今夜，无星无月。

闪电将夜空四分五裂地劈开，雨从裂缝之中倾斜而下，仿佛积蓄已久。

嗖嗖嗖，几千支利箭在同一瞬间划开雨幕，直奔向浑邪王部落，穿透帐篷，惨叫声此起彼伏……

很快便有匈奴人操着刀戈冲出帐来。

而等待他们的是第二轮弓弩。

闪电劈过，瞬间的煞白中，他们仅仅能看清自雨幕中穿透而来的锐利箭矢。

一朵朵殷红的花在他们身上残忍地绽开，被雨水冲刷之后，在地上蜿蜒成殷红的溪河。

有人当即毙命，有人还在挣扎，帐篷中接着冲出更多的人！

第三轮弓弩激射而出……

子青骑在马上，低垂着头，雨水沿着发际淌下，顺着脖颈，浸透全身。她分不清自身体深处涌出的冰冷寒意，是因为这雨水，还是因为前方的杀戮惨叫。

为了最大限度地减少汉军伤亡，将军显然采用了最占便宜的打法，他的做法自然是无可厚非。可她禁不住要去想，那些帐篷内住着多少手无寸铁、根本无法对抗汉军的老幼妇孺。利矢不会去分辨，但生命却无可挽回。

直至第五轮弓弩射尽，方听见战鼓齐鸣。

血在众人胸腔中涌动。

马蹄将雨夜踏成碎片。

刀戟激飞雨点，挟带着凛冽寒意，朝着匈奴人挥斩而下！

尽管汉军仅有两万，而匈奴人数倍于己，但在猛烈且令人防不胜防的奇袭之下，浑邪王部被打击得溃不成军，全然无法做出有效的抵抗。

雨夜中，汉军追击着四下溃逃的匈奴人，胜负已无悬念。

因为地形不够熟悉，霍去病随即下令汉军不可追击太远，堪堪掉转马头之际，一道闪电划过，稍远处一个正往山中追去的身影落入眼中，他直觉地认出。

子青！怎的这般不知深浅！

霍去病心中暗恼，担忧着她的安危，来不及想太多，策马往她所在方向追了上去。跟在他身旁的侍卫不明就里，连忙也跟上去。

穷寇莫追的道理子青并非不明白，也听到不可追击的胡笳声，只是前方阿曼却不知何故，也许他是听不懂汉军的胡笳声，故而穷追不舍。

“阿曼……”子青尽力呼喊。

她的声音淹没在大雨之中，雷声轰轰，阿曼压根儿听不见她的声音，全神贯注都在前方匈奴人身上，不停地催促马匹。

距离越来越近，弯刀飞掷而出，划开雨线，直击向前方为首一名身材高大打着赤膊的匈奴人。

那匈奴人似有所感，躲俯到马腹，躲过这刀，同时挽弓搭箭，斜挂在马侧，反身射出一箭。这一连串动作干脆利落，可见此人的马术与箭术皆不弱。

弯刀滴溜溜打了个转，复回到阿曼手中，接刀的同时，利箭擦过耳畔，削掉一层皮，温热的血瞬间漫过脖颈。

牙根紧了紧，阿曼手一扬，弯刀再次飞掷出去，将匈奴人的马匹的腿砍伤。

马儿站立不稳东倒西歪，随即躺倒下来，匈奴人持弓摔下马来。

“很久不见了，单金泽科。”阿曼在马背上居高临下看着他，唇边笑意冰冷，“想不到你也会有这种时候，衣不蔽体，像丧家犬一样到处乱窜。”

由于阿曼一直蒙着面巾，单金泽科在初时并未认出他来，此时听见他说话，目光复落回那把弯刀之上，方才恍然大悟，冷笑道：“原来是你！我说怎么找不到你，原来你躲到了汉军之中。”

“阿曼，他……”

子青堪堪赶到，在阿曼身侧勒住缰绳，疑惑地盯住眼前的匈奴人，一时弄不清阿曼与此人的关系，不敢贸然动手。

“他是我必须亲手杀掉的人！”阿曼缓缓道。

“我早就说过，你这小杂碎留不得！可惜单于不听。想要我的性命，你倒是试试！”

单金泽科大笑出声，笑声未歇，手疾如电，挽弓搭箭，箭矢激射而出，直奔子青。

阿曼吃了一惊，探身扬手，弯刀亮弧划过，只听得当的一声，箭矢被弯刀击落。

此举正中单金泽科的意，趁着阿曼分神去救子青，抬手又是一箭，方才那箭不过是个幌子，这箭才是真正想取阿曼性命。

箭破雨而来，眼看避无可避。

骤然，凌空出现了另外一支箭，箭镞正对上箭镞，双箭力道皆甚大，一撞之下，只见火星四溅，两箭同时自空中跌落。

这一生变甚快，莫说子青与阿曼，便是单金泽科自己也未反应过来。

雨夜沉沉，压根儿看不清是何人射出这箭。

说时迟，那时快，只愣得这一瞬，又是一箭破空而来，径直钉上单金泽科的脑门儿。他直挺挺地立在当地，双目犹自圆睁，仿佛未看清来人究竟是何人便死不瞑目一般。

子青回首望去，正看见玄马自雨中驰来，霍去病的手上弓箭犹持。

“你怎么就把他杀了？”阿曼丝毫不领情，朝霍去病不满嚷道，“这个人是我要亲手杀的。”

霍去病不甚在意地瞄了眼单金泽科，随即掉转马头，朝阿曼道：“下次早点说，要不在他身上挂个木牌牌，告示天下也行。”

这般大雨，又是在夜里，视野如此模糊的情形下，子青扪心自问要在马背上击落方才那一箭，自己怕是没有把握。她从来没有见过将军展露箭术，未料到他的箭术竟然如此高超，大概比得上爹爹了吧？

“知道他是谁吗？”阿曼问。

霍去病转头望他。

“伊稚斜手下四大勇士之一，单金泽科，大概是被伊稚斜派来浑邪王这里商谈军务，没料到在这里送了命。”阿曼想了想，复欢喜起来，“他死了，伊稚斜一定气得要命。”

原来他是伊稚斜那边的人，子青料想此人当年必是折磨过年幼的阿曼，阿曼方有如此恨意。

霍去病挥手让随行侍卫去办接下来的事情，自己转向子青，一脸恼意，“我方才下令不可追击，没听见吗？”

“听见了……”子青原想解释，而后又觉得解释苍白多余，遂垂目低首道，“卑职知错，请将军责罚。”

“罚什么罚，她是担心我才追来的。”阿曼冷眼看军士将单金泽科的首级割下，自行将弯刀入鞘，替子青辩解道，“霍将军你不也追过来了么？”

子青怔了怔，难道将军是因为担心自己所以才追过来的？抬眼望去，正对上将军双目……

霍去病不甚自在地挪开目光，作恼怒状道：“还以为你们追的是浑邪王，没想到只是个小卒子，白白耽误我的工夫。”

浑邪王也逃了？原来将军是来追浑邪王的。

子青心中方才稍安。

第二十二章　将军中箭

大破浑邪王部之后，汉军原地休整半日，补充吃食清水，随即便又继续奔袭。一路追亡逐北，斩杀匈奴三万余人，先后降俘六千五百人，其中包括单桓王、稽沮王、呼于屠王、酋涂王及五王母、单于阏氏和王子五十九人，相国、将军、当户、都尉六十三人，可谓是大获全胜。

这日突袭遫汉王部，与浑邪王部相比而言，算是个小部落。该部落匈奴人却是异常凶悍，摆出与汉军拼死一战的架势，虽然仍是汉军取胜，但也折损了近四千余人。

子青蹲在地上正替一位士卒包扎伤口，赵破奴忽急急行来，俯身低头在她耳边说了几句话……

听罢，她脸色骤变，忙请另外一名医士来替自己，急急跟赵破奴走。

阿曼将她的异样看在眼中，追上前低声问道："出什么事了吗？"

子青不答，闷头拉了他同行，跟着赵破奴一直行至一顶颇为厚实的匈奴帐篷前。赵破奴也不理门口两名军士，径直带着子青进去。

帐中，霍去病双目紧闭，脸色煞白地靠在榻上，额头汗水潺潺。

从未见过他如此模样，子青心中只觉得一阵绞痛。

"方才被冷箭所伤，"赵破奴压着声音道，"将军不肯声张，你本是医士，快替将军处理伤口。"

霍去病的手捂在腰腹左侧，子青在他面前半跪着，深吸口气，缓缓掰开他的手，看见伤口的一瞬，她说不出话来……

眼前是一柄断箭，露在铠甲外的半截儿箭柄已被掰断！

断口粗糙，看得出是用手生生折断的。

面对此情此景，她胸口一阵阵发紧，被什么东西哽在喉头般。

眼下汉军身处匈奴腹地，虽说已经大胜，但匈奴溃军尚在周遭，若知道汉军将领受重伤，群龙无首，必会大举反扑，形势便会急转而下。故而将军不动声色，自己硬生生把半截儿箭柄掰断，强撑回帐内。

"得先卸甲，不然箭拔不出来。"她极力让自己声音显得平稳。

"你来了……"霍去病抬眼看她，一抹淡淡笑意在唇边逸开，淡淡道："我觉得伤口有点痒。"

这箭有毒！！！

手微微颤抖了一下，子青很快强制自己镇定下来，轻声回道："不碍事的。"

“我知道。”霍去病仿佛倦极，复闭上双目，“昨夜里没睡好，趁着这会儿工夫我歇会儿，你下手轻点，别吵醒我。”

“诺。”

子青望着他的脸，自帐篷天顶透下的日光落在他脸上，全然的松懈，安静而俊逸，刻骨地，深烙在她脑中。

由赵破奴半扶住霍去病，子青开始尽量轻柔地替霍去病卸甲，阿曼从旁协助。虽说手上动作已很轻，但断箭柄深卡在铠甲上，将二者分离时，触动伤口，霍去病闭目一声不吭，伤处却又渗出许多血。

再解开衣袍，可看见伤口渗出的皆是黑血，且箭柄附近的肌肤亦呈现出淡淡的黑色。

赵破奴先倒抽了口冷气，被子青用眼神制止。她低首嗅了嗅伤处的气味，微松口气道：“这是狼粪毒，匈奴人常用，幸而解毒的草药随军就有。”

露在肌肤外头的箭柄只有一小截，且不知道箭镞是否有带倒钩，子青不敢贸然拔箭，只能用保守的法子，先把伤口附近的肌肉割开一点，看清箭镞，方才能知道该如何救治。

贴身匕首在火上烤过，她示意赵破奴与阿曼按住将军，镇定心神，一刀划下，大量的血奔涌而出。

霍去病身子微微一震，面上仍毫无表情，甚至未曾睁开眼睛。

待看清箭镞，子青眉头深颦，深觉射箭之人过于歹毒，箭镞不仅带倒钩，还涂上毒药，实在阴狠。

能使得上劲的箭柄实在太短，加上倒钩，子青只能边用匕首挖边取出，花了一炷香的工夫才将此箭完全取出。这短短一炷香工夫，对于她来说，却是无比漫长，汗透重衫，她甚至不敢去看将军的脸色。

其间，除了眉头紧锁，霍去病始终未吭过一声。

将箭取出后，还需将毒血吸出，子青毫不考虑便要凑上前去，被阿曼按住肩膀。

“你歇会儿，我来吧。”

他不由分说将子青拽到旁边，自己俯首到伤口上，吸吮出一口黑血，随即吐到旁边，如此反复多次，直到吸出的血呈现出鲜红色，方才停下。

赵破奴静静端上一碗清水，请他漱口，眼中满是感激之意，再无昔日芥蒂。

阿曼微微一笑，接过水漱净，然后朝子青道：“我去煎药。”

“嗯。”

在伤口处撒上外敷的箭创药，子青再取过干净的布条一圈一圈绕着包扎好将军的伤口。直至此时，霍去病方才开口，用极轻极轻的声音道：“替我着甲，我要巡营。”

“将军！不可……”赵破奴急道，“您的身体撑不住的，我来替您巡营。”

霍去病压根儿不理他，缓缓睁开双目，看着眼前的子青，复道：“替我着甲。”

四目相对，无须多言，子青对于将军的心思再了解不过。周遭定然还有匈奴哨探，将军须得做出神采奕奕的样子，方才能免去被匈奴反扑的隐患。

“诺。”她道。

赵破奴重重地叹气。

子青替他将绛红衣袍披上，穿袖系带，然后赵破奴架着他站起身来，再将铠甲套上。

铠甲颇沉，她低首去系铠甲上的皮绳，能感觉到霍去病无力地半靠在她身上，他的喘息就在耳边……

不用去看，她知道伤口定然又渗出血来，撕裂的疼痛折磨着这具已然极为虚弱的躯体。他始终硬撑着，可却没有什么比这样的将军更让人心疼。

一滴泪水不争气地滴落，子青紧紧咬住嘴唇，迅速用衣袖抹去。

霍去病似有所感，侧头看了她一眼，看见她红着眼圈，眼中微光粼粼。

“傻小子，我没死你哭什么。”他好笑地轻声揶揄道。

这话引得赵破奴也勾着头来看子青，不满道：“我就说你还是个娃娃，这会儿哭什么！”

“卑职知错。”

子青低低道，皮绳在纤细手指系着，不知怎么的，原该熟稔的动作却比寻常笨拙了许多。

霍去病的手缓缓覆上她的，语气无奈而包容，

“放心吧，这点伤不在话下，我还撑得住。”

整装妥当，端正发冠，霍去病推开他们，在二人担忧的目光下，身子微晃了晃，随即站稳，缓步行出帐外。

只愣神一瞬，子青疾步追出去。

他走出的每一步，在子青眼中，都似踩在刀尖上。

对于主人的病况，玄马似懂非懂，乖巧而温顺，拿头去轻轻挨了下霍去病的手背。一手搭在马背上，顺手抚摸了两下玄马，他屏气翻身上马。

只是极简单的一个动作，平日里看过将军无数次翻身上马，而这次，子青的心差点自胸腔跳出来。饶是看见将军稳稳端坐在马背上，但她仍能从他微微颦起的眉间感觉到些许他当下正在忍受的痛楚。

“伤口肯定崩开了，”赵破奴低低叹气，吩咐子青道，”待会得重新包扎，你在帐内等着，把药都备好。”说罢，他跨上自己的马，赶着追上将军。

再看一眼已驰远的将军，子青迅速返身回帐中，有条不紊地准备好箭创药，干净布条，清水等物件。

然后，她坐下来，侧耳听着帐外的动静，试着让自己静静等待。

马嘶、人声、虫鸣、鸟叫……外间纷纷扰扰，千百种各式各样的声音，却无一种是她心中所想的。

帐内没有沙漏，日光自天顶洒落，光斑在她手背上悄然无声地移动着。

她看着手背，看着流逝的光阴。

不知过了多久，光斑自手中落下，栖息在袍角。就在这时帐帘被人掀开，她猛地抬头起身，看见阿曼端着药碗进来。

不是将军。

她担忧更甚。

阿曼瞧她神情，微微挑眉，取笑般问道："怎么皱眉头，不想看见我啊？"

子青无心思与他玩笑，忧心忡忡道："也不知将军可否撑得住？还骑着马……"

将药碗放在案上，阿曼满不在乎道："不过中了一箭而已，小事，你何必如此担心。开春那会儿你受的伤，那才叫真正吓人，我见着你的时候，就剩下半口气了……"

压根儿就没有听见他在说什么，子青皱着眉头，径自怔怔出神。

阿曼暗叹口气，重重咳了几声，将她拉回神来，才故作怅然道："若此番是我中箭就好了，也不知你是不是也这般焦急。"

"若是你我受伤，也不必像将军这样强撑去巡营，已胜过他许多。"子青道。

"谁让他是将军，应当应分。"

阿曼耸肩。

药碗之上，热气袅袅。

子青直担心在汤药变冷之前将军还未回来，比起温药，冷药还要更苦上几分。她依稀记得邢医长提过将军不喜吃药，尤其怕苦，以前开肺解热的药都不肯喝，只得用冰糖炖梨来慢慢帮他调理。

帐外，有脚步声渐近。

子青快步抢上前。

帐帘被掀开，霍去病出现在她面前，之前强做出来的轻松笑意尚未自面上退去，看见子青，精神骤然松懈下来，所有气力皆抽身离去，一声未吭，栽倒在她身上。

"将军……"子青急唤道。

紧跟在后的赵破奴帮忙扶住霍去病，两人将他扶到榻上，重新卸甲更衣，给伤口换药，一阵忙乱之后总算将伤口处理妥当。

"得让他把药喝了！他这会儿昏昏沉沉的有一半是因为狼粪毒，喝过药解了毒，伤才能好得快些。"

赵破奴看看霍去病的状况，"将军这会儿已经昏过去了，怎么喝药。"

“灌啊！”阿曼理所当然道，上前推开赵破奴，“我来灌！”

“你……轻点。”

阿曼试了几次，霍去病的嘴唇紧紧抿着，汤药顺着脖颈往下流，压根儿就灌不进去。子青拿自己衣袖一边替将军擦拭着，一边忧心问道：“将军根本就不喝，怎么办？”

“把他的嘴撬开！我就不信我灌不进去。”阿曼摩拳擦掌，满地转悠着，想找个利索些的竹片子来使。

赵破奴直摇头道：“我看还是找个小木匙，一点一点喂进去比较妥当。”

“没用，他牙咬得紧着呢，压根儿就不喝。”阿曼道。

“阿曼……”在旁良久未说话的子青突然问道，“以前我昏迷那会儿，你是怎么让我喝药的？”

“你比他乖多了。”阿曼笑道，“我只要端着药碗放你嘴边上，说青儿乖，快喝药，你就把药都喝了。”

“你还真是很乖啊。”

赵破奴看着子青赞叹，转而若有所思，端起药碗放到霍去病唇边。

“将军乖，快喝药。”他的语气分外慈祥。

等了半晌，霍去病依然故我。

“不对，你应该这样……让我来！让我来！”阿曼显然觉得这事很好玩，接过碗，将赵破奴挤开，一手端碗，捏了嗓子轻言细语道，“我是你娘，乖，来把药都喝了，病才会好。”

赵破奴在其后，虚晃着做出扇阿曼两巴掌的动作。

“让将军知道你敢占这种便宜，非把你大卸八块不可……再说，你声音学得也不像。”

“那你来学一个！”阿曼放下碗，不服气道。

不理会两人吵吵嚷嚷，子青默默端起碗，坐到霍去病身畔，低低道：“将军，我是子青，这是解毒的药，你喝了吧。”

待阿曼与赵破奴转过头来，两人皆愣住——只见霍去病半靠在子青身上，人虽还昏迷着，却还知道吞咽，子青慢慢一口一口地喂着他汤药。

“难为将军倒还肯听他的话。”赵破奴叹口气。

阿曼看着子青，心中五味杂陈，片刻之后，暗自苦笑，未再多言。

汉军原地驻扎。

近子夜时分，有哨探飞马来报，与自出陇西郡的李广部、张骞部联络上。

赵破奴见此战报，松了口气，虽然李广部不甚顺利，但总算是击退了左贤王部，很好地策应了霍去病。自此以后，漠南一线，匈奴人已不足为患。

他悄无声息地掀帘进帐，帐内未点灯，月光自天顶洒落，柔和地映照着。守在榻边照看霍去病的子青抬头，投来探询的目光。

赵破奴打了个噤声的手势，把一块竹牍放在她手上，手指点了点霍去病。

子青颔首，表示明白。

赵破奴轻手轻脚地退了出去。子青轻轻摩挲着竹牍，借着微弱的月光，上面“李广”二字最先映入她的眼中。

再往下看去——李广部四千骑出右北平数百里，因张骞部未能按时出塞，被左贤王四万骑包围。李广以圆阵对外防御，死伤过半。激战二日后，张骞部赶到，左贤王部被击退。

张骞与公孙敖在军事上半斤八两，很符合霍去病的评价：说他们不会打仗，冤枉；说他们很会打仗，胡扯。

霍去病碰上了公孙敖，而李广碰上张骞，两相比较，李广的运气差了些。

没有幸灾乐祸，子青怔怔的，有一种莫名的悲凉自心底升起。

在军中多时，耳闻眼见，她的周遭想着要一战成名光宗耀祖者并不乏少数，一仗又一仗打下来，这些人或者埋在黄沙之中，或身体残破归乡。与他们相比，李广无疑算是运气好的。

一场轰轰烈烈的大仗，凯旋而归，封侯拜相——这大概便是李广摆脱不去的执念，所以他一而再，再而三地向圣上请战。

执念的尽头是什么？无人知晓。

幸也？不幸也？

霍去病缓缓睁开双目，待适应了帐内的幽暗，慢慢看清了靠在榻边的子青。

月光下，少年似在出神，安静得像一个剪影。

侧面的轮廓清晰而秀美。

霍去病没有出声唤她，仍像熟睡那般一动不动地躺着，静静地望着她。不知怎的，往昔的一幕一幕在他脑中缓缓掠过，异常清晰……

初见时，飞掷而出的长戟，少年惊人且彪悍的气力；

荒冢前，少年紧扣着木牌，指节微微泛白；

天际黑雕盘旋，少年隐在青黄枯草间一动不动的瘦削身影；

暴雨如注，少年手腕轻抖，铩尖顺着长戟一路划下，溅出细线般的火光；

苍茫大漠，少年在来来往往的箭雨中跑得像要飞起来；

皋兰山下，肩背重伤，少年紧咬牙关，挥铩厮杀；

蹴鞠场中，飞扬脱跳，少年春柳绽芽般的笑颜；

…………

静谧的夜中，某种东西在他内心深处正缓缓地绽开着，防不胜防，无可逃避。

休整过后，汉军复再出发。

祁连山脉的匈奴部落基本都已被肃清，汉军现下所做的不过是追击一些残余剩军罢了。而接连几次大破匈奴部落，已让大多数匈奴人对汉军到了望风而逃的地步。故而所谓的追击也颇为轻松。

身为医士，子青一路都随行在霍去病身畔，饶是知晓背地里有不少闲言碎语，却是无法。还有件事让她甚为头痛，将军昏厥时倒还肯喝药，可到了清醒之时却全然换了一个人。

药碗端过去，他总是先让她放在一旁，只道汤药太烫，须得凉一些再喝。初始子青不疑有他，依命退下，待她再回来时，碗中皆已空空，自然以为将军已饮下。直到一日，子青偶有事不得不折回，正好撞见将军正将汤药倾倒在地上，顿时愣在当地……

未料到子青会折返回来，霍去病也愣住，端着药碗不动弹。

“将军，这药有问题吗？”子青诧异问道。

最初的呆愣过后，霍去病迅速恢复了常态，点头道：“有。”

子青大惊，以为药中被人下毒，飞快回想着，“这药是我亲自煎熬，中间并不曾过他人之手，难道……是药草有问题？”

“应该是。”

霍去病顺着她的话，徐徐点头。

“若是药草被人下了毒，那其他将士岂不是也……”子青越想越急，欲拔腿就走。

“你等等，等等。”霍去病唤住她，迟疑片刻，稍稍压低了声音，如实道，“不是草药问题，这药太苦，以后莫再端来。”

子青看着他，半晌说不出话来。

之前就知道将军不喜吃药，可怎么也未想到他居然会悄悄把药倒掉。身上还带着伤，又不肯吃药，这该怎生是好？

一时也想不出什么好法子，她微叹口气，只得将药碗端回，“明白，卑职告退。”

霍去病本就有些理亏，瞧见她转头间眉间微颦，神态无奈而忧虑，心中便不自在起来，想追上她，偏偏有军士前来禀报军务，只得暂且作罢。

“启禀将军，圣上遣平寇校尉送来劳军的几十车牛羊，此时已到四十里外。”

“卫伉，是这小子！”卫伉是卫青的儿子，自小一块长大的表弟，听闻是他来，霍去病自是觉得分外亲切，笑了笑，“让赵破奴去接，带一个营去，不许有闪失。”

“诺。”

军士依命退下，飞奔着去找赵破奴。

子青到溪边汲水，溪水甘洌，清澈见底，尚可见鱼儿虾儿在其中游戏。

“这水叫金泉，是祁连山上十七处泉眼所汇集而成，当真是好水。”

阿曼在她身旁蹲下，双手掬了水，扑打到脸上，炎炎酷暑之中，能得片刻清凉，着实快活。瞧子青心不在焉的模样，便笑着顺手拨弄了些水，水花四溅，雨点般洒在子青身上。

子青忙缩头举袖躲闪。

“祁连山脉，汉军大势已定，从此以后匈奴人怕是难以再踏上漠南了。”阿曼笑着替她拭了拭水珠，“我想，也是我们该走的时候了。”

子青怔了怔，似乎刚刚才意识到这件事。

“你……还想向霍将军辞行？”阿曼问，“他若不放你走怎么办？”

“将军伤还未好，能不能等他伤势好转一些再走？”子青终是不放心将军的伤势，迟疑问道。

阿曼静静地看她一会儿，转而微笑点头，“好，其实我还得去一趟长安，我们与汉军一同回朝也是可以的。”

“长安？”

“嗯，我兄长在长安。毕竟他为长，我为幼，楼兰王位的顺位继承人该是他才对。不管怎样，此事我须得亲口问过他。”阿曼笑着歪歪头，“再说，万一兄长他想明白了，他要继承王位也说不定。到时候，我就解脱了！”

“也对，”子青点头笑道，“说不定他会想明白。”

“方才你在想什么呢？呆呆的？”阿曼问道。

“我在想，该加些什么才能让汤药变得不那么苦，又能不改变药性。”

阿曼挑眉，很快就明白了怎么回事，嗤之以鼻，“是霍将军嫌药苦？”

“你也知道？”

“我看见他好几次偷偷把药倒了。”阿曼不在意道。

子青睁圆眼睛，“你看见了，怎的不告诉我？”

阿曼理所当然道：“他身上的伤，他自己都不在乎，我替他着什么急。再说，你喝药都比他痛快，他到底还算不算男人？”

话音刚落，他身后便传来几声刻意的重咳。

子青转头，忙起身行礼，“将军。”

阿曼慢吞吞地转过身来，面上似笑非笑，诚恳道：“身为将军，背地里偷听人说话可不是什么好习惯，得改。”

霍去病望着他，淡淡道：“还是你先改了这个背地里议论人的习惯吧。”

“不急，等你改了，我再考虑。”阿曼嬉皮笑脸。

“阿曼……”

子青轻轻地拽他的袍袖，示意他莫与将军顶杠，然后转向霍去病，认真道：“将军，此时正值酷暑，伤口极易发炎反复，虽然日日都有换药，但还是需内服外敷双管齐下方才能尽快痊愈。良药苦口，烦请将军勉为其难，还是喝汤药吧。”

霍去病皱皱眉头，看了半日溪水，仍是道：“太苦。”

“我再多放些甘草，也许会好一点。”子青试探道，“或者到庖厨那边讨些糖块来？”

“要我说，直接把他打晕了岂不方便，他晕的时候喝药还是很老实的。”阿曼出主意，随即被霍去病狠狠瞪了一眼。

迟疑片刻，霍去病才不甚情愿地问子青道：“真的非喝不可？”

“这几日换药，我发觉伤口处恢复甚慢，一不小心便可能会化脓。”子青实话实说。

霍去病踌躇良久，又道：“一日要喝两次，我不喜欢。”

“这样也能当将军？！”

阿曼直咋呼，立刻挨了一记白眼。

自家将军如此孩子气，子青无法，只得再让一步，点头同意，“一次就一次，只是将军你不能再偷偷倒掉了。”

霍去病没吭声，算是同意。

总算……子青轻呼口气，低首微笑道：“多谢将军。”

看着她的笑颜，霍去病唇边也不由自主地逸出笑意，想来喝药也不算什么太为难的事情，能让她欢喜起来就好了。

倒是阿曼一脸的哀其不幸怒其不争，拿肩膀轻撞子青，“他自己身上的伤，反正疼起来也是他自己，你谢他做什么。”

“我既身为医士，病者肯配合，我自然该感谢。”子青笑道。

“瞧你这点出息！”

阿曼伸到溪水中一扬手，水珠点点飞溅向子青。

“我去煎药。”

子青躲开，带着笑意返身走开。

待子青走远，霍去病手抚上腰腹，在近旁的石头上缓缓靠坐下，看着溪水潺潺，稍远处马匹正在低头饮水，士卒们高高撩起袍角，在水中嬉闹着。

“你还不走是因为要去长安？”他淡淡问道，显然他听见之前阿曼与子青的谈话。

阿曼百无聊赖地点头，“没法子，哪怕只有一成的盼头，我也得去试试，没准儿我兄长也有脑子不清楚的时候。”

霍去病真正想问的却不是这件事。

“你想让子青和你一起走？”他面色微沉。

“对。”

阿曼答得极干脆。

“这、不、可、能。”霍去病转过来正视他，一字一句重重道，“我绝不允许。”

阿曼不慌不忙，轻轻扬眉笑道：“为何？难不成霍将军当真如传闻所言，有男风之好？不过我得提醒你，青儿可没有这等嗜好。”

“你不必拿此话来激我。子青是我军中的中郎将，文武兼备，将来前程不可限量，单凭这点我就不会让你带走他。”霍去病道。

“前程不可限量？”阿曼冷笑，“青儿是何等样人，她岂会在乎什么前程？”

“他在乎也罢，不在乎也罢，他有这份才能，我就会替他打算。”

“你难道就不管她心中想要的是什么？”

霍去病目光复杂，语气仍旧强硬，“他会明白我是为了他好。”

“硬要她去过她不想要的日子，也能算是为她好？！”阿曼嗤之以鼻，“你不是为了她，你是为了你自己！”

“难道你不是！”

霍去病怒气渐起，禁不住提高声音，牵动伤口，低低闷哼一声，手抚着腰腹，死死盯住阿曼。

阿曼语塞，片刻之后，才别开脸淡淡道：“至少，我会让她自己作决定。”

两人之间一片静默。

“你我心中都知道，且不论拳脚兵刃，青儿单凭性情便已是难得之人，世间难求。此生能识得她，对我而言，是上天垂怜。”阿曼接着低低道，“无论她如何选择，我都不会有任何怨言，更不会有丝毫勉强。我只盼你也能明白，否则，她便是白白认得你了。”

说罢，他头也不回地走了。

独余下霍去病靠在溪边石上。渐渐西沉的日头把溪水镀上浅浅的金光，波光荡漾，金芒闪耀。溪边的他，周身也披上了一层淡淡的余晖……

“否则，她便是白白认得你了。”——阿曼的最后一句话不停地在霍去病脑中激荡，他一径怔怔出神。

子青为人，他何尝不知道。

一直以来，饶子青有一身的好功夫，性情却甚为温顺平和，绝非喜欢争斗较量之人。而且墨家非攻，汉军此战扫平漠南，汉廷边界得保安宁，确是已到了子青身退之时。

子青若当真要走，他就只能搬出将军的权力，硬将这少年留下。

可是、可是……霍去病眉头不自觉地越颦越紧。

“将军……”

也不知过了多久，有人在他耳边谨慎地唤他。霍去病回过神来，转头看见子青正端着药碗立在跟前，而天色竟已在不知不觉间暗沉下来，她身后的营地篝火星星点点，连成一片。

“将军，该喝药了。”

“我现下还不想喝。”

他带着气恼，很干脆道。

“汤药已经不烫了。”不明白将军这是又怎么了，子青只能赔着小心，轻声劝道。

“我说我现下不想喝，你听不明白吗？”霍去病一扬手便将她端的药碗打翻在地，恼怒道。

面对突如其来且没头没脑的怒气，子青有点发懵，她还是头一遭见到将军如此发火，也不知究竟发生了什么事让将军这般恼怒。眼看辛辛苦苦所熬的汤药全都渗入草地，方才一番忙碌又是尽皆白费，她眉间微颦，迟疑片刻，还是按捺着道：“将军，这碗汤药在你眼中不值什么，但你可知，若在穷困乡间，这碗汤药是让百姓们当命般的看，连一滴都舍不得荡出来。”

霍去病闷不作声，只定定地看着她，似有满腔怒气不能发泄，忽有军士疾步来报。

“将军，鹰击司马回来了，还有平寇校尉……”

军士话还未说话，霍去病便猛地起身，大步离开。

“步子迈得那么大，难道不怕扯着伤口吗？”子青半蹲在地上去捡碗，分明瞧见将军背影微滞，一手扶到腰间。

痛了吧？她轻轻叹了口气。

“表兄、表兄……”卫伉头遭踏上祁连山，虽未同霍去病一道作战，也已是极兴奋，唤了两声，连忙又规规矩矩肃容行军礼道：“平寇校尉参见骠骑将军！”

在距离汉庭如此远的地方看见表弟，又是打小在一块儿玩耍，霍去病也忍不住欢喜起来，将他扶起问道：“这次怎的是派你来？路上可有麻烦？”

“没有，出乎意料的顺畅。”卫伉得意道，“那些北夷子看见汉军就跑，只有一日夜间想偷袭，反被我打得落花流水，才八百多人也追得他们屁滚尿流，哈哈哈。”

“做得好。”

霍去病拍拍他肩膀，携他往自己的大帐相叙，又吩咐赵破奴将此番卫伉所带来犒劳汉军的牛羊等等安置妥当，再替卫伉置下帐篷。

一夜无事。

次日天还未亮，军士便急急通报，掌庖厨的杨生有要事求见将军。

霍去病半披衣坐在榻上，见杨生满脸惶恐地进帐来，低伏在地。

“启禀将军，今晨我宰杀平寇校尉所带来劳军的牛羊，发现牛羊皆被喂了毒物，根本不能食用。”杨生急急禀道。

“被喂毒！”霍去病微微一惊，“可我昨日见那些牛羊都是活的，怎么会被喂毒？”

“卑职推测，给牛羊所喂的毒物应是慢性毒药，皆不足以使牛羊致命，但毒会慢慢渗入牛羊全身。若宰杀中毒牛羊，食用者必受其毒。”

“你是如何发现的？”

“每一鼎肉羹，离火之后卑职都会用银箸探查，从不敢怠慢。”

霍去病点头，“尽忠职守，很好。……此事现下有多少人知晓？”

“卑职知道事关重大，只有庖厨内七人知晓牛羊有毒，现下全都守在肉羹旁，我亦吩咐他们不可乱说。”

“你马上回去，将已煮好的肉羹悄悄埋掉，须做得干净利落，切不可让人察觉。”

“这事不难，扔些烂瓜菜也，只当作是泔水，无人会疑心。”

“好，班师回朝后，我必有嘉赏。但若有走漏风声者，立斩无赦！”霍去病重重道。

“诺！”

杨生领命，快步退下。

霍去病沉吟片刻，又唤来军士，速传赵破奴与卫伉来见。

“表兄，可是出了什么事？”卫伉尚来不及正发冠，歪斜着就来了，进了帐就急急问道。

赵破奴看将军脸色，便知此事棘手，肃容站在一旁等候将军吩咐。

“老赵，你去把平寇校尉此番所带的牛羊草料严格监管起来，切不可与马料混在一起，再自其中拿一小束草料给子青，命他检验出其中是否含有毒物，速来报我。”

“诺！”

听到个“毒”字，知事态严重，赵破奴没敢多问，领命退下。

“有毒？”卫伉骇了一跳，“表兄，究竟出了什么事？”

霍去病这才尽量简要地将事情给他说了一遍，然后问道：“伉弟，你仔细想想，你手下能接触饲料的是哪些人？有没有可疑人等？”

卫伉皱眉思量片刻，摇摇头道：“不会有问题，因为爹爹不放心，我所带出来的人都是他亲自替我挑选的，绝对不会有问题。”

“这一路过来，可曾有外人靠近过？”

卫伉低头苦苦思量，片刻之后仍是摇了摇头，“我想不起来……表兄，这该怎么办？牛羊说起来都是圣上所赏赐，我又是负责押送之人，我、我该如何是好？”

见表弟惶恐，霍去病不得不放柔声音，安慰他道：“放心，幸而发现得早，并无人中毒，剩下的事情我自会想法子处理。你只要记着，切莫在旁人面前走漏风声。”

“我知道我知道……”

头一遭奉旨出塞就出了事情，卫伉不安之余又有着满腹懊恼，在旁挠着头，弄得发冠越发歪斜。

天已是蒙蒙亮，赵破奴与子青一块儿进帐来。

“卑职参见将军，草料经过蒸煮，已验出其中含有硫菁粉。”子青禀道，“牛羊肠胃与人不同，硫菁粉它们服下不会立即致命，只会慢慢渗入它们周身。若食用其肉，轻者精神不济上吐下泻，重者晕厥不醒有性命之忧。”

霍去病不看她，微低着头淡淡问道："你能否看出这批牛羊中毒多久？是在途中开始被喂毒，还是在汉廷就已经中毒？"

"卑职斗胆，请问平寇校尉，牛羊一日喂食几次？"

子青转向卫伉。

"原本是每日两次，但过河之后因为长途跋涉，不愿牛羊饿瘦，所以改为每日三次。"

子青略一思量，即道："那么这批牛羊吃毒草料不会超过七日，否则也撑不到此地。"

"七日？"霍去病问卫伉，"你仔细想想，这七日内可否发生过什么异常之事？"

"七日内……"卫伉愣了一愣，似乎想起什么，惊道，"匈奴人夜袭我们的那日，就是在五日前，难道是他们动了手脚，而我不知道？"

霍去病皱眉："我记得你提过，你带了八百人将他们追得屁滚尿流。"

"嗯，对。"

"你肯定不是带着牛羊和草料追的吧？"

听见霍去病的问话，赵破奴与子青心下皆已明白卫伉是中了匈奴人的调虎离山之计。匈奴人故意败走，只因目的并不是区区八百汉军，而是霍去病所率的两万人马。

卫伉语塞，低声道："我有派人手看管。"

"把看守者调开，趁机下毒，应该不是难事，何况还是在夜里。"霍去病叹口气，面色稍缓，吩咐赵破奴道，"尽管可能是匈奴人所为，但仍不可松懈，今日即为伉弟所带来八百人另设营地，没有令牌者，不可擅入大营。"

"诺。"

"牛羊中毒之事不可泄露，你们的嘴都给我闭严实了！"

"诺。"

赵破奴迟疑片刻，问道："可昨日平寇校尉到达时，许多士卒皆知他所带牛羊是来劳军的。如今牛羊是不能给他们吃了，总该给个由头呀，这又该如何是好？"

霍去病不耐烦地喘了口气，"就说，那些牛羊都是赐给骠骑将军一个人的，谁也不许吃。"

"这……"

"还有，牛羊都中了毒，要尽快宰杀。"霍去病补充道，"行了，老赵你知道该怎么办，去吧。"

"眼下营中吃食粗粝，士卒们对那群牛羊垂涎三尺。将军此举只怕会引起他们的不满。"

"由得他们吧，现下我管不了这些。"

霍去病似乎有些累了，语气淡淡的，始终未看子青一眼，挥手让他们退下。

子青将他的倦容看在眼中，心中已明白将军的一番苦心：卫伉头一遭领命出塞办事就犯下大错，险些酿成大祸，将军为了替他遮瞒，不惜落个不体恤士卒的坏名声。

只是，将军对家人情深意厚固然可许，但遮瞒此事究竟是对是错，她此时亦难以辨别。

卫伉呆愣许久，似又想起另一事来，急急忙忙出帐去，过了一会儿，只见他抱着个黑底绘朱鸟的漆壶进来。

“这坛紫金醇是圣上特地吩咐的，说表兄今年春夏两战，将匈奴人逐出漠南，功劳冠绝三军，这是要给表兄庆功的酒。”他放到霍去病案前，便要启封泥，“这酒可是高祖时候所酿的酒，比几百牛羊还珍贵，若是这酒也被下了毒，那真是可惜了。”

霍去病按住他的手，先不让他动封泥，自己扶瓶细细查看了一番。漆壶封泥尚且完好，并未有启封痕迹，封泥上也未见有洞眼，想来应该没有被下毒。

“只有这么一坛子？”霍去病问。

卫伉点头，“嗯，就这么一坛子。”

仗不是他一个人打的，酒又怎能一人独饮。只是这酒，委实太少了些。霍去病微叹口气，站起身来，命卫伉带上酒，随自己出帐来。

“传我将令，全军在溪边整装待命。”他吩咐帐前的军士。

军士领命而去，不过片刻工夫，胡笳声响彻营地，上万士卒整装钻出帐篷，快而有序地列队集结……一切有条不紊，只听得脚步声纷沓，却绝无其他私语嘈杂，卫伉素日也曾在卫青军中待过一段时日，此时见甚是年轻的霍去病治军有方，不由暗暗佩服。

正是清晨时分，草尖上露水未干，溪水笼罩在一层薄薄的雾气之中，隐约可见对岸苍苍蒹葭。

霍去病静静立在溪水边，面前是万余名汉军士卒。

目光落在他腰腹伤口所在位置，又见将军自卫伉手中取过紫金醇，子青禁不住颦眉，那漆壶看上去甚重，他的伤口又怎么受得住。

双手端住紫金醇，霍去病忍住伤口处传来的疼痛，朝着将士们朗声道：

“春夏两战，我们将匈奴人逐出漠南，圣上龙心大悦！这坛酒，就是圣上所赐的紫金醇。酒是好酒，据说是高祖时候所酿的美酒，可我不能独饮，因为漠南不是我一个人打下来的，还有你们！……”

他的目光带着苍凉，声音略低。

“还有那些回不去的弟兄们。皋兰山下的七千多名弟兄，祁连山下四千多名弟兄，所有……所有的跟着我霍去病出征，却回不去的弟兄们！

“这酒！——我们一起喝！”

他重重道。

随即他启开泥封，高举起漆壶，香醇的酒水自壶口倾泻而下，芬芳酒香四下溢漫，水光点点溅开，酒水径直注入金泉水中。

卫伉目瞪口呆地看着表兄将整坛佳酿倒入金泉水中，一滴不剩！而他眼前的将士们眼中则泪光闪耀。

风起，溪水面上的薄雾非但未被吹散去，反而渐渐转浓。

雾气缓缓涌动。

风声呼啸。

对岸的苍苍蒹葭已被浓雾淹没，影影绰绰摆动着，却似有千军万马从中踏雾而来……

霍去病随手扔掉空的漆壶，半蹲下身子，注视着浓雾中那些苍白而熟悉的模糊轮廓，轻声道："本将军，敬你们！"

他伸手掬了口溪水饮下，头低垂着，眼底深处映着水光。

身后的将士们，纷纷大步涌自岸边，掬水来饮。

伯颜在溪边跪倒，连饮几口之后，泣不成声，低首喃喃自语，自他口中吐露的是一个个沾染着鲜血的姓名……

平日里话最多的赵破奴，到了此刻，却是惊人的沉默，单膝跪着，溪水自他指缝间流淌下来，自侧面仅仅能看见他下巴微微颤抖着，竟是哽咽得喝不下去。

缔素不知何时行到了子青的身畔，道："咱们伍的五个人，现下就剩下咱们俩了，咱们一块敬老大和铁子吧，免得他们在那头还得操心。"

喉咙紧了紧，子青发不出声音，重重点头。

两人行至溪边，蹲下身子，露水打湿衣襟。

缔素先开口，扯家常般淡然道："老大，嫂子现下很好，等娃娃生出来，我就是他的干爹。有我在，谁也甭想欺负娃娃，你放心就是。铁子，有老大照顾你，我没什么不放心的，你就接着傻乐呵……"说罢，掬起溪水，半饮半泼地覆上脸，再放下来时，水珠点点，让人分不清他脸上哪些是溪水哪些是泪水。

子青什么都说不出来，先掬了水饮罢，然后喉咙又哽咽了许久，才艰难道："我……很想你们。"

只这一句。

以前同伍时候的快乐时光便如决堤一般自脑中涌出，被串在一根绳子的五只蚂蚱，一块儿操练；一块儿持戟十圈；一块儿背军规；一块儿抱怨天抱怨地……

上一仗皋兰山下，埋下一个个未竟之志。

而今，未竟之志已成，英魂归去。

日头越升越高，白雾渐渐消散。

脸上的泪痕在风中消逝。

子青的中郎将帐中。

“你以后有什么打算？”缔素边啃着粗馍，边问子青，口气上虽还是故作漫不经心，双目中却是真正的关切，“总不能一直在军中待下去吧？”

子青长叹口气，低道：“我是该走了，只是将军那边，着实有些难以启齿，总觉得对不住他。”

“你还想要去和将军提此事？！”缔素惊诧。

“不行吗？”

“当然不行！将军会放你走才怪！你傻了！”

好久未曾听过缔素这般口无遮拦的责备，想来他对自己已无芥蒂，子青忍不住微微一笑。

阿曼在旁笑道：“可不是，我就说她傻，将军怎么肯放你走，可她还偏偏不信。……不过，现下将军已经知道了，也省得你难以启齿。”

子青吃了一惊，“将军，他知道了？”

“嗯，还记得昨日吗，其实他听见了你我对话。你去煎药之后，他便来问我，我就如实告诉了他。”

原来如此，子青足足呆愣了一刻钟，想起后来霍去病的怒气、打翻的药碗，这才总算明白了将军究竟为何突然之间变得如此恼怒。

“难怪他气得不得了，不仅药不肯喝，连换药都不许我来换，嫌我笨手笨脚，非要鹰击司马来给他换药。”子青叹道，其实赵破奴才是真正的粗手粗脚，换个药害将军皱了好几次眉头。

“他冲你发脾气？”听闻此事，阿曼好像乐得很。

“嗯。”子青无奈。

缔素摇头道：“我说得没错吧，他才不愿意让你走呢，上一仗你升为中郎将，全军也才你一人而已。”

子青缓缓摇头，“不对，将军若决意留下我，他就不必着恼了。他之所以恼怒，便是因为他觉得我的离开辜负了他。”

阿曼闻言微怔，面上似笑非笑，“你就那么了解他？”

子青低首腼腆一笑，“我也是瞎猜的。”

守着炉上的汤药，本就是酷夏，在炉火旁烤着，子青额头上沁出一层细密的汗珠子，时不时便举袖抹一抹。再有一会儿，汤药便已煎好，只是不知将军今日是否肯喝药，她暗叹口气，无论如何这个钉子还是得再去碰一碰。

夜风拂过，带来些许清凉，子青起身去取滤药铜皿，不期然身后响起一个声音，“药好了？”

是将军，子青怔了怔，转身望向他，也不知他是否还在恼怒，迟疑片刻才行礼道："卑职参见将军。药已经煎好。"

霍去病面无表情，"嗯"了一声，便未再说话。

子青猜度不出其意，只得先将汤药倒出来滤过，盛在药碗之中。滚烫的汤药，热气袅袅上升。

"汤药还烫，将军可先行回帐，待汤药稍凉，卑职再送过去。"她思量着让将军在此久立对伤口不好。

似乎压根儿没听见她的话，霍去病淡淡道："你陪我走走吧。"说罢，也不待她回答，他转身便走。

"诺。"

犹豫一瞬，子青端上药碗，跟上将军。

在溪边缓步而行，直至距离营地稍远，霍去病才停下了脚步。夜色之中，溪水潺潺，时而拂过一阵凉风，蒹葭轻轻摆动着，宁静而令人心旷神怡。

汤药已不再冒热气，子青见霍去病站着不说话，轻声劝道："将军，先喝汤药吧？凉了更苦。"

霍去病一言不发地伸手接过去，慢慢一口一口地喝着，药自然是苦的，他始终皱着眉头。待饮完，将药碗往她手中重重一放，这才抬眼看她，嘲讽道："这下不会再骂我不知民间疾苦了吧？"

碗中果然喝得一滴不剩，子青心下稍宽，歉然道："昨日是卑职鲁莽，请将军恕罪。"

轻哼一声，霍去病不过是顺口为难一下她罢了，本就无认真追究之意，自在溪边寻了块石块坐下。

子青悄瞥他几眼，只是察言观色从来都不是她的强项，更莫说对方是本就喜怒无常的将军。

"将军，你是不是已经……不恼了？"她试探问道。

闻言，霍去病作出恼状瞪她，无奈有形无神。子青看在眼中，含笑低首，在他身旁半蹲下来。

"那是什么？"酷夏衣单，他看见她衣领内似有物件晃了一下。

将骨埙自衣领处掏出，子青举给他瞧。

"埙？！你会吹？"

子青老老实实地摇摇头，"我不会。"

"那你为何要戴着？"

"这是我娘留给我的遗物。"子青把骨埙在掌中摩挲，"我娘会吹，很好听。"

"你怎的不和你娘学？"

子青轻呼口气，怅然道：“我娘还在的时候，总觉得不急，何时想学都可以；等我娘不在了，想学，却已无人来教。”

静默片刻之后，霍去病伸过手来，“拿来，给我试试。”

子青自脖颈上解下绳索，将骨埙递给他。

大概是长年戴在身上的关系，骨埙早被肌肤摩挲得圆润光滑，如玉般透着淡淡的光泽。霍去病放到唇边，试着吹了几下，骨埙的音质不同于寻常的陶土所制成的埙，更加通透清亮……

零零落落的音符，在夜色中轻盈得像在起舞。

“想听什么曲子？”他问。

“我对乐曲不太懂，以前我娘吹的曲子都很好听……”子青努力回想着，凭借脑中零碎的记忆片段，哼出几个压根儿听不出调的音符。

“行了行了……”霍去病直摇头，没好气地伸手在她额头轻叩一下，“全无音律，好好的曲子都被你糟蹋了。”

子青赧然一笑，微抿起嘴。

修长的手指在骨埙音孔上轻轻按着，曾经如此熟悉的乐曲静静流淌出来，轻灵，缥缈，叩动着内心最深处的某个地方……

蒹葭苍苍，白露为霜。
所谓伊人，在水一方。
溯洄从之，道阻且长。
溯游从之，宛在水中央。

蒹葭萋萋，白露未晞。
所谓伊人，在水之湄。
溯洄从之，道阻且跻。
溯游从之，宛在水中坻。

……

子青支肘侧头，安静地聆听着。

霍去病望着她，月光不经意地润泽着少年的面容。

即便这少年就在自己触手可及之处，他还是不由自主地生出几分恍惚来，似乎自己伸出手去，少年便会像幻影一样消失无踪。

究竟该如何才能留住？

身为将军，面对下属，他头一遭感觉到如此无力。

一曲奏罢，他缓缓放下骨埙。

“你娘以前吹的是否就是这曲子？”他问。

“嗯。”子青似还被曲中音符缭绕着，“我已经好久未曾听过了，这曲子有名字吗？”

“《蒹葭》。”

子青也曾读过《诗经》，再看溪水边一丛丛茂密蒹葭，笑道：“此曲在此地也算应景，只可惜对岸少了位伊人。”

霍去病深望她一眼，没接话，过了片刻，问道：“我奏得好，还是你娘奏得好？”

“还是我娘。”子青抿嘴笑道。

霍去病忍不住也微笑，将骨埙擦了擦递还与她，笑意又慢慢敛去，道：“想过吗，若你走了，以后再想听，可不能够了。”

默默将骨埙复戴回胸前，掩入衣领之内，子青微低着头，只是想到要与将军分开，相隔遥远，心中便是一阵阵的难受。

“你要走之事，本将军不允。”霍去病骤然硬邦邦道。

子青静静不语，抬眼注视着他，明明白白地透着信任。他仿佛回到那日树下，又听见少年的声音：“将军怎会是那种人呢。”

“你不信？”

“将军恕罪，卑职自知辜负将军栽培，他日若有机缘，定当相报。”子青望着他歉然道。

“非得去那么远的地方吗？”他涩然问道，“便是有事要寻你，也不甚方便。”

子青轻叹口气，低道：“楼兰作为西域小国，本就在匈奴与汉廷的夹缝之中。此番将军肃清漠南，一面固然是为汉廷边疆平安，另一面也是启开了汉廷往西域的通路。楼兰此后，已是更加岌岌可危。将来若有一日，楼兰受困，我也能帮上忙。”

“你觉得汉廷会想攻打楼兰？”

“我不知道……”子青颦眉摇头，“无论是汉廷也好，匈奴也好，楼兰被吞并恐怕是早晚的事。”

“你是汉人，难道要为楼兰殉葬吗？”

“我是墨家后人。”

子青望着他，平静道。

墨者，摩顶放踵，利天下为之；以裘褐为衣，以跂蹻为服，日夜不休，以自苦为极，赴汤蹈刃，死不旋踵。

霍去病定定望着她，不再多语，他的心中早就知道，面前这个少年所坚守的信念不是他所能动摇的。

第二十三章　情窦初开

汉军班师，凯旋而归。

一路上，宰杀掉的牛羊肉不堪天气炎热，很快烂掉，被纷纷丢弃。正如赵破奴所料，军中不免有士卒议论纷纷，只道将军奢靡浪费，自己吃不下，宁可烂掉都不分给底下的人。

赵破奴明知真相却不能解释，心中难免不快，在将军跟前嘟囔了几次。霍去病一径沉默，只作不理。

倒是他的伤势，因霍去病是个决计不肯在众人前示弱之人，常在马背上，伤口总难愈合，反反复复，又时常发烧，弄得子青不胜忧虑，几乎日日跟紧了他。

至弱水渡口，得知公孙敖部已先行渡河回去，剩下李广部与张骞部。

李敢几乎是第一眼就看见了行在霍去病身后的子青，碍于父亲李广将军在场，不能上前，紧紧地望着她，片刻不曾稍离。

子青在马背上，看见李敢未着铠甲，袍袖下包扎的白布直裹到腕部，想来伤得不轻。在归途她已然听说李广此战颇为艰难，幸得李敢骁勇过人，单枪匹马斩杀匈奴数十人，大大振奋士气，士卒们拼死与匈奴人激战两日，等到援军。

距离上次相见还未满一年，然而两人皆已是自生生死死中滚过来的人。此时再见，忽觉往事如烟，虽无法忘怀，但也不自觉看淡了许多……

她微微颔首，算是见礼，然而李广是她不愿看见的人，轻轻勒了勒马缰，退到后头去。

见她还肯理会自己，李敢心中自是欢喜，望着她的身影暖暖笑开。

霍去病瞥一眼李敢，又微侧了头睇子青，神情若有所思，继而策马上前与李广见礼。

“此番出征漠南，李老将军辛苦了！”他拱手笑道。

虽对有靠裙带关系之嫌的年轻将军不太待见，但也不得不承认霍去病春夏两战打得甚是漂亮，李广依军阶行礼，“骠骑将军此战所获颇丰，恭喜！”

霍去病只是淡淡一笑，目光落到李敢身上，“听闻李三哥此番骁勇过人，与匈奴厮杀如入无人之境，果然是虎父无犬子。”

“骠骑将军过奖。”

李敢直至此时方才把目光自子青身上收回，朝霍去病有礼道。

霍去病笑了笑，“李老将军，上次李三哥押送弓弩时，我就曾邀他到我军中来，可惜他怕老将军不允，推辞了。我至今仍引为憾事。”

想来李敢并未对李广提起过此事，李广先转头看了李敢，才明白确有此事，遂朝霍去病道：“蒙骠骑将军看得起，只是小儿尚年少，是老夫私心，想留他在身边多历练几年。”

霍去病大笑，“老将军此言差矣，李三哥可比我还年长几岁呢，算不得年少了。只是老将军舍不得归舍不得，在外头历练可比在身边历练要长本事，您说是不是？”

李广也非善言辞之人，说不过他，干笑两声，并不接话。正巧张骞策马过来，一脸郁郁，强作笑容与霍去病见礼。此番公孙敖失路，张骞出塞延误，两人皆是重罪，不知回朝后圣上会如何责罚，自然心中郁郁寡欢，忐忑不安。

霍去病佯作不知，只与张骞东拉西扯，谈笑风生，直待渡船靠岸，方才率军上船。

巨大的船舰扬帆起锚，顺水而下。

几百船夫在下层船舱吆喝着号子，奋力划桨。

上面的船舱内，子青复取了清水和干净布条，替将军重新换过一次药，颦眉劝道：“将军，待下了船，再不能骑马，须得乘马车，否则这伤口上的肉一旦溃烂，得把腐肉全都刮下来才行。”

霍去病半靠着，换药时的疼痛使得唇色微微泛白，轻笑道：“你现下的胆子是越来越大了，还敢来吓唬我！”

“不是玩笑，我说真的。”子青肃容道。

“哦……”

子青目光探询道：“那我可就当您答应了？”

霍去病似笑非笑，似想起什么，反朝她道：“李老将军现下可和我们在一条船上，我劝你莫在船上乱逛，就老老实实在我这里待着。否则，说不定什么时候就撞见他了。”

听他这么一说，子青怔了怔，心中还真有些不想出去。

瞧她模样，他又是好笑又是怜惜，问道：“想报仇？”

“我不知道……”

她抬头望着他，目光带着些许疑惑，还有着些许茫然。霍去病心中没来由得一动，明白她是真的不知道该怎么办。

没有人教过她该如何去恨，只教给她什么叫作兼爱。

“报仇是件累人累心的事，伤敌一千，自损八百，这种事不适合你。”霍去病替她作了决定，“听将军我的，没错。”

“哦……”

子青思量着，似乎她也从未想过要去报仇。

“还恨吗？”

“我就是不想看见他。”

“那就去把他骂一顿，痛痛快快地骂一顿！”霍去病微笑道，“放心，有本将军当你的靠山，骂了也没事。”

子青摇摇头，“骂他又有何用，我不去。”

“有用，至少你心里会舒服得多。”他斜瞥她，忽又有些怀疑道，“你会不会骂？骂几句给我听听！”

子青皱紧眉头，试着道：“你、你怎的能做出这等事来……”

又等了半晌，始终没等到她的下一句，霍去病皱眉：“没了？”

“没了。”

话音刚落，子青的耳朵就被将军狠揪了一下，迅速通红。

“真没用啊你，骂我的时候倒挺顺溜的。”他没好气道。

“我何时骂过将军你？”

霍去病凉凉地学着她的语调，“汤药在你眼中不值什么，但你可知，若在穷困乡间，这碗汤药是让百姓们当命般的看……”

未料到将军将她的话记得这么牢，子青结舌道：“将军，你也太记仇了吧？”

“我记仇？！”剑眉一扬。

子青顿觉又失言了，急急起身，边退边道：“卑职煎药去，请将军好好歇息。”

霍去病挑着眉，看她的身影消失在舱门外，唇边的笑意忍也忍不住地漾开，心中却又浮起一阵怅然——这样日子还能有多久？

夜色将至。

李敢服侍父亲在船舱歇下后，便复到甲板上，靠着船舷，目光搜寻着周遭来来往往的将士们，想从中找到子青。然他足足寻了近两个时辰，直至日暮，也未见到子青的身影。

轻叹口气，他思量着，大概是子青知道父亲也在船上，故而不愿露面。

边想着，正好对面一位校尉行来，应是霍去病军中之人，李敢便上前施礼问道：“请问这位兄台，可知司律中郎将在何处？”

他问的人正好是方期。

对于李广家的三公子，方期自然不会不认得，还礼后才笑道：“他颇受将军看重，你要找他，就在骠骑将军三丈之内守着，准能找着他。”

李敢愣了愣，道：“多谢。”

颇受将军看重……他将这句话在心中反复思量半晌，暗忖：霍将军会不会已经发觉阿原的真实身份？可能吗？

边走边想，他绕过前堂，行至舱梯，正遇上端着药碗自上面下来的子青。

脚步微滞，子青望着他，一时不知道该说什么。

“阿原。”李敢率先开口唤道，犹能闻见碗中残药的味道，惊问道，“你受伤了？”

“没有，这不是我的药。”

子青淡淡答道，迟疑片刻，终还是不愿多言，侧身欲越过他。

“阿原……”

李敢想伸手去拉住她，又有几分犹豫，偏巧此时船行至水急之处，再加上过弯道。他没稳住身子，随着船身颠簸，踉跄撞到舱壁上，伤臂吃痛，当即疼出一头冷汗来，强忍住没有吭出声来。

只是臂上一阵湿热，伤处崩开，大量鲜血迅速渗出来，染红布条，沿着手臂往下淌。

“你……没事吧？”

见他脸色发白，额头沁出冷汗，子青探询问道，李敢已悄然将右手背到身后去。

“没事，没事。”

他强作出泰然自若状，朝她温和笑道。

子青便不再多言，低首往外头行去。

李敢顾不得伤势，举步追上前去，不料顶头正碰上方期。

方期先瞧见子青，忙朝她道：“方才李广将军的三公子正找你……”话说到一半，这才看见她身后的李敢，遂笑道，“找着了吧……你的手怎么了？！怎么还滴着血啊？！”

子青一惊，回首望去，这才看见有血珠子顺着李敢右手指尖往下滴落，船板上赫然星星点点的血迹。

“没事，待会儿裹一下就……”李敢强作出风轻云淡的笑容。

“我去取药替你重新包扎。”

子青打断他的话，便要返身去取药。

李敢忙道：“我舱中有药。”

“李家的治创药可是数一数二的，走走走，我扶你回去，”方期上前扶住李敢，边行边道，“听闻李校尉此番与匈奴人厮杀，以一当百，甚是骁勇，这伤想来是那两日落下的吧？”

本性素来不喜炫耀，李敢只笑了笑，并不愿多说，双目不时回头瞥一眼子青，生怕她未跟上来般。楼船颇大，李敢所住船舱在另一头，曲曲折折行了一会儿，子青跟在后头，定定地，沉默地看着李敢的血一路滴着……

“子青的身手可了不得，不知你是如何认得他的？和他切磋过吗？”方期饶有兴趣地问李敢。

“我们是旧识，打小就在一块儿习武。”

李敢微笑道。

“一块儿习武！难怪他身手这么好……”方期恍然大悟的同时，又有些疑惑不解，扭头瞥了眼子青，“你与李家既然这般亲厚，怎的还去当普通士卒？”

子青不知该如何对答。

幸而方期自己想明白了，笑道：“我知道了，你定是不屑靠关系，想凭自己的本事来晋升，你小子还真有志气！”

子青尴尬一笑，无言以对。

一时到了西处船舱，附近走动的皆是李广军中士卒，见到李敢皆行礼，天色虽已暗沉下来，仍是有人留意到李敢受伤的右臂。

进舱房后，子青按李敢所示寻出创药与干净的布条，再回过头来，方期已替李敢脱下衣袍，正一圈一圈地往下解渗透鲜血的布条……

右臂鲜血淋漓，上臂处赫然是被削掉了一大块皮肉，深可见骨。

方期倒抽了口冷气，低低地骂了句粗语，朝李敢啧啧叹道：“你还能保住这条胳膊实乃大幸！”

李敢温和笑道：“正是。”

上药时，看见臂上要紧的筋络未断，子青心中稍宽，只是一径沉默着。李敢虽有许多话想与她说，但碍于方期在场，也不甚方便，思量要想个法子支开方期才好。

法子还未想出来，子青便已包扎停当。

“多谢你。”李敢道

子青语气淡淡，“伤处须得静养，我不打扰你休息。”

方期瞧这二人模样，客套得实在不像从小一块儿的同伴，正自满肚疑惑，忽舱门被人拉开，一长须老将大步入内来——

“三儿，听他们说你的手又伤了？”

“不碍事，他们大惊小怪，已经重新包扎妥当了。”

见李敢以左臂撑着要起身，李广忙轻手轻脚地制止住，仔细端详了他的右臂，方才松了口气，这才留意到船舱内的其他两人。

“讨寇校尉方期，拜见李老将军！”方期施礼道。李广虽未封侯，但身为军中老将，兢兢业业为国效力多年，自是让人敬重。

李广温颜还礼，而后转过身来……

子青一动不动地立在当地，双目漠然地盯着他，并未施礼，淡淡地、缓缓地道：“多年未见，李老将军别来无恙否？”

“你是……”

李广细看她，却怎么也想不起面前的少年究竟是何人。

李敢扶着舱壁起身，朝父亲沉声道："爹爹，她是阿原。"

"阿原？！"即使有外人在场，李广依然无法掩饰住面上的吃惊之色，定定地盯住子青，渐渐辨出昔日熟悉轮廓，双目顿时喜得要流泪一般，道，"你……你真是秦原？"

子青看着他，一声不吭，脑中想起将军的话"把他骂一顿，痛痛快快地骂一顿！"可到了此时此刻，她已连骂都不愿再骂。

站在她眼前的李广，与她记忆中的李广相距甚远。

额头眼角沟壑起伏，两鬓间点点斑白，连脊背都看得出些许微驼。七年的时光，已将他彻底地变成了一个老者。

他的身后是李敢带着恳求期盼的眼神，再加上一个又是好奇又是疑惑的方期。

骤然移开目光，子青死死盯牢船板，飞快道："我尚有军务在身，恕不奉陪！告辞！"

说罢，再不看任何一人，疾步出舱门而去。

乍然遇见，秦原明明是女儿家，怎的一身戎装？李广尚在迷雾之中，急忙便要追出去，却被李敢牢牢拽住。

方期不明就里，也向李广等人匆匆告辞，出舱门而去。

"她、她……怎么会……"李广大惑不解。

"爹爹，阿原的事情我慢慢告诉你，你切莫着急。"

李敢安抚着他，这才将事情原委慢慢地全部告诉了李广，只是关于秦鼎之死，他含糊带过，并未说出秦鼎是自戕而亡，生怕老父承受不住。

饶是如此，李广亦是老泪纵横，此生之中，他最为悔恨的便是此事，日夜随身，附之如蛊，总盼着有一日能寻到秦鼎向他忏悔。不料，故人已逝……

"爹爹，阿原她在军中终是不妥。"

直待到老父情绪稍平，李敢才道。

"是得想个法子，她是秦兄唯一的子嗣，无论如何，都不能让她有事。"李广皱紧眉头，"霍将军不是一直都很想要你过去帮他吗？若拿你去把秦原换过来，也不知他肯不肯？"

李敢颦眉，"只怕不易。"

夜已渐深，霍去病支肘半靠在案几上，心不在焉地听着赵破奴回报此次出征所擒获俘虏与缴获战利品的清单。

"待下船后，先将单桓王、稽沮王、呼于屠王、酋涂王及五王母、单于阏氏等人押送进京去。你找个妥帖的人，路上须得以礼相待，不可欺辱打骂。"他吩咐道，倦倦地捏了捏眉心。

"诺。"赵破奴笑道，"人选卑职已心中有数。"

霍去病点了点头，“如此甚好。”

“将军可是也要回京？”

“嗯。”霍去病想起子青的话，无可奈何道，“你记得替我备辆马车。”

“诺。将军可要人随行？”

“子青随我同行。”

“他？他家又不在京城中。”赵破奴奇道。

霍去病抬眼瞥了他一眼，压根儿不愿理会这个问题。

“不过那小子还没去过长安，也该带他去见识见识。”赵破奴很善于自我圆场，卷起面前的竹简，又笑道，“此番大胜，漠南再无忧患，终于可以好好地歇息一阵子了！我也好久未往家去。我娘自已酿的小米酒，那叫一个香啊！”

“怎么，在军中待得烦倦了？”

赵破奴嘿嘿一笑，“那倒不至于，只是刀头舔血，毕竟不是正经日子。咱们累死累活地打仗，还不是为了以后可以好好过安生日子，娶妻生娃，那才是正经。”

霍去病唇含浅笑，“这点出息，你爹白白给你起了这名字。”

“名字是我爹起的没错，可他自己还不是在家中娶妻生娃，要不然哪里来的我，这又怎么算？”赵破奴笑道。

仔细想来确实有理，霍去病禁不住好笑，这一笑又牵动腰际伤口，用手抚在伤口上。

“将军，李广李郎中令求见。”此时，舱门外有军士禀道。

赵破奴与霍去病对视一眼，压低声音奇道：“他来做什么？”众所周知，李广为人沉默寡言，不善交际，怎会主动来寻霍去病。

霍去病抬手制止赵破奴出声，亲自起身，打开舱门来迎李广。

“李老将军，快请进！”他道，又瞥了眼旁边的赵破奴。

在将军身边待惯了的，赵破奴何等机灵，忙笑道：“老将军稍坐，我这就去让他们准备茶汤果点。”说罢，退出舱外，替将军关上舱门。

李广规规矩矩地按军阶给霍去病施了一礼。

霍去病忙将他扶起，笑道：“老将军请起，折煞我了，快请坐。”

李广是不惯客套的，依言在下首榻上坐下，双目直视霍去病道：“不瞒将军，老夫此番前来，是有一事相求，还望将军成全。”

“老将军但说无妨。”

“将军军中的司律中郎将是老夫故友之子。老夫刚刚才得知，故友已逝，膝下仅有一子，所以……”

“所以老将军希望子青能留在自己军中，方便照顾，可对？”霍去病已然明白，淡淡笑道。

“正是如此！还望将军成全。”李广目露恳切之色。

“老将军多虑了，子青两次随我出征，斩折兰，破浑邪，屡立战功，是个不可多得的人才，他在我军中，我又怎么会亏待他？”

正好有军士端着茶汤进来，霍去病笑着让茶，面上一派风轻云淡。

“老将军请用。”

李广暗叹口气，低首饮了一口，尽管比霍去病年长许多，但面对这位年轻将军则完全无法可施。

“将军若能应允老夫，老夫愿意让我家三儿到将军麾下效力。”他诚恳道。

霍去病微愣片刻，继而又是一笑，“李三哥若能来我军中，我自是再欢喜不过。只是子青……”他笑着摇了摇头。

“将军若能应允此事，李家承此大恩，来日定当相报。”李广有些急了。

“老将军若有别的事情，去病自当尽力，但此事，恕难从命。”

李广本就不善言辞，望了霍去病半晌，后者虽面带微笑，但神情坚定，显然此事并无还转余地。一时想不出别的法子，李广只得皱紧眉头，告辞而去。

待李广走后，赵破奴贼头贼脑地的，也不知自何处一闪身进来，朝霍去病叹道：“子青这小子还真是香馍馍，个个都想要他！”

霍去病直到此刻方沉下来脸来，没好气道：“个个？你倒说说，还有哪几个？”

赵破奴凑过来，压低声音道：“将军你不知道，我听得有好些个校尉都瞄上他了，说这小子有前途，想给自家的姊妹们牵线呢。”

“闻着香就往前凑，”他冷冷一哼，“都有谁？你说与我听听。”

赵破奴嘿嘿一笑，搓了搓手道：“其实他们这么想也没错，我家就有个表妹，年方二八，已到了婚配年纪。我娘在家书中便有嘱咐我多在军中留意，若有青年才俊，不计出身，要紧的是人老实，肯上进……”

“难怪全军就属你的家书最沉，合着还得交代这些事情。”霍去病瞪他，“下回再有信牍，也给我瞧瞧，让我也开开眼。”

“将军……天地良心，我真没打子青的主意。我姨妈好面子，说不计出身那是骗人的话。我心里是觉得方期那小子还不错，又是期门郎官出身。将军，你说呢？”

“行了行了，你们家那些婆婆妈妈的事莫来烦我。”

被他聒噪得烦起来，霍去病连连挥手，将他赶了出去。

船舱内恢复到宁静之中，他立了片刻，想命人传唤子青，话已到嘴边，却又迟疑起来，思量半晌，自己拉开舱门，向军士问明何处是子青的舱房，便缓步行去。

子青所住之处距离并不算远，下了舷梯，往左行到尽头便是。

舱门缝中隐约透出微弱的光线，显然子青还未歇下，霍去病轻叩几下舱门，很快便有人来开门。

“将军？！”

未料到是他，子青微微吃了一惊。

霍去病朝里望去，一灯如豆，案几上榻上零零落落放着几张粗糙且不甚平整的苎麻纸，阿曼坐在灯旁，手中也正拿着一张苎麻纸，依稀可见纸上描绘图案。

“做什么呢？”他边往里走边问道，待看清纸上所绘图案，“你在画图纸？”

子青掩上门，点了点头道：“嗯，这是一些守城时可用的机关器械。”

也不待她相让，霍去病自在榻上坐下，取过一张图纸，不看图纸却皱眉瞥了眼阿曼，语气不善道：“你让他画的？”

阿曼微笑，并不回答。

“不是，是我想着将来大概用得上，现下无事，便先画出来。”

舱内无茶，子青倒了一耳杯的清水放到将军案前，解释道。

霍去病这时才细细端详图纸，看得出是个连发机括，又拆分成四五个部件，绘得极精细……

“真没料到，你还会这些！”他叹道。

子青苦笑道：“我哪里是会，都是死记硬背下来的。这些原都是爹爹留下来的书简中所记载的图样。”

“书简呢？”

“我娘要我悉数记牢之后，便都烧了。”想起当年，子青眉间笼上一层伤郁，“圣上独尊儒术，又因墨家尚武，查得最紧，烧掉书简也是没法子的事情。”

霍去病心中惋惜，“可惜了……若能用在边塞官障也是好事。”

“我在边塞官障中见过墨家的转射机，此物威力甚大，以一挡十不在话下，只可惜被弃若废柴，也不知所为何故？”子青颦眉道。

听罢此言，阿曼笑着摇了摇头，轻叹道：“可知，全在于人，而不在于物。”

守边塞的官吏确是不甚得力，长年来早被匈奴打怕了，吃空饷倒是不在少数，这已是长久以来的弊病，霍去病虽心知肚明，但却也无可奈何。

“你能记得的守城器械有几种？”他问子青。

“明器二十八，暗器三十六。”

霍去病吃了一惊，皱眉道：“你都要画出来给他？”

“嗯，都画出来，阿曼便可根据楼兰的地域特点挑出最合适的。”子青点头道，“只有以天时、地利相结合，机括才能发挥最大的效验。”

趁霍去病不备，阿曼伸手自他手上将苎麻纸抽出，半真半假道：“将军你还是别看了，谁知道将来兵临城下的会不会是你。”

霍去病冷哼一声，自是不会再去拿图纸，干脆在榻上躺了下来，慢悠悠道：“说得也是，我还不如现下就把你给斩了，干净利落，省得到时候费事……”

也不必眼睁睁地看着子青跟你去楼兰——这后半截儿话，他未说出来，堵在心口，颇为憋闷，仰面长长地吐出口气。

阿曼正欲还口，被子青颦眉摇头制止住，只哼了一声便无奈作罢。

“子青，方才李广来找我，想要你去他的军中。”霍去病淡淡向她讲述。

子青愣住，然后听见将军接着道：“我没有应允，可现下我有些后悔了。”

“将军为何后悔？”

子青探询望着他，疑惑且有点不安。

不愿被她盯着看，霍去病侧转过身，面朝船壁，看见子青的影子在船壁上微微晃动着，足足看了半晌，才静静道：“你若去了李广军中，至少，我还见得着你。”

子青怔住，看着一动不动的将军背影，说不出话来。

烛光旁，阿曼注视着子青，同样一言不发。

流水哗哗作响，透过薄薄的舱壁传进来，子青低首伏案，继续画着图样。每一件机括都分为几个部件，每个部件又都需画出尺寸来，再仔细标明该如何组装，故而十分烦琐。

阿曼半靠着舱壁，时而看看图样，时而探身过来替她研墨，间或着瞥一眼和衣躺在子青身后的霍去病，后者始终静静躺着，再未说过一句话。

固定在案几上的油灯随着船身而轻轻晃动。

眼角有几分发涩，阿曼深闭下双目，复睁开来，见子青又画完一张，便接了她的笔过来在水盂中洗净，道：“今日便画到此处吧，待改日有空时再接着画，也不急在这一时片刻。”

伏坐良久，子青也觉得肩背有些发僵，尤其是受过伤的左肩，隐隐酸痛起来，依言起身，略略舒活筋骨。

“不早了，你也快回去歇息吧。”她朝阿曼道。

阿曼朝榻上霍去病努努嘴，压低声音道：“他还杵在这儿呢……”

始终未再听见将军说话，子青也有几分奇怪，悄悄探身看去，只见将军双目合拢，鼻息浅浅，不知自何时起已然睡着。

朝阿曼打了个噤声的手势，她取过薄毯，轻手轻脚地覆在将军身上。

阿曼皱眉，抬腿作势要将他踹醒，子青忙推着他出舱门去，又将门掩了起来。

“嘘……将军睡着了！你千万别把他吵醒。”她声音小得仅是用气声说话。

阿曼不满，“让他回去睡啊！”

“他已经连着几日都未好好歇息过了，好不容易睡熟，何苦再把他唤醒。”阿曼声音实在太大，子青生怕他将霍去病吵醒，推着他走，“你快睡去吧，快去快去……”

“你呢？”

“我靠着也能睡，不碍事的。”

子青已经推着阿曼行至舷梯口，明明已经距离船舱有段距离，她还是又朝他做了个需要小声的手势。

“可不许让他对你动手动脚！”阿曼不放心道。

“将军怎会是那等人，想什么呢你！”

子青有些着恼，颦眉看他。

“好好好……”

阿曼不愿惹她生气，无奈下楼回自己的大通铺去。

蹑手蹑脚地回到船舱内，见将军并不曾动过，想来未被吵醒，子青这才安心，半靠着舱壁坐下，也合目睡去。

一夜流水潺潺，隐隐约约仿若又听见有人在吹埙……

蒹葭苍苍，白露为霜。

所谓伊人，在水一方。

溯洄从之，道阻且长。

溯游从之，宛在水中央。

……

“若你走了，以后再想听，可不能够了……”

似有人在耳边轻轻低喃，随即又是一声长长的叹息，只听得她心中一阵闷痛，转头想去看那人面容。

那人却隐在雾中，影影绰绰，不可得见，唯有一双眸子清亮温暖，让人眷恋不舍。

“你……”

她本能地想唤他，话才出口，便自梦中骤然惊醒过来。

淡淡的晨曦自舱壁上小小的透气孔中照进来，微弱之极。

而梦中的那双眸子，就近在咫尺之间，正静静地看着她……

四目对视，气息浅浅，舱内一片异样的静谧。

他眼中似有恍惚之色，缓缓伸手抚上她的脸，因长年习武，手掌中尽是粗茧，在她脸颊上磨蹭片刻，拇指又抚上她的唇瓣。

仿佛被定住一般，子青动也不能动，似乎连呼吸都有些艰难。

霍去病的手指沿着她的唇线，轻柔地划过上唇瓣，然后是下唇瓣……

“将……”

她轻声开口，试图打破这奇怪而尴尬的局面。

骤然间，他俯下身子，猝不及防地吻上她。

温暖的气息在唇齿间交缠萦绕，是子青从未体验过的，她不知道自己究竟是无法抗拒，还是不想抗拒，脑中浑浑噩噩，完全无法思索。

他的吻细细浅浅，时重时轻。

温柔如水，掠夺如风。

仿佛要将她整个人都融入他的体内。

薄薄的舱壁外，忽然传来重重的一声砰响，有人将一捆长戟丢在外面甲板上，马上又有人呵斥道："挡着路了，还不快搬到那头去！"

舱内，子青乍然回神，用力推开将军，惊疑不定地看着他，微微喘息着。

霍去病也看着她，深看着。

"如、果、我、"他几乎是一字一顿，艰难地道，"要你留下来，你肯不肯？"

子青脑中一片混乱，足足怔了半炷香工夫，才算是听明白他的话。然后，她又花了一炷香工夫，才勉勉强强把这件事情想明白。

"我、我、我……"她摇着头，结结巴巴道，"我不是将军你想要的那种人，我没有男风之好。我、我……方才……我也不知道自己是怎么了，可是我真的不是你想要的那种人……"

看见将军眼睛时，子青戛然而止。

那一刻，她自他眼中看出诸多情绪，伤感、失望，还有难以言喻的恼怒！

接下来的一整日，将军也未传唤她，连汤药都是让军士特地过来候着，一煎好就端走，显然是不想看见她的意思。

午后，子青靠在船舷上心不在焉地咬着粗麦饼，恰好赵破奴陪着霍去病正往另一头去，将军冷着脸完全是目不斜视地自她身旁经过，就像她这个人压根儿不存在一样。

原是好端端的，眼下却落得如此，她心中懊恼之极，返身趴在船舷上，呆愣愣地看着底下流水奔腾。

过了良久，有人自她身后轻拍下肩头，她回过神来，见是赵破奴。

赵破奴飞快瞥了眼左右两侧，见无人留意，急匆匆地拽着她转到后舱僻静处。

"怎么了？"子青莫名其妙地问道。

"你说老实话，你是不是把将军给惹火了？"赵破奴压低声音问道。

闻言，子青颦着眉头踌躇片刻，才支支吾吾道："我也没想到他会这么恼怒，可我……我也是没法……"

"果然是你！"赵破奴一副逮住真凶的神情，凶神恶煞地瞪着她，气恼道，"你知不知道，我这一整日出的汗，比一整年出的汗都多！”

眼睁睁地看着汗水顺着他耳根淌入脖颈内，子青唯唯诺诺道：“嗯……天是挺热的。”

“你……”赵破奴气得要跳脚，“我可告诉你，现下可还有三名校尉在将军船舱内挨训。将军的记性你是知道的，一个上午，传唤了八个校尉，挨个训斥，自练兵开始，再到出征后点点滴滴的过失，全都翻出来了！我的娘啊，简直是要让人掉一层皮。”

“哦……”

原来是整顿军务，觉得这事与自己似乎关系不大，子青稍稍放下心来。

“哦？！”赵破奴挑眉，死盯着她，片刻后道，“你说实话，你到底怎么惹他了？！”

“我不能说。”

她微垂下头。

赵破奴气结，“好好好，我不管你怎么惹得他，反正你得去把这事扳回来！将军不恼，大家才有太平日子过。”

子青为难地摇头，“这事，没法扳回来。”

“你去向将军赔礼！”赵破奴道。

她仍是摇头，低低道：“这事，赔礼也没用。”

“到底是什么事？怎么会赔礼也没用？！”赵破奴急道。

“我，不能说。”

她又低垂下头。

这臭小子，非得这么绕圈圈一样说囫囵话么！赵破奴恼怒地盯着她，炎热的天气，让人的耐心都较寻常降低了许多。

“你这小子，你到底是装傻还是真傻！将军对你那么好，他是……难道你就真的不明白！”他索性把事情说开了。

“我知道，所以我才……”

子青咬着嘴唇，就算以前对将军好男风的传言还有所疑惑，可今晨将军的举动……但她是个女儿家，并不是真正的男儿，若由着将军如此错爱，岂非是在存心骗他。

“总之我不能！”

她低低道，转而快步抽身离开，仅留下赵破奴在原地苦苦思索她话中的意思。

既然知道，却又不能？

子青的意思应该是自己并无男风之好，故而无法接受将军？

赵破奴挠挠脖颈，犯难地想，这该怎生才好……

点了几滴水到砚石之上，摸出所剩无几的小墨锭，子青慢慢地研着墨。阿曼将讨要来的苎麻纸压了又压，尽力弄得平整柔软些。

舱壁颇薄，隔音也不好，旁边舷梯咚咚咚地有人下来，这厢便听得清清楚楚。

“鹰击司马，我一直以为此番出征算得上颇为顺利，难道是圣上那边有何旨意，不然将军何以对我等如此不满？”

来人已压低了声音，可子青还是听得清清楚楚。

“没有没有，”是赵破奴赔着笑意的声音，替霍去病打着圆场，“不过是回朝前对军务略作整理，例行公事，没有别的意思。”

“听将军这口气，可不是略作整理，大有将我等削位降职之意啊。”

“没有没有没有，你们想太多了。”

赵破奴笑得尴尬。

听声音渐行渐远，直至完全听不见，子青一径怔怔发愣……

看她手中的研子压根儿没有碰触到墨锭，只在凹处划拉着，阿曼狐疑地打量着她。

“想什么呢？一整日都魂不守舍的？”

心绪颇乱，子青也实在静不下心来画图，索性放下研子，颦眉抱膝坐在榻上道：“你听见没有，将军还在训斥人。”

阿曼无所谓地耸耸肩，笑道：“他训他的，与你何干，反正又不是训你。”

子青欲言又止，咬了咬嘴唇，未再说下去。

忽听见舷梯又是一阵响动，有人自上头咚咚咚下来，脚步声往左行了几步，似有迟疑，返身行过来，正停在舱门前。

“司律中郎将，在吗？”

舱门被轻叩几下，是方期的声音。

子青忙起身拉开门，见他一副蔫头耷脑的模样，忙将他让进来。

“你挨训了吗？”方期叹着气在榻上坐下。

子青同情地望着他，摇头道：“还未传唤到我。”

“我本还以为回师之后会论功行赏，现下看来，能够不削位降职，便已是天幸了。”方期羡慕地看了眼子青，“你虽是中郎将，却不带兵，纵有过失，也有限得很。”

阿曼不知何时已经歪在榻上，支肘半撑着身子，懒懒笑道：“她不带兵，责罚虽少，但若有封赏，肯定也不及你们，公平得很。”

“这倒也是。”

长长叹出一口气之后，方期显得越发颓败，与昨日相比，形同两人。

子青迟疑片刻，虽觉得有些失礼，但还是忍不住问道：“将军他，都说了些什么？”

不问还好，一问之下，方期眼神便有些发直，让人看了心里直发毛，“太多了，一时半会儿也说不完，他连我私赠给卫伉一柄匈奴马刀都知道，被狠骂了一通……”

“什么马刀？”

阿曼饶有兴趣地问道。

“反正不如你的那柄弯刀，你就别问了。”

方期赶苍蝇般连连挥手，显然懊丧之极。

“呵呵……有人拍马屁不成，拍在了马腿上。”

阿曼似觉再有趣不过，咯囖直笑，乐得身子直抖。

“臭小子，落井下石是不是！”

方期恼道，随手操起旁边的木枕就掷过去。阿曼微侧下头，木枕正砸到舱壁上，重重地砰了一声。

子青探身，迅速取过木枕，以防止他二人接着丢掷，“别闹了，让上头的人听见，岂不是自惹麻烦。”

方期确是也没力气与阿曼嬉闹，丢了一记白眼，便算作罢。

靠着舱壁坐下，子青眉间满是忧虑地摆弄着怀中木枕。

“我与将军皆是期门郎，又没犯下什么了不得的大过失，再怎么想也不该对我如此。”仰面躺在榻上，方期语气哀怨得就像个弃妇。

阿曼用脚随意捅捅他，示意他听外间传来的动静，用幸灾乐祸的语气道：“不止你一个，今日少说也训了有一打了。”

“你怎么那么高兴？”方期没好气。

阿曼笑嘻嘻道：“难得能看见霍将军不是一副冷静自持、运筹帷幄的模样，不是也好玩得很吗。”

方期深有同感，“是啊！说起来，我还真没见过他发这么大的火！到底是哪个王八蛋惹了他，城门失火，殃及池鱼！”

闻言，子青心虚地垂下双目，手无意识地在木枕上抠啊抠。

阿曼似有所感，向她投来一瞥，目光疑惑重重，却终是什么都没说。

一直等到方期走后，阿曼才转向子青，歪头问道：“青儿，你说实话，这事是不是和你有关系？”

子青埋着头不作声。

“青儿……”他勾着头瞧她，语调暧昧地接着唤道，“小青青、青青青……”

被他逗得忍不住扑哧一笑，子青无奈抬起头来，做错事般地点了点头。

“我猜就是！”阿曼一副意料之中的模样，“到底怎么回事。”

子青踌躇半晌，手直搓额角，烦恼道："反正此事都怪我！可我又不能告诉将军我其实是……事到如今，我也不知道该怎么办才好。"

"你说与我听听，说不定我能想出法子来。"

阿曼笑道。

她定定看了他半晌，犹豫片刻，然后道："将军他，他好像对我……你明白吗？"

"他喜欢你。"

似乎不甚情愿，阿曼淡淡地了然道。

子青眉头打了个结，问道："你怎么知道？"

"我也是男人，而且我还没瞎。"他略略一想，眉宇舒展开来，唇边笑意浅浅，"莫非是你拒绝了他，所以他如此着恼？"

子青沉重点头。

见状，阿曼大笑起来，简直是笑得欢畅淋漓。

"你莫再笑了，不是说要替我想法子的吗？"子青愁眉道。

"还想什么法子，这种事情没法子可想，过一阵子自然就好了，理他做什么。"阿曼轻轻巧巧，颇有兴致地凑近身子问道，"你，不喜欢将军？"

"我……他喜欢的是男子，可我又不是男子，我怎能骗他呢？"

阿曼皱皱眉头，仔细思量了下子青的话，试探问道："若他喜欢的是女子呢？"

"怎么可能，他又不知道我其实是女儿家。他真的是喜欢男子，否则他就不会那般亲我。"子青摇头，抱膝低首。

"他亲了你！！！"像被踩了尾巴的猫，阿曼瞬间炸毛，跳起来，咬着牙根问道。

"嗯，他以为我是男子，可我……"她沮丧地长叹口气，道，"此事终是我对不住他。"

此刻，阿曼很想把子青的脑袋敲开，瞧瞧里头到底都装了些什么东西。

"他这般轻薄你，你还觉得自己对不住他！"

子青愣了愣，替将军辩解道："不能算轻薄吧，他只是以为我、以为我……你不是也说过他好男风吗？"

"谁知道他是不是趁机占你便宜。"阿曼恼道。

"将军不是那种人。"

"你怎的还替他说话！"

阿曼更恼，死死地盯住着她良久，忽地转过身，大步出门去。

子青越发觉得头疼起来。

直至次日下船，阿曼都寒着脸，与平日大相径庭。子青着实费解，赔着笑脸试探与他说话，他也只是问一句方答一句，并不多言。

子青本就口拙，又不知该从何劝解，只得由着他去。还在岸边等旗号时，只见赵破奴扒拉开重重人群，挤到她面前："将军有令，命你随他往长安，东南松树下有马车候着，你速速前去。"

长安……子青微怔片刻，本能地与阿曼对视一眼。

"阿曼与我一同前往，可否？"子青问。

自上回阿曼替将军吮毒疗伤之后，赵破奴对他便已再无芥蒂，倒不阻拦，只是道："我以为无碍，不过你最好向将军回禀一声。"

向将军回禀……子青深吸口气，点了点头。

赵破奴凑到她耳边，低声道："好好说几句软话，别再把将军惹火了。"

"将军，他气已经消了？"她问得小心。

赵破奴思量片刻，沉痛道："我看不出来，总之，你小心行事！"

牵着马往东南方向过去，远远一株老松下果然静静停着一辆黑缯盖偏幰辇车，隐约看见旁边骑在马上的人是伯颜，还有卫伉，子青正欲过去，忽听见身后有人唤道：

"阿原……"

阿曼先回了头，淡淡哼一声。

刹住脚步，子青迟疑片刻，终还是回过头，望向李敢。

"你不与他们回营去吗？"李敢示意不远处正整队的汉军。

"不，我随将军往长安。"

李敢此时方看见远处的马车，涩然一笑，犹豫问道："霍将军他、他……知道你是……"

子青明白他未说出口的话，淡淡道："他不知道。"

"我爹爹去求过霍将军，想让你离开军中，可惜霍将军不允。"李敢望着她，关切道，"阿原，你该为自己想想，留在军中终是不妥，你……"

"她的事，不劳你费心。"阿曼冷冷插口道。

李敢刹住口，只静静将子青望着，眼中的伤痛与无奈让人为之动容。

去了长安之后，大概很快就往楼兰，此番一别，怕是很难有再见之时，子青想着，再看李敢时，心中的旧日仇怨便散去许多……

"阿曼，我想与他说几句话。"她朝阿曼轻声道。

阿曼盯了她一眼，什么都未说，转身走开。

子青转向李敢，低首静默片刻，才道："我很快就会离开军中，你和你爹爹不必再操心我的事。"

李敢眼睛发亮，欢喜道："真的？你已经想到法子脱身了？我来帮你安排住处……”

“不用！”子青飞快地拒绝他。

“你，要去何处？”

“我自有去处，你们不必担心，也不必再寻我。”子青顿了顿，才接着道，“前尘旧事，就让它散了吧。”

轻轻淡淡的一句话，听在李敢耳中却是重如千斤。

“阿原，你肯原谅我……”

子青望着他，那一瞬仿佛又回到幼时，片刻之后，她抱拳行礼，“李家哥哥，就此告辞！”说罢，再不看他，快步而决绝地往老松行去。

已是许久未再听她唤过自己“李家哥哥”，李敢久久立于当地，望着她的背影，心中甘苦掺杂。

阿曼在前头背靠着树，目光有些许迷离，仰面望着头顶自树叶缝隙间洒下的日光，嘴里还闲闲地嚼着一株草根。听见子青脚步声过来，他将草根往地上一掷，站直了身子，也不看她，待她行到身侧时，便迈步同行。

“去长安，我们大可不必与霍将军同行，不如与他就此别过。”他忽开口道。

闻言，子青怔住，那辆马车已在前方不远，车内的那个人……若在此时前去辞行，那人会不会更加恼怒?

“舍不得？”

阿曼斜眼睇她。

子青面露难色，道：“将军气还没消，此刻去辞行，只怕不妥。”

“占了天大的便宜，他倒还好意思着恼。”不提还罢，一提阿曼便是一副怒气难平的模样。

“反正都是往长安，同行也无妨的。”她与他商量道，“等到了长安，再向将军辞行，如何？”

阿曼哼了一声，“他若再对你无礼，怎么办？”

“我既与他说明，他自然就明白了，又怎么会再唐突。”

瞧着这个信心满满的傻丫头，阿曼未再说话，心中暗忖须得将她牢牢看顾好才行。

行至偏幰辇车近前，青布车帘低垂，教人看不清车内的人，也不知将军是否已经在里面。伯颜在马上朝她使了个眼色，微不可见地朝辇车略抬了抬下巴，子青会意。

“卑职参见将军！”子青规规矩矩地立在偏幰辇车前行礼。

等了半晌，才听见里头将军淡淡道：“站着做什么，还不上来驾车。”

"诺。"

子青这才发现辇车确是没有马夫，遂将自己的雪点雕交与阿曼，自上了辇车前舆。恰有风过，车帘微微摆动，缝隙之中可看见将军双目也正看着她，漆黑的双眸，深沉如墨。只这电光火石的一瞥，她心头没来由得一震，待拉回神智，方暗忖着将军果然气还未消。

辇车旁，阿曼梳理了两下雪点雕的鬃毛，自顾自翻身上马，目光忍耐：幸而是一个在车内，一个在车外，若霍将军胆敢让子青到车内去，那他是必要翻脸的。

卫伉看阿曼长相便知是西域人，虽知表兄军中量才而用，匈奴人、西域人兼而有之，但他看阿曼形容气度，竟不似寻常所见的异族人，不由得生出几分好奇，多看了他几眼，越看便越觉得有几分眼熟。

"喂！那个卷毛的，你叫什么名字？"

卫伉大咧咧问道，眼中所见阿曼所穿不过是寻常士卒衣袍，自然也只把他当作寻常士卒般呼喝。

若在寻常时候也就罢了，偏偏此时阿曼胸中本就憋着股闷气，加之卫伉又是霍去病的表弟，也有些迁怒，听他这般口气，冷冷瞥了他一眼，并不作答。

"喂！跟你说话呢！卷毛的！"卫伉略略提高嗓门儿。

阿曼仍是不理，连看也未再看他。心知阿曼恼卫伉无礼，但又担忧两人间起争执，子青手拽着缰绳，紧了又紧，思量着该如何解围才好。

卫伉心生疑惑，转头问旁边伯颜，奇道："他……是不是听不懂汉话？"

"可能是。"

伯颜含含糊糊答道，他见识过阿曼的刀法，知道这小子可不是吃素的，虽只是普通士卒，但却连将军都未曾呼喝过他。

"那他怎么听得懂军令？"卫伉越发不解。

"看旗帜，听金鼓，总是能懂得。"

卫伉将信将疑，正欲再问，却听见霍去病在车内淡淡道："起程吧。"

马鞭在辕头上打了个空响，子青一抖缰绳，辇车的马匹缓缓跑动起来。她不甚放心地回头望了眼身后的车帘，虽看不见将军，仍是忍不住要担心马车颠簸对他伤口不利。

他们这一行，加上其他随行军士，约莫二十余人。出了林中小道，便上了官道，路上甚为平坦，行起来自然也甚快。

夏日时常有雷雨，行过时，便可见天际有黑云层层，隐隐还可听见闷雷声。

伯颜知前方便有官驿，遂示意众人快马加鞭，往官驿赶去。只见那云层翻滚甚快，不过一时半刻便到了头顶处，阴沉沉地压将下来，众人堪堪见着官驿所在，便有一道雷炸过，大大小小的雨滴纷纷落下。

冒雨赶着马车进官驿，官驿中的小吏见此行皆是武将，不敢有怠慢，撑了厚厚的油布伞迎上前来。

子青示意小吏过来接辇车上的将军，自己则替他撩开车帘，请将军下车。

霍去病见她淋在雨中，倒先惦记着自己，饶是心中恼意未平，可要硬起心肠来待她，却也不易。当下便只怔了一怔，由着小吏撑着伞将自己送到廊下，待再回头，便见阿曼往子青头上扣了一顶青斗笠，紧接着举袖替她抹去面上雨滴……

他眼中暗沉之色越发加重。

阿曼帮着子青在雨中卸下马匹牵到马厩之中，又将马车归置停当。待他们回到廊下，子青禁不住打了个喷嚏，阿曼转头吩咐小吏去煮些姜汤来，恰被卫伉听见。

“原来你会说汉话！”卫伉皱眉盯着他，恼道，“之前我问你话的时候，你为何不答？”

阿曼倨傲地瞥了他一眼，仍是不答话，自顾自取下斗笠，抖落上头的雨点。

“喂！我在跟你说话！”

军阶高低有别，自己好歹也是校尉，不解一小卒如何敢对自己这般轻视，卫伉怒气愈盛。

阿曼仍是不理，斗笠上的雨点高高地飞溅出去，在廊下的青石板上溅成一道弧形水渍。

“表兄，你军中这小卒怎敢这般无礼？”卫伉朝霍去病道，毕竟是表兄属下，未得表兄首肯，他也不宜自行教训阿曼。

霍去病在旁冷冷地望着眼前这幕，自始至终一言不发。

自以为表兄的沉默便是默许，卫伉迈上前两步，道：“我来替表兄教训你这目中无人的小卒！”

说罢，他扬手便打下去，想先赏两个耳光子给这个西域小子。

手还尚在空中便被人擒住，却是子青拦在了阿曼跟前，不让他打下去。

“请平寇校尉息怒，他、他……”

她一向口拙，此时也想不到该找什么理由来解这个围，卫伉的手倒被她捏得生疼。

阿曼在她身后，神情淡然，平静道：“青儿，此地既已容不下我，我们还是走吧。”

子青愣住……

雨哗哗地下着，霍去病手缓缓抚上伤处，深闭上双目。

将手松开，眼看着卫伉颇为恼怒地揉搓着被擒之处，子青轻叹口气，心下知道，卫伉身份特殊，对阿曼又是不依不饶，若继续留下来，大概也会令将军为难，确是到了该走的时候。

她转过身来，朝阿曼微不可见地点了下头，越过他的肩头，可看见半靠在廊柱上的将军……

霍去病并不看他们，低垂眼帘，仿佛尽力保持着语气淡然，道："既是要走，便等雨停了再走吧。"

"诺。"

子青本能地应道，因喉咙处有些哽咽，声音便有些异样。

霍去病心中一动，抬眼来望她，她却已深垂下头，隐在阿曼身前，叫人看不清面容。

一时诸人皆散了，卫伉瞧出些许蹊跷，又弄不清缘故，便也不愿再生事，老老实实由小吏引着到后面的厢房中歇息。

此地官驿原是旧时一家大户人家的府邸，重新修葺了一番，大抵上还保留了原先宅子的格局。

宅中有一处荷塘，东面厢房和南面厢房连在一块儿，半围着荷塘。此时已近夏末，塘中荷花过了盛开之时，只剩下些零零落落的残瓣，并无甚美景可赏。

霍去病因心中郁郁，不喜吵闹，只要求清静所在。小吏便将他引至东厢楼上，果然甚是清静。马车内闷热，他身上已然汗湿，因有伤在身，不能沐浴，遂只要来热水，自行擦洗一番，换了一袭冰纨襜褕。襜褕宽大，松松地系在身上，方觉清爽了许多。

外间的雨比之前略小了些，仍淅淅沥沥地下着。

推开窗户，一股子清凉迎面扑来，带着淡淡荷叶清香，他半靠在窗前，瞧着雨点打在残荷上，点滴凄清……

南面楼下的厢房中，也有人推开窗户，伏在窗口，探出一只手来接雨点。

只瞧了一眼，霍去病便把身子往里头略退了退，一双眼睛却始终停留在那少年身上，片刻不曾稍离……

尽管相隔着荷塘，仍可看清少年面上的神情郁郁寡欢，顺着屋檐落下的雨水滴滴答答，几乎打湿了少年半个衣袖，他却恍然不觉，一径怔怔地出神，目光也不知落到何处去。

他就这样静静望着，直过了良久……

子青直起身来，长长呼出一口气，仿佛要将心中伤愁都呼出来，又似有所感，疑惑地抬头往东厢望过来。霍去病飞快别开脸，隐在窗后，过了一会儿，待他再望去，子青已不在窗口。

这夜，雨声阑珊，使他辗转反侧，无法入眠。

而这世上，终究没有不停的雨。

待到天明时分，雨早已不知何时停了。伯颜亲自端了食案进来，放到案几之上，这才向他禀道："将军，卯时未至，子青便来与我辞行。他生怕扰了将军休息，故而请我转告，他走了，将军提携之恩，铭记于心，不敢相忘。"

霍去病坐在床边，足足怔了好一会儿，才低低道："我知道了。"

"将军……"伯颜瞧他神色异常，终觉得此事不妥，试探问道，"若将军还有话要吩咐，我去把他追回来便是？"

"不必。"

他倦倦道，为表示自己并不为此事介怀，还勉力撑起身子，行到案几前的榻上坐下来，举箸用饭。

伯颜暗叹口气，恭敬道："待用过早食，起程前，卑职给将军换一次药。"

霍去病略略抬眼，微有些诧异。

"子青把伤药等物都托付给我，再三交代，将军的伤口曾中过毒，万不可掉以轻心。"伯颜解释道。

木箸无意识地在盒中拨拉着，鱼醢被弄得零零碎碎，霍去病还是无甚胃口，索性放下木箸，将碗端起，强逼着自己一口一口将清粥咽下去。

第二十四章　朱云红线

一路缓缓而行，终是回到了长安城。

卫少儿知道儿子凯旋，早在几日前便自陈府出来，到霍去病的府邸小住，指挥着霍府上上下下一干人等，将府中里里外外打扫得干净利落。

霍去病到长安城后，循礼先进宫拜见刘彻。在他之前，李广、公孙敖、张骞已先他一步到长安。公孙敖因行军滞留，按律当斩，交纳赎金得以留性命，但被贬为平民。博望侯张骞也同样交纳赎金，贬为平民。李广功过相抵，无赏无罚。

见到霍去病，刘彻自是大悦，命内侍宣读圣旨，益封霍去病五千户，随行校尉们皆赐左庶长爵位。其中鹰击司马赵破奴封从骠侯，高不识封宜冠侯，另有赏赐等，不在话下。

谢过圣恩，以风尘仆仆为由推辞了刘彻留他用膳的美意，霍去病这才回府。

完全没有料到他会这么快回来，卫少儿正挽着袖子在庖厨忙碌着，虽然想到儿子可能会被留在宫中用膳，但仍想亲手为他准备些清爽可口的小菜，也许夜里饮酒回来后会想吃一点也说不定。

“夫人，将军回府了！”

府中家人飞奔来报。

卫少儿愣了愣，赶忙放下手中正剥着的小葱，粗粗整理下衣袍，举步出庖厨。才行了几步，便看见霍去病朝自己快步行来……

“娘……”行到卫少儿跟前，他双膝往下一跪，含笑道，“孩儿回来了。”

卫少儿爱怜地抚着儿子又黑又瘦的脸，又忍不住再摸摸他的头发。每回霍去病出征多长时日，她便要日夜悬心多长时日，直等到他安然无恙地回到自己身边，这颗心才能放下。

“孩儿不孝，让娘担心。”

如幼时那般，他将头抵在娘亲身上，任由娘亲摩挲着自己。

先举袖抹了抹眼角的泪花，卫少儿将儿子扶起来，望着他既骄傲又心疼，“傻孩子……饿不饿，我只道你会在宫中用膳，没想到这么快就回来了，菜肴还未全部准备停当。对了，有刚刚蒸出来的桂花糕，你先吃些垫垫……”

霍去病笑道：“娘，您瞧我这身脏得不成样子，且让我先去洗洗，换身衣裳，咱们再一块儿吃饭。”

“好……”

卫少儿看着儿子返身回房，又举袖抹了回泪花，笑着复进庖厨，洗洗剁剁，忙得不亦乐乎。

过了不多时，又有家人来报，卫大将军来访，正在前堂等候。

卫少儿忙对着庖厨内的水盆略略梳理一番，匆匆迎到前堂，便瞧见卫青正立在堂前。

"青弟。"

"二姐，"卫青温颜一笑，见礼后才道，"我听卫伉说去病回来了，便来看看他。"原本今日卫伉归来，卫府中为他设了接风宴，但他听到卫伉说霍去病一路回来都是乘坐辇车，忖度去病应是受了伤，心中担忧，便急急往霍府来探视。

卫少儿笑道："刚刚才回来，沐浴更衣去了，我没想到他未在宫中用膳，现下正忙着给他做饭呢。"衣袖下摆沾了些许菜渣，她连忙不好意思地拂去。

卫青笑道："既是如此，二姐，我来帮你便是。"

"你……"卫少儿禁不住笑道，"成日里骑马执鞭，你还记得怎么下厨吗？"

"自然记得，以前我烙的饼，你们不都说好吃么。"

想起旧日里那些时光，卫少儿也甚是怀念，低首一笑，"你要来做便做就是，我也许久未曾吃过你烙的饼，确是有些念头。"

姐弟二人说说笑笑，往庖厨行去。至庖厨内，卫青用布条系起衣袖，取过个干净的木盆，倒入麦粉，加了瓢水，和起面来。

一众家人们还从未见过卫大将军下厨，好奇不已，时有贼头贼脑者前来张望，回去将此事引为私下谈资。

无法沐浴，家人伺候着霍去病，将一头乌发洗净，再用煮过艾草的热水细细将周身擦拭干净，换上袭素纱蝉衣。虽用干布抹过几道，头发却一时不得尽干，霍去病便将它们披散着，只在末端松松地绾了个结，在家中横竖不见客，并不要紧。

家人细致地将换下来旧衣袖袋中的物件都取了出来，摆放在案几上，方才抱着衣袍去浆洗。

他低头瞥去，案上物件中，一支略嫌粗糙的手工制笔映入眼帘。

迟疑片刻，他将笔拿起来，轻轻摩挲几下，复放入蝉衣袖袋之中，方才举步出房门。

"舅父？！"

看见庖厨内正噼里啪啦在双掌中来回倒腾饼胚的卫青，霍去病微微吃了一惊。

卫青转头朝他一笑，"有五六年没吃过我烙的饼了吧，今日你可有口福了。"说着，啪地重重一下，一巴掌把饼拍在鼎沿上。

瞧儿子发怔，卫少儿笑着指向灶台一碟干干净净的桂花糕，"桂花糕在那里，饿了就自己先吃一块，肉羹很快就好。”

霍去病瞧着还在烙饼的卫青，略有迟疑，还是问道：“今日卫伉也回来了。”

闻言，卫少儿方意识到，卫青家里头的亲儿子也是今日回来，按理说，卫青该在家中给卫伉接风才对，“青弟，要不你还是……”

“不碍事，我陪着你们吃会儿再回去不迟。”

卫青笑道，将手中最后一个饼胚拍上鼎沿，然后盖上鼎盖，自庖厨间出来，上下打量了一番霍去病。

“过来坐，与我聊聊……”

近处并无坐榻，两人均是戎马生涯惯了，并不拘小节，便随意在石阶上坐了。

卫青转头瞥了眼庖厨内的卫少儿，油烟升腾，估莫着她听不见，才朝霍去病问道：“伤在何处？重不重？”

霍去病微怔，他受伤之事并不曾告诉卫伉，何以舅父会得知。

“你的性子难道我还不知道么，若未受伤，又怎么肯闷在车中。”卫青叹道，“到底伤在何处？”

霍去病心知瞒不过舅父，手抚上腰际，轻描淡写地笑道：“被箭擦过去，蹭破了点皮，并不打紧。”

“我今日来得匆忙，且不知道你究竟受得什么伤，故而未带药来。既是箭伤，我那里便有上好的箭创膏，明日再拿过来。”

卫青知那伤势定比他说得重，道。

“不碍事，真的，都已经快好了。”霍去病忙道，“您来来回回这么跑，我娘肯定得起疑心。要不还是这样吧，明日我自己过去。”

“也好。”卫青不放心地瞥他，“真的不要紧？”

“真的。”霍去病恳切地点着头，取笑道，“您什么时候变得跟我娘一样，也絮絮叨叨的。”

“臭小子！”

卫青无奈一笑，方不再问。

两人间静默了一阵子，卫青见霍去病此番得胜归来，面上并无甚多喜色，眉宇间倒显得心事重重，便问道：“可是有心事？”

霍去病涩然一笑，摇头敷衍道：“没有，打完仗觉得有些累罢了。”

他这等模样却是卫青从未见过的，当下也不便继续追问，想着待明日再慢慢问清开解便是。

“青弟，你的饼可快糊了！”

卫少儿举着铜勺，自庖厨内探出身子来唤。

卫青连忙起身，快步赶回去。

一时饭食做好，卫青陪着他们吃了一会儿，方赶在城中宵禁前回去。

堂上左右各两尊凤鸟衔枝二十九支铜灯，烛火夭夭，闪烁其间。偌大一个霍府，除去家人，便只有他们母子二人。卫少儿自己吃得不多，大半时候都望着儿子吃饭，倒比自己吃还香。

“你也该早日成家，再生几个娃娃，这府里就热闹了。”望着虽华丽却颇显空荡的堂上，卫少儿仿佛看见几个孩子绕案嬉戏，满足地叹着气。

霍去病抬眼望了眼娘亲，温和笑了笑，并不接话。

瞧儿子神情，卫少儿嗔怪道：“你瞧瞧你，双十的大人了，早些成家不好吗？有了孩子以后，府里头就不一样了，你就知道该惦着家，不会成年累月地只知道待在军中。”

早就习惯了娘亲的絮叨，霍去病含笑听着，头点得却难免透出几分敷衍之意。

“我听皇后娘娘说，圣上也曾略略提过，说你年纪也不小了，该娶个媳妇了。”卫少儿思量着，“只是不知圣上是否心中已有人选，要不，我择日进宫，再探探口风……”

“不要！”霍去病连忙道，见娘亲一愣，才察觉到自己反应过激，又道：“圣上那边还是我自己去吧，再说这事也不必急……”

往日与儿子说起亲事，他总是一副无所谓全凭娘亲做主的模样，而眼下神情大异与往日，卫少儿心底升起些许疑虑，试探问道：“你，可是有中意的人了？”

霍去病怔了怔，才勉强笑道：“没有，娘亲您想到哪里去了。”

看出他笑容中的几许苦涩，卫少儿暗叹口气，心知有异，但这孩子打小就倔强，他不想说的事情，无人能逼他说出来。

因再过几日便是卫少儿夫君陈掌的母亲过大寿的日子，饶是想陪着儿子多住些时日，但自己婆婆大寿将至，自己不回去张罗实在说不过去。次日，卫少儿将霍府诸事安排妥当，又反复叮嘱了家人数遍，方才不得已回了陈府。

霍去病将母亲送回陈府，折返途中想到今日登门恭贺的人定然不在少数，他又着实无甚心情回去与宾客应酬，记起昨日应了卫青的事，遂往卫府过来。

至卫府，卫青正在府中等着他，只是不见平阳公主与卫伉。

“你舅母进宫去陪皇后娘娘说话；卫伉这小子，我没告诉他你会来，他一大早便去了上林苑。”卫青笑道，“现下，多半正跟那些期门郎吹嘘这趟漠南之行呢。”

卫伉毕竟年轻，经历的事情也有限，正是年少轻狂的时候，霍去病了然一笑。

“你到内室来，让我先瞧瞧你的伤，正好我来给你上药。”卫青道。

“不用，我自己就……”

“少啰嗦，快过来！”

见卫青端出舅父的架子，霍去病无法，只得跟进内室，除去下半身衣袍，将伤处露出来……

除下伤处所包扎的布条，见到伤口时，卫青狠狠地瞪了他一眼，终还是没忍心骂他，仔仔细细地替他重新清洗，上药，包扎妥当。

“伤好之前，不许再喝酒了。”卫青叮嘱道，“你中的是毒箭，故而愈合起来要慢上许多，千万自己小心。”

霍去病笑着点点头，复将衣袍穿回，随舅父缓步出了内室。

后庭的梅林叶子正绿，家人在树荫下铺上厚厚的毡毯，设上案几，挪来风炉茶具，再摆上各色茶果，方躬身退下。

卫青亲自煮茶，拿着竹木夹，取出茶饼放入沸水之中。

“用过茶，便早些回去吧，今日往你那里恭贺的人定有不少，莫让人吃闭门羹。”

“没事，我吩咐过了，让他们好好款待，有礼就收，茶水管饱，横竖让他们知道我承情便是。”霍去病不在意道，靠着树，半眯着眼睛瞧头顶的树缝，“我不耐烦应酬他们，啰啰嗦嗦，怪麻烦的。”

闻言，卫青又是好笑又是无奈，拿他一点办法也没有，待茶汤沸起，舀了碗推给他。

“伉儿的事，你费心费力，只是下次，莫再如此。”他道。

“嗯？！”

霍去病装傻，只作听不懂。

卫青白了他一眼，“还装，伉儿都告诉我了。因为他疏忽大意，牛羊被下了毒，亏你替他掩饰过去。”

“这小子，怎的嘴上一点把门都没有。”霍去病摇头叹气，“枉我再三让他莫提此事。”

“我可是他爹！”

卫青没好气道。

霍去病望着他，禁不住嘿嘿直笑，笑得肩头直抖，“知道了，下次什么都告诉您，莫再气了。”

“臭小子，做事一点分寸都没有。”卫青接着责备道，“身为将军，军心何等重要，你为了伉儿，让底下的士卒们那般误会你，值不值得？”

“也就是抱怨几句，至多在心里头骂上一骂，我又不少块肉，有什么值不值得。”霍去病轻描淡写地笑道，“我练兵那会儿，骂我的多得去了。”

“还嘴犟……”瞧他一副没正经的模样，卫青着实拿他无法，叮嘱道，“下不为例啊！”

“下不为例，下不为例！”

霍去病乖巧地连连点头，瞧舅父不再追究，低首笑了笑，无意识地将手探袖袋中，摸索几下，却未曾摸到熟悉的物件，微微一惊，忙探头去寻，里里外外翻检一通皆未寻到，遂起身在毡毯上找……

“怎么，找何物？”卫青瞧他神情异常。

“一支笔，我放在袖袋之中，”霍去病干脆将放茶果的铜盘都端到旁边，想看看是否落到下面，语气中已隐隐透出心焦，“早起时还在，怎的不见了？”

卫青自然以为是极要紧的东西，也低头帮着他寻。

“是圣上赐的吗？”

“不是。”

在毡毯上没有寻到，霍去病便沿着来时的草地去寻，想都不想便半跪在地上，专心致志地拨草找寻着……

从小到大，霍去病吃穿用度无不是上品，却从未见过他对哪个物件如此着紧，卫青见他这般模样，微一愣神，随即提醒他道：“会不会是方才在内室脱衣时落了下来，没留意到。”

“想必是。”

被他一提醒，霍去病匆匆往内室赶去。

卫青在其后跟上，心中暗叹口气，若在寻常时候，去病如何会想不到，怎的此刻却这般乱了方寸？

直至内室中，霍去病上上下下里里外外一番好找，仍是未找到，眉头愈皱愈紧，又欲返回梅林去寻。

“莫急，我召人来问问，他们收拾过也未可知。”

卫青在他肩膀上按了按，示意他稍安勿躁，随即召来家人，问他们可有看见骠骑将军落下的笔。

不知是怎样贵重的笔，家人皆有些茫然，

“那笔大概这么长，”霍去病比画给他们看，“笔身是竹制，暗青，做得略有些粗糙。”

听了他的描述，一家奴忙道：“我方才在榻沿上看着了，因不像府里日常用的笔，以为是不要的，故而便将它丢了。”

霍去病闻言大急，上前揪住那家人，问道：“丢到何处？”

“不管丢到何处，速速取回来。”卫青沉声吩咐道，同时拉住霍去病。

“诺。”

家人一溜烟小跑着去了，过了不多时，满头大汗地跑回来，手里紧紧攥着支笔，伸到霍去病面前，紧张道：“可是这支笔？”

几乎是同时，霍去病一下将笔拿回手中，拔下套筒，细看是否有损失，见安然无恙，方才长松口气，点了点头。

卫青薄责家人道：“物件怎可连问都不问就拿去丢掉，切不可再有下次。”

“小的知错。”

“下去吧。”

一众家奴方才依次退下。

卫青转向霍去病，后者用袖子将笔擦拭了一番，正欲复放回袖袋内。

“什么了不得的好笔，让你这般着紧，给我瞧瞧。”卫青笑道。

霍去病不好拒绝，只得将笔递给舅父。

拿在手中，卫青细看，笔身略有粗糙，大概是打磨工具有限，也未上亮漆，竹身被手摩挲久了，难免渗入汗水，微微透着青黄。

“这笔……”他确是十分诧异。

霍去病讪笑，给自己找回些许面子道：“您莫看它做得糙了些，这毛可是紫霜毫，用起来甚好。”

“紫霜毫？”

“就是秋冬时老野兔背上所生的紫毛，被称为‘紫霜毫’，用来制笔是上上之选，储墨多而不漏。”他细细讲解。

“哦……”卫青似懂非懂地点了点头，紧接着问道，“谁送给你的？”

霍去病怔住，表情有些僵硬，“嗯？”

“我问，这笔是谁送给你的？”

卫青放慢语速，复问了一遍。这笔便是通体黄金制成，也不会让去病如此紧张，他知道这送笔之人才是关键所在。

“是……我军中的一名中郎将。”

“中郎将？我可认得？”

“您不认得，他并不是期门出身，一个穷孩子罢了，没什么可说的。”霍去病显然并不想聊这个话题。

卫青若有所思地望了他一眼。

霍去病尴尬地笑了几声，自他手中拿回笔来，复放入袖袋之中，朝外行去，“走走走，还是喝茶去，过会儿就该凉了。”

这便是长安城了，子青牵着马儿，立在城楼之下，望着这一片繁华似锦在眼前铺陈开来，熙熙攘攘，花团绚烂，迷惑人眼般看不到尽头。

这样似要把人陷进去的繁华，她本能地便有些抗拒，暗自深吸了口气。

“亏你还是汉人，怎的连长安都未来过。”阿曼在旁笑道，他上一回寻皇兄时便已来过一遭。

子青未接话，只转头朝他笑了笑。因往日在军中诸多旧识皆是长安人氏，此番进京生怕会遇上熟识之人，为免麻烦，她仍是做男子装扮。直至当下进了长安城，她才意识到，在这偌大一个长安城，要遇上相识之人，只怕不易得很。

此时此刻，他们身处的长安城，光市集便有九个，各方二百六十六步。六市在道西，三市在道东，四里为一市。市四面皆有墙围绕，三方设门，每面三开，东西市门相对。市中又有市楼，最高者有五层。

如此楼宇重重叠叠，鳞次栉比，底下细细密密，人头攒动，如蚊蚁般在一幢幢楼阁间进进出出。

"走吧，先找个地方住下来。"阿曼扯缰绳，拉着马匹往前行去，"我皇兄住在北宫里头，要见他还得费一番周折。"

子青点头，随他一同汇入人群之中。

因阿曼是西域人，为免引人注目，他二人落脚的地方便挑了西域商旅常出入的交道亭市，寻了处不起眼的小客栈，先住了下来。

天气着实炎热，尽管颇为疲惫，两人皆无甚胃口。子青想着填饱肚子就行，便想着买两个面饼，就着凉水便可应付了，正欲去买，被阿曼按坐下来，只让她在屋内等着。

不过一会儿，便见阿曼端了个盘子，以肩顶门，笑眯眯地进来，"青儿，来尝尝这个！"

子青朝盘中望去，盘中铺满了碎冰块，上面覆了张嫩绿嫩绿的荷叶，叶上托着各色瓜果，有鲜菱角、鲜核桃、鲜杏仁，还有些瓜果她压根儿连见都没见过。

"这是什么？"她好奇道。

"他们管这个唤冰盘，"阿曼将盘子放到案几上，自拣了块香瓜块儿丢入口中嚼着，"这香瓜比起我们那里可实在差远了，一点都不甜，你先将就着，等到了楼兰，那有好瓜果呢。"

子青拣了核桃放入口中，清清凉凉，果然很是爽口。

"好吃吗？"阿曼问。

"嗯。"

她点点头，接着放了个菱角入口中。

阿曼瞅着她，忍不住笑道："青儿，你知不知道，你真的很好养活，好像就没有你不吃的东西。"

子青低首微笑，又想起心中所担忧的事情，"你皇兄既然住在北宫，想必不是常人能出入之所，你上回来是怎么见着他的？"

"在这长安城里当质子的并不止我皇兄一人，还有其他一些小国，面上皆说是来学习汉朝文化。这些人因不能逃，压根儿也不敢逃，故而对他们的看管甚松，每月里总有几日许他们到外头来透透气。我打听到他们常去朱云阁中饮酒，就在那里守了八日，方见着他。"

“朱云阁？是酒楼？”子青问。

阿曼摇头笑道：“可以饮酒的地方，未必便是酒楼。”

“嗯？”

“朱云阁是长安城里有名的歌舞坊，”阿曼笑得有几分古怪，“那里面的女子生得娇俏，若你钱给得爽气，陪着喝酒也是可以。”

子青愣了愣，倒未料到是这种风月场所。

“此番，我们也得到朱云阁等他吗？”她问。

“嗯，明日我先去打听清楚，要不然，若他们腻烦了这家的姑娘们，又换了一家去，咱们岂不是白等了。”

阿曼笑道，将冰盘推到她面前，催促着她快吃。

或者是朱云阁的歌舞真的非常赏心悦目，或者是朱云阁的姑娘们让人流连忘返，又或者是朱云阁对常来常往的旧客有所优惠，阿曼打听到住在北宫的那群质子出宫后的流连之地仍然是朱云阁。每月里都要光顾朱云阁两三回，已成了他们的习惯。

而去这种风月之地，对于子青来说，着实是有些为难。她远远地看见阿曼所指的朱云阁，雕梁画栋，飞檐伏走兽，甚是富丽堂皇。而在楼宇之间，尚可见有男女相拥相搂，就伏在雕栏之上，说说笑笑……

子青低首将身上的衣袍理了又理，唯恐有不够庄重的地方。

阿曼瞧了好笑，道：“咱们又不要姑娘来陪，你只当去是看歌舞，何必如此紧张。”

“我没有……”

子青深吸口气，本已经鼓足勇气要往前走，忽然又刹住脚步，不放心问道：“她们可会上前拉拉扯扯？”

“除非你是常客，打赏钱还特别多，”阿曼笑道，“否则，她们朝你费那个劲有何用。”

子青觉得他说得甚有道理，暗自镇定了一番，便随着他往朱云阁行去。

还未到门口，她便有些发傻，眼睁睁地看着门口迎客的绿衫女子摇曳生姿地朝阿曼迎来。

“这不是昨儿的小哥吗？我就知道你准得再来。”

绿衫女子边笑着，手中带薰香的帕子便已拍上阿曼的肩头，然后整个人软若无骨般往他怀中偎去。

阿曼笑若春风将她拥了一下，随即立刻松开，笑道：“有座吗？要两人的座，清静点的。”

“有，当然有！”

绿衣女子转头轻飘飘地瞥了子青一眼，似觉不对，转而又瞥了一眼，这才挑眉揶揄笑道：“这位‘小哥’，你当真也要来？”

“听说贵阁的歌舞很有些韵味，故而特来一观。”子青无比艰难道。

“那是自然，快里头请吧。”

绿衣女子以帕掩口，盈盈一笑，将他们让进里头去。

待踏入其间，极目望去，无一处不奢华靡费。正中央是一处白玉石所砌的圆台，高约丈余，圆台两侧各一环形木梯蜿蜒而上，通往各层雅座，木梯精雕细琢自不必说，上头又用金粉细细描绘出似锦团花，镂空之处镶嵌着一块块碎琉璃。

琉璃映射着窗中所透入的日光，流光溢彩，映得人眼花缭乱。素来不喜耽财劳力之物，子青本能地皱了皱眉头，无甚兴致细细观赏，微低了头，跟在绿衣女子身后自木梯上去。

二楼位置虽好，阿曼却不甚满意，手指点点三楼一处雅座，道：“我要那里。”

子青抬眼飞快扫了一眼，阿曼所指的位置在圆台侧边，居高临下，不仅清静，而且可将进门宾客一览无遗，背后又是窗口，若有变故，要退也不是难事。

“那里看歌舞可不是个好地儿。”绿衣女子美目复睇了子青一眼，似有些明白道：“也好，随你们就是。”

遂引着他们上了三楼，雅座内茶具风炉一应俱全，她招手唤来个小丫鬟端来精致的糕点，然后开炉煮茶……待安置妥当罢了，纤纤玉手往阿曼眼前一伸，十指葱管般，面上笑意盈盈，却不开口说话。

阿曼自怀中掏出一个金，笑着放入她手中，道：“这是茶钱，若歌舞称心，还有打赏。只是莫让人打扰我们。”

“明白。”

绿衣女子收好小金锭，蹁跹离去。

子青默默算着身上钱究竟够在这个朱云阁中消遣几日，昔日倒是听说过一掷千金这种事，只是到了眼前，为一盏茶便需要花去一个金，再想到昔日赵钟汶为了两个金拼死拼活地练箭，不由得暗叹口气。

“歌舞几时开始？”阿曼问煮茶的小丫鬟。

小丫鬟探头往圆台上望去，答道：“云裳姐姐已经换了衣裳，想是快了。”

“青绮今日可会上台？”

“会，只是她会晚一些。”

阿曼含笑点了点头，示意自己来煮茶，让小丫鬟退了下去。

整个朱云阁，暗香浮动，子青只坐片刻，便觉得香气腻人，引得心思烦躁，微微颦眉，强逼自己静静等候下去。

“不喜欢这里？”阿曼瞧出她的不自在。

子青勉强笑了笑。

“明日还是我独自来吧。”

子青摇头，“不行，若有事，两个人在一起终究有个照应。……不过是坐着喝茶而已，我待得住。”

正说着，圆台下传出丝竹之音，娉娉袅袅，甚是勾人。

一对男女不知何时已经立在圆台之上，穿戴齐整，却皆是赤足，踩在雪白的羊羔皮上，可见一条细细红线就系在足腕上，将两人连在一块儿。

琴音乍起，两名舞者翩然起舞。

于舒缓处，柔美若潺潺流水，穿花蝴蝶。

于铮铮处，急若惊雷暴雨，受风燕子。

子青支肘歪头看着，看他二人只是舞。

舞得酣畅淋漓；

舞得浑然忘我；

舞得视绕台诸人为无物；

舞得全然忘记两人之间尚有红线相连。

琴声渐缓渐停，舞者恢复如初时，直至此时，其中一人方伸手捞起系于两人足腕处那根细细的红线，经过方才两人那番酣舞，红线竟毫发无损，并不曾断裂开来。

舞者用手指拈住，轻轻一扯，细细的红线顷刻断开，诸人这才知道此红线原不是什么牢不可摧之物，而是如此脆弱易断。舞者唇角含笑，施礼退下玉石台去。

子青讶然，有种说不清、道不明的情绪在心底弥漫开来……

“红线在中原表示什么？”

舀茶的竹勺在手中漫不经心地玩弄着，阿曼瞥了台上，问她道。

“姻缘吧。”

阿曼歪头想了一瞬，摇头笑道：“虽说有点意思，可中原人连跳个舞都要藏个意思在里头，让人想了又想，猜了又猜，不累吗？”

“嗯……”子青仔细想来，好像确实如此，“不光是舞蹈，便是说话行事，也喜含蓄，半藏半露，然后让对方自己去琢磨，讲究个悟字。”

阿曼瞧着她，嘻嘻笑道：“像你悟性这么差的人，怎么与他们相处下去？”

“我的悟性很差吗？”子青自己倒未意识到。

他瞥她一眼，无奈地叹口气，将脸转向白玉圆台的方向，忽又问道：“你还记得在大漠的时候，我跳过的舞吗？”

“自然记得。”

“你觉得他们的舞好，还是我的好？”

“自然是你的好。”她半点都没犹豫道。

闻言，阿曼唇边的笑意忍也忍不住，转过来认真地看着她，“为何？”

子青怔了怔，她倒未思量过其中的缘由，颦眉想了又想，才犹豫道：“他们的舞很好，也很美，是让人细细欣赏的：而你的……你的舞和他们不一样，简单，直接，让人看了心里头就欢喜。大概根本不应该有高下之分，只是我自己会比较喜欢你的。”

阿曼低首而笑，半晌都未说话。

子青瞧那茶汤已沸过几沸，而阿曼只顾着笑，也不去舀茶，便起身从他手上接过竹勺。

正低头专注舀茶汤，忽听得木梯上有个熟悉的大嗓门儿嚷嚷道：

“嘿！你小子也在这里啊！”

她循声抬眼，看见高不识扶着碎琉璃栏，正惊喜地望着她，全然是副他乡遇故知的神情。

“高校尉。”

高不识腿长，几个大步转瞬就来到了面前，子青忙起身见礼。

素日在军营中见到高不识皆是绛红军袍，一身戎装，此时换到长安城内，乍然见他锦衣华服，还真有些不习惯。

着力拍了子青两下肩膀，高不识笑得暧昧，“你这小子看着老实，没想到还挺懂得寻地方，一声不吭地溜到这里来。怎么样，有没有看上的姑娘？”

子青尴尬讪笑，“只是听说此间歌舞甚好，故而来见识，并不曾……”

“欸，看上就看上了，没什么好瞒的。”

高不识大咧咧地又将她拍了两下。身后本是引路的绿衣女子难掩目中诧异之色，细细打量子青，似在探究她究竟是何身份。

“高校尉此番以千一百户封宜冠侯，恭喜恭喜！”

阿曼一直在旁，此时方才拱手笑道。

“哪里哪里，”高不识哈哈一笑，谦虚客套道，“圣恩眷宠，有愧有愧。”

原来高不识被封为宜冠侯，子青之前并不曾听阿曼提起过，也是此刻方知。作为一个匈奴人，高不识能凭战功封侯，确实不易，她遂也循例道贺。

高不识微摆了摆手，看得出掩不住心中欢喜，半炫耀半抱怨道：“我在长安城内新置了一处府邸，可惜还在修整之中，不成个样子，不然该请你们到府中做客才是。”

子青含笑谢过他。

“就是因为府里太吵，成日就听着那些工匠咚咚咚、咚咚咚地敲打，一刻不得消停，所以我才躲了出来。”高不识也不管此处是两人位的雅座，大咧咧地就坐了下来，又道，“前日我还去了将军府上道贺，可惜将军不在。”

“将军……”

子青一想到霍去病，心中便尽是满满的愧疚，似还有些莫名的牵挂。

“霍将军啊，他此番可了不得，被封了五千户。”高不识啧啧称赞，“长安城内再无人敢小觑将军。你说说，幸而咱们是跟着将军，若跟着合骑侯或是博望侯，那才叫冤枉呢。”

子青勉强笑了笑，将方才舀好的茶汤推到高不识跟前。高不识说得正口渴，端起来便一饮而尽。

阿曼淡淡一笑，“亏得圣上缺钱，许他们交纳赎金，不然公孙敖与张骞犯下如此大的过失，本该问斩才对。”

“合骑侯……”高不识说了一半，才意识到方才阿曼一直是直呼公孙敖与张骞其名，倒是自己还小心翼翼。

“他们已经被贬为庶民，你大可直呼其名。”阿曼满不在乎地道。

“说得也是，可……真是人走茶凉啊。”

高不识叹道。

“您这杯茶现下热着就成了！”

阿曼嘻嘻一笑，自拿了子青舀好的另一碗茶汤，斜靠在榻上饮着。一手扯了扯子青，示意她与自己合榻而坐。

白玉圆台上一女子咿咿呀呀地唱着曲儿，高不识原是草原上的粗犷汉子，听得不耐，仍复转了身与子青说话。

“我记得你是与将军一块儿回的长安，此番的封赏也不少吧？”

子青仍是讪讪一笑，并不接话。

“此番追随将军的校尉皆赐左庶长爵位，你是中郎将，也该有封赏才对。”高不识端详子青神情，奇道，“难道没有？要不下回我见着将军，替你问问。”

“千万不要！”子青忙道，“应该是有的，不着急不着急。”

高不识瞧她模样好笑，又问道：“对了，你现下住在何处？待我府中修整妥当，你们也好过来小坐。”

子青还未答话，阿曼忽指着楼下道：“高校尉，你瞅瞅，那人可是来寻你的？”

高不识探头一望，台下立了一个匈奴人仰着头兜着圈朝上头张望着，忙起身匆匆抱怨道：“准是府里头修整又有事故，真是让人一刻不得闲……你们……”

“改日我们一定登门造访。”阿曼微笑拱手道。

子青亦起身相送。

直待高不识跟着那匈奴人出了朱云阁，子青才望向阿曼，疑惑道：“你当真要登门造访？”

阿曼耸肩，无所谓道：“客套而已，说说罢了，中原人不都这样吗？”

长安，霍府。

霍去病淡淡扫了下手中的一册礼单，今日是陈掌母亲过大寿的日子，为了母亲卫少儿，他这份寿礼的分量可一点都不轻。

“找几个机灵点的送去，须得恭敬，切不可失了礼。”他吩咐家中管事道。

“诺。”

管事取回礼单，却仍不退出去，似乎还有事要禀报。

“有事就说。”

霍去病眼皮也未抬一下，复提笔蘸墨，自低首写字。

“陈老夫人的寿礼，将军可会去？”卫少儿临行前曾交代管事，含蓄地请他劝将军前来参加寿宴。管事受人之托忠人之事，虽看得出将军这几日心情不甚好，但还是试探着问了一问。

“不去，还有别的事吗？”

素来最不耐烦这等应酬之事，尤其还是陈家的寿宴，人多礼繁，攀亲近的多不胜数，霍去病想都不想便回绝了。

管事干干地一笑，小心翼翼道：“没有了，将军莫怪小的多嘴，是夫人临走前，请小的多问一句。”

“我娘？”霍去病执笔的手一滞。

“是。”

霍去病眉头微颦，淡淡道：“知道了，你下去吧。”

“诺。”

管事躬身退了下去。

将紫霜毫探入水盂中，轻晃几下，淡墨漾开来，霍去病定定看着笔，薄唇微抿，继而长长地叹了口气。

既是母亲的意思，少不得还是走一趟吧。

将笔晾起，霍去病瞥了眼铜质沙漏，思量着在寿宴开席之前宾客未到之时去露上一面，既全了母亲的颜面，自己又无须应酬旁人，如此方可两全。

此时已过隅中，他起身唤人更衣，锦衣玉冠，穿戴齐整，又命备下车马，遂往陈府来。

陈府中，陈掌与卫少儿为接待宾客，亦是一身盛装打扮。见到霍去病亲身前来贺寿，毕竟是当朝圣恩宠眷的骠骑将军，陈掌顿觉面上有光，亲自引了霍去病去给老母亲拜寿，又再三地留他下来参加寿宴。

霍去病只推说还得进宫去，含笑推辞了。陈掌无法，只得殷勤送他出府，转头忙又吩咐家人将霍去病所送贵重礼品摆在显眼位置，务必使来来往往的宾客都能看见。

马车复转回霍府，霍去病不愿在门口遇见前来恭贺的人，故而马车并不朝正门，只往霍府北面的后角门去。才堪堪停下，霍去病便闻见一股子熟悉的苦柯叶味道，不由得微微一笑，下了马车，唤道：“堂堂宜冠侯，怎的还藏头藏尾的？还不快出来！”

高不识嘿嘿笑着自拐弯处的墙角转出来，奇道：“将军，你怎的知道是我？”

“早就说过了，就你身上那股子味道，到哪里我找不着啊。”霍去病摇头道，“怎么，躲这儿来逮我？”

高不识有些委屈，“将军您自己都偷偷摸摸走小门，还说我藏头藏尾，我登门几次都被挡了回去，我自然得想法子逮您。我是个粗直之人，若是哪里不周到得罪了将军，也该告诉我才对，这般避而不见，好生不爽利。”

里头的家人开了角门，见是霍去病，恭敬垂手立在一旁候着。

“进来吧。”霍去病无奈一笑，“近来登门恭贺的人太多，我不耐烦应酬，故而让他们都打发了，并不是冲着你。”

高不识听了这话方才释然，却不进门，笑道：“欸，既然是不愿见那些啰啰嗦嗦的人，索性随我出去逛逛，闷在府里多无趣。我知道几个好去处，包管您不觉得烦闷。”

长安城内的烟花歌舞之地，霍去病旧日还是期门郎时，尚觉得新鲜有趣，早就逛了个遍，而今他不复当年少年心性，自然无甚心情再去那些莺歌燕舞的地方。故而当下他只是笑了笑，自顾往内走去，道：“你还是自己去吧。”

“将军，”高不识忙紧跟上，笑道，“真的有趣，就说朱云阁，里头有几个姑娘，那可是真漂亮，小腰扭起来，眼睛还一瞟一瞟的，实在勾人得很……”

霍去病笑而不语，压根儿就不理会。

“就是酒淡了点，喝得不爽利，”高不识自说自话，“还不如喝茶解渴，难怪子青那小子从来只叫人煮茶……”

转瞬，霍去病猛地刹住脚步，转头盯着高不识，语气迫人道：“你说什么？”

高不识愣了愣，懵懵懂懂道：“说，那家的酒不好，还是茶解渴。”

“不是这个，你方才提到子青。”

“对啊，这小子到那里就只让人煮茶，又省钱，还解渴。”

霍去病眉头聚拢到一块儿，“你是说，子青也去了朱云阁？”

“这小子几乎天天去，被我撞见好几次了。”高不识笑得暧昧，“那小子本来脸皮就生得嫩，我估摸着他是瞧上里头哪个姑娘，又不好意思说，只能天天坐那里喝茶。”

深吸口气，强制按捺下胸中郁郁之气，霍去病转过身朝外头走。

“将军？”

“走，去朱云阁瞧瞧。”

霍去病尽力让语气显得平静些。

高不识哈哈一笑，也不去多想将军究竟为何要去，乐呵呵地便跟上。

朱云阁内，轻歌曼舞，暗香浮动。

子青支肘撑在案几上，盯着茶汤中浮来荡去的茶叶末子，怔怔发呆。她与阿曼在此间已足有八日，却还是未等到阿曼的皇兄，一并连其他质子都未出现。

玉石圆台上一日便有三场歌舞表演，连看了八日，早已无甚心情再看，倒是随身的钱已所剩无几，朱云阁内真是花钱如流水，让她甚是忧心。再过一两日，阿曼皇兄若再不出现，他们便无钱再等下去了。而北宫断不是他们这等人能进得去的，眼下，除了老老实实留在这里等着，似乎再无别的法子。

阿曼自己似乎一点都不在乎钱之事，也让子青不必忧心，说届时他自会有法子。子青问他什么法子，他只晃着脑袋，笑而不语。

正自发怔，忽听见下面传来一阵极大的喧哗，连玉石圆台上的舞娘都停了下来，似乎是来了极要紧的贵客。

莫不是那些质子终于来了！

子青忙起身，凭栏探身，朝进门处看去，不看还好，一望之下，立时呆在当地。

被众星捧月般簇拥进来的那个人，锦衣玉冠，华贵非常，而双目正冷冷地望着她……

“将军……”

看将军的目光，子青无端地惶惑不安，好像是自己做错了什么事被逮个正着一样。

阿曼瞥了下面一眼，转头又看了眼子青，自转身背靠碎琉璃栏，自言自语摇头笑道：“真没想到，以骠骑将军今时今日的身份竟然也会到这种地方来。”

高不识自霍去病身后赶上来，朝三楼处指过来，似乎在示意子青所在的位置。

被他这么一指，霍去病反而收回了目光，转开头，再不看子青一眼，也不理在前头引路的女子，自行大步走上木梯，噔噔噔上了三楼，所坐下来的位置，正好与子青遥遥相对，相隔着一个玉石圆台的距离。

朱云阁内的客人，大多皆是长安城内略有权势者，平日里只听说冠军侯其人，无缘巴结，此时纷纷上前去，敬酒的敬酒，套近乎的套近乎，将木梯挤得水泄不通。

霍去病淡淡笑着，来者不拒，转眼间便已经饮了五六杯酒下去，面上波澜不惊，看不出丝毫情绪来。即使无意中遇上对面子青的双目，他也全然视而不见。

喝这么多酒对伤口不好，将军难道不知？

子青忧心忡忡地看着他，她知道自己愧对将军，最起码此时也应该上前去见礼。可将军前头排了那么多人，她又怎么挤得过去？

被挤在外头、一身清闲的高不识立在栏边，笑呵呵地朝子青招呼着。

“见着霍将军，觉得歉疚？”阿曼慢慢饮着茶汤，挑眉问她。

子青转过身来，闷声道：“没见着他的时候，我也觉得挺歉疚的。”

阿曼忍不住一笑，“那就过去吧，随他说上几句，兴许你还舒服点。”

子青想想也对，点点头，深吸口气，硬着头皮便准备过去。

正当此刻，又有人进了朱云阁，不仅仅是一个人，而足有五六人，虽皆穿着汉服，但他们面部轮廓带着极明显的异域特点。

他们颇为熟稔地与身遭姑娘们说着话，谈笑风生。

子青迅速转头望向阿曼，问道：“是不是他们？你哥来了吗？”

“是他们，其中一人我曾见过，”阿曼的目光来回搜索了几次，“可我皇兄不在其中。”

“不在？！”子青讶然，等了这些天，好不容易将这群质子等来，阿曼皇兄却不在其中，“会不会是你皇兄这几日病了？”

阿曼不答，眉头深皱，片刻之后，招手唤来那个绿衣女子。在此间多日，子青已知道绿衣女子名唤作青绮。

他附首在青绮耳边低低说了几句话。

青绮笑了笑，媚眼如丝，搂着阿曼脖颈，问他道：“我去替你问了来，你可怎么谢我？”

“自然是要谢你的。”

手指玩弄着她垂在两鬓的发丝，阿曼用舌尖轻舔了下她纤巧的耳垂，轻轻地笑着。

不经意将这幕收在眼底，子青一阵脸红心跳，忙别开脸去，脑中也不知怎么就想起那日被将军亲时的情景，顿时连耳根子都红透了。忍不住偷眼去看对面，却只能看到一堆攒动的人头，丝毫看不见将军本人。

青绮松开双手，又是一笑，这才翩然而去。

阿曼瞥了眼子青，看她浑身不自在的模样，故意问道：“青儿，你怎么了？”

“没怎么……”子青为了掩饰心思，忙岔开话题，未曾细想便问道，“你想怎么谢她呢？咱们的钱可不多了。”

闻言，阿曼似笑非笑地凑到她面前，道：“那我就只好以身相许，你可舍得？”

知他是玩笑，子青也不当真，无奈地瞥了他一眼。

“你方才脸红什么？”阿曼复问回去，不依不饶。

“你是不是很喜欢那位姑娘？”

从来未把阿曼当作来此玩乐的客人，回想方才他对青绮的举动，子青猜度问道。

“你吃醋了？”

阿曼饶有兴致地盯着她，目中似有某种东西闪着亮光。

“我不是在和你玩笑。”

“我也不是！”

觉得他始终不正经，子青皱了皱眉头，无可奈何地转开身子，不欲再与他说下去。

“青儿……”

阿曼硬是把她身子又扳了过来，过往中他很少如此坚持一个话题，子青有些诧异地望着他。

“你，说老实话，是不是吃醋了？”他认真地盯着她。

子青怔了一瞬，疑惑道：“我为何要吃醋？若你真的喜欢，我自是替你欢喜。”

眼中光芒瞬间黯淡下去，阿曼狠狠地瞪了她一眼，转身趴在碎琉璃栏上，再不与她说话。

“怎么了？”子青挨着他靠在栏上，不解问道。

阿曼不理她，双目落在下面正与那群质子巧笑倩兮的青绮，子青亦循着他的目光望去……

“你是在担心她不愿随你回楼兰？”子青只能自己瞎猜。

阿曼猛地转过头，死死地盯着她，半晌，才自言自语地咬牙切齿道：“我真想一头撞死算了。”

过了不多时，青绮自那群质子中脱身出来，并不径直往他这边来，而是这里逛逛那里走走，时不时将眼风往阿曼这里瞟上一瞟，存心让他着急一般。

阿曼叹口气，道：“看来我这美人计是没什么用了。”说罢，自袖中掏出两块小金锭，在手上轻轻抛着玩。

“美人计……”

子青似懂非懂。

很快，青绮娉娉婷婷地过来，还是不开口，瞧着阿曼笑得风情万种。

阿曼知情识趣地将金锭掩到她的宽袖之下，青绮不着痕迹地收了，这才略正了脸色，压低声音道：“他们说，那位楼兰王子上吊自尽了！”

“什、什么！”子青吃惊万分。

阿曼呆立当地，根本说不出话来。

“幸好没死，给救了回来。”瞧着他吃惊的样子，青绮很得意自己小小地让人吓一跳，紧接着道，“听说生怕他再寻短见，好几个人守着他，自然是不能出来了。”

“他为何要寻短见呢？”子青问道。

“这事我就听不太懂，好像与什么楼兰王有关。莫不是楼兰王不传位给他，他就急了？”青绮津津有味地猜想。

只听砰的一声，阿曼怒不可遏，重重的一拳砸在木栏上。

青绮吃了一惊，连忙去查看，木栏经不得这么大的气力，几块碎琉璃受震动顿时迸飞，雕纹上也裂开一道缝来。

阿曼面色很难看，似恼得不轻，一言不发，背脊僵硬地径直往木梯行去。事情大概状况，他已猜得出八九成，正因如此，方才愈加愤怒。皇兄懦弱怕事，他是知道的，但万万想不到，为了不回楼兰，皇兄居然连上吊自尽这种把戏都耍出来了。纵然楼兰只是一个西域小国，亦有自己的威严，他不仅仅弃家国于不顾，所作所为更如同荒唐丑角，只会让旁人当笑话看。

"阿曼……"子青忙追上去，"你要去哪里？"

他只是吭都不吭。

"阿曼……"

长安毕竟是天子脚下，生怕他冲动之下做错事，子青用力拽住他。她的力气甚大，手牢牢钳在他臂上，阿曼挣了几次都没挣脱得了，立在原地重重地喘息着。

"他怎能这样？！楼兰的颜面都被他丢尽了！"

盛怒之下，阿曼放下了平日里所有的忌惮，怒火在他双目之中熊熊燃烧着。

虽能明白他的心境，却也不知该说什么才能安慰他，子青思量片刻，问了最实际的问题："你还要见他吗？"

"我不知道，你让我想想。"

说着，阿曼掰开子青的手指，大步往朱云阁外头行去。

子青还欲追上他，倒被人自身后扯住衣袖，转头望去，却是一脸委屈楚楚可怜的青绮。

"我们有事须得先走，下回再来捧你的场。青绮姑娘……你、你先松手，可否？"

子青边道，边想把衣袖自她手中拽回来，不料衣料被她紧紧攥在手心之中，轻易拔不出来。再转头望去，阿曼已经不见人影，也不知往何处去了。

"方才那位公子发脾气，把栏杆给打坏了，这可如何是好？"

"坏了？"子青愣了下，随即极爽利地掏出袖中钱袋，整个放到她手中，"你莫伤心了，我赔便是，我所有的钱都在这里，姑娘自己瞧着办吧。"

说罢她便急着要走，青绮却仍是不松手。

"说到钱，正是让人为难，你们是常客，原不该与你们计较这小事才对，可……"青绮叹了口气，泫然欲泣道，"若只是案几，坏了便坏了，也不值什么，换一个便是。那些琉璃也就罢了，可栏杆上的雕花却是当初请京城名匠整块雕成，现如今又到何处找一块一模一样的雕花去呢。"

"能否请那位师傅再雕一块呢？"

子青试探问道。

“那位师傅年岁已大，去年便离开京城，回乡养老去了。”青绮不无遗憾道。

“那，你说如何才好？”

子青虽说本性纯良，但也绝对不傻，心知那栏杆并未损坏到非换不可的地步，眼前这女子做此姿态，多半是为了要自己多掏些钱。

“我倒是想了个法子，若无法寻到一样的木雕，也可用一方琉璃来替代。只是整块的琉璃贵了一点，不过对于你们来说，自然是不在话下。”青绮羞涩一笑，“你瞧，我又多虑了，老是不由自主地替你们着想。”

“琉璃……要多少钱？”

“若有五十金应该就够了。”青绮笑道。

闻言，子青愣了足足有半炷香工夫，才缓缓道：“姑娘，你还真没有多虑。这钱，便是将我卖了，也凑不齐这么多。”

忽地身后有人淡淡道：“这话倒是真话，就你身上这几斤几两肉，买回去也是硌牙。”

不必转身，只听声音，子青便知道身后之人是谁。

“将军。”她敛眉垂目，转身施礼。

霍去病哼了一声，没理会她，朝青绮道：“钱遣人到我府上去取，只是事后须将各项明目细格送来与我效验。钱不是问题，怎么使得才要紧。”

“君侯说笑，这等小事怎敢打扰君侯，作罢作罢。”

青绮万没料到他会来替子青出头，这位冠军侯论身份地位都是众人着力巴结的，她又不傻，自然是要卖这个情面给他。

霍去病未再理她，低头朝子青没好气道：“还不走，杵在这里准备卖身吗？”说罢，自己抬脚就走。

子青尴尬不已，只得跟上他。

出了朱云阁，瞧着周遭熙熙攘攘的人群，阿曼踪影全无，也不知究竟去了何处。子青心中担忧，生怕他一怒之下去闯北宫，岂不糟糕。

“怎的还皱着眉头，看见我就那么糟吗？”霍去病探究她的神色，不满道。

“不是。”子青忙解释道，“未想到能在此遇见将军，我心里欢喜得很。只是，眼下阿曼不知去向，我担心他……”

霍去病面色稍霁，方问道：“他怎么了？”

子青便将事情的缘由尽可能简要地告诉他，而后道：“我只担心他去闯北宫，万一被宫城侍卫所擒，投入牢中岂不麻烦。”

“他才没那么傻呢。”他不在意道。

“可是，万一……”

“你若不放心，我便同你走一趟北宫，到那里一问便知。”

车夫已将马车牵过来，霍去病先命子青上车。两人同乘一车，马车踢踢踏踏，往北宫方向驶去。

这辆马车原就是只容两人所乘的安车，子青坐着，身旁寸许便是将军。她老老实实低着头，目光所及，两人衣袍相叠之处，熟悉且安心，又有丝莫名的一丝悸动。

"将军，伤可好些了？"她问道。

霍去病瞥了她一眼，淡淡道："你身为医士尚可一走了之，何必又来问，难道不觉有惺惺作态之嫌吗？"

被他说得惭愧至极，子青深垂下头，再不敢开口。

"觉得愧疚？"他问道。

子青点点头。

霍去病哼了哼，自声音中也听不出喜怒来，又问她道："来长安多日，也没想过要登我府上的门吧？"

"因为要寻阿曼的皇兄，日日都守在朱云阁，所以……"子青低声解释道。

"其他地方也不曾去？"

"不曾。"

子青说的倒是老实话，偌大个长安城，她到现下也只认得东市住的地方与朱云阁，其他地方一概不曾去过。

两人说话间，马车拐过一处街口，眼前豁然开朗，成片打磨光洁的青石板自北宫宫墙正门延伸而出，足足铺设了十几丈远。此处因属宫城，来往行人甚少，一目望去，便可看见北宫正门口有侍卫把守。

周遭冷冷清清，子青跳下马车，仔细巡视几遍，皆未发现阿曼的踪影，也看不出守门侍卫有何异常，遂才稍稍松了口气。

霍去病斜靠在马车上，一副意料之中百无聊赖的模样，道："我说他不会来这里吧。"

"不知他究竟去了哪里？"

子青颦着眉头，仍是担心。

"你们住何处？"

"东市牌楼后巷一家西域人所开的客栈里头。"

霍去病便命车夫掉转马车，准备再往子青所住的客栈去。

见将军为了帮自己，这般东奔西走，子青很是过意不去，站在马车下诚恳道："多谢将军好意，卑职认得路，可以自己回去。"

霍去病面色一沉，冷冷道："快上来，莫让我亲自动手。"

子青没敢耽搁，手脚麻利地上马车来，暗暗吐了口长气，心中虽未想明白将军亲自动手是怎么回事，但已知道听命才是正途。

马车踏踏地行驶着。

霍去病却已不愿再说话，双目漠然地注视着前方。

对于将军的喜怒无常，子青向来琢磨不透，当下也不敢多言，只安安静静地坐在他旁边，双目留意着所经过的行人，看阿曼有没有在其中。

东市已距离不远。

忽稍远处有个身影自子青眼角一掠而过，稍纵即逝……

是阿曼，子青飞快转过头，看见他转瞬消失在人群中，而其身后竟有五六人在追着他，瞧那身量，竟皆不像是中原人。

事出突然，也不知阿曼究竟惹了什么麻烦，她顾不得多想，更来不及与霍去病交代清楚，自马车上一跃而下，发足往前疾奔追赶阿曼。

阿曼甚是聪明，穿街过巷，专往人多的地方扎，追赶他的人一路追得磕磕绊绊，子青在后头也须得不时将人群推挤开来。在悄无声息地用一记手刃劈倒一追赶者后，她的心底隐隐升起不好的预感，躺在地上追赶者赫然就是一个匈奴人，难道他们又是来抓阿曼的？

在接连撂倒两个匈奴人之后，子青终于看见阿曼的身影，也不知是由于体力不支或是别的缘故，阿曼脚步已是踉踉跄跄。

子青眼睁睁看着他不辨方向，跌入了官吏马车才能行驶的匝道，被两辆交错而过的马车带倒在地。

迎面而来的又是一辆四驱马车，眼看着就要将他踏碾在马蹄车轮之下。

“阿曼！”

也不知自何处生出来的气力，子青飞奔入内，拦在阿曼的跟前，不自量力地试图拦下那辆四驱马车……

车轮碾过路面的声音。

马匹的嘶鸣声。

还有周遭人群的喧哗声。

她紧闭着双目，站着不动弹，听天由命地等待着下一瞬可能来临的重击。

骤然间，她重重地被揽入一具温暖的胸膛之中——几乎将她整个人都严严实实地保护着，她被抱得那么紧，几乎要以为那人是想将自己与他融为一体。

所有的喧嚣声皆离她而去，她在他怀中，仅能听见他的心跳声。

不必抬头，不必去看，只凭着熟悉的气息，她便知道他是谁。

将军，她的将军。

砰，砰，砰……

随着每一下喘息，他的心跳声和着她的，仿佛自洪荒初始，便是这般。

若说在这之前，对于男女之情子青尚未开窍，那么在这个瞬间，她忽然明白了。

马蹄高高扬起，几个起伏，总算堪堪刹住，没有酿成祸事。

坐在四驱马车上的卫青紧紧勒住策车的缰绳，不由自主地擦了擦额角的冷汗。方才千钧一发之际，是他夺过车夫的缰绳，打小作为马仆，使得他对马儿习性熟悉非常，驭马之术也极为高超，方能堪堪刹住马车。

“去病！”他长叹口气，这才唤道。

端坐在车上的平阳公主被突如其来的事件惊得花容失色，随行的婢女一左一右地扶着，不停地为她打着扇。听见卫青唤霍去病的名字，众人这才知道在前头拦车的竟然是当朝骠骑将军。

听见舅父的声音，知道已经无事，霍去病这才缓缓松开子青。

子青自他怀中迟疑着抬起头来。

四目交投……

她试着想张口，却不知道该说什么，犹豫了一瞬，终还是记挂着阿曼，什么都未说，先俯身去看他。

“阿曼、阿曼……”

她将阿曼身子翻转过来，这才发现他面色隐隐发黑，竟是中了毒的迹象。

“青儿……客栈里的水……有毒……你千万……别喝……”他气若游丝道。

“客栈里的水？！”

霍去病在她身旁蹲下，帮着她扶起阿曼，沉声道：“近处便有医馆，先将他送过去。”

“诺。”

子青近乎本能地听从他的话。

卫青在马车上瞧得一头雾水：“去病……”

“舅父，救人要紧，我回头再到府上去，向您和舅母赔不是。”霍去病转头道，随即便与子青急急将阿曼朝近处的医馆送去。

“这小子！”卫青摇摇头，转身朝平阳公主无奈地叹口气，“也不知他又惹了什么祸，真是叫人不省心。”

平阳公主亦是无奈一笑，尽管去病方才着实让她受惊不小。

卫青心中担忧的还不仅仅于此，方才去病的举动他是看在眼中的，他还从未见过去病那般紧张一个人，豁出命去将那孩子护在身下。而子青的一身男装打扮，很快让他想到先前在府里，去病所紧张的那支紫霜毫。他尚记得去病提过，那笔是军中一名中郎将所赠。

那孩子会不会就是那名中郎将？

可那孩子如此年轻，稚嫩，会是吗？

将缰绳重新交还到车夫手中，卫青回到妻子身边，满腹心事，疑虑重重。

“你在想什么？”平阳公主柔声问道。

“没什么，”他叹道，“以前没见过去病这样，差点就碾着他，这小子。”

平阳公主举袖掩嘴，轻轻笑道：“他心里对那姑娘，定是着紧得很。”

“姑娘？！”卫青奇道。

“那孩子是个姑娘，难道你没瞧出来。”平阳公主笑道，“眼睛生得甚好，姿容倒在其次。那么干净的眼睛，我这些年都未曾见过。”

近处的医馆中，老医士替阿曼把过脉，皱紧眉头道：“这毒甚霸道，一时半会儿也配不出方子，须得先拿牛乳给他灌下去，护住脾胃，方为上策。”

子青也瞧不出阿曼究竟中了什么毒，知他说得有理，连连点头。老医士即吩咐馆中的学徒速速去买来一桶牛乳，将阿曼扶坐起来，用木勺一下一下地将牛乳灌下去。如此这般，灌了吐，吐了再接着灌，阿曼被折腾得躺在榻上奄奄一息……

“阿曼，再喝一点，必须再喝一点。”眼睁睁看着他连指甲都开始发黑，子青急得快要哭出来。而她的身遭，将军不知自何时起已经离开，大概是受不得地上所吐出来的污秽，又或是另有要事，

“解毒的方子能配出来吗？”她焦急地望着老医士。

“等等，再等等。”

老医士眉头紧皱，埋头在药材之中。

直至眼下，子青方恨自己素日所学的医术是如此粗浅，只懂得一些寻常疾病，而在此生死攸关的时刻，竟是一点用处都没有。

“再喝一点，求求你，再喝一点……”

她咬着牙将牛乳往阿曼嘴里灌，忽有人按住她的肩膀。

“把这个用水化开来，给他吃下去。这是宫里的药，百露丸，有解毒奇效，虽不知有没有用，先让他吃下去试试。”

“诺。”

霍去病沉稳的声音在一瞬间让她镇定了心神，她接过他手中那枚香气四溢的药丸，取水将药丸研化开来，慢慢地给阿曼喂下去。不知药丸效验如何，她俯在他身侧，注视着他脸色的变化，惶惑不安地等待着。

过了好一会儿，阿曼原本因痛苦而紧皱在一起的眉头渐渐松开。子青忙去探他的鼻息，渐渐恢复平稳悠长，方才放下心来。

“看来这药有用。”霍去病也松了口气。

“多谢将军。”

子青起身，由于久跪，双腿便有些发麻，踉跄了一下。霍去病伸手扶住她，看见她脸上尚在的点点泪痕。

“你哭了？”他淡淡道，“身为军中医士，不该如此脆弱才是，是因为阿曼对你

来说很重要？”

子青不好意思地用袖子重重抹了几下脸，“只是方才一时着急……”

盯了她一眼，霍去病未再多言，瞥了眼仍在焦头烂额配方子的老医士，“留在此地也无用，你们也不能再回原来住的地方，这样吧，去我府里。看阿曼现下这副模样，我还得再弄几丸药出来才行。”

虽知将军一片好意，替他们考虑甚周全，子青还是婉拒道：“将军好意心领，只是如此不妥。直到现下都不知究竟是谁想害阿曼，贸然住到将军府上，会连累您的。”

听罢她的话，霍去病沉默了片刻，背转过身反复深呼吸几次，才静静道：“你与他尚能生死与共，为何对我非得如此生分？”

“将军……”

之前一心只担心会连累他，子青并未想到此层，此刻听得他这般说，怔怔说不出话来。

“马车已在外头等着了，走吧。”

不容她再拒绝，霍去病径自扶起阿曼，沉默着往外头行去。

子青只得跟上。

尽管事先料想到霍府必定奢华，但步入其中，子青终还是免不了因映入眼界内的各式各物而不由自主地暗自拧眉。

之前曾听说过圣上因觉得现下这座霍府过于寒酸，配不上骠骑将军的名头，欲给霍去病重新置一座大的府邸，却被将军婉拒。现下想来，若当真再置府邸，又不知会是何等奢华靡费，只叫人不敢再想。

安置他们的厢房便挨着一池偌大的碧水，引得太液池的活水，池水清澈，可见池中玉石所雕成的鱼儿，波光粼粼，鱼儿隐约头尾摆动，栩栩如生。

阿曼面色已渐渐恢复，只是一直未醒。她无事可做，又不愿打扰霍府中的其他人，并不走动，独自抱膝坐在厢房前的廊下出神，盯着那玉鱼儿瞧了半日，直至日渐西沉，方才收回目光来。

正是华灯初上的时分，镶嵌着莹白琉璃片的石灯柱一个一个亮起来，恰到好处地映照着府中的道路。

子青起身到厢房内，取火石燃起一盏灯，复查看一遍阿曼的脸色与鼻息，确定他正在恢复，方轻手轻脚地将灯盏放在案上。她自己仍旧回到廊下，在能随时看见阿曼的地方坐下，默默地看着石灯柱延伸的尽头……

人影晃动。

灯火明灭不定。

尽头处似乎有人朝着这边走过来，且不止一人。

子青起身，略整理了衣袍，来者渐近，她看清是将军，其身后还跟着拎食盒的家人。

“他怎么样？”霍去病望了眼里头的阿曼。

“一直没醒，”子青如实道，“不过气息甚稳，脸色也已慢慢转好。”

“你可以放心，像他这样的硬骨头，既然撑过来，就不会再让自己有事。”他淡淡道。

子青微微一笑，道：“是，我想他是这样的。”

示意家人放下食盒，霍去病便挥手让他们退下，看着他们已走远之后，方抬眼看着子青问道：“你不饿吗？”

“是有点饿。”

霍去病忍耐地看着她，道：“那你为何不说……”此时是人定初刻，已是夜深人静，他故意不让家人送饭食过来，便是想等着子青自己饿了来找他。他有些孩子气地盼望子青能有一刻将阿曼抛在旁边，想起自己，哪怕是为了吃食这样的事。

“我不知道该和谁说。”子青老实道。

“你不会找我吗？”

“这等小事，怎能打扰将军。”

“你……”

没好气地朝食盒抬了抬下巴，他粗声粗气道：“饿了就快吃吧。”

“诺。”

足足有四个食盒，子青踌躇了下，揭开距离自己最近的食盒，里头竟还是热的，最上头是一盘炸得金黄酥脆的芋头卷，一条条叠着，两指粗细，撒了一层薄薄的芝麻在上头，做得甚是精致。再下面一层是桂花糖糕，白白糯糯的，淡黄桂花清香宜人；另一食盒中则放了几款肉羹，并米饭……

“多谢将军好意，可实在太多了，我一个人吃不了这么多。”

子青不用再揭开另外两个食盒，单是手边这两个食盒中的吃食，她便已吃不完。

“谁说是你一个人的，还有我呢。”霍去病不愿进房中，干脆席地在廊下石阶上坐下，随手拎过一个食盒，打开将里头的烤鸡拎了出来。

“将军你也没用过饭？！”

这倒是子青未料到的，忙帮着将食盒中的其他吃食都端出来，摆到将军旁边，自己也在石阶上坐下。

将吃未吃之际，她犹豫了一下，还是忍不住问道：“将军，你的伤可好些了？”

“你当真还关心？”

“嗯。”

“那你为何不自己来看看。”

霍去病的脸隐在背光中，声音听不出情绪来，顿了片刻，他骤然伸过一只手将她拽到了自己的面前。

两人之间的距离近到呼吸可闻。

他把她的手，重重地摁放在自己胸口衣衽处。

隔着薄薄的素纱蝉衣，他的体温直传到她的手心中。

手心发热，子青能感觉到他胸腔内一下一下的心跳，似乎又将她拉回白日时那惊险的一刻……

他的气息萦绕着她，温暖而撩人。

她深吸口气，极力想镇定心神，缓缓抬眼，正对上将军幽深漆黑的双目。双目深处，某种让她眷恋不已的东西如火苗般跳跃闪烁，使她挪不开自己的目光。

若能一直留在他的身边，该有多好！

之前所有的纠结、所有的不舍、所有的悲伤在这一刻成倍地汇聚起来，她无法自禁地揪紧他的衣袍。

似乎是察觉到她手心所传来的眷恋，霍去病没有丝毫犹豫，手探入她后脖颈发丝之中，将她拉得更近一些，然后重重地不容抗拒地吻上她。

他的力气显得有点大，因为没有推脱，没有拒绝，也没有任何挣扎。

甚至，他能感觉到子青笨拙而生涩的回应。

稍稍松开她些许，他带着些许不确定的探究，认真地盯住她；子青轻轻喘息着，唇瓣殷红，同样在看着他……

片刻之后，他继续吻她，依旧得到柔顺的回应。

这让他骤然明白，继而欣喜若狂，情不自禁之下，气力是那般大，几乎要将子青拧出水来。

狂风骤雨般的深吻之后，他将嘴唇挪到她的耳根与脖颈，细细浅吻，轻轻啃咬着。仿佛被羽毛拂过，这种奇异的痒痛让子青不由自主地缩了缩脖子。

霍去病轻轻地笑着，退开少许，瞅着她红透的耳根子，道："痒吗？"

"嗯，有点。"她赧然道

他故意凑过去，轻咬了下她的耳垂，在她耳边低低笑道："你怎的那么怕痒？"

"我、我也不知道。"

子青老实道，他说话时的热气就呵在脖颈间，她极力不让自己再躲开，代价便是半边身子都变得又酥又麻。

霍去病忍不住又在她脖颈上轻轻啃咬了几下，她身上的味道很好闻，与熏香不同，清清甜甜的，让人眷恋不已。

有家人自廊上快步过来，待至跟前，瞧见这幕，尴尬地将身子半侧着，轻声唤道："将军！"

直至此时，子青方才察觉有人，神色大窘，连忙就要起身。霍去病却不让，牢牢圈住她，侧头淡淡道："有事快说？"

"启禀将军，圣上急召，请您进宫去。"

"可知何事？"

"听说是与匈奴人有关，召了好几名将军进宫商谈，卫大将军也进宫去了。"

"知道了，替我备朝服。"

"诺。"

家人抬眼，飞快地偷瞥子青一眼，转而规规矩矩地退下。

"匈奴人……"

难道又要出征匈奴？！子青颦眉出神，上一役已将匈奴人赶出漠南，莫非圣上还觉得不够？圣上如此嗜战，又将平民百姓置于何地。

见她颦眉，便知她在想什么，霍去病轻撞了下她的额头，"必定是什么突发的状况才会连夜召见，你不用想太多。"

他站起身来，便是到了这刻，仍是不太愿意松开她，片刻之后，他无可奈何地叹了口气，"我得进宫去了。"

"嗯。"

子青手抵在他胸口，想退开一步，却被他锁得牢牢的。

"你……"他把头低下来，额头抵着她的，其实也想不到该与她说什么，"多吃点，莫饿着。"

"嗯。"

蹭了蹭她额际，霍去病这才深吸口气，下定决心让自己转身离去。

进了宫中，霍去病方知道圣上急召是为了受降匈奴之事。浑邪王与休屠王因此番大败，被匈奴单于伊稚斜重责，在匈奴中甚难立足，故而两人决定率部落向汉朝投降。降书递到陇西郡，陇西郡守知是大事，不敢有丝毫耽搁，八百里加急将降书连夜送至长安。

刘彻急召众将入宫，便是要商量此番匈奴投降的真伪。

若是真心投降，自是应该派人前往受降，同时好好安抚，也可借此彰显汉朝威严。可若此匈奴二王是假意投降，事情便有些棘手。

浑邪王与休屠王两大部落加起来有四万余人，来意不明的状况下，究竟该派何人前往受降，带多少人马前往，也是刘彻所烦恼的事情之一。

霍去病主动请缨前往受降，且只需一万人马随行。

见爱将信心满满，一改之前倦怠之态，刘彻龙颜大悦，对他又极是信任，当即便准了霍去病的请命。又将册封浑邪王、休屠王的诏书都备好交给他，恐时长生变，令他天明即刻起程，奔赴河西受降。

接过诏书，霍去病又向刘彻借两个人，便是上次出征俘虏回来的休屠王子日磾与王妃扎西姆，刘彻当即连夜派人将此二人传唤进宫，令他们随霍去病一道前往河西。

两人自初春被俘，已久未听说家中消息，此时乍然听说休屠王欲投降汉朝，且汉朝对他封赏不薄，皆甚欢喜，也都愿意随霍去病前往。

独卫青觉得霍去病口气有些托大，以一万汉军面对四万匈奴人，万一匈奴人是诈降，岂不是送羊入虎口。故而待出宫来，他便拉住霍去病，劝他再向刘彻多要些人马，方才妥当。

霍去病笑着摇头，只是不肯，道："匈奴部落之间的纠纷由来已久，我曾听高不识说过许多，此番投降应该不会有诈。况且，此二王皆是我手下败将，对我诈降，他们还没这个胆量。舅父尽管放心便是。"

卫青瞧不过短短一日之间，自己这外甥的精气神已是全然不同，近日疲态一扫而空。虽是夜半，这孩子却是双目炯炯有神，一副神采飞扬的模样，说出来的话更是自信满满。

"你……你怎么这么精神？！"卫青不解。

霍去病嘻嘻笑道："匈奴二王主动要投降，伊稚斜肯定气得要命，这还不值得我欢喜吗！"

"这孩子……你真想明白了？多要些人马也不丢人！"

"我知道，真的够了！就这一万人马，我还嫌多了呢。"

卫青拿他无法，皱着眉头，又想问日里之事，犹豫片刻，终觉得此时不是讲那些儿女情长的时候，朝他挥挥手道："天就快亮了，你还是快回府打点，此事不宜耽搁。"

霍去病笑着辞别舅父，回府来。

回到府中，让日磾与扎西姆在前头候着，又命家人弄些吃食给他们，他便一路快步往子青所住的院落过来。

待到廊下，想着子青多半正睡着，他便放轻脚步，缓步行至子青房前。

将门推开些许，他怔住，房中空无一人，床榻之上被衾整整齐齐叠放着，显然未曾动过。

只迟疑了一下，他便转向旁边阿曼所住的房间，推开房门，便看见阿曼半靠在榻上，子青端着碗正在喂他。

听见门的声响，子青转头，见将军忙起身道："将军……"

"你一夜都没睡吗？"霍去病缓步走进来，目光看着她。

"嗯，我不困。"她微笑道。

阿曼撑起身子，望向霍去病，拱手道："多谢霍将军救命之恩，青儿都与我说了，多亏你自宫中拿出来的药丸，否则也解不了我身上的毒。"

霍去病探身瞅了眼子青手中的碗，碗里头是熬好的小米汤，正适合给身体虚弱的人吃。

“你可知道是什么人想杀你？”他问。

“我只知道是匈奴人，可按理来说，他们应该是想将我抓回去，不会下杀手才对。”阿曼皱着眉头，这也是他百思不得其解的地方。

“他们想杀你，只能说明你对他们来说已经没有用处。”霍去病道。

子青不解，“眼下楼兰王病危，正是需要人回去继任王位之时，他们若杀了阿曼，楼兰王位岂不是无人继任。”

一阵静默之后，阿曼面色阴沉，已然明白匈奴人的诡计，“不会无人继承的，他们定是找到了可以代替我的人，所以才要杀了我。”

闻言，子青愕然，“除了你和你皇兄，还有别的人可以继承王位吗？”

“即使没有，他们也可以让人假冒阿曼。像你这般不服管的质子，即使将你抓了回去他们也无法操控，倒不如杀了你，另立一个傀儡更方便。”霍去病冷静分析道。

阿曼的脸色已经极难看，之前他确是未料到匈奴会有这手，早知便不来长安，该尽快赶回楼兰才对。

“我得走。”他勉力撑起身子，欲下床来，却因太过虚弱而险险栽倒在地。

子青快步上前扶住他，“阿曼……”

“若让一个傀儡当上楼兰王，那和将整个楼兰拱手送与匈奴人有何分别。”阿曼咬牙切齿道，“我得马上赶回楼兰。”

“就凭你现下的状况，根本到不了楼兰，出了府就是个死。”霍去病毫不留情道。

阿曼盯着他。

“你先在这里调养身体，”霍去病接着沉声道，“等过几日我回来，再替你设法安排。”

将军要出门？子青闻言怔了下。

“多谢好意，我会自己想法子。”阿曼归心似箭，并不愿领情。

“等你想出法子之后再说吧。”霍去病淡淡道，他向来懒得赘言，转朝子青道，“青儿，你过来，我有话和你说。”

子青放下盛米汤的碗，依言随他出房门。

房内的阿曼深颦着眉头，躺倒在榻上，望着房梁长叹口气，忽地察觉到霍去病对子青在称呼上的变化——青儿，他何时开始这般唤她了？

“将军，是不是匈奴……”

行在廊上，子青跟在将军身后，心里惦记着这件事，忍不住开口问，话还未说完，霍去病骤然转过身来，突如其来地吻住她。

直过半晌，子青几乎喘不上气来，他这才稍稍松开她，低低道：“休屠王和浑邪王向汉廷递了降书，我得去河西受降，就几天，你等我回来。”

“他们当真要降？！”她抵着他胸膛，极力平复心神，略略一想，“休屠王与浑邪王两部落足有四万余人，伊稚斜怎么会眼睁睁地看着他们降汉？”

“嗯……你想跟我一块去吗？”

他在试探她。

子青愣住，心中满是纠结不安，“可是，我……阿曼他……”

“我知道你放心不下他。”霍去病犹豫了片刻，深吸口气问道，“你还是要去楼兰？”

子青垂目，紧抿双唇，沉默着点了点头。

她的肩头被他攥得生疼，直过了半晌，才听见他隐忍地低低道：“你就……不能再想一想？”

“我答应过阿曼，不能反悔。”

她轻声道。

“你……”

眼看着东方的天空隐隐透出亮来，自己不能再耽搁下去，霍去病心焦不已，“为了我，再想一想，好吗？”

听出他语气中隐隐透出的悲伤，子青何尝不难受，心中酸楚难当，垂首一言不发。

家人匆匆来禀，“将军，行装已收拾妥当，随行军士皆已到齐，在西角门待命。”

霍去病淡淡“嗯”了一声，挥手让家人退下，略定心神，道：“这样，你再仔细地认真地想想这事，待我回来之后，我与阿曼来谈。总之……一切等我回来之后再作决议！”

子青心里其实想告诉他，以楼兰眼下处境，她是不会改变主意的。但心中对将军的诸多歉疚，加上将军即将往河西受降，此等大事，不容有失，她又怎能在此刻乱他心神，遂顺从地点了点头。

见她点头，霍去病方稍稍松了口气。子青一直送他至角门。在等候的日磾和扎西姆看见子青出现在此间，也都有些惊诧。尤其是扎西姆，子青对她而言是救命恩人，见到她自是欣喜，但碍于情势紧迫，也不好寒暄，故而只是朝子青相视而笑，感激关切之意尽在不言中。

霍去病本已欲上马，抬脚时迟疑片刻，忽然又折返回来，也不管周遭众目睽睽，一把将子青拽入怀中，在她耳边道：“等我五日，五日内我必回来！你一定要等着我！”

说罢，重重亲了下她的发鬓，方才松开来，翻身上马。

随行军士、日磾与扎西姆也都上马，一行人在晨曦中离去。

子青立在当地，看着他们的身影拐过街角，还愣了好一会儿，才转过身来，拖着脚步回到所处院落，身后留下一大群交头接耳窃窃私语的家人。

“青儿……”

阿曼不知何时，拖着脚步出了房门，正虚弱地半靠在廊柱上。

“你怎么出来了？”子青忙上前扶住他。

“里头憋气，出来透透。”阿曼虽然身体还未复原，双目却仍敏锐，盯住她问道，“你眼圈怎么红了？”

“没什么……你饿不饿，要不我把米汤再热一下吧。”

子青掩饰着岔开话题，便欲进屋去端米汤。

“青儿，”阿曼拉住她，一字一句地慢慢问她，“你，还肯去楼兰吗？”

“当然。”子青答得没有丝毫犹豫。

听到这个回答，阿曼心中却无半分喜悦，接着问道：“所以，你才会难过，是不是？”

子青语塞，直过了半晌，才低低道：“我不是为自己，只是看见将军难过，所以……”

“你是替他难过？还是舍不得他？”阿曼又问，“还是皆而有之？”

“我……”

第二十五章　河西受降

霍去病日夜兼程，赶至陇西郡与赵破奴部会合，点齐一万人马渡河，刚到达黄河岸边，便收到急报。

听说休屠王与浑邪王欲降汉的消息，伊稚斜果然着急了，派出使者游说两位匈奴王。休屠王经不住使者游说，遂想放弃降汉，与浑邪王起了争执，两王反目，休屠王被杀，整个休屠王部哗变，与浑邪王部对峙。

河西战局一触即发，眼看着又是一场你死我活的战役摆在面前。

“将军，赶紧向圣上请旨，请求再调些兵马。”赵破奴急的团团转，“对方有四万多人马，咱们至少再调过来两万人马……”

“不急。”霍去病微眯起眼睛，看着远处的匈奴两大部落，若有所思……

“这还不急啊！”赵破奴简直是急得要火烧眉毛，“眼下这情形，肯定是得开打，多调些人马咱们不吃亏。”

“倒未必非得打一仗，”霍去病收回目光，神情间看不出丝毫紧张，“眼下情形，至少还算明朗。咱们知道，原本两王确是想降汉，而并非诈降。这意味着他们也没想过要再打一仗。”

“可他们眼下这样……”赵破奴直摇头，“休屠王部岂能善罢甘休，肯定得闹。”

“你去把日磾和扎西姆带过来。”霍去病沉声道。

原本带上日磾和扎西姆是为了防止匈奴诈降，自己手上还能有个牵制他们的筹码，倒未料到局势演变成当下这个状况，此二人倒成了关键所在。休屠王死，休屠王部群龙无首，哗变在情理之中，而日磾身为休屠王子，休屠王的继任者，要平定休屠王部的哗变，眼下就只能靠他。

赵破奴领命而去，不一会儿便将日磾与扎西姆带了过来。

霍去病并不打算将事情瞒着他们，简短几句话便将休屠王身死及其缘由告诉二人，静静地看着他们悲痛。一炷香工夫之后，他才接着朝日磾道：“你父王已经死了，留下近两万名你的族人，我想，你应该不愿你的族人们也追随你父王而去吧？”

听出霍去病话中之音，日磾也知眼下尚不是哀悼的时候，强忍住悲伤，道：“将军有话不妨直言。”

“休屠王原本是要率部降汉，如今虽出了岔子，但我也不愿因他一人出尔反尔，便将你族人全部斩杀。”霍去病看着他，道，“你是休屠王子，若你能劝得你的族人安心降汉，我便既往不咎，饶过他们性命。”

日磾怔了半晌，骤然转头望向远处的匈奴部落，几乎大部分匈奴人都骑在马背上，马刀上反射着日光，亮着刺眼，一望便知是蓄势待发的架势。

“此番来受降的汉军才一万人马，如何能对付得了两大匈奴部落？”由于生得文弱，旧日在部落中的威信便不高，面对眼下情形，日磾不禁有点忐忑不安。

“我未想过要对付他们。”霍去病语气甚是淡然平常，“他们诚心降我大汉，我自然不会去为难他们。眼下虽然形势有变，但我初衷未改，只要是诚心降汉者，我必以礼待之，绝不会伤他们性命。”

若是换成别的将军说此话，日磾未必会信，但此言出自霍去病口中，他便相信。

日磾自己便是被霍去病所俘虏，一路上他对日磾与扎西姆都颇为礼遇，坐食起居与寻常士卒相同，并无欺辱与怠慢。尽管霍去病狂扫漠南，令匈奴人痛失祁连山与胭脂山，可谓是匈奴的头号劲敌，但从他对待俘虏的行事作风来看，日磾感觉得到，霍去病并非是一个决绝狠辣嗜杀的将军。

“将军……你不恨匈奴人吗？”犹豫片刻，日磾还是问道。

未想到他会有此一问，霍去病微愣了一下，不知怎么，就想起以前还是期门郎的时候，操练之余大伙儿在一起谈论战事，咒骂匈奴，设想着日后该如何将匈奴人打得屁滚尿流狠狠折辱才好。那时候的自己，对匈奴该是有种模糊的恨意。

而现在……连他自己也有些不解，究竟是从何时开始，他开始将征战匈奴当作一件保卫汉廷而必须做的事情，其中并不掺杂恨意。即使是在皋兰山的那夜，面对卢侯王，他也没有恨过。生死一刻，当时若卢侯王肯降，他也一样不会伤卢侯王的性命。

是因为子青吗？

墨家的兼爱？

霍去病自嘲地摇摇头，这层上，也许自己在不经意间沾染些许，但远远及不上子青，这点自知之明他还是有的。

“你恨汉人吗？”霍去病微笑着反问日磾。

日磾同样愣了一下，然后颇为尴尬地答道：“好像自情理上而言，我应该恨的。”

霍去病闻言大笑。

瞧他们似乎聊得还颇为开心，赵破奴忍不住在旁提醒道：“将军，匈奴部落那边随时都可能打起来，咱们是不是该先想个对策？要不先要求增派援兵也可以。”

瞥了眼匈奴部落，霍去病轻点了下头道：“事不宜迟……鹰击司马，你现下立刻去挑十六个近身作战能力强的人，加上日磾与扎西姆，随我前往浑邪王部。”

“十、十六人？！”

赵破奴以为自己听错了！

“对。”

“将军你怎么能只带十六人进匈奴部落呢！！！”明白将军意思之后的赵破奴几

乎要跳起来，“不行不行，绝对不行！万一他们对将军你动了杀机，那如何是好？不行，绝对不行！”

“老赵……”

“不行！不行！……”

“老赵！”霍去病把手重重拍到赵破奴肩头，提高声音，道，“时候不多了，快去召集人手！”

“不行！将军，太危险了！您不能去冒这样的险，这跟直接去送死没两样啊！”赵破奴急道，“至少得带两千……五千？还是太少……这一万人马您就是全带去，都嫌少了！”

“匈奴部落现下局势本就是一触即发，我若再带这么多人马过去，他们定会误会汉军来意，直接开打都说不定。”霍去病语气平缓道，“所以十六人足矣，这样他们方才会明白我大汉受降的诚意，不至于有所误会。再说，有十六人，即便出了意外，也有能力自匈奴部落突围而出。”

“可……”

“这是军令！快！”

霍去病不耐与他再多说，用不容置疑的口吻道。

“诺。”

知道将军一旦决定的事情便无法改变，赵破奴再无他法，飞奔着跑去码人。

日磾在旁，用不可思议的目光注视着霍去病，半晌方开口道：“将军此举，是为了匈奴还是为了汉廷？”

“无论是匈奴还是汉廷，无谓的牺牲，能少死一个也是好的。”

霍去病淡淡道。

赵破奴很快将随行人马召集整齐，将他们带至将军面前。

霍去病扫了一眼，清点人数，见只有十五人，便瞥向赵破奴。赵破奴理所当然地往他们中间一站，“这事怎么能缺了我。”

微微一笑，霍去病也不拦着他，道：“你把事情先跟他们说一说，若有不想去的，也不勉强，赶紧换人，免得到了匈奴部落手脚发抖脸色发青，我可丢不起这人。”

“那是自然！”

见将军默许自己随行，赵破奴笑着应了。

转向日磾与扎西姆，霍去病收敛起笑意，肃容道：“事关你们族人的生死，见了你们的族人，该说些什么，我想你们现在就应该想好。”

日磾沉默着，而扎西姆惶惑不安。

“诚然伊稚斜确是派人来劝说过休屠王，虽然我不知道他提出让休屠王回归的条件是何等优厚，但就眼下而言，很显然……”霍去病顿了下，“伊稚斜看着两大匈奴部落起纷争，甚至还可能与汉军再起战端，而并不愿施加援手。你说，他是不是觉得你们都死干净了，他就清静了？”

闻言，日磾暗中吐口气，没有回答。他明白霍去病是在警告他不要乱动别的主意，可同时他也很清楚霍去病所说的全都是事实。伊稚斜根本不顾休屠族人的死活，即便自己能率领族人回归匈奴，也不过是当一颗随时可丢弃的棋子，又岂会有好日子过。

而降汉，至少能让族人过上平静的生活。

霍去病盯着他，将他的神情变化一一收入眼底，心中已然有数。

“孩子还好吗？”让日磾自己思量着，他闲聊般问扎西姆。

扎西姆愣了片刻，才回过神来，意识到将军在与她说话，遂点了点头，“好。”

“可有水土不服？”

“初来时是有些水土不服，起了疹子，后来便慢慢消了，连药都没有用。”她如实答道。

“如此甚好。”霍去病含笑点了点头，想起去年子青为了这个孩子而冒险留在匈奴部落的事情，仿佛就在昨天一样，后面的话更像是在自言自语，“说不定子青也想看看那孩子现在是何模样。”

那日在将军府中与子青匆匆一见，连话都未说上一句，可霍去病与子青之间的亲密关系却是让人一目了然。扎西姆理所当然地以为霍去病早已知道子青真身，涩然笑道：“该我们去看她才对。说起来，我，还有孩子都亏得子青姑娘出手相救，只可惜我们身为降俘，身份低微，无从报答。”

闻言，霍去病愣了一瞬，几乎是立刻意识到这句话中不对劲的地方，“你方才说……什么？子青姑娘？”

“是啊，她救过我的孩子，救过我……”扎西姆解释道。

“不，不是这个，”霍去病狐疑问道，“你为何称他为子青姑娘？”

扎西姆呆愣片刻，以为这个称呼不敬，忙道：“难道她现下的身份……我、我对汉廷的规矩并不太熟悉，而且也不知道她现下的身份地位，冒犯之处，还请将军见谅。”

霍去病原地踱了几个来回，尽可能地让心跳平复下来，这件事情他不敢自己深想下去，隐约显出的真相已经让他有些呼吸艰难……

“你说，子青是姑娘？”他停在扎西姆面前，尽可能放慢语速。

扎西姆盯着他，慢慢地点了点头。与此同时，她方后知后觉地意识到，眼前这位看似英明神武的少年将军居然直到现在都不知道真相。

不让自己有去思考的机会，霍去病紧接着问道：“你是怎么知道的？什么时候知道的？”

“第一次见到她的时候，我就知道了。”扎西姆回想着，“虽然她穿着男装，可眉目清秀，温和柔弱，显然就是个姑娘。日磾问她为何要扮成男装，那时她只说是为了行走大漠方便些。”

霍去病骤然转向日磾，幅度之大，速度之快，超出寻常数倍。他没有再问日磾，只是重重地盯了他一眼，胸中气血翻滚——连这个与子青八竿子打不到的人都知道，而他却一直被蒙在鼓里！

子青、子青、子青……这个名字在这一刻几乎淹没了他全部的思想，强烈的冲动让他很想拿头往最近的树上撞去。

自己怎么会没有察觉，那么单薄的身量，瘦削的双肩，本就该是女子才有。若不是初见之时，她展露那手骇人的气力，他本早就该察觉才对！

他想起她清秀的眉目、柔软的唇瓣，还有身上那股清清甜甜的味道，懊恼而沮丧地长吐口气，自己真是傻到家了，居然这样都没有发觉。只知道她与寻常人不同，却从未想过要去细究其中的缘故。

子青在军中多时，而一直能够隐瞒身份，定是有人在帮她。

霍去病在脑中飞快地过滤着名单：

首先是易烨，他身为子青的义兄，与她一同入伍，又住在一起，他帮着子青掩饰身份无可厚非。

其次是李敢。想到此人，霍去病就忍不住皱起眉头，他终于明白李敢还有李广三番两次想从自己这里要走子青的真正目的是什么。

然后是邢医长，作为当年替子青的娘接生的医生，他自然知道子青是女子，可他就是故意不说！这个糟老头儿！霍去病暗自在心中骂了几声，想着以后，定然得找这个老头儿好好算账。

最后是阿曼，虽然霍去病不能确定阿曼是何时知道的，但能肯定他一定知道。因为子青受伤的时候，一直是阿曼在照顾她。想到阿曼曾经几番以好男风来讥讽自己，尽管时过境迁，他还是忍不住怒火中烧。

最后的最后……是子青自己！

她为何不告诉他？

是怕自己将她军前问斩吗？

还是怕连累易烨一家人？

……

千头万绪，总汇成潮水般的挫败——他自己怎么就没认出她来！！！

正当霍去病被种种懊丧、懊恼、懊悔冲刷着的时候，赵破奴已将军务交代清楚，率众随行侍卫整装待发。

“将军！一切准备停当！”赵破奴近前禀道，示意霍去病看过去，在旁随口叹道，“可惜子青不在，他是个不怕死的，若有他，一个顶得上两个。”

听见赵破奴提起子青，霍去病转头，眼睛眨都不眨一下地盯着他看。

“将军？”被霍去病看得浑身发毛，赵破奴不自在道。

“老赵……”霍去病缓缓开口，问道，“你说，子青会不会是女子所扮？”

“子青？女扮男装？”赵破奴微愣了一下，不明白将军怎的忽有此问，遂道，“怎么可能！绝对不可能！虽说生得单薄点，可他那气力，那身手，老高都被他结结实实地摔在地上，您忘了？”

“没有。”

“所以，您别瞎想了，不可能！”

霍去病悠悠吐出一口长气，道：“老赵，有你在，我觉得好一点了。”

长安城内，长平侯府邸。

卫少儿焦急不安地在堂上等候着，不多时，卫青与平阳公主齐迎了出来，相互见礼一番，方各自落座。

歉然笑了笑，卫少儿才朝卫青道：“我今日一早才知道去病又往陇西去了，他也没和我说一声是为了何事，弄得我这心里上上下下的，实在是放心不下，所以才来你这里问问。”

卫青温和安慰她道：“两个匈奴部落向汉朝递了降书，圣上让去病去受降，估摸着几日便回，你不必担心。”

望了丈夫一眼，平阳公主含笑低首未语。卫青与霍去病这些在外征战的人都有个习惯，总是将明明凶险难测的事情故意说得轻描淡写，他们不愿身边的人为自己担惊受怕。而她也知道，去病此番去受降必是颇为危险，因为卫青已接连两夜辗转反侧，难以入眠，时时关注着河西传来的消息。

“原来是去受降！”卫少儿不懂军事，只听闻不是去打仗，便松了口气，笑道，“这孩子，也不差人与我说一声，毛毛躁躁的。”

平阳公主笑道：“可不是，我们这几个也是跟脱了缰的野马一样，你瞧伉儿、不疑还有登儿，成日里不着家，真真是没法子。”

卫少儿笑道：“只怕要等他们自己成了家，有了孩子，才会稳重些。”

家人端着掺了冰珠的酸梅汤并各色茶果，鱼贯而入，躬身摆到案几上，而后退了出去。

端起酸梅汤，轻抿了一口，平阳公主想起日前在街上一事，抿嘴笑道：“姐姐，你不用急，我估摸着去病那里好事将近，再过一阵子，你能抱上孙子也说不定。”

卫少儿愣住，不明其意，“难不成圣上指婚的意思了？”

“那倒不是，”平阳公主与卫青相视一眼，含笑道，“我是说，去病有了他中意的人。那日我与仲卿在街上亲眼所见，他对那姑娘可真是着紧得很。”

卫少儿一喜，忙问道："是哪家姑娘？"

"这可不知，你也知道去病那脾气，什么都没跟我们说。看打扮，可能只是个庶民……"话到此处，平阳公主瞧见卫少儿面上喜色退去，忙又道，"庶民不打紧，收做侍妾也使得，要紧的是先替姐姐你添个孙子，是不是？"

卫少儿想想也对，笑道："若能见着就好了，他若真喜欢，我便置办着替他收在府里头，说不定也能让他收收心。"

平阳公主掩嘴而笑，道："就去病那个急脾气，说不定啊，现在人早就在他府里头了，只是还没好意思跟你说罢了。"

按去病的脾气，还真是有这可能。卫少儿思量着待会儿往霍府去一趟，将此事弄个明白才好。

"你们那日瞧见，那位姑娘生得如何？"饮了几口酸梅汤之后，卫少儿毕竟是为人母，免不了要操心，终还是忍不住问道。

平阳公主便将那日街头之事细细讲与她听，遗憾道："事发突然，我们也只是惊鸿一瞥，只瞧见那姑娘穿着男装，容貌还算清秀。"

听着又是有人受伤又是去拦马车，惊险之极，卫少儿别的倒不计较，先替自家儿子出了一身冷汗，暗忖那姑娘到底是何方神圣，竟惹着那么多麻烦，也不知会不会连累去病？而且平阳公主提到那姑娘还穿着男装，这又是为何，难不成有什么见不得人之事？

"那姑娘怎么还穿男装？"卫少儿不由自主地皱了皱眉头，"岂不是把自己装扮得不男不女的，这……也未免太不成个样子了吧。"

卫青望了一眼妻子，觉得她虽是好意，但也未免说得多了些。

平阳公主焉能留意不到丈夫的目光，在合榻之上，自袖中轻触了下他的手，仍朝卫少儿笑道："扮男装可不算什么，前年李美人陪着圣上往淮南时，还特地扮成侍卫的模样，圣上可是赞不绝口。"

听到李美人，卫少儿更是不喜，只是李美人现下圣恩宠眷，她自是不好在面上露出来，只敷衍地笑了笑道："倒是我孤陋寡闻了。"

因惦记着要去霍府瞧瞧，卫少儿也无心与他们闲话家常，聊了几句之后，便推说家中尚有事，便起身告辞。

卫青与平阳公主知她心中有事，故而也不挽留，起身相送。待卫少儿走后，卫青方转向平阳公主，不解问道："这事咱们也不能全然确定，便是能确定，也该得让去病亲自告诉她才好。在我看来……"他叹了口气，未再说下去。平阳公主现下虽然是他的妻子，但却是他旧时的主人，对于她，卫青始终存着尊敬之意，从不敢出言相责。

"你是在怪我说得太多了？"平阳公主岂能不知丈夫在想什么。

"不是、不是……只是我想，若那姑娘去病当真中意，那这事该让去病来亲自告诉她，我以为这样较为妥当。”

平阳公主嗔怪地睇了丈夫一眼，“这个道理，难道我就不懂吗？”

“那你这是为何？”卫青越发不解。

平阳公主望他片刻，轻叹了口气，反问他道：“那日，去病为了那位姑娘，拦在咱们马车前头，若不是你当时制住马匹，去病便非伤即死，对不对？”

卫青犹豫了会儿，仔细回想了当时情形，确实凶险万分，沉重地点了点头。

“这就是了，去病又不傻，岂能不知道其中危险，他这般不要命地护住那个姑娘，你说，他心中对那姑娘得有多着紧！像他这般，若非用情已深，怎做得出来。”

“嗯。”

想起去病将那姑娘护在怀中的情形，当真是护得严密，生怕她受一点伤害，卫青也不禁嘘唏。

平阳公主忽然话锋一转，道：“那姑娘庶民出身，又做不得正妻。”

“你怎知那姑娘定是庶民？她假扮男装，说不定是什么大户人家……”

卫青话才说到一半，便看见妻子瞅他时无奈的眼神，只得停了口。

“瞧她的肌肤便知，大户人家的女儿哪里会晒得那般模样，定是常常在日头下做粗活才会如此。”平阳公主解释给他听。

“哦，原来如此。”

“我就是不明白，平日里去病对女子从不上心，我只道他没这个心思，可没想到他居然不声不响地已对这个姑娘用情如此之深。将来纳了这姑娘为侍妾，定是要冷落正妻的。”

卫青听了这半晌，还是没听懂其中缘故。

平阳公主叹了口气，“你怎的还是不懂！唉……你想想，去病的正妻定是圣上所指，眼下虽还不知道是谁，但多半也会是位公主，即便不是公主，也定是皇亲国戚。去病一旦冷落正妻，便会得罪一溜的人，其中便有圣上。这事光是想想，都让人替去病提心吊胆。所以，若能让那姑娘离了去病，便最好不过。”

似有些明白了，卫青道：“所以你今日故意如此说来，其实是为了让姐姐对那姑娘心中生厌吧？”

“去病那性子，虽是为了他好，可我也不敢与他硬碰。姐姐便不同了，他们是亲娘俩，再怎么样去病也不会记恨她。”

说罢，平阳公主朝他柔柔一笑。

直到此时，卫青方才全然明白妻子千回百转的心思，不禁又想到当今皇后卫子夫，还有现下得宠的李美人，皆是由平阳公主荐给圣上，她的心思又岂是自己猜得到的。

“你这样做，当真只是为了去病好？”他不由得问道。

“那是自然。”

卫青不便再问下去，只是心底隐隐觉得也许妻子还有别的考量未曾告诉他。

卫少儿出了门便径直往霍府过来，进了霍府，还未落座，直接命家人将府中管事唤过来。

霍去病往往一年半载都不在府中，府中倒有多一半的事情都要听卫少儿的吩咐，故而府中家人对将军大人的娘亲自是不敢有丝毫怠慢。片刻工夫，管事快步迎上堂来，朝卫少儿恭敬施礼。

“这几日，府中可有什么事情？”卫少儿问得风轻云淡，仿佛只是闲暇一问，双目却紧盯着管事的神情。

“并不曾有什么大事。”管事答道。

卫少儿紧接着又问：“可有什么外人住进府里？”

未料到她已知晓此事，管事神情便有些尴尬，“前两日，将军是带两个人回来，现下还在府中养伤。”

卫少儿暗叹口气，觉得去病着实不明事理，怎的随随便便就将人带入府中来。

“住何处？”

“后面琴苑中。”

听闻是琴苑，卫少儿眉头又是微微一皱，问道：“怎的不安排在东侧厢房，难道是贵客？”

管事忙解释道：“是将军亲自吩咐的，并非小的所安排。”

“你带我过去瞧瞧吧。”

“诺。”

往琴苑的路上，卫少儿断断续续又问管事一些问题，只可惜管事对于子青、阿曼的身份来历也是一头雾水，大多答不上来。

直至琴苑中，管事将卫少儿引至子青房前，只见房门开着，内中并无一人，只得再转去阿曼所住的屋子。

此时的子青，正在庖厨内小心地熬着小米粥。因被毒伤了脾胃，这两日来阿曼不怎么吃得下东西，子青只能将小米粥熬得烂烂的，让他尽量多喝些粥汤。而霍府对于她来说，路径尚属陌生，更不必说府中的家人。熬粥虽容易，却是个费工夫的事情，她生怕劳烦别人，都是自己窝在庖厨内慢慢将小米粥熬出来。

阿曼因心事重重，靠在床上合目养神，并不曾入睡。有脚步声踏在廊上时，他便听见了……

若是子青，她记挂着他在休息，脚步声断然不会这么重，想来是这霍府中的家人。阿曼也无甚好奇。

脚步声停在他的屋外，随即便有人叩门。

既不是子青，阿曼便懒得理会，仍旧闭目假寐，只装作不知。

只敲了几下，见无人应门，门又是虚掩着的，管事便大着胆子将门推开，卫少儿步入屋内，这才看见半靠在床上的阿曼。

之前未曾想到住在此间的会是个西域人，故而看见阿曼时，卫少儿足足愣了好一会儿，颦眉上上下下地打量着他。

阿曼盯着这几位不速之客，几乎是转瞬，他便已猜度出面前这位华服贵妇的身份。

“他……”卫少儿迟疑了下，转头问管事，“他听得懂咱们的话吗？会说吗？”

“会的。”

管事曾听过阿曼对子青交谈。

阿曼微微一笑，欠身道：“这位想必是霍将军的高堂吧，我有伤在身，还请夫人恕不能全礼之罪。”

“既是有伤，不必多礼。”

瞧他落落大方，未有丝毫局促，这气度倒像此处是他家一般，卫少儿心中不由得对他的身份生出层层疑虑，正自暗忖，忽听见身后有脚步声，似又有人进屋来……

刚熬好的小米粥热气升腾，子青端着食案，略有些不解地看着屋中这些人。

“青儿，这位是霍去病的高堂，陈夫人。”阿曼提醒她道。

原来是将军的娘亲，子青低首施礼，然后才将食案放到案几之上。因不知卫少儿到此间有何事，又不便出口相询，她便只静静而立，等着对方开口。

是啊，想必她便是去病着紧的那位姑娘，卫少儿打量着子青，瞧她姿容寻常，仍是一副男装打扮，微不可见地皱了皱眉头，朝管事吩咐道：“你且去吧，没有我吩咐，不必过来。”

“诺。”

管事知情识趣地退了出去。

室内静默片刻，卫少儿仪态尊贵地自在榻上缓缓坐下，朝二人温颜笑道：“去病这次出门走得急，他又是个粗心大意的，好多事也没向我这为娘的交代清楚。你瞧瞧，我连你们在此养伤都不知道，早该让人炖些滋补药材来才对。”

阿曼笑道：“夫人太客气了，在下这点小伤，怎敢劳夫人挂心。”

“你是西域人吧？不知该如何称呼？”卫少儿问道。

“西域的名字与中原不同，我的名字只怕夫人会嫌念起来太拗口，只唤我阿曼便可。”

卫少儿见他不愿以真实姓名示人，心中又添一层疑虑，转向子青问道：“这位姑娘如何称呼？”

“我姓秦，单名原字。”

“家住何处？”

子青愣了片刻，只能胡乱答道：“家……家在陇西郡。”

“令尊现居何职？”

“家父只是一介山野村夫，并未有官职在身。”

果然是庶民，卫少儿暗叹口气，又问道：“秦姑娘你……为何要女扮男装？”

被卫少儿这样连珠般的问，子青便有些招架不住，面露尴尬，“女扮男装是不得已，并非存心欺瞒，还请夫人见谅。”

“哦？有什么不得已的缘故？”卫少儿偏偏要追根究底。

“这个……”

子青语塞，不知该向她作何解释。

阿曼生性敏锐，话到此处，他已看出卫少儿言语间对子青的排斥之意，遂替子青解围，笑道：“夫人见谅，是我让她如此打扮，不过是为了行走方便些罢了。您知道的，现下长安城外头不太平，扮成男子也少惹些是非。”

卫少儿笑了笑，终于未再盯着子青问下去，转向阿曼道：“你们二位都不是长安人氏，不知此番来长安有何事？”

“早就听人说起长安繁华，一直便想来见识一番，”阿曼似连想都不用想，谎话张口就来，滴水不漏，“没想到出了些意外，幸而霍将军善心，出手相助，着实感激不尽。”

一个是西域人，另一个只是庶民，且看这姑娘打扮不伦不类不说，姿容平常，言语木讷，毫无吸引人之处，卫少儿着实不明白霍去病在想些什么，竟然将他们接入府中来住，略一思量，便已有了主意。

“你身上有伤，现下去病不在府中，我那边也是一大家子，不能常常过来，这府里无人照看，家人顽劣难驯，难免有所怠慢，寻医问药也不甚方便。我寻思着在城中让你们搬到紫方客栈，那里紧挨着医馆，养病最为妥当。”卫少儿笑问道，“两位以为如何？”

这是逐客令，再明显不过。

子青望向阿曼，怔怔地，一时不知该如何作答。

此时他们人在屋檐下，开口之人又是将军娘亲，他们着实无拒绝之力。只是府外危机暗伏，而阿曼身体尚未恢复如初，此时出府实在过于冒险。还有……她曾答应过将军，要等他受降归来，倘若一走，不仅是背信，只怕此生再难有相见之日。

日头热辣辣地晒下来，将刀刃烤得发烫。

浑邪王死死盯着汉军所在方向，汗水顺着脖颈淌下来，浸透里衣，双目被日头晒得已有些发花……

“来了、来了……汉军来受降了！”底下有人叫嚷道。

用力抹了把脸上的汗，浑邪王瞪圆双目，定神望去，便看见十几骑人马往这边驰骋而来。为首之人，玉冠玄甲，正是被匈奴人誉为“苍狼”的霍去病。

浑邪王原先一直悬着的心稍稍放下，虽然来者是苍狼，但仅带十几骑人马，显然并没有要开战的意思。松口气之余，浑邪王也不得不佩服起苍狼的胆量，饶是在战场上骁勇无敌，但只带十几骑人马前来，难道就不怕他们突然发难，将他斩杀于当地吗？

马蹄踢踢踏踏，数万双眼睛紧紧盯着霍去病一行人，其中有恨意、有敬畏、有单纯的惧怕……而霍去病在这数万道目光的汇聚点上，神情泰然，安之若素，倘若再认真点细看，甚至还能看见他唇边若隐若现的笑意。

赵破奴虽然面上不动声色，而背脊却始终紧绷着，毫不放松地留意着周遭一切，警惕任何可能出现的突发状况。间或飞快地瞥一眼将军，他心中越发自愧不如，明明是危机四伏，怎的将军就能装得如此淡定从容，甚至还一副心情甚佳的模样。

距离匈奴部落稍近，休屠王部落中已有眼尖的人自随行十几骑中认出日磾与扎西姆，大概是未料到他们竟随苍狼一同前来，部落中顿时议论纷纷。

霍去病勒住缰绳，朝日磾与扎西姆略点了点头，两人会意，随即便策缰朝着休屠部落驰去。剩下十六骑，继续随霍去病向浑邪部落而行。

距离还有十几丈远时，浑邪王深吸口气，用力揉了揉脸，试着挤出友善且不失威仪的笑意，然后催动马匹，率领几名贴身侍卫朝向着苍狼一行人迎过去。

“霍将军！”他在马背上，向霍去病行匈奴礼节。

霍去病含笑还礼，轻策马缰，与浑邪王并肩而行，故友重逢般寒暄客套起来，且又夸赞几句匈奴马匹膘肥壮硕。当听到今晨部落中正巧有两匹小马诞下，霍去病甚至还向浑邪王讨要起来，浑邪王忙不迭地连声应了。

两人如此这般，一副相谈甚欢的模样，匈奴部众皆有些呆愣。到了浑邪王大帐前，霍去病看了眼赵破奴，吩咐他和其他人在帐外守着，不可轻举妄动，更不可惹事。

赵破奴颔首领命，牵了将军的马，与其他人在帐外立住。十六名汉军身着绛衣玄甲，长戟在手，身形稳若磐石，一动不动，目带凛冽，缓缓扫过每一个面露不善之意的匈奴人，以施震慑。

帐中，浑邪王先忙碌着吩咐人给霍去病端奶茶上果子，忽听霍去病沉声吩咐道：

“浑邪王接旨！”

他一转身这才看见霍去病不知何时自怀中掏出一方镶金边朱红绢布，愣了一瞬，这才想起汉廷礼仪，连忙跪下接旨。

“册封浑邪王为漯阴侯，食邑一万户……册封呼毒尼为下摩侯，雁疪为辉渠侯，禽黎为河綦侯，调虽为常东侯……”

前头一些文绉绉的官话，浑邪王倒听得不是很明白，但册封自己为漯阴侯，食邑一万户，他却听得甚是清楚明白。往下再听得自己部落中的四小王均有册封，心中更是大喜，至此时，降汉之心方踏踏实实地落了地，再无丝毫动摇。

一时读毕，霍去病将圣旨交到浑邪王手中，再伸手将他扶起，笑道："恭喜漯阴侯！"

浑邪王自是满心欢喜，连声道谢。

霍去病又道："圣上知道你们习惯了游牧，也不想勉强你们改变生活习惯，特将云中郡北部划了出来，你部落中人可在那里逐水而生，从此安居，再不必受战火之苦。君侯看，如此可好？"

浑邪王忙点头道："多谢圣上替我们设想得如此周到。"

"既是如此，君侯何不现下就向众人宣布此事，也免得他们在帐外忧心！"霍去病笑道。说老实话，他对于日磾收服休屠王部的期望甚小，只能靠日磾拖着休屠王部一时三刻。当先首要之事便是要稳住浑邪王部，只要他们死心塌地地降汉，成为汉朝子民。那么在此地，休屠王部的哗变便不足为惧。

"将军说得是！"

浑邪王大步行出帐外，按捺下胸中兴奋，扫视众人，朗声问道："呼毒尼何在？"

"卑将在此！"很快有一彪悍匈奴小王站出来，立到浑邪王面前。

"雁疵何在？……禽黎何在？……调虽何在？"

很快，浑邪部落四小王齐刷刷地立到浑邪王面前，因不知何事，皆严整以待，随时准备听候浑邪王的命令。

赵破奴飞快地瞥了眼立在浑邪王身后的霍去病，只见将军神态轻松，笑意浅浅，这才暗松口气，料定并未横生枝节。

"从此刻起，我，还有你们，你们所有人，都已是汉朝子民！"浑邪王朗声道，"呼毒尼为下摩侯，雁疵为辉渠侯，禽黎为河綦侯，调虽为常东侯，而我则为漯阴侯，食邑一万户。皇恩浩荡，准我们迁往云中郡北部，那里水草丰茂，咱们逐水而生，再不必过打打杀杀的日子。"

四小王闻得自己也被封了侯，皆大喜过望。

而部落众人愣得片刻，也尽皆欢呼起来。他们原先心中担忧之事便是降汉之后，汉人刻薄，命他们为奴为婢，岂不苦楚。而今听得不仅不必为奴，尚能放牧而生，又有安生日子过，着实再好不过。

浑邪王转头朝向霍去病，低声询问道："汉人感激圣恩的时候，该说什么？"

"万岁，万岁，万万岁。"霍去病含笑答道。

浑邪王在口中喃喃复念了一遍，随即朝众人高高挥起双拳，"万岁！"

"万岁！……"众人皆和。

“万岁！”

“万岁！……”

“万万岁！”

“万万岁……”

两万余名匈奴人的声音在草原上回荡着，不仅休屠王部的人听见了，连远处的汉军也听见了。

汉军之中，众多对霍去病此行捏一把冷汗的将领们，一直紧张地关注着匈奴部落的状况，时刻准备着一有异动，便全军出动好接应将军。此时听见匈奴部落所传来高呼万岁的声响，紧绷如弓弦的心才稍稍松了些许。

此时的休屠王部，几个小王正在帐内与日磾就降与不降的问题争论不休，忽听得外间喊声震天，以为汉军攻来，赶忙抢出帐外，才知道浑邪王部已降了汉廷。

霍去病拨开人群，目光沉着地注视着休屠王部的动静，自几位休屠小王的神情他便可看出日磾根本无法掌控住局面。

当真要因此而与休屠王部开战吗？休屠王部有将近两万名匈奴人，这些人中，有多少是心有不甘，又有多少是真心想降汉过安生日子？

一旦将背信的罪名加诸休屠王部，那么将又是一场厮杀。

眼前这片美丽而辽阔的原野，苍苍茫茫，风吹草低……隐隐约约有歌声夹杂在其中，用的是匈奴语，虽听不懂其意，然而歌声中的忧伤苍凉却直直撞入听者的心中。

歌声是自休屠王部传来的。

浑邪王似也听见了，走到霍去病旁边，微微皱眉，凝神听着……

“唱的是什么？”霍去病问他。

“这是我们草原上一首很老的歌，是母亲思念自己的孩子，向苍天进献洁白的奶水，不知疲倦地望着远方，等待孩子的归来。而她征战在远方的孩子望着夜空皎洁的月亮，想念着母亲温柔的眼睛，心中急切地想要归来。”

霍去病静静而立，远方几株幼树落入他的眼帘，细细的枝叶在风中轻轻摇曳着，柔弱而坚韧。若是他在，不对，是她在——他出神片刻，低首自嘲一笑，继而轻叹口气，决定再等上一会儿，希望休屠王部能出现什么转机。

简单的歌词反反复复地唱着，仿佛能融化人心一般，休屠王部中渐渐有人不由自主地跟着哼唱起来，歌声渐渐汇集，渐起渐响……

对长年战事的疲倦，还有对逝去亲人的思念，如丝如絮，网般将人笼罩在其中。

休屠王部的两名小王见状，满面怒气，扒拉着人群，找出了正在曼声吟唱的扎西姆。

自从回到休屠王部，扎西姆始终静静地候在一旁，身为一介女流，纵然她也希望族人不再征战，但她也明白，众小王连日磾的话都听不进去，更加不会来听她的话。视线之中，因屡经征战，族中相熟的面容已然少了许多，更不必说连休屠王都已经不在。

她不懂军事，不懂汉匈纷争，不懂利益权衡，作为一个弱女子，她只希望这场战争不要再这样没完没了地继续下去。

“王妃这是何意？！”

两名小王怒容满面地质问她，当下这种状况，他们对她也不再守什么尊卑礼节，径直逼到她面前。

恐他们对扎西姆不利，日磾急了，上前便将扎西姆挡到自己身后，朝两名小王怒道：“你们怎可对王妃无礼！”

其中一名小王冷哼，一并连日磾也未放在眼中道：“两个汉廷的阶下囚，事到如今，你们还到这里来摆什么王子王妃的架子！还以为那点事情草原上没人知道吗？！她还算什么王妃！……”

始终深垂着头的扎西姆背脊一紧，身子微不可见地晃了下。

日磾见状，连想都不想，一拳挥过去，猝不及防地击中对方的鼻梁，鲜血迅速渗出。

“你……”

因完全未料到这个素日文质彬彬的王子竟然会骤然出手，小王防范不及吃了他一击，待回过神来，立时便要还手。

另外两位小王迅速上前，站到日磾旁边，做出护卫架势，“不可对王子无礼！”

“他是个汉俘，没有资格再当王子！”

有人吼道。

话音刚落，便有一支羽箭自脑侧飞过，一股温热涌出，转而才感觉到疼痛，往下一看，半只耳朵被羽箭牢牢钉在地上。

受伤的人发出长长一声号叫……

人群顿时一阵哗然，连同日磾也吃了一惊，昂头张望，寻找着射箭之人。

十几丈的地方，霍去病手持劲弩，目光冷冷地望着休屠王部。

单凭日磾一人之力，想要休屠王部老老实实降汉看来是不太可能了，一旦起了冲突，连日磾与扎西姆都恐怕难逃一死。

“休屠王部此番根本就是想诈降！”浑邪王在旁，见霍去病射出弩矢，猜度苍狼对休屠王部起了杀念，遂进言道，“将军！我浑邪部两万人马随时待命，听候将军差遣。只要将军一声令下，休屠王部这些残兵剩将，根本不足为患。”

休屠王已经被浑邪王所杀，当下休屠王部中那些休屠王的死忠便是浑邪王的眼中钉肉中刺，恨不得拔之而后快。借此之机，既可灭了休屠王部，又送了人情给霍去病，一举两得之事，浑邪王何乐而不为。

“多谢漯阴侯。”霍去病道。他面上不动声色，岂会看不出浑邪王落井下石斩草除根的用意。

斩杀二字，简简单单，在他口中却是千斤重般，不愿轻易出口。

休屠王部的众人此时已经知道那警告的一箭乃出自霍去病手中的弓弩，这一箭无论从距离还是精准度都不得不使人为之惊愕。

苍狼，草原之上令人闻风丧胆的苍狼！

失我焉支山，使我嫁妇无颜色；

亡我祁连山，使我六畜不蕃息。

苍狼距离已如此之近，他还能饶过他们吗？

日磾看出众人眼中的恐惧，深吸口气，将自己由于紧张而微微颤抖的手隐在袖中，稳着声音道：“霍将军曾说过，降者不杀！愿意向汉廷投降的人就跟着我走，我带你们过去！若再拖延下去，霍将军误以为我们休屠王部原本就是诈降，岂不是自招祸端。”

无人说话，寂静无声，诸人都在心中权衡着利弊。

知道不能再僵持下去，日磾望向方才护卫他的两名小王，平和道：“两位叔叔，你们是看着日磾自小长大的，日磾不会骗你们，也不会害你们。”

两名小王还是在犹豫着……

日磾叹了口气，不再多言，扶了扎西姆，缓步往霍去病方向行去。他并不是怕自己死在这里，而是不愿扎西姆死在这里。

也许，就在今日，休屠王部会被斩杀干净。那么至少，他希望扎西姆能够活下去。

扎西姆低垂着头，默默地跟着他，直行出部落外来，一阵风过，吹得她面上冰凉，她方才察觉到自己早已在不知不觉间泪湿双颊。

猛然刹住脚步，她转过身子，面对着她的族人，抽泣着吟唱起来……

仍旧是之前那首忧伤苍凉的歌。

低婉，美丽，唱着属于草原上母亲的思念与牵挂。

“王已经死了！不管你们愿不愿意承认，我是你们的王妃……”扎西姆泪流满面，对着她的族人们深鞠一礼，“跟我走吧！我恳求你们！只要我们还活着，草原在这里，终有一天，我们或是我们的子孙还能再回来！”

日磾泪水缓缓流下。

上万名休屠王部的匈奴人看着他们，半晌，开始有人迟疑着朝他们走来。

然后，越来越多的人跟上。

两名休屠小王迟疑片刻之后，终被远处霍去病所震慑，亦为日磾、扎西姆所感，遂率领着麾下一众人马，都追着日磾而来。

霍去病望着跟随在日磾身后的匈奴人，心中并无胜者高高在上的优越感，反而五味杂陈，其中更以苦涩居多。作为汉廷前来受降的将领，看着这些昔日骁勇彪悍的匈奴人如此无望地离开家园，他的心里并不好受。

休屠王部的另两个小王眼见日磾带着近一半部众降汉，心知仅凭剩下的八千余人，是决计无法与汉军抗衡的，又不甘心降汉，便预备率人马撤走。

"将军！"

只是稍许异动，赵破奴便已看出，忍不住轻声出言提醒将军。休屠王部诈降在先，有悔意者尚情有可原，但若再放走休屠残部，汉廷威严何在！

霍去病何尝不知，直至此刻，他方转向浑邪王，道："有劳漯阴侯，休屠王部顽抗不降者，杀无赦！"

浑邪王显然等待已久，微一颔首，遂率领手下人马直扑向休屠残部。

日磾直挺挺地站着，看着远方的那场匈奴人与匈奴人之间的厮杀。

刀光与嘶吼声交织在一起，飞溅的鲜血，残破的身躯，深深地烙在他脑海深处。再看高高端坐在马背之上的年少将军，细想此番受降，霍去病仅带十几名随行侍卫直入匈奴阵营，受降浑邪王，诛杀休屠残部八千余人，且自始至终汉军未伤一兵一卒。

这是种令人胆寒的能力，却无丝毫让人诟病之处。即使身为休屠王子，他也清清楚楚地知道，休屠王部还能保全眼下的万余人，须得感激霍将军心中仁念。否则，浑邪王部再加上一万名训练有素的汉军，便是将休屠王部尽灭，也不是不能。

"无论是匈奴还是汉廷，无谓的牺牲，能少死一个也是好的。"

他当真是这么想，也是这么做。

受降之后，还有诸多如清点人口、收缴兵刃等琐碎事情要做，再加上浑邪王部与休屠王部不合，亦不能将两部落人马安排在一处，免得徒生祸端。霍去病连夜规划出两条路线，又将人手分配停当。

等诸事安排妥当，已是黎明时分，赵破奴疲惫地伸了个懒腰，抱怨道："怎的动脑子比动手还累。"

霍去病轻轻一笑，吩咐道："你去唤上漯阴侯，一并他手下四名小王，随我回长安谢恩。"

"现在就回去，这么急？"赵破奴微微一惊，"底下还有些杂七杂八的事情，那些个牲口……"

"不是还有你在这里吗，这些婆婆妈妈的事你比我在行。"

霍去病不在意道。

“您这是在夸我吗？”赵破奴无奈。

“快去！告诉他们卯时初刻登船。”

“诺。”

瞥一眼铜制漏壶，已过卯时，赵破奴咬咬牙，只得赶紧叫人去，心中暗暗抱怨：此番又比不得行军打仗，兵贵神速，将军怎的也赶得这般紧，把浑邪王他们也当兵来练了。

霍去病仅仅在船上合目小憩了一会儿，待一下船，便立即翻身上马，带上漯阴侯等此番投降数人，往长安驰去。

路上，他向漯阴侯等人道圣上对此番受降极为关心，故而想早些面圣，免得圣上忧虑。而事实上，捷报早已在昨日便命人八百里加急飞报，刘彻在长安城中安安稳稳地等着他们，何来忧虑。

漯阴侯等人不知汉朝规矩，加上霍去病是汉廷骠骑将军，朝廷重臣，自然是他说什么便听什么，丝毫不敢有异议。

一路疾驰，只让马匹做些必要的休息，而人是否需要休息基本不在骠骑将军的考量之内，终于回到长安。带领漯阴侯等人入宫见过圣上，再三推辞了圣上留膳的美意，霍去病急急返回府中。

“将、将、将……军！”

未料到将军竟然这么快就回来了，府中来开门的家人看见他便有些愣住。

霍去病瞥了他一眼，立时察觉到家人眼底的那一丝慌乱，眉峰聚拢，问道：“府里头有什么事吗？”

“这个……”家人支支吾吾，不敢作答。

管事匆匆迎过来，额角沁着汗珠，显然是一路撩袍小跑过来的。

“将军……”

“府里出什么事了？”霍去病率先想到的便是子青，还不待管事回答，便大步往琴苑行去，边行边厉声问道，“可是琴苑出了什么事？”

“琴苑昨夜里进了刺客……”

“什么！”霍去病脚步一滞，面色微微发白。

“幸而只伤了六七名家人，刺客甚是凶悍，围了几重，还是让他们给逃脱了。”

“青儿呢！？她可伤了？！”霍去病疾问。

“她……”管事深吸口气，暗暗祈求此事将军千万莫迁怒与他，“她前日便已经走了，和那个西域人。”

猛地刹住脚步，霍去病转身死死盯住管事，竭力按捺住胸中上涌的气血，“她、走、了？”

“是。”

管事连头都不敢抬一下。

“她可有说为何要走？”

“未曾说过。”

“可留下信牍？”

“不曾留下。”管事屏气答道。

啪！重重的一声。

管事被霍去病一记狠狠的耳光抽倒在地上，鲜血迅速自嘴角渗出来。躲在暗处的一众家人皆被吓得大气也不敢出。

“朱勇，你在我身边这些年，我没动过你一根手指头，所以你就以为，在我面前也可以扯谎话了是不是？！”霍去病怒道。

“卑职不敢！卑职不敢！”

顾不得半边脸高肿，朱勇忙爬起来跪好，纵然心中疑惑重重，但决计没有胆量去问将军是如何知道他撒谎的。

“是谁！谁指使你撒谎的？”

霍去病深知朱勇为人谨小慎微，若无人指使绝不敢对自己有所欺瞒。

“是……是夫人。”

朱勇暗自悲凄，夹在母子之间，着实做人不易。

霍去病微微呆愣住，“我娘！”

朱勇再不敢欺瞒半分，一五一十地尽数说出来：“是夫人请他们走的，临走前，子青姑娘确实给了我封信牍，请我转交将军。但后来夫人将信牍自我这里拿走，并叮嘱我莫告诉将军。”

“我娘为何要让他们走？”

“原因卑职也不知道，夫人进了琴苑之后，便将卑职遣了出来，他们之间谈了些什么，卑职是真的一点都不知道。”

霍去病凝眉半晌，迟迟未再开口。

朱勇偷偷抬眼，察言观色，谨慎开口道：“卑职思量着，昨夜里的刺客说不定便是冲着他们来的，幸而他们早走了一日，不曾遇上。”

这话不说还好，霍去病面色越发苍白。

他虽未想到那些匈奴人竟然如此胆大妄为，竟敢闯入府中来杀人，但府中毕竟人多，刺客也不易得手。而眼下，子青和阿曼被母亲赶出府去，阿曼中毒初愈，体质尚弱，如再遇上匈奴人，他们如何躲得过？！

匈奴人的目标是阿曼，并不是子青，他知道。

但对阿曼，子青会舍命相护，他也知道。

士为知己
SHI WEI
ZHIJI
全3册

蓝色狮
著
【下册】

江苏凤凰文艺出版社
JIANGSU PHOENIX LITERATURE AND
ART PUBLISHING, LTD

目录 Contents

第二十六章　边塞亭隧

出霍府时，子青与阿曼身上的钱两便已所剩无几，卫少儿颇厚道慷慨，请管事呈上一托盘钱两，足足有十二锭金饼。若在寻常，身为墨家后人，子青无论如何也不会接受这些钱两。但她身旁有阿曼，他们还需避开杀手长途跋涉前往楼兰，钱两着实不可或缺。有这些金锭，作为远行的盘缠已然够用。

阿曼岂会不知她心中所思，自是不要她为自己而难堪，开口便回绝道："夫人好意心领，这些钱两我们不能……"

"多谢夫人。"

子青打断他的话，抢在前头接了钱两，头低垂着，指节微微泛白。

"青儿！"阿曼拉住她，低声道，"你不用为了我……"

"我有分寸。"子青轻轻拨开他的手，朝他摇摇头，示意他莫要管此事，而后转向卫少儿道，"夫人，我们还需要一辆马车，不必华丽，寻常就好，只是四面都要有车幔，方便阿曼养伤。"

卫少儿愣了愣，倒是没想到这姑娘不光收了钱两，而且居然还想再要一辆马车，看来果真是贪婪之人。

"我们会离开长安，去西域，大概以后也不会再回来了。"子青望着卫少儿道。她并不迟钝，卫少儿要他们走的真正用意她非常清楚。

卫少儿看着眼前的子青，犹豫着要不要相信她……

子青又道："只是车夫得将我们送至渡口之后才可折返，不知府中可否方便？"

让车夫把他们送到渡口，等于是派了个人监视他们，只要车夫回来禀报，便可知他们究竟有没有离开。卫少儿暗忖片刻，便点头允了，命管事按子青所说去备下马车。

"多谢夫人。"

"不过是举手之劳罢了。"卫少儿故作风轻云淡，仪态万方地对着她笑了笑。

自她眼中看出轻蔑之意，子青勉强赔笑，头一低，未再说话。

待上了马车，阿曼直直望了子青半晌，见她只是面无表情地发怔，又是心疼又是恼怒道："你何苦为了我受这份委屈，没她这些钱两，难道我就回不去吗？"

子青抬眼看了他一眼，想说什么，终还是低下头去，一声不吭。

"青儿！"

"莫说了，楼兰正是风雨飘摇之时，你不能有事。"子青低道，"我知道该如何权衡轻重。"

阿曼心中一窒，再说不出话来，青儿以他为重，以她自己为轻，心甘情愿被卫少儿看低，连墨家的规矩都破了。

"待我回了楼兰，自当遣人送银两回来，十倍偿还给她便是。"他道。

"嗯，好。"子青应着，神情始终怔怔的，心绪并不因为他这话而有什么变化。

她一直以为还能再与将军见上一面，想不到事出意外，不得不提前离开将军府。此去天涯，路远风急，日后已是相见无期，一想到这层，她心中便怅然若失。纵然早知有这日，然而到了这刻，痛楚还是比料想中难熬。

骤然间，马车剧烈颠簸了一下，子青迅速回过神来，匕首自袖中抖落在手，将车幔撩开一条小缝，问车夫道："何事？"

车夫没好气道："你不走官道，偏走小道，这路上坑坑洼洼是难免的，再往前还要难行，你们且就忍忍吧。"

子青侧耳细听片刻，周遭并无异常动静，再看那小径，确实比不得官道，只得赔笑道："辛苦大哥。"

车夫哼了一声，没搭理她。

阿曼在车内听见，冷冷一笑，伸手自卫少儿所赠的钱两中摸出一锭金饼，捅了捅子青，"把这个给他，再告诉他，到了渡口还有一锭。"

子青遂依言而行。

那车夫本道他二人穷酸，此行定无油水，着实未料到他们出手这般阔绰，立时换了一副脸面，连连笑道："我尽量行得慢些便是，不至于颠得太厉害。"

"不不不，颠些倒不碍事，只是一定要快！"子青忙道。

"两位有急事？"

"是。"

"那你们坐稳了！"

怀中金饼沉甸甸地坠着，极有分量，一想到了渡口还能再有一锭金饼，车夫精神大振，马鞭唰唰唰在空中连打几个空响。马车在小路上横冲直窜，子青与阿曼面带苦笑，随着马车上下颠簸不止。

黄河岸边，一处颇为偏僻的渡口。风自河面上吹过来，带着河水的腥味，让人不甚舒服。

阿曼疲倦地靠在马匹身上，眉头皱着，模糊不清地听着不远处子青与船夫在说话……

“此处偏僻，往来的人甚少，我看就在此处渡河吧。”不多时，子青折返回来与他商谈，“过了河，便是金城郡，再往西走，出了关塞，便可进大漠。”

阿曼点了点头。

子青取出一个金饼，便要依来时的约定，将金饼给车夫，阿曼在旁忽按住她的手。

“嗯？”子青不解。

阿曼的手牢牢抓住她，头深低着，半晌，似乎下定决心，深吸口气朝她道：“青儿，你随马车一同回去，我想霍将军在等你。”

闻言，子青只愣了一瞬，缓缓转向河水，让人看不清她的神情，道：“我不会回去。”

“我知道你担心我被匈奴人追杀，现下我们已到了渡口，想来他们已经追不上了。你实在不必再陪我走下去。”阿曼柔声道，“你回去，告诉霍将军你其实是个姑娘，我想他定欢喜得很。”

“我在信牍中已经告诉他了，”子青声音很低，“我不想再瞒他，我欠他太多。”

阿曼点头，他几乎可以想象出霍去病的心境，苦涩笑道：“这样很好。”

“阿曼，我知道你在想什么，但是……”子青低头，似乎踌躇着该如何将此事说明白，“我与将军虽有情义，但今生今世也只能到此为止，相守倒不如相忘于江湖，我心里明白得很。即便我不去楼兰，我也不会再回长安。”

“青儿……”

“莫再说了，我们还是赶快渡河要紧。”

子青不欲再谈论此事，急急返身去找车夫，将金饼给了他。车夫自是千恩万谢，帮着子青将行装自马车上取下来，便驾车走了。

看着马车行远，阿曼轻叹口气，道：“日后，你后悔了怎么办？”

子青将行装拎到小船上，道：“我爹爹说，要紧的是眼前的事情，将来的事将来再说，无须多想。”

阿曼只望着她。

“到了对岸，咱们就该买马了。”子青想起雪点雕也留在霍府，微叹口气，而后又一想，雪点雕在将军身旁总是比在别处强些的也无甚可惋惜。

船篙一撑，小船缓缓划进河道。水波荡漾开来，船儿翩然若叶，与岸边渐行渐远。

金城郡，焦阳县。

此地距离汉匈边境已不远，常有商旅在此地歇脚，也常有匈奴人来此地贩卖马匹、羔羊、兽皮等物。自春夏两次出征之后，来此的匈奴人已然少了许多，偶尔才能见到一两个。

为了稳妥起见，行走在街道上，阿曼仍是用布巾蒙住头面，弯刀掩在衣袍之中，微垂着头，与子青缓步而行，捡了家偏僻的旅店歇脚。

因为赶路，连日来都是在马车内啃硬馍，阿曼中毒之后脾胃虚弱，吃得越发少。进店之后，子青便请店家去熬小米粥，又替阿曼把了一回脉。

“应该是余毒在体内还未尽除……”看阿曼唇色发白，子青不放心问道，“你这样子进了大漠只怕支撑不住，不如我去抓服药熬给你吃，今夜便先在此歇一晚，明日再走。”

“我不要紧，还撑得住。”知此地不宜久留，阿曼摇头。

在此地留宿，其实子青也不甚放心，遂未再勉强，只道：“那你歇着，吃点东西，我去买马。”

“等等，”阿曼伸手取下蒙面的头巾，半撑在案上，微挑起眉望她，“集市上的马匹参差不齐，可不比军中，要挑能长途跋涉过大漠的马匹，你会相马吗？”

子青呆愣片刻，相马之术，她倒真是不懂。

似早在意料之中，阿曼轻轻一笑道：“待吃过粥，我与你一同去。”

再无他法，子青依言坐下，顺手自包袱中摸出块剩的硬馍，心不在焉地啃起来。

阿曼伸手欲夺，道：“这店里有的是新鲜软乎的，你又吃这个硬邦邦的做什么！”

“没坏，能……吃的。”

子青侧身躲过他的手，硬馍渣渣在口中嚼了嚼，艰难吞咽下去。因她想着进大漠要带些新粮，故而先把旧的吃完，免得白白浪费。

阿曼拿她无法，先命店家倒水来，免得她噎着，然后也伸手想去拿一块，却被子青拦住。

“你脾胃尚弱。”她简单道，把所剩的两块硬馍都拨到自己这边。

阿曼望着她不作声，直至双目之中水雾渐起，才猛地将脸别到一旁去。

一时两人吃罢，向店家问明县里头马市所在，阿曼依旧用布巾覆面，便往马市而去。正是正午时分，虽已是夏末，但日头仍是毒辣辣的。

马市只在清晨时分才最热闹，到了此刻，只剩下些未卖出去的马儿顶着日头蔫头耷脑地站着，旁边的卖主也不守着它们，都凑在树荫底下乘凉。另一头还拴着七八匹骆驼，虽是瘦骨嶙峋，倒不惧烈日，起劲地嚼着青草。

见此情形，子青料想好马必是都被挑走了，不由有些遗憾。

阿曼略扫了一遍，确是没有看得入眼的马匹，便转了身去看骆驼，寻思着买两匹骆驼也不是不可行。

“你瞧这匹如何？”他指着一匹哧哧打着响鼻的骆驼，笑着问子青。

“我不懂，你看着好就行。”子青不会相马，更不会相骆驼，任凭阿曼做主。

阿曼多看那骆驼两眼，忍不住笑道：“你觉不觉得它吃东西的模样与邢老头儿有几分神似？”

瞧骆驼嚼着青草，摇头晃脑，神情滑稽的模样，还果真与邢医长有神似之处，子青细瞅片刻，明知不太厚道，却还是忍不住低低笑开。

两人正说笑着，身后脚步声响，似乎不远处有人过来。子青与阿曼皆颇警觉，不着痕迹地半转过身，眼角余光瞥见一人朝他们走过来。

“阿原……真的是你？！”那人不可置信地唤道。

在此时此地听见有人这般唤自己，子青确是吃了一惊，转头望去，见到李敢立在日头下，满面皆是惊喜。

“阿原，你怎会在此处？”

“李家哥哥，你怎会在此处？”

两人同时问道，又同时收了口。

李敢温和一笑，朝她做了个噤声的手势，道：“此地不是说话之处，待会儿我再向你解释。你们可是要买骆驼？要去大漠？”

子青望了阿曼一眼，不知该不该对李敢说实话。

未想到子青会往大漠，李敢虽心中焦切，但瞧他二人神情，一时也不好追问，遂低声道：“要好的骆驼，你们随我来。”说罢多望了树荫下一眼，抬脚便走。

子青与阿曼跟着他出了马市，往南行了一段路，才拐入一处宅院之中。

左右无人，李敢掩好门，才朝子青一笑，压低声音道："两位见谅，因我来焦阳县是追查私贩军马一事，故而在外头说话不便。"

汉廷因连年征战，马匹用量巨大，私贩军马一事子青也早有耳闻，倒不以为奇，只是对李敢来查此事有些奇怪，却又不便问。

李敢看出她的疑惑，苦笑道："这事本不该我来管，但上月新送到家父军中的马匹大部分都是劣等马，家父震怒，与马场的掾史大吵了一场无果，便命我来探查此事。"

听罢，其中缘故不必李敢细说，子青已然明白。

朝中诸将之中，李广自是比不得霍去病、卫青等人，马匹这等事情，那些马尉自是挑软柿子捏。而李广脾气刚硬，不愿白白吃亏，定是想命李敢查出掾史私贩军马的证据，然后再上书弹劾。

私贩马匹确是触犯汉律，但李广此举未必是为了正朝纲，倒是报私仇的嫌疑大些。

李广终究是放不下虚名，为其所累。子青暗叹口气，苦笑以对。

"你要去大漠？为了何事？"李敢关切问道。

思量着若说实话，李敢便会知道阿曼的真实身份，实在过于冒险，子青犹豫片刻，也不愿说谎骗他，只能道："我不能说。"

见她不愿说，李敢沉默着，转而去打量阿曼。

阿曼被他看得浑身发毛，无奈取下蒙面的布巾，没好气道："看够了没有，要不要我把衣袍也解了？"

"难道你是要跟他去西域？！"认出阿曼的一瞬，李敢心惊地猜度道。

子青默然不语。

这在李敢眼中无异于是默认。

"阿原……你、你怎么想会跟一个西域人走……"李敢又急又气，"这怎么行！你……"

"此事我现下不能说，也许日后你会明白。"子青顿了下，切入正题道，"我与他有急事，不能耽搁，你方才说你这里有骆驼？我想买！"

"骆驼是有，但是……"

尽管不知道她所为何事，但西域千里迢迢，李敢仍是本能地想劝她莫要去。

见状，子青不愿在此事上纠缠太久，干脆利落道："你若不愿，我往别处买便是。"作势便要走。

“阿原！你……”李敢拿她无法，忙拉住她，“骆驼都在后厩，你们随我来。”

到了后厩，果然有十几匹骆驼或卧或站，姿态悠闲，毛油骠肥，比起市集上那些瘦骨嶙峋的骆驼要精神得多。

阿曼遂上前去挑选骆驼。

李敢将子青拉到一旁，问道：“你究竟为何要去西域？”

“你莫再问了，现下我真的不能告诉你。”子青歉然道。

“那……你何时回来？”李敢又问。

子青默然片刻，知道若说再不会回来，李敢大概不会轻易放她走，只好含糊道：“日后的事，说不准的。”

她这话简直等于没说，李敢直愣愣地看着她，烈日之下，她神情一如既往地平静淡然，竟是像极了当年的秦叔。在这具单薄纤瘦的身体之中，有着超乎常人的顽强意志，不可撼动。

长叹口气，李敢知道自己是决计说服不了她，只得问道：“秦叔和秦姨的坟在何处？”

子青一怔。

“你去西域，又不知何时才回来，”李敢望着她，语气苦涩而真挚，“我可替你常去看看他们。”

闻言，子青顿时说不出话来，一股暖流夹杂着酸楚在胸中涌动，直过了半晌，才道：“都是山野荒冢，你找不到的，不必了。还是要多谢你，爹爹和娘亲知道你还记挂着他们，定会欢喜。”

“在我心里，自十三岁那年起，便把秦叔、秦姨当成我自己的爹娘一般了，而对你……”李敢涩然道，顿了片刻，终是未说出后面的话来。在他十三岁那年，爹爹和秦叔给他和秦原定了婚约，自那时起，他不仅是将秦叔、秦姨当作爹娘般尊重，待秦原更是越发爱护。那时一直以为能与秦原相携一生，却怎么也没想到日后会有那般惨烈的变故。

世事难料，不尽如人意者，十之八九。子青默然无语，无意识地转头去看阿曼，才发觉阿曼已挑好骆驼，却不唤她，只静静地等着。

“那两匹骆驼可方便卖给我们？”子青指着骆驼问道。

李敢也不看挑的是哪两头骆驼，道：“你要牵了走便是，莫和我谈钱两。”

早知他会如此，子青叹口气道：“我已欠了人好多，不想再欠下去了。你若不收钱两，那我只得上别处买去。”

“你……”李敢发觉自己着实拿秦原一点法子都没有。

子青放了五锭金饼在他手中，李敢收两个，将剩下三个仍推还给她。

“多了，这骆驼值不了那么多。”他又问道，“你们何时起程？”

“再置些水粮，即刻便走了。”

“这么急？！”

“嗯，有事不能耽搁。”

子青帮着阿曼将骆驼牵出来，李敢返身寻出驼鞍等物，替她铺上驼背。

“你们且等等，水粮这里都有，我即刻备去。”见子青似乎欲开口，李敢苦笑道，“又不是什么值钱物件，你不会连这些都要与我推脱吧。”

子青只得道：“多谢。”

李敢匆匆去了，后厩只剩下子青与阿曼两人。他二人拣了处屋檐下的阴凉坐下，子青递了水囊给阿曼喝，自己支肘听着虫鸣蝉叫，一径想着心事。

半晌，阿曼轻声道：“青儿……”

“嗯？”

“你若去了楼兰，日后想给你爹娘上坟怎么办？”

未料到他说这个，子青狐疑地望了他一眼，不答反问道：“你怎么了？”

阿曼不看她，平静道：“李广虽可恶，但我瞧李敢对你倒是真心实意的。你既不想回长安，若与李敢同守边境，也算不负你爹爹所望。”

子青静默片刻，亦平静道：“若爹爹尚在，必定会与我同往楼兰。”

“青儿，你怎么……”阿曼眉头深皱，转过来盯住她，“难道你没有想过，也许你这一走，今生今世都可能再回不来了！”

“我知道，我原就没想过再回中原。”子青不解地望着阿曼，“你怎么了？当初你不也希望我能随你去吗？”

“现下我有些后悔了！”

阿曼猛地别开脸，双目死死地盯住地上的沙砾，声音低沉。他自小历经坎坷，颠沛流离，都是靠着一己之力杀出条路来。故而，他一直以为即便带子青一同回去，他自是不会让子青有任何损伤，即便到了楼兰岌岌可危之时，他也是有能力将子青先行送走的。

然而此番中毒之事，却使他心中大骇。他不敢去想，若当时子青随他一同回客栈，也喝了被下毒的水，她现下会是怎生模样？！

然后，他又看到了子青眼中对霍将军的牵挂与眷恋。

只要她能好端端的，那么，他愿意放手。

就算明知道长安城不适合她，他仍是开口劝她回去。

就算明知道她与李敢有家仇，但知李敢会好好待她，他也劝她留下。

“阿曼！”

子青的声音已蕴含着微微的恼怒，而她并不是一个容易恼怒的人。

“我不是……”阿曼暗叹口气，不知该怎么说，他深知若与子青说实话，那么子青更不会走，正自迟疑思量着，李敢已走了过来。

李敢并未拿水粮过来，手中拿的却是两柄小黄弩，还有两个弩箙，每个里头都装了三十几支弩矢。

“你们就两个人进大漠，一定得带上这个。”李敢将小黄弩交到子青手上，语气不容人有半分推脱。

小黄弩甚是轻便，便是骑在马背上，也可单手发射弩矢。子青本就想再置一副弓箭，此刻看李敢想得如此周全，心下感激。

“水和糗粮我已命人备去，马上就送过来。”李敢又道。

“多谢。”除了这两个字，子青着实不知道该说什么。

“傻丫头！路上一定要小心，大漠之中有刀客，有狼群……以前你跟汉军不必忌惮，但此番就你二人，千万要小心。”

“我会的。”子青应道。

李敢忧心忡忡，总觉得不妥之处甚多，又问道：“为何不跟着商旅一块走？西域乃蛮夷之邦，胡人又多不知礼仪，未经教化……”

中原人对西域的认识甚少，历来是将西域那边视为蛮荒之地，李敢因关心则乱，一时竟忘了阿曼便是西域人，子青连忙打断他的话，“我自会小心。”

阿曼又岂会听不见，他轻轻笑了笑，面上倒不见恼意，唯目光中带了一丝淡淡无奈。

当下，两名府中家人拿了水粮送来，子青利落地将水粮携上驼背，再把小黄弩放在触手可及的鞍袋之中，弩箙束上后背。

李敢迟疑片刻，忽自后厩中牵了自己的马出来，跨上马背道：“我送你们出关。”

“不用，你尚有事在身呢。”子青提醒他。

李敢摆手道：“若非爹爹那里难以交代，我便送你过大漠了。此处距离关塞已经不远，你莫再推脱。”只是他口中的不远，一来一回也须得耗上两日。

子青担心阿曼不满，但看后者正跨上驼背，神情淡然，似乎并不在意李敢同行。

她轻叹口气，朝李敢道："劳烦你了！"

李敢微微一笑："走吧！"

离开焦阳县，一路往西北面而行，可见人烟渐稀少。赶路至夜半，人困马乏，他们便在野地里寻了处避风的地方，暂且歇息。

阿曼疲态已掩不住，拿下蒙面的布巾后，更显得眉目倦怠，只略略喝了一点水，吃了几口面饼，便歪靠在一旁老树上，合目休息。子青悄无声息地替他把了下脉，颦起眉头，取过衣物，轻轻替他盖上。

"他可是身上不好？"李敢压低了声音，问道。

子青点了下头，忧虑道："几日前被人下了毒，毒素还未尽解。"

"有人在追杀你们！"

为何子青夜宿野地却连明火都不敢举，李敢这才明白，心下一紧，紧盯住子青问道："是何人？为何要追杀你们？"

子青迟疑片刻，似不太愿意说出实情。

不过转瞬工夫，李敢决心已定，道："不能说便罢，我随你们同行，总得将你们平安送过大漠。"

"不行！"子青断然拒绝。

她心中很清楚，她与李敢虽自小一块儿长大，但两人所受的教育却不尽相同。李敢所学的是为君效忠报国图志，而她所学的是墨家的非攻兼爱。对于墨者来说，协助弱小，扶危济困，帮助弱国抵御强国，原就是行事准则；但对于李敢来说，此刻汉廷尚有楼兰质子在手，若让他帮助阿曼回楼兰，未免有失忠君二字，着实有些说不过去。

明知她身处危机之中，李敢又怎会离她而去，沉声道："莫再说了，我意已决。你二人过大漠本就危险重重，更不用说还有人在追杀你们。"

子青皱眉，"你尚有事在身，何况你连我们去做什么都不知道，你就不担心被你爹爹责骂吗？"

李敢笑了笑道："让他骂一顿，也不算什么大事。"

"你……"子青思量片刻，暗吸口气道，"那我就不瞒你了，此番我们要去的是楼兰，因为阿曼要回去继承王位。"

乍然听到这话，李敢愣了好一会儿，狐疑地上上下下打量阿曼，疑虑道："你是说，他是楼兰在汉廷的质子？"

“不，他是楼兰在匈奴的质子。”子青清楚明白道。

“匈奴的质子！”李敢一凛，本能地责问她道，“你怎么能帮助他回去继承王位呢？”

子青静静地望着他，一言不发。李敢的反应在她意料之中，他只会选择站在汉廷的立场来处理此事，而不会站在楼兰的立场，替千万楼兰人思量。

半晌，她才叹息般道：“所以，我不想把你搅进这事来。你该明白了。”

“我……”

李敢自幼受李广严格教导，确是从未想过做不利于汉廷之事，况且此事可大可小，若往大里去，说是通番卖国也不以为奇。只是他忽又想到一层——

“他既是匈奴的楼兰质子，为何匈奴人要追杀他？”他不解。

“阿曼因受不了匈奴人对他的欺凌，很早就逃了出来。此番楼兰王病危，匈奴人见阿曼不服管束，便另寻了个替身，想让替身继位。故而，他们非杀了阿曼不可。”子青缓缓道。

“这终究都是他们异族人的事情，我们……”李敢思量着，话才说了一半，便不知道该如何说下去。

子青低首一笑，并不欲将墨家的行为准则强加到李敢身上，只淡淡道：“我与阿曼相交匪浅，他此刻有事，我岂能置身事外。”

“阿原……”

“李家哥哥，你真的不该牵扯进此事，若他日落入别人的口舌，于你李家不利。”子青劝他道。

李敢眉头深颦，半晌未语，抬眼间借着月色见子青眉目间掩不住的倦意，柔声道：“你且睡吧，我来守夜。”

自离开霍府以来，因阿曼有伤在身，又要防着匈奴人，子青还未怎么踏实睡过，只靠着日里在马车中打几个盹养神。听李敢这样说，也不与他推脱，道：“那我守下半夜，你记得唤我……去楼兰之事你该为你爹爹想想才是”

听她提到爹爹，并不带恨意，李敢怔了一下。

以手掩口倦倦打了个呵欠，子青以驼鞍作枕，和衣躺下。

此地距离大漠不远，风中都夹杂着细细小小的沙尘。风自长空掠过，目力强的人便可看见沙尘在月光下闪着灰白的光。沙尘一层复一层地静静飘下来，细细密密地覆到她纤瘦的身体上。

李敢看着她，目光中微有困惑……睡着的阿原与平常略有不同，大概是松懈下来，仿佛又回到孩提时的她，仍是那样小小的，惹人怜惜，总让人想要去替她挡下所有的风雨。又怎会让人想到，这样看似柔弱的她，身体内却蕴含着无比强大的信念，几乎足够支撑着她去做所有她认为应该做的事情。

阿原的最后那句话，让他想想爹爹，他不得不承认，此言正戳中他的要害。

爹爹戎马半生，始终不能封侯，郁郁不得志，唯有忠义传家，而家教却是越发严谨，爹爹绝不容许李家子孙有任何污点给李家抹黑。他可以不在乎自己，却不能不在乎爹爹。

阿原啊阿原，你如此聪慧，怎么都是在为别人着想。

李敢无限怅然地叹出口气，仰面望天，看着灰白的细沙在空中静静铺撒。

一夜无事。

次日天明，曙光初现，骆驼站起身来，喷着响鼻。

子青悠悠醒来，方察觉已是黎明时分，懊恼自己睡过头，揉着双目问李敢道：“你一个人守了一夜，怎么不唤我？”

“我不困，你们马上要进大漠了，都该多歇歇。”李敢道。

听了李敢这话，子青便知他不会随自己往楼兰，安心许多，双手对搓几下，再用力搓了搓脸，提起精神跃身起来。

阿曼也缓缓睁眼，醒了过来，不知是否因精神不济，他几乎没有说话，只略喝了几口水，示意子青自己无事，便翻身上了骆驼背。

三人继续往边塞行去。行至途中，日头越升越高，扑面而来的风都带着热意。忽听身后传来隐隐马蹄声，甚急，且听得出大约有几十匹马。

子青没敢回头，与阿曼、李敢交换了下眼神，皆策缰避行在路侧，尽可能不引起来人的注意。

转瞬工夫，几十骑自他们身侧驰过，看衣着打扮穿的是中原服饰。为首一人的马鞭在空中啪地打了一下清脆的空响。响声令阿曼背脊一紧，寒意顺着后背直蹿上来。

子青看着这行人的背影，尽管路上黄沙滚滚，但仍看得出大部分人肩宽膀圆，体型彪悍，心中不免暗自猜度。

李敢挨近她，低声道：“你看见他们的靴子了吗？是匈奴人！”

“这么多……”

子青在心中暗自希望这些人只是寻常匈奴百姓，但脑中另一个声音又在告诉她，这些人无论看体格还是看马匹，都不会是寻常匈奴百姓。

幸而，这些人并未留意他们，径直路过。

骤然间，阿曼突兀地勒住缰绳，低声朝他们道："这条路不能走，咱们回头。"

子青还来不及问阿曼怎么了，便听见前方马蹄声疾，卷起团团烟尘，竟是方才那行人复折返回来。

"你认得他们？"她口中问着阿曼，一手已经探入鞍袋之中，将小黄弩牢牢握住。

"认得！你们不是他的对手，快走！快！"阿曼直直盯住前方，面色很难看。

为首那人，身量倒未见得十分魁梧，面容黝黑，浓眉入鬓，最扎眼的是他面上自左向右有一道极狰狞的疤痕，横贯面部，十分骇人。

"措雍得勒！匈奴第一勇士！"

李敢随李广守边塞多年，曾经见过此人，面色也极不好看。当年他曾经亲眼看见措雍得勒一鞭子挥下来，便活生生将一名汉卒抽死，骨裂筋断，那惊人的臂力已超乎了常人的极限。在己方只有三个人的境地下，即便是李敢，下意识的第一反应也是设法逃开。

虽未见过，但此人匈奴第一勇士的名号子青也曾听说过，知道此人是伊稚斜手下爱将，只是不知此人出现在此处，是否也是为了阿曼？

"你们快走！"阿曼已是在咬着牙根低吼。

即使听见阿曼的话，在当时的状况下，李敢与子青却未有一人掉转方向，只是不约而同地放慢了速度，策缰缓行，紧张地思量着该如何应对。

不过片刻工夫，这群汉人打扮的匈奴人已驰到了他们跟前，勒住缰绳，倒不理会李敢与子青，只用汉话朝阿曼大声呼喝着，要他解下蒙面的布巾。

"他脸上有疹子，不能见风。"子青在旁忙道。

措雍得勒冷冷瞥了眼子青，显然压根儿就不相信她的话，朝身旁的人喝道："给我把他揭开！"

几名匈奴人正欲动手，一直沉默着坐在骆驼背上的阿曼骤然开口，语气倒如故友相见闲谈一般，"不知是什么样的大事，能惊动匈奴第一勇士出现在这个小小边塞？"

听见他的话，原本面无表情的措雍得勒扯了扯嘴角，看着阿曼缓缓拿下面巾。

"果然是你！我就知道。怎么，急着往楼兰去？"

阿曼淡淡一笑，算是默认了。

"狗就是狗，这些年光顾着东躲西藏了吧。"措雍得勒笑起来，面上的疤痕异样地扭动着，"还不如在我脚底下老老实实做一条看家狗，总有剩骨头赏你的，也不至于弄得现下这样，连命都保不住。”

被他这般折辱，阿曼也不反驳，笑道：“原来此行是为了我，倒真是不敢当。”

毕竟尚身处汉境，眼下又是匈奴被汉军大败，不宜在此久留，措雍得勒不愿与他多费唇舌，手腕一抖，一条乌光黑亮的长鞭腾空而现，长约六尺，鞭上布满细小的倒刺，如恶蛟身上的鳞片，令人望之生畏。

对于这条鞭子，李敢曾见识过，打在人身上，不仅是骨断筋裂，鞭上的倒刺还会生生将一大块皮肉撕扯下来，甚是歹毒；若是卷在脖颈上，一扯之下，整个脑袋都会飞出去。

“算你走运，没工夫慢慢折腾你，就给你个痛快！”措雍得勒冷冷道，鞭子一紧，便待挥出。

“且慢！”阿曼道。

“怕死？晚了，这次你是非死不可！”

阿曼摇头道：“杀我可以，只是他二人是我雇来的，此事与他们无关，你让他们走。”

闻言，措雍得勒唇角慢慢扯开笑意，继而愈笑愈响，半晌之后，他骤然收了笑声道：“你以为你是谁，被我踩在脚底下的一条低贱的狗而已，也配和我谈条件？”

“我不是在和你谈条件，我是在求你。”阿曼语气平淡地看着他。

措雍得勒愣了一瞬，歪坐在马背上，掏了掏耳朵，不可置信地问周遭的人道：“我没听错吧，他说在求我？”当年他为了让年少的阿曼低头求饶，将阿曼打得奄奄一息，而后又将他绑在木桩上受烈日暴晒蚊蝇叮咬，折磨得不成人样，也未能从阿曼口中听到这个字。

“是，我在求你。”阿曼平静地重复道，“若你觉得须跪在地上才行，我也可以跪下来。你不是一直很希望看到我心甘情愿地跪在你面前吗？”

“你不是宁可死都不会低头的吗？措雍得勒脑袋微晃，鞭子在手上轻轻地掂量着，斜眼瞥了下子青与李敢，“怎的今日为了此二人甘心下跪呢？他们是你什么人？”

“就是路上雇来的。我反正也是要死的人，犯不上拖不相干的人垫背，免得他们怨恨我。”

显然对他的解释不甚在意，措雍得勒掂着鞭子，扯着嘴角笑道：“那就跪一个给我瞧瞧吧。”

被五六十名匈奴人团团围住，子青与李敢二人断不敢轻举妄动，泥塑木雕般一动不动地看着眼前发生的一切……

看着阿曼在周遭匈奴人嘲讽声中缓缓自骆驼背上下来，子青只觉得周身的血液都在往头顶聚拢，呼吸越发艰难。

而阿曼，自始至终他的神色都很平静淡然，便是双膝落地那重重的一瞬，他面上也未有一丝一毫的变化。

措雍得勒骑在马背上，颇为满足地用脚在阿曼脸上蹭了几下，清晰可见地在他脸上留下几道泥污。

即使是这样，阿曼仍旧跪着，并不躲开。

“若在早几年，你这般求我，没准儿我还真的会心软。可惜啊可惜……”措雍得勒叹道，鞭子轻轻一抛，搭在阿曼肩上，“可惜现在的你，连求我的资格都没有了。”

话音刚落，他手腕一抖，乌黑长鞭便如同活物般腾空掠过，直奔向子青的脖颈。

这一生变甚是突然，子青只来得及低俯下身子，长鞭堪堪自她头顶扫过，还来不及喘息，那长鞭却又倒卷回来，眼看就要划过她的腰际……

千钧一发的时刻，忽有一物破空而来，迎上鞭梢，两物相遇，发出清脆的金石撞击之音。那物件被击落在地，碎裂成几块，这才看清是块玉佩。

正是李敢在情急之下，顺手扯下腰间玉佩掷了出来，才险险救下子青。不愧跟在李广身边多年，李敢临敌经验丰富，反应也快，只在电光石火之间，另一只手已自鞍袋中抽出弩具，弩矢激射而出，击中近处一个匈奴人。

因弩矢劲道甚大，李敢又算准了方位，那匈奴人中箭后身子直跌出去，正撞到措雍得勒。

“阿曼，快上马！”子青疾声道，与此同时抽出小黄弩，趁此空隙，将距离阿曼最近的一人射下马去，紧接着又用弓弩逼开欲阻拦阿曼的人。

这边措雍得勒大怒，鞭子一抖，再不似之前那般轻敌，破空之声，劲风阵阵，直取子青。

因尚顾着替阿曼逼开阻拦的人，子青来不及策缰躲开，闻风声匆忙侧伏身子到骆驼一侧，只听得鞭声落下，撕心裂肺般的疼痛自腿间传来……

紧接着骆驼一声嘶吼，跪倒在地，侧腹被长鞭撕开一道血口，皮肉分离，鲜血淋漓。

同样鲜血淋漓的是子青的腿，鞭梢过处，差一点扯下块肉来，幸而有驼肉挡着，皮肉裂而未掉，但腿骨却已是断了。

“青儿！”阿曼厉声喊道，伸手去抽隐藏在衣袍下的弯刀。

“你快走！”子青顾不得腿上的剧痛，自背上弩箙中抽出一柄弩矢，用力掷出，正刺中阿曼所骑的马匹。

马匹臀部吃痛，扬蹄嘶鸣，拖着阿曼发足向前，硬是冲出一条路狂奔而去。

措雍得勒见阿曼逃出，大怒，抖鞭将骆驼皮肉甩开，挥鞭复卷，忽觉旁边有一物破空而来的风声，连忙侧头避让。只在转瞬之间，他左颊先是一凉，紧接着一股温热涌出，最后才察觉到左目传来的剧痛。

一片血红的迷雾掩盖住他的所有视野，使得他什么都看不清，耳边尽是匈奴人惊慌的叫声。

李敢一箭得手，伤了措雍得勒，见匈奴人因措雍得勒的伤势而暂时陷入一团混乱之中，知道脱身的时机稍纵即逝，与子青交换了下眼神。

子青会意。两人双弩齐射，接连射倒几人，冲出重围。疾驰出未多远，便遇见策马奔回的阿曼，三人会合。

“他们要的是我，你们快走！”阿曼急道。

由于疼痛，子青直抽冷气，话都说不利索，只摇了摇头，目光四下搜索，想找一处易守难攻的地势。她骑的是骆驼，阿曼的马又受了伤，匈奴人很快就会追上来，单凭脚力决计没有胜算。

“拐过弯处，不远就是亭隧，快走！”李敢策马道，回首见阿曼不动弹，急道，“我把那家伙眼睛都射瞎了，就是你死了他也不会放过我们！”

阿曼闻言一愣，抬眼看见因疼痛而紧咬住双唇的子青，她的眼神明明白白地告诉着他，若自己不走，那么她会陪着他。

“走！”他咬牙狠狠道。

三人往亭隧所在疾驰而去。

亭隧是汉廷在边塞防线上警戒设防之所，内中有供吏卒驻防的坞和作为烽台的堠。即使在如此危急的情况下，李敢的决定也是经过考量的。这些匈奴人为数众多，相信应该是易装之后，分成几批潜入汉境，须得尽快告之隧吏，举苣为号。

终于在匈奴人追上之前，赶到亭隧，止步于示警柱前。亭隧内的隧吏在得知李敢身份之后，放下吊门，让他们入内。

吊门缓缓收起，道上烟尘滚滚，匈奴人已追了上来，不一会儿便到了城下。

因他们尚是汉服打扮，虽有李敢在前说破，但隧吏仍循例立于外坞城墙上高声问讯。

此刻的措雍得勒被李敢伤了一眼，又气又怒，加上己方有五六十人，自是不把这座小小亭隧放在眼中。对于隧吏的问话，他的回应便是怒操起弓箭，挽弓搭箭，径直射向亭隧。

因伤了眼睛，措雍得勒此箭射出的毫无准头儿可言，并未伤着人，劲道却是大得惊人，羽箭直没入墙中。守隧的吏卒皆骇然，连忙分头举苣与上外坞城墙御敌。

此刻的内坞中，子青背靠着混着红柳枝夯土打实的墙，李敢用匕首割开覆在伤处的布料，再用手尽可能小心翼翼地揭开来，直至整个伤处完整地露出来……

里头的腿骨被鞭抽断，外面皮肉被倒刺割裂得絮絮落落血肉模糊，即便是知道应该先将断骨固定住，可李敢深吸几口气，犹豫再三，始终下不去手。

隔着坞墙，匈奴人进攻的呼喝声清晰地传进他们的耳中。

“他们是不是想要攻进来？”子青喘息着问道，她未想到措雍得勒居然有如此大的胆子。

一名隧吏自他们眼前飞奔而过，内坞的另一头是整齐码放着一摞摞积薪的烽燧。那隧吏迅速燃起一堆积薪，烈焰熊熊，火光摇曳。

按照军中条例，举烽火示警须得日且入时，即黄昏之后，方能举苣。此时尚是白日，按理应该派人持赤白囊长竿快马飞奔示警，但眼下匈奴人已在关内，将亭隧围住，断然是冲不出去了。只得举一苣火，盼望另一处亭隧能够看到烽烟。

塞外风大，此烽烟乃燃草木所得，比不得狼烟，还未及半空，便已被风吹散。

阿曼不知自何处弄了两块木板来，一眼看见子青的伤口，瞳仁猛地痛缩，呆愣了一瞬，蹲下身朝李敢道：“我来吧，你在此间军阶最高，你去帮他们。”

李敢犹豫了下。

子青艰难地撑了撑身子，手指向西面半敞的兵库，道：“我好像看见里头有转射机，外坞墙上有方孔，应该原来就是镶这个的，你……”

“我知道。”不待她说完，李敢已经明白，“亭隧前头还有铁蒺藜，他们想攻进来，没那么容易，你莫着急。”

要子青少安毋躁之后，李敢掏出衣袍内随身带着的创药交与阿曼，想说什么，终是没说，只拍了下阿曼的肩膀，便匆匆登上坞墙，查看敌情。

阿曼半蹲下身子，没敢看子青，垂目低声道：“你忍着点疼。”

“嗯。”

他手法很快，轻柔地摸到腿骨，替她接好，然后再处理皮肉伤，清洗伤口上药，最后包扎，且用木板将她的断腿牢牢固定住。

直到这一切都弄妥当了，他这才抬眼看向始终未吭一声的子青。后者满头冷汗，嘴唇也被咬出一排清晰的牙印，正努力地让自己呼吸均匀。

“疼吗？”他问。

“还好，我还忍得住。”子青努力扒着墙，想站起身子来，阿曼忙上前扶住她。

“青儿，你……”他将她半搂半扶着，额头抵住她的额，低垂的睫毛下双目泪光浮动，低低道，“青儿，我会害死你的。”

“阿曼，”子青很是明白他的心境，“伤了条腿是不会死的，你莫再胡思乱想。对了，你去替我找一根能当拐杖用的棍子，好吗？”头顶上的箭嗖嗖直飞，匈奴人攻势甚猛。

“你腿伤了最好莫乱动。”

“我得上坞墙，那些转射机他们大概不会用……”

阿曼暗叹口气，眼下大敌当前，料子青也坐不住，只得道：“好，我去替你找，你莫再乱动了。”

子青忙点头。此刻正好有两名隧吏自坞墙上飞奔下来，手忙脚乱地揭开墙角的一大方桐油布，将所覆着的投石机推出来。从桐油布上所积的重重沙土看来，已是许久未曾用过。便是墙角堆放的羊头石，也因为许久未用而覆着层层青葱碧绿的青苔。

隧吏们在坞墙上李敢的指挥下，将投石机推到位，迅速装羊头石，拉动扳手，羊头大小的石块越过坞墙，飞掷出去……这足以让人感到庆幸，至少投石机的机括装置虽有些笨重，都还可用。

果然阿曼很快寻了一根长戟，塞到子青手中，又可当拐棍，关键时刻也可御敌，一举两得。子青驻着长戟，一拐一拐地上了坞墙，行至一半时，阿曼追了过来，手中是自驼鞍中拿来的弓弩。到了上头，这才发觉坞墙上的人都被匈奴人的箭压着不敢露头，隧吏们只靠着发射羊头石来抵挡匈奴人。

阿曼探头，将亭隧外的状况尽收眼底，顺便射了一箭撂倒一个匈奴人。状况并不容人轻视，亭隧外沿着坞墙有一道深沟，沟中布满了铁蒺藜，也确实伤了几个匈奴人，但并不足以要他们的命；羊头石威力颇大，匈奴人不得不来回躲闪，但也只能阻拦一时，毕竟亭隧内所垒的羊头石有限。还有最糟的一点，亭隧的坞墙比不得城墙，高度还不到两丈，极易被匈奴人攻入。

而一旦成为近身战，整个亭隧，统共才四个隧吏驻守，再加上李敢他们一行人，加起来也不过才七个，更何况子青与自己还都有伤。

思考这些只是一愣神的工夫，他再抬眼，便看见子青不知自何处顺手拿了一柄弓，松开长戟，挽弓搭箭，快捷无比地瞄准亭隧外，接连射出两箭。

“小心！”阿曼将子青拉下，正有一箭险险自她耳边擦过，“措雍得勒这些手下的箭术都不弱。”

“我知道。”

子青拄弓往前头挪了几步，换个地方，接着又射了一箭。

坞墙另一头，李敢正把勉强还能用的两个转射机往方孔上装，装好之后便教隧吏如何将弓弩抵在转射机上，又如何转动圆轴来调整角度。大多数转射机因为被长期废弃，上面的木头已经朽坏，尚能用的已然不多。

有了转射机，隧吏胆气大增，接连用弓弩以不同角度射出好几箭，射伤射倒好几人，只听得亭隧外匈奴人怒骂连连。

子青拖着伤腿，拄着弓，半蹲在坞墙下大口大口喘着气。由于腿上的伤势，平常轻松便可做的事情，在此时变得异常吃力。匈奴人只有五六十人而已，她在心中默默地告诉自己，墨家的先辈们曾经抵御过数万人马，今日她也一定守得住这座小小亭隧。

撂倒两个试图越过深坑的匈奴人后，阿曼挪到她身旁，看着她额头上大滴大滴的黄豆般的冷汗，不用问也知道她正被何种疼痛折磨着，与此同时，他的心遭受着更甚于她十倍的折磨，却无法言语。

见他眉头深锁，子青误以为他担心战况，正欲开口，却见李敢弯着身子朝他们奔过来，担忧地望了眼子青的腿。

“你怎么上来了？”李敢问道

“不碍事！”眼下绝不是谈论伤势的时候，子青喘口气道，“咱们运气好，这些匈奴人大概从未做过攻城前锋，毫无章法可言，要守住亭隧并不难。”她这话既是对李敢说，同时也是在宽慰阿曼。

瞧她神情，李敢忽然一恍神，仿佛又看见当年秦叔助爹爹驻守边塞时的情境。

“没错，就是匈奴人再多一点，咱们也守得住！”李敢朝她一笑，他咽下所有劝服她休息的话，转身离开。

亭隧内外，箭石横飞。

诚如子青所说，措雍得勒虽是伊稚斜身边的第一勇士，与汉军作战也颇为骁勇，但大多都是在草原大漠作战，几乎未攻打过城邑。

对于面前这个其貌不扬的土疙瘩，被伤眼剧痛弄得怒火中烧的他初时并未放在眼里，而当马匹一次又一次止步在布满铁蒺藜的深坑前，手下被羊头石砸中，被箭射中，死的死，伤的伤，他才有些醒悟了。

折损近半后，他下令停止了进攻。

这个土疙瘩里头是有些名堂。

“他们没走，就歇在弓弩射程之外的地方。”哨岗的隧吏不时大声回报着，“像是在商谈什么事。”

李敢正在清点亭隧内所剩的羊头石和箭矢，子青拄着长戟，在兵库房里寻找一切可用之物；阿曼则在试着修理转射机，将朽坏的木块换下来，重新换上新的，然后将它固定好。

“难道他们还会再来？”一名隧吏迟疑着问。在他看来，他们已是打了一场成功的守城战，以少御多，致使匈奴人折损过半，应该会吓得匈奴人不敢再来吧。

阿曼连眼皮都未抬一下，淡淡道：“一定会再来！”

“可……可他们就剩下二十几人了呀？”

“因为他是措雍得勒。”

阿曼很清楚措雍得勒的性情，他是一个极好面子且绝不白白受挫的人。如今，他无论如何不会甘心被这个小小亭隧所阻拦，而定会想方设法来攻下亭隧，且再对内中的人极尽暴虐屠杀，方才能解他的心头之耻。

忽又听见哨探的声音：“有两骑离开，往西北方驰去！”

此言一出，李敢、子青、阿曼皆是背脊僵住，手中的动作滞了一滞。措雍得勒此举，正应了他们最坏的料想——匈奴人还有援兵！

援兵会有谁？他们不知道。

援兵会有多少人？他们也不知道。

子青下意识地往烽堠望去，之前燃起的那摞积薪还在燃烧，随风消散的烽烟让人忍不住要灰心。再转向日头，正是夏末，白昼仍旧长得让人更加灰心。

她还从未如此焦切地期待着夜晚的来临。

“有没有别的法子可以送信出去？距离此处最近的亭隧有多远？”李敢问隧吏长。

隧吏长为难道：“差不多五里地，可这些匈奴人堵在道上，根本过不去。”

“自后头走呢？”现下匈奴人未围住亭隧，李敢想将人偷偷自后头送出去，应该是可行的。

隧吏长愣了下，答道：“自后头，除非能翻过这山，再绕到道上。可没有马，又是山路，须费时颇久。”

李敢望了眼天色，距离黄昏还有一个多时辰，“你们当中有没有人善行山路，我需要他往邻近亭隧送信。”

一名还长着娃娃脸的隧吏站出来，“我，我以前是在家放羊的，满山跑惯了。”

李敢打量他一番，见他黑黑瘦瘦手长脚长，命他卸了身上的铠甲，再将赤白囊叠好放入怀中，“路上千万小心！务必将此物送至邻近亭隧。”

“诺！”

娃娃脸的隧吏扎好腰带，诸人用绳索将他自后头放下坞墙，看着他手脚利落地隐入山野树林之中。

子青转头望向阿曼，还未开口，便见阿曼朝她摇了摇头。

“你不必说，我不会走！”阿曼已经知道她想说什么，顿了一顿，深看着她，复道，“绝不！”

被他一噎，子青一时说不出话来，也知再劝无用，只点了点头。

李敢大步行过来，望着子青，也不多废话，直接道：“阿原，你腿上有伤，留在此处无益，我用绳索把你放下去，你在山中暂避。”

子青半靠着长戟，微微一笑道：“墨者，赴汤蹈火，死不旋踵。今日亭隧之中，众人皆可离开，独我绝不能走。即使擅离半步，我也无颜面对爹爹。只是，李家哥哥，你大哥、二哥皆已不在，你须得替你娘想想。”

李敢看她片刻，不得不感慨阿原的确懂得他的诸多牵挂，何时该搬出爹爹，何时该搬出娘亲，她一清二楚。只是不知她究竟可否明白，她在他心目中所占的位置?

“家中父母，他们也都有。”李敢望向剩下的三名隧吏，涩然笑道，“难道独我一人吗？莫再说了，既然你们都不肯走，那么此座亭隧，咱们非得守住不可！”

闻言，子青点头。目前尚不知措雍得勒究竟会有多少援兵，要守住亭隧，就须得做好一切准备。

“我看过东边的兵器库，里头还有些废弃的长戟长矛可用；两箱生了锈的铁蒺藜可用；拴木门上的铁链子也取下来，可用……”

墨家书简中对于守城时城上守备器具、人员以及建筑均有具体的配置，诸如：一步一卒；两步，一长斧、一长锥、一木弩等。但亭隧简陋，单从人员来说，只有寥寥六人。兵刃器具也十分紧缺，子青脑筋飞快地转着，尽可能地就地取材。

除去哨探，剩下五人有条不紊地忙着，将废弃的长戟、长矛搬至坞墙之上；同时在坞墙上架起一口大鼎，将所有找得到的油尽数倒进去，下面的柴火旁边还堆着铁链子；吊门被封死，两箱铁蒺藜搬到吊门附近……

日头在一点一点微不可见地西移，能备下的器具皆已准备停当。

阿曼拿了水囊和两块面饼，朝坐在墙角阴凉处的子青走去，她才刚刚削完最后一根木橛子。

“吃点东西吧。”他在她身旁坐下，将面饼递过去。

双手在衣袍上蹭了蹭，子青接过面饼，虽无甚胃口，但为了存储气力，还是一口接一口地吞嚼。

阿曼也吃了几口，喝水时转头看子青口中虽嚼着面饼，但目光落在不知名的某处，似在出神，遂用肩膀轻撞她一下，问道：“想什么呢？当心噎着。”

“没什么。”子青口中虽如此道，收回的目光却带着明显的怅然之意。

“想起后悔的事了？”阿曼佯作不在意地笑道。

被他一语道破，子青不好意思地低首笑了笑，道：“我只是在想，将军回府之后见我未等他，不守承诺，定然恼怒得很。”后面还有一句，她未说出来，霍去病见了她的信牍，得知她原是女儿家，想来定是更加恼怒。

“既想着他，你真该回去的。”阿曼轻轻道。

子青还未回答，骤然间，只听哨探发出一声惊呼：“匈奴人的援兵来了！”

“多少人？”李敢仰头飞快问道。

墙角下，子青、阿曼未仰头，静静等待着哨探的回答。

哨探似乎在清点人数，顿了片刻，嗓子有点发哑道：“将近一百五十人！”

烈日炎炎，亭隧内一片死般寂静。

半晌，子青缓缓地吐出口气，朗声道：“说不定赤白囊已经送到，况且就快要黄昏了，只要我们撑一撑，撑到汉军来援，就成。”

说罢，她低头接着嚼面饼，比先前专注，也比先前快，三口两口吞咽下去，然后拄着长戟撑起身子，一拐一拐地往坞墙上行去。

亭隧中仅有六人，面对人数远远超过他们的匈奴人，这将会是一场艰苦卓绝的死守，她很明白。

伤腿传来一阵阵的疼痛，行走在夯土墙阶上，将军的面容不期然又出现在她脑海中，她深闭下眼，甩甩头，警告自己大敌当前，须得心无旁骛。

其他人皆已守在其位，严阵以待。

火石一打，火星四溅。

伴随着匈奴人的马蹄声，架在大锅下的柴火被点燃，火光熊熊。

杀声震天。

措雍得勒是个有仇必报的急脾气，他将负责在塞外接应的人马全部招来，便是决意要在黄昏之前，将这座亭隧连同里头的每一个人，连皮带骨拆分干净。即便是这样，他也不认为就足以泄他的心头之恨。

故而，匈奴人的攻势很猛。

李敢、子青与阿曼的箭法皆不弱，但由于匈奴人众，即使射得极准，也很难将他们阻隔得住。四五轮箭矢之后，匈奴人便已冲到了坞墙之下，有想越过深坑往上爬的，也有径直奔向吊门，刀砍斧劈，想将吊门砍倒的。

好在吊门已自里头用木条密密封死，一时半会儿他们也冲不进来。倒是在吊门外的人，被子青一箭一个，撂倒了四五个。

而坞墙下，深坑内垫了好些匈奴人的尸首，进攻者踩着同伴往上攻。

十几根拇指粗的绳索被系在弩矢上，弩矢射入，牢牢钉在墙上或地上，匈奴人拉着绳索攀爬上坞墙……

阿曼手中的弯刀亮如寒雪，旋转得飞快，接连砍断七八根绳索，爬到中途的匈奴人复落下。还有几人被李敢射中，栽落到坞墙下的深坑里。

另还有三个匈奴人已爬至顶头，口中尚咬着马刀，子青与李敢同时回身，抄起旁边废弃的长矛用力投掷出去，中矛者掉落。

另一人被阿曼弯刀割喉，血飞溅出来，倒在墙内。

连让他们喘气的工夫都没有，一瞬眼的工夫，又飞上来二十多根系着绳索的弩矢，子青探头往坞墙下望去，尽是密密麻麻的匈奴人在往上爬。

大鼎之下，摆在柴火旁边的铁链，已被烧得赤红。

爬至中途的匈奴人骤然发现一条赤红如蛇的铁链自坞墙上荡下，所到之处，衣物被灼烧，肌肤严重烫伤，疼痛难以忍受。被赤链碰到的匈奴人大多纷纷掉落，还有些顽固者仍旧坚持着往上爬。

忽又有滚油从天而降。紧接着，火把自坞墙上被扔下来。油见火即着，坞墙之下，一片火海，匈奴人挣扎着脱去衣袍向外逃。

看着匈奴人受挫之后，暂时停止进攻，亭隧内的众人都暂松了口气。这轮进攻下来，各自身上皆挂了彩，好在都伤得不重。

天边，夕阳的余晖分外美丽。烽燧中，两摞积薪被点燃，火光冲天。

亭隧外，措雍得勒折损六十多人，正在休整残部，随即会再攻来。

坞墙之上，清点过所余箭支，仅剩下二十七支，火油也已用尽，众人默默无言，各自磨亮刀戟，心中都明白，措雍得勒若再次攻来，他们已无招架之力，只能是近身肉搏。

而汉军援兵尚不知何时能到。

墙外，马蹄声又起，重重踏在人心坎儿上般。

愣了一瞬，觉马蹄声似有异常，子青往坞墙外望去，远处正有一队人马朝此处驰骋而来，余晖之中，看得分明，正是汉军装扮。

这队汉军，仅用目测估计，足有千人。

“援军！是援军！援军来了！”

刚刚才到黄昏时分，措雍得勒似也未料到汉军来得如此之快，欲仓皇撤走，却被几百汉军团团围住。直至汉军到了亭隧近处，子青方才看清骑在玄马上领兵的那人。

仿佛远得如三生九世般的人。

他也正仰头望过来。

城上，城下。

四目交投。

战局已毫无悬念，近百匈奴人被数倍于己的汉军裹着打，即便措雍得勒是匈奴第一勇士，死战到底，终毙命在数戟之下。剩下的匈奴人，死的死，被俘虏的被俘虏，不到小半个时辰，便结束此役。

先前费了大气力定死的吊门，隧吏们眼下不得不费上更大的气力拆开。听得里头乒乒乓乓的折腾声，霍去病高坐在马背之上，候在吊门外，面沉如水，目光仿佛能够穿透吊门。

终于，“砰”的一声，亭隧的吊门轰然落下，飞扬的尘土中影影绰绰几个人影在里头，屈指可数。

翻身下马，霍去病大步走进去，眼中压根儿没有其他人，径直朝着子青走过去。知道危机已除之后，原本紧绷的身体松懈下来，子青艰难地撑着身子半靠在夯土阶上，将伤腿掩在袍下，不让自己滑坐下来。

霍去病在她面前站定，一言不发地紧紧盯住她。

“将军，我……”子青歉然开口道。

她才刚一开口，霍去病就探身抓住她的手腕，拉住便走。

被他猛地一扯，子青伤腿吃不住劲，踉跄一下，差点摔倒在地。旁边李敢惊呼一声，而阿曼已经抢上前来，扶住子青，朝霍去病怒道：“她的腿断了……”

霍去病吃了一惊，蹲下身子，只将衣袍撩开一角，便看见子青那条被两片简陋木板固定住的伤腿，瞳仁骤然痛缩。

“你……”

才几日未见，她竟把自己弄到这等境地，若非他率军及时赶到，只怕她已战死在这处小小亭隧之中。

乍然在此间见到将军，子青心中有许多歉然的话想说，却又不知该从何开口，抬眼时便看见将军眼中隐隐似有水光浮动，心中狠狠地一抽，还未来得及开口，身子骤然腾空，竟是被霍去病抱了起来。

也不理会旁人，霍去病抱着她径直往隧吏们日常起居的屋子走去，进去之后，尽可能小心地将子青放在榻上，生怕触到她的伤腿，又高声朝外道：“伤药！”

后面的人愣了一下，很快有军士会意，自马鞍袋中取出常备的伤药，连包扎所用的干净布条等物，一并送了过去，然后又依命打了一盆清水送进去，方才掩门退了出来。

与霍去病同来的方期见将军所有事务一概不理，只得尴尬地自行与李敢见礼，了解一下此番匈奴入侵的前因后果。

因涉及楼兰，李敢说得甚是含糊，只说路上伤了措雍得勒，被逼逃至亭隧躲避。

阿曼不与旁人多言，独自靠在坞墙上望着远处，静静不语。

突然之间，他看见一些本不该出现在此地的人也出现在坞墙之外，微有些惊异。

“不告而别，就是为了把自己弄成这样？”

霍去病微低着头，尽力想让自己语气平和，却仍是按捺不住对她的怒气，说出的话难免带上责问的味道。同时他缓缓解开子青腿上包扎的布条，经过激战，那些旧的布条早已浸满了血，真不知道她这个单薄的身体里哪来这么多血。

子青咬牙忍着疼，心里还惦记着一件事：“将军，我留下的信牍你看了吗？”

“你有留信牍？”

“嗯……”子青只一愣便已经明白，定是卫少儿并未将信牍交给将军，黯淡了片刻。

“我回去找找。”霍去病自然心中有数。

布条全部解下，看见子青腿上的伤势，他倒抽口凉气，瞪着她怒道：“这伤得疼成什么样？你倒是出声啊！”

疼得牙缝里直冒冷气，子青摇头坚持道：“没、没事，我受得住。”

霍去病被她气得说不出话来，只得专心低头给她清理伤口，上药，再重新包扎。其间，他能感觉到她因为疼痛而身体微微发着抖，可他不敢抬头再去看她一眼，他担心，再多看一眼，他便没有勇气替她包扎下去。

直至完全包扎完毕，重新用木板固定住她的腿，霍去病才长长地吐出口气，缓缓抬头望向子青。

尽管被疼痛折磨得额头尽是冷汗，可子青的心里却仍旧惦记着那件事情，迟疑地道：“我、我……其实我，我在信牍里面向将军您坦诚了一件事情。”

“何事？”

“我、我、我……”子青的头越垂越低，结结巴巴道。

“你原是女儿家，是这件事吗？”霍去病看着她道。

子青惊讶地抬头，歉疚万分道：“您知道了！”

“丫头，你本事挺大的，骗了我这么久。”霍去病淡淡道，“这在军中，可是死罪。”

“我知道，所以才不得不瞒着您。”

霍去病眉毛微挑：“这么说，你还占着理了！”

“卑职不敢。”

以为将军想要兴师问罪，子青自知理亏，只能把头一低，没敢再说话。

最后一丝余晖消失在天际，天色完全暗了下来，屋内一片昏暗。外间有人持火把走动，火光透过门上的缝隙，明灭不定，霍去病一径沉默地看着子青，在影影绰绰的光影之间，子青单薄瘦弱的身影显得分外的不真实，仿佛随时都会消失一般。

“还没出汉境就折了一条腿，你这样子还怎么往前走，死去啊！”他声音低柔，语气中却满是掩饰不住的心疼。

子青苦笑，不接话。

“你若死了……”他顿了下，“叫我怎么办？”

“将军……”只听得这一句，子青便有些受不住，双目低垂，喉咙哽咽，“将军的恩情，子青铭记在心，粉身难报。”

霍去病涩然苦笑，伸手托起她的脸来："还是要走？"

子青咬咬嘴唇，在黑暗之中没有作声。

外面有人敲门，霍去病皱了皱眉头，才道："进来。"

门被阿曼推开，他看室内漆黑，笑了笑，"两人对着哭吗？连灯都不点。"说罢取了案上的火石，将壁上的油灯燃起。

"是要走了吗？"子青在他点灯之际，迅速用衣袖将眼泪擦干，挣扎着想下地，却被霍去病按住。

他转头问阿曼："可看见你的族人？"

阿曼点头，昏黄的灯光下，他脸上的神情平淡得有些古怪："此事还未多谢你。"

"不必，他们原就是来寻你的，不过是与我正巧遇上。"霍去病碰上的正是之前在大漠之中曾遇上的楼兰老者。

阿曼笑道："今日若非将军及时赶到，这亭隧是断然守不住的。总之欠你一份人情，只是今日一别，山高水远，怕是没机会还了。"

"今夜就要走？"

阿曼点了点头，目光瞥向子青，后者扶着墙，已站了起来，正四下寻找可以当拐杖用的物件。

霍去病立在当地，默然无声地看着子青。

"青儿，"阿曼柔声道，"你的腿现下伤成这样，我与族人们赶回楼兰，须日夜兼程，无法再照顾你。如果你跟我们一道走，只怕会成为我们的累赘。"

他语气虽和缓，但话中的意思却颇不讲情面，明显是要子青莫再跟着他们。

子青愣了片刻，思量他说得有理，便道："也好，你们先走，待我养好腿上的伤，即刻便去楼兰寻你。"

阿曼望着她，喟然叹了口气："青儿，你怎还不懂我的意思？"

"我知道，你想要我留下来。"子青静静道。

"是，可你不知道为什么……"阿曼慢慢道，"今日一役，我明白、也看清了许多。你身为墨家后人，今日若非霍将军及时救援，你根本就守不住这座亭隧。试问，你连一座小小的亭隧都守不住，墨家后人根本徒有其名，你又怎能帮我守住楼兰呢？"

这话一字一句，都充满着质疑与不信任。

子青面色苍白，呆立半晌，才缓缓道："你说得对，是我自不量力。"

听见她如此说，阿曼唇角怪异地轻扯了一下，很快恢复如常，道：“两位保重。”话音尚未落，他已旋身出了屋子，脚步迈得又急又快，似乎急不可待地要离开这个地方。

被他顺手关上的门吱吱呀呀作响，子青愣愣地在原地立着……

霍去病同样一言不发，听着阿曼的脚步声往亭隧吊门处去，渐行渐远。

突然之间，回过神的子青动弹起来，艰难地扶着墙壁，拖着伤腿，挣扎着往门口行去。

她身后的霍去病迟疑了片刻，目光中有着说不出的痛楚，仍是上前将她轻轻抱起，无须子青再说话，径直抱着她大步朝外行去。

距离亭隧不远处，阿曼接过楼兰老者手中的缰绳，翻身上马坐定，身形僵硬地停滞一瞬，随即挥鞭拍马，不让自己有任何回转的念想。

吊门之前，子青见阿曼策缰远去，知道赶不上他，自霍去病怀中挣扎着下地来，声音沙哑而哽咽，喊道：“阿曼，保重！”

她的声音夹杂在风中被送至阿曼的耳畔，被强自压抑在胸中许久的热流直冲上头，阿曼勒住缰绳，死死地咬紧牙关，泪流满面，终只微微侧了下头，甚至不敢回望，手持鞭子加了一分力，驰马绝尘而去。

星光下，风卷起沙尘在空中划过一道道灰白的痕迹。

阿曼的背影显得孤独、苍凉而寂寥。

胸口被重压一般，子青扶在夯土墙上，手指无意识地抠着土墙上粗糙坚硬的泥砾，看着阿曼与楼兰老者一行人消失在茫茫黑夜之中。直到霍去病自身后伸手托了她一把，她才知道由于全身脱力，自己正缓缓往地面滑坐下去。

“阿曼，他……”

她转头，对上霍去病的双眼，才说了半句话，泪水便止也止不住地涌出来，再也说不下去。

霍去病轻叹口气，温柔地将她的脑袋揽入怀中，轻拍她后背，柔声道：“我知道，他实在待你很好。”

子青将头抵在他胸膛上，不说话，泪水直渗入他的衣袍中。

周遭尚有不少士卒，此情此景自然引得他们侧目，亭隧内一片鸦雀无声，连方期也尴尬地干站在一旁。李敢给方期打眼色，让他把多余的人遣出亭隧。待人都散了，他自己则朝子青和霍去病走过去。

“霍将军，阿原。”

“嗯？”霍去病望向李敢。

子青抬起头来，看见李敢的眼神，方才察觉自己的不妥之处，忙用衣袖胡乱拭去泪，身子也往后挪了挪。

霍去病神情不变，手仍稳稳地圈扶住子青，生怕她的腿禁不住久站，不让她从自己怀中脱开。

“阿原，你腿上有重伤，不宜在此地久留，寻处稳妥的地方将养才是。”李敢道，“咱们速回焦阳镇，到我姑父家的老宅去。”

“不……”子青话还未说出口，就被霍去病打断，“多谢好意，青儿随我回长安休养，就不必去打扰你姑父了。”

李敢看着子青，没理霍去病，仍平和道：“我姑父的老宅现下无人居住，只留个看房子的老仆，你不必担心有所不便。再说，焦阳县距离此间最近，你现下需要的是休养，来日之事，咱们再做打算。”

“打算？”听到这话，似有古怪，霍去病微微眯眼。

李敢转向霍去病，语气舒缓地低声道：“霍将军恐怕还不知道，当年我与阿原是有婚约的……”

此事霍去病确实未曾知晓，一双利目嗖地扫向子青，俨然是在恼她瞒报军情。

子青不知李敢提起此事用意，家仇相隔，两人已不可能再履行当年的婚约，被将军如此一盯，倒像是她的错般，遂不甚自在地朝李敢道：“李家哥哥，我们……”

李敢温和一笑，打断她的话，道：“我知道，你不必多说，无论你我之间是否履行约定，我始终都应该照顾你。”

“你不必……”子青不知该怎么说。

“难得李校尉这般重情重义，我替这丫头多谢你。”霍去病含笑道，“子青还是随我回长安养伤妥当，她腿上的伤我看过，用宫里的药还能少留些疤。”

“我李家的箭创伤药虽不敢与宫中用药媲美，但……”

两人各执一词，一时相持不下。

“两位请听我一言。”腿伤果然无法久站，一阵阵的疼痛潮水般涌上来，子青微颦起眉头，朝二人诚恳道，“两位好意子青心领，我自有去处，不劳烦二位为我费心。”

“你要往何处？”李敢皱眉。

霍去病沉默地盯着她，按捺住隐隐怒气，圈住她的手臂已经敏锐地察觉到她的不适，便将她抱至就近的土阶上坐下。

坐下来，子青小心翼翼地伸直不堪重负的伤腿，向霍去病投去感激一瞥，后者却不甚领情，撩袍也坐了下来。

“阿原，你方才说自有去处，是何处？”李敢复问道。

子青解释道：“我有位义兄，现下正开着医馆。我去他那里，再合适不过。”

霍去病轻哼了一声，摆弄着皮护腕，似乎早就料到她的念头。

“你的义兄现在何处？”

“就在陇西郡。”子青并不愿说得太过详尽，朝李敢笑道，“我义兄待我极好，与家人无异。”

她虽说得含蓄，李敢却已明白，在阿原心中，自己与她始终算不得家人，目光黯淡片刻，道：“既然如此，我送你去。”

“不必！”在旁一直未开口的霍去病骤然出声。

“是，陇西郡不算远，我自己便可以去。”子青道。

“我是说你不必去陇西郡。”霍去病转过头来，斜眼睇她，毫不留情道，“易烨所开的不过是个小医馆，每日能有多少进项，怎还养得起你这个伤患。你腿上有伤，又做不得事，日日还要人伺候，难道就不怕拖累了他。”

子青被他说得一愣，呆了半晌，才低低道：“我、我没想要……”

“不必再想了，随我回长安，待养好了伤，还有一堆的事等着你呢。”霍去病不容置疑地替她安排了。

“有何事？”子青有点懵。

霍去病将脸逼过来，板着声音道：“你欺瞒本将军，死罪可免，活罪难逃。你莫不是以为赔个礼就能混过去了？”

“我……”

他虽故做出这般模样，子青不傻，岂会不知这是他为了哄着自己随他回长安的法子。只是将军所说，却也不假，自己欺瞒他良久，确实对不起他，故而她心中颇为踌躇。

第二十七章　长安之困

霍去病命方期率军先行折返复命，他则带着子青，与李敢一同回焦阳县。

一路上，子青都被他包裹在披风之中，紧紧地靠着他。生怕她的伤腿在剧烈颠簸中吃疼，他尽可能地骑得很慢，慢得玄马都极不耐烦。

毕竟是在马背上，再慢也仍旧是起起伏伏，子青始终一声不吭，唯有时因为疼痛而绷紧的身体泄露出她在忍耐。霍去病能清晰地感受到她身体的每一下紧绷，仿佛连接到他身体深处的某部分，哪怕是最纤细的痛楚也令他感同身受。

李敢静静地行在一旁，同样策缰慢行。因为被霍去病的披风裹住，他看不见子青的面容，却辨得出她蜷在将军的怀中……

像阿原这般倔强的人，极少能看见她会对某人如此依赖。

也许是因为受伤？李敢自欺欺人地想，但很快就被自己否定了，阿原受伤以来，在他和阿曼面前又何尝表露过一丝依赖。

霍去病一路都沉默着，尽管子青始终未应承随他往长安，然而他很坚定——无论如何，他都不会再让她离开自己。

到达焦阳镇后，暂歇在李敢姑父的老宅内，简单用过些饭食，霍去病便命人去煎一碗安神汤。

“喝了安神汤，你在马车上好好睡上一觉。”他朝子青道，轻轻拢了下她鬓边的发丝，不满道，“看你的样子就知道，这些天都没怎么睡过，还硬撑着。”

让她上马车，自然是要带她回长安，子青心里清楚得很，低头深吸口气，复抬头望着将军道：“将军，我真的不想去长安。”

霍去病看着她，半晌不语，忽地凑近过来，毫无预兆地吻住她。

像思念，像惩罚，又像是索求。

温暖的气息在彼此唇舌间交缠，萦绕。

得知她是女子之后，他的吻似乎更加难以自持，深入、再深入地掠夺着她所有的甘美。

在他气息的围绕下，子青身子不由自主地绵软无力，轻轻喘息着……

“丫头，不许离开我。”霍去病在她耳边低喃道，“明白吗？”

“但是……”子青勉强自己镇定心神，轻轻推开他，仍旧是摇头，“我在长安城中一无是处，那里不是我应该待的地方。”

眼前的少女，即使伤痕累累，即使喘息未定，却还是如此顽固。霍去病恼怒地盯着她，皱眉问道：“仅仅是为了这个缘故吗？”

被将军这么一问，她的脑海中浮现出将军母亲卫少儿的面容，子青很清楚卫少儿心中所想。她不得不承认，也许卫少儿的态度，也是自己想避开长安的缘由之一。

一个母亲对儿子的殷殷期盼，无可厚非，她想。

霍去病微眯起眼：“因为我娘吗？”

“不是。”子青忙摇头，“夫人待我们很客气，得知我们要走，还特地送了钱两，借了马车给我们用。”

“可她把你留给我的信牍藏了起来。”霍去病淡淡道，“她是我娘，你根本不用告诉我，我就能知道她是怎样待你们的。”

将军既然如此说，子青只得不说话，沉默地低着头。

他叹了口气道：“此番河西受降，我走得太急，考虑不周，让你受委屈了。”

“没有……”子青抬头，急切道，“我哪有受什么委屈，将军你千万莫要多想。我在将军府上，又吃又住，走时拿了钱两，还有马车载送，何尝受过委屈。”

霍去病沉吟片刻，慢吞吞道：“说得也是，既然如此，你吃我府上的，住我府上的，拿了我府上的钱两，还用了我府上的马车。怎的现下不仅不思回报，还要我来求着你？！”

子青一愣，她向来口拙，不善与人争辩，更不用说遇上霍去病，当下便被他指责得哑口无言。

外间有人敲门，恭敬道：“霍将军，安神汤已经煎好了。”

霍去病起身至门口，开门接过药碗，也不让旁人进屋来，径直把门又给关上。

“喝吧。”他吹了吹，将药碗往子青面前一递，热气袅袅，口气随意而平和，似乎料定她不会再拒绝。

子青接过药碗，因汤药仍烫，只得小口小口抿着。

“我对你娘说过，不会再回去的。”还喝不到一半，她抬头为难地望着他。

霍去病盯了她一眼，凑过去又替她吹了吹汤药，半埋怨半叹息道：“你还答应过我，会等我回去再走呢。”

子青自知理亏，只得低头接着喝汤药。

刚将整碗安神汤喝完，外间又有人敲门，是李敢的声音："阿原，我给你拿来一套衣袍，你且换一换吧。"

子青身上所穿的衣袍，经过这些日子的车马劳顿，又在亭隧经历鏖战，满是尘土污血，早已脏污不堪，也确实该换一身了。只是她随身所带包裹中还有衣物，不解为何李敢还要再为她置一套衣袍。

直到李敢进来，看见他手中的衣物，淡淡青色，上面零星寒梅点缀，子青这才明白，他所拿来的是一套女子衣物。

"记得秦姨常说你，女儿家便该有个女儿家的模样。"李敢微微笑道，"若她瞧你现下这般模样，又该唠叨上几遍了。"

子青涩然一笑。

"眼下你不在军中，也犯不上再瞒着我……"霍去病饶有兴趣地打量着那套衣袍，"你可方便，要不我替你换？"

子青的脸刷一下就红了："不、不用，我自己可以。"

李敢愠怒地瞪了眼霍去病，朝子青柔声道："你当心点，我就在门口，有事就唤。"说罢，推着霍去病同出去，然后将门妥当掩起。

"你对她究竟是何心思？"

在确定屋内人听不见的地方停下脚步，李敢压低了声音肃容问霍去病。自在亭隧遇上他，他便一直与子青寸步不离，好不容易有这点机会，李敢问得急切。

霍去病瞥了眼屋子，转而望向李敢，神色中有几分傲然，似乎根本不屑回答李敢的问题。

李敢深吸口气，直面道："以霍将军今时今日的地位，要找什么样的姑娘，我自然不敢干涉。对阿原，也许将军是图一时新鲜，觉得她……"

话未说完，即被霍去病打断，他淡淡道："难道她是件玩物，可以任我玩弄于股掌之上？你说这话，折辱了我并不算什么，但折辱了青儿，我便不答应。"

"你为何要她随你回长安？"李敢又问，"她在长安城中举目无亲，无依无靠……"

"她有我！"霍去病沉声答道，眉峰颦起，"只要她在我身边，万事都有我能护她周全。她若不在我身边，我根本不敢去想……她、她究竟又会遇上什么。"

看着霍去病的神情，李敢怔了怔，才道："即便阿原愿意，你这样不明不白地把她留在身边，终是对她不公。”

“我会娶她。”霍去病平静道。

李敢背脊一僵，冷笑道：“纳做侍妾吗？阿原未必愿意。”

霍去病复望了一眼屋子，道：“我担心的是，以她的性情，便是将军夫人，她也是唯恐避之不及。”

说罢，他长叹口气，不欲再与李敢谈下去，走回屋门旁。

“青儿，换好了吗？”

听见屋里头应了一声，他便推门进去。

光线自他推开的门斜斜落入屋内，无声无息，仿佛有琴音在流淌着。子青仍坐在榻上，头上的发髻正好被解开，青丝纷纷落下。

原该如此，她原就该是这般模样……

霍去病望着她，即便之前从未见过她做女子打扮，但看见她的那一瞬，他丝毫没有突兀的感觉。

水墨般淡淡的青丝围绕着她，看似柔顺的眉宇间清秀依旧，隐隐透出几分骨子里深埋的坚持，是的，她一直都是这样，自己怎么会察觉不到呢？霍去病自嘲一笑，看到她仍想将发丝束起，遂走过去按住她的手。

“莫都束起来，你把头发放下来甚好看。”他用手指梳理着发丝，道，“我来替你梳个坠髻如何？”

子青颇听话地点了点头，诧异问道：“将军也会？”

“小时候闯祸将娘亲惹恼，气得不许我出门。”霍去病唇边笑意顽皮，“想讨她欢喜，我便得起个大早，在她门口候着，听得她一起身，便低眉顺眼地端盆送巾进去，再缠着给她梳头。她若许了，多半也就不恼了，我当日便可再出门玩去……”

想象着那时候将军的模样，子青忍不住笑开。

屋外，李敢静静地立在背门处，看着门内两人自然而然亲密无间的模样，听着那些呢喃细语，心中怅然若失……

霍去病先用手指轻柔地梳理着子青一头青丝，细细密密的发丝自手指缝间流淌而过，这般一下一下，将她的头发都梳理得顺顺畅畅的，这才用梳子复梳理一遍，最后将发梢松松地束起。

从头至尾没有发丝被拉扯过，一点都不疼，一股倦意仿佛由发梢漫上来，子青觉得眼皮发涩，举手揉了揉眼睛，不由自主地打了个哈欠。

料想是安神茶开始起效验了，霍去病柔声轻道："若困了，就睡一会儿。"

"没事，我还不困……"

子青硬撑道，此去长安，总有许多事觉得不妥，将军又一再以恩相挟，叫她无法回绝。总之脑中乱糟糟的，以她的行事习惯，未理出个头儿绪来，怎么也不能睡。

"我只在长安小住几日，可否？"她犹豫着问他。

霍去病挑眉："几日？"

"三五日？"子青看着他的眉毛，又改口道，"八九日便是。"对她而言，这已是极限，想到在这八、九日内很有可能会再遇上卫少儿，她就觉得羞愧之至极。

"至少得养好腿伤，"霍去病不急不缓道，"伤筋动骨一百日。"

岂非要三个多月，子青面露难色，刚要说话便被他制止住……

"我会向我娘解释缘由，不会让她再来为难你，你放心吧。"

外头有家人前来回禀马车已备下，霍去病一把抱起子青，往外行去，直将她抱至马车上。李敢甚是心细，马车内铺了软软的被褥，方便子青休息，同时旁边还备下了水、粮、布条、创药等物。

"阿原，你好好养伤……"李敢立在马车上，看着她苍白得令人怜惜的脸庞，顿了半晌才道，"若有事就来找我，我总是你的李家哥哥。"

子青微微笑着，点了点头。

"到了长安，我请你喝酒。"霍去病朝李敢施礼，笑道："告辞！"

李敢笑了笑，回礼。

霍去病跃上车之后，车夫将马鞭在空中打了空响，马车缓缓而行，慢慢驶出李敢的视线。

官道上，马蹄下，沙尘飞扬。

马车轻轻晃动着，子青终于抵不过安神茶的效验，眼帘慢慢合上。连日的奔波，生死鏖战，再加上腿上的重伤，这一切沉沉压下，令她不堪重负地陷入沉沉睡乡之中。

霍去病就坐在她旁边，静静看着她的睡颜，心中更觉现下满满的尽是安乐宁静，似乎世上再无比她在身侧更让人心安之事。

已入了秋，雨水滴滴答答地落下来，天也渐渐凉了。

陈府，卫少儿正命家人将竹席都收了，再把早些天便晒过的夹被取出来。陈老夫人夜里有几声零星的咳嗽，老人家忌讳药石，她赶着命人去买枇杷膏来，甜滋滋的，只当玩意儿来吃。

刚看着家人收拾停当，便见霍府的管事前来，带了两大篓子又肥又大的螃蟹，说是去病特地命他拿来孝敬母亲的。

命府内家人将螃蟹拿至庖厨，她方问管事道："将军何时回来的？"

"将军昨夜刚到。"管事有礼禀道。

"可还有旁人？"

闻言，管事微微语塞，片刻后道："将军只吩咐小人送螃蟹来，其他事情，小人不知，也不敢多言。"

听他如此说，卫少儿心中便有了几分数，眉头微皱："你说实话，是不是上次那名女子又回来了？"

管事垂手低眉："将军只说诸事他自会向夫人交代，不许小人多言。"

知去病在自己面前虽还有些孩子模样，但毕竟是带兵的将军，说一不二，他若下命令，府中家人自是战战兢兢不敢违抗。卫少儿拧眉思量，少不得自己走一趟，瞧那女子究竟是何名堂。

霍府，琴苑内。

廊上，随着小泥炉上轻轻的噗噗声，药香袅袅，轻缓弥漫开来。

廊下，雨点自屋檐细线般落下，在石阶上激起朵朵小花。

高烧一夜，直至清晨才退烧，子青就半靠在榻上，门开着，听着外头雨声叮叮咚咚。她能看见将军独自正在廊上煎药。他拿了根细长的银箸在药罐里头搅了搅，轻敲两下，抖掉药渣子，这才盖上。

"三碗水得煎成一碗，还得有一会儿子呢。"他朝子青笑道，"早知煎药这般不易，当初真不该倒了你的药。"

想起当初的情形，子青也忍不住笑了，想到将军素日何曾亲自给人煎过药，让他守在这里着实是难为，心下又多了几分感动。

丢下银箸，霍去病走进来，探手过来，不放心地又试了试她额间，见无异常才轻呼口气。

"昨夜里发烧还说胡话呢，知道吗？"他笑道。

子青好奇道："都说什么了？"

"叫爹爹、娘亲……"他顿了下，"还有老大、铁子，铁子是谁？"

"军中同伍的兄弟，徐大铁，他是鼓手，将军可还记得？"子青涩然道。

霍去病记性甚好，立时便想了起来："我记得，此人因家乡水患，还大闹了一场，差点就让蒙唐给推出去砍了。"

"是，就是他。"

"他现下还在军中？"

子青轻轻道："皋兰山一役，他力竭而亡。"想起皋兰山，便似有扑面而来的兵戈喧嚣，霍去病默然不语。

正在此刻，外间廊上有匆匆脚步声行过来，很快停在房门口，家人禀道："将军，夫人来了！"

子青闻言抬眼，目中有掩饰不住的一丝紧张。

"你安心歇着，不许胡思乱想。"霍去病看出她的不安。

她只得点头。

轻按了一下她的手，霍去病这才起身往外行去，命人看好汤药，由家人引着，大步往内堂行去。

"娘……"霍去病含笑走近内堂，瞧母亲面容微沉，并不似平日那般温柔和蔼，故意笑道，"可是送去的螃蟹不好，惹得娘生气？幸好我这里还有一筐，待会儿让庖厨煮上，我吃尽它们给娘解气如何？"

"莫贫嘴了，你且坐下，我有话要问你。"卫少儿不与他嬉皮笑脸，肃容道。

霍去病便乖乖在榻上坐了，恭顺道："娘亲尽问无妨。"

先打量他一番，瞧儿子虽神采奕奕，但眼圈泛青，显是休息甚少，卫少儿皱眉问道："这些日子你都忙什么了？"

"找人去了。"霍去病并不隐瞒，如实道。

"找谁？"

"一名女子。"他虽然知道卫少儿赶走子青，也知道卫少儿藏了子青留给他的信，但并未因此去质问过母亲，为了给母亲留足颜面，他只佯作不知此事。

卫少儿深吸口气，又问道："上回我来这里，就曾见过一女子，身着男装，不伦不类，你找的可是她？"

霍去病微笑道："原来母亲已见过她，如此甚好。"

"甚好？"

"我本就想请她来拜见母亲，只可惜现下她腿脚不便，无法前来。"

卫少儿微愣："腿脚不便？"

“是，她的腿受了伤。”霍去病顿了顿，眉间的忧色隐藏不住，若隐若现，“现下还无法下地行走。”

卫少儿眉头皱得更紧，思量着：想是那女子用苦肉计惹得去病心疼，再把她接入府中，当真是心机颇深。

“既是如此，我去瞧瞧。”

她正欲起身，却被霍去病拦住：“娘，还是改日吧。她高烧一夜，精神不济，刚刚才歇下。”

话中，对那女子的关切之情溢于言表，卫少儿还从未见过儿子这般模样：“你这般紧张她，她很要紧吗？”

霍去病微微一笑：“对孩儿来说，她很要紧。”

这话已是说得再明白不过，卫少儿颦眉打量着儿子，不可思议道：“那女子姿容平常，口拙舌笨，穿着怪异，娘亲瞧着很不喜欢，你便是要收侍妾也不可如此马虎草率。”

“娘……”霍去病想着母亲冠到子青头上的三大罪名，便忍不住笑着摇头，“我觉得她这样子的就挺好。”

卫少儿狐疑地盯着自己的宝贝儿子：“你是不是在军营里待得太久，怎的眼光变得这等低陋？”

霍去病笑着直摇头，半晌才稍稍收敛，猛然想起一事，起身急急招来管事：“端些果脯去琴苑，汤药甚苦，空口如何吃得。”管事因知道自家君侯对那姑娘十分着紧，早就有家人在琴苑伺候着，听将军的意思大概是要自己去，忙口称“诺”，听命退下。

自家儿子何时留意过这些琐琐碎碎的事情，眼下这般，竟是将那女子放在手心里疼着。再看霍去病立在堂前，霏霏细雨中，目光看着管事离开的方向，眉宇间满满尽是牵挂。

“怎么，连一时半刻也分不得？”卫少儿颦眉不满道

霍去病转过身来，看着娘，知道要让她明白子青是何等样人着实不易，暗叹口气，回到榻边，挨着卫少儿坐下，倦倦地揉了揉眼睛：“昨日一晚未睡，现在才觉得有些困乏。”

摩挲着儿子的脸，卫少儿又是心疼又是好气：“一夜未睡，也是为了那女子吧？”

“娘，你不明白，她……”霍去病低低道，“我以前并不懂什么叫作害怕，即便

是面对匈奴，生死悬于一线我也未怕过。直到这些天来，我发现我真的在怕。我怕我再找不到她；我怕我找到她的时候她已经死了……我也不敢去想，她若死了，我该怎么办？”

卫少儿轻叱道：“别胡说八道。”

“娘，你是我娘亲，你若不明白我，就没人明白我了。”霍去病将头搁在卫少儿肩头，似乎仍旧当自己是在孩提时候。

少年人初识情滋味，卫少儿当年对霍仲孺何尝不是倾心相许，其中滋味又怎能不明白，眼下看见儿子这般模样，搂着他叹道：“你这个傻孩子。”

“我找到她的时候，她被匈奴人围着，断了条腿还在苦苦硬撑，”想起当时情形，霍去病心有余悸，“若我再晚到一会儿，也许就只能替她收尸了。”

“匈奴人？她当真是和西域人往塞外去了？”卫少儿暗忖，原来那女子倒未曾骗自己。

“她原是要与他往西域去，但腿上受了重伤，无法过大漠，所以我才能把她接回来。”

卫少儿叹了口气，语气已软了许多：“你留她养伤也就罢了，可她伤愈之后，你打算如何安置她？收做侍妾吗？”

霍去病沉默不语。

“当年你爹爹不过是个小吏，可他的父母无论如何也不同意他娶我，便是纳作妾室也不许。”想起当年之事，卫少儿无限苦涩，“现下你是朝廷将军，娶妻纳妾，更加得考虑周详才是。”

“娘，你还怨爹爹吗？”霍去病低低问道。

卫少儿转头看他，道：“怎的突然问这个？”

“就是想知道，娘，你还怨爹爹吗？”他复问道。

“这么多年了，我现下又已嫁了陈掌，哪还有什么怨不怨的。”卫少儿叹道，“想来，事事都是注定的，他那人，斯斯文文的，最不喜打打杀杀。若当初他真娶了我，你多半也做不成将军。”

霍去病沉默了片刻，才道：“夏初时候，我去了一趟平阳县。”

卫少儿微微一惊：“你去见他？”

“远远看了一眼，没有近前。”霍去病忙道，“只是与他家孩子霍光戏耍了一会儿，那孩子还挺有趣的。”

卫少儿嗔怪道：“什么他家孩子，那可算是你的亲弟弟。”

“我知道，我原本是担心娘不愿意我认他呢。”

“怎么会，我与你舅父是同母异父，不也一样是自家人般亲亲热热，未曾有罅隙。我膝下只得你一人，确是孤单，现下霍光与你是同父异母的兄弟。我只担心你不愿认他，怎么还会拦着你呢。”

霍去病微笑道：“娘果然是胸襟开阔。这弟弟我很喜欢，只是他在平阳县终成不了大器，我想着将他接到长安来，您看如何？”

“你们兄弟作一处自然好，只是须得你爹爹点头才行。”

“那是自然。”霍去病点头称是。

“出来半日，我也该回去了。”卫少儿欲起身，霍去病忙扶着她。她转向他，轻叹道：“那名女子的事，你自己须得思量周全，便是再喜欢，也不可莽撞行事，明白吗？”

“孩儿明白。”

霍去病亲自撑着油布伞，将母亲送上马车。

待他回到琴苑，子青已喝过汤药，因精神不济，伏在榻边不知不觉间睡着了。家人们都不敢打扰，只替她将门掩好，免得被风吹着。

瞧她睡容甚是疲倦，霍去病也不惊醒她，轻轻将她抱回床上，掖好薄被。他自己一夜未睡，遂在榻上和衣而卧，闭目养神。

雨淅淅沥沥下着。长安城内，秋意渐浓。

一日一日滑过，在霍去病的细心照料下，子青的腿伤复原状况甚好，已能拄着拐杖，在廊上慢慢地练习行走。只是被倒刺所伤的肌肤，还是免不了要留下明显的伤痕，毕竟是女儿家，瞧腿上一大片伤痕甚是骇人，子青也禁不住皱起眉头。

“留下疤痕也不要紧。”霍去病替她上过药后，望着她笑道，“反正你现下也不用再担心嫁人之事。”

子青将腿缩回被衾中，勉强笑道：“以后还是我自己擦药吧。”

“怎么，怕我嫌弃你？放心吧。”霍去病笑道，“不管你什么样子，就算你是个男人我都敢要你！”

有过以前的事情，子青知道将军的话绝非虚言，感动之余又难免有几分心虚，自觉难以报答他的这片深情。

盯着她片刻，似乎知道她的所想，霍去病也不迫她，起身朗声笑道：“丫头，今日天气甚好，你这些日子养伤，憋闷坏了吧？我带你去长安郊外走走如何？往东走有一大片枫林，正是霜染红叶的时节，你看了定会喜欢。”

“出城去？可我的腿……”

“不妨事，只去林中坐坐，又不要你漫山遍野地跑。”

霍去病吩咐家人去备马车，又命人拿外出的衣袍来给子青换上，思量片刻，担心城外风凉，命家人将披风也带上，这才抱起子青往外走。

“将军，我自己能走了。”被霍去病在旁人面前抱着，子青着实浑身都不自在，忙推着他道。

“别动。”他道，“再不老实就把你另一条腿也打折。”

子青愣住，望着他。

“怕了吧？”他斜眼睇她，大步往前走着。

子青扑哧一笑，无计可施，只得低头埋在他怀中，回避旁人目光。

霍府家人见怪不怪，各自低头垂目，做着各自的事情，待将军经过之后，方才偷眼望去，或感慨，或唏嘘，或羡慕……

坐上马车之后，车帘垂下，子青才觉得自在了许多，瞧见身畔还放着一方用锦缎套面裹起的七弦琴，遂望向霍去病……

“会吗？”霍去病问她。

她摇头。

“想学吗？”他又问。

子青怔了怔，犹豫片刻，还是摇头。想到腿伤将愈，她也许很快就会离开长安，若此时学琴必是半途而废。

霍去病定定看了她一会儿，才微微笑道：“不学也罢，想听的时候还有我。”

秋高气爽，沿途不时有马车经过，还有往郊外狩猎的骑马的年轻人背弓负箭意气风发地驰过。自车帘缝中望出去，子青瞧见那些人大多锦衣华服，有随从簇拥着，想来应是长安城中的富家子弟。

霍去病淡淡瞥了外间一眼，似乎嫌人太多，行至岔路时便吩咐车夫往左边的小路去，果然人迹渐行渐少。

直行到山林之中，前面已无路供马车行驶，霍去病才让车夫停下车来，将子青抱下马车来。

“这里清静些，”他指前头的枫林朝她道，“穿过这片树林，前头还有一潭池水，是温热的。以前打猎过后，我常在这里泡一会儿才回去。”

大概是很少有人来此处的缘故，地上层层落叶积得厚厚的，踩上去很舒服。林间清凉的风在在身旁轻巧地萦绕，子青试着慢慢走了一步，然后微仰起头，此间果然甚是清静，除了间或着有几声鸟鸣，周遭寂静无声。层层转红的枫叶如云般飘在头顶上，火般绚烂。

不知怎么，此景与记忆深处的某个画面重合起来，熟悉的感觉漫上心头，她怔怔地望着……

“想什么？”霍去病看她发着怔，问道。

子青回过神来，眼中有一丝茫然若失：“还记得咱们去楼兰的时候么……”

风过，叶子沙沙作响，霍去病微一恍神，也想起了往楼兰路上的那一大片胡杨林，金灿灿的落叶也是铺满了地面，成群的火烈鸟自天空飞过的时候，也似红云这般。

“有他的消息吗？”子青忍不住问霍去病道，自那日与阿曼在亭隧一别，再无他的音信。

霍去病摇头。

也许此生也再难得见了，子青默然片刻，为掩饰情绪，她扶着树，朝着霍去病方才所说池水的方向，慢慢地一步一步往里头走：“我去看那池水。”

示意车夫在原地等待，霍去病背上七弦琴，追上子青，扶着她道：“疼了就说，不许逞强。”

“嗯。”

幸而这段路并不远，走不多时，眼前树木渐稀，再往前望去，便是一潭碧水。

对此地，霍去病显然是轻车熟路，扒拉开一处杂草，一块光滑平整的青石露出来，方让子青坐下歇息。

他自己则席地而坐，取下琴套，将七弦琴放在双膝之上，随意拨弄几个音试了试。

音色明净、浑厚。池水被风吹起了几圈涟漪，仿佛也是被琴音所动。

似乎对音色还算满意，霍去病抬眼挑眉，问道：“想听什么曲子？”

“曲子？这个……我不太懂。”子青惭愧道，关于七弦琴，她还在易家时倒也偶尔曾听先生弹过，但至于有哪些琴曲，她确实一窍不通。

霍去病无可奈何地瞥了她一眼，左手按吟，右手拨挑，琴音自他手下流淌而出，淙淙铮铮，如幽间之寒流；清清冷冷，又如松根之细流，与这山水融为一体……

即便不懂音律，子青也能感觉到此曲犹如流水，沁人心脾，待得一曲终了，她刚想问琴曲为何名，忽然听见林中传来人声。

“斥夷表兄，你还说此处定无人会来，怎的还有人在此弹琴？”女子口音，清脆悦耳。

只听到“斥夷表兄”四字，霍去病便已知道来者是谁，微不可察地颦了下眉头。

紧接着便听见一男子的声音：“此地颇为偏僻，怎的还会有人来，公主不喜，将他们尽数驱了走便是。”

“那倒不必，我瞧这曲弹得倒好……”说话间，人已从林中走了出来。

子青瞧是位十七八岁的少女，旁边还有一位公子，两人皆是锦缎华服，身后还跟着七、八名侍从。

“表兄！”少女乍然在此地看见霍去病，掩饰不住惊喜之情，“原来是去病表兄在此地弹琴。”

霍去病放下七弦琴，朝两人施礼：“公主，君侯，山间偶遇，幸甚。”

来者正是卫长公主与平阳侯曹襄，卫长公主是刘彻与卫子夫的长女，曹襄是平阳公主与平阳侯曹寿所生，曹寿死后，曹襄袭平阳侯。因平阳公主在曹寿死后又嫁给了卫青，说起来，曹襄也算是霍去病的亲戚。

卫长公主美目一瞥，已然看见旁边的子青，见此间独独表兄与此女子二人，思量着莫非表兄是抚琴给她听，心中隐隐存了疑惑。

“丫头，过来见过卫长公主与平阳侯。”霍去病朝子青道，“你腿脚不好，就不必跪了，他二人素有雅量，不会因此怪罪于你。”

将军既如此说，子青便依言见礼道：“草民秦原，见过公主、君侯。”

听出表兄话语间对她颇为照顾，卫长公主凝目将她从头到脚细细打量一遍，并不说话。

曹襄见状，笑道：“免礼。”

子青便仍退至一旁，静静垂目而立。

“她是？”

从不曾见过霍去病对女子假以辞色，曹襄也有几分好奇，遂问霍去病。更何况，他也知道，这正是卫长公主想问又不便放下身份去问的问题。

“我府里的人。”霍去病微微一笑，轻描淡写地回答，随即便岔开话题问卫长公主，“姨母可知晓你跑出来？偌大个上林苑不够你戏耍吗，非得跑到这荒郊野外来。”

卫长公主娇嗔答道：“就许你们出来戏耍，难道就不许我出来吗？今日当真是可巧，斥夷表兄说此地景致好，知晓之人甚少，方带我来此，想不到就遇上了表兄你。”说着，转头吩咐跟随的侍从们将所带的厚毯、食盒并各色物件都在地上铺陈开来。

“是我扰了你们的雅兴。”霍去病含笑道，“两位在此尽兴赏玩，去病先行告辞。”

“表兄……”卫长公主急道。

知卫长公主的心思，曹襄忙替她挽留道：“冠军侯留步，自君侯河西受降之后，一直未有机会向君侯当面道贺，今日巧遇，不妨坐下来共叙，说起来，咱们都算是自家人，君侯不会不赏脸吧。”

听曹襄开口，霍去病身形微滞。卫长公主是圣上最宠爱的女儿，怠慢了她，不外乎是让圣上薄责几句，他并不在意；但曹襄是平阳公主的儿子，失礼于他，只怕平阳公主有所不满，到头来反倒让舅父夹在中间难做。

“既是如此，那我就清扰了。”

“今日正好还带了酒，你们两位可同饮几杯呢。”卫长公主并不知他心中的计较，笑道，“是母后亲手酿的菊花酒，父皇最爱喝这个，我便拿了一壶来尝尝。”

他笑着应了，转身却走向子青：“你腿脚不好，莫要久站，还是在石上坐着吧……我与他们略坐片刻，你且等等我。”后半截儿话他是压低了声音在她耳边说的。

子青微不可见地点了下头，复坐回石头上，双目微垂，静静看着池边野草摇曳。

卫长公主原猜度着子青大概是府里的婢女，瞧她姿色容貌只能称得上清秀二字，想来表兄也不至于看上这等平庸女子，但此刻见表兄对她如此关切，忍不住问道：“她的腿脚怎么了？是瘸子吗？”

“前些日子刚摔断了腿，这几日才勉强能走几步。”

随口答罢，霍去病在厚毯上坐下，见杯盏都已摆好，不等侍从斟酒，自取过白虎雀鸟铜壶，斟满一耳杯，朝曹襄敬去。

曹襄不敢怠慢，端杯满饮而尽，笑道：“常听闻听圣上夸赞冠军侯琴艺甚佳，比起宫中琴师更胜一筹，只可惜一直未曾有幸赏闻，直至方才，听君侯一曲高山流水，琴音淙淙，果然有伯牙遗风。”

“平阳侯过赞，愧不敢当。”霍去病含笑客套道。

卫长公主也在厚毯上坐下，笑道：“伯牙一曲高山流水遇知音，表兄你抚这曲子，可巧便遇上我……和斥夷表兄，我们算不算是你的知音？”

霍去病笑而不语，仿佛不经意望了眼池水旁的子青，随即便又低头斟了一杯敬曹襄。

曹襄自然忙不迭地满饮一盏。

卫长公主瞧他们两个男人只顾饮酒，无趣得很，便道：“表兄，难得有此间的山水之色，你不妨再抚一曲，以尽雅兴。”

曹襄也道：“方才高山流水只听得半曲，甚是遗憾，现下洗耳恭听，君侯切莫推脱才是。”

一时不好抽身就走，若与他们清谈，又似无事可谈，霍去病便取过七弦琴，也不多说献丑之类的客套话，只问曹襄道：“不知平阳侯想听什么曲子？”

见表兄不问自己，卫长公主有些失落，却又不好开口。

幸而曹襄识趣，转而问她道：“不知公主想听什么曲子？”

卫长公主思量片刻，抿嘴笑道：“既然是在宫外，就该听一些宫里头听不见的曲子。司马相如那曲《凤求凰》，母后总说是不正经的曲子，我却未曾听过，表兄你可会？”

霍去病大笑摇头道：“我便是会也不能，若让姨母知道，又得生出多少事来。”

“我不说不就行了，斥夷表兄你也不许说。”卫长公主娇憨道。

霍去病仍是摇头：“既然姨母说不正经，此曲断然抚不得，你想听宫外的曲子，并非只有这一曲，我另择一曲便是。”

说罢，手指轻拢，琴音流水般泻下。

卫长公主刚想开口问是什么曲子，生怕打断他，急急忙忙掩了口，端正坐好聆听琴音。见霍去病抚琴，宽袍长袖，气度优雅，曹襄一时甚难想象出眼前的人竟能够领兵上万击溃匈奴。

琴曲舒缓辽阔，似草原上奔跑的马群，又似长空中飞翔的苍鹰。

双目一瞬不瞬地看着表兄，恐怕连卫长公主自己都说不清她究竟是更专注于琴声，还是更专注于抚琴的人。

林间风起，几分凉意夹着落叶拂过，一片金黄的落叶飘落到子青衣衿上……

琴音戛然而止。

霍去病放下七弦琴，似乎想起件要紧事，起身快步朝马车停靠所在行去。

“他怎么了？”

卫长公主疑惑不解，很明显琴曲尚未结束，怎的表兄骤然离开。

曹襄也不解。

很快，霍去病复折返回来，手中多了一件披风，他径直走向子青，用披风将她密密裹起。

“起风了，莫要受凉才是。”半是关心半是命令的口气。

他替她拢了又拢，身后，是卫长公主震惊且不可置信的双眸。

子青双目微垂，默默承受着将军的照顾，她完全想得到卫长公主与曹襄此刻的目光。在他们眼中，她与将军的身份地位犹如云泥之别，怎生配得上将军如此相待……

替她拢好斗篷，霍去病若无其事地复返回厚毯上坐下，笑道：“方才那曲抚得不好，我自罚酒一杯，还请两位多包涵。”说罢，自斟了杯酒，一饮而尽。

卫长公主脸上青一阵白一阵，待要说话，又不知该怎么说，停了半晌才镇定心神勉强笑道：“原来她竟是表兄的意中人，既是如此，当请过来才是。”边说着，不待霍去病开口，她便用目光示意侍从将子青请过来。

“多谢公主美意，只是秦原一介庶民，不敢与公主同席。”子青起身，平静且有礼地回绝。

“倒还知道些礼数，想是表兄调教得好。”卫长公主轻轻一笑，转向曹襄叹道，“前日我往弄梅阁去，那阁主便莽撞得很，我让他坐，他竟当真坐下，也不想想自己只是个下九流的商人，也配与我们同室而坐。”

曹襄笑叹道：“这些人不经教化，自然是不知礼的。”

霍去病望着子青，后者脸色淡淡，毫无表情，看不出在想什么。

卫长公主又转向子青，道：“如此也好，你就在旁抚琴，为我两位表兄饮酒助些雅兴。”

“公主见谅，秦原不通音律，并不曾修习琴艺。”子青答道。

“去病表兄琴艺精湛，你怎么可能不通音律？”卫长公主眉毛微挑，“莫非你是看不起本公主，故意推脱？”

“秦原不敢。”

霍去病淡淡插口道：“她确实不会，你莫为难她了。”

“原来真是不通音律。”卫长公主转过头来，掩口笑道，“那表兄你抚琴给她听，岂不是正应了那句对牛弹琴！我说笑的，你可不许当真恼我。”

子青不惯与这些皇亲国戚打交道，施礼道：“为免扰公主、君侯雅兴，秦原先行告退。”说罢，她返身欲走。

霍去病猛地起身，拉住她的手：“丫头！”

“我可自行折返，不敢劳烦将军。”子青轻轻将手抽出来，“将军莫要为了我，扫了公主、君侯的雅兴。”

双瞳变暗，霍去病双目中汇聚着风暴，问道：“你自己怎么回去？走回去？那条腿不预备要了吗？”

子青抬眼，毫不退缩地对上他的眼睛，平静道：“多谢将军关心，我自有分寸。”

霍去病紧紧盯住她，似乎要从她眼中看出点什么来，片刻之后，他转身朝卫长与曹襄施礼道：“府中尚有事须解决，恕我先行一步。”

说罢，也不待卫长与曹襄说话，他双臂一舒，将子青打横抱起，大步穿过林子，往马车方向所在行去。

定定望着他的背影，卫长公主狠狠地咬着嘴唇，将头一低，一句话也不愿再说。曹襄看在眼中，暗叹口气，不由得今日不该将卫长公主带到此间，转头间看见霍去病遗落的七弦琴，忙命侍从赶紧给冠军侯送去。

霍去病怒气虽盛，然而将子青抱入马车之中的动作却仍旧轻柔，生怕触痛她的伤处。待命车夫折返回府之后，他才跃上马车，子青想开口说话，刚刚启唇便被他制止住。

“别说，一句都别说，我不想听。”他别开脸，去看马车外的风景。

子青只得默然不语。

如此一路，两人皆静默着。

到了霍府之后，霍去病将她送回琴苑，仍是一言不发，随即便转身离开，与往日大相径庭，直至日暮，子青也未见他身影。

入夜之后，便淅淅沥沥地又下起雨来，打在屋旁几株梧桐树上，滴滴答答，甚是清冷。

家人循例送来汤药，除此之外，还多送来一个铜质兽图汤婆子，里头已灌了热水，替子青放在被衾里头先暖着。

子青谢过他们之后，又向他们讨要笔墨。

说来也怪，这屋中各项物件甚是齐全，唯独笔墨砚台不见踪影。子青分明记得与阿曼住在此间时，笔墨还是有的，现下不知怎的，像是被人特地收走了一样。

听她讨要，家人面露难色：“姑娘见谅，将军吩咐过，不许给姑娘笔墨砚，违者重责。”

子青一怔：“这是为何？”

家人摇头，神情困惑，显然也不明白霍去病究竟何意。

子青暗叹口气，遂问道：“将军现下在何处？可在府中？”

“将军在剑阁……”

自来霍府，子青几乎就一直待在琴苑内，其他几处地方并未去过，当下听家人如此说，也不知剑阁在何处，只得恳求道：“能劳烦你带我去吗？”

“这个……”家人犹豫片刻，“此事将军没有吩咐，卑职不敢私自做主。”

子青也不欲为难他，问道：“剑阁距离此处远吗？”

“不远，就在琴苑旁边。”家人答道，“其实姑娘若站在廊下，便能瞧见剑阁的楼宇。将军……将军就在上面。”

“多谢你。”

子青复谢过他们，家人便皆退了出去。

因下着雨，又夹着风，子青知道自己大病初愈比不得以前，便拿了件挡风的斗篷裹起来，行到廊下，隔着雨丝辨明了剑阁的位置。

然后，她这才扶着壁，慢慢地往剑阁行去。

石灯柱里头的烛火光芒也显得湿漉漉的，雨点虽打不着，却是朦朦胧胧的，沿着琴苑一路往外延伸。顺着石灯柱，刚至剑阁门口，子青便遇见从里头出来的管事，遂请他代为通传。

管事为难地压低声音，道：“将军吩咐下来，若有客访，尽皆推了，他谁也不想见。”

子青默然，轻叹口气。

见她虽受将军眷顾，但毕竟只是个庶民，管事大着胆子问道：“今日回来之后，我瞧将军便心绪不佳，可是你们在外头遇上了什么不顺心的事情？”

子青不知该如何作答，犹豫片刻，问道：“将军在楼上？”

“正在楼上饮酒，我瞧着已有些醉意。”管事摇头叹气，“送上去的酒食也不吃，光这么喝酒，伤身子啊。”

“我能上去看看他吗？”子青问。

“你……”

管事总觉得自家将军这般满腹愁绪多半是为了这位姑娘，思量半晌，下决定道：

“我这会儿要去庖厨，你自己上去，可千万记着，你没见着我。”

子青微笑着点点头：“明白了，多谢！”

管事匆匆走了，临走前把几个在楼下伺候的家人也一并唤走了。

子青慢慢沿着雕花木梯往楼上行去，楼上似乎并未掌灯，愈往上行，光线越发黯淡。

外间的雨声，却是下得越发的密。

行到阶梯尽头，再经过一道玉石屏风，昏暗之中，可看见几坛子开了封的酒坛零落地散在地上，通往护栏处的门就这样大敞着，风将珠帘打得噼啪作响，扑进来的雨点渗湿了大片地面……

将军背对着她，斜倚在榻上。

只是一个背影，透着寂寥与落寞，子青还未见过他这般模样，不由得刹住脚步，静静立在原地，怔怔地看着将军的背影……

她不知道该怎么办。

安慰他吗？又该如何安慰？除非自己能告诉他，自己不会走了，会永远留在他身旁。

但这话说出口，除了自欺欺人，又有何用。

她何尝不想日日都能够见到他，但无论侍妾也好，将军夫人也好，便如同被困在琥珀中的飞虫，美则美矣，却是毫无生气可言。

这样活着，对她而言，便如行尸走肉，生不如死。

她明白，他也明白。

正是因为深知此事无计可施，他才会借酒消愁，才会在马车上不愿听她说，才会让人收走所有笔墨砚。

尽管无能为力，却希望那刻能来得再迟一些。

又一阵风卷进来，霍去病咳了几声，仰头又喝下一杯。

子青慢慢走过去，将门掩好，然后返身回去跪坐在他面前，轻声道：“将军，已是快入冬了，你须得保重身子，莫再犯嗽疾。”

原本还以为关门的是家人，霍去病刚想斥责，不料听见的却是子青的声音，定神于昏暗之中辨去，看见眼前的人就是她，围着斗篷，似乎很冷的模样。

手伸过去，抚上她的脸，冰凉一片。

酒意顿时散去一半，霍去病微惊，连忙将她抱上榻来，自旁边胡乱扯了条羊毛薄毯就给她围住，又握了她的手在掌中呵气。

“外头下着雨，你怎的过来？摔着了怎么办？那条腿还想不想要了？”他一迭声地责备她。

子青乖乖地听着，被羊毛薄毯捂得一暖，冷暖交替间，禁不住低头打了两个喷嚏。

见状，霍去病叹口气：“你瞧瞧，汤药可喝过了？”

“喝过了。”子青顿了下，“只是现下不知怎么又有些饿。”她之前听管事说将军一点酒食都不吃，担心他伤身，故而特地这么说。

“晚食没吃饱？”

“可能是的。”

平日里除了宫中刘彻留膳，其他日子霍去病都会与子青一块儿用饭，今日霍去病特地避开子青，便是连晚食也没有胃口用。案上倒还有些酒食，他拿手碰触了下盛放食物的铜盘，早已冰冷。

“我让人送些吃的过来。”他道。

“将军也和我一块吃点儿吗？”

子青摸索到案边的火石，咔嚓地打着火，将距离最近的九支鹿形烛台燃起其中的一枝。

只是一撮小小的烛火，室内顿时变得温暖而明亮。

看着地上的酒坛子，子青轻轻叹了口气：“下回唤上我，我帮着你喝一点吧，两个人喝酒也不至于太闷。”

“你不是不饮酒吗？”霍去病看着她。

子青想了想道：“只陪你喝，别的时候就不喝。”

“能陪我多久？”他接着问。

雨点被风卷起，啪嗒啪嗒打在窗上，子青默然听着，忽轻声道：“小时候我总盼着下雨，娘亲别的事情都依着爹爹，可到了下雨时便不许我去练箭，说对姑娘家身子不好，爹爹也拿娘亲没办法，只得依着她。”

霍去病极少极少听她说起父母之事，此时听她说起，也甚为感兴趣，插口笑道：“我只道你从不认得‘偷懒’二字呢。”

“下雨的时候，娘亲会唱歌给我听，还教我缝布老虎；捉了蜗牛看它怎么过桥；玩猜指头，我若赢了，她便亲亲我，输了，就刮刮鼻子；她总是会很多很好玩的玩意儿。”想起旧事，子青唇边泛着一层无限思念的笑意。

“可是雨总有停的时候。”她接着道，“我总是很担心，时不时便趴在窗口张望天气，生怕下一刻雨便停了……”

此时，霍去病已然明白她要说什么。

“丫头！和我在一起你不用担心，”他将她的手放在掌中轻轻摩挲着，“我今日反复思量了许久……我问你，若我去驻守边塞，你可愿随我同往？”

“圣上断不会允。”

子青心中清楚，刘彻好战，以霍去病杰出的作战能力，绝不可能派他去驻守边关，此举无异于宝刀、蒙尘良弓高悬。

“我自会有法子。”霍去病只看着她，“你只要回答我，那时候，你可愿跟随我？”

子青垂目半晌，抬头道：“寸步不离……”

下一刻，她被霍去病牢牢锁入怀中。两人静静地相拥着，一块儿听着夜雨敲窗，彼此间呼吸浅浅，细细密密。

半晌，霍去病忍不住将脸深埋在子青脖颈之间，像是在汲取她身上的味道。

被他弄得有些痒，子青不由自主地缩了缩脖子。

他却越发探过去，在她脖颈上细细啃咬着，时重时浅，一路往下，直咬到锁骨凹处。

室内氛围似变得有些暧昧，子青气息渐渐不稳，衣袍的领口也被将军弄得有些凌乱……

“丫头，我想要你，怎么办？”他的声音沾染着情欲，在她耳边低哑道。

子青迟疑了片刻，轻声道：“好……”

听到她的应承，反倒让霍去病清醒些许，深吸几口气，镇定心神后才笑道：“不害怕吗？若我始乱终弃怎么办？”

也许是自己太不矜持，子青退开少许，先将衣领理好，轻轻咬着嘴唇，红着脸不知该说什么。

忽意识到自己不该这样，霍去病亲了亲她的手，解释道：“丫头，别多心。因我娘没有嫁给我爹便生了我，我这辈子都得让人在背后说私生子。咱们的孩子可不能也这样，是不是……”

子青这才知道，点了点头：“我明白了。”

“你……”霍去病伸手复替她理好发丝，问回正题，“你来找我，可是想要走？想去何处？”

“我想去义兄的医馆中，若那里帮不上忙，我便回乡服侍先生夫人。”子青道。

霍去病沉吟片刻，道：“就留在医馆中吧，有人照应着，我要去寻你也知道个去处。至于回乡去，我看就不必了，你若担心那两位老人，我这边派两个婢女去；或是送些钱两去，让他们自行挑人，也可。”

子青因不知易烨医馆的境况，一时不敢答应他。

“听见了吗？你不许乱跑。”霍去病眉毛微挑，“还有，腿还没好利索，再养十日，十日之后我亲自送你去。”

“这个……”子青想说她自己就可以去。

霍去病瞪她：“怎么，连十日都待不下去了？”

“不是。”

想他肯让自己走，已是极大让步，子青也不愿再拂逆他，便点头应了。

一夜雨声阑珊，直至天明时，才渐渐停了。

琴苑之中，子青洗漱完毕，自己在廊下慢慢行走，想让伤腿尽快地恢复如常。霍去病远远地站着，看了她一会儿，估摸着她该累了，便命家人将饭食送过去。

一时用过饭食，子青复起身，又预备到廊下练习行走，被霍去病拦住。他没奈何地望着她：“还没全好利索呢，你也不能这样胡来，适可而止才行。”

子青笑道：“不妨事的，昨日我连阶梯都能上去，可见已差不多全好了。”

“只许行到亭中，不可再多行一步，这是命令。”

“诺。”

子青应着，便举步沿着曲栏往池边的八角亭行去。霍去病跟在她身后，慢慢踱着步，不甚在意地看着池中景致。

还未到亭中，管事匆匆前来禀报，说是平阳侯派人将七弦琴送回。霍去病这才想起昨日走得急，竟然连琴也忘在池边。遂命打赏了送琴来的人一吊钱，命家人将七弦琴送过来。

很快，七弦琴被送至亭中，平整地放在案上，家人复退了出去。

霍去病瞥了眼琴，转头问正抹汗的子青，问道：“昨日受了卫长公主的气，心里可还难受？”

子青微微一笑：“这不算什么，以前在乡里，里长夫人可比她刻薄多了。”

“怎么刻薄？”

霍去病双手抱胸，往石栏上一靠，饶有兴致地想听听。

“她来买柴火，可我那捆已卖给了早她一步来的人，虽说还未付钱两，可价钱已经谈好。她非要，我又不能卖，她就说了许多刻薄话。”那些乡野粗俚，她不好意思说出口，笑道，“大概就是拿猪啊、狗啊，和我摆在一块的意思。”

“她骂你，你怎么办？”霍去病好笑问道。

“那还能怎么办，”子青奇道，“柴火卖完，我就走了，我想她骂累了自然也就停口了。”

听到她被人欺负，尽管是过往之事，霍去病还是不禁有些恼怒，轻轻弹了一下她的额头：“笨，不生气吗？怎么不懂得骂回去？便是揍她一顿，以你的身手也不在话下。”

“也生气的，可爹爹说过，不可以武欺人，我也骂不过她，只好作罢。”

“你倒还真是想得开。”霍去病看着她笑，“如此说来，昨日卫长公主说的那些话，跟那位里长夫人比起来，还相去甚远了？”

子青迟疑了一下，低下头轻轻道：“只是有一句，她说你是在对牛弹琴，我心里便真的有些不太好受，担心你会对我失望。”

“傻丫头！”霍去病勾着头去看她的脸。

“你知不知道，那时候我在担心什么？”他问她。

子青摇摇头。

“那时候，我心里在想，你会不会因为我有这些亲戚而对我失望。”他慢吞吞道，“真的，这是真话。”

子青扑哧一笑：“怎么会？他们又不是什么坏人，只是行事观点不一样罢了。”

远处家人见两人在亭中清谈，便端了茶果并茶炉等物过来，又将亭中背面的两挂清漆竹帘放下来挡风。本来留下一名家人在旁煮茶，霍去病不耐有多余的人在此间，便赶了他去，自己亲自煮茶。

“你现在可还认得别的墨家人？”水还未沸，他抬头与她闲谈道。

子青摇摇头，见四下无人，并不妨事，便答道：“圣上独尊儒术之后，因墨者以武犯忌，行事又另有一套准则，不以国家法度为先，故而对墨者最为忌惮。听爹爹说，许多人被逼得走的走，死的死，又或者隐姓埋名，相互间也再无联系。”

玩弄着手中的竹木长夹，霍去病沉吟片刻，道：“独尊儒术，如今圣上以孝治天下，其实也并非一件坏事。”

子青淡淡道：“以孝治天下，虽无过错，但归根究底，不过是帝王心术。”

“哦？你不妨道来听听。”霍去病笑道。

“只看圣上对太皇太后，便可知了。太皇太后推崇黄老之学，圣上若当真孝顺，又怎么会独尊儒术，这是其一。其二，天下的父母有哪一个不是盼着自己子女平平安安的，以孝治天下，子女对父母孝顺，只想着老老实实过活，也就不会有人去造反起义，自然也就天下太平了。当年高祖斩白蛇起义，西楚霸王捉了他爹爹去煮，高祖尚且能说出分一杯羹，如今得了天下，他的子孙倒叫人要以孝为先，着实可笑。”子青摇头，“圣上不过就是想要百姓们都老老实实的，莫像高祖那般造反起义罢了。”

此时水已沸，霍去病一时竟忘了放茶饼，听罢方叹道：“我娘还说你口拙舌笨，若让她听到你这席话，真是不得了！”

子青在旁跪坐下来，拿过他手中的竹木茶夹，将茶饼放入沸水中，然后才抿了抿嘴道：“这些话，我从来不说的，其实也不该说的。”

霍去病笑道：“你成日里跟闷葫芦似的，原来都想着这些呢？我倒不知道你还有这般心思。”

“没有，只是偶尔想想罢了，想也无用。”子青低头去拨弄茶饼，也不想再谈，岔开话题问道，“煮茶是这样吗？”

“都让你捣碎了，该这样才对……”霍去病执了她的手教她。

“我以前煮的都是碎茶沫子，并未煮过成块的茶饼。”子青道，乡里的人哪里买得起成块的茶饼，自然都只能买些制作茶饼时剩下的茶渣子。

“难怪……”霍去病推她，“煮茶是需要功夫的，你去坐好了，待我煮好了再给你喝。你再尝尝，和你的茶叶沫子有什么不一样。”

子青依言坐好，侧头等着……

管事进了琴苑，快步往这边行来。

“怎么了？急匆匆的？”霍去病连眼皮都不抬，专注煮茶。

“启禀将军，方才宫中传来口谕，圣上明日在上林苑设家宴，请将军列席……”

“知道了。”

管事顿了下：“还有，子青姑娘也在其中。”

闻言，子青惊诧地抬起头，紧紧盯住管事。

“你再说一遍？”霍去病不可置信地问道。

“子青姑娘也得去，来传口谕的人说得清清楚楚。”管事低眉垂目复说了一遍。

挥手让管事退下，霍去病与子青四目相视，子青目中满是不解。

“肯定是卫长公主的主意！这丫头，竟是个长舌妇！你不用去，也不必担心，我自会替你解释清楚。”

他强捺住怒气，心头已转过千百个主意替子青推辞此事，却没有一个主意可以两全其美，只是眼下也顾不得这许多。

子青凝眉片刻，忽问了个不相干的问题：“昨夜，你说有法子让圣上派你驻守边关，究竟是什么法子？”

茶汤已沸，霍去病将茶汤舀出，盛放到茶碗之中，然后推过来给她。

“汉匈之战，交战至今，你如何看？”他反问她。

子青想了想道：“夏初一战，匈奴已逃往漠北，虽说匈奴主力尚在，但已无反攻之力。”

“与匈奴主力决战是迟早之事，圣上目前一面派桑弘羊筹措军需粮草，一面派人在大漠中寻找匈奴主力。一旦找到，就要与他们决战。”霍去病轻轻呼出口气，给自己也舀了一碗茶汤，“我希望，这是最后一战了。”

子青摇头：“我看不易，匈奴一灭，只怕圣上就要开始对西域用兵。你身为大将军，他岂会弃你不用。”

饮了口茶汤，霍去病不在意地轻松道：“我难道不可以有伤病在身，难报圣恩吗？”

子青怔了片刻，骤然瞪大眼睛，急道，“你……不可以！你绝对不可以做出自残身体的事情来。”

“傻丫头，又胡说了，我何时说过要自残身体。”霍去病嘲笑她道，“快喝茶吧，要不就凉了。”

子青低首缓缓端起茶碗举到唇边，心中波澜难平，终还是放下来。

“将军，我不傻。我知道，以你的身份，若不是真的伤病，根本瞒不过太医令，更不可能让圣上相信。你千万莫要为了我，去做这等事情，否则子青粉身碎骨也难辞其咎。”她盯着他，眼中已有泪光。

霍去病伸过手来，握住她的手，另一只手拂去垂落的泪珠。

“不是因为你，丫头。说实话，是我自己不想再出征了。对匈奴作战是因为匈奴进犯我中土多年，保卫疆土无可厚非；若当真对西域用兵，那就真是恃强凌弱了。”他叹息道，“圣上将我当作佳兵利器，只是佳兵不祥，我自己并不愿做此利器。河西受降之时，你不在我身边，未看见那些匈奴人的脸、听见他们唱的歌……我想，一场战争，其实哪里有什么赢家，双方都是输家，从开战的那一刻起就输了。”

子青静静听着，皋兰山那一夜的一幕幕自脑海中掠过……汉人、匈奴人，鲜活、灰败，温热、冰冷，潮水般的漫上来，不由得使人呼吸困难。

“你这想法，可曾在圣上面前流露过？”她轻声问道。

霍去病摇摇头：“眼下时机未到，接连打了胜仗，又有匈奴两大部落来降，圣上正是志得意满的时候。再说，我也不能不为舅父姨母着想……”

是的，还有卫青和卫子夫，子青心中明白。眼下刘彻重用霍去病，冷落卫青，若霍去病再拂逆圣意，那么卫家在朝中权势便会一落千丈。霍去病自己并不在意权势地位，却不能不为舅父姨母考虑。

自己孤身一人转身便可离去，只是将军眼前有着诸多难处，确是不易。子青低头，怔怔看着针般茶叶在茶汤中浮浮沉沉……

第二十八章 殿前舞剑

管事匆匆又折返回来。

“启禀将军，夫人来了，现正在内堂等候……”他顿了下，“夫人方才问卑职，子青姑娘腿脚可好些了？卑职说已好了许多，可以下地行走。夫人便命卑职将子青姑娘请至内堂。”

子青忙起身：“我这就随你去。”

“被卫长公主这么一闹，你倒成了个香饽饽。”霍去病猜度着母亲此番前来，大概也与卫长脱不了干系，叹着气起身，与子青一同前往内堂。

内堂之中，卫少儿焦急不安地来回踱步，身上所穿衣袍甚是华丽端庄，并不若日里的家常衣袍。

“孩儿拜见母亲。”霍去病上前行礼，一望便知卫少儿刚从宫中出来。

子青也上前见礼，因不知卫少儿所谓何事，难免有些惶惑不安。

“起来吧。”

卫少儿先瞪了眼儿子，然后转头打量子青，大概是她换了女子装束，这些日子又调养得当的缘故，看上去已不像之前那般黑黑瘦瘦的，双颊白皙丰腴了些，看得出自家儿子在她身上花了不少心思。

“你昨日是不是带着她一块儿去了城郊，遇见卫长了？”她问霍去病，“今日你姨母特地召我进宫去，问这件事呢。”

霍去病笑了笑：“姨母也奇了，她既要问，问我便是，何苦还去问您。”

“你过来坐下……”瞧儿子又嬉皮笑脸的，卫少儿扯着他坐到榻上，望了眼仍垂立在旁的子青，淡淡道，“你也坐吧，不是腿脚不好么。”

“谢夫人。”子青择了下首的枰坐下。

卫少儿刚想开口问，家人又上来奉茶点等物，被她不耐地甩袖道：“都下去吧，不唤你们的时候都莫再进来。”

“诺。”家人们依言尽数退了出去。

霍去病顺手拈了块杏花糕，还未吃入嘴里，被转回头的卫少儿看见。她伸手便取了过来："怎的还惦记着吃。你就不想知道今日我入宫，你姨母问了我什么？"

"肯定是问子青的事呀，这还用说。娘，我早起吃得少……"

自然是不忍儿子饿着，卫少儿只得把杏花糕复递给他："卫长说，你们、你们……你们还当着她的面抱在一块儿，简直不堪入目。"

"这都什么跟什么呀！她腿脚不便，又是在山里头，我就抱她走了一小截，要不然这丫头再跌一跟头，这两月的汤药不就白喝了吗。"霍去病嗤之以鼻，"娘，您别老听卫长胡说八道。"

"腿脚不好，还去山里头。"

卫少儿没好气地看向子青，自然认为是她惹的祸端。后者低眉垂目，只管听着，倒也不十分往心里去。

"是我想去，硬拖着她。"霍去病笑着解释道。

"明日要进宫去，这宫里的规矩，她可都懂了？"卫少儿问道。

霍去病怔了下："她腿脚还不利索，不便进宫，我会替她向圣上解释的。"

"那怎么行！山里头都能去，宫里头倒去不了，你如何向圣上解释得了？"卫少儿未想到自家儿子竟然为了维护这女子不惜抗旨。

"圣上定是听了卫长的话，一时好奇而已。"霍去病摇头，"我不想让她去，眼下她并无名分，只是庶民一个，难道到了宫中让他们当猴耍吗。"

"我就知道你是心疼她，连圣上的旨意都敢违抗。"卫少儿觉得儿子小题大做，"不过是一席家宴，你就在旁边看着，又不会有人吃了她，你担心什么？"

霍去病把手中最后一点杏花糕吃下去，皱着眉头想了想道："不想让她去受这份罪，昨日卫长那样子，我看着心里就不舒服……"

话还未说完，他的额间就被母亲戳了一手指头："卫长虽是你表妹，可毕竟是当朝公主，你可是冲撞了她？"

"没有，就是因为怕您生气。"他朝母亲笑道。

子青在旁，听在耳中，心中又是好笑又是感动。

"油嘴滑舌。"卫少儿推着让他坐端正了，"既是怕我生气，就绝不可违抗圣旨，明日带她进宫。"

"不行！"霍去病忙道。

卫少儿面色微沉："还有我在，我也替你看着，不让她受委屈还不行吗？"

"娘……"

霍去病还欲拒绝，却听见子青在旁轻声道：

“夫人，将军，子青愿意赴宴。”

“青儿……”

他转头颦眉望向她，她神色如常，朝他轻轻地点了下头，示意自己无碍。

总算还识些大体，卫少儿看着她，目光稍缓：“既是如此，你得赶紧跟我学宫里的规矩，明日稍有行差踏错，失了颜面的可不光是你自己。”

“子青明白。”

霍去病暗叹口气，开口道：“娘，规矩还是我来教她吧。”

“你自己就是个最没规矩的，你来教她？！”卫少儿直摇头，“行了，莫光惦记着心疼她，规矩没学好，明日出了岔子才是害了她呢。”

“可是……”

卫少儿站起身，不再理会儿子，朝子青道：“走，去你房中教规矩，图个清静。”

“诺。”子青起身，在前头缓步引路。

卫少儿转头瞥了眼儿子，警告他：“不许再跟来。”

霍去病只得苦笑着应了。

从日中之后，卫少儿便一直待在子青房中，其间霍去病命人送过几次点心。待家人退出来后，他便上前询问里面的状况。

家人总说子青看上去并无疲惫，夫人也未训斥她，霍去病听了，方才放心不少。

直至日暮将至，子青这才将卫少儿送出房中，等候已久的霍去病忙迎上前。

“你虽然都已背熟，但仍须在脑中反复演练，方可保明日不出岔子。”卫少儿叮嘱她。

“子青明白，多谢夫人教导。”

霍去病扶着母亲道：“娘亲辛苦，我已命庖厨温了娘亲最喜欢的菊花酒，娘亲就留下来用饭如何？”

卫少儿也有多日未同儿子一块儿用饭，犹豫片刻，便点了点头，转头朝子青道：“你也过来一块儿用饭，就当成是在宫里，先练习一遍。”

“诺。”子青颔首。

“还练规矩啊……”霍去病叹口气，“咱们家里人一块儿吃饭，规矩多了吃着可不香。”

“就你话多，我这是为了她好。”卫少儿道。

一时家人将饭食端上来，各人入席坐定。子青身份最为卑微，自然是坐下首。

卫少儿朝她道："现下是在家中，你可与我们同出一室。明日家宴，因你只是庶民，说不定会在廊下另行设案，到时候你须得等内侍指引，或是瞧我的眼色，切不可莽撞入席。"

"诺。"

霍去病看着子青，烛火映着她的面容，神情平静淡然，并无丝毫异样。

"若有人向你施礼，该如何？"卫少儿又问她。

"起身避席。"子青答道。

"对，因为席间你的身份最低，无论谁向你施礼，你都受不得，皆须起身避席。"卫少儿点头。

"娘，我替你斟酒……"霍去病起身替卫少儿斟过酒后，方才回到自己案前落座，举箸时朝子青使了个眼色，示意她快吃，莫饿着。

这个眼色落到卫少儿眼中，叹口气朝儿子道："明日席间，圣上、姨母、舅父，还有平阳公主都在，去病你可千万莫在席上与她抛眼色，落人话柄。

"娘……"霍去病已有些不耐。

"还有件事忘了嘱咐你，"卫少儿转向子青，"头一遭进宫，宫里比不得外头，有很多物件都是你见所未见闻所未闻，切切记住，再新奇也好，管好自己的眼珠子，莫到处乱转，做出小家气的模样来，更不要总是看着去病。"

"子青记下了。"

"娘，你再不吃，菜可就冷了。"霍去病在旁催促道。

"知道了知道了，你啊，就会给我添麻烦。"

一整日下来絮絮叨叨交代了子青许多，卫少儿一时半会儿也想不起还有其他事情，遂低头举箸用了几口饭菜，猛又想起一事，急道："明日保不齐会上奇珍美食，若是她不懂该怎么吃，又该如何是好？"

"这有何难，看旁人怎么吃不就知道了。"霍去病倒不在意，"实在不会，装装样子总是可以的。"

"唉……总之，明日你要机灵点，虽说是庶民，但既然是去病带了你去，你就莫让人看笑话。"卫少儿朝子青道。

"子青明白。"子青顺从地点点头。

好不容易将一顿饭吃完，家人上前将食案撤下，子青轻声道谢，被卫少儿听见。她随即颦起眉头，训导子青道："你怎么还向他们道谢？你可知他们只是家仆，身份卑微，你向他们道谢无异于是自贬身价。明日千万不可犯这种错误。”

子青微怔片刻，点头应了。

霍去病看在眼中，心中莫名烦躁，只是出于对母亲的敬重，强制按捺住，一言不发。

直至将卫少儿送上回陈府的马车，大门掩上，霍去病转身便将子青搂入怀中。

“将军……”

子青轻推他，想示意他旁边还有管事及家人，殊不知转头看去时，周遭已然空空如也，管事及家人们早已四下散去。

“丫头，我不要你为了我勉强自己受委屈。”他在她耳边低喃道，“知道吗？看你这样，我心里不好受。”

子青静默一瞬，抬眼看他，笑道：“夫人教了好些规矩，一夜之间便要融会贯通，确实有些勉强，不过并不觉得委屈。”

“为何要这样难为自己？”他问。

她把手指放在他胸前，轻轻画着圈，低道：“你事事都要来护着我，还要为了我违抗圣意，我觉得，我能为你做的事情太少了。何况只是进宫赴宴，学些规矩而已，对我来说不算难事。”

“那些规矩我听着都烦，更何况你。”霍去病皱眉道，“明日席间，你身份最低，跪啊拜啊这些事少不了，仔细又伤了腿。娘也是的，教了你那么多规矩，索性都不懂也就罢了。”

“夫人是严格，但还及不上将军你。”子青笑道。

“怎么说？”

“将军还记不记得在军中时，是如何让我们背熟旗帜号令的？蒙校尉被你整了之后，就把我们往死里头逼，各曲长每日须得交互抽查曲中士兵旗帜金鼓号令，凡在操练之时出错者，四十军棍，重犯者，斩！”

霍去病回想起当初练兵的时候，忍不住也笑了笑：“要不怎么说响鼓需用重锤，蒙唐这小子还算不错。你说老实话，那时候，你可曾背地里骂过我？”

子青笑道：“那会儿军中人人自危，做梦的时候都在背旗帜金鼓号令，哪里还有其他空闲。跟那时候比起来，现在学这点规矩，实在算不上什么委屈。纵然错了，也不过就是被人笑话；在军中一旦出错，性命便岌岌可危。”

知道她是在宽慰自己，霍去病歪头瞧她片刻，按捺下丝丝心疼，长呼出口气，朗声道：“说得是，横竖也不会少块肉，何必在意！”

一轮皓月当空，繁星点点。

虽说是晚宴，但按常例，众人在申时便应入宫去。

子青与霍去病同乘朱两轓车一路往上林苑去。上林苑方圆三百里，东南至蓝田宜春、鼎湖、御宿、昆吾，旁南山而西，至长杨、五柞，北绕黄山，濒渭河而东。园中养百兽，专供天子秋冬狩猎取之。昆明池、建章宫、太液池均建于其中，既可供天子休息游玩，又不妨碍游猎之事。

轓车并无车厢，两边有车耳，上有彩绘车盖，子青坐在车中可将周遭景致尽收入眼底。自进了上林苑后，周遭树木错落有致，显然是园林巧匠精心栽种而成。

马车行得徐缓，霍去病将上林苑中景致指给子青瞧。

“看，这里是积草池。”

他们正经过一处池水，子青看见此处一株通体火红的珊瑚，足足有一丈多高，甚是罕见。

“中间的那株珊瑚树，是南越王所献。入夜之后，便似会燃烧一样，煞是好看，顾名思义又叫作烽火树。”霍去病道，“上林苑中另还有初池、牛首池、东陂池、西陂池……景致各有特色，只是我们今日往建章宫去，不能一一观赏。”

说话间，马车已经驶过积草池，沿着林间道路徐行。正是秋日，路两旁的名果异树都到了成熟之时，紫梨、青梨、芳梨、大谷梨、细叶梨等等，果子沉甸甸地挂在树枝上，连路上都飘着淡淡的果香。

稍远处还有扶老木、守宫槐、金明树、千年生长树、万年生长树等名木种。

“那树发出的声音真奇怪。”

子青望着路旁一株其貌不扬的树，风过时，它不若其他树那般发出沙沙声，而是发出柔和悠长的鸣叫声，不禁叫人疑心是否有珍禽隐身其中。

霍去病笑道：“这是风鸣树，也是从外地挪过来的名木，初来时有五株，种下去便只活了这一株。因圣上喜其声，听说又在张罗着要再挪进来二十株，也不知这次能活几株。”

如此劳民伤财，便只是为了让刘彻听个动响，子青禁不住微微颦眉。

似乎早料到她会做这般想法，霍去病转过来，手指轻轻在她眉心一抚：“待会儿遇见了人，便不可再皱眉了。”

是了，差点把这点忘了。

子青深吸几口气，尽力舒展眉头，朝霍去病微微一笑，问道：“这个样子可好？”

伸手替她将鬓边几缕被风吹起的发丝抿好，他侧头瞧着她，半晌不语。

“怎么了？”她奇道。

“没事，”他微微笑道，“你这样很好，就是太辛苦。”

“其实这事比想的要容易。”宽袖下，子青把手覆上他的手。

巍峨的宫殿轮廓渐渐在树木空隙间显露出来，马车嗒嗒嗒地转过一个弯道，建章宫便出现在子青眼前，只是初一瞥，其富丽堂皇，仅仅用“奢华”二字根本形容不尽。

下马车后，她跟在霍去病身后，往殿内行去。低首间，只见殿上地面以丹漆漆地，门槛以黄铜包裹，再鎏以黄金，白玉石砌做阶梯。再往里行去，身侧左右窗扉多是绿琉璃，晶莹通透，弄得落在地上的光影也是绿茵茵的。地上干净得惊人，连一丝毛发都不得见。

因谨记卫少儿的嘱咐，子青并不四处张望，始终垂目低首。在风过时，幡旄光影，在地面上影影绰绰，也不知从何处传来的铃镊之声，清脆悦耳。

若她抬头望去，便会看见顶上的壁带为黄金釭，含蓝田璧，明珠翠羽饰之。上设九金龙，皆衔九子金铃。五色流苏，带以绿文紫绶，金银花镊，故而，风过时，流苏影绰，金铃动摇，才有了子青听到的声响。

跟随引路宫女一路曲曲折折行至一处廊下，等候在此的内侍朝霍去病施礼并轻声道：“请骠骑将军上承光台，陛下正在射猎。”

霍去病点了点头，举步欲行，子青跟在他身后。

内侍忙又道：“皇后娘娘请女眷们往博源阁叙话。”

霍去病脚步一滞，转头望向子青，他并不愿意子青离开他的眼界内，尤其是在宫里。

子青朝他微微一笑，示意无碍，便随引路宫女，往博源阁去。

博源阁中，帷幕重重，进门便是一架极大的彩绘木制屏风。宫女在屏风外细声回禀，听里头应了，方才领着子青进去。

子青见正中一华服女子端坐案前，容貌秀美不可方物，眉眼间的温婉与卫少儿多有相似，猜想此人应是皇后卫子夫，上前行跪拜礼。

“民女秦原，参见皇后娘娘。”

坐在侧旁的卫长公主自然是一眼就认出她来，朝母后直打眼色做口型：“就是她！”

另一旁的平阳公主也认出子青就是那日霍去病拼命也要护住的人，面露诧异之色，询问的目光投向卫子夫。

“姐姐，这位就是去病府里头的那位姑娘吧？”卫子夫笑着问旁侧的卫少儿。

卫少儿含笑点了点头：“就是她。”

卫子夫打量着垂目低首的子青……

正如卫长所说，这个女子姿色平平，并无出奇之处。若放在民间，最多也只能算清秀，霍去病自小在宫中进进出出的，眼界不该如此低才对。

“起来吧。”卫子夫柔声道。

子青依言站起来，仍是垂目而立。

卫子夫示意旁边的女官，女官会意，手捧锦盒走向子青。

“头一遭见你，也不知道你喜欢什么，这对珍珠耳络还算别致，”卫少儿朝她温柔笑道，“你就拿着玩吧。”

此时女官已打开匣盒，显出里面的珍珠耳络给她看，小指头般大小浑圆白皙的珍珠发出柔和的光芒。卫长未料到母后竟还给这女子预备了礼物，毕竟年纪尚幼，面上立时便阴了几分。

“秦原一介布衣，无功无德，不敢受礼。”向来是不愿收受礼物的，子青往后退开一步，本能地推辞道。

并未想到她会拒绝，卫子夫微微一愣，转而朝卫少儿无奈笑道：“看来是我这点小东西拿不出手，姐姐可别笑话……”

“她小孩子家没见过世面，娘娘千万莫往心里去。”卫少儿连忙瞪了眼子青，“娘娘一番心意，还不快收下，叩头谢恩。”

子青犹豫一瞬，伸手接过锦盒，跪下叩头谢恩：“谢娘娘赏赐。”

“你去吧。”卫子夫微微一笑，丝毫不见动怒，仍是柔声朝她道。

“民女告退。”拿着锦盒，子青仍退了出去。

阁内，卫子夫慢条斯理地抿了口茶。

卫少儿朝她笑道：“这孩子从我头一遭见她便是这般模样，笨笨的，又不会说话，失礼之处，娘娘莫往心里去。”

“还只是个孩子罢了，再说，笨一点好，”卫子夫笑道，“现在这世上就是聪明的人太多，想找个笨点儿的不容易。要我说，姐姐真是好福气。”

卫长在旁已郁闷半晌，忍不住开口问道："母后，她不过是个庶民，与表兄又无名分，您还送她东西做什么？"

"你瞧你这孩子，这话说的，她既然是你去病表兄的人，又是头一遭进宫来拜见我，我自然该给些见面礼。"卫子夫笑嗔她，又转过来朝卫少儿道，"不过卫长说得对，也该想着什么时候给去病收在房里，给个名分才是。"

"娘娘说得是。"卫少儿笑应道。

平阳公主在旁听了半晌，见连卫子夫对子青也并不在意上心，面上虽附和着笑意，心中免不了暗叹口气。虽然她也很明白卫子夫心中所想——

长年的宫廷生活，卫子夫对于男女之事早已看得清楚。当年刘彻何尝不是对她宠爱有加，现在虽亲情尚在，但他的热情早已转移到其他女子身上。何况，连卫青都给刘彻跟前正当宠的李美人送金锭示好。

只可惜，她没有看见霍去病如何在马车前护住那女子。

若是看见，她就会明白，霍去病并不是刘彻，那女子也不若宫中佳丽。

子青退出来后，因其身份尴尬，引路宫女一时也不知道该带她去何处，但皇后娘娘既然让她退出来，显然是她还未有资格同室而坐，想必晚间的家宴她也无须出席。

思前想后一番，宫女极客气地询问子青可否愿意仍回到骠骑将军马车旁等候。

不必再在人前唯唯诺诺，子青欣然应允。宫女遂将她引至停放马车的地方，告退而去。

所谓停放马车的地方，其实就是建章宫的马厩，只不过这处马厩比起寻常马厩更大更加华丽，也干净清爽。

马车一长溜停靠着，不光有霍去病的马车，还有卫青的、卫少儿的，其中最前头的是刘彻的御用马车。马儿都卸下嚼头，拴在马厩之中。马厩旁有草料房，还有专供车夫休息的屋子，车夫们常在里头凑个赌局，因赌得小，也不伤筋动骨，只图个闲暇消磨。

因建章宫颇大，子青行了这么一大圈下来，腿便隐隐有些吃不住劲，不便往车夫堆里头凑去，自在马厩中捡了处干净地方靠坐着歇息。

有人走过来，抱着一大捆草料，添加在马槽中，瞥见一旁的子青，愣了愣，竟忍不住看了又看，才迟疑问道："你是……子青姑娘吗？"

子青抬眼，看见站在自己跟前的正是日磾，不由得又惊又喜，起身道："没想到在此处能遇见你。”

日磾笑了笑：“我现下是宫里的车夫。”笑容中有几分苦涩，从匈奴王子到低人一等的仆从，这条路对他来说是何等崎岖坎坷。

子青轻叹口气：“物不能尽其用，委屈你了。”

“对于我这等阶下囚来说，陛下肯让我驾御用马车，已算是开恩。”

“扎西姆和孩子呢？她们可还好？”

日磾答道：“扎西姆被派去浣衣庭，孩子由老嬷嬷带着，虽说累一些，但还算过得稳当。”

子青想起那个被险险救回来的孩子，倒有几分挂念，不知道那孩子现在是怎生模样：“可惜你们都在宫里，想见一次都不易。”

“你此番是随霍将军进宫来的吧？怎的一个人在这里？”

“嗯……我只是庶民，不能与他们同席，所以宫女就让我回来在这里等着。”子青微微一笑，“你知道宫里规矩多，我也不敢乱走动。”

日磾含笑点头，低声道：“对，还是小心点好。”

他在宫中这些时日，虽只是马夫，却早已学会绝不多行一步，也绝不多说一句。身为阶下囚奴，稍有差池，自是有一堆人等着拿他的错处呢。

“对了，阿曼呢？他现下如何？”日磾问道。

“他已经回到楼兰，我想他应该继位了。”

日磾闻言，沉默了良久，才道：“他这辈子，就因为这担子，过得太苦了。和他比起来，我实在没有什么可抱怨的。”

“本不该是他的，可他哥哥宁可寻死都不愿意回去继位。”

子青想起那夜亭隧外阿曼离去的背影，眼眶便有点发潮，深吸口气，硬是按捺下情绪。

两人半晌皆默然未语。

此时承光台上，刘彻挽弓搭箭，射穿一只野鸭。野鸭直直坠入林中，早有宫人守候在林中，捡起猎物，飞奔着送至高台下，交给内侍，再由内侍送至刘彻面前。承光台高约十丈，内侍在其间上下奔跑，不得不轮流往返。

“去病今日可落了下乘，射中的野禽还不及卫伉呢。”刘彻听内侍清点各人所射中的野禽，朝霍去病取笑道，“怎的如此心不在焉？莫不是还在想着那姑娘？”

“哪有的事。”霍去病抚了下弓，笑道，“只是这几个月来一直没怎么摸过弓箭，难免有些生疏。”

刘彻转身朝卫青道：“听听，几个月都没摸过弓箭，这还是朕的骠骑将军吗？去病是你一手教出来的，你可得好好罚他。”

卫青自然听得出刘彻这话里头对霍去病的疼爱大大多于责备，温和地笑着躬身道：“臣谨遵旨意，今晚定要多罚他几杯。”

刘彻闻言大笑，指着他道：“这也算罚，你真是比朕还心疼他啊！”

卫伉在旁捅了捅霍去病，悄声问道：“他们说的那姑娘是谁？我见过吗？怎的从来没听你提过？”

霍去病本欲敷衍了事，却不料被他这么一提，乍然想起卫伉曾在军中见过子青，心头猛地一震，转身就把他拖到一边。

“怎么了？”卫伉瞧他神色有异，奇道。

“你待会儿不管看见谁，都别乱说话，知道吗？”

当下情况不容自已将事情解释清楚，霍去病只能紧紧盯着卫伉，压低声音叮嘱道。

“什么呀，谁啊？”卫伉还是莫名其妙。

刘彻转过身来，笑道：“你们兄弟俩在说什么悄悄话？还得背着朕。”

“陛下不是说连卫伉都比我射得多嘛，我正教训他呢，下回不许再比我多。”霍去病扬声喊回来。

刘彻听了，笑着直摇头：“这孩子，瞧瞧给惯的，输不起了还。”

卫青笑着附和道：“他打小在宫中进进出出，这里头，有一大半倒是陛下您给惯出来的，要是没这好胜心，他的仗也打不了那么好。”

这番恭维听得刘彻龙颜甚悦，扬手将弓扔给内侍，再拿过温热布巾擦了擦脸，顺便抹了下手，笑道：“走，好好地罚他几杯去。”

卫青等一行人跟在刘彻后头下承光台。霍去病寻不到时机与卫伉说清楚，暗自焦急。

家宴就设在内殿中，女眷们入内的时候，霍去病施礼之际一个个看过去，唯独不见子青，心中奇怪，朝母亲投去询问的目光。偏偏卫少儿正给刘彻施礼，天子面前，自是不敢失礼，无暇顾及其他。

不知子青此时此刻身在何处，霍去病心中暗自担忧，又担心待会儿卫伉与她碰面，思量着是否该出去寻她。

刘彻自昨天听卫长提过，特地颁口谕让霍去病带着那女子一起来，当下并未见到她，也有些奇怪，又将霍去病神态收入眼中，遂朝卫子夫笑问道："去病带来的那姑娘呢？怎的不在这里？"

卫子夫笑答道："她只是庶民，未得陛下召唤，不敢让她轻易入内。"

"唤她过来让朕瞧瞧。"刘彻不在意地道，"咱们这是家宴，不必理会那些虚礼。再说了，去病方才在承光台上便心不在焉，若不让他见着，只怕这顿饭他都食不知味。"

霍去病忙道："陛下说笑，只是她一介布衣，卑将恐怕她到了此间，多有惶恐，做出冒犯天颜的事情。卑将以为，还是……"

"这孩子，什么时候变得啰唆起来了。"

刘彻笑着打断他，示意卫子夫命人去唤。

霍去病只得不再言语，心中暗自忐忑。

过了一会儿，宫女果然领着子青进来，子青踏上堂来，堂内烛火辉煌，最引人注目是两座八十九支的大型铜制烛树，烛火闪烁映得人直晃眼。

之前便听卫长说此女子如何平庸寻常，刘彻也有些好奇，按理说，去病跟在他身旁，母亲还有姨母都是绝代佳人，眼光应该不会差才对。

子青上前行向刘彻行叩首礼："民女秦原，参见陛下。"

"平身。"

"谢陛下。"

刘彻仔细打量着她，姿容确是寻常，并无过人之处，只是那份不卑不亢的从容着实不太像是初见天颜的平民。

卫伉看见子青，只觉得眼熟得很，苦苦思量，猛然想起来，大吃一惊，立即就望向霍去病："她、她不是……"他毕竟还是年轻，尚未学会掩饰情绪，惊诧之意行于表外，，想开口相询。

霍去病狠狠地警告地瞪了他一眼，微不可见地朝他摇了摇头。

卫伉愣了愣，这才想起之前霍去病所说的那句话"你待会儿不管看见谁，都别乱说话，知道吗"，愕然片刻，方明白其中缘故。

只是到了当下这刻，他的惊呼声殿上人人都已听见，再想装成若无其事，已不可能。

卫青虽不明缘由，但率先瞪了他一眼，自是恼他在殿前无状之故。

刘彻问道："怎么，卫伉你也认得她？为何如此惊讶？"

“她、她……我确实认得的。”在霍去病紧迫盯人的目光下，卫伉脑筋急转，既不能说实话，又不能让圣上起疑，遂道，“因她武艺精湛，精通骑射之术，我曾见识过，未想到她竟是表兄府里的人，故而惊诧。殿前失仪，请陛下恕罪。”

刘彻摆摆手，自是不会与他计较失仪之过，挑眉看向霍去病，笑道：“原来她精通骑射之术，能陪着你驰骋旷野，难怪你对她如此中意。”

霍去病含笑答道：“陛下休得听卫伉夸大其词，不过是我教过她，让她骑在马上不至于摔下来罢了。”

“你何时变得这般谦逊起来，卫伉也算是期门郎中拔尖儿的，能让他说出‘精通骑射之术’，想必这位姑娘当真不凡。”刘彻颇觉有趣，望向子青，问道，“既然武艺精湛，想必也会用剑了？”

子青能听出将军不愿意让刘彻知道她习武一事，但一则有卫伉的话已说在前头，若说自己不会用剑，恐怕刘彻多半不会相信，反而引他猜忌将军；二则她完全猜度不出刘彻问此话的用意为何。

迟疑一瞬，她点了点头，顺着霍去病的话道：“将军曾指点过一二。”

端起鎏金铜觥，刘彻歪着身子饮了口酒，笑道：“如此甚好，你就舞剑来助一助兴吧。来人，去取一柄佩剑给她使。”

舞剑？！子青怔住……

“请陛下恕罪，她腿伤初愈，恐怕无法舞剑。”霍去病忙起身，向刘彻禀道。

刘彻奇道：“我看她行路无碍啊。”

卫子夫在旁打岔，朝刘彻温柔含笑道：“想必是去病心疼她，陛下，臣妾还是头一遭见他这般着紧一位姑娘呢。”她说话时，卫少儿趁机朝霍去病轻轻摇头，示意他莫一再拂逆圣意。

“想不到他也有今日。”刘彻哈哈一笑，朝霍去病道：“方才在承光台上就心不在焉，原本说要罚酒，现下倒要换个法子，就罚你抚琴一曲，琴歌剑舞，正是相得益彰。”

说话间，已有宫人捧着佩剑入内，送至子青面前。

她看着那柄佩剑，儿时第一次习剑时，爹爹所说的话重新清晰地浮现在脑海中——墨家剑法，一招一式，扶危救困，死不旋踵。

若爹爹知道自己须得当众舞剑、供人赏玩的时候，也不知他恼是不恼？

子青深吸口气，尽管不愿，但还是缓缓伸手取过剑来。只是寻常的佩剑，拿在手中像是千斤重般，直往下坠。

而原本候在帷幕之间的乐师也已将七弦琴献至霍去病案上。

“陛下……”

霍去病还欲进言推辞，却听得一声清吟，子青已拔出剑来，将剑鞘弃在旁边，双目清亮，正看着他。

烛光下，两人四目相投，再无须多言。

深吸口气，霍去病思量片刻，将手轻轻抚上七弦琴，低低沉沉的音律流淌而出，似一人漫步于山路之上，不急不缓，任凭林间落叶徐徐飘落身侧……

子青听着琴音，垂目静静而立，一动不动。

直过了半晌，众人不明何故，不免等得不耐烦。卫长公主料她是因不通音律，压根儿就不知道该如何合着琴音舞剑，嘴角噙着一丝笑，等着看她出糗。

卫少儿观众人脸上，见刘彻也微微颦起眉头，暗自为子青心焦，正欲出言提醒，却见子青缓缓抬手，做了个起势……

不动则已，一动则全身皆动，剑招如流水般连绵不绝。

素日众人所观赏的女子宫廷舞剑，是将剑术与舞艺结合在一起，身法矫捷，飘逸潇洒，为的是赏心悦目。而子青从小到大，剑法自是练得纯熟，但于舞艺是半分也不懂，更不懂该如何做到赏心悦目，只懂得在琴音引导下平心静气，将自幼所习剑法从头至尾演练出来。

点、刺、劈、挂……

子青含胸，转腰，剑贴身而走，画出一道圆弧。双目只随着剑尖而走，专注之极。继而微仰头，翻腕抖剑，平剑在眼前环绕一圈，似拨云见月般。

霍去病也不看她，只专注在琴弦之上。

崩、绞、架、截……

剑尖沿臂同方向穿出，腰往前倾，同时挽出数朵剑花。伤腿作疼，她犹自硬撑着，背后冷汗直冒，手中的剑却未有片刻滞缓。

琴音似有所感，奏了个悠悠颤颤的尾音，毫无预兆，却又理所当然地结束了。

子青收剑，施礼。

殿上一片寂静，刘彻不发话，旁人一时拿不定主意该褒该贬。

卫青定定地盯着子青，目光几近凝固，这般剑法，他也曾在多年前见过，惊鸿一瞥，精彩绝艳，却从此再未曾得见。

自古佳兵不祥，剑为杀人利器，世间剑法多为凌厉，而此套剑法之所以与众不同，或是因为它透着股悲天悯人，又或者是因为用剑的人有此心，连卫青都分辨不清。

时隔多年，未料到竟在此间再次得见，使剑者又是个年纪轻轻的姑娘，身法腾挪间与昔日故人多有相似，他着实满腹惊异。

刘彻似乎也在思索着什么，又或者是尚未自琴音中回神，过了半晌才开口道：“你这剑法使得……可不像是去病教出来的？”

闻言，子青心中一紧，墨家剑法自然与霍去病素日所习剑法大不相同，自己竟忘了这层，只是事已至此，再后悔也无用，遂答道：“这是家传的剑法，只是我使得不好，幸而得将军指点。”

刘彻半靠着，目光探究地望着她：“家传剑法？你父亲是做什么的？”

“我爹爹、我爹爹是……”

子青陷入尴尬之中，不知该如何作答，说仅仅是乡野之人肯定是瞒不过刘彻，反倒给将军平添麻烦。

霍去病在旁插口道：“她爹爹靠卖艺为生的，陛下恕罪，她大概是没好意思说出来。”

“街头卖艺……难怪这套剑法竟无一点杀气。”刘彻若有所思，转而轻笑道，“如此说来，你竟是从街上把她给捡回来的，市井之中，果真是卧虎藏龙啊。”

霍去病笑而不语。

宫人将佩剑与七弦琴都取下，又依刘彻命令，在霍去病旁边另设一案给子青。

子青谢过圣恩，依命而跪坐下来，正压在伤腿之上，冷汗潺潺，暗自深吸口气，隐在袖中的手死死地抠在席面上，脸上不动声色。

侧目望她，虽然已是极力压抑，霍去病的眼中还是不由自主地流露出关切之色。

子青朝他微微一笑，示意自己无碍。

这幕落在卫长公主眼中，无异于两人眉目传情，心中颇看不惯，怎奈碍于父皇在场，不敢造次，只轻轻哼了一声。

一时佳肴美酿尽由宫人端上，食用六谷，膳用六牲，饮用六清，珍用八物，酱用百。所用器皿，银口黄耳，金罍玉觞，无一样不是极尽奢华。子青以前就曾经听闻过，宫中一年的膳食开支达两万万钱，相当于普通百姓而并非贫困百姓，两万户的家产。那么眼前这样一场家宴，大概便抵得上一乡百姓的家产了吧？

她看在眼中，早已胃口尽无，至于吃的是什么，她压根儿就未曾细看，更不消说细品。对此刻的她而言，琼浆珍肴入口，也是味同嚼蜡。

“父王，她以前既然是在街头卖艺的，定有许多市井间的趣事见闻，不如让她说来听听，逗个趣，引您笑上一笑，说不定还多喝几杯呢。”卫长公主朝刘彻道，只是逗趣是假，想让子青出糗是真。

刘彻点头许了，目光看向子青：“既是街头卖艺，定有不少见闻，可有什么趣事，不妨说来，让大伙儿都笑一笑。”

未料到圣上会有此一问，于此事霍去病又帮不了子青开口，不由得暗自为她心焦。

子青怔了怔，先放下箸，思量片刻答道：“回禀陛下，只有两件事，一喜一忧。”

“是哪两件事？”

“天晴，喜；下雨下雪，忧。”子青望着刘彻，答得极为简单。

闻言，刘彻原本持觥的手停滞在空中，眉头微微颦起，他当然明白这简单的一喜一忧背后的含义，意味着百姓日日夜夜为生计担惊受怕，再无闲心顾及其他。

卫长公主却不明其意，不满地嘟囔道：“这算是什么趣事，一点都不可笑。”

素来是知道子青木头木脑的，卫少儿暗叹口气。

平阳公主瞧刘彻脸色，打岔笑道：“我前日才听过一件趣事，与她所说多有相似，却要有趣得多，陛下可想听？”

自是不好驳姐姐的面子，刘彻拉回思绪，勉强笑道：“洗耳恭听。”

“说的是有个老妇，她每日推门而出，见是晴天，便要唉声叹气地哭一场；若见是雨天，也要唉声叹气地哭一场。”平阳公主笑着说道。

卫长公主诧异道：“这可奇了，难道她天天都得哭一场？”

“可不是嘛，所以就有人去问这老妇，晴天为何唉声叹气？老妇答曰，我大儿子是卖蓑衣的，若是晴天，便无人去买蓑衣。那人又问，雨天你为何也要唉声叹气呢？老妇答曰，我二儿子是卖草帽的，若是雨天，便无人去买他的草帽。”

听到此处，刘彻便已忍不住大笑起来，摇头道：“这老妇着实想不开，晴天她可以替她二儿子欢喜，雨天她可以替她大儿子欢喜，如此一来，就不必天天唉声叹气了。”

平阳公主笑道：“陛下说得甚是，可见真是世上本无事，庸人自扰之。”她这故事既有趣又开解了刘彻方才念及百姓之苦的思索，轻轻巧巧，四两拨千斤般便化解了宴席上的尴尬。

世上本无事，庸人自扰之。子青怔怔想着，在这些不必整日为生计奔波，为柴米油盐而劳心的贵族眼中，百姓的忧患倒成了庸人自扰，着实令人心寒。

几巡美酒之后，刘彻歪在榻上，醉眼惺忪地看着底下的卫青和霍去病，道：“今日桑弘羊才刚向朕回禀过钱两账目，朕正命他筹措粮草军马，希望可以尽快与伊稚斜主力决战！”

因刘彻几次三番都是让霍去病带兵出征，将卫青冷落许久。卫青理所当然地以为这次出征也不会轮到自己头上，遂举觥敬向刘彻：“微臣预祝陛下一举歼灭匈奴，保我大汉疆土再不受犯。”

刘彻哈哈笑道，举觥一饮而尽，然后才道：“仲卿啊，这次你可偷不得懒了。朕要你和去病一块儿出征。”

闻言，卫青又惊又喜，身旁的平阳公主也禁不住面露喜色。

“朕命桑弘羊筹措十万人马的粮草啊，筹措不易。”刘彻接着道，“到时候，你与去病各领五万人马，可得给朕好好打，等明年开春，你们就得开始加紧练兵。”

听到十万人马，卫青与霍去病相互对视一眼。霍去病前两次出征，所带人马都不过才一两万，还未曾领过这么多人马。

子青仍是低首默默吃着食案上的菜羹，心中忍不住思量，去年汉境中多处洪涝，饥荒遍野，不知桑弘羊是如何筹措十万人马的粮草。

夜已渐深，刘彻喝得步履蹒跚，由卫子夫亲扶着往寝殿去，夜里便就近歇在建章宫中。众人伏拜恭送。之后，也到了该散席的时候。

卫长公主起身替父皇母后相送诸人。

霍去病回身望了眼子青，见她行走无碍，又转向卫长公主，道：“天色已晚，更深露重，公主还是早些回去休息，不必相送了。”

平阳公主也回身笑道：“去病说得是，都是自家人，夜里风寒，公主还是回去歇着吧。”

卫长公主含笑道：“不碍事，方才坐得久了，我也正想走一走。”

子青随在霍去病身后行至殿外，一轮弯月正挂在宫檐下，近处恰有几株桂花树，夜风徐徐，暗香浮动，更有隐隐金铃之声相伴其间，如梦如幻。

“此处赏月也算是好的了，只可惜还是及不上未央宫中。”旁边忽然有人道，像是在和霍去病说话，又像是在和子青说话。

子青转头，见是卫长公主，便垂目低首，自是不会去接话。

今日家宴，卫长公主与霍去病说不上几句话，心中本就不太畅快，此时故意行在他身旁，说了这么一句，便是想引得表兄来接话。不料霍去病只是敷衍地笑了笑，并未多说什么。

卫长公主讪讪地，又转向子青，语气轻蔑道：“你今日能到此，见识过宫殿之华美，又见过我父皇母后，他日回到市井之中有资本向旁人说道说道。便是这建章宫中的月色，乡野市井中又何处寻去，也算是你的福气。”

子青闻言，犹豫片刻，轻声答道：“民女以为，无论在何处赏月，所看的不过是月沉月落，花开花谢。最要紧的，还是身边能陪着你赏月的人……”

听到此处，卫长公主脸色微变，本能地觉得子青仗着是霍去病的人，是在出言嘲讽自己，正自恼怒，却听见子青下面的话。

“公主双亲皆在，可承欢膝下，月缺而人圆，这才是令人羡慕的福气。”她轻轻叹道。

卫长公主微微一愣，转头望向她，见子青面色平静恳切，并无丝毫讥讽之意，这才作罢。一直将他们送至建章宫前，马车都已备齐，见他们各自上车上马之后，卫长公主方才离去。

长安城已进入宵禁时刻，马蹄的踢踏声在寂静的街道上显得尤为响亮。

卫青与卫伉皆骑马，伴着平阳公主的輜车。行至分岔口时，卫青探身朝平阳公主低语了几句，平阳公主含笑点头。卫青遂吩咐卫伉护着平阳公主先行回去，他则策马朝霍去病这边过来。

之前看见舅父的眼神便知他定是有事，霍去病并不问，直至回到府中。他原想让子青先行回去休息，却听卫青道：“且慢，我还有话想问秦姑娘。”

“舅父有事问我便是，她的事情我都知道。”霍去病生怕卫青对子青发难。

卫青面色凝重地摇头：“我看未必，难道她今夜所舞的那套剑法你也会吗？”

霍去病微怔，本能地将子青挡在身后。

果然是墨家剑法惹了祸，子青歉疚地望向霍去病，缓步自他身后走出来，朝卫青道：“大将军有话尽管问便是。”

卫青望了望周围伺候的家人，以目光向霍去病示意。

霍去病会意，朝家人挥手道：“都下去吧，没我的吩咐，谁也不许过来。”

“诺。”家人们依次退出内堂。

直至看见最后一个家人走下石阶，行远，卫青这才朝子青开口道：“你究竟姓甚名谁，剑法师承何方，又是如何接近去病，如实道来。”

霍去病听卫青语气严厉，不愿子青受此委屈，出言干涉道：“舅父……”

卫青抬手，制止他开口。

子青抬眼注视着卫青，道："我姓秦，单名原字，剑法乃是家传。与将军……是情之所至，身不由己，并不曾存心接近。"

听到"身不由己"四字，霍去病禁不住低首涩然苦笑，无人能比他更明白此四字之中所蕴含的过往波折。

见子青神情从容、不卑不亢，绝非寻常人家的孩子，卫青又问道："你父亲是谁？"

"家父秦鼎。"

"现在何方？"

"家父已故去多年。"子青平静道，"大将军究竟想问什么，直说便是，不必兜圈子。"

卫青紧盯着她："今日你在殿前所舞剑法，我多年之前就曾见过。"

"那不过是寻常剑法，舅父曾见过也不稀奇。"霍去病插口道。

"你错了！那绝不是寻常剑法，那是只有墨家中人才会使的墨家剑。墨家门规森严，若非墨家中人，绝不可能习得此剑法。"卫青严厉地看着子青，"你是墨者？"

之前并未料到卫青竟然会识得墨家剑，若承认只怕是会累及霍去病，子青定立在当地，一言不发地看着卫青。

"不说话，那么就是默认了？"卫青道。

子青深吸口气，点头道："是，但此事霍将军并不知情……"

"不，我知道。"霍去病打断她的话，一把将她揽过来，护在身侧，朝卫青道，"我一直都知道，她是墨家后人，她从来不曾瞒过我。"

"你……"卫青摇头责备道，"墨者以武犯忌，陛下对他们多有忌惮。你将她留在府中，难道没有想过自己的前程吗？"

霍去病沉默片刻，然后缓缓道："其实我也想弄明白，前程功名，是不是一定要用森森白骨殷殷鲜血来换。我为将这几年，看过太多生生死死，汉军的，匈奴人的……我累了，舅父！"

听到他最后一句话，卫青顿时被震得说不出话来，半晌之后，才道："莫非，你是受了她的影响？"

"舅父，陛下的雄心大志你不会猜不出来。"出于对刘彻的尊重，霍去病总算没用"野心勃勃"四字，"陛下眼下是一心要与匈奴决战。等到匈奴无虑，通往西域的通道再无阻碍，就是陛下对西域用兵之时。"

卫青闻言无语，去病所言之事，他何尝会想不到，只是陛下的性情……只怕根本无人劝得住。

“将来的事，将来再说吧。”卫青也知去病对这女子用情至深，道，“陛下何等圣明，终究会知道她的来历。你最好赶快将她送走，免得他日招致祸端，这是为了她好。”

“我明白，只是我娘那边……”

“放心吧，你娘胆子小，我怎么会去吓她。”

霍去病听舅父口气已松，又知道卫青绝不会将此事再告诉娘亲，心下稍宽。

卫青行至堂前，抬眼看着弯月，长长地叹了口气，不待去病相送，径直走了。

“是我给你惹了祸了。”子青望着夜色之中卫青的背影，怅然叹道。

霍去病替她拢了拢披风，然后将她的头揽到自己肩上，柔声道：“这算什么祸？圣上看不顺的东西多了，样样都忌讳的话，活着可不痛快。”

子青静静地靠着他，半晌才轻声问道：“我是不是很不好？做错了许多事？”

“不是，是我不好，让你受这些委屈。”霍去病寻到她隐在袖中的手，握入手中，下定决心般道，“只是舅父最后那句话说得对，为了你好，还是得送你走。丫头，再过两日，我就送你走，你在陇西安心等着我。”

“嗯。”

“就不问问等多久？”

“多久我都等着。”子青轻道。

两日之后，霍去病果然备了马车，将子青送往陇西郡定川镇。

因不放心，又或是舍不得，原说是只将她送出长安城；待出了长安城，又说横竖无事，就再往前送一程。如此这般一送再送，送了几天，直到将她送至定川镇。

小镇不大，易烨那间医馆子青倒还记得所在，待寻至医馆门口，子青微微一怔……

医馆门口人来人往颇为热闹，个个喜气洋洋，却不像是来看病问诊的。霍去病命马夫在旁候着，自己携子青往医馆内去。

奇了，堂内并无人坐诊，也不知易烨究竟身在何处，又听得堂后院中有丝竹之音，两人好奇心起，便拐过屏风往内院行去。

小小内院之中搭建着一顶婚帐。

见状，子青与霍去病相视一笑，才知道原来此间竟是将要举办婚礼，难怪堂前无人，左邻右舍又都前来恭贺。

此时未近黄昏，还不到举行婚礼的时辰，新郎官易烨拄着拐，正站在婚帐下与宾客们笑谈，不经意抬眼间，看见子青，不由得喜上眉梢，忙一瘸一拐地迎上来。

子青快步赶上前，扶住他，唤了声："哥！"声音才出口，眼底已忍不住夺眶而出，其实两人不过半年未见，却因这半年中经历甚多，故而越发觉得漫长。

"来得正好，来得正好，"易烨喜不自禁，上上下下地打量着她，瞧她胳膊腿都还齐整，这才放了心，笑道，"总算是祖宗保佑，都平平安安的。"

直到此时，他方看见子青身后的那人，愣了片刻，待辨出是霍去病时，吓了一大跳，忙就要跪下，却被霍去病抢先一步扶住。

"我穿的是常服，便是不想被识破身份，你可莫扫了我的兴致。"霍去病朝他低声道。

易烨是个聪明人，立即会意，忙不迭地点头："那是自然、那是自然……霍将……不不，霍公子快请里头坐。"

子青与霍去病在里屋坐下，瞧着外头的热闹劲儿。

"早知道今日是我哥成亲的好日子，我就该备一份礼才是。"子青遗憾自己竟然两手空空而来。

"这有何难。"霍去病瞥了她一眼，将腰间所配的玉饰轻轻一撩，"这上头的，你挑一个，或是都拿了去，都可以的。"

"那怎么行，这是将军你的……"

"我的便是你的，有何不可。"说话间，霍去病已经自己拿下一块环形白玉，递到她手中，"这块如何？"

还未等子青回答，他忽又想起一事来，侧头看着子青道："我好像还没有给过你信物，是不是？"

子青怔了怔，道："可是我没有东西可以回赠，怎么办？"

"那支紫霜毫，不就是你送的？"

"它也能算信物？"

"它是你亲手所制，比起别的东西，更加不同。"霍去病却想不出自己有何物能赠予她，玉佩等物似又太过寻常，正自烦恼，"你可有什么特别想要的东西？"

子青摇头："没有。"

"再想想，仔细地好好想想……"

子青认真地想了想，还是道："没有。"

霍去病歪头看她，皱眉道："难道连我也不想要？"

子青抿嘴一笑："你又不是东西。"

"你敢说我不是东西！"

霍去病伸手来咯吱她的腰眼，子青怕痒得很，躲开身子笑着向他告饶。

"快说句好听的，我就饶了你！"

"你想什么，我照说便是。"子青也不知什么话才能合他的意，只好问他。

霍去病见周遭还有旁人，缠绵悱恻的话子青定然是说不出口，便道："唤我名字，便饶了你。"

子青怔住，对于霍去病她向来以将军相称，只因从认得他起，他便是自己的将军，乍然间要唤他的名字，着实有些不习惯，也不甚适应。那轻飘飘的两字在舌尖上犹如千斤重的核桃，她怎么也唤不出口。

看她咬了半晌的唇瓣，也没出声，霍去病举起手指作势要弹她的脑门儿，催促道："快点！"

子青看看周遭的人，踌躇犹豫道："你此行不是不愿意让别人认出来吗？我若是唤了你的名字，那他们岂不是都知道了！还是等以后吧……"

虽然知道她是在搪塞自己，但所说的也是事实，霍去病只得作罢，仍是轻轻在她额头上弹了一下："我可记着呢！"

子青正待答话，忽见一人自门外跨进来，绛红色衣袍再眼熟不过……

"缔素！"她欢喜唤道。

缔素在外头就已经听易烨说起子青与将军都来了，故而进来拜见霍去病，当下走上前，虽不便开口称呼，仍是按军阶行礼。而后才转向子青，瞧她已恢复女装打扮，想来是已经得到将军谅解，心中也替她松了口气。

"你怎么知道易大哥今日成亲？"缔素不解问道，"之前易大哥寻不见你，又托了我，我也不知你去了何处。"

子青笑道："今日实在是巧了！我也不知大哥是在今日成亲，你可知道娶的是谁家姑娘？"

"你不知道？易大哥没告诉你？"缔素惊讶道。

"没有，我们也是才到，哥一直在外头忙着，还没顾说上几句话呢。"

"他娶的就是铁子的妹妹徐蒂！"

闻言，子青又惊又喜，转头朝霍去病道："我哥娶的是铁子的妹妹！"

“铁子？”霍去病对这个名字并不太熟悉。

“徐大铁！”

霍去病想起来了：“哦，鼓手对吗？”

“对，就是他！在皋兰山那战，力竭而亡，和老大埋在一起。”想起赵钟汶，子青又去问缔素，“赵嫂子现下如何？”

“蒙校尉一直在照应她们母女，不至于挨饿受冻。”

“母女？赵嫂子生了？”

“是啊，生了女儿！”缔素叹了口气，“老大的娘见生的不是儿子，无法为赵家延续香火，便对她们母女不理不睬。虽然不至于挨饿受冻，但她母女二人的日子并不好过。”

子青目光黯淡下来，皱眉叹道：“不管男孩还是女孩，好歹都是自家的孩子，何必……”

“谁说不是呢。”缔素道，“嫂子一个人得带孩子，伺候老人，还替人浆洗衣袍，还得整日受着气，这日子过得……蒙校尉想把她娶了，也答应让她带着孩子过来，可她就是不肯。”

子青面色微沉道：“也怪不得她，圣上独尊儒术，丧葬须得守制三年，这些繁文缛节着实是耽误事。”

霍去病在旁听得眉毛微挑，却并不插口。

与缔素闲谈些军中之事，不知不觉间天色已近黄昏，忽听外间鼓乐之声大振，才知道新娘子已经接过来。

子青原是不爱凑热闹的人，但这是易烨成亲，心中着实替他欢喜得很，轻轻扯了下霍去病的衣袖：“我们也去外头瞧瞧好不好？”

寻常百姓娶亲，霍去病也未曾见过，便与她一起行至医馆门口……

接新娘的马车就停在医馆门口，易烨头上也不像素日只戴青帻，而是梳得整整齐齐，束高山冠，身上也已重新换了一袭崭新的熏衣。大概因为紧张，去扶新娘下车时，子青看见他的手微微有些颤抖，不由得抿嘴而笑。

新人入内行礼，瞧热闹的邻里全都跟着涌了进去，子青和霍去病都不惯与人争抢，倒被挤在了外头。

便是瞧不见，只听着里头唱礼的声音，子青也欢喜得很，脸上的笑一直挂着。

霍去病只歪了头瞧她，半晌叹道：“丫头，你在我府里几个月，也没见你有哪一回欢喜成这样！”

子青笑望着他：“这是我哥成亲呀，我自然欢喜！”

“嗯……若是你自己成亲，会不会更欢喜？”他附到她耳边笑问道。

子青思量道：“那得看和谁成亲了？”

霍去病斜眼睇她，语气危险道：“如此说来，除了我，你还想过和别人成亲？”

子青点了点头，如实道：“以前还在乡里的时候，先生和夫人就希望我能嫁给易二哥。家里头穷，一来可以省却聘礼，家里也不至于少个帮衬。若不是那时候突然征兵，我这会儿应该已经为易妇了。”

未想到她当初还有这么一段，霍去病又是庆幸又是气恼：“你……”

想起旧日乡间，子青笑容渐淡，道：“你们身居高位者，何曾知道乡野困苦。有的人家娶不起也养不起，又想有个娃传宗接代，便花钱买个女子来生娃，待娃儿断奶之后，便再将这女子卖掉换钱，便是换头牛对他们而言也比女子强些。”

听着她这么说，霍去病突然想到，问道：“你力气颇大，干活想必是一把好手，当初可有人来向你提亲？”

“是有媒人来求姻，不过我没有应承，让夫人替我推了。”子青实话实说道。

明知道是以前的事，霍去病还是禁不住暗松口气。

说话间，里头已经礼毕，宴席开始，缔素特地出来将他二人请进去。虽是喜宴，但因生活紧迫，吃食甚是简陋，不过是寻常烙的大饼里头多裹薄薄一层黑芝麻，另外，买不起那么多的羊肉牛肉，便煮了一大鼎狍子肉羹。那头小狍子是山里头猎户打的，因易烨给他家瞧腿疾，拿这头小狍子权当诊金药费了。

霍去病将饼在肉羹中泡着吃，倒也吃得香甜，易烨原还担心怠慢了将军，见状，遂安心了许多，上前敬酒等，自是不消说的。

哥哥大喜之日，子青便也喝了两杯，又问起易烨爹娘之事。这才知道，易烨爹娘已在往定川镇的路上，原本亲事是要等父母来了之后再办，但因徐蒂与赵氏婆媳两人住在一起多有不便，又被邻里一名莽汉瞧上，故而易烨思前想后，恐夜长梦多，便先办了亲事，等父母来了之后再回禀告罪。

听闻子青想要暂且住下，易烨自然欢喜，只是南边的房子已为父母收拾妥当，除了庖厨外，只剩下一间存放药材的小屋，担心委屈了她。子青倒是毫不在意，在军中时也是睡在药材堆里头，再习惯不过。

霍去病背着子青，硬是要易烨收下二十个金饼。其实在附近另外替子青置办屋舍，并不是不能，只是一则子青孤身女子，独居终归不妥；二则在医馆中住，子青每日有事可做，又有易烨照应，不至于太累。

这日成亲虽忙，但易烨也看得出子青与将军关系非同一般，此时又见霍去病给他金饼，稍稍思量，心中骤然一惊，暗道：莫非将军占了子青便宜，却又不愿娶她，便想将子青安置在此地。

“不知您这是何意？”易烨不接金饼，先问霍去病。

霍去病道：“她这阵子需要调理身子，你们多给她补补，钱两不拘，若用完了我再送来。”

调理身子？！易烨愣了半晌，忽然狠狠地瞪了眼霍去病，也不多说，转身就去找子青。

子青正在收拾小屋，擦洗床榻，易烨猛地推门进来，把她唬了一跳。

“怎么了，哥？”瞧易烨脸色不对，她奇道。

易烨也不言语，拿了她的手就给她号脉……

“到底怎么了？”

霍去病自外头缓步走进来，就半靠在门槛上，不理子青询问的目光，只似笑非笑地看着她。

过了一会儿，易烨才将她的手放下，之前的怒气荡然无存，讪讪笑道：“没事、没事，你气血不足，将军说得没错，是该好好补一补。”

子青疑虑地看他：“哥你方才怎的好像怒气冲冲的？”

直至此时，霍去病方才哼了哼，笑道：“我若没猜错，他定是以为你肚子里有了我的孩子。”

闻言，子青的脸腾地一下全红了，看向易烨道：“哥……”

“没有这事当然最好。青儿，咱们家虽然穷，可也不能叫别人将你欺辱了去。”易烨梗了梗脖子，瞥了眼霍去病，“就算是皇亲国戚也不行。”

“我知道，哥。”

子青心中暖意浓浓，不自觉又红了眼眶，迅速转身接着收拾床榻，尽管这屋子又小又简陋，家人的温暖却是别处寻不到的。

丝毫未觉得着恼，霍去病低头笑了笑，然后才拍了拍易烨肩膀道：“有你这话，青儿住这里，我就放心了。行了，别在这里杵着了，赶紧陪新娘子去吧！”

子青也笑着催促他道：“哥，别让嫂子等着。”

易烨嘿嘿笑了笑，不好意思地挠了挠脖子，这才转身出了小屋。

直听见易烨进房后关门的吱呀声，霍去病这才晃着身子慢慢挨到子青身边，轻轻撞了撞下她的肩膀。

“有娘家人给你撑腰出头，你这下可神气了。”

子青拧着抹布，朝他笑了笑。

“就是这屋子小了点，”他仰头看顶上，皱眉道，“也不知道会不会漏雨？”

“我哥怎么可能把药材放在漏雨的屋子，药材泡了水，一发霉就不能用了。”子青深吸口气，闻着满屋的药味，熟悉的感觉油然而生。

霍去病瞧她心满意足的神气，遂也不再多说，搂了搂她，将那袋易烨不收的金饼放到她手中。

“嗯？”子青不解。

“留着，你自己看着用，怎么用都行。”他笑道，“只有一件事，下回我再见着你的时候，得胖一点。”

子青扑哧一笑：“知道了。”

“我出来了好几天，也没个交代，得赶紧回去。”他歪着头，有一下没一下地替她整理鬓边的发丝，“丫头，你在这里好好的，莫让我担心。”

“嗯……” 子青话音未落，就被他俯身一下子吻住，后面的话半个字也说不出来。

在她柔软的唇瓣上辗转反复，恋恋不舍，半晌之后，霍去病才稍稍离开寸许，让子青有空隙喘口气。

“我走了，你就在屋里待着，别送我了。”

“嗯。”她两颊绯红，点了点头。

霍去病深望着她，长长吐了口气，这才松开她，大步出门去。

车夫一直候在镇外，霍去病寻到他之后，却不让他驾车，自己拿过马鞭，倒让车夫下马车来。

“你明日便到镇上找个地方落脚，然后在医馆附近寻个活做，每三日写封信牍与我，说明子青姑娘的状况。若有急事，便即刻飞马来报，明白吗？”他同时抛给车夫一袋钱两，“这些估摸着够你两个月的开度，你数数。”

车夫略掂了掂，便知道里头钱两数目不少，忙道：“不用数，这么多，便是三个月也够了。”

霍去病笑了笑，问道："明白自己该干什么了吗？"

"明白，就是把子青姑娘的日常情况写信牍告诉将军，若有急事就飞马来报。"车夫忙道。

"嗯，对。"霍去病正欲挥鞭，又问，"今夜你怎么办？"

见将军体恤，车夫忙笑道："将军不用担心，我到镇内寻户人家，许点钱两，就能凑合一宿。"

霍去病点了点头，这才驾着马车驶入夜幕之中。

这夜子青躺在小屋内，闻着周遭药材发出阵阵的香味，想着霍去病赶夜路回去，不知路上是否平安；又想着再过几日，就能见着先生夫人，心中欢喜，竟是辗转反侧，一夜未曾睡好。

次日，天刚放亮，听见外间有人走动，她也赶忙起来。推门出去，看见一新妇正往庖厨间去，料想应是铁子的妹妹徐蒂。因昨日大婚，徐蒂是盖着盖头进洞房中，两人还未曾见过面，子青遂忙过去相认。

徐蒂听见脚步声回头，子青行礼道："子青见过嫂嫂。"

"快别这样，自家人还拘什么礼，你的事儿我早就知道了。昨夜里听你哥说你来了，我心里欢喜得很，这下总算是见着真人了！"徐蒂虽年纪不过十七八岁，比子青还小些，但因家中困苦，又是逃难出来的，一路上经历颇多，心境比起同龄的姑娘便要早熟得多。

子青含笑走进去帮忙徐蒂生灶火："我住在这里，给你们添麻烦了。嫂嫂有什么事情，尽管吩咐我来做。"

"什么添麻烦，这种话可千万别再说了，让你哥听见，他会不好受的。反正我不跟你见外，你呀！也莫跟我见外，成吗？"徐蒂边说边往鼎里舀了一瓢水，用丝瓜瓤使劲刷洗，然后再把刷锅水舀出来泼掉，用布抹抹干净，活儿利落得很，"那药材屋里头一股子药味，你睡得惯吗？"

"睡得惯。"子青把柴火往灶膛里放，火光在脸上摇曳着，"药有药的香味，挺好的。"

"睡得惯就成。"徐蒂已经开始舀水熬粥，口中不停歇道，"我特地留了好些麦粉，没让你哥全用在婚宴上，等过几日，咱爹娘来了，给他们烙饼吃，麦粉再加上碾碎的芝麻，烙得松松软软的，甜呼呼的，老人家吃了肯定喜欢。"

"嗯。"

“所以这几日，咱们先忍忍。你瞧见屋角那几个大坛子没有，我腌了好些菜在里头，两顿换着不同花样吃，够咱们吃一冬天了。”

“嗯。”

听着徐蒂絮絮叨叨地说着，一副踏踏实实过日子的模样，子青瞧着她，忽觉得这样子过一辈子，未尝不是件好事。

待粥熬好，帮着徐蒂盛出来，子青又去坛子里捞了好几根咸菜，放在食案上。然后才回小屋内，拿出霍去病给自己的金饼，数了数，拿了十个金饼出屋，交到徐蒂手中。

“嫂嫂，这些你拿着，看着使，补贴家用也好，医馆里用也好，都成。”

陡然间见这么多金饼，徐蒂骇了一跳：“这、这、这……都是将军给你的？真是有钱人啊，出手也太阔绰了！”

子青有点尴尬：“嫂嫂收好便是。”

“是得收好，是得收好，可……收哪里才好呢？”徐蒂捧着金饼满庖厨团团转，一会儿想塞腌菜坛里，一会儿想塞进灶膛里，一会儿又抬着头端详房梁。

“嫂嫂，你怎么了？”子青奇道。

“嘘！这么多金子，咱们可得收好了，不能走漏风声出去。”徐蒂想了半日，也没想出个好地方来，将金饼掩在袖中，匆匆进了里屋去，半晌也不见出来，想是正在里头发愁呢。

子青也不唤她，自在院中打扫，院里头有一株银杏树，叶子都已青黄，落了好些在地上，她仔仔细细将落叶都扫了起来。

叶子仍在落着。

长安城内，卫青连着几日寻不见霍去病，生怕他又做出什么出格之事，在家中暗暗担心。他性情稳重，将那夜家宴之事在脑中反复思量，终还是不放心，觉得去病只怕对自己还是有所隐瞒，思前想后，还是决定将卫伉叫来问清楚。

这日正巧平阳公主进宫陪着李美人六博玩耍，卫青命家人将卫伉唤来，父子俩在梅园石庭中烹茶闲聊。

因深知卫伉颇有些一根筋的性情，他与霍去病又甚是交好，若是直接问，他多半为了维护霍去病而刻意隐瞒。故而，卫青先泛泛地与他聊些琐碎家事，然后才貌似不经意地提起子青。

“我瞧着，那姑娘的剑法可真是不错。”卫青用竹勺将茶汤舀出，并不看卫伉，

“连去病自己都说，一点都不比他差。”

卫伉愣了下，问道：“她的事，表兄都跟您说了？”

卫青淡淡瞥了他一眼，波澜不惊道：“这种事，他以为能瞒得了多久。”

卫伉果真中计，想当然地以为爹爹肯定是全都知道了，遂摇头叹道：“就是啊，若她在军中只是个无名小卒，估摸着认识的人还不多，可她偏偏是司律中郎将，这事若是捅出去，可了不得！”

持竹勺的手停滞住，卫青先让自己深吸了两口气，然后才抬眼看向卫伉：“你说的是斩折兰王的司律中郎将？”

“是啊，爹爹您说，谁能想得到她竟是位姑娘！”卫伉直至说完这话，看见卫青神情有异，这才发觉事情有些不对，小心翼翼问道，“爹爹，您不是知道了吗？您这是在诓我呢？”

“我不诓你，你能说吗？”卫青没好气地瞪他。

“爹，我也不是故意要瞒着您的，之前我也不知道这事，那日在建章宫中，我也吓了一跳，差点就说漏嘴了。”

卫青看着他，再想到霍去病，长叹口气，这些孩子全都是不让人省心的。

“你们胆子也太大了！还有别人知道此事吗？”

“那我就不知道了，您得问表兄。”卫伉端起茶汤，吹了吹，双目透过袅袅上升的热气偷瞄爹爹的神情，试着岔开话题，“爹爹，您说，她一个女儿家怎的那么厉害，听说斩折兰王的时候，那可真是拿命去换的呀！还有她在建章宫中舞的那套剑法，好像与寻常剑法也不太一样，我以前都没见过。”

“那是墨家剑，连我也只见过一次，怨不得你。”卫青叹道。

“墨家？！她是墨家中人！”卫伉吃了一惊，喃喃自语道，“难怪了……对了，爹爹，在军中时，我老见她和一个西域人在一块儿？”

“西域人？”

“嗯，那西域人是懂汉话的，就是孤僻得很，除了她，不和别人说话。”

西域人，卫青眉头紧锁，无奈也想不出个眉目来，只能等去病回来之后再仔细盘问他。

“记着，这事，跟谁也不许说！不管谁问，都得装不知道，懂吗？”他叮嘱卫伉。

卫伉哼哼道：“爹爹，您以为别人都像您，就会诓自己儿子。”

“诓你，你也不能说，就当自己不知道。”

"知道了，被您这么一折腾，我算是长记性了！"

卫青无奈地摇头叹气。

两日之后，霍去病一路风尘仆仆地赶回府中，便听家人回禀，卫大将军差人来问过几遭，请他回府后即立来报。

听是舅父想见自己，以为有要事，他自然不敢怠慢，顾不得奔波倦怠，忙沐浴更衣，整袍齐冠往卫府去。偏偏到了卫府中，卫青正巧不在，而平阳公主跟着刘彻往甘泉宫小住，也不在府中。底下家人也不知何时能够回来，他只得在内堂等着。

吃了些果点之后，霍去病倦意上涌，原只是在案上支肘小憩，困意却是越发浓重，一波一波让人抵挡不住，最后索性歪靠在榻上，睡了过去。家人们见状，暗自好笑，无人敢去惊扰他。

直至卫青回来，没等他进内堂，便听到家人回禀此事。待站在内堂外，瞧见里头睡得正香的去病，他又是好笑又是心疼，轻声吩咐家人取毛毯来，亲自轻手轻脚地替去病盖上。

感觉到毯子的厚实，霍去病翻了个身，拢紧毛毯，仍旧接着睡。

看得出这孩子是累坏了，要不然不会睡得这么沉，卫青无奈地笑了笑，自取过一册书简，在旁静静地看着。

直至天色渐暗，霍去病方才转醒，半撑起身子，睡眼惺忪地揉了揉眼睛，瞧见近处一灯如豆，卫青正在灯下看书简……眼前这幕，似乎又让他回到孩提的时候。

"舅父，您何时回来的？我怎么睡着了？"他坐起身来，扶了下睡歪的冠。

卫青望了他一眼，叹道："正想问你呢？这次又野到哪里去了，把自己累成这样？"

"我把她送走了。"霍去病搓搓脸。

"送哪儿去了？"

"您就莫问了，反正是处稳妥的地方。"

卫青盯了他一眼："不会是又让她女扮男装，混入军中吧！"

霍去病闻言一怔，原本残留的困顿睡意顿时烟消云散，疑惑卫青怎的会知道此事，只是转念之间他就想明白了，定是卫伉那小子说漏了嘴，再不会有旁人。

"舅父……她当初那么做，真是有苦衷的。"他只得将子青为何从军的缘故仔仔细细说了一遍给卫青听，

听罢子青的事，若去病所说都是真的，卫青倒是对子青越发另眼相看，未想到

她小小年纪，又是个女儿家，却传承着墨家任侠，丝毫不逊色前人。

霍去病末尾还没忘记补上一句："您可莫告诉我娘啊。"

卫青听出他这话的弦外之音来，问道："你既已把她送走，怎么，还在担心你娘不喜欢她？"

"不是。"霍去病忙遮掩道，"我娘胆子小，您又不是不知道，她若知道这事，思前想后，必定会后怕，少不得再把我教训一通。嘿嘿，多一事不如少一事嘛。"

"对了，我听卫伉说，她身边还有一个西域人，怎么回事？"

闻言，霍去病在心中暗骂了一句卫伉，这愣小子可真没用，怎么什么都招了。可他面上还得做出若无其事状，笑道："那西域人是我们过大漠时遇上的马贼，被我们俘了，身手不错。说来也怪，他就和青儿投缘，常跟她待一块儿。"

"西域哪里人，可盘问清楚了？"

"楼兰人……"

卫青皱了皱眉头，在这些异族人身上，他是吃过苦头的："对这些异族人，你多留些心眼儿，不是说不能用，但一定要慎重。"

"嗯，我知道，所以没留他在军中，还是让他走了。"

"走了？就这么放了？"

霍去病点头，想起那日在边塞亭隧，阿曼一行人远去的身影，怀中哽咽难言的子青，不由得喟然长叹口气。

卫青听他叹气，似有无穷怅然，瞧他神色，忍不住道："你此番亲自送她去，可是舍不得？"

"舍不得有什么用！"霍去病双目瞧着远处，语气中淡淡的怅然显而易见。

瞧自己外甥竟也有为情所苦的一日，卫青叹了口气，泼他冷水道："大丈夫拿得起，放得下，你既然已经将她送走，就莫想她了。否则只会给自己徒增烦恼，何必呢？"

霍去病长叹口气，应了一声，然后问道："您特意把我叫来，就是为了这事吧？"

"你还有没有惹别的祸？"卫青问。

"眼下倒还没有，将来可说不准。"霍去病耸肩，"听说只要家有贤妻，人自然就懂事沉稳了，我又没有您这么好的福气！"

"又要贫嘴……"

两人正说着，卫伉满头大汗地进内堂来，瞧父亲与表兄都在，喜气洋洋地朝他们施礼，然后急忙道："去病表兄也在，真是太好了，今日我打了只鹿，你莫走，留下来我烤鹿肉给你们吃。"

霍去病只面无表情地看着卫伉，也不吭声。

卫伉愣了愣，探究他的神情，再看看父亲，片刻之后如梦初醒，转而愧疚不已，忙道："我不是故意说出去的，真的！我爹他诓我。"

卫青轻咳两声，长身而起，不理会两个小辈之间的纠纷："我去更衣。"

"爹……"卫伉愁眉苦脸地看着他。

"去病爱吃鹿颈上那块肉，你好自为之吧。"卫青低声提醒他，自是知道去病也不会当真恼卫伉，缓步踱出堂去。

直等到卫青身影消失，确定不会听见他们说话，卫伉才赔着笑朝霍去病道："表兄……哥……你就饶了我这一遭，我保证下回不管我爹怎么诓我，打死我也不说！就烂在肚子里。"

霍去病站起身来，斜眼睇他，仍是不说话。

"我认罚，认罚……"卫伉忙道。

"怎么罚？"霍去病反问他。

"哥你定，你怎么罚，我都认。"卫伉一脸诚恳。

见状，霍去病禁不住笑了笑："今日乏了，我得回府去，改日再想吧。"

"那鹿肉怎么办，你不吃了？可新鲜呢。"

见卫伉正在兴头儿上，不忍拂他好意，霍去病只得道："你让人割一块下来，我带回去便是。"

见表兄不肯留下来，卫伉虽有些失望，但也不好勉强，遂忙命人去割块鹿肉，指明定要割鹿颈上一块。

霍去病又去向卫青告辞。

卫青想着去病与那姑娘分开心里正不好受，这孩子虽不明说，语气神态间却有掩不住的倦怠，拿他没法子，只得道："你若不想吃饭那就回去吧。"

霍去病起身，朝舅父正经八百地施了一礼："去病告辞。"

"去吧去吧。"卫青挥手赶他。

回到府中，霍去病听家人回禀，方知娘亲已来了许久，忙要快步往内堂赶去，却又听家人回禀娘亲不在内堂，当下正在后头他的房中。

"娘……"他拉开门，瞧见卫少儿正在替他拾掇冬日里的衣袍。

“回来了。”卫少儿抬首望了他一眼，复低下头整理手中的皮袍，“从你舅父那里回来，可是又挨了训斥？这几日也不知道你又野到哪里去了，把你舅父急得一天遣人来问三遭。”

霍去病笑了笑，在母亲身边半跪下来：“娘，你还未用饭吧？我也饿了，咱们一块吃。”

“怎的，没在你舅父家用饭？”

“没有，因茶果吃多了，也不觉得饿。现下回来之后方才觉得有些饿，卫伉今日打了头鹿，正是新鲜，我带了块鹿肉回来，方才已命庖厨去炙肉。”

卫少儿看着儿子，因连日奔波，他眼眶下一圈青黑显而易见，叹道：“对了，那姑娘呢？我听说已经不在你府里了？”

“嗯……是啊。”

“是你把她送走的？”

霍去病点了下头。

“为何要送走？”

真实原因霍去病自然是不能说，只得道：“娘您不是不喜欢她吗？她自己也想回乡看看，我便送了她走。”

卫少儿细细端详他神色，叹道：“还是舍不得？其实……这些天我想着，你姨母说得也对，她虽然笨笨的，但笨人有笨人的好处，用不着成日与她费心思，别的我也不计较了。她身份低，不能为正妻，收作侍妾也是可以的，要紧的是，多生几个孩子。”

“娘，您只想着抱孙子，谁生的都不在意了？”霍去病笑着揶揄她。

“胡说！”卫少儿没好气道，“我还不是看你喜欢么，这天底下，哪有父母拗得过孩子的。”

“我就知道，娘最心疼我。”霍去病笑了笑，“眼看冬至将至，我已命人去定制一件上好的白狐皮袍……”

他还没说完，就被卫少儿打断道：“赶紧去退了，白狐皮，我听着都觉得扎眼，若是穿出去，还不得让人指指点点，说骠骑将军的娘亲在招摇过市。”

霍去病笑道：“看您说的，这大街上穿狐皮又不是就您一个人。”

“行了，娘知道你一片孝心，可是你少往我这里送这些贵重的东西，免得让人在咱们母子背后嚼舌头。”卫少儿望着他，认真道，“你如今位高权重，又得陛下的宠爱，背地里不知有多少人在嫉恨，行事便该越发收敛，莫要张狂才是。娘只要你好好的，别的都用不着。”

知道娘亲一直都在替自己着想，暗中也不知替自己推了多少次陈家想攀附升职的要求，宁可为难，也不愿给自己招惹事端，霍去病心下感动，口中仍道：“娘，我定金都已经下了，你若不要，那钱两可就打了水漂。”

卫少儿无奈地看着他，想了想道：“那你就替我换一件灰鼠的，一样暖和和的，也不至于太扎眼。”

“成，就是委屈我娘的花容月貌。”霍去病笑道。

卫少儿笑戳了下儿子的额头。

外间家人回禀饭食已备下，霍去病命他们将食案端进来，与母亲一同用饭。

第二十九章　陇西下聘

陇西郡，定川镇。

子青每日里帮忙家事，又或在医馆里替易烨打打下手，碾药、磨粉等事情，本就是她做惯了的事，也并不觉得累。她腿上的伤也渐渐好转，已无大碍。

银杏树的叶子落尽之前，易烨爹娘总算是到了，诸人相见欢喜不提，只是二老年事已高，长途颠簸，又是初到陇西郡水土不服，两人都病了一场。幸而自家便是医馆，用药方便，易烨孝顺自不用说，徐蒂与子青二人又伺候得周全，渐渐地也就好了。

如此一晃，距离子青来定川镇已是两月有余，也入了冬。徐蒂取出两个金饼，给家中添了厚厚的被褥，又给诸人做了崭新的冬衣，独独自己只将旧衣重新絮过。易烨瞧不过眼，让她自己也置办一身，徐蒂说成亲时易烨已替她量过两袭新衣，推说不肯。

易烨便道，她若不做新冬衣，那么自己便也不穿，陪着她便是，弄得徐蒂着急。易曦二老看着直笑。

子青在旁瞧着他们夫妻和睦融融，不由得要去想将军，眼下天气越来越冷，也不知将军嗽疾可有好些？夜里头还咳不咳？面上未免偶尔透出怅然之意，被众人瞧在眼中。

日子过了这么久，易烨等人见霍去病回长安后再也未曾来瞧过子青，更无信牍，更莫说是托人带口信，只言片语皆无。心中皆想长安之地，霍去病又是声名赫赫的骠骑将军，每日里不知要被多少人围住，献殷勤的女子更不消说，想是已经将子青抛诸脑后。因此诸人越发谨慎小心，不在子青面前提起此事。

徐蒂对那些金饼，思量着此后再不可能有此等好事，用一个便少一个，越发用得心疼，非到万不得已绝不拿出来用。

易曦二老并不知道子青与霍去病之间的事情，子青自己也从来不提。他们看她年纪已不小，这些年又受了不少苦，女儿家终究还是要有归宿方才妥当。想着要替她寻一户稳妥的人家，便托了附近邻里打听着，又因事情尚未有眉目，故而也一直瞒着子青。

入冬后已下过几场雪，易曦二老毕竟年事已高，分外畏寒。子青这日见家中柴火已见空，而街上下着雪，无人上街卖柴，便自己去庖厨拿了铁斧、麻绳。徐蒂见状，知她原先在家中就常砍柴，也不拦她，但定要她先换了男装再去。

“现在世道乱，我一路逃难出来都是扮成男子，否则哪里还见得着你哥。”徐蒂替她把头发也束好，“当心点，快些回来。”

“嗯。”子青戴上斗笠，往镇外附近山上行去。

雪下得飘飘洒洒，山上空旷寂寥，偶见几只羊低头拱雪吃草。这些羊都是镇外大户人家所饲养，在这一带颇有权势，故而无人敢去偷他家的羊。

往前寻到一株枯树，她自腰间抽出铁斧，习惯性地在手中打了个旋儿，然后开始砍树，砰、砰、砰，三斧两斧便砍出缺口，然后用斧背不轻不重地在树身上一击，枯树顺着她要的方向倒下来。她跨步上前，蹲下身用斧头开始砍下枝丫，并把树干分成好几截。

正弄着，眼角余光瞧见一个人影自不远处快步朝她这边过来。

“这位小哥，请问有没有看见一只小羊？！”那人边走边喊过来，语气很是焦急。

子青抬头看向来人，见他也戴着斗笠，风雪中面容模糊，只是右边袖子空荡荡扎在腰间，竟是个断臂之人，想来是附近大户人家家中放羊的奴仆。

“没看见。”子青摇头，如实道，“我是从南面上山来的，一路上都没瞧见。”

那人已走至近处，“哦”了一声，仰着头四下张望着，显是烦恼得很，举步又欲往另一边山坳处找寻。

子青自侧面看见他的模样，愣了愣，试着唤道：“公孙翼？”

那人站住，转过头来，疑惑地细看子青，片刻之后认出她来：“是你小子啊！”

未想到此人果真是公孙翼，子青瞧他现下胡子拉碴的，比往日瘦削了许多，再无从前在军中那股子嚣张跋扈的戾气。

“我听说你升了中郎将，该在军中才是，怎的跑到这边砍柴来了？”也未想到会在此地遇见他，公孙翼奇道。

子青涩然一笑：“总之，一言难尽……”

公孙翼叹了口气，想说什么，心中还惦记着羊，急急道：“我得先找羊去！若是丢了羊，可得挨主家鞭子的。”

子青道：“需要我帮着你一块找吗？”

“行行，东面我已经找过了没有，现下我往北面山坳去找，你替我去西面。”眼下不是客气推脱的时候，公孙翼忙道。

“成。”

子青二话不说，将铁斧往腰间一别，便朝西面去。公孙翼则急匆匆地往北面山坳中去寻小羊。

因羊是白的，在雪中便分外难以寻找，子青的目力已经算颇佳，边走边唤，细细将西面搜索了一遍，也没瞧见小羊的踪迹，遂只能回北坡去寻公孙翼。

刚到北面山坳，她才唤了一声“公孙翼”，便听见山坳石头下传来痛呼声。

“我在这里！哎哟……”

子青探身望去，见公孙翼跌坐在一块大石之下，痛苦地曲着腿，龇牙咧嘴，也不知摔断腿还是扭伤了脚。

距离他不远处，那只失踪的小羊正偏着脑袋，冲公孙翼咩咩直叫。

“别管我，先把羊套起来，别让它跑了！”公孙翼急道。

子青小心翼翼地行到近处，用绳子打了个活扣儿，稳稳地抛出去，绳圈正落入小羊脖颈，再一拉，绳圈缩小已然套牢。

见状，公孙翼方才松了口气。

“你怎么样？”子青从大石上跃下来，把绳索的一端交到他手中，然后蹲下身子查看他的腿。

只是轻轻地碰一下，公孙翼疼得直咂嘴，冲着那只小羊怒气冲冲地骂道：“回头老子就把你给宰了！哎哟！你个小畜生，就想看老子挨鞭子是吧？”

顺着膝盖慢慢往下按，又将他的脚缓缓抬起，子青松了口气：“还好，是扭伤了！腿没断！回去之后弄些药酒擦一擦，过几日便好。”

听说是扭伤，公孙翼自己也松了口气，万一是摔断腿，一两月内无法再放羊，主家必是要将自己赶了走，到时候又得流落街头。

“我哥在镇上开医馆，我先扶你过去给他瞧瞧。”子青扶住他，让他试着站起来。

公孙翼忍住痛，站起身来，拒绝道：“我得赶紧把羊送回去，要不然主家责怪下来，又是个麻烦事儿。扭伤不碍事，医馆那里，我还是改日再去吧。”

他拉着羊，一瘸一拐艰难地往山下走，雪地分外滑溜，子青忙赶上前帮忙扶住他。

“没事、没事，你忙去吧，你不是还得砍柴吗？”他挣开子青的手，示意自己不碍事。

连砍柴都得亲自动手，公孙翼估摸着子青境况也不好，多半与自己半斤八两，遂也不愿耽误了她，再说他也不愿让主家看见自己被人扶回去。

子青只得松手，问道："你住在何处？等我砍完柴，把药酒给你送过去吧。"

公孙翼迟疑了一下："镇外曹家，你莫要扣门，绕到后头羊圈，旁边的小屋就是。"

"嗯。"

看着公孙翼在雪地上牵着羊，佝偻着背，拖着腿费劲地一步一步往前头走，子青心中不是滋味，迅速转身，复回到原处，又多砍了些柴火，将柴火整理成捆，背下山去。

能看见医馆时，她便瞧见徐蒂不断地在医馆门口张望着。

"你怎的去了这么久，害得我这心里七上八下的。"徐蒂快步迎上来，焦急道，"你哥哥怪我，就不该让你去。"

"是子青不好，让嫂嫂担心。因方才在山上，遇见一位故人，所以回来得迟了。"子青笑道，将柴火挑到庖厨卸下来，又把铁斧和绳索都放置好。

院中，易烨正挑帘自易曦二老房中出来，见子青已回来，忙过来问道："怎的现下才回来？可是有事？"

"谢谢嫂嫂。"子青接过徐蒂递来的热水，朝易烨道："哥，我在山上遇见了公孙翼。"

易烨一愣："公孙翼……他断了一臂，对吧？"

"嗯，现下他在镇外李家替他们放羊，今日羊儿走失，他为了寻羊儿，把脚扭伤了。"

尽管对公孙翼去放羊大惑不解，但易烨医者天性，开口先问的还是："伤得可要紧？"

"嗯，他疼得厉害。我想待会儿给他送点药酒过去，这药资我自己付。"易烨的医馆是小本经营，仅能维持生计而已，子青不愿拿医馆中的东西来做人情。

易烨伸手敲了下她脑袋，然后朝徐蒂道："替我把里屋的那件外袍拿来，再把斗笠也拿来。"这日外头下雪，在外头走肯定会溅上泥水，故而他须得将坐堂的衣袍换下，生怕弄脏了。

徐蒂愣了下："你……你也去？若有人来瞧病怎么办？"

"今日下雪，我在前堂坐了大半日，脚都冻僵了，也没见有人来。再说，此人是我军中同曲的弟兄，春天那战，我断了腿，他断了胳膊。我得去看看他。”

徐蒂再不多言，低头往里屋去。

易烨则取了个空的小竹筒在酒坛子里舀了些他特制的药酒，用木塞子堵上，然后换上徐蒂拿出来的外袍，戴上斗笠，拄着拐杖，与子青一块儿往镇外行去。

雪越下越大，出了镇后道路越发泥泞，两人深一脚浅一脚地走着，直到看见李家层层叠叠的大宅院。然后再绕到后头，找到挨着宅子的羊圈，旁边一小屋紧靠着，四处漏风，看着像柴房，并不像有人在里头住。

子青与易烨对视一眼，易烨拄拐上前，试探问道：“公孙翼？”

门内传来一声含混不清的回话，他们也没听清楚，紧接着就听见里头有人重重摔在地上。易烨赶紧上前推开门，便看见公孙翼摔在地上，他拄着拐又不方便去扶，连声道：“青儿！青儿！”

屋子小得转个身都不容易，容纳三个人尤为吃力，子青从旁边挤进去，将公孙翼扶起来，旁边也没有床榻，只有个草窝子，上头有一床旧得看不出颜色的被衾。

“来，你先坐下，让我哥给你瞧瞧扭伤的地方。”

子青只能让公孙翼先坐在草窝子上。

公孙翼目光落在易烨腿上，想起以前同曲的时候，再看看当下，苦笑道：“你的腿，我的胳膊，也就这小子还算齐整……”

那只空荡荡的袖子就在眼前晃，易烨都没忍心看他，只看着他脚上的伤处：“恐怕明日还会更肿，我先给你搓一搓……”

话还没说完，他就从竹筒中倒了点药酒在掌心，先是双手互搓，直搓得热乎乎的，才覆上扭伤处，一阵猛搓……

公孙翼疼得连话都说不出来，咬着牙根硬忍着。

“到了晚上你自己再用药酒使劲撸，别怕疼啊。”易烨边搓边道。

“这点疼算什么，老子还忍得住。”公孙翼从牙缝里挤出话来。好不容易等到易烨歇了手，他龇牙咧嘴将脚放下，然后看向他二人：“抱歉啊，我这里也没啥好招待你们的。”

“你这地方……”易烨环顾四周，冷风从每个缝隙中钻进来，咻咻直响，根本一点御寒的作用都没有，他皱着眉头，这才问起：“你怎么到了这里来放羊？那会儿我听说你领了钱两要回家去的？”

公孙翼挠挠额头，叹道：“本来是想回家去了，后来……后来正好碰上开赌局的，我一时兴起，也是想多赢点再回家去，结果……”他耸耸肩膀，做了个可怜又可笑的表情。

“全输光了！”易烨看着他直摇头。

子青实在无话可说，半晌问道：“怎的不给家里头写信呢？”

“写了，托人写了好几次，可总也没有回音。我自小没有爹娘，是叔婶养大的，本想指着我养老，眼下我这般模样，说不定他们觉得我是个累赘，也不想理我。”公孙翼嘿嘿笑了两声，笑声干涩得令人心底不由自主地直发酸，“从军的时候还想着建功立业，没想到现下混得连个人样都没有，我也是没脸回去啊！”

“在这里也不是长久之计，这地方，怎么挨过一冬？”易烨道。

“忍忍就行了，至少比路边乞丐还强点。”公孙翼瞧他二人神情，不愿他们同情自己，故意道，“我这活找得可不容易，别人抢着来还不能够呢，有地方住，还管饭，这种活可不好找……我这里连个坐的地方都没有，你们还是赶紧走吧，没事就莫来了。”

他坐在草窝子上，拿着易烨给的药酒，毫不客气地撵他们走。

“这种地方，过不了一冬，准要落下病的。”易烨从医士的立场劝他。

“行了行了，我也想住到宅子里头去，可也得人家让啊。我啊，认命了，该怎么着就怎么着吧，落下病来也是命，我认。”

子青与易烨无法，只得替他掩上门，返身回镇上去，心中各自黯然，默默无语。

又过了几日，连日雨雪霏霏，因夫人受了寒，发起了烧，易烨还得顾着医馆，徐蒂伺候在婆婆左右，不敢稍离。庖厨的活儿子青便全都揽了过去，直至夫人身体渐渐转好，她才抽了个空去探公孙翼。

已是黄昏，想来公孙翼牧羊也该回来了，她绕到宅子后头，看见一人背对着她正往破屋上糊泥胚，身量略矮，是个驼背，并非公孙翼。

驼背听见脚步声回头，看见子青，奇道：“你……做什么营生的？”

“我是来找牧羊的公孙……”

子青话还未说完就被驼背打断，不耐烦地复转身弄他的泥胚：“走了，前些天就走了。”

她未曾料到，半晌才迟疑问道：“为何走了？”

驼背闻言，有点恼怒：“他本来就少了条胳膊，让他放羊是东家好心，未曾料他竟然跑了，还偷了两头小羊。”他本是顶着公孙翼的缺来的，转过身去，再不理会她。

偷羊跑了？子青愣愣地立了片刻，着实未想到公孙翼竟会这样做，极目望去，四周旷野一片白雪茫茫，哪里还寻得到人。

“去了何处……”

“这谁知道，若是知道，东家早就把他抓回来了！”驼背不耐烦起来，挥手赶她。

子青无法，拖着脚步回到馆内，将此事告知易烨，易烨也是吃了一惊，没想到公孙翼会偷了羊跑掉，唏嘘一番。

子青转入后院，瞧见徐蒂喜洋洋地迎上来。

“青儿，回来了！”

“嗯。”

见子青似乎心绪低落，徐蒂奇道：“怎么了？”

“没事，就是这风吹得紧，”子青搓搓脸，勉强朝她笑道，“天色阴沉沉的，估摸着明日大概还会下雪，我先去把水担回来。”

“行，当心脚底下滑啊，多瞅着点。”

“嗯。”

子青便自附近井台连担了几趟水回来，将庖厨间的大水缸装得满满的。最后一趟回来，徐蒂正在和面想做贴饼子，瞅见她回来，立时笑得一脸古怪。

“怎么了？”子青只道自己脸上不干净，举袖抹了抹。

“没事，你……在井台有没有瞧见一位年轻后生，个头儿高高的，浓眉大眼的？”

子青摇头：“不曾留意，怎的了？”

“他是邻乡刘家的老三。”

“哦……”子青仍是没弄明白，“他是来这儿看病的？”

“不是看病，是来看你的。”徐蒂笑嘻嘻道。

子青微愣：“看我做什么？”

“前些天你上山砍柴，他说是遇见你了，你可记得？”

“不曾留意。”

徐蒂望了她片刻，欲言又止，似乎是在考虑该如何告诉她，转而问道：“眼看就快到冬至了，这些日子，那位将军可有给你捎过信来？”

未料到她会问这事，子青怔了下，蹲下身去烧火，低声道：“没有。”

“想他吗？”徐蒂扎着沾满粗麦粉的手，在她身旁蹲下，勾着头瞧她。

子青赧然笑了笑，灶火映照着她的脸，微微泛红。

见状，徐蒂犹豫了下，还是道："我年岁虽比你小，但毕竟是你嫂子，你听我说句话，是为了你好，你千万莫要着恼才好。"

子青听她说得郑重，也不知究竟是何事，忙道："嫂子请说。"

"我呢，就是个村妇，长安城也没去过，那些皇家的事情就更不明白了。可我听你哥说过，那位霍姓将军的来头可不小，当今圣上是他的姨夫，他还是皇亲国戚呢。"徐蒂担忧地望了她道，"可咱们只不过是平头百姓，我劝你一句，莫要把心思拴在他身上，否则苦的是自己。"

灶膛里头，噼里啪啦作响，子青沉默着折了几段柴枝放进去，然后道："我答应过会等他。"

"可他有没有说过什么时候能来接你呢？"徐蒂问道。

"没有。"

"你真傻，他这般说，你就这般等着，说不定他在长安城里头早就把你忘了，那你又该怎么办？"

拿烧火棍捅了捅灶膛，火光立时更旺起来，子青默然片刻，仍旧是道："我答应过会等他。"

徐蒂叹了口气，拿她无法，拿起面团在掌中翻来覆去拍扁平。

入夜之后，诸人都各自回屋休息。徐蒂从灶膛里拨拉出被烤得烫手的圆石头，用粗布裹好，塞进被脚处。自己披了件衣袍，靠在床上纳鞋底。

易烨查看门户之后，也回到屋中，瞧见她头低俯着，劝道："夜里就别做活了，伤眼。"

"嗯，再几针就成了。"徐蒂口中虚应着，手中不停。

易烨只得将油灯朝徐蒂那边挪了挪，好让她看得清楚些。

"我今日探了探青儿的口风，"徐蒂边纳边叹道，"她心里一直惦记着那位将军……爹娘那边，我看你得去跟他们说说，免得他们白白操心。"

"青儿说什么？"

"她说，她答应过霍将军，会等着他。"徐蒂想到这事就唉声叹气，手中的活计停下来，"可霍将军压根儿就没说个期限，一年半载、三年五年，连个准都没有。她又是个实诚心眼，认准了就要等霍将军。你说这事……"

易烨跟着叹了口气。

“再说，”这话徐蒂没忍心当着子青的面说，只得在自己夫婿面前说出心中疑惑，“那将军身居高位，又住在长安城中，什么女人能让他看在眼中。你觉得他当真能看上青儿吗？若只是一时兴起，逗弄她玩玩，那该怎么办？”

易烨怔了怔，回想起那日霍将军与子青在一块儿的神情，又觉得将军不像是那等人，但是他对霍去病毕竟不甚了解，只得道：“青儿实诚，是个宁可人负她，她绝不负人的性情，如今她既然说了要等霍将军来接她，只怕是九头牛都拉不动。你说怎么办？”

“我愁的就是这事，你倒还来问我。”徐蒂嗔了他一眼，“她年纪也不小了，要不你去劝劝她……”

“行，明日我劝劝她，只是我估摸着未必有用。”

当夜便下起雪来，飘飘洒洒落了一地，子青早起洗漱之后，便到前头医馆中替易烨卸下医馆的门板，摞到一旁。

才卸下两条长板，她便看见街面上一人一马立在皑皑白雪之中，那马儿通身玄色，油光发亮，一丝杂色也没有，而那人正看着她，那般熟悉温暖的眉目，肩头上落了厚厚一层雪，也不知他已在雪中立了多久。

“丫头。”

“将军……你何时到的？”

子青快步奔至他面前，喜不自禁地望着他。

霍去病看着她，轻轻抚上她的脸，粗糙的手指在她脸颊上轻刮着，目光在她面容上流连徘徊……

毕竟是在街上，子青有些不安，生怕被旁人看见，幸而天色尚早，又是雪天，街面上尚无人走动。

“来，上马！”他翻身上马，然后把她也拉上来坐在身前。

轻叱一声，马蹄卷起纷纷雪尘，他带着她往镇外方向驰去。行至医馆门口的易烨刚辨出他们的身影，连唤一声都未来得及，玄马便已出了他的视野之外。

子青被密密地裹在霍去病的披风之中，风雪被遮掩在外，他的胸膛处温暖熟悉而令人安心。

玄马一路风驰电掣，雪尘如雾，直奔出定川好一会儿才被霍去病堪堪勒住缰绳，健臂一搂，将子青抱下马来。

“将……”

子青话音未尽，已被霍去病霸道地噙住双唇，一呼一吸间，满满地尽被他的气息所占领。

过了好一会儿，她双颊绯红喘着气，他才稍稍松开些许，意犹未尽般留恋地在她双唇轮廓上细细轻噬。

“丫头……”他抵住她的额头，低低的呢喃声自他喉底发出。

子青抬眼望着他，再一次看见睫毛的阴影下，那双深邃的眼睛里头闪耀的亮光，坚韧温暖，让人眷恋不已。

强自让呼吸平定下来，她对于将军突然间急急便来寻她，还是有些奇怪，轻声问道：“你突然到此，是出了什么事吗？”

他自喉咙深处咕哝了一句什么，她也没听清楚。

“嗯……什么？”

这时，霍去病才松开她少许，然后自怀中取出一块竹牍给她。

是一方信牍，子青仔细读上头的字：“易家已托媒人，意寻忠厚之人，为子青姑娘良配……”

霍去病仰着头，斜眼睇她：“丫头，是不是我若再迟个半月，你便已经嫁到别人家去了？”

“这事我怎么不知道？”子青奇道，“信牍是谁写的？”

“信牍是我在此地留下的眼线所写，他奉命随时向我讲述你的状况，绝对不敢无中生有。”

“将军，你……”

子青着实未料到霍去病居然还特地留了个人在定川镇，就专门为了看着她。

“你这丫头太会出状况，指不定就招惹什么祸事，若是又伤着了怎么办？我若不派人盯着你怎么放心。”霍去病理所当然地薄责她道，“你瞧瞧，还说会等着我，人家都开始给你找婆家了你还被蒙在鼓里呢。”

子青微颦起眉头，细细思量，待想起昨日徐蒂的神情还有问自己的那些话，方才恍然大悟，看向霍去病，歉然道：“这事怪我，是我早先没有和他们说明白，待我回去与他们说清楚，便不会再有这等事情。”

“你怎么说？”

“就、就说我……”子青颇为难地踌躇着，发觉私定终身这种话确是不太好说出口。

霍去病看她半晌，悠悠叹了口气，将自己身上的披风解下来给她裹上，问道："我在长安城中，怎的你就一点都不担心我？"

"担心的，眼下天气越来越冷，嗽疾可是又犯了？"

"我说的不是这个。"他不耐地挥挥手，像是要把她说的什么嗽疾赶得远远的，又问道："别的呢？就不担心？"

"别的？"

子青想了想，老老实实摇摇头，脑袋上随即被他敲了一记。

"丫头，你就没想过若我瞧上别家姑娘怎么办？"霍去病顶着她的头，细究她的神情，"担心吗？"

子青黯然片刻，才平和道："嫂子昨日说过，叫我莫把心思拴在你身上，我明白她的意思。我想……"

她停了许久没有将下半截儿话说出来，以至于霍去病都不忍心。

"莫胡思乱想了，傻丫头，我是逗你玩呢……"

"不是的，我、我是想说，那也未尝不是一件好事。"她低低道。

"呃？"

霍去病疑心自己是不是听错了，双手握着她的肩膀，狐疑地打量着她。

她声音中带着些许哽咽，艰难地轻声道："你中意的姑娘，你和她在一块儿定然欢喜，不是好事吗？"

"那你呢？你就不伤心？"

"我、我……得之我幸，不得我命。"

雪静静地飘落着，霍去病看着她，骤然道："丫头，嫁给我吧！"

他突如其来的一句话，与其说是要求，倒更像是命令，子青愣住，定定地望着他，不知该如何回答。

"我不勉强你当骠骑将军夫人，我知道你不愿意，但你一定得是我霍去病的妻子。"他重重道，"你不用周旋在那些皇亲国戚之间，甚至可以不用留在长安城内……我思来想去，眼下也只有这个法子了。"

"嗯？"子青仍未听明白。

"和你哥说，我要娶你，会娶你！"霍去病定定地看着她。

子青怔怔地看着他。

"可、可是这事不用着急……"子青话未说完，即被霍去病瞪了回去，只得改口道，"全凭将军做主就是。"

“这个你拿好！”

他返身自马鞍袋中取一样东西放到子青手中。子青低首，见是一小袋沉甸甸的小金饼，忙就要还给他：“上次给的还有呢，实在用不了这么多。”

“拿着，这是聘礼！拿回去给你哥，不准他们再动给你找夫婿的主意。”

子青愣着，手上的钱袋沉得把手往下坠，怎么想都觉得不像聘礼，倒像是将军是想拿钱两收买人。

见她不言语，霍去病想了想，复把钱袋拿回来：“这事还是我自己来吧，免得你说不清楚。”

跨上玄马，一路疾驰又回到医馆前，霍去病翻身下马，大步行入医馆内中，将那袋子小金饼重重放到易烨问诊的案上。

被霍去病气势所压，易烨骇了一跳，连起身施礼都忘了，目瞪口呆地看着他：“将、将军。”

“这是聘礼！过些日子，我会来带她走。”霍去病盯着易烨，“你们别再折腾那些没用的事，明白了吗？”

没弄清状况，易烨仍愣着。

对他家给子青找夫婿一事仍有恼意，但碍于是子青家人不便斥责，霍去病转身就出了医馆。

“我还得赶回去，不能久留，你等着我，知道吗？”他朝子青道。

子青只得点头。

深看她一眼，重重呼出口气，霍去病翻身上马，策缰离去。

徐蒂在院中听见动静，赶出来便看见易烨案前的那沉甸甸的钱袋，打开来往里头一看，黄灿灿的金饼直晃她的眼睛，立时倒吸口气，话都说不利索了：“这、这、这是哪来的？”

易烨已经回过神来，望向尚立在门口处的子青，答道：“这是聘礼。”

“啥？”

“聘礼，霍将军来下的聘礼。”

闻言，徐蒂也迟钝地望向子青：“你，应了他？”

“嗯……”

因这事霍去病一个人就把事情给定了，压根儿就没问过她，故而子青回答得有些含糊。

易烨迟疑道：“媳妇，这算是喜事吧？”

“当然是，你们还不赶紧回禀爹娘去，让他们也欢喜欢喜。”

徐蒂回过神来，忙催促易烨与子青，二人这才进去。

回禀过易曦夫妇，二老此前从未听说过此人此事，乍然知道霍去病来下聘，自是惊诧不已，免不了絮絮地问子青。

因不愿二老担惊受怕，子青也不敢尽数告之，只轻描淡写带过。

“你不是我亲生的孩儿，所以咱家才更不能委屈了你。他是骠骑将军，权大势大，若要欺着咱们，咱们也是没活路。可是青儿，我只问你一句，你自己想跟着他吗？”事情听得虽不甚明白，然而老夫人最关心的还是这件事。

子青点头答道：“将军他就是不来下聘，我也是会等着他的。”

闻言，易曦二老相视一笑，方才安了心。

元狩三年，刚刚开春，匈奴单于伊稚斜，发数万骑兵，分别从右北平、定襄两郡入犯，杀略千余人。

战况传至长安城，刘彻尽管怒不可抑，但却清醒地意识到这是伊稚斜正在试图激怒他，想要诱使汉军北进，在漠北予以歼灭。若要深入漠北与匈奴主力决战，便需要有大量的后方补给，十万骑兵，随军战马十四万匹，而所需负责运送粮草的运转夫便达到十万之众。而当下军需粮饷皆不足，尚未到决战之时。

对于伊稚斜的挑衅，只能暂且忍耐。

长安城中，春寒料峭，正是冻人。

这日霍去病与卫青自宫中出来，刘彻今日下旨命他们各挑选五万人马操练。在刘彻筹划中，卫青率人马用来对战匈奴左贤王部，而霍去病则率五万精兵深入漠北，与伊稚斜决战。因霍去病肩负的任务更加艰巨，故而刘彻令他先行挑选人马，需得是敢力战深入敌腹之士。

才出宫门，他们便遇见正预备进宫去的李广将军，李广身后还跟着李敢。

“李老将军。”

李广在军阶上要比卫青低得多，但卫青从未在人前对他有丝毫不敬。

霍去病也跟着舅父向李广施礼。

“大将军，骠骑将军……”李广还礼，他显然是得了什么风声，急急赶过来的，“两位刚从宫中出来，陛下可是打算对匈奴用兵了？！”

见卫青面露迟疑之色，似是不愿告诉自己，李广又道：“若不能说，也就罢了，不瞒二位，老夫正是预备进宫向陛下请战的。”

“老将军莫急，陛下已颁下旨意，命我二人挑选兵马操练！”卫青道，“此一战须深入漠北，长途劳顿，老将军年事已高……”

卫青话未说完，已被李广打断，他面有愠色道：“大将军，你可是瞧不起老夫？”

“不敢不敢，老将军为国尽忠职守，卫青敬佩得很。”

李广重重地“哼”了一声，转身朝李敢道：“走，我们去向陛下请战！”说罢也不与卫青告辞，抬脚便走。

倒是李敢匆匆朝他们施了一礼，方追着父亲而去。

看着他们的背影，卫青暗叹口气，这几年来刘彻重用霍去病，他被撂在一旁，同样身为军人，李广心中所思所想，他又怎么会不理解呢。

“舅父，到我那里坐坐吧。”霍去病朝他笑道，“好久没和舅父您喝上两杯了。”

卫青微微一笑，点了点头，遂随着霍去病回到府内。霍去病命人置了些酒食，又端来上好的佳酿，遣退家人，自己亲自举壶替卫青斟上酒，随即返回案后给自己也斟满。

他举觥朝卫青歉然道：“舅父，这杯酒就当是我向您赔罪的。”

卫青愣了下，还未来得及问他何罪之有，霍去病便已经将满满一觥尽数喝了下去。

“喝完了？赶紧吃几口菜垫垫，咱们小酌可以，若是喝醉了，你娘又得絮叨我。”卫青直摇头，“现下你倒说说，赔的究竟是什么罪？”

霍去病放下鎏金铜觥，道：“此番挑选人马，陛下命我先行挑选，我觉着这事……”

“原来就为了这个！我还当你又惹出什么祸来了呢。”卫青松了口气，笑道：“陛下此番是想要你与匈奴主力决战，比起左贤王部，要更加凶险万分，你自然该先挑人马。此事便是陛下不提，我也会让你先行挑选精兵的。”

闻言，霍去病仍是道：“话虽如此，但去病是小辈，人马我得挑，可这罪我还是得赔。”

卫青无奈，自己也满饮下觥中酒。

“舅父，今日李广请战一事，”霍去病问道，“您说，陛下会不会允他？”

“李老将军……陛下的心思还真是不好猜度。”卫青微颦起眉头，手指摩挲着已空的鎏金铜觥，“与匈奴漠北决战，此战之后，便是陛下要出兵西域，以李老将军的年纪，是不可能再用他了。李老将军心中只怕也知道，与匈奴决战，是他最后的机会了。”

刘彻若允许李广出征，自然是不会让他在霍去病军中，必定是让他跟着卫青，这点卫青与霍去病心中都明白。

霍去病起身过来给卫青斟酒，叹道：“李广这辈子……”他心中想到李广杀降，不仅八百羌人身死，接连害了子青一家，而到头来也害了李广自己。

“他家三子李敢倒是不错，精通骑射之术，去病啊，你此番挑选人马，可有想过用李敢？”卫青问道。

“不瞒舅父，前年我就曾邀李敢到军中，但被他推辞了。”霍去病笑道，“那会儿我刚从李广那里把蒙唐挖了过来，老将军气了许久，李敢不敢违逆他。

“你若真想要李敢，这事我来和李老将军说。”卫青道，“他定会点头。”

“哦，舅父有何妙计？”霍去病挑眉道。

卫青温颜一笑：“何须什么计策，这天底下，凡为人父母者，大多都盼望子女能够比自已好。李老将军对李敢虽是管教甚严，但终也是盼着他好。此番对匈奴决战，李敢若能随你出征，凭他的能力，定能立下军功，李老将军心中必会欢喜。”

霍去病点头笑道：“舅父说得是。”

“我不过是将心比心罢了。”卫青抿了口酒，倦倦笑道，“去病，我虽是你舅父，但心中待你便如亲子一般。这些年看着你越来越出息了，我这心里头着实欢喜得很啊。我知道外头那些人都说些什么，可你是咱们自家孩子，你若也跟着那么想就是犯傻了，知道吗？”

这些年来，刘彻重用霍去病，冷落卫青，背地里不知道多少人在嚼舌根，无外乎是在挑拨他二人的关系。霍去病虽说仍对卫青如过往一般，但心中不免担忧舅父因此对自己生出罅隙，直到此刻听了舅父这话，心中大石方才彻底放下，不自觉间眼眶发热。

“我知道……知道了……”他垂目看着觥中酒，低声道。

卫青接着道：“所以，以后莫再说什么赔罪的话，舅父我没什么野心，只要你们这些孩子都好端端的，比什么都强。”

霍去病重重点头：“去病记下了。”

此后，有卫青的话垫底，霍去病再不必顾忌，放开手脚，挑选精兵。而刘彻允了李广的请战，将他拨至卫青军中。

至于李敢，卫青果然亲自去向李老将军讨要，让他去了霍去病军中。

一时间挑选好的诸将诸兵都往陇西郡集结，刘彻命霍去病与卫青尽快起程往陇西开始练兵。

因霍去病想到月底便是卫少儿的生辰，圣命一下，不容耽搁，这两日便须得出发。霍去病思及此层，无法为母亲贺寿，心中未免歉疚，遂命车夫先往陈府。

至陈府中，陈掌也是颇为识趣之人，知道霍去病定是有事来寻卫少儿，寒暄客套之后便称事而出，独留下他母子二人。

卫少儿看着霍去病，知道他很快就要往军营中去，多半又是大半年见不着面，轻叹口气道："你在那里，自己好生照料自己，陇西比不得长安，听说春天还是冷得很。"

霍去病笑着安慰她道："我又不是头一遭去，娘，您就放心吧。"

"陛下要你们什么时候出征？"

"眼下还不知道，得等陛下的旨意，此番只是令我们去操练兵马。"霍去病笑道，其实这等军务大事，即便知道他也不能告诉卫少儿，"对了，娘，上回您说的那话还算数吗？"

"哪句话？"

"就是您说不嫌弃她，还想让她多生几个娃娃的话。娘，您不会忘了吧？"

卫少儿挑眉看他，又好笑又好气道："怎的，又想把那姑娘寻回来了？"

霍去病笑而不语。

"你喜欢就好，娘亲不说什么。派人将她寻回来，你要练兵，我也正好将她调教调教，至少规矩什么的她都得懂，不能再呆头呆脑的了。"卫少儿思量着。

闻言，霍去病忙道："不急，这事并不急在一时三刻，我不过是说说。"

"你这孩子！"卫少儿嗔怪道，"什么时候走？我过去替你收拾行装。"

"不用了，"霍去病道，"大冷天跑来跑去怪累的，让家人收拾便是。"

"那怎么行！他们哪里想得周全，到时候缺了这个、短了那个的，吃苦头的是你。快说，什么时候起程？"

"明日一早。"

闻言，卫少儿忙起身，吩咐道，"我去更衣，等着啊，跟你一道回去。"

娘亲一片好意，若不让她做，只怕她更不放心，霍去病只得笑着点头。

这夜霍府中，卫少儿收拾行装，又亲自下厨做了饭食，与霍去病一同用过饭，方才赶在宵禁之前回了陈府。

而卫府之中，平阳公主亦在替卫青收拾行装，絮絮细语，交代不尽。

虽说卫青与霍去病领兵练兵之地都在陇西，但却一南一北，相隔甚远。卫青与霍去病同行至天水郡，便须得分道扬镳。因此番霍去病领兵数倍于往日，卫青难免有些担忧，临别前反复叮嘱，方放霍去病走了。

霍去病别了卫青之后，在陇西郡内还拐了个小弯，先绕行至定川，大步迈进医馆内。

子青正在医馆内拿着小药杵捣药，看见他进来，脸上漾开笑意。

“将军……”

“丫头，收拾东西，跟我走！”霍去病朝她道。

子青只愣了一瞬，也不问去何处，随即点头，返身入内院收拾东西。思量将军既让自己收拾东西，想必要去甚久，遂又去向易曦夫妇、徐蒂告辞。

易烨在向霍去病见过礼后，偷眼瞄了他好几次，才提起勇气，问道：“请问将军，要带青儿去何处？”

“眼下不能说，待丫头想你们了，会回来看你们的。”霍去病答道。

将军既然说了不能说，易烨也不敢再多问，只得轻声道：“青儿命苦，请将军务必好好待她。若是将来烦了、腻了，也让她回来……”说到后半截儿话时，易烨是硬着头皮承受着霍去病的锐利目光。

半晌，霍去病才哼了一声道：“放心吧。”

子青收拾好行装自后院转回来，又辞过易烨，与霍去病出了医馆，眼睛立即一亮，雪点雕正立在玄马旁边。

好久未见这匹马儿，子青搂着它上下摩挲，蹭了又蹭，简直是爱不释手。

“怎的你看见它比看见我还欢喜，走吧！”霍去病在旁摇头笑道，又打量一番她的装束，“待会儿还得换身衣袍才行。”

“我们要去何处？”子青这才问道。

“军中，要开始练兵了，准备对匈奴决战！今年我都会留在陇西。”霍去病身手矫捷地跃上玄马，策马向前奔去。

子青也骑上雪点雕，策缰紧紧跟上他。

今年开春时，匈奴袭击右北平和定襄，杀千余人，之后霍去病特地派了赵破奴往这两处地方去征兵，据赵破奴信牍回禀，征得两千余名农家子，已送往陇西。

“蒙唐练新兵是好手，我想着送五百名到他那边。”途中休息时，霍去病喝着水盘算道，“另外五百名给李敢……”

“李敢？！”

子青这才知道李敢也在霍去病军中，微微一怔。她此时已经换上了汉军衣袍，荨麻所纺制的绛红粗布，穿在身上，头发束起，俨然又是那名少年中郎将。

“嗯，李广去了我舅父军中，李敢来我这里。”霍去病看着她，放下水囊，伸手替她整了整发冠，补上一句，“李敢领兵在建威营，你留在我虎威营，与他碰不着面。”

“我……手底下有兵吗？”子青低首，轻轻踢着地上的小石粒。

“没有。”霍去病干脆利落地回答道。

子青不满地抬首望向他：“那我在军中做什么事？”

“没什么具体事务，主要就是打杂。”

“将军，你……”

“怎么，还想违抗将令？！”霍去病仰着下巴看她，一副我是将军我说了算的模样。

“卑职不敢。”胳膊拧不过大腿，子青没法子，只得诺诺应了。

霍去病瞥了她一眼，微微笑着。不给她领兵，并不是因为她没有领兵的能力，而是因为他的私心。身为将领，他很清楚一个领兵之人肩上究竟须得扛下多少事情。子青心思重，若让她领兵，将来出征士卒有所伤亡时，对这丫头必定是个打击。

她瘦弱的肩头上已经扛了够多的担子，他不愿再往上增加更多的负担。

定川距离霍去病所在的虎威营不过大半日的路程，玄马与雪点雕又甚是神骏，还未到半日便听见远处传来雷鸣般的群马奔腾的巨大响声。

待至营门，子青眯起眼睛，微仰起头，望向那面在风中猎猎飘扬的绛红色大旗——一个浓墨厚重铁画银钩的“霍”字。

再极目望去，远远的只能看见浓尘滚滚直扬上半空，金戈之声间或可闻；再看近处一队身穿绛红衣、着皮甲的士卒在不远处持卜形铁戟在操练，更远处还有持长铩操练的。士卒个个面无表情，连走路时都目不斜视，越发显得厉兵秣马。

一切都与两年前她刚从军那会儿一模一样，连迎上来的人都是赵破奴，面带笑容，只是比两年前脸上多了几分风霜之色。

“将军！”

赵破奴先朝霍去病按军阶施礼，然后才转向子青，毫不掩饰脸上的惊诧，伸手就用力拍了下她的肩膀：“好你个小子！你这是打哪里冒出来的？去年夏天之后就找不着你人影，野到哪里去了？！”

子青笑着，只是不语，倒不是故意不答，确实是没法回答。

眼看着赵破奴拍打子青，一下比一下重，霍去病微不可见地皱了皱眉头，轻咳一声道：“鹰击司马！”

听这声音，赵破奴打了个激灵，不敢再玩闹，正襟立好：“将军！”

“新来的都如何安置了？”

“暂且让伯颜带着他们，练习些简单的，先把他们遛起来。可惜会骑马的不多，还得慢慢教。对了，其中还有几个兽医呢！”赵破奴一副捡到便宜的模样。

“兽医……”霍去病沉吟片刻，问道，“老邢呢？到了没有。”

“昨日刚到，刚进营门就是一通抱怨，但凡撞着他的人都被从头到脚数落了一通。”赵破奴直摇头，“看起来这老头儿这些日子是憋坏了。”

霍去病点点头，指向子青：“她不领兵，你给她安排一个住处。然后通知各营，明日隅中在大帐中议事，凡四品以上，杂号在内，皆不可缺席。”

“诺！”赵破奴领命，心里已经在筹划着该把子青安置在何处。既是不领兵，住所便好安置，想来想去，邢医长所在近处倒是还有屋子，子青是医士出身，和老邢挨一块儿也说得过去。再者，确也是无人受得了老邢的脾性。

“去吧，你先歇会儿，稍后我还有事找你。”

霍去病朝子青道，语气在不知不觉中变得些许柔和。赵破奴听在耳中，模糊地察觉到其中有些不对劲，可待要细究到底是哪里不对劲，他又说不出来。

子青颔首，然后跟着赵破奴离开。

霍去病立在原地，看着她的背影，唇角噙着一丝浅浅的笑意，然后他转头望向不远处正在操练之中的汉军士卒……

绛红衣袍在春寒中翻飞。戟铩相击，发出清脆的金戈之声。

军营中独有的味道夹杂在风中，自他肩头拂过，熟悉而亲切，他长长地深吸口气，然后大步朝大帐行去。

赵破奴领命比他早到数日，已先行处理了诸多杂务，但仍有很多军务是必须等他亲自来处理，案几上的竹简垒得高高的，连同旁边榻上还堆着一摞。

霍去病是个今日事今日毕的人，见状，也顾不上休息，一面解开披风，随手丢到屏风之上；一面高声唤人进来研磨。自己坐到案前，取下最顶处的竹简，摊开细看……

其间，赵破奴进来回禀几件军务，同时捧走一摞批阅好的竹简。

不知不觉间，日渐西沉，帐内的光线也一点一点地暗下去，随侍军士忙燃上烛火，又有庖厨送来饭食，也被搁在一旁。霍去病间或捏一捏眉心，全神贯注于眼前的军务之中，时而咳嗽几声。

待他自案前抬起头来，闭目养神，随口问旁边军士道："什么时辰了？"

"禀将军，戌时三刻。"

霍去病微微一怔，没想到批阅军务花了这么多工夫，难怪腰背僵直，甚是不舒服。原本还想带子青去校场转一转，这会儿说不定她多半已经歇下了。

"饭食都凉了，要不要卑职端去庖厨重新热过？"军士在旁问道。

"去吧。"

军士遂端起食案，退出帐外。

帐中气闷，霍去病缓步踱出帐外，只见天上一轮圆月，银白发亮，像是能溢出水来般。远处校场上燃着火把，聚集了不少人在那里，时而风过，依稀能听见喧闹之声。

"校场那头在干吗？谁在那里？"他顺口唤住巡营的士卒。

"回禀将军，鹰击司马、高校尉与今日刚到的两位匈奴小王在那边。"

此番他挑选人马，不少匈奴降将都在其中，高不识自是不用提，还有匈奴因淳王复陆支与楼专王伊即靬。此二人虽已降了好些阵子，但还从未与汉军一块作战过，这几日初到汉军之中，与汉军诸多摩擦，若非高不识从中调停，只怕已经闹出事来。

要匈奴降将协同汉军一起作战，在双方磨合上本就要花些功夫，这点霍去病早有准备。当初为了让高不识融入汉军，他就曾颇费了些心思。

听着校场那头又传来一阵喧哗，霍去病饶有兴致地行过去，想瞧瞧他们究竟在折腾什么。还未至校场，便听到身后有脚步声赶上来……

"将军！将军！"是方期的声音，他还拉着子青，往这边赶着。

霍去病回首，目光落在方期对子青连拉带推的手上，不由自主地皱了皱眉头。

不消片刻，两人已到了他的面前。

"卑职参见将军！"方期精神奕奕地朝他施礼。

子青也依样施礼。

“赶着去凑热闹？”霍去病问的自然是方期。

方期愤愤道：“将军，您不知道，新来的那两名匈奴小王忒嚣张了，接连撂倒了咱们四五个人，就没把咱们汉将放在眼里。”

霍去病笑着点头，面上神色居然甚是满意：“复陆支与伊即靬原本就是匈奴中出名的悍将，自然身手不凡，否则我就不会特地将他们挑过来。”

方期不服道：“咱们军中不是已经有高不识了么，何必还要这些匈奴降将？”

“说话留神啊！”霍去病重重看了他一眼，“他们既然已降就是汉廷子民，在军中就是汉家将士，以后再让我听到这种话，军法处置！”

“不是卑职见外，将军您没瞧见，见外的是他们，压根儿就没把我们放眼里。”

“亏得他们还能撂倒几个。别以为我不知道你们，若没点本事，还能让你们放眼里。”霍去病顺手就把一直在旁垂首聆听的子青拎过来，好笑道，“就像她当初一样，可没少受你们的气。”

方期干瞪眼，没敢再吭声。

“我不曾受什么气……”

子青话未说完，随即被霍去病盯了回去，她只好也闭上嘴。

“行了！一块儿过去看看吧。”

霍去病推了把子青，自己也往校场喧哗处行去。

见骠骑将军到，围观的士卒自动让出一条通道，露出被他们围在圈中的人——伯颜与伊即靬正拳风呼呼，你来我往。伯颜右眼角处崩裂，带着血，看状况他居于下风，但一直都在硬挺着。

“将军！”高不识高声唤道。

伯颜一愣，正欲罢手停战，腹部随即挨了重重一拳，踉跄着连连后退几步。

霍去病轻咳一声，看着堪堪停住手的伊即靬，然后转头望向伯颜，也不急着开口说话，只拿目光反反复复打量他们俩……

若只是彼此切磋，是军中常事；只是两人现下情况，倒更像是私斗，那可就得按军法论处。

直过了半晌，霍去病才微微一笑，道：“在军中，相互切磋是好事，既能取长补短，还能鼓舞士气。不过咱们素日作战，皆用兵刃，赤手空拳的时候少。既然是切磋，我以为，还是用上兵刃更好些。”

赵破奴有点忐忑不安，生怕用上兵刃会搞出更大的事来。

伊即靬身量高大，厚背宽肩，因早年鼻子受过伤，说话便有些瓮声瓮气的。听说比画兵刃，他丝毫不惧，却摇头道："用兵刃就算了吧，若是把人伤着了，躺十天半月的耽误事儿。"

霍去病笑道："莫非你怕被伤着？"

伊即靬嘿嘿地笑，并不为霍去病的激将法所动，反而朝他道："将军，要不您下来耍耍？"旧日在匈奴，唯骁勇者才能得到敬重，伊即靬与复陆支之所以与汉军摩擦不断，便是因为他们想寻机立威，好让汉将不敢小觑了他们这些匈奴降将。

"想要我跟你比？"霍去病微挑起眉毛，伊即靬的那点心思他岂能猜不着。

其他诸将未料到他竟然敢直接挑战骠骑将军，方期抢上去道："想要将军出手，你先跟我过过招。"

赵破奴拉着高不识低声嘀咕道："这两位的脾性也太虎了点，真是没把自己当外人啊！你倒是去劝着点？"

"你以为我没劝过，差点把我自己都饶上。"高不识安慰他道，"他们也没别的意思，就是不愿你们小觑了他们，这心思跟我原来一样。"

"他们都撂倒四五个人了，谁敢小觑他们啊。现下的问题是再这么下去，他们日后还不得在军中横着走路。"

这边说着，伯颜已经自旁边士卒手中接过一柄长戟，朝伊即靬道："你我还未分出高下呢，你急什么！"

"你不是我的对手，我要与将军比试。"伊即靬干脆道。

虽然明知他所说的是实话，伯颜还是甚为恼怒。

高不识此时方才看见跟在霍去病身后的子青，眼睛一亮，上前朝伊即靬附耳说了几句，伊即靬遂朝子青望来。

"你莫诓我，他这样的，我用一只手就能捏死。"伊即靬眯起眼睛，看着子青直皱眉头。

"你还真捏不死。"高不识努努嘴，道，"你瞧，她就跟在将军旁边，没点真本事，能得将军这般赏识吗？"

伊即靬还是不甚相信。

高不识只能实话实说了："实不相瞒，上回连我都败在他手底下了。"

伊即靬惊诧地看着他："你？！不能吧？"

他与高不识旧日在匈奴时也曾较量过，双方不分上下，但高不识在汉军之中厮混已久，比他要收敛得多，懂得处处给人留余地。

“那我倒要试试……看看到底是你现下不济，还是那少年当真有几分本事。”伊即軒立在圈中，手直指向子青。

“听说你上回胜了宜冠侯？是你吗？”

子青闻言愣了下，答道：“军中切磋，时输时赢，上回是宜冠侯存心相让，做不得数。”

“如此说来，竟是真的了。”伊即軒回头看了眼高不识，后者连连点头，“既是如此，你与我来比试比试！”

霍去病却不甚情愿，微颦起眉道：“你不是要与我比试吗？怎的又换了她？”

“将军，”子青身子一错，拦在他前头，“子青愿替将军出战，请将军首允。”眼前这位匈奴人她不知底细，自己输了倒不碍事，但将军若输了，汉军颜面何存。

“你……”

“谢将军！”他话音未落，子青已抢先道，同时伸手拿过旁边士卒的长铩，往圈中行去。

这丫头，胆子倒是越来越大了，霍去病皱了皱眉头，喝道：“比试点到即止，不可伤人。青儿，把你的长铩刃卸下来。”

“诺。”子青丝毫没犹豫，三下两下就把铩刃卸了下来，丢到一旁。

伊即軒惯用缳首长刀，见状，也不含糊，刀不出鞘，仅用刀鞘应战。

“我可不占你便宜啊！”他道。

长铩，现下只能算是一柄长木棍。

子青握在手中，缓缓转了一下，原本该是铩刃的地方点在地上，做出防守之势，并不急着进攻。

伊即軒持刀在手，等了片刻，不见有攻势，心中只道子青畏惧，遂握刀攻上前去。

长棍在地上蜿蜒拖曳，棍尖始终未离开地面，子青只将木棍左支右挡，躲开伊即軒的刀，接连退了数步。

围观的士卒不得不连连后退，将圈子让得更大一些。

“子青，别藏着掖着啊，好好露一手！”见她一味退让，方期不由着急，朝她大声嚷嚷道。

赵破奴狠狠杵了他下，自己朝子青喊过去，声音还盖过方期：“好好打，赢了我给你刷马啊！

不耐烦听他们的嚷嚷声，霍去病踢了赵破奴一脚，双手抱胸，聚精会神地看着圈中。

子青却不急不躁，她一味招架本就是为了看清伊即靬的刀法路数，只可惜这匈奴人的刀法与中原人不同，一味的强攻快狠，只求速胜，路数乱得很，也瞧不出个端倪来。

瞧她一味躲闪，伊即靬也有些恼了："你若怯了，认输无妨，这样躲躲闪闪，有甚趣！"

素手握着棍端，往后一撤，直到这时棍端方离了地，子青手持长棍，正欲攻上前去，骤然间左肩处传来一阵刺痛，犹如被千针所扎，这疼痛沿着左肩直传到左手指尖上，逼得她不禁松了手……

"青儿，怎么了？"霍去病一眼就瞧出不对劲，抢上前去，看她脸色发白。

"肩上的旧伤，可能又复发了。"子青咬着牙，疼得直冒冷汗。

霍去病一把将她抱起来，急急往邢医长那头赶过去，剩下一群人愣在当地。

"看来，将军对他，还真不是一般的器重啊。"伊即靬后知后觉道，"什么肩上的旧伤？为临阵脱逃找的借口吧？"

高不识看着他们的背影："听说他肩上是有道旧伤，被折兰王马刀砍的。"

方期和赵破奴一块儿站着。赵破奴听着士卒们压低了嗓音的窃窃私语，暗叹口气，心里想着该如何寻个时机提醒提醒将军，对子青也该有个分寸才行。

"老邢、老邢……老头儿、老头儿！"还未至邢医长帐前，霍去病就一迭声地唤着，差点和正准备出帐的邢医长撞在一块儿。

"快给她看看，她肩上的旧伤又复发了。"没等邢医长开口，他顺脚踢开堆在榻上的杂物，将子青轻柔地放在榻上。

"哎呀，哎呀，你轻点！轻点！这些东西我还用呢。"邢医长心疼地看着被他踢在地上的竹筒。

"你快看看她呀！"霍去病急道。

邢医长也瞪着他："你在这里戳着，我怎么给她看？！"

霍去病语塞，轻咳了下道："我不出去，我得看看她肩上的伤到底怎么样了？"

"你跟我犯浑是不是？快出去！"邢医长踹了他一脚，径直把他推了出去，然后才转向子青。

霍去病只得出来，就立在帐前，还能听见里头的对话。

“说老实话，这样子多久了？”邢医长没好气的声音。

“去年入冬之后发过几次。”

这丫头从来没听她提过，他皱起眉头。

“是不是在外头没留神冻着了？”老头儿猜度着，“在雪地里待久了？”

“只上山砍了几次柴火，可……我以为没事。”

“你这娃娃，那时候我就告诉过你，伤到经络，日后须得小心保护，一不留心就会复发。疼还算轻的，严重的话，你这整条胳膊都会废掉！……”

听到此处，霍去病按捺不住，掀开帐帘闯进去。

“将军……”子青本能地快速掩上肩头衣袍。

“你……”霍去病也顾不得那么多了，“让我看看你肩上的伤。”

子青摇头。

“快点！不然我就亲自动手。”他恼怒地盯着她。

邢医长看着两个娃娃在面前吵，头大得很，忽想起旁边灶间还煎着药，忙赶了过去，没工夫理会他们。

“不要！”子青快手快脚地系好衣袍，站起身来，“再说，我现在也觉得好多了。”

她这种话，霍去病若是会信才怪，探右手去抓她的肩头，被她晃身躲过。

他再出左手，她身子微侧，避开他的手。

一进，一退。

一攻，一守。

两人动作皆不大，却是快捷无比，眨眼间在帐内过了十几招。

邢医长掀开帐帘进来，见两人正闹腾着，重重咳了几声，恼道：“不疼了是吧？又皮痒了是不是？胳膊都快废掉了，还有心思在这里打情骂俏……”

也是怕伤了子青，霍去病先停了手，狠盯了她一眼，才问邢医长道：“她这旧伤怎么办？有没有什么好法子？”

“她这伤，喝药已经不顶什么用了。只能先针灸着，过阵子再看看状况吧。要紧的是，不能让她冻着。”

“不能冻着……”霍去病思量片刻，问道，“在温泉水里泡着可有益处？”

“嗯，温泉水对经络倒是有些好处的。”邢医长看着子青叹了口气，“你说你啊，年纪轻轻的……行了，现下时辰不对，明日午后你再过来，我替你针灸。”

子青点头，拖着霍去病退了出来。

“你拖着我做什么，我还有事要问老头儿呢。”霍去病还欲进去，被子青拦住。

“我也是医士，将军有事问我就是了。”子青仰着头看他。

“你……”他伸手毫不留情地敲了她一记，“你倒是说说，去年冬天就旧伤复发了，怎么从来不曾听你吭过一声？若非今日被我发觉，你还预备瞒着我到何时？”

“我不是存心想瞒着你，它极难得才会复发一次，有时候我自己都想不起来。”子青分外诚恳地看着他，“真的。”

“我真不该让你来这里，幸而现下还不迟，明天我就送你去个地方。”

“不行！”她忙道，“邢医长还要给我针灸呢，我不能走。再说，这也不是什么严重的事，针灸几次之后便无碍了。”

有巡营的士卒自不远处经过，子青忙退开几步，距离霍去病远些。

“将军若无事的话，卑职告退。”子青所住的营帐就在邢医长不远处。

“我去看看你的被衾够不够。”听邢医长再三吩咐她不能受凉，霍去病长腿一迈，倒还比她走在前头。

进了子青的营帐，霍去病环顾一番，与他的寝帐比起来，这里自是要简陋得多。探手去摸了下床上的被衾褥子，他都觉得过于单薄。

“这怎么行，你还是睡我那里去吧。”他直摇头。

子青皱着眉头，看着将军，想不明白他怎么也会脑子犯糊涂。

他眉头皱得比她还厉害：“怎么了？你还不愿意？”

“将军……”子青叹口气道，“咱们现在是在军中，不是在你的府邸里。你是将军，我是中郎将，我怎能睡到你的寝帐去。再说，就算还在府里，我也……”毕竟是女儿家，说起这种事来，子青也觉得有些难以启齿。

闻言，霍去病脸色变化，青一阵，白一阵，最终不知他想到了什么，出人意料地柔和了下来。

“我记得，我说过要给你一个婚礼。”他道。

子青忙道：“这事不急，眼下我们又在军中，还是等将来再说吧。”

霍去病在榻上坐下来，又示意她也坐下，认真问道：“你喜欢什么样的婚礼？”

子青想了想，也认真答道：“最好是安安静静的，没有宾客，只有两个人在一块儿。”

“没有宾客？”霍去病奇道，“一个宾客都不要？”

“最好不要，成亲原就是两个人的事呀。”子青忽有一丝怅然，“若是爹爹和娘亲能在，也挺好的，娘亲还会帮我梳头……”

霍去病若有所思地点了点头，没有再纠结这个话题，而是问道：“为何不让我看你肩上的伤？”

“那个……很丑，我自己摸得出来。”子青低低地如实道。

“难道你还一辈子不让我看啊？”他欺过身，两人之间近得几乎脸贴着脸了，他的每一下呼吸都温热着她的肌肤。

子青艰难地将身子往后退，因为彼此间距离太近，说话有些磕巴：“咱、咱们定的规矩，将军你、你、你不能违反。”

“我可没违反。”霍去病慢条斯理地将身子抽离，似笑非笑地瞅了她一眼，然后起身离去。

帐内，独剩下子青一个，她只觉得他的气息犹绕在鼻端，双颊发烫，忙用手搓了搓，坐在榻上出了会儿神。

正想铺被衾睡觉，忽听外间有人道：“司律中郎将，将军命我送东西过来。”

子青掀开帐帘，认出是将军的随侍军士，抱着高高一摞褥子和被衾立在外头。

“我这里也有，用不着。”

子青话音刚落，军士就干脆利落地接上，“将军说了，要卑职将旧的被衾拿回去。”

“不用……”子青想推脱。

“将军说了，这是命令！”然后军士就抱着被衾进帐内，很快将旧的收起，新的铺上，连子青想搭把手都插不进去。

送军士走后，子青将卷在帐帘顶上厚厚的毛毡放下来，严严实实地挡住风，这才在床上坐下来。身下坐的厚羊毛褥子、手上摸着的被衾，一看便知道霍去病是将自己用的拿来给她。

这夜，她睡得安稳而温暖。

第三十章　温泉缱绻

由于子青旧伤在身，霍去病压根儿也不派任何事务给她，整日里她有一大半时间倒都是在给邢医长打杂。此番统帅五万人马，人员整合，操练兵马等诸多军务，霍去病亦是异常繁忙。

这日霍去病操练回来，便匆匆来唤子青，要她上马跟他走。

他不说有何事，也不告诉子青究竟要去何处，两人只沿着山脚一路奔驰，直过了小半日，才行至河边。

眼前出现了一片树林子，对于子青来说，甚是熟悉。

这时候，她已经知道霍去病要带自己去何处，于是默默地跟在他身后，向树林深处行去。

潺潺的流水声已间或可闻，再往前行一小段路，她便看见那潭泉水，周遭散落着玄色石块，仿若天然棋局般，虫鸣鸟叫，如世外桃源。

霍去病没有停步，接着向左边林子转过去，直至眼前出现一处荒冢。

两年前被子青栽好的木牌禁不住风吹雨打，复躺在杂草丛中，子青上前捡起来，用衣袖细细擦拭着，上头的墨迹早已模糊难辨。

“来，给我！”霍去病自她手中拿过木牌，复擦拭了一遍，然后自怀中掏出一方小石砚，又取出墨锭子……

未料到他竟还准备下这些，子青心中感动，低下头替他研墨。

自怀中掏出那支紫霜毫，蘸墨，霍去病细致地重新在木牌上一笔一笔照着原来的墨迹重新描绘。

旧时墨迹娟秀，像是出自女子手笔。

“这原本是你写的吗？”他问她道。

子青摇头，“是我娘的字，我习字便是她所教导的。”

“字如其人，她该是性情温婉的女子，你爹爹真是好福气。”霍去病瞅了她一眼，笑道，“比我有福气！还记不记得那时候在这里，你抱着这块木牌，愣头愣脑地就敢冲撞我。若我的脾气再暴些，斩了你都说不定。”

想起那时候的事情，子青抿嘴一笑，“我也是实在没法子，谁让你吓唬我要把它当柴烧。”

“傻丫头！”霍去病摇摇头，复将描好的木牌插入土中，又寻了石块来将周边压住，用力固定牢实。

“我原想着换一块石碑才算像个样子，但是墨者节用节葬，我生怕此举反而惹你爹爹着恼，所以……”霍去病看着墓碑道。

“你知道替他这么想，爹爹定然已是欢喜得很。”子青蹲下身子，手缓缓抚摸过木牌，低低道，“将来若有一日，我死了，我想就这么埋下去，不要坟也不要碑，不留痕迹；又或是一把火烧了，让骨灰随风而散，更干净些。”

“丫头，”他在她身后沉声道，“我不许你说这种话。”

子青转过头来，看见他眼中似有隐隐水光，心中一悸，半晌说不出话来。

此时日渐西沉，已到了黄昏时分。

霍去病眯起眼睛，看着夕阳余晖在林中落下的点点金芒，骤然道：“聘礼下了许久，我们也该成亲了，就在这里吧！”

子青愣住。

“现下正是昏时，你爹爹也在这里，我们就在你爹爹面前举行婚礼。”

他拉着她的手，自己已先行在墓碑前跪了下来，抬头望着她……

子青定定望住他，片刻之后，也跟着缓缓跪下。

“天地为证，英灵为鉴，我霍去病娶秦原为妻，此生不离不弃，生死相伴。”他重重道，然后用力磕下头去。

他的话让她立时禁不住红了眼眶，沉默地跟着他磕下头去。

林间忽然起了一阵风，呼啸着穿行而来，吹得邻近一株苍松枝动叶摇，沙沙作响，恰似一老者拈须点头。

两人复回到泉潭边，霍去病俯身去瞧潭中，零零落落游着七八条小鱼。

子青也探身来看，侧头朝他笑道：“将军，你可还记得那日你对鹰击司马所说的一句话？”

霍去病微怔，想了想，着实想不起来，“老赵是个碎嘴子，谁知道我被他引着都说了些什么！”

“那日他射了好些鱼上来，将军你对他说，‘这潭里的鱼也不多了，犯不上斩尽杀绝，给它们留个种。’”子青微笑道，“我从林中抱着柴火出来，听见你这话，心里头就想，这将军的心肠真好。”

着实未料到那时自己随口吩咐的一句话会让她记着，霍去病笑了笑，道："在那之前呢？练兵的时候，是不是在心里头把我骂了百八十遍。"

"没有……"子青抿嘴一笑，转了转眼珠子道，"顶多也就七八遍吧。"这些日子，她被霍去病宠惯着，性情比原来要开朗许多，不知不觉间展露些许少女娇憨的本性。

"都骂我什么了？"他欺过来，故作恶形恶状问道。

"我不擅长骂人，你是知道的，顶多别人骂你……"子青笑着先躲开，然后才道，"……的时候，我在心里头附和两句。"

霍去病长腿迈过去捉她，奈何子青灵巧，在林间穿梭躲闪。

笑声浸在余晖之中。

经过一段日子的针灸，子青的旧伤似好了许多，一直再也未复发过。

这阵子，翻看了各营报上来的药材清单，在军中并无重大疫情的状况下，药材耗费甚巨，邢医长疑心底下的医士对药材保管不善，思量着要去各营查看一下。这日一早，他就拖上子青，预备给建威、建功两营来个突击检查。

建威、建功两营是挨在一块儿的。建威营便是李敢所在的营，而建功营则是匈奴降将复陆支所在的营，其中士卒大部分都是匈奴人。

子青随着邢医长行了小半个时辰才到建功营，就被士卒拦住营口，是名匈奴人，汉话说得颇为生硬，只道未得校尉许可，不可擅入营中。那士卒连通报都不去，说因校尉此时不在营中，就让他们站在营外干等着。

邢医长气得直吹胡子，原地来回踱了几圈，刚想抬脚就走，迎头正碰上复陆支和李敢。

李敢看见一身绛红军袍的子青，愣了一瞬，快步上前问道："你怎么在这里？"

子青还未来得及回答，便瞧见复陆支朝自己晃过来。

"司律中郎将！"复陆支挑眉看着她，"那晚你与伊即靬也未分出个高下来，伊即靬一直引为憾事啊。"

"你和伊即靬比试？"李敢奇道。

子青尴尬一笑，道："只是军中寻常切磋而已……"

"你可会用弓箭？"复陆支忽问道。

子青未答，李敢便笑着替她答道："她自然会，且箭术不在我之下。"

"你们汉人说话，总是喜欢谦虚自己，夸大别人，信不得。"复陆支摇头，朝李敢道，“既是如此，咱们的较量，就把他算是你那队的人，上场一试就知道。”

“较量？什么较量？”子青狐疑地看着李敢，不知道他与复陆支定下了何种较量。

“我和李校尉各带二十人，你可以到他那队去。”

“射靶？”

“不是射靶子，那样太没意思了！”复陆支道，“得像真正在战场上一样，才能分出高下来！是不是啊，李校尉？”

子青望向李敢，李敢无奈苦笑。

复陆支回营去挑选人手，与李敢约定日中之时在后山栗子林遭遇。

子青听李敢叙说，方才知道两营相邻，但复陆支一直对李敢不服，时常找碴儿挑衅。李敢人虽厚道，但想着如此长久下去，有损士气，遂决定杀杀复陆支的傲气。

此番各挑二十人，复陆支刚刚在后山栗子林中央放置自己的缳首长刀，先拿到长刀者为胜，一切像真正战场上那样较量。唯一的不同是诸人所用的箭镞都折去，底部放上一点墨汁，这样被射中的人身上便有墨点，须得退出较量。

“他听说我的箭术好，便存心一定要比箭术。”李敢无奈地耸耸肩，“赢了之后好让我无话可说。”

子青是见识过匈奴降将的好胜心，轻叹口气，回头却不见邢医长。

“邢医长呢？”她奇道。

“走了，复陆支进去后，他就跟着进去了。”李敢看向建功营内。

子青思量片刻，转身道，“走，你给我找一副弓，我随你去栗子林。”

李敢不放心道：“腿都好利索了？”

“早就没事了。”

几声虫鸣，日光透过树叶落下来，林中一片寂静。

此时已到日中之时，李敢知道复陆支肯定已经在林中，正等着全歼自己这边的二十人。

左右两侧分别派两人警戒，他打了个手势，示意众人分散开来，两人一组，平行地、慢慢地往栗子林中央靠拢，一点一点地接近。

“咔嗒。”

有人不慎踩断地上的一根树枝，发出清脆的断裂声，所有人都在第一时刻缩入树干后或是树丛中隐蔽妥当。得知是虚惊一场之后，李敢轻微地晃动一下手，继续前进，各人都警惕着不再踩到枯枝。

走在最前头的人已经能看见挂在树上的那柄缳首长刀，距离约还有十丈远，能看见刀鞘上反射着斑斑点点的日光，有几分刺眼……

这位匈奴降将倒是有些耐性，到现在还忍得住不动手。子青一面谨慎地行走，一面打量着周围，她能确定复陆支的人此时一定就埋伏在林中。

“嗖”的一声轻响，是羽箭破空之声。

一名士卒踉跄了一下，胸前多了个黑点，他一脸遗憾加无奈地看着其他人。

子青就地打了个滚，同时自箭箙中取箭，挽弓，朝射出羽箭的草丛疾射出一箭，动作一气呵成，流畅至极。

草丛中慢吞吞地站起一名匈奴族士卒，一肚子气。

“躺下，你们现在是尸首。”有士卒笑着提醒他们。

这场较量更像是游戏，它不残酷，不会死人，所以反而让人觉得轻松

推进中，李敢忽地微微一笑，挽弓搭箭，接连射出三箭，一箭比一箭快，追星逐月一般直射向挂着缳首长刀的树枝。

三箭之后，树枝断裂，缳首长刀砰然落地。

然后林间的另一头传来低低的咒骂声，李敢闻言，笑得越发快活。

自林间现身出来的匈奴族士卒有十七八个，被李敢打落在地的缳首长刀消失在他们视野范围之内，这让他们的隐藏失去意义。

双方开始了真正的较量，羽箭在林间穿梭，树叶扑扑而落。

不见丝毫鲜血，倒是笑骂之声不断。

“射中我屁股，我不能算死吧？”

“你快给我躺下！”

“死都死了，还不能多说上两句啊……”

“……”

子青一面忍着笑，一面还得让自己时刻保持紧张，转头看见李敢朝她打手势，知道他要去取刀，让自己在侧边掩护，遂点头。她往左侧腾挪，几下之后，跃入草丛之中。

不料，她还未趴好，便有几支羽箭追踪而至，险险掠过她发边，幸而未挨到衣袍。子青跃出，迎面又是一支羽箭破空而来，眼看避无可避，忽有一人扑过来，替她挡住了这一箭。

子青惊讶而呆愣地看着李敢。

李敢苦笑："现下我是个死人了。"

是了，这只是个游戏，子青骤然松了口气。

在她愣神的这会儿工夫，复陆支已要去捡地上那柄刀，子青疾步上前，一个扫堂腿，将刀踢出丈余。

复陆支与子青两人短兵相接，弓箭无用，只能用拳脚招呼。

刚开始，复陆支见她生得瘦小，拳脚上也未使用多大劲道，直至被她一拳击在手肘上，瞬间麻了半边身子，才知该严阵以待。

谁知子青趁着几下躲闪，在箭箙取了支柄箭，在复陆支还未回过神来的时候，将墨点正点在他左胸处。

"你……"复陆支看着胸前墨点，觉得自己真是冤到家，心中一百个不愤，"怎么能这样？这不能算！"

"按之前定的规矩，你现在已经……"

子青笑吟吟地没有把话说完，这种没有伤害性的游戏让她觉得像是回到了小时候。

复陆支再去看李敢，后者正拿着他的刀，一脸温和笑意地朝他走过来，这场较量显然已经在复陆支抱怨的时候结束。

"这次不能算！"复陆支愤愤道，说出口后大概多少也觉得这话有点耍赖的嫌疑，故而又补上一句，"他就拿着箭柄这么在我身上点了一下，连弓都没有用，这怎么能算我死了呢。"

李敢笑道："她若不点在你身上，难道要她用箭柄刺穿你的喉咙。"

复陆支愣了一下，皱起眉头："我不信！除非他再来一次。"

子青只看着地面，轻轻划拉着脚尖。

李敢微微一笑，知她不愿意，便朝复陆支道："我与你试一次，如何？"

"也行。"

复陆支点点头，拉开架势。周遭原来已经"死亡"的士卒纷纷围拢过来，李敢平素为人敦厚平和，不甚愿意与人较量，尤其是拳脚功夫，都想看看他与复陆支一较高下。

子青倒不担心，一来知道李敢的能耐，二来也知道李敢向来有分寸。

她的目光落在李敢背后那个墨点上，就在后心处，是要害！

若是在真正的战场上，这箭，是会毙命的。

幸好不是，她轻轻吐了口气。

栗子林中，李敢与复陆支拳脚翻飞。

复陆支胜在猛且狠。

李敢胜在稳且准。

两人各有所长，但时候一长，定然是李敢占上风。

果然过了一盏茶工夫之后，复陆支因心焦而有所乱，李敢寻到破绽，拳头骨凸击出，堪堪停在了复陆支的咽喉处……

复陆支身形定住，一动不动，仿佛凝固在当地。

是自己输了，李敢这一拳可以击碎他的喉结，连同气管也有危险，那可就是致命的危险。复陆支心知肚明。

李敢与李广最大的不同之处在于，他是从来都不愿令人难堪的人，即便仅仅在说话语气上，他也会顾及对方的感受，所以他绝对不会在此刻令人难堪。他很快收回了拳头，并且朝复陆支歉然笑道："今日营中还有军务要处理，恐怕不能陪您尽兴，还请校尉体谅。"

见他丝毫不提输赢之事，复陆支自然是领这份情的，也笑道："也耽搁了不少时候，我也该回营去了。"

他又朝子青一拱手，倒率先转身离去，余下匈奴族士卒也皆跟着他走了。

李敢转回头，望向林中的诸位士卒，朗声道："大家辛苦，只是今日较量之事，绝对不可说出去，否则以军法论处。"

"诺。"

刚出栗子林，子青似有所感，转头往东南方望去，此时日头正烈，落在那人的冠上，迸出碎金般的光芒。

她望着，唇边禁不住泛起笑意。

"将军！"

李敢上前按军阶施礼，子青随后跟上。

霍去病摆摆手，示意他们免礼，先盯了子青一眼："你现下能动弹吗？"语气是责问而绝非询问。

子青忙赔着笑道："邢医长针灸了好一阵子，一直都没有复发过，应该已无碍了。"

李敢这才知道子青还有伤在身，惊道："你哪里伤了？"

"是旧伤，已经没事了。"

霍去病没再理会她，目光扫过身后士卒身上的墨点，唇角一勾，朝李敢道："看来，你和复陆支的比试好玩得很啊。谁赢了？"

"没赢家，我和他都……"李敢比画着墨点，笑得无奈。

子青惋惜道："你若不是替我挡了一箭，也就赢了。"

于是霍去病又去打量子青，瞧她身上倒是清爽得很，心下稍安，抬了抬下巴道："上马吧！"

"邢医长还在建功营里，我得去……"

"快上来，这是军令！"

子青只得翻身上马。

霍去病似乎想起什么，朝李敢道："我想将蒙唐调到建威营，给你当个副手，你意下如何？"

蒙唐是李广旧部，与李敢也是旧识，两人情谊且不谈，蒙唐的能力李敢却是心知肚明的，当下喜道："求之不得！"

霍去病点了点头："如此，明日便让他过来。"

"多谢将军！"

霍去病不再多言，望了子青一眼，策马离开。子青匆匆向李敢告辞，然后追着霍去病而去。

李敢望着两人背影，片刻，轻叹口气。

霍去病领着子青，一路驰马，直至山间的一所宅院前。

扣了门，一位老者来开了门，见到霍去病，神色又是恭敬又是欢喜。

"进来吧，这是舅父早年置下的一处宅院，小是小了些，但一来它距离军营不至于太远，来这宅子还引了温泉水。舅父早年在军中疲乏之时便来此泡一泡，也带着我来过好几次。"

霍去病领着她往里头行去，那老者手中比画着，他点头以示明白，又挥手让老者退下。

"因闲置了许久，故而只留丁谷一人看宅子，他听得到声音，但不会说话，是舅父军中一人的爹爹，那人战死了，舅父便将他爹爹安置在此处，至少吃穿不愁。"瞧着丁谷的背影，他向她解释道。

子青好奇道："他这么比画，你看得懂吗？"

霍去病笑着点点头，"看得懂，他说他去庖厨准备饭食。"

让这样一位古稀老者替自己准备饭食，子青着实过意不去，忙道："还是让他歇着吧，我来准备饭食。"

霍去病侧头望着她，片刻后轻轻笑道："细想来，我还从未吃过你做的饭食呢。先卸甲吧，我来帮着你烧火。"

两人将盔甲卸下，寻至庖厨，霍去病朝老者交代了一通，老者诺诺点头便退了出去。

子青挽袖想和面，想了想，问霍去病道："你想吃贴饼子还是烙饼？"

"你只会这两种？"他好笑道。

"这两种做得最多。"子青抬头瞅见吊在房梁上的腊肉，遂踮脚伸手割下一块来，有了决定，"就做贴饼子，炖肉的时候贴，也好省些柴火，好不好？"

"行，我听媳妇的。"霍去病笑着点点头，并无异议，点燃干草做引子塞进灶膛里头。

听见他的话，子青的脸红了红，低头开始切腊肉，心中有种异样的感觉，仿佛两人真是住在山里头的一对平平常常的小夫妻，举炊过活，和乐融融。

切瓜削菜，揉面做饼，忙活了一阵过去，阵阵香味自釜中溢出来，子青闻着赞叹道："这块腊肉真不错，香得很！"

霍去病踱过来，俯下身也来闻，却不是在闻釜中香味，只凑在她脖颈间，鼻息浅浅，弄得子青直痒痒。

"将军……"

子青不由往后缩了下脖颈，霍去病却紧跟过来，欲罢不能地轻咬她的耳根。一缕酥麻自她的耳朵沿着四肢百骸飞快扩散开来，她只觉得身子一阵阵发软，退后一步抵到灶沿上。

他压过来，一路细吻，自耳朵挪到她的唇上，与她唇舌交缠……

正在迷离之时，忽得闻见一丝焦味，子青顿时回过神来，猛地推开霍去病。

"不好，要焦了！"

她着急忙慌地用木勺子搅动釜里头的腊肉羹，又紧着把釜沿上贴的那圈饼子一块一块取下来，盛放起来。

"还好，只糊了一点底，饼子也都还好。"抢救毕后，子青松了口气，接着把肉羹也都盛出来，转身看见霍去病双手抱胸靠在墙上。

"在你眼里头，我还没这盘饼子要紧呢。"他郁郁道。

"不是，可总不能糟蹋粮食呀。"子青另取了个食案，舀了肉羹，择了些饼子。

他不用猜就知道："给丁谷留的？"

"嗯。"

"我给他端过去吧。"

她闻言愣了下，未想到他还肯做这等事，待回过神来，他已端着食案出去了。

他亲自端食案给丁谷，弄得后者惶恐不已，接过去的时候差点跌一跟头。霍去病压低声音交代一通，丁谷明白了他的意思，呵呵笑着，连连点头应了。

这边子青已经将食案端至内堂，等着他来了，两人坐下用饭。霍去病素日所吃的都是来自宫中庖厨做的饭食，子青做的自是比不上，但因是她亲手所做，吃在口中滋味自是不同，不知不觉间便已吃净了。

将食案器皿端至庖厨洗净，子青刚进屋内，便有东西兜头朝她飞来。

"接着！"霍去病道。

她伸手接住，手中是一袭纨素襦衣，质地光滑柔软，皎洁如霜雪。

"来这里不就是想去温泉水中泡一泡么，去吧，解乏得很。"霍去病貌似漫不经心地指向外头，"沿着廊上走，自最顶头那间进去便可沐浴。"

在军中沐浴多有不便，能踏踏实实地在温泉中泡上一会儿，实在再舒服不过，子青喜滋滋地点点头，转身就要去。

"对了，"霍去病提醒她道，"里头热气升腾，莫贪舒服，不可泡太久。"

"嗯。"

她口中应着，沿着长廊行去，至最尽头那间屋子推门进去，愣了下，屋内只有屏风等物供人更衣，并无任何可以沐浴的地方，耳中却又听得淙淙水声……

屋内另一头还有门，她拉开来，氤氲水汽扑面而来，眼前以青石为沿砌成的一池温水，热气袅袅上升。周遭密密地栽种着一圈绿竹，挡住外界，时而可听见山间鸟鸣，让人心境不自觉地放松下来。

池边最小的青石上放置了沐浴所用的皂角、木梳并两枚鸡卵。皂角、木梳子青尚知道其用途，只是那两枚鸡卵不知是派何用场。她取过来晃了晃，是生鸡卵，又不能直接吃，百思不得其解。

放下鸡卵，子青回屋内脱下衣袍，慢慢踏入池中。

温热的水一点一点过小腿、腰际，暖洋洋的。池底像是也铺着平整的青石，她缓缓坐下来，解开头发。

青丝披散下来，她先是掬水而洗，后觉得太过麻烦，干脆屏住呼吸，整个人浸入水中……

“你在干吗呢？！”

忽有个声音自水面上传来，显得既遥远又熟悉，子青吃了一惊，猛地自水中抬起头来，抹去脸上的水珠，看见霍去病正半蹲在青石上，饶有兴致地瞧着自己。

“你、你、你……怎么……进来了？”她结结巴巴道。

“我在外头唤你，你又不应，我以为你在里头晕了，当然就得进来看看。”

霍去病正气凛然、理所当然道。

“我没事……”

子青缩到另一头，隔着水汽，霍去病的身影显得朦朦胧胧。

“没事就好。”他仍是不走，反倒坐了下来，弯腰伸手探了探水温，叹道，“我也好久没在这里泡过了。”

子青闻言，忙道：“要不我出去，让将军你下来就是。”

霍去病眉毛一挑，却还要逗她：“你出去做什么？咱们一块泡不好吗？”

“这、这个……这个……”

“那日昏时，咱们在你爹爹坟前已行了礼，你便是我的妻，有何不可？”霍去病接着逗她。

子青也知道，可此处幕天席地，若要两人赤裸相对，想想都觉得实在羞涩得很。

他吓唬她，作势要解衣袍：“我下来了！”

“啊……不要！不要！”

子青连声急道，不自觉显露出女儿家的娇憨之态。

霍去病哈哈大笑，站起身来，朝她嚷道：“行了，不逗你了！再泡一会儿就出来吧，泡久了头会昏。”

“嗯，那两枚鸡卵是做什么用的？”子青问道。

“傻丫头，给你洗头发的。把鸡卵敲开，涂在头发上，揉一会儿，我姨母一直都是这么洗的。”

“哦。”

看着霍去病出去，又拉上门，子青方才松了口气，侧耳听了会儿动静，估摸他不会再突然冒出来，才复回到池中央，用皂角将头发、身子洗净。两枚鸡卵她没动，始终舍不得拿来洗头发。

待洗完，她起身擦干身子回到屋内，穿好纨素襦衣，披着湿漉漉的头发想去寻霍去病，不料才刚一拉开门，便看见霍去病坐在廊下石阶上……

他转过头来："洗好了？"

"嗯。"

"过来，"他朝她招手，示意她在自己身边坐下，接过她手中的布巾替她擦拭头发。

"我自己来就好。"子青推脱道。

他一声不吭，将她身子背对自己，却不停手，接着擦拭秀发。

子青无法，只得乖乖由着他。

此时日渐西沉，余晖落在廊下，映在她的脸上，连带着她的发丝上也沾染了点点金芒……

替她拢起秀发，脖颈上一小方的肌肤露出来，因是刚出温泉，泛着淡淡粉红，他心中一动，俯身便吻下去。

"将军……有人会看见……"

"你是说丁谷，我已吩咐他这整日都待在后厢房中，没有吩咐不许过来。"霍去病轻啃慢咬，含含糊糊道。

子青这才明白霍去病为何要亲自端饭食送去给丁谷。

纨素襦衣甚是滑溜，被他扯得连同里衣一起顺着胳膊往下掉，露出浑圆白皙的肩头，她忙伸手来拢，身子却骤然腾空而起，被霍去病抱着大步往屋内行去。

"原想过等到夜里头，和你喝过合卺酒之后再……现在我不想等了……"他在她耳边低喃。

即便他不说，子青也知道要发生什么事，此刻贴在他怀中，身子不由自主地发着软。视线所及之处，泛着潮气的青丝就散落在他的肩上、脖颈，缠绵而令人心动。

"可天还亮着呢……"她踌躇着低声道，想当然地以为这事该是在夜深人静的时候。

霍去病大笑出声，将她放在床上，伸手便弹了下她的脑门儿，"你口口声声不服儒家，怎的脑瓜子里头还这般迂腐？"

因襦衣不整，子青往被衾里头一滚，掩住身子道："人家洞房也不都在夜里头吗？"

"我以为，只要两情相悦……"霍去病身子欺过来，扯开被衾，抽掉她襦衣上的腰带，口中尚道，"情之所至即可！"

说话间已经揭开她的襦衣，手探入里衣，贴上肌肤，沿着她腰际一路往上，抚上柔软的胸部；另一手亦探在衣内，按在她后背上，用力让她迎向自己。

手上的重茧反复摩擦着她细嫩的肌肤，时重时轻，微微还有点痒，缠绵间襦衣里衣都已尽数被脱掉。子青呼吸凌乱，胸膛微微起伏着，双目只看着他。

看她双颊红晕的样子，霍去病真想一口将她吃下肚中。他坐起，飞快脱去自己的衣裳，复压上她，带着按捺不住的粗暴重重吻上她。

两人肌肤紧紧相贴，星火情欲不可收拾地泛滥开来，彼此间发丝缠绕，气息缭乱。

因生怕伤着她，霍去病呼吸间带着克制，只用手指轻轻撩拨着她……

子青学过医术，对房中之事自是懂一些，等了片刻，未见他有下一步动作，疑心问道："你是不是不会？"

"什么！"

这话对于霍去病而言无异于莫大的侮辱，思量着她也该准备好了，再无犹豫，手用力握住她柔软的腰肢，进入她体内。

子青咬住牙，闷哼一声。

他骤然停住，在她体内一动不动，犹如一张紧绷的弓。

"疼吗？"他问。

"有点……"

"怎么办？"

"要不……你先出来？"她轻咬着嘴唇，试探问。

他试着动了一下，立时有细细的呻吟自她唇齿间溢出，听得他头发发麻将双手探到她背后，让她更加紧密地贴合向自己："不要！"

每一寸肌肤的亲密紧贴都带来温暖和安全，细细熨帖着过往岁月中的坎坷褶皱，夹杂着痛楚的喜悦，让她的心一点一点地充盈。她伸出双臂紧紧攀住他的肩膀，贝齿咬在他的肩膀上，压抑着呻吟，柔顺地由他予取予求。

躯体辗转起伏，旖旎春色盈盈满室。

夜深人静，子青见霍去病似乎已进入睡梦之中，遂悄悄自他臂弯中往外挪，刚挪至床边，腰肢被人一揽，立时被捉回他怀中。

他哗地一下翻压住她，"去哪里？"

"我想再去沐……"子青话未说完，禁不住嘤咛一声，全因他的手又在身上不规矩起来，忙推脱拒绝道，"不要，疼！"

"这次就不会疼了。"

他一面保证，一面轻啃着她的唇瓣，手慢慢抚过她身上的起伏，忽地想起什么，眼睛一亮，将她抱起来，往温泉行去，直至两人都浸入水中。

暖暖的泉水温柔地包裹住身体，原来的酸痛渐渐消失，子青轻呼口气，不愿再打湿头发，伸手将头发绾起。霍去病随手折下一小截尚带着竹叶的竹枝，浑然天成的簪子一般，替她将秀发固定住。

“往后咱们住的地方也得引一处温泉水来，到了冬日里，便是脱了衣裳也不用惧寒。”他哗哗地拨弄着水，将她往自己怀里头带，“你说好不好？”

子青愣了下，才弄明白他所指何事，又是好笑又是羞涩，说好也不对，说不好也不对。

月光皎洁，他看泉水漫过她的肌肤，就近在咫尺，用力将她往怀中一带。

两人在池中浮浮沉沉，待喘息渐平，子青已是筋疲力尽，绵软无力，霍去病方才心满意足地抱她回屋。

元狩四年，夏末。

骠骑将军霍去病收到圣命，要他率五万精骑自定襄出击匈奴；而大将军卫青率前将军李广、左将军公孙贺、右将军赵食其、中将军公孙敖、后将军曹襄，统率骑兵五万出代郡。

“我也去！”

“不行？”

“为何不行？我是司律中郎将，为何不能随大军出征？”

“我是将军，我说不行就是不行！”

“你这是……徇私！”

“别忘了，你能待在这里，也是因为徇私。”

“你……”子青气呼呼地盯着他。

霍去病低着头，继续看自己面前的沙盘，浑然没把她当回事儿。

明日他就要率大军前往定襄，子青却直到现在也没有收到军令，急急忙忙来找他，才知道将军根本就没打算让她去。

在他旁边跪坐下来，子青尽可能勾着头，想看清楚他的神情。

“你不让我出征，那你何必让我来营中？”

他侧头，似笑非笑地瞥了她一眼，道：“你来这里，天天都能见着我，不好吗？”

“好是好，可是出征的时候就撇下我，这就不好。”

“你的旧伤……”

他话才说一半，就被子青迫不及待地打断，“早就好了呀，去年冬天的时候一次都没有复发过。”

“丫头，”霍去病轻叹口气，转过身子看向她，“我不愿你随我出征，是不愿意你有任何损伤，难道你不明白？”

“我明白，可我想和你一起去，我不愿一个人被留下来。”她也望着他，“在一块儿不好吗？再说，我的身手在军中也算上佳，你弃之不用，如何服众。”

他无奈地看着她，骤然疾伸出手去揪她的耳垂，被她反应甚快地侧头躲过。

“若今日被留下来的人是你，你好受吗？”她已经是在瞪他了。

霍去病又叹了口气。

“你答应了！”子青把他的叹气当成默许，展颜一笑道：“我想过了，我手底下没兵，你让我去建威营吧。”

“你想去李敢那里，为何？”他诧异道。

“他知道我的身份，我行事也方便些。”

第三十一章　漠北大战

霍去病刚出定襄，前锋哨探便捉拿到匈奴骑哨，得知匈奴主力已经东移。刘彻收此战报之后，紧急调整部署，为了让霍去病可以和匈奴主力决战，霍去病所部东调改由代郡出塞，便于寻歼匈奴单于主力，卫青所部改由定襄出发，北上进击左贤王。

虽只是夏初，但在无遮无拦的草原之上，热辣辣的日头晒下来，子青还是觉得头有点儿发昏，自马鞍袋中取了水囊出来喝。长途奔袭这些天来，她明显感觉到自己身子已不如以前，时不时便倦乏而沉重，思量着大概是之前受过几次重伤的缘故，故而只是不动声色，旁人亦察觉不出来。

李敢自后头赶上来，停在她旁边，手搭了个凉棚，皱眉眯眼眺望远方。

将水咽下去，举袖抹抹嘴，子青喘着气问他道："还是没发现单于主力的踪迹吗？"

李敢摇摇头，"探路的哨骑刚回来，从沿途丢弃的东西和找到的痕迹来看，有大队匈奴人一路仓皇北上，只是究竟是不是单于主力尚不能确定。"

子青回首，看见霍去病正在不远处半跪在地上查看羊皮地图，他的眉头狠狠地皱着，显然对目前的状况不甚满意。

哨骑的回报有两种可能，一种是确实有大队匈奴人仓皇北上，那么汉军可以追击；但还有一种可能，匈奴主力就在北边设伏，故意给汉军制造仓皇北上的假象，为的是引汉军上钩。

"我想……"

李敢刚说出口，便听见子青的声音。

"投石问路！"

话音刚落，两人相视一笑，心中所想皆是一样，先率一支骑兵佯做汉军主力追赶匈奴人，正所谓投石问路。

霍去病瞪着前来请命的李敢和子青，半晌没吭声。

"你、你……不许去！"终于还是私心作祟，他一口拒绝她。

"我既在建威营中，自然该一起去。"子青有点恼火，临行前便说好的，可他终还是没有把她当汉军中的一员看待，“你答应的事情，不能不算数！”

霍去病被她一噎，转开身子。

赵破奴轻咳一声，先把旁边的无关人等撵开，免得子青把将军惹火之后，再搭上一帮子无辜被牵连的。

瞧除了李敢之外，左右已无人，子青放柔语气，“你让我去吧……我不死！”

霍去病盯着她。

“真的，我不死！”

“战场就是个没数的地方，这个是你能保证的吗？”他恼她竟然将他当三岁孩童般哄着。

“好，你是将军，就不该徇私情。”她平和道，“你这样，让我有何颜面立足。”

霍去病狠咬着牙，别开脸盯着远处，直过了半晌，才深吸口气，转头望向李敢，“路上小心，不要急进！我会命高不识率部跟在你们五里之外，随时准备支援你们！”

“诺！”李敢领命，顿了下，淡淡一笑道，“放心吧，我不会让她有事的。”说罢，他转身快步离去。

“多谢将军！”

子青朝霍去病一笑。

“丫头，”霍去病拍了下她的脑袋，压低声音道，“得给我全须全尾地回来！”

“诺！”子青笑道，一路小跑去追李敢。

霍去病看着她的背影，片刻后急唤高不识。

李敢率领建威营往北而行，沿途果真如哨探所回禀，匈奴人丢了好些杂物。

子青眼尖，发现草丛里有样东西反光，遂经过时自马背上倒挂下来，拾起那物件，却是个匈奴贵族女子所用的玳瑁梳子。

她递给李敢瞧，李敢沉吟片刻，寻思着若不是故意为之，那么撤退的匈奴人马很有可能还是携家带口的，难怪如此仓皇。

直至月上中天，建威军循着踪迹而行，来到一处下坡平坦处，因是下坡，马儿跑得比平地更欢畅，猝不及防间，奔在前头的马匹突然被绊倒……

“绊马索！大家小心！”李敢高声疾呼，同时勒住马匹。

前头马背上的士卒被甩下来数十个，滚落地上，紧跟着惨叫起来。

子青定睛望去，草丛中密密麻麻撒了一片的铁蒺藜，马过扎马，人过扎人。匈奴人趁着下坡马匹刹不住脚，前设绊马索，后设铁蒺藜，着实替汉军想得周到。

汉军正在乱时，前头黑压压的树林中嗖嗖嗖开始放箭，匈奴战鼓骤然响起，杀声大作！

"等的就是你们！"李敢抽箭上弓，循声而射，在黑夜中一箭射穿匈奴战鼓，战鼓顿时哑然。

月光明亮，匈奴人在暗处，他们在明处，着实吃亏，尤其在马背上更为显眼。

羽箭刷刷擦过子青耳畔，她翻下马背，随即被一枚铁蒺藜刺入靴底，钻心地疼痛，便是她也忍不住低低呻吟了一声。抬眼时见着前头竟还有一道绊马索，好容易冲过铁蒺藜阵的汉军又栽倒一批。

前头已有十几匹马中箭倒地，子青伏低身子躲在马尸后，看了风向，确定是南风没错，在嘈杂声中朝李敢大喊："用火攻，把他们逼出来！"

李敢怒目看着黑压压的树林，眼下不知匈奴人又设了几道埋伏在等着他们，火攻确实是最合适的办法。

随着他一声令下，汉军士卒在羽箭上裹上布条，再浇上油，点着火朝着树林里射。

一时间林中火光点点，风助火势，火舌很快攀沿着干草树丛烧起来，亮如白昼，将里头的匈奴人照得无所遁形。

这下看得清楚，林中匈奴人数大概千余人，并非匈奴主力，却是与建威营势均力敌。汉军羽箭齐发，匈奴人同时受到火烧箭袭，见再也占不了汉军便宜，遂也不在林中窝着了，朝着汉军冲过来！

前面这块地方，又是绊马索，又是铁蒺藜，马匹寸步难行，两边几乎都下马步行作战，只是下了马也是举步维艰，既得对付敌方，还得留神脚下，这场近身肉搏战，打得混乱异常。除了汉军，匈奴人自己被铁蒺藜扎中都不在少数，疼得直骂。

子青瘸着脚杀掉两名匈奴人，刚用长铩拄起身子，便被迎面冲过来的匈奴人撞倒，重重倒地……

眼看着匈奴人操着马刀砍下来，她用长铩挡住马刀，飞腿踢出。没提防用的是被铁蒺藜扎到的那条腿，疼得她直冒冷汗。匈奴人被她踢得倒退几步，冷不丁被李敢自背后斩下一刀，顿时栽倒在地。

那片树林此刻已烧得火光冲天，在暗夜中映红半边天，高不识远远地看见，立即命令全速前进，不消一会儿便赶至，见李敢部陷入苦战之中，高声吼叫挥舞着兵刃来援。

身后是熊熊大火，前头汉军援兵已至，匈奴人作最后困兽一搏，越发打得不要命起来，其中一名双手皆持马刀的大汉尤为显眼，削瓜切菜般连斩了好几名汉军士卒。李敢怒不可遏，奈何一时近不得身，遂隔着两丈远将长戟猛力飞掷过去，正中那大汉的右腿。

那大汉吃疼，却甚是彪悍，铜铸铁打般，丝毫不见颓态，马刀脱手而出，自空中划出一道雪亮的弧线，直接冲着李敢脖颈砍过来！

李敢抽剑击飞马刀，这汉子力气奇大，马刀震得他虎口隐隐作痛。

似乎也知道他是这队汉军的统领，匈奴大汉眼见就要全军覆没，显然决意要多拖几个垫背，官职自然是越大越好，一路砍杀着就朝李敢冲过来，地上的铁蒺藜就像是给他挠痒痒般。

汉家佩剑与匈奴马刀重重击上，溅出一溜火花。

似乎没想到李敢有这么大气力，竟然顶得住，匈奴大汉往马刀上添力，身子压过来，带血的沫子溅了李敢一脸。

两人相逼甚近，李敢飞脚踢出，正踢在大汉腿上的伤处。大汉疼痛难当，禁不住单膝跪下。

李敢一鼓作气，挥剑斩下，径直将大汉的头颅斩下，方踉跄后跌了几步。

匈奴主将一死，余下人等虽还在顽抗，但斗志已消，未过多时便被汉军杀尽。

清冷的月光洒下来，子青一瘸一拐地走出铁蒺藜地，坐在地上休息，半晌想起雪点雕，也不知它是否安好，遂打了个呼哨。等了一会儿，雪点雕便不知从何处嘚嘚地跑过来，低下头亲热地拱着子青。

见它毫发无伤，她不由得地赞叹它的运气，而自己除了脚底被铁蒺藜所伤，身上还有几处挂彩，好在都不严重。

数十名士卒奉高不识的命令打扫战场，将地上的铁蒺藜一粒一粒都捡了，整整收集了十几大袋的铁蒺藜。高不识见到那匈奴大汉的头颅，愣了愣，道："这是比车耆啊！"

"他是谁？！"李敢因不是匈奴人，未听说过此人。

"是个匈奴小王，彪悍得很，李校尉斩杀此人，可谓是大功一件啊！"高不识拍着李敢肩膀，哈哈笑道。

由于都是近身战，他身上也有几处轻伤，被高不识这一拍，李敢生忍着疼还得笑着。恐怕此匈奴小王不止带这些人来，遂又传令下头曲长迅速召集二十人，往周遭查看哨探着。

又过了约摸半个时辰，霍去病率领大军到达，看见冲天大火，目光紧张地迅速搜索，终于找到立在雪点雕旁的子青，才暗松口气，面上只不动声色。

李敢上前禀报战况，经过清点人数，此番袭击的匈奴人共计一千二百余人，虽然设伏，但并非匈奴主力，而更像是为了掩护什么而来此阻击汉军。

霍去病看着眼前几百名伤者，眉头紧皱，脑中飞快地分析着，这支千余人的匈奴部不管是不是在替匈奴主力打掩护，他们这般死战到底都说明他们想要掩护撤退的人是极重要的。

只有追击！必须继续追击下去！

自出发到今夜，汉军已经长途奔袭将近四日，所用来休息的时辰屈指可数，霍去病下令汉军原地扎营休息，先好好休息一夜。

见到子青一瘸一拐的，霍去病又是心疼又是恼怒，狠狠地瞪了她一眼，道："随我进帐来。"

"将军，我还有军务在身，这个……"

子青深知进去之后必定是劈头盖脸一顿臭骂，连忙推脱。

"想要我动手？！"

霍去病面色已经很不好看，显示出他耐心有限。

子青只得乖乖地跟他走进帐内。

刚一进帐，霍去病就命她坐下脱靴，一面取伤药，一面薄责道："还说什么全须全尾地回来，脚上怎么回事？"

"就是那个……被扎了下……没什么大事……"

子青缩着腿不让他瞧，却硬是被霍去病拖过去。

霍去病寒着脸，"那些铁蒺藜我看过了，好些还都是有锈斑的，你竟然还不当一回事！"

"刚才已经包扎过了。"看他要解开包扎的布条，子青忙道，又强调补充，"伤口也已彻底清洗过，我自己弄的，非常妥当。"

这话不说还好，一说是她自己弄的，霍去病反倒更加不放心，硬是将她的伤处又重新上药包扎了一遍。

"是不是继续往北追击吗？"子青问道。

"嗯。"霍去病点了下头，在尽可能不触动伤口的状况下，小心地替她把将军靴套上，方站起身来，"眼下咱们已经深入腹地，虽还未找到匈奴主力，但莫说是禀报圣上，便是想要与舅父部联系上都需几日工夫，战机不容耽搁，只能继续向前追击！"

子青微颦着眉头，问道："你能确定咱们所追的是匈奴主力吗？"

"不能！不过分量一定轻不了。"

霍去病探手就来解她铠甲上的皮绳，子青一惊。

“干吗？”

“卸甲脱衣！”

子青骇了一跳，头摇得像拨浪鼓，“不要，这里不行！”

霍去病皱紧眉头，恶声恶气道：“别胡思乱想了，你身上还有几处都挂了彩，你敢不上药试试？！”

“都是皮外伤！不碍事的。”

不知怎的，瞧她这模样，霍去病就想起她以前往手背上吐唾沫治伤的情形，眉头皱得越发紧，“快点，早点拾掇了，我还能眯一会儿眼。”

知道将军连日在马背上奔波，别的将士歇息的时候，他还得听哨报、筹划，休息的时候实在少之又少。子青立时乖乖听话，自行卸甲，任凭他替伤口上药。

待都收拾好，她复将铠甲穿上，劝道：“你快歇着吧。”

“我先去巡营，你就在这里躺会儿吧。”

说罢，霍去病吩咐道，便匆匆掀开帐帘出去。

子青这些日子以来确是实容易困乏得很，原先只想趴榻上歇一小会儿工夫，不知不觉间就睡熟了。待霍去病巡营回来，见她睡得疲乏，轻叹口气，也不欲惊动她，只替她盖了层薄毯，然后自己也和衣睡下。

两人皆未卸甲。

接下来的日子里，汉军一路追亡逐北，追击匈奴，翻越离侯山，渡过弓闾河，捕获匈奴屯头王和韩王等三人，以及将军、相国、当户、都尉等八十三人，直至瀚海。

由于霍去病行进速度过快，相较而言，后方粮草辎重紧赶慢赶也追不上，这些日子以来皆是取食于匈奴。霍去病自瀚海后折返，见狼居胥山水草丰茂，下令在此安寨扎营，休整数日，同时也是在等后方的粮草辎重送到。

士卒们奔波数日，听闻可以修整数日，无不欢欣鼓舞。

赵破奴搜罗了好些马奶酒，撺掇着高不识去烤羊，又招呼其他将领来吃，自己则颠颠地让子青去唤将军来同乐。

烤羊的香味在军寨中散开，众将围着篝火而坐，谈笑风生。

唯独子青笑得有些许勉强，说来也怪，素日闻着这烤羊味道也觉得喷香，可不知怎的，今日闻来却觉得十分不适……

“这里可是个好地方！”高不识拿着调料在羊身上挥洒自如，口中滔滔不绝道，“你们汉人讲究风水，其实我们匈奴人也讲究这个。狼居胥山在匈奴人心中便是距离天神最近的地方，祭天什么的都在这里举行。”

“祭天？”霍去病挑眉，似对此饶有兴趣。

“是啊，在狼居胥山祭天，在姑衍山祭地，请天神保佑来年风调雨顺，牛马健硕，羊儿成群……”高不识说着，仿佛回忆从前生活在草原的时光。

“狼居胥山祭天，姑衍山祭地……”霍去病想了想，忽朗声笑道，“好，此番我汉军到此，也来祭拜天地如何？”

“将军！”赵破奴觉得不妥，“咱们是汉人，又不是匈奴人，为何要在此祭拜天地呢？”

“不祭拜天地，匈奴的天神又怎么会知道这里已经是汉家天下。”霍去病站起身，下令道：“传我军令，三日之后，在狼居胥山祭天，姑衍山祭地！”

这三日，把赵破奴忙了个脚不沾地，因按照祭典，祭器祭品都是十分讲究的，而他们出征在外，自然只能从简。只是这从简二字，也着实复杂。

要准备整牛、整羊、整猪，酒，果，菜肴等等大量祭品，这还算是小事。

但盛放祭品的器皿和所用的各种礼器却是个大难题，还有礼乐的乐器等等物件，更加难寻。

霍去病则斋戒沐浴，所吃的饭食都极为清淡。

这日他去子青帐中探她，正好有军士将她的饭食送来。

“将军也在此用饭食吗？”

“不了，我这几日斋戒，你吃吧。”

子青遂低首取箸，刚拨拉下饭粒，浇在上头的肉羹味直蹿上鼻端，引得她胃中一阵翻腾，赶忙放下箸。

“你怎么了？”霍去病瞧她不对劲。

“大概是天气热，中了些暑气，故而无甚胃口。”子青仰头喝了口水，不料越发恶心，晕然欲吐，忙强自忍住，“没事……我待会儿煎点消暑的药汤喝下去就没事了。”

霍去病颦眉看了她半晌，总觉得哪里不对劲，转头吩咐随侍军士道：“去，把老邢叫来！”

“诺。”

军士领命而去，过了一会儿果然把邢医长带了过来。因草原上蚊子凶猛，全不拿邢医长的驱蚊草药当回事，一夜下来，他被当地毒蚊子咬得一身包，这日的脾气也越发暴躁，逮着谁就骂谁，人见人躲。

听说霍去病让他过去，老头儿把医包扔给军士，气哼哼地就来了。

“老头儿，给她瞧瞧，”霍去病看见邢医长，迫不及待地将他拽过来，指着子青道，“她说是中暑，我看着不太像，你快给瞧瞧！”

“急什么急什么，多大点事儿！她自己以前就是当医士的，难道还能有错，真是的，一点小事就咋咋呼呼的，哪里还有一点将军的样子，你看看你，我不说都不行……”邢医长没完没了地絮叨着。

知道这会儿千万不能跟老头儿顶杠，霍去病耐着性子听他絮叨。

在手搭上子青脉搏的那一瞬，邢医长总算是停住了唠叨，微侧了头，仔细诊脉，片刻抬眼莫名其妙地瞥了霍去病一眼。

“怎么回事？”

霍去病不明其意，忙问道。

邢医长倒还知道分寸，朝旁边军士道：“你先出去，老夫有事要与将军谈。”

军士望向霍去病。

霍去病点头，“出去吧。”

“诺。”

直至军士退出帐外，霍去病才接着追问道：“她到底怎么了？你倒是快说啊！”

邢医长重重咳了一声，板下脸来，训斥霍去病道：“我早就说你这个娃娃啊！你千不该万不该，此番出征就不该带着她！你瞧瞧，这下怎么办？”

“邢医长，这事不能怪将军，是我自己要求随军出征的。”子青忙替霍去病说话。

霍去病的脸色也有些隐隐发白：“她到底怎么了？是受了什么伤吗？”

“若是受伤还好办些呢。”老头儿哼了一声。

子青听得一头雾水。

“她到底怎么了，快说啊！”霍去病急道，“不是受伤，那是什么？”

“这娃娃已经有身孕了，你竟然还让她日日骑着马，再这样颠下去，还能有命在吗？”

“什、什、什么……她有身孕了？”

因为太过不可置信，霍去病不禁连说话也有点结巴起来。

而子青已经完全呆愣住。

邢医长又是一肚子气，拿手指朝他们指指戳戳道：“她已经有一个多月身孕了，正是该小心保胎的时候。”

子青半晌才回过神来，不解地问道：“可上回您给我把脉，不是说我血气亏欠，不易受孕吗？”

“我是说不易，又没说不能。”老头儿理直气壮道。

霍去病在帐内来回踱了三四圈，面上一点表情都没有，叫人看不出他到底在想什么。

“现在该怎么办？”他忽地急停下来，凑到邢医长跟前，急切问道。

“头一件事，她不能再骑马，绝对不能！”邢医长扶着额头，“怀着身子竟然还骑在马背上这么多日，我真是想都不敢想，你们两个娃娃实在是胡闹透顶！”

霍去病忙点点头，催促道：“第二件事呢？”

“第二件事便是得好好养着，多吃点，补一补，你瞧瞧，唇青齿白，瘦得就剩个尖下巴，这样下去不得把肚子里头的娃娃饿出毛病来啊。”

子青下意识地把目光落到腹部，若有所思……

“第三件事呢？”霍去病犹豫一下，问道，“我要不要拿笔都记下来？”

素日邢医长被他伤透脑筋，霍去病就从未把医嘱当回事过，这会儿破天荒看他如此认真地听着，且还要拿笔来记，老头儿顿时喜得连连点头：“要得要得。”

子青插口道：“不用，这些我其实都懂，学医时曾经学过的。”

然后，她先被老头儿瞪了眼，老头儿的意思是你医术能跟我比；又被霍去病瞪了眼，意思是连自己怀孕在身都不知道，谁还会信你。

子青无奈，只得看着邢医长侃侃而谈，霍去病细心记录，足足写了两册竹简，老头儿方才意犹未尽地停了口。

“没什么遗漏吧？”霍去病端详着竹简，不放心问道。

“眼下是没了，接下来还得看她的状况如何，再慢慢调养。”老邢看着子青直摇头，“赶紧得给她补补，不吃可不行。”

看着子青，霍去病也是焦急，“可她吃什么吐什么，连喝口水都想吐，怎么办？”

“那就更得吃，逼着她吃，本来就吐得多，再不多吃点，肚子里的娃娃吃什么。”邢医长站起身，“我先去吩咐人给你熬一碗小米粥。”

邢医长施施然地走了，余下二人四目相望，半晌都未有人先开口说话，帐内静得出奇。

直过了半晌，霍去病自案前起身，行到子青面前，伸手替她解开铠甲上的皮绳，低低道：“这甲是不能再穿身上了，沉甸甸的，勒着孩子怎么办。”

“嗯。”子青柔顺地应了。

卸下铠甲放在一旁，他将手轻轻覆上她的小腹，心有余悸地长呼口气：“好险！”

“是啊。”子青同样心有余悸。

他薄责她，“你这当娘的人还是医士呢，怎的自己一点都不知道。”

“邢医长之前那样说，我实在想不到……”子青心中又是自责又是后怕。

“好在现在算是有惊无险，平安无事。”他将她揽入怀中，彼此依偎着，共同感受另一个新生命的存在。

次日阳光甚好，因明日就要祭拜天地，士卒们都在忙碌着收拾物什，马匹在马厩内安静地嚼着草料。

却在这时，营外远远地来了一群不速之客，瞭望台上的士卒迅速禀报将军。

待看清楚来人，霍去病露出一丝微笑，并且亲自在营门将这行人迎了进来。

子青在帐中无比艰难地对付着面前那碗羊肉羹，忽见到霍去病掀帘进来，身后还跟着一人……

“丫头，你看看谁来了！”

霍去病说话的同时，子青已看清来人，惊喜交集，立时自榻上起身迎上前。

“阿曼！”

穿着楼兰服饰的阿曼就站着她面前，笑容灿烂若昔，一把将她抱起来转了两个圈。

“放下来，快放下来，你莫把她弄晕了。”霍去病在旁不光动口，还动手把两人拨拉开，警告阿曼道，“她现下可是有身孕的人，你当心着点。”

阿曼微愣了下，面上表情五味杂陈，目光只细细地端详着子青，忽朝霍去病嚷道：“那你怎的还让她跟着你出征？想要她命啊！”

这事正是霍去病最懊丧的事情，“我若早知道，就是把她捆起来也不会让她跟着出来。”

子青笑道：“我现下不是好端端的吗，不说这个了。阿曼，你怎的会到这里来？你在楼兰还好吗？”

“我收到汉廷出兵征讨匈奴的消息，就赶过来向汉廷的骠骑将军献些殷勤，才好让他将来对楼兰手下留情呀。”阿曼笑嘻嘻的，话中几分真假，几分调侃，“最要紧的还是，我估摸着你大概也在军中，想再见你一次。”

“能见着你真好。”子青由衷道，“我一直都没有你的消息，也不知道你在楼兰究竟过得怎样。”

“傻不傻啊你，我可是楼兰国王，至高无上，自然过得甚好。”阿曼笑道，“再说，楼兰论景色论瓜果论歌舞，哪样都比汉廷顺眼，我过得再好不过。”只可惜再好的地方，没有她，对他而言也只是一片荒漠，阿曼真正的心里话却不能说出口。

霍去病扶着子青坐下，又示意阿曼也坐下，笑道："你们算是来得巧，明日我汉军要在此祭拜天地，你们正好来观礼。你一路过来，饿了吧？我让人送些饭食来，青儿见着你在这里，说不定胃口也能好点。"

"那是自然！对了，我带了些瓜果来，也让他们拿来。"

阿曼哈哈大笑。

"将军，"子青轻扯了他的衣袖，问道，"帐内气闷，能否在外头设案？"帐内尽是方才那碗羊肉羹所散发出来的膻味儿，她确实有些吃不消。

"行！"

霍去病出去吩咐军士设案备酒食，有意或是无意，一时片刻也不见回来，帐内独余子青与阿曼两人。

子青微微笑着，望着他。

光看霍去病言谈举止间对她的模样，便可知自己当初将她留下来是对的，阿曼亦微微笑着，再也没有什么比看见她过得好而令他更加放心的事情，纵然不是在他身边。

"孩子什么时候能出世？"他笑问道。

"应该是明年春天的时候。"

"按我们楼兰的习俗，新生的婴孩要用红柳枝煮过的水洗一遍身子，这一生便可消灾避难。"

子青想了想，因她素日对这些事不上心，"汉廷这边有什么习俗我也不知道。"

"男娃还是女娃？"阿曼支着肘，好奇道。

子青扑哧一笑，"现下怎么能知道，怎么也得等到八九月的时候，有经验的医士才能把出脉来。"

"这可难办了，不知道男娃还是女娃，我怎么送贺礼呀！"阿曼犯愁道。

"咱们能在这里见上一面，我心里就已经很欢喜了，比什么贺礼都强。"子青道，"你我之间不必讲这些虚礼。"

阿曼笑了笑，笑容中似有几分苦涩，又有几分怅然，语气变得柔软，"青儿，在大漠的小湖边，你对我说，在你们汉朝，男人与男人之间一般不用喜欢，只说兄弟情分。还记得吗？"

忆起那时初见，仿佛就在昨日，子青点头含笑道："记得，我还记得那时你在火堆旁跳舞，我从来都没有见过有人跳舞能那样打动人心，像是整个人都在燃烧一样。"

"那是为你才跳的舞……"阿曼无限唏嘘，"那时候我就知道你不是男人，咱们之间不能用兄弟情分。你说，你我之间究竟算什么呢？"

子青沉默片刻，轻声道："知己。汉廷有一语：士为知己者死。你我便是可以命相托的知己。阿曼，在边塞亭隧里，你故意说那些话来伤我，其实都是为了让我留下来，我心里头清楚得很。"

阿曼涩然一笑，犹记得那时的心痛如绞。

"我虽身在汉廷，但他日若楼兰有难，我一定会来帮你，言出必践！"子青望着他沉声道。

闻言，阿曼怔怔望着她，半晌后，收敛心情，换上一脸笑意调侃道："都是快当娘亲的人了，怎的成日里还想着这些东奔西跑打打杀杀的事情。依我说，你就该乖乖在霍将军府里头相夫教子。霍将军才不会让你尽做些傻事呢！"

正说着，霍去病掀帐帘进来，似笑非笑道："谁又要做傻事？快出来吧，酒食都备下了。对了，你那些随从喝不喝酒，要不要我让人也给他们送两坛子去。"

阿曼摆摆手，"你们的酒他们也喝不惯，就弄点饭食行了。"

两人遂皆起身随霍去病行至帐外。

天边，一轮新月如钩，亮晃晃地半躺在群星之中。

厚毯铺设在地，上头又设了案几，周遭照明的火把内燃了驱蚊子的药草，是邢医长另行配置的方子，颇具驱蚊效验。

霍去病自是在上首坐了，阿曼是客在左首落座，子青作陪在右首落座。唤军士多搬几坛子酒过来，霍去病便命他们退至三十步外，无须他们在旁。

自斟了一耳杯，阿曼举杯敬向霍去病，摇头晃脑装腔作势道："霍将军此番出征，率汉军追亡逐北，此后匈奴恐怕漠南再无王庭，为汉廷立下大功，回朝后汉皇必定赏赐丰厚，可喜可贺啊。"

霍去病微微颦眉，摇摇头道："行了！这话听着就不像该从你嘴里头说出来的，想让我喝了这杯，你还是说句别的吧！"

阿曼大笑："好，那就说我最眼红的事儿！你就要当爹了，可我告诉你，无论是男是女，我都是他（她）的义父。"

"行！"霍去病答应得很爽快，一口气将杯中酒饮尽。

阿曼却摆摆手道："我不用你应承，这事，青儿点头就成，你一边去。"

这下轮到霍去病大笑出声。子青抿嘴而笑，低首咬着阿曼带来的香瓜，汁多肉脆，甚是好吃。

霍去病自斟了杯酒，举起来朝他道："这杯酒该我敬你！我该谢谢你！"

阿曼挑眉。

“谢你以前对她的照顾，尤其是她养伤那阵子，多亏有你一直陪着她。”霍去病顿了顿，“还为了你那日在亭隧说的那些话，够狠得下心！佩服！”

“得了便宜还卖乖！”

阿曼咬牙切齿地盯着他，咬牙切齿地把酒喝下去。

两人就这样你一杯我一杯，子青则一块瓜果一块瓜果地吃着。

不知不觉间几个酒坛子都快空了，阿曼倒满一杯之后，发觉酒坛已经见了底。

“这是最后一杯了！”他端起来，朝霍去病郑重其事道，“我最后还有件事得说，是件要紧事，顶顶要紧。”

“你说。”霍去病已经猜到他究竟要说的是什么。

“青儿，你好好照顾她，最要紧的，莫让她再做傻事，更莫为了我做傻事！”阿曼缓缓地认真道。

霍去病怔住，阿曼所说与他之前所料并不相同。无论是出于阿曼王族的傲然，还是出于对他和子青的爱护，阿曼自始至终都没有提过将来楼兰的命运，这让霍去病更加尊重。

“好！我还可以再多应承你一件事情！”霍去病压低嗓子，用仅仅只能让阿曼、子青二人听见的声音沉稳道，“阿曼，我知道你有一句话一直未说出来，是为了楼兰，可我知道。你放心，即便你不说，我也应承你！”

此言一出，阿曼持杯的手微微一震，缓缓站起身，向着霍去病郑重地行了一个楼兰礼节。他的右手握拳放在左胸膛处，心脏所在，那代表着最诚挚的感谢。然后，满饮下最后一杯酒。

霍去病饮罢，望着漫天星斗的苍穹，接天连地的苍茫草原，豪情顿起，高声唤军士道：“将我的七弦琴拿来！”

子青微微诧异，“你出征竟然连七弦琴都带着？”

“前几遭出征都未带着，此番不是有专门运送粮草辎重的人马吗。”霍去病朝她笑道，“今夜我心情甚好，正有抚琴的兴致。”

阿曼嘿嘿笑道：“果然是儒将，风雅过人！”

随侍军士一溜小跑，很快将琴抱了来，收了食案，将七弦琴放置在案几之上，接着又取了水来给将军净手。

修长的手指轻抚上琴弦，几下弹拨，琴音便流淌而出，远远地传了出去，明净浑厚，豪情万丈，仿佛纵马尽情奔驰在草原之上。军营中士卒或行、或坐、或卧着，听见这琴音心底无不心神激荡，唇边不由自主地露出笑意。

阿曼听着，笑着举起箸敲起了杯沿，一下又一下，正合着琴音。对于楼兰人来说，他们对音律的敏感几乎是与生俱来的。

子青不通音律，只觉得这琴音出人意料的熨帖心境，听着，只觉得心下尽是平安喜乐。

和着琴音，霍去病高声而歌：

“四夷既护，诸夏康兮。

国家安宁，乐未央兮。

载戢干戈，弓矢藏兮。

麒麟来臻，凤凰翔兮。

与天相保，永无疆兮。

亲亲百年，各延长兮。”

最后一句“亲亲百年，各延长兮”，他反复了三四遍，连阿曼也忍不住击箸和声而歌。

子青虽未开口，但歌中意思，她却是再明白不过。

“载戢干戈，弓矢藏兮。”将军是真的不愿再征战，而盼着汉廷百姓也能够得以休养生息，而“亲亲百年，各延长兮”，“亲亲”二字出自于儒家的“亲亲而仁民，仁民而爱物”。

次日一早，天刚蒙蒙亮，全体汉军皆已整装列队，齐刷刷地等待着。

霍去病绛衣玄甲，登上祭台祭天。

一轮红日自东方喷薄而出，晨曦驱散草原上的薄雾，落在每个人身上，包括在祭台的将军。

子青在底下，仰头望着祭台上的将军，看着他向天献祭，不知怎的，脑中响起的便是昨夜里的那曲琴歌——

……

与天相保，永无疆兮。

亲亲百年，各延长兮。

此战之后，匈奴漠南再无王庭，希望从此之后汉廷、匈奴、楼兰，彼此都能够安度繁衍生息，不兴战乱。

直到这时，望着祭台上的霍去病，她才真正明白了他所琴歌之意。作为一位与匈奴作战数年的将军，他的这份胸怀，这份气度，着实让她为之钦佩。

第三十二章　嬗儿出世

祭天地过后，大军拔营，一切都有条不紊。

子青因不能骑马，故而只能与粮草辎重一起跟在汉军之后。霍去病特别给她安排了马车，并让邢医长跟在她身旁。

阿曼一行人也已经整装待发，即将回楼兰去。

“阿曼，你多保重！将来有一日，我去瞧你，好不好？”只短短相聚了几日便又要别离，子青心中甚是不舍。

阿曼笑而不语，不远处此番随行而来的楼兰侍从正静静地等候着他，他却丝毫没有要离去的意思。

“他们在等你呢……”子青提醒他。

“这次，让我送你走。”阿曼笑容中有着说不出的苦涩之意，“上一次，我离开边塞的时候，听见你的声音，却又不能回头。那种折磨，我不想再经受一次了。”

“阿曼……”

霍去病策马过来，朝阿曼告辞道：“一路保重，后会有期！”

阿曼微微一笑，“对于你我而言，我想，还是后会无期的好！”

“将来的事，谁又能说得清楚呢。”霍去病笑道，“说不定我也可以有褐衣芒鞋的时候。”

阿曼摇头笑道：“不易。对于汉皇而言，你就是一柄绝世利器，他若不用，只怕……将军保重！”

“保重！”

霍去病骑在马背上再一拱手，遂掉转去追赶前头已经出发的虎威营。阿曼话虽未说完，他却已经明白，他自幼在宫中进出，刘彻的脾性他也很清楚：一柄绝世利器，若不能为陛下所用，陛下宁可毁之，也不会让它落入别处。

子青也在想着阿曼未说完的话……

“青儿，听霍将军一曲琴歌，要做到载戢干戈，弓矢藏兮，并非易事。你们此番回朝之后，将来的日子只怕不易。你现下有了孩子，也该收收心了，闲事勿理，只管听霍将军的话才对。”阿曼絮絮交代她道。

虽然并不是很明白阿曼话中的意思，见他神情有异，子青只能连连点头。

说话间，运送粮草辎重的汉军也预备开拔，一辆辆运载马车缓缓动起来。

“记着，只有你还好端端的，我才会觉得活着还没有那么糟！”阿曼最后握了下她的手，将一样东西交到她手上。

子青低首望去，是一只木刻的火烈鸟，手工拙朴，翅膀上不知为何沾染着血迹，已经凝固干涸，透着黑。

“火烈鸟，楼兰的守护神，它能佑护你！”

“阿曼……”

子青拨开马车后面的帷幔，看着阿曼立在原地，灿烂的笑容一点一点地在眼界内渐渐模糊。

忽听到有鼓声起，一下又一下，原始古朴又极富节奏，熟悉异常，来自阿曼身边随从手里的羊皮鼓。

阿曼仍站在那里望着她，脸上带着笑，然后说了一句话。以他们之间的距离，子青根本听不见他的声音，可她的眼眶一下子就湿润了，她知道阿曼说的是什么——“我跳舞给你看！”

他站在山坡高处，阳光落在他身上，淡淡地镀上一层光芒。

然后他开始随着鼓点舞动起来，举手投足，袍角飞舞，仿佛是天地间的精魄所化成的一缕光影，叫人不敢移开目光，似乎有片刻的稍离，这缕光影便会在草原的薄雾中消失无踪。

某种深埋在骨髓深处的……

流动在他的血液里……

起伏在他的呼吸之间的……

阿曼所有不能说出口的话在他的肢体中淋漓尽致地表现出来。

此一别，已是再见无日。

他的心中对此再清楚不过。

鼓点越来越急，他双手向天际摊开着，献祭般虔诚，面上带着笑意，开始急速地旋转。

阳光摇曳着。薄雾在慢慢散去。

袍角飞舞，光芒星星点点，他如欲振翅高飞的凤凰。

阿曼的身姿美得近乎神奇。

几日来，子青一直跟着辎重队，又躲在马车之中，难免引人猜度。

霍去病对旁人只是说她伤势加重，赵破奴、伯颜倒也罢了，方期、高不识等人却是十分关心。

李敢却不傻，径直去问霍去病。霍去病倒也不瞒他，将实情告之。李敢呆愣许久，才急怒道：“你怎能让她这样没名没分地跟着你！”

霍去病苦笑，“你以为我不想给吗？是这丫头对骠骑将军夫人这头衔忌如猛虎，我只能顺着她。眼下她既有了身孕，为孩子着想，就不得不委屈她了。”

听了他这话，李敢才未再追究，只是子青毕竟是昔日曾有过婚约的女子，眼下得知她真的成了别人的妻，心中免不了空落落的。

此番出征，从汉廷至瀚海，岂止千里之遥，汉军经此长途奔袭，虽然大胜匈奴，但也免不了人疲马乏，故而归程缓缓而行，并不再每日奔驰。

子青是最配合的病人，不管老邢端什么来给她，她都尽力吃光，可每日仍是反胃得厉害，吃什么都吐，连睡觉也睡不稳。霍去病每夜都来探视她，只觉得她越发瘦削，急得不得了。

唯独老邢稳若泰山，“没事，放心吧，都打这样过来的，她娘怀她的时候也这样，把她爹爹急得直打转，娃娃还不是好端端的。”

子青这才知道原来娘亲怀自己的时候也曾经这般受罪，怅然叹了口气，深知为娘的不易。

“对了，这个你尝尝。”霍去病自怀中掏出一个小袋子，“今日让随侍军士找出来的，想着说不定能让你胃口好点。”

子青接过，解开小袋子，里头装着腌制的梅子，情不自禁地眼睛一亮，伸手拈了一枚放入口中，酸酸甜甜的。

即便不问霍去病也看得出来，这段日子以来几乎没见她对吃食能提得起兴致，见她爱吃，心下稍宽，“这梅子开胃润脾，你吃着，说不定胃口也能好些。”

“军中怎么会有这个？”子青奇道。

“每回出征前，我娘都会收拾好些东西让人送来，里头真是什么都有！”霍去病感慨道，“我也没翻检过，都是随侍军士负责带这些物件。今日命他们翻检翻检，就寻着这个了。”

两人正说着，忽有快马自前头过来，骑手是霍去病派去联络卫青部的哨探。

“将军！”

哨探飞身下马，自怀中掏出一策战报，恭敬呈给霍去病。

霍去病接过来，凑到火把下面细看，神色微沉，朝子青淡淡道："舅父所率部遇上了匈奴主力，让伊稚斜逃了。"

尽管他神色淡然，但子青仍旧可以听出他心中的沉重，卫青被刘彻闲置已久，正是该趁着此番出征立下军功，未料到阴差阳错，原该追击左贤王部的卫青却碰上了匈奴主力，又让伊稚斜逃了，刘彻定然不悦。

霍去病朝哨探道："此行辛苦，先去歇着吧。"

那名哨探似有迟疑，脚步滞缓。

"怎么，还有事？"霍去病问。

"还有一事，卑职直至临走时才得知，战报中并未记录。卑职……不知该不该说？"哨探颇为踌躇道。

"究竟何事？快说！"

"是关于李广将军的。李广将军由于失道，延误战机，大将军因要写战况送呈圣上，遣长史向李广问失道缘由，李广将军只是一字不说。大将军只好命长史将李广手下叫来问话，谁知道、谁知道……"哨探顿了顿才道，"李广将军拦着不让他们来，说事情都是自己的错，接着就引刀自刭了。"

"李老将军自刭……"

霍去病不可置信道，未料到身为汉朝老将的李广最后竟然会选择自刭这条路。

子青呆愣住，半晌说不出话来。

"你在军中切不可讨论此事，谨记！"霍去病叮嘱哨探道。

"卑职明白。"哨探退了下去。

子青明白霍去病心中的顾虑。

眼下李敢就在军中，若是得知父亲身死，又是被卫青所派长史逼得自刭，一时悲从中来，怒气攻心，说不定会闹出哗营之事。汉军中霍去病的威信甚高，要摆平李敢并不难，但李敢却会因此而前程尽毁。

霍去病沉默着思量片刻，道："此事瞒不了多久，与其让他自旁人口中得知此事，倒不如由我亲自告诉他。"

"将军……"子青无不担忧地望着他。

霍去病伸过手来，在她眉心轻轻一捋，"别皱眉头，老头儿说了，这时候切忌忧患。记着，有我在呢，你什么都不必担心。"

对于此事，子青亦是无奈，顺从地点了点头。

霍去病并未让人去召李敢，而是亲自过去寻他。

李敢正与士卒们坐在一块儿喝大麦粥，笑容宽厚，也没什么架子。在与士卒同甘共苦这点上，他颇有李广遗风。

“将军！”看见霍去病过来，李敢以为霍去病是来巡视，放下碗，起身施礼。

霍去病示意他免礼，看着他道：“我刚刚收到大将军部的战况……”

李敢性情宽厚，却是一点也不迟钝，立即明白霍去病定是有父亲的消息，故而特地来找他，忙随着霍去病行到僻静之处。

“将军，是否家父他……”

见霍去病神色有异，李敢直觉猜到父亲在战场上出事了，心急如焚，也不知父亲究竟是战死了，还是受了伤。

霍去病尽可能平和着语气，道：“李老将军此番随大将军出征，走失了道路，未及时与大军会合，延误战机。”

原来如此，李敢稍松了口气，却又替父亲忧虑起来：能得此出征机会不易，临战却走失道路，父亲心中该何等郁愤啊！

“大将军需写战报呈禀圣上，故而遣长史问失道缘由，李老将军拒而不答；大将军只好命长史将李广幕僚带回来问话，却又被李老将军所阻……”再要往下说便有些艰难，霍去病顿了顿。

李敢深知爹爹性情，急叹口气，“大将军可是对我爹爹军法处置了？”

“不是，”霍去病静静道，“是李老将军他说失道是他一人之过，他……引刀自刭了。”

“什、什、什么……”李敢眼睛骤然圆睁，不可置信地盯住他，语气微微颤抖着，“你……说什么？！说什么！”

霍去病不再吭声，默默看着，他知道李敢已经听见了。

“怎的会这样？爹爹他……他怎的会自刭呢？”

李敢泪水直淌下来，他尚还记得出征前最后一次与爹爹见面，爹爹素来威严，他却看得出爹爹对于此番能够出征着实欢喜得很。哪怕是战死沙场，对于爹爹来说都是荣耀的，可自刭……爹爹究竟是心灰意冷至何等程度才会选择自刭呢？

“详细的情况眼下我也不甚清楚。”霍去病叹道，“也许是老将军不屑为自己辩解，一时激愤，走了这条路。”

李敢直直地望着前头黑漆漆的夜，一声不吭，但他迫切地想知道真相。

爹爹为何会自刭？

仅仅是一时激愤吗？还是其中有着他所不知道的其他原因？

“再有几日大军便可渡河，我可以允你先行一步。”霍去病声音很轻，“夏季天气炎热，你早些赶回去的好。”

听到这话，想起爹爹的模样，李敢心中绞痛，施礼道：“多谢骠骑将军，我、我……告辞。”说毕，他转身便走，牵了自己的马，投入茫茫夜色之中。

夜已深，子青在马车中辗转反侧，尚未入睡。

外间有轻轻的脚步声，与哨岗的士卒不同，子青一下子听出是谁，翻身起来，拉开车帘，果然看见了将军。

“你怎么还没睡？”霍去病皱起眉头，他也是睡不着，故而想过来看看她。

子青只问：“你告诉他了？”

霍去病点了点头，“他已经快马赶回去了。”

子青还想问什么，却又觉得什么都无济于事，低首轻叹了口气。

“别想了，快睡吧。”霍去病往车辕上一坐，替她遮上车帘，背靠上，“快睡，我等你睡着了再走。”

子青躺下来，看着映在车帘上的将军的影子，似心安之所，不知不觉，眼皮越来越重，沉沉睡去。

此番出征回朝，霍去病所率部捕获和杀敌七万零四百四十三人，汉军折损十分之三，军中部将立功甚多。刘彻多有册封。右北平太守路博德俘虏和斩杀匈奴二千七百人，划定一千六百户封路博德为符离侯。北地都尉邢山随骠骑将军捕获匈奴小王，划定一千两百户封邢山为义阳侯。匈奴因淳王复陆支划定一千三百户为壮侯，楼专王伊即靬划定一千八百户为众利侯。从骠侯赵破奴、昌武侯赵安稽各增封三百户。校尉李敢夺取了敌军的军旗战鼓，封为关内侯，赐食邑二百户。校尉徐自为被授予大庶长的爵位。

霍去病麾下军吏、士卒受封者颇多，相较之下，卫青所率部却无人被封侯，连卫青都没得加封。

紧接着，刘彻在朝中增设大司马，让骠骑将军霍去病与大将军卫青皆为大司马。并且颁令，让骠骑将军的官阶和俸禄与大将军相同。如此一来，便是大大削弱了卫青的权势，卫青的门客旧友见势趋利，纷纷离开，转投向霍去病门下。

霍去病来者不拒，投他门下者，一律给予厚待，加官晋爵不在少数。一时间，霍府门庭若市，往来马车络绎不绝。

子青一直住在琴苑之中，因邢医长再三嘱咐，她旧日里受过几次重伤，身子耗损甚巨，气血不足，切不可劳神，须得宁神静心养胎。霍去病严令家人不可在子青面前提及外间之事，他自己每日里也只与她闲谈些不相干的趣事。

故而外头的事情，子青一概不知。便是她问起李广一事，霍去病也只告诉她，李敢已扶柩回乡，再无其他。

正是秋高气爽的时候，子青在府内便似个废人，整日里无事可做，只能日日坐在廊下，支着肘看着大雁南飞。她虽从来不曾抱怨过半句，但霍去病自己也觉得将她困在府中着实闷气得很，便择了一日天气晴好的时候，命家人备下马车，带上她去城郊散心。

因不愿遇上门客，霍去病是命车夫在后门处等着，待他和子青出来的时候，子青眼尖，看见不远处树后一人身形甚是熟悉，遂试探唤道："李家哥哥？"

那人缓缓转过身来，果真是关内侯李敢。

自上次在渡口一别，子青将近三月未见过李敢，此时见他，不由得微微一怔，短短三月不到，李敢瘦削了许多，亦憔悴了许多。

霍去病也有好些日子未见过李敢，上一次还是祭奠李广的时候，后来听说李敢扶柩送李广回乡入土，也不知他是何时回的长安。

李敢缓步过来，朝他们施了一礼，仍是静静的。

旧时，便是子青最恨李广的时候，也从未恨过李敢；现下，李广身死，不管究竟是何缘由，两家的仇怨子青已经释然。李广自刭，秦鼎自戕，子青大概猜得到李敢心中难以言语又无处发泄的愤恨。

"可是寻我有事？"霍去病问道。

李敢不言不语，看了他一眼，又看向子青，给人一种错觉，他自己也不知道自己究竟为何会在这里。

子青朝他道："我们正要往城外去，你也一起来，好吗？"

霍去病虽不甚情愿，但一来不愿违逆了子青，尤其是眼下这时候；二来李敢的状况确实让人有些担忧。

"上来吧，"霍去病拍了拍李敢的肩膀，仍旧是像在军中那般，"你这样子，哪里还像是我的裨将。"

李敢犹豫片刻，也知道此地不是说话的地方，便点了点头。

马车一路往城外驶去，按霍去病的吩咐，车夫小心翼翼地驾车，唯恐颠着车上的人。近来子青身上也不知怎的，容易发痒，霍去病担心她到林间遭到虫蚁叮咬越发不舒服，思前想后，唯有松树周围是不生虫蚁的，遂命令车夫往城外的松林去。

直至一处景致颇好的松林，车夫知道自家君侯不喜嘈杂，特地拐过山弯，寻了一处僻静所在停下马车来。

霍去病先行跃下，然后将子青扶下车。李敢紧接着也下来。

脚底下踩的是厚厚的松针，松树独有的松香味蔓延在空气中，子青深吸口气，抬眼处正看见一头松鼠正蹲在松枝上，也不怕人，乌黑精亮圆溜溜的眼睛就盯着他们看。

“你看，你快看！”子青忙指给霍去病瞧。

霍去病仰头望去，嘿嘿笑道：“个头儿小了点，烤着吃还没有田鼠香呢。”

子青瞠目看着他，“谁说要吃了！”

“要不抓只兔子烤着吃？”霍去病环顾四周，“这里我来过，野兔可多了。”

她连连摇头：“咱们马车不是带了吃食么，别杀兔子了。”

“舍不得？”

子青只好点点头，自她怀孕之后，不仅闻着肉味就犯恶心，且心肠亦甚软，看着这些小东西这般可爱，无论如何也舍不得将它们捉了来烤。

霍去病好笑地歪头瞧她，道：“以前是谁，不光是吃野兔，还拔它的毛来制笔？”

子青懊恼地将他望着。

没忍心再逗她，霍去病笑道：“行了，你说不吃，那不吃便是。”

两人说笑这会儿工夫，李敢已经闷声不吭地帮着车夫将所带的各项物件都拿了下来。车夫虽觉得让堂堂关内侯帮着自己着实不大妥当，但鉴于李敢沉默得像块石头，车夫连推脱的话都没说出口。

厚厚的毡毯铺设在松树下，霍去病让车夫另拿了吃食到稍远处候着，这时才看向李敢。后者仍旧沉默着……

“现下这里没旁人，你想说什么都行！”霍去病随手拾起一枚松果朝他砸过去，“就是别这样死样活气的，你爹看了都会嫌你丢人。”

子青闻言，迅速抬眼。

这话说得有些重，但却十分有效，李敢几乎是立刻抬头盯住霍去病，后者平静地与他对视着。

过了片刻，李敢缓缓道："昨日，我去了卫大将军府，我把大将军打了。"

他把卫青打了！子青瞬间呆怔住。

霍去病已自她身边跳起来，扑向李敢，揪住他的衣袍，将他按在地上，恼怒道："你打了我舅父？！"卫青名义上是他的舅父，而两人实际上形同父子，霍去病断然容不得别人对自己舅父无礼。

即便被他按在地上，李敢也没有否认，慢慢点了下头，"对。"

话音刚落，霍去病已两拳挥下去，径直打在李敢的腹部，力道甚重，疼得他顿时蜷缩起来。

"将军……"子青颦眉急唤道。

见李敢丝毫没有反抗的意思，也因为子青在旁，霍去病暂且停了手，指着李敢道："为何要打我舅父？！说！"

"你知不知道，我爹爹为何会失道？"李敢缩在地上，闷着声音问他，"陛下命爹爹随同卫青出征，卫青在得知单于主力所在之后，却令爹爹从东路绕行。你可知道，这是为何？"

霍去病沉默着……他是在回朝之后，才确切知道了卫青部的状况：当时，卫青与公孙敖从正面迎击伊稚斜主力，而命李广和右将军赵食合并，自东路出击，掩护侧翼并且攻击单于左侧背。东路途径水草稀缺，大军无法屯行，又由于军中没有向导，李广与赵食迷了路，没能及时和大军会合。

而卫青与伊稚斜一战，若是胜了，倒罢了；却偏偏在两军激战一日之后，被伊稚斜率数百精骑逃脱。

中将军公孙敖因在上一战中失了侯爵，此战任中将军。军中以他为首，等着此战封侯加爵者不在少数。伊稚斜一逃脱，眼看荣华皆成泡影，公孙敖等人一肚子怨气都发到李广与赵食身上，认为若非他们迷路，两军会合，又岂会让伊稚斜逃脱，纷纷要求卫青向李广问责。

赢了，皆大欢喜，封侯加爵，荣华富贵。

输了，首要的第一件事，便是找人来背黑锅。

霍去病对此是再清楚不过。

李广很背，因为他不仅失道，而且他人缘也不好，所以被选中背黑锅。他之所以自刭，就是因为他愿意为自己做错的事情负责，但却不愿意为那些蝇营狗苟的小人背黑锅。

"爹爹军中的人告诉我，来问责的长史盛气凌人……"李敢苍凉道，"我就想，爹爹是被他们逼死的！被卫大将军、公孙将军一块儿逼死的。”

霍去病盯了他片刻，皱眉叙述道：“舅父本性宽厚，对李老将军一直很尊敬。李老将军失道，舅父须得向陛下禀报战况，问责一事无可避免，你怨不得他。”

“昨日我去了大将军府，打了卫大将军，他没还手，也不许旁人插手。”李敢像是没听进去，继续叙述，“直到那时候，我才知道，是陛下事先嘱咐了卫大将军，说爹爹年纪太大，运气又不好，莫让爹爹对阵单于，否则恐怕无法实现陛下捕获伊稚斜的心愿。可这战，没有我爹爹，他们还不是照样让伊稚斜逃了么。”

说到此处，李敢禁不住连连冷笑出声。

子青默然听着，这才明白原来李广自刭的背后，有着如此多错综复杂的缘由。

“现下你已是关内侯，便是为了李老将军，以后也莫再做出鲁莽的事情。否则老将军在九泉之下，见你遂了小人心愿，岂不更加愤恨。”霍去病道。

“我想了很多，很多……”李敢抬眼望向子青，无力而怅然道，“将此事追本溯源，卫大将军之所以让爹爹从东路进发，是因为陛下的嘱咐。而陛下认为爹爹年老运气不好，是因为他认为杀降不祥。而杀降，是爹爹自己做的。尽管他一直在后悔、一直在愧疚……最后，他还是为这件事付出了该有的代价，我没什么可抱怨的。其实我没事了，就是想跟你说，那件事，爹爹终于还是付出了代价，你心里的结也可以解了。”

想着这层层因果，子青一时也说不出话来，没有大仇得报的快感，只有一阵莫名的怅然。但至少，李敢终于能不再纠结李广之死，这是好事。

看着子青清澈明亮的眼睛，目光逐渐下移落到她微微隆起的腹部上，李敢开口问了句不相干的话：“孩子，什么时候出世？”

“该是明年春天的时候。”子青答道。

“真好。”李敢由衷道。

子青笑了笑，不由自主地望向霍去病。

“生个女儿，像你就挺好。”李敢微微笑着，朝子青道，“生个小子也成，不过也得像你。”

霍去病斜眼瞧他，“这事你说了算啊？”

“说了不算，我也要说。”

……

子青低首剥着橘子，听他二人斗嘴，忍不住抿嘴而笑。

正说着，听见不远有马蹄声响，长安城中原就有秋高出游的风俗，这时候外出游玩之人自然是不少，故而三人都不以为异，接着闲谈。

不一会儿，有十几骑自松林那头绕过来，锦衣华服，霍去病一眼就认出他们皆是期门郎，而为首那人正是卫伉。

见到大司马骠骑将军霍去病在此，这些期门郎纷纷下马，向霍去病还有关内侯李敢恭敬施礼。

只除了卫伉一人，他虽然也下了马，但却并未施礼，双目恶狠狠地盯着李敢。

“卫伉，舅父今日可在家中？”霍去病开口问道。

卫伉暂且收回盯住李敢的目光，冷冷看向霍去病，“大司马若真有心拜会我爹爹，为何不亲自登门，莫非是没脸见我爹爹吗？”

这话颇重，尤其是当着众期门郎，简直一点情面都不给霍去病留。子青这些日子深居简出，又因霍去病命家人噤口，她对于朝野发生的事情全然不知，乍然听见卫伉对霍去病这般态度，不知卫霍之间出了何事，甚是吃惊。

霍去病原是好意，知道卫伉多半因昨日李敢打了舅父之事耿耿于怀，便想岔开他二人，却见他对自己也这般敌视，暗叹口气，淡淡道：“不知何事让你有所误会，既然这么说，明日我便登门拜会。”

“哼……大司马门客众多，事务繁忙，怎敢劳动您的大驾。”卫伉冷笑，瞥了眼李敢，“看来你们在此倒是相谈甚欢，难怪关内侯胆敢冲入我卫府打人，原来是有大司马在背后撑腰啊。”

昨日亲眼见到李敢打了卫青，卫伉怒不可遏，当即就要还手，却被卫青所阻。他见爹爹不仅不许自己对李敢动手，而且还命此事不可声张，全然是一副忍气吞声的模样。卫伉无法理解，更加咽不下这口气。

李敢也未想到此事竟然会牵连霍去病，腾地站起身来，朝卫伉道：“昨日之事，与骠骑将军毫不相干，是我李敢一人所为。我敢作敢当，你有何事尽管冲我来。”

“好，这可是你说的！”

尽管知道自己多半不是李敢的对手，但为爹爹受辱之事，卫伉一副预备和李敢拼个你死我活的架势。他身后的期门郎彼此面面相觑，犹豫着此事究竟该不该上前劝解，踌躇不决。

“卫伉！”霍去病沉声喝道，同时挡在了李敢身前，“此事舅父不愿声张，你莫再生事端！”虽非亲生父子，霍去病却比卫伉更能懂得卫青的心思，李广自刭，不管是否因自己而死，卫青心里始终对他存一份歉疚。李敢若再因卫伉而出事，只能让卫青心中更加难受。

“你果然帮着他！”卫伉狠狠道，重重往地上啐了一口，“枉爹爹将你当作亲生儿子一般，他待你，比待我还好。想不到，竟是养出了一只白眼狼！”

面对他的辱骂，霍去病直直地立在他面前，面色煞白，手在袖中紧握成拳，硬生生忍住没有对卫伉动手。他心底清楚地知道，卫伉性情耿直，是个一根筋，朝堂上的事情卫伉只能看见表面，却不懂里头的东西。

“走！”卫伉翻身上马。

与他一道来的期门郎既不敢久留，也不敢失了礼数，忙向霍去病施礼告辞，这才纷纷上马。马蹄翻飞，这一大群人很快呼啦啦地消失在路的尽头。

霍去病缓缓收回目光，极力笑了笑，道：“卫伉他，还只能算是个孩子。”然后他慢慢坐下了。

是的，轮心思计较，卫伉还只能算是个孩子。孩子说的话霍去病不能较真，可这话却着实伤着他了。

子青脸色泛白，定定地望着他，目光中有着毫不掩饰的心疼。她知道将军与卫青之间的感情，尽管不知道他们之间究竟发生了什么事情，但将军心底始终是将卫青当作父亲一般，不会改变。

“是我连累了你！”李敢也没想到事情会演变成这样，语气透着疲倦和无力，“我就……”

“不，这事跟你没关系。”霍去病的手在空中挥了下，干脆利落地把李敢的话斩断了。

李敢自然也知道朝堂间骠骑将军日贵而大将军日退之事，他不是擅此道中人，虽知道必有缘由，但究竟是何缘故导致这种局面，他也不知道。

他勉强地笑了笑：“那我就安心了。”

说罢，他独自一人缓步而行，也未告辞，也未说要往何处去，就这样一步一步地隐没入松林之中。

子青怔怔地看着他的背影消失，又转过来看向霍去病。

“别担心，什么事都没有。”

霍去病安慰她道，为了做出若无其事的模样，他还伸手拿了橘子，剥的时候却因用力过猛，橘子汁液飞溅出来，半个橘子都被他捏烂了。

子青默默将自己手中剥好的橘子递到他手上，又接过被他捏烂的橘子。

“我没事，真的。”霍去病一口就咬下半个橘子，在口中使劲嚼着，目光毫无焦点地落在远方某处，不像是在看什么，倒更像是为了努力让自己看上去显得自在一点。

“我知道。”子青默然片刻，道：“若是方才我把他揍一顿，你会不会觉得更好一点。”

霍去病微微一笑，收回目光来看她：“你现下也会说笑了，你是会动手的人吗？”

“我在心里揍了他两拳，一拳打腹部，还有一拳打在脸上。”子青一脸认真。

霍去病忍俊不禁，也跟着她认真道：“你那气力，还不得把他的牙打掉了！”

“嗯，他还吐了一口血沫子，全溅那里了。”

她指着他溅出橘子汁液的地方。

听见她这般难得的瞎掰胡扯，饶是知道她为了故意逗自己，他还是禁不住哈哈大笑。

子青这阵子原本就反胃得厉害，这会被自己生生说得恶心起来，掩口欲呕。霍去病忙探头关切地看着她，长长地叹了口气，搂住她道：“走吧，这血沫子看了恶心，咱们还是回去吧。”

她捂着嘴，皱着眉头将他望着。

“好好好，我不说那三个字。”霍去病无奈笑道，拿她是一点法子也没有，“你莫再往那里想了啊。”

这日入夜，子青身上又痒痒起来，府中虽有可涂抹止痒的药液，但因为之前那医长就交代过，说为了胎儿好，怀孕的时候最好什么汤药都莫吃，什么药液也都莫涂。子青便只能咬着牙生忍着。

瞧她忍得难受，为了分散她的心思，霍去病便陪着她，将旧日里听来的一些杂闻趣事说来给她听。

“这事不对啊。”

子青颦眉思量，她刚听霍去病讲了个山间猎户遇见狐仙的故事。

“怎么不对？”

“你方才说，狐仙都是有法力的，让人看不清也记不住他们的长相。若是这样，那个猎户怎么知道他遇见的是狐仙呢？”子青奇道。

霍去病愣了下，想了想道，“可能狐仙身上有股味呢，猎户长年在山上，自然一闻就闻出来了。”

“狐骚味？”

子青才刚说出这三个字，不知怎的就好像闻到野物那股子骚味，胃内又是一阵翻腾，皱着眉头弯下腰去。

瞧她这模样，霍去病直叹气，道：“怎么办啊……咱们还是换个故事吧。”

正说着，管事快步行至门口处，回禀道：“禀将军，卫大将军来了！就在内堂。”

他话音刚落，霍去病腾地就站起身，急急往外行去。

此时长安城内该是进入宵禁的时候，卫青这时候必是有极为要紧的事情，想起日间卫伉的神情，子青的心往下一沉……

卫大将军该不会听了卫伉的片面之词，故而来此兴师问罪吧？

卫伉的话已经刺伤了将军，若同样的话出自他敬若父亲的舅父口中，将军如何受得了。

子青想着，又看到管事表情古怪，心中焦切，忍不住也跟着往内堂去。

内堂之中，烛火通明，里头除了卫青，还有一人，正是卫伉。

看见卫伉，子青总算明白了管事为何表情古怪，因为卫伉双手背负着，竟是被绑了起来。只看了这一眼，她心头大石便已落下，返身便往回走。

“舅父！”

霍去病先上前朝卫青施礼，又看见卫伉的模样，忙先命管事退下去，没有吩咐不许进来。

卫青抬腿就踢了卫伉一脚，呵斥道：“还不跪下赔罪！”

卫伉应声就往下跪，双膝堪堪落地之时，被霍去病抢上一步拦住。

“舅父，都是自家人，多大点事儿啊，哪里还用得着赔罪。”霍去病忙扶起卫伉，后者蔫头耷脑的，日里的那副怒气冲冲的劲儿荡然无存。

“你还替他说话，他心里若有你这个表兄，怎会对你说出那些话来！”卫青沉声怒道，“逆子，你还不跪下！”

卫伉丝毫不敢忤逆爹爹，连忙跪下，一面给霍去病使眼色，示意他莫再来扶自己。

“舅父……”

霍去病无法，只得再绕到卫青跟前欲说情。

“去病，你就站在这里！没有我的许可，不准出声。”卫青朝旁边一指，威严依旧，霍去病乖乖站过去，同样不敢忤逆舅父，一声也不敢吭。

他们两个，就这样一个站着，一个跪着，仿佛回到少年时，闯了祸事回家，规规矩矩老老实实地等着挨训。

卫青看向卫伉，长叹了口气，“伉儿，有些事，也许我早就应该告诉你。可是我有时候又希望你能自己明白。这些年，去病不容易，一直到近来这些日子，他更不容易，你明白吗？”

卫伉不敢吭声，低着头听着。

“伉儿，你已经不小了，该学会自己想事儿了。”卫青叹了口气，“你想想，陛下为什么要设大司马，并且让去病和我同为大司马，还让骠骑将军的官阶和俸禄与大将军相同？”

“因、因为陛下倚重去病表兄……”卫伉小声道。

卫青皱了皱眉头，被自己这个一根筋的儿子弄得实在头疼：“因为陛下觉得我们卫家在朝野之上权势太大了，他想通过设立两个大司马来平衡这种权势，说白了，就是想削弱卫家。”

这时，卫伉悚然而惊，“陛下想削弱咱家，为、为什么呀？”

“因为如今的卫家，让他有所忌惮。”卫青叹了口气，这种事情甚至不是他所能控制的。

卫伉不解，“可是，去病表兄不也是咱们自家的人吗？”

“你现下总算是把他当成自家人了，日里你骂他是白眼狼的时候，有没有把他当过是自家人？！”卫青喝骂道。

卫伉只得闭上嘴。

“你该知道去病有多不容易了。卫府门客奔到他这里来，他就得都收着，你以为去病就愿意这么做。可他只有顺着陛下的意思这么做，才能消除陛下对卫家的顾忌，才能真正保住卫家，明白了吗？”

卫伉愣了半晌，然后恍然大悟如梦初醒，他是个一根筋的人，这下认定了原来表兄这般忍辱负重，投向霍去病的目光恨不能摇摇不存在的尾巴，弄得霍去病浑身起鸡皮疙瘩。

“舅父，这才多大点的事儿，快让他起来吧。”霍去病替卫伉求情道。

卫青转向他，沉声道：“还有你！门客适可而止就好，莫为了我们，自己倒惹上一身骚。一声不吭的，以为自己能扛下一座山吗？”他指的是近日霍去病门客中加官者太多，显然是霍去病故意为之。

“去病谨记！”

“傻小子一个！”

卫青的手搂过来，绕过他的脖颈握住他的后脑勺儿，使劲看着他。

霍去病的眼眶顿时有点发潮。

“爹……”卫伉尚跪在地上，委屈道。

卫青轻踢了他一脚："起来吧！"

霍去病忙把卫伉拉起来，两个表兄弟，你捶捶我，我拍拍你，又恢复到从前的模样。

"我要你们记得一件事，不管到什么时候，不管外人如何说道，你们都是自家兄弟，绝对不能起内讧。"卫青瞧着他们俩道。

"孩儿谨记！"卫伉忙道。

"去病谨记！"

卫青盯了他们片刻，摇头叹道："两个傻小子！"

元朔五年，春分。

子青坐在榻上，计算着临盆的日子。现下她的肚子已经越来越大，反胃的状况倒是好了许多，只是身子却是越发懒得动。

除了上朝之外，霍去病几乎寸步不离地盯着她，子青不得不常劝他出去走走。

这日卫少儿喜气洋洋地过来，要接子青入宫，说是皇后娘娘卫子夫亲手给孩子缝了一双虎头鞋，子青该进宫去谢恩才对。

霍去病听着就皱眉头："她这样子，怎么能进宫？"

卫少儿嗔怪了儿子一眼："你懂什么，她现下就该多动动，生娃的时候就能少受好些罪呢。"

"可她这样，进宫还得施礼，规矩一套套的，不行不行。"

霍去病知道子青现在连腰都弯不下去。

子青撑起身子，刚想开口说话，肚子就猛地疼了一下，她倒吸口气，以为又是孩子在踢，也没太在意。谁知，紧接着又是一下疼痛，疼得她冷汗直冒。这样一下又一下，子青突然意识到什么了。

"将军……"

霍去病回首，看见子青眉头深颦地扶着肚子，顿时紧张起来，扑到她跟前急问道："怎么了，什么地方不舒服？"

"你莫紧张，"子青倒先宽慰他，"我想，可能是孩子要出来了！"

"孩子要出来，孩子要出来了……"此时的霍去病已有些慌乱，着实不像个将军，神情紧张到语无伦次，"那我得赶紧让她们准备东西，孩子出来得穿衣服是吧？对了，还得先准备热水沐浴……"

卫少儿瞧自家儿子到这时候已经全然乱了分寸，暗叹口气，庆幸自己正好在这里，忙将管事唤来，请稳婆、烧热水等诸样事情有条有理地吩咐下去。然后她再唤上几名婢女，要去扶子青。

“娘，你干吗？”

霍去病眼看子青疼得成额头上全是汗，不明白母亲怎么还要挪动她。

“你个傻孩子，总得让她回屋去生吧。”卫少儿白了一眼儿子。

“噢，我来我来！”

霍去病上前，小心翼翼地将子青打横抱起，大步往内室的方向走去。

“很疼吗？”他边走边看着她颦起的眉头。

“还好，还受得住。”

子青勉力朝他笑了笑，但笑容很快被身体内传来的疼痛击得粉碎。

到了内室，他尽力轻柔地将她放到床上，握住她的手，举袖替她抹去额间的冷汗。

“你快出去！”

卫少儿拽儿子，只是拽不动。

“我得陪着她！”霍去病双目就没有离开过子青。

“又犯傻了，”卫少儿自是拽不动儿子，端出母亲的威仪，“产房晦气，男子不可入内，这是规矩！”

“我的女人我的娃，有何晦气。”霍去病不动。

卫少儿拿自己的儿子真是没法子，伸手就去揪他的耳朵：“快出去！你在这里帮不上忙，还碍手碍脚的，杵在这里做什么。”

“娘……你让我陪着她。”

子青疼得直皱眉头，还得腾出手来推霍去病：“你听娘的话，我没事……”

霍去病无法，只得起身，被卫少儿推出门外，自是不敢走远，就立在门口处等着。

被管事请来的稳婆急急地进房内去。

婢女端着盛满热水的大铜盆进来。

子青的眼睛被汗水浸湿，眼前的世界是模模糊糊的。

“再忍一会儿，”卫少儿替她擦着汗，柔声道，“现在还不是时候，等我说用劲的时候再用劲。把气力用对了，生孩子就一点都不难。我生去病那会儿就不懂，白费了好多气力，最后差点就没气力了。”

子青点着头，虽是初春，但她浑身上下都已经被汗水浸透，湿漉漉的，让她觉得自己像一条跃上浅滩的鱼。

“好孩子……”

卫少儿轻柔抚摸着她的额头，她还是头一遭见这么能忍耐的人，生孩子那种疼痛绝非常人所能忍受，光看她紧紧抠住床沿的手就知道她有多疼，可这孩子硬是吭都不吭一声。

稳婆训练有素地将一块锦帕折叠整齐，放到子青嘴边：“夫人，咬住了，免得伤着舌头。”

子青依言咬住。

疼痛一波又一波，潮水般涌上来，间隔更短，每一次都像是要将身体撕裂开来一般。

卫少儿就坐在子青旁边，看着稳婆的示意。

“好孩子，我数到三，你就用力啊！”

子青死死咬着锦帕，望着她点头。

“一、二、三，用力！”

子青挣命般的使劲，仿佛看见浅滩上的那条鱼用劲全身力气，高高地蹦跶到半空，然后又重重地摔回浅滩上。

一次又一次……

门外的霍去病能听见母亲的声音，稳婆的声音，还有婢女的脚步声，但在所有声音之中他唯独听不见子青的声音。

而正是因为听不见，才让他越发地担心。

他几乎能看见她咬牙硬挺的模样，这个丫头，他宁可她喊出来。

初春的细雨飘着，他在湿润的石阶上坐下来，还不到半盏茶工夫，他复站起来，在廊上来回踱步。

生孩子究竟是怎么一回事，他对此完全一无所知，只能猜测着，大概是比受伤还要严重的事。

子青原来受过那么重的伤，会有影响吗？他惶惶不安地想着。

骤然间，从里屋传来另一个崭新而陌生的声音，近似嘹亮的啼哭。

他刹住脚步，迟疑地看向门内。

“恭喜将军，贺喜将军，喜得麟儿！”稳婆推门出来，朝她笑道。

“青儿呢！”

“母子平安，将军不用担心。”

稳婆话音未落，霍去病已经闯了进去。

子青疲惫而安稳地躺在床上，旁边是小小的襁褓，里头躺着一个同样安稳的生命。

“将军……”

“丫头。”他俯身过去，摸着她汗湿的头发，终于能够亲眼证实她平安无事，这让他觉得分外踏实，“我在外头听不见你的声音，下回你出点声音好不好？”

子青笑着点点头，然后示意他看襁褓。

襁褓中有一团粉嫩粉嫩的东西，霍去病皱着眉头细瞅他，奇道：“他怎么皱巴巴的？”

刚说完，他就被卫少儿自身后拍了一下。

“刚出生的娃娃都是这样。”

“都这么丑？”霍去病狐疑地看着孩子。

子青闻言，有点黯然：“丑吗？”

“别听他胡说八道，”卫少儿又给儿子来了一下，“他刚出生那会儿比这还丑呢，还好意思说自己儿子。”

“不丑不丑，”霍去病瞧见子青眼圈发红便有点慌，急忙道，“他是我见过的最端正的娃了，我的娃嘛！”

可惜他这话说得有点晚，子青的眼泪已经渗了一滴出来，他忙替她擦了，不明白她怎么一下子变得如此容易伤感。

“好孩子，不能哭啊，月子里头哭对眼睛可不好。”卫少儿忙道，又去骂霍去病，“你这孩子，当将军八面威风的，怎的连句话都不会说了。对了，你该饿了，我得去吩咐庖厨给你弄糖鸡子去，对奶水好。”

卫少儿急急出去。

霍去病望着子青，摇头笑叹道：“都说女人当了娘就不一样了，还真是这样……”

子青只低首看着孩子：“你是不是不喜欢他？”

“谁说的！”霍去病挨过来，头抵着她的，一块儿看着孩子，“我就是……还有点懵，这就算是当爹了……”

子青看着孩子，神情也有些恍惚。

第三十三章　楼兰残阳

“将军，这是一位常往西域贩卖丝绸的商人所送来的，说是受人之托，故人所贺，一定要交给夫人。”管事将木匣子呈给霍去病。

“可有信牍？”

“并无信牍，说夫人见了便知道。”

霍去病接过木匣子，打开来，内中只有一把用丝带束好的风干的红柳条，其余别无他物。

这种红柳条霍去病认出应是楼兰那边的，猜度应该是阿曼所送，只是不知他千里迢迢命人送一匣子干柳条做什么。

拿到内室去，他才刚踏入两步，便见子青急急地朝自己打了个噤声的手势，嬗儿在她怀中似乎刚刚睡着。

霍去病进也不是，退也不是，只得定在当地，朝子青招手，示意她出来说话。

子青小心翼翼地把嬗儿放下来，细心地用厚厚的软缎垫子两边夹着他，让他觉得自己还被抱着一般……然后她才蹑手蹑脚，一步三回头地跟着霍去病行至室外，再开口说话前，又先轻轻掩上门，细听里头没有异样动静，这才松了口气。

瞧子青眼圈都发青，霍去病心疼道：“你这样陪着他日熬夜熬的不是个办法，得寻个乳娘来才好。”

“没事！以前我娘生我的时候，也没听说请乳娘。”子青一直坚持自己来，朝他笑道，“嬗儿方才睡着的时候还笑呢，可惜你没瞧见。”

霍去病奇道：“才这么点大就会笑？”

“当然会了……这是什么？”子青瞧见他手中的木匣子。

“我猜是阿曼让人送来的，可又不知道他究竟何意？”

霍去病打开匣子，拿出里头那束红柳条给她看。

子青一看便笑了，接过手来，轻轻摩挲着：“是阿曼送给嬗儿的，他和我说过，楼兰有个习俗，新生的孩子要用红柳条煮的水来洗身子，一生便可消灾避难。”

“原来如此，”霍去病望着那几枝红柳条，真正是礼轻情义重，叹道，“难得他还惦记着嫱儿，真该好好谢谢他。”

“陛下那里……近日可说了什么。”

子青担忧地望向他。

“你放心，陛下若动此心思，我会尽力劝他。毕竟楼兰只是小国，与匈奴不同，大军一动，耗费粮饷不可计数，长途跋涉过去未免得不偿失，陛下不会不考虑这点的。”

“嗯，但愿如此。”

子青轻叹口气，却听见里头响起啼哭之声，她扶着额头颓然哀叫：“又醒了！不抱着睡他就不安分！”

她抬脚就要往里头去，被霍去病拦住。

“你去歇歇，我来对付他！”他杀气腾腾地大步往里头走。

“你……行不行啊？”

“数万士卒都服服帖帖的，难道我还治不了他！你就莫管了。”

霍去病行至床前，皱眉瞪向正哭得手舞足蹈的嫱儿，然后将他抱了起来。子青靠在门边看着这父子俩。

见有人来抱，嫱儿哭声立时就停了，小手伸出来摸父亲的脸颊，似蹭到胡碴儿，乐得咯咯直笑，笑声响亮异常，将霍去病吃了一惊，抬眼望向倚门而立的子青。

子青抿嘴而笑。

觉得父亲好玩，嫱儿于是接着把另一只小手也伸过来摸，摸来抓去。霍去病无可奈何，只得由着儿子玩耍，又用目光示意子青先歇着去。

子青倦倦地打了哈欠，替他们掩上门，便到旁边屋内小憩，再醒来时，已是午后，她忙起身折返过来。才推开门，便看见一大一小皆躺在床上睡着了，霍去病仰躺着，还打着鼾；嫱儿就躺在父亲的臂弯之间，一只手紧紧抓着父亲的衣带，一只手摸在父亲脸上，睡容酣甜。

不欲惊醒他们，子青复掩上门，靠在廊下，瞧着院中春意盎然。

对于这个孙儿，卫少儿自是爱之又爱，宠之又宠，便是不能日日过来，隔上一日也必是要来的。

霍去病眼见子青被嫱儿弄得睡不好，飞快地消瘦下去，却因子青坚持自己带嫱儿而无法，这日趁着卫少儿刚进门，便将娘亲请至一旁，如此这般的说了几句。

卫少儿知道儿子是心疼子青，笑道：“行了，这事就由娘来办。”

于是，次日卫少儿再来时，身后便跟了三个乳娘，径直将她们领到子青跟前。

向卫少儿施礼过后，子青还未来得及问，卫少儿便抱过嬗儿，左右端详，叹道："哎哟，怎的又瘦下来了些？"

"瘦了？"

子青也仔细端详嬗儿，胖得鼓鼓的小脸蛋，胳膊上的肉都胖成几截嫩藕了，哪里有一点瘦下来的迹象。

"你为娘休息不好，奶水便不好，你这样陪着嬗儿日夜颠倒，自己精神不济，连带着我孙儿都瘦了。"卫少儿示意乳娘过来，"我特地挑了三名乳娘过来，替着你些，你精神头儿好了，这奶水嬗儿喝着才长呢。"

长辈的意思，又是振振有词，子青自然不好反驳，只是眼看着三名乳娘也实在太多了些。

"娘说得是，可是三名乳娘是不是多了些？"她轻声问道。

"不多，一人管四个时辰，三个人正好十二个时辰。"

子青瞠目，眼见霍去病出现在门口，忙朝他投去眼色。

霍去病大步进来，笑道："娘，您来了！这些人是？"

"都是我给嬗儿找的乳娘，这些天我看子青休息不好，连带着嬗儿也瘦了，所以我领这几个乳娘过来，都是知根知底的人，身家干净，给她替把手。"

"还是娘想得周到。"霍去病搂着娘亲称赞，又瞥了眼子青，遂道，"三个乳娘像是多了点，我看留下一个就行了。"

"一个怎么行，至少得留两个。"

"行行，那就听娘的意思，留两个。"

霍去病忙唤人进来领乳娘去住所，另外，还需更衣沐浴过后才能过来抱孩子。

既是卫少儿的意思，又是好意，子青不好驳回，只得也谢过卫少儿。

待送卫少儿回府的时候，霍去病亲自送母亲登上马车："娘亲可真是聪明，那日我说请两名乳娘来，你今日便带三名来。"

"那孩子虽老实，但性子倔，送三个人来，她一推脱，我便让一步，正好留下两人。"卫少儿也笑道，"不过话说回来，你这里要什么有什么，这孩子却坚持事事亲力亲为，不容易。"

霍去病笑道："娘亲也心疼她了？"

"怎的不心疼，生嬗儿那会儿……"卫少儿叹了口气，"不说了，现下母子两人平平安安的，已是再好不过。"

春去夏至，这年长安城中的夏日并不若往年那般炎热，还未至夏末时分，树上的叶子便开始泛黄，稀稀零零飘落下来。

子青仰头看着眼前的银杏树，叶子已黄了一大半，她尚记得爹爹曾说过，这叫作夏行秋令，天地有肃杀之气。爹爹说这话的那年，李广杀了八百羌人，爹爹自戕。

一丝不祥的阴霾自她心头掠过。

霍去病下朝回来，更衣过后，头一遭事情便是来瞧嬗儿。

子青迎向他，即便霍去病神色与寻常无异，她仍是看出他心中有事。因为当他有事又不愿让她担心的时候，便会下意识地回避她的目光。

霍去病接过嬗儿，竖起来抱在怀中，探头到孩子后脖颈凹处深深地吸了口气，婴孩特有的奶香味充满鼻端，他满足地蹭着儿子。

若在寻常，子青自是不会勉强他。

但今日，心头无端地阴霾笼罩，她忍不住还是问道："是有什么事吗？"

原还不想告诉她，但见子青问起，霍去病心知瞒不了她，点头道："其实应该算是好事，陛下已经不再提发兵楼兰之事了。"

子青闻言也是一喜："当真？陛下决定休养生息，不再动出征西域的念头了。"

"陛下说，只要西域小国对汉廷有臣服之心，就没必要大动干戈。"

"臣服之心……"

子青想起之前因汉使屡次虐待虐杀楼兰向导，阿曼身为楼兰国王，一怒之下不再向汉使提供向导，也不再向汉使提供水和食物。

"你是在担心陛下对楼兰不会善罢甘休？"她问。

由着嬗儿拨弄自己头顶的玉冠，霍去病皱眉道："陛下的性情……我恐怕……"他叹了口气，未再说下去。

"你是说，他可能派别人出兵？"子青猜度着。

霍去病摇头道："我不知道，近日来也未听说陛下有召见其他将军，或许陛下也是在等楼兰的告罪书吧。"

"可是阿曼他……"

子青太了解阿曼，在汉使如此对待楼兰人之后，他是绝不会让楼兰折损尊严对汉廷低头的。

"莫着急，此事我们先静观其变，说不定会有转机呢。"

霍去病安慰她道。

还未入秋，卫少儿便亲手给嬗儿做了好几身小小的秋衣，她的剪裁缝纫功夫十分精湛，比起子青自是不知道要强到哪里去。子青将秋衣拿在手中，柔软服帖，针脚细细密密地藏在里头，一丝线头都不露。

“娘，你的手艺可真好。”她由衷地赞叹道。

“年岁大了，只能做几件孩子穿的衣裳。”卫少儿叹道，“以前去病的衣服都是我亲手所制，你是不知道，这孩子费衣裳得很，三天两头儿，不是这里磨破了，就是那里被撕下一大块来。”

子青抱着嬗儿轻轻拍着，笑着看卫少儿，不知怎的就想到扎西姆。听说日磾受到刘彻的赏识而从马夫被提拔为光禄大夫，扎西姆现下的境地也该会好一些了吧？不知是否已从浣衣庭出来了？

待到霍去病回来，子青向他问起此事，对于扎西姆的事情，霍去病倒是不甚清楚，只是知道日磾现下住在长安城西面一处不大的宅子里，距离霍府倒也不远。

这日，天气晴好，子青便想着去看看扎西姆，因不知道她的孩子现下多高，也不好买成衣，便请管事替自己买来几匹质地柔软细密的布料，放在马车之上，寻往日磾的宅所。

叩门之后，有家人来开门。

子青说明来意，家人还未离身去通报，便见扎西姆自内堂赶出来，快步向她迎来。

比起上次相见，扎西姆双颊圆润了许多，满脸笑意，也不与子青见外，亲热地拉了她的手便往里头行去。

“孩子呢？”子青笑问道。

“日磾给他请了一位先生，正在后头厢房里学着呢。”扎西姆无奈笑道，“日磾对他严苛得很，又说什么儒家，什么不亦乐乎，成日念啊背啊。我也不懂，可他日日回来都要考，背错了还得罚，说情都不让。”

子青请家人将布匹拿进来：“原本想买孩子的衣裳，可又不知道孩子现下多高了，怕买得不对，所以就买了布匹来，你好给孩子做几身衣裳。”

扎西姆性情爽利，也不像汉人那般客套，径直便收了下来，又将子青请至内堂，端上果点。

“我也听日磾说，骠骑将军家添了丁，惦记着想去看看你。可日磾说，以骠骑将军的身份，我去那里不合适……”扎西姆问道，“娃娃怎么样？”

“好，就是夜里头不爱睡觉。”子青笑道。

“再大些就好了。”扎西姆笑道，“娃娃都这样，三个月就变个样……”

两人絮絮地谈一些家常琐事，直至日磾回来。

“光禄大夫。”子青起身施礼，笑道。

日磾先是一愣，似未料到她会来，连忙还礼，又盛情请子青留下来用饭。子青因惦念嬗儿，婉言推辞，日磾倒也不强留，三人又闲谈了一阵。

只是日磾眉宇间似有隐隐忧患，子青心下疑虑，却又不便相询。

眼看天色不早，子青起身告辞。日磾一直送至门口，踌躇再三，才问道：“近来，你可有阿曼的消息？”

“只听说他拒绝向汉使提供水、食物和向导，引得陛下大怒。”子青看着他，“难道你在宫中听说了什么？陛下想派人出兵楼兰？”

日磾连忙摇摇头：“没有没有……我并不知道。”

见他语气迟疑，子青疑虑大起，急道：“那你到底知道什么？”

“我……”日磾迟疑半响，终还是道，“我只听说，陛下已经命楼兰质子准备回楼兰去。”

“阿曼的哥哥？！”子青一怔，“要他回楼兰做什么？”

日磾看着她不说话。

子青立即明白自己问了一句傻话，自然是要他回去当楼兰国王，那么阿曼……笼罩在她心头的阴霾逐渐显露出其狰狞的面目——刘彻不会出兵楼兰，他用了一个更简单的法子，派人刺杀阿曼，然后让阿曼的哥哥即位！

“夫人！”

随行的家人见她脸色白得吓人，吃了一惊，连忙关切问道。

日磾望着她，怅然劝道：“大势所趋，螳臂焉能挡车。”

子青连告辞的话都忘了说就登上马车，一路沉思，直至回到家中，她心中便已有了决断。

这晚，子青喂过嬗儿。

霍去病接过来，让嬗儿靠在自己肩头，在室内踱来踱去，手轻轻地在他背上拍着，直至听见嬗儿打出一个嗝儿来。

“来，叫声爹爹，叫爹爹。”

他又开始每日的例行，嬗儿却十分不给他面子，一只手摸着爹爹的脸，另一只手捏着耳垂，玩得很是欢喜。

“快叫爹爹，爹爹明日就带你去骑马好不好？”霍去病再接再厉地哄着他。

子青望着他们父子二人，目光眷恋，想把这一幕深深地落进脑海中。

嬗儿忽然朝着她转过身来，双手挥舞着，似想要她抱的意思，口中呀呀了几声，乍然清晰无比地唤了声：“娘！”

这是子青第一次听见嬗儿唤自己。

她骤然呆住，怔怔地看着嬗儿，泪水瞬间冲出眼眶……

霍去病亦是又惊又喜，转头看见子青泪如雨下，忙挨着她坐下来道：“你看你，便是欢喜也不用这么哭呀！”

“我就是没想到……太欢喜了……”

子青心中苦涩，哽咽难言，头抵在他肩膀上，泪水一滴一滴落下，飞快地渗入他的禅衣内。

霍去病无奈，腾出一只手来轻轻拍着她的背：“都说女人当了娘亲之后就变了个样，还真是啊！嬗儿唤你一声，就欢喜得哭成这样……”

嬗儿的小手也探过来，拨弄着母亲的发丝。

烛光盈盈，将他们一家三口的影子映在墙上，彼此相叠着，融为一体。

夜渐渐深，子青听霍去病鼻息浅浅，似乎已经睡着，便悄悄爬起身来。

刚在榻旁穿丝履，便听见霍去病在身后含糊着声音问道：“这么晚了，你还去哪里？”

子青愣了下，答道：“我好像听见嬗儿在哭，我去看看他。”

“我怎的没听见，”霍去病揉揉眼睛，撑起身子，“我陪着你去。”

子青忙按住他，道：“不用，你睡吧，我去看看他就回来。”

“不许又整晚不回来。”

霍去病知道她对嬗儿上心，这一看保不齐就能看上一整夜，不放心地叮嘱道。

“我知道。”

见她穿好丝履，也不掌灯，就这样推门出去。霍去病知道她目力甚好，暗叹口气，侧身合目休息。

子青先至嬗儿的房间，见他在乳娘怀中正睡着，小小嫩嫩的脸蛋恬静至极，不由自主地眼眶发潮，迅速悄无声息地退了出来。

她独自去了庖厨间，找不到熟豆饼，便寻了些豆渣子，然后一路行至马厩。玄马与雪点雕拴在一处马厩之中，她摸摸了雪点雕，便将豆渣子掺和着粟米倒入料槽之中。

“谁！”看守马厩的家人循声提灯过来，见到是她，躬身奇道，“夫人？您有事？”

“没事没事……我就是过来看看它们。”

玄马和雪点雕闻着粟米和豆渣的香味争相把头凑过来吃着，家人探头过去，为难道：“夫人，今晚的夜草我已经添过了。再喂的话，膘长得太多，跑起来可就慢了，将军怪罪下来……”

子青忙道：“我知道我知道，就吃这次，下回我再不会来喂了。你快去歇着吧，我陪它们一会儿。”

“行。”家人犹豫了一下，把提灯留给了她，“夫人若有事就唤我。”

“好，你歇着吧，我看它们吃完就走。”

子青一脸的歉然。

直至马儿把草料吃完，意犹未尽地咂着嘴，子青摸着它们油光水滑的皮毛，低低道：“全靠你们了……”

生怕烛光扰了霍去病，回去的时候她特地吹熄提灯，将灯放在廊下，摸黑复回到屋子里，脱了丝履，悄无声息地上了床。

她才刚躺下，霍去病便翻过身来，黑暗中手拢上她冰冷的手指，模糊问道：“嬗儿哭了？”

“没有，是我听错了。乳娘带他很尽心。”

“我就知道……”

他手中的暖意直透过来，子青轻轻抽出一只手，抚上将军的脸。

“怎么了？”

“没事……嬗儿老喜欢这么摸你，我也想试试。”她轻声道。

霍去病胸腔中发出一阵闷闷的笑声，由着她抚摸。

夜凉如水，偶尔几声蝉鸣，零落其间。

次日清晨，霍去病一早便去上朝，子青极力让自己镇定如常，不露出丝毫破绽，如寻常般的送他出门，然后迅速回屋换了出远门的衣裳，打包好行装，最后去看嬗儿。

“再叫一声娘，好不好？嬗儿！”她抱着儿子，想着霍去病，心里痛得像是整个人都要被撕裂一般。

嫱儿在她怀中只是呀呀地舞动着双手，不懂人事地无忧无虑，欢天喜地。

心知不能再拖延下去，子青最后亲亲嫱儿，湿着眼眶交代乳娘："好好照顾他……"

"夫人，您这是……"乳娘瞧着她不太对劲。

"我、我得出趟远门。"

子青将嫱儿交还到乳娘手中，尽管心中千万般的不舍，终还是毅然决然转身离开。

马厩旁，家人见她一下子就牵走两匹马，呆愣住："夫人，您这是……"

"我要出趟远门。"子青简单道。

"可、可是……将军……"

家人总觉得不对劲。

子青牵着雪点雕和玄马，刚欲出门去，管事自老远急急地跑过来，不敢拦，却实实在在挡在她前头。

"夫人，您要出门？"

"嗯，我有急事要回娘家，你让开！"

"将军可知道？"

"他自然知道。"

子青已经没有工夫再和他耽搁下去，翻身上了雪点雕，一只手握着缰绳，另一只手还牵着玄马："你快点让开！"

"可是夫人……"管事心知这事不对劲，夫人趁着将军上朝一下子骑走两匹千里马，不知究竟为了何事。

子青一勒缰绳，雪点雕甚通人意，两只前蹄高高扬起，惊得管事连连退后。她趁势夺门而出，带着玄马冲了出去。

素日里，这位将军夫人是最好说话的，待人谦恭，对家人从来不曾有过呵斥或责骂，家人们私下里都觉得她实在好说话，大伙儿只在将军面前规规矩矩，在她面前则要放松许多。

子青骤然来这下子，几乎将所有人都惊着了！

"这下怎么办？夫人私逃这事，得马上禀报将军啊！"家人焦急道。

管事又急又气，怒道："还用你说啊！将军现在在上朝，怎么去，这事儿再大也是家事，又不是紧急军情，你还能冲到朝堂上去禀报将军啊。"

"那、那、那现下怎么办？"

"急什么……备马，我去宫外等着。"

此时，子青已出了长安城，一路向西奔驰。

刘彻派往楼兰的刺客她不知道他们何时动身，她唯一能盼望的是，希望他们还没有到达楼兰，希望自己能赶在他们前头……

无论她是否会死在楼兰，帮助楼兰与汉廷对峙，她都不可能再回到汉廷，回到霍去病身边，回到嬗儿身边。

子青能想到这件事情带来的所有后果，无论她是否能够承担，她都不得不去承受。她只能紧紧地咬着牙，泪水还未及流出眼眶，便已被迎面刮来的风吹干。

得益之前曾经与霍去病去过一趟楼兰，对于路途她并不陌生，日夜兼程，她交替着骑雪点雕和玄马，除了让马匹有必要想的休息，她一路上未歇过脚，直至看到了成片胡杨林。

与上次来的时候一样，也是秋季，遮天蔽日的黄澄澄的叶子，风过时，沙沙作响，又因为正值黄昏时分，余晖又给胡杨林染上一层红色，美得不像在人间。

再往前，就看见了楼兰城的轮廓。

暮色中，子青骑着雪点雕进了楼兰，径直往王宫所在奔去。在宫门口，被宫门守卫拦住。

"我有非常紧急的要事得禀报你们的国王！请你通传一下，他认得我，一定会见我的！"子青焦急道地说。

守卫压根儿连汉话都听不懂，口中用楼兰语呵斥着将她往外赶。

子青发急，她一点楼兰语都听不懂，也不知道该如何与守卫沟通。两人一直在各说各话，守卫见子青还不肯退开，手已经按在弯刀柄上，随时准备拔刀相向。

宫内有侍卫被这边的嘈杂声吸引过来，其中一人恰好是阿曼上回往狼居胥山的随从，认出子青，连忙过来，与守卫寥寥几句，便将子青放了进来。

"我有要紧事需要见你们的王，快！请快带我去见他！"

子青请求着，生怕他们认为自己会有恶意，先行将身上所配的所有兵刃都卸下来，不小心连同怀中那只木刻的火烈鸟也掉了出来。

看见那只木刻的鸟儿，周遭的人尽皆哑然，惊呆般的看着子青。

这只鸟儿虽然雕刻得颇为拙朴，但仅仅看到那双人血浇灌的翅膀，却是只有楼兰王室才会的巫术，代表着恒久的守护。这汉人女子竟然会有这等物件，只能说明她是对楼兰王而言非常重要的人。

侍从们彼此交谈了一会儿，遂将子青领至一处庭院，示意她在此等候。彼此间言语不通，子青也无法，只得暂且立在庭院中等候。

她的身侧便是一株极大的红柳树，枝条在暮色中缓缓摆动着。子青不经意间拂开它，忽想到也许阿曼送来的那束红柳条便是从这株树上折下来的，不由得多看了它两眼。

等了许久，都没有人再过来，她心中越发焦急，疑心阿曼已经出了事，忍不住就想要自己硬闯进去……

绘得五彩缤纷的回廊尽头传来脚步声，子青定睛望去，正是阿曼，穿着一袭黑底金线刺绣滚毛的楼兰服饰，缓步朝她行来，笑容灿烂依旧。

还好，他还活着！

看见阿曼尚安然无恙，子青松了口气，暗自庆幸自己终于赶在了刘彻派出的刺客前头。

“他们说你来了，我简直不敢相信！”阿曼行至她前面，挽起她的手来，朝她暖暖笑道，“送去给孩子的红柳条收到了吗？可有给他烧汤沐浴？”

“收到了……”

他的手似乎异于寻常的冰冷，子青微有些诧异，但没有放在心上，朝他急道：“阿曼，刘彻派了人来刺杀你，你一定要加强戒备，小心刺客偷袭！”

对此，阿曼仿佛早就在意料之中，不在意地笑道：“你就是为了此事，所以千里迢迢跑到这里来告诉我。”

“嗯，刘彻已命你哥哥回楼兰即位，看情形，他是非要杀你不可。你一定要小心！我赶了一路，就怕被刺客赶在前头，好在还是赶上了。”

阿曼微微笑了笑，笑容似落寞，又似满足，让人捉摸不透。他忽又问道：“霍将军知道此事吗？他怎的肯让你来？”

子青愣了片刻，含含糊糊地“嗯”了一声，想将这个问题蒙混过去。

阿曼对她却是再了解不过，见状，已然明白真相：“你是背着他偷偷来的？”

“我……我并不是担心他不让我来，而是这事，他还是不知道的好。”子青只好道，“他现下是汉廷的大司马，我不想连累他……”

说话间，阿曼的身子忽得晃了晃，还没等子青发问，他已顺势坐到红柳树旁的石凳上，笑道："真是被你气得……"

子青总觉得有什么不对劲，细查他的脸色："阿曼，你怎么了？身体不舒服？"

"没有。"

阿曼别开脸，转过去看夕阳，余晖血般鲜红欲滴。

过了半晌，他问道："青儿，还记不记得以前我说过要带你去一处极美的地方，有接天的湖水……"

"记得。"

"走，我现下带你去。"

阿曼似乎兴致颇高，说做就做，高声命令侍从。侍从满脸忧虑，劝了好几句话，却被阿曼厉声喝止，只得依命行事。

他们说的话，皆是楼兰语，子青一句也没有听懂。

"来，上马！跟着我！穿过白龙堆，就能到那处湖边。"

阿曼翻身上马，朝子青笑道。

子青劝道："眼下不知道刺客在何处，你还是谨慎一点，不要出去。"

阿曼又笑了笑，笑容竟有着说不出的惨然，子青看得一怔。

"笑话，难道我堂堂楼兰王会被几个刺客逼得当缩头乌龟吗？"他催促她，"快点，青儿！快上马！"

子青无法，只得也翻身上马，跟他一路驰出王宫、驰出楼兰城。

日头已经完全落了下去，夜幕降临，子青跟着阿曼一路奔驰，仍能够感觉到后头有人正在追着他们。夜色中看不清面貌，无法判断出他们究竟是刺客还是侍从，但听得出足有七八人。

"阿曼！"子青焦急地唤他，想提醒他。

阿曼却不理不睬，策马径直驰入楼兰赫赫有名的沙漠白龙堆。白龙堆以流沙而令人闻风丧胆，这片沙漠中到处遍布着流沙，若无楼兰本地人做向导，只要进入这片沙漠，百人中也未见能够生还一人。

"青儿，跟紧我！千万不能有行差踏错。"他朝她道。

子青之前也听说过这片沙漠的恐怖之处，握着马缰，跟紧阿曼。对于这片沙漠，阿曼轻车熟路，带着子青在沙丘中东绕西绕，很快就听不见后头的马蹄声了。

"跟着我们的人，就是汉廷来的刺客。"

阿曼这才勒住缰绳，之前他就已经下过命令，不允许侍从跟来，况且，若是楼兰侍从，是绝不会在这片沙漠中迷路的。

“你是故意把他们引进这片沙漠的？”子青这才明白过来。

“这片沙漠，他们进来了就出不去。”阿曼似乎有点累，笑容也变得艰涩道，“青儿，你可以安心回汉廷去，汉廷不会有人察觉此事。”

“你是为了我才……”子青只觉得事情越来越不对劲，诧异道，“你怎么知道他们已经盯上你了？”

阿曼惨淡一笑，再无力支撑下去，一头栽下马背。

这一生变甚是突然，子青吃惊地跃下马，扶起阿曼。微弱的星光之下，直至近处，她才看清阿曼脸上苍白得惊人……

“阿曼，你怎么了？”

她的手碰触到他腰间的衣袍上，触手潮湿，举手迎向星光，竟然是满手的鲜血。鲜血浸透了衣袍，却因衣袍是黑色，在夜幕中压根儿就瞧不出来。

“你受伤了！”子青惊道，“何时受的伤？你怎么不说……”

她赶紧替他解开衣袍，他的腰际赫然有两处刀口，一处深些，一处浅些，相同的是两处伤口周围的肉都已开发黑。

阿曼缓缓握上她的手，艰难而虚弱道：“别忙了，青儿，没用的，刀口上淬了毒液，止不住血，宫里头的医师都束手无策……”

“你、你何时受的伤？！你……你怎么不说呢……”

子青手忙脚乱地试图想帮他止住血，但由于伤口有毒，血根本止不住，泉眼般的往外涌着。

“就在我要去见你的路上，他们下的手。”阿曼温柔一笑，“所以让你等了好久，对不起……”

直到此时此刻，子青才明白，他为何让自己等了那么久，他为何要故意穿一件黑袍，他为何要带自己来沙漠之中……不知不觉间，她已是泪如雨下，道：“你受了伤怎么不告诉我？你怎的不说呢！我千里迢迢赶过来，就是不要你死……”

“青儿、青儿……我知道我的时候不多了，我不能让你为了我舍弃那么多，我要你回去，我要你回到霍将军身边，回到孩子身边。”由于失血过多，阿曼的声音越来越小，“我要你好端端地活着……”

子青哭得哽咽难言，慌乱间似乎想起什么，自怀中掏出那只木刻的火烈鸟，急急交到阿曼手中：“你说过，你说过，它是楼兰的守护神！它会佑护你的！你不会死，不会死！”

一抹虚弱的笑容自阿曼唇边逸出，他用冰冷的手指握住这只木刻的鸟儿：“青儿，你再替我办一件事情好不好？”

“你说！”

“你左侧三丈远，便是流沙。我死后，你就将我推入流沙之中……”

未料到是这件事情，子青死死地咬着牙。

阿曼却接着道：“我不要让他们找到我的尸首，我要汉朝的皇帝永远都无法得知我的下落。我是楼兰王，不是他刀俎上的鱼肉……”

子青说不出话来，阿曼伤口处的血还在流淌着，浸湿了黄沙。

“这两匹马都是老马，认得路，它们会把你带出去。”阿曼的声音已经变得微不可闻。

子青紧紧握着他的手，能感觉到他的身体正在一点一滴地变冷，这让她有种无能为力的恐惧。

她仿佛又回到幼年的那天。

自戕的爹爹，他的血也是这样染红了地面，身子冰冷。

“阿曼、阿曼……”她的声音中带着哀求。

阿曼的意识已在慢慢消失之中。

他再听不见她的声音。

他的目光落在遥远的星河……

“不要死，不要死……我求求你……”子青悲恸欲绝，紧紧搂住他。

漫天星光灿烂，阿曼双目一直未合上，最后的视线就落在天边。

子青尚还记得他所说过的那个故事——

在楼兰有一个传说，相传火烈鸟的羽毛丰满之后便会一直往南飞，不停地飞，只为在南焰山让天火将自己的羽毛点燃，而后将火种带回楼兰，它们自己则在天翼山化为灰烬。

楼兰的王族也是如此。

阿曼没有愧对他们，他是为了楼兰，将自己燃成了灰烬。

沙漠中的夜，深浸入骨髓的冷。

阿曼的身体在她怀中已经渐渐冷透，子青的眼泪早已干涸，她几番举起手，想替他闭上双目，却又几番放下来，怎么也下不去手……

最后，她狠下心，咬着牙关，把手蒙上阿曼的双目。

当她再将手放下的时候，他的双目已经闭上，面容安静得像是漂浮在梦乡之中。

遵照阿曼最后的遗愿，子青半抱半拖着他，往流沙走去。

最后的最后，以手作梳替他梳理好头发，再替他整理好衣袍。

白龙堆的流沙，在对待它的国王时，温柔如水，一点一点地漫上来，漫上他的衣袍，漫上他的发丝，漫上他的面容……

她定定地望着，转眼间，流沙就已经将阿曼完全拥入其中。

沙面上已恢复平整，看不出任何一丝痕迹，就像这个世界上从未出现过阿曼这个人一样。

似乎浑身的力气都被抽空，子青跪坐下来，继而无力地仰躺在黄沙中，望着头顶处的苍穹，茫然地出神。

与阿曼相识以来的一幕幕在她脑中浮现出来——

大漠初见时，弯刀如月，少年静静的目光注视着她。

篝火旁，少年身姿美得近乎神奇，袍角飞舞，如欲乘风而去的白鸟。

发着低烧，他躺在地上，对她说："你……要再想一想……"

渡头之上，他轻轻撩开散在她脸上的发丝，温柔注视片刻，然后将自己的脸靠上去，贴着她的。

帐中，他猛地站起身，定定地盯着烛光，斩钉截铁道："我早就与楼兰王室再无关系。"

边塞亭隧中，他朝她无情道："如果跟我们一道走，只怕会成为我们的累赘。"

"记着，只有你还好端端的，我才会觉得活着还没有那么糟！"阿曼将木刻的火烈鸟放到她的手中。

……

下朝后的霍去病听说子青离府的消息之后，马上想起子青刚刚见过日磾。

短短两、三句话，甚至不用日磾明说，他便已经知道子青为何要瞒着他离府。

他只比子青迟了半日出发，却足足迟了近两日才到达楼兰。一来因为子青所骑走的玄马和雪点雕都是万里挑一的千里马，霍去病不得不特地到卫青府上挑选马匹；二来是他的运气差了些，途中又遇上沙暴，马匹寸步难行，足足等了半日，方能继续前进。

到了楼兰之后，一时寻不到子青踪迹，他便找了商旅中通晓楼兰话的人来打听消息，方知道楼兰王已失踪两日，下落不明。又花钱进一步打听，才隐约听说有人看见楼兰王与一女子骑马往白龙堆去，此后再未出现。

霍去病于是重金雇了商旅中的向导往白龙堆去寻找，两人带了足够的水和食物，进了白龙堆。

每当向导指出一处流沙所在方位，他的心都禁不住要往下沉去。

不会，青儿和阿曼在一起，阿曼不会让她陷入流沙之中，他又安慰着自己。

由于没有方向，也没有目的，向导只能带他在沙漠中漫无目的地转悠着，黄沙茫茫，看得人心底也是一片荒凉……

直到日暮时分，霍去病才看见沙丘顶头出现了一匹马，马背上似乎还驮着人，那熟悉的衣袍瞬间灼痛了他的眼睛。

他策马飞奔过去，马背上的人果然是子青，她趴在马背上，神情呆滞，连缰绳都拿不住了，完全是听任马匹随意行走。

“丫头！丫头！……”

霍去病将她抱下马来，焦急地唤着，又急急令向导取水囊来。

水灌入口中，子青抬手将水囊拿开：“不，我不渴。”

“丫头……”

子青缓缓将目光的焦点对上他，怔怔看了一会儿，茫然道：“将军，天快黑了。”

“是，天快黑了，丫头，咱们回家去。”

霍去病心疼地轻抚她鬓边的发丝。

子青撑起身子，看着西边，火烧云布满天空，一轮似血残阳缓缓沉下。

最后一缕余晖消逝之时，她眼前一黑，晕厥过去。

霍去病带着子青回长安，一路上她时昏时醒。

昏时，她含含糊糊的呓语不断；醒时，大部分时候都是一句话都不说，只是怔怔的。

这日，他们在途中休息。

霍去病将水囊递给她，子青因右手拿着橘子，便伸了左手来接。

这一接，她才意识到左手已然使不上劲，连水囊都拿不住，只能眼睁睁地看着水囊落地，洒了一小洼水。

“你的手怎么了？”霍去病神情骤变。

子青看着自己的左手，将手指慢慢地收拢复展开，表面上看不出任何异端，然而她自己却能感觉到，无论她再怎么暗中努力，手指已经无法握紧，更不用说拿重物。

“没事，只是不小心滑了一下。”她朝他勉强一笑。

霍去病却察觉到这绝非意外，眉头深皱道：“是不是肩上的旧伤复发了？”两年前邢医长说过的话他还记得，老邢说过，子青肩上的伤损及经络，弄不好整条胳膊都会废掉。

“不是，可能是这些日子太累了，歇一阵子就好。”子青将右手的橘子交到左手上，那是个小橘子，她淡淡笑道，“你瞧，没事吧。”

霍去病一言不发，又拿了个橘子放到她左手……

左手吃不住劲儿，无论她再怎么咬牙，终还是绵软无力地垂下，两个橘子接连落地。

看着橘子在地上滚动着，将军脸色铁青，子青再说不出话来。

霍去病拉她上马，快马奔驰到距离最近的大城，停在医馆前，拉着她进去，让里头的医工给她瞧手。

医工是白须老者，诊脉之后，又取金针试探地刺了她的几处脉络穴道，摇头叹气，问子青道：“是不是拿不得重物？”

子青点头。

“经络受损了。”

“该如何治？”霍去病急问道。

老者摇摇头：“她这伤，原来没有这么重，但自己不当心，定是去了极寒之地。经络受损，如何还经得起冻，唉……废了，废了。”

极寒之地，子青想起自己在白龙堆中躺着的那夜。

头顶漫天的星子，遥远，清冷。

身下茫茫的黄沙，冰冷，透骨。

大概就是那时候被冻着了吧？

霍去病却仍不死心，追问道：“难道就没有别的法子？无论药材有多贵重，都不要紧，你尽管开方子就是。”

老者仍是摇头，“没法子了，经络比不得别的，损了就是损了，是无法可救的，除非投胎从头再来。”

“你……简直就是庸医！”霍去病怒道，丢下诊金，拉起子青就走。

白须医工不服，在他们身后道："老夫是庸医，哼，就算是长安城宫里头的太医也说不出别的话来。"

"将军……"

子青怕他一时气恼，回去与老者较真儿，忙急急地拉着他走了。

夜里头，他们宿在客栈之中。

"待回了长安，我再去请太医丞来给你瞧。"霍去病道，"你莫灰心。"

"不要，我也是医者，我自己心里有数，请太医看也是枉然。"子青端详着自己的左手，勉强笑道，"再说，只是不能拿重物而已，也不是什么大不了的事儿。"

霍去病听她故意说得轻描淡写，却知道对她而言究竟意味着什么，她那么好的箭术，但从此已再用不得弓箭。

"丫头……"

他站起身仰天长叹口气，多少无奈，多少不舍尽在其中。

子青自他身后轻轻拥住他，将脸贴在他背上，汲取着他身上所传来的暖意，目光中却尽是苍凉。

"你怎的不骂我？"她低低道，"我撇下你和嬗儿，你怎的不骂我？"

"骂你有用吗？若是再来一次，你还是会这样做。"他叹道，转过身来搂住她。

子青的头抵着他胸膛："我，什么都做不好，什么都做不了。"

"阿曼他……"

他刚开口便被她打断："你别问我，我不想骗你，可我答应了他不能说。"

霍去病没有再问下去，只是叹息着搂紧她。

回到长安之后，子青只字不提楼兰之事，每日里只是陪着嬗儿。她的话原就少，经此一遭之后，越发地沉默了。

元朔六年，初春。

"陛下颁旨，明日往甘泉宫狩猎，命你我二人随行。"

霍去病在榻上坐下，皱着眉头看向子青。圣谕并非刘彻当面所颁，而是等到霍去病回府之后，才命人传旨，根本就不让他有推脱的余地。

相较而言，子青面色如常，平平淡淡，并未流露出丝毫不情愿，只问道："要去几日？"

"大概三五日光景吧。"

往年刘彻都是常在五月才往甘泉宫，一直住到八月才回来。此时只是初春，难得刘彻有此狩猎的兴致。

“哦，那我准备衣物。”

霍去病瞧她毫无反应，以为她未听清楚，提醒道：“陛下旨意中，要你也同去。”

“我知道。”

“可你的胳膊使不上劲，怎么办？”

“骑马无碍的。”

“你若不愿，我可以替你推辞。”

“不要紧，不过是一趟狩猎，出去走走也挺好。”她的模样倒像在谈论与自己完全无关的事情一样，起身道，“我去收拾衣物。”

霍去病拉住她的衣袖，定定看着她：“丫头，你知不知道，你这样让我很担心。”

子青身形一顿，缓缓转过身来，极力挤出一丝笑容：“我没事。”

她的笑容恍恍惚惚的，模糊得更像一个做梦的人，霍去病看在眼中又是心疼又是焦急，自打从西域回来之后她便一直是这样，总让他有种感觉，似乎自己只是将她的人带回来了，可她的魂却留在了白龙堆。

“过来，坐下。”他拍着自己身旁的榻。

子青柔顺地依言过来坐下。

他看着她，伸手轻轻拨弄着她鬓角的发丝，沉默了许久，轻声问道：“阿曼死了，对吗？”

子青抬眼，定定地看着他。自从在白龙堆接她回来之后，这还是霍去病第一次问她这个问题，之前他从未提起过这事。

“对不对？”

看着她的眼睛，他知道，即使会鲜血淋漓，但自己必须帮着她把这个伤口揭开，否则现在的她就是当年那个为了不见人而躲入深山的孩子。

子青怔怔地看着他，过了许久，才道：“我不能说，他……他不想让别人知道。”

霍去病宽容而了解地笑了一笑：“我能想得到，阿曼是这样的人，他有他的傲气和尊严。”

子青低首，目光茫然地落下席面上。

“前些日子，楼兰的新王即位了。他们一直都没有找到阿曼，没有人知道他的踪迹。”霍去病接着道，望着她道，“你知道我为何从来都未问过你这件事吗？”

子青摇头。

“因为从我见到你的那刻，我就知道阿曼死了。”

子青抬头，不解地看着他。

“他对你那么好，若非他已经死了，怎的会让你一个人在大漠里呢。”霍去病看着他，缓缓道。

子青呆愣住，双目慢慢蓄满泪水，然后溢出来，连不成串，破碎零落地往下掉。

“傻丫头！”

霍去病将她揽入自己怀中，她的头就抵在他的胸口上，死死地抵着，压抑了许久的抽泣声从唇瓣中逸出来……

“我没赶上，没赶上……”她哽咽着，“他被刺中两刀，刀上有毒，血根本止不住……”

他搂着她，轻轻拍着她的背。

“阿曼他为了让我还能回汉廷，把刺客引入白龙堆，直到那时候，我、我才知道他已经中了刀……”埋藏在心底多日的话，她终于可以宣泄而出，“他一直在为我着想，一直在为我着想，到死都在为我着想……可我却什么都做不了，什么都做不了……”

他能感觉到她身体的颤抖，那份悲恸和无力，他感同身受，也让他越发心疼。

“他要我把他推入流沙，他说，他要汉朝的皇帝永远都无法得知他的下落。他是楼兰王，不是刀俎上的鱼肉……”

霍去病蹭着她头顶的发丝，勉力笑道：“是阿曼的做派，最后的时候，显示最后的尊严，便是死了，他也绝不愿让敌手称心如意。”

“我看着他沉下去，我没想到流沙那么快，人一下子就没了，一点痕迹都没有……”子青沙哑道，她痛恨着自己的无能为力，“他死了，可我什么都做不了，什么都做不了……”

他尽力搂紧她，长长地叹着气。

第三十四章　琴音未绝

甘泉宫，在甘泉山中，原为秦皇所建林光宫，周匝十余里。元封二年，刘彻加以扩建，周匝十九里，距离长安三百里。登上宫中通天台或是望风台，便可遥望长安城。

甘泉山中有不少野鹿、野狍、野猪，是狩猎的好去处。

因此番子青也得随行，虽有乳娘照看嬗儿，霍去病还是不甚放心，特地将母亲卫少儿请至府中小住，帮忙照看嬗儿。

此番刘彻往甘泉宫狩猎，唤了不少武官相随，除了霍去病之外，还有卫青、卫伉、赵破奴、李敢等人。

子青静静跟在霍去病身后，低首策马，目光并不与其他人相接。

李敢已久未见到子青，经过上次之事，为了避嫌，连嬗儿出世，他都只命人送来贺礼，并未亲自登门。此时见子青较那时清瘦许多，不由得多看她几眼。

众人一路策马，不多时便到了甘泉山。刘彻兴致正浓，也不先进甘泉宫休息，径直便往山中狩猎。

早有甘泉宫侍卫守在山中，知道陛下已到，当即敲锣敲鼓，将山中的野兽都赶将出来，便于刘彻捕猎。

眼看着一群野鹿朝着山南面奔去，刘彻高声唤上霍去病、卫青等人一同逐鹿。

“来！看看谁射的鹿最多！”

一时间，鹿群在山间飞奔。

霍去病、卫青等人在马背上，追风逐月般一箭又一箭，射向鹿群。

鹿群很快消失山坳那头，刘彻一马当先追了过去，其余人等也都跟了过去。

子青自左胳膊使不上力之后，已久未碰过弓箭，身上虽还背着弓与箭箙，不过是应景罢了。此时见好些人都追了过去，她不愿去凑热闹，牵着马匹在林间慢慢走着。

“阿原。”

她回头微微一笑，看着李敢唤道：“李家哥哥。”

李敢同样也是牵着马，朝她走过来，笑容温暖："孩子可好？听说是个男娃，长得像你还是像霍将军？"

"眼睛像我，鼻子像将军多些，笑起来的模样也像将军。"子青笑道。

"看你清瘦好多，怎的带孩子也如此辛苦吗？"

"前些时候他夜里头不爱睡觉，现下好些了。"子青淡淡一笑，自然是不会说阿曼的事情，为了岔开话题，她朝前头努努嘴，"你怎的不去猎野鹿？"

李敢笑着摇摇头，"鹿还没人多呢，我挤进去倒惹人嫌。"

子青笑了笑。

两人牵着马就在林间缓步而行，子青问起李老夫人身体状况，方才知道年初时李老夫人也已经过世，不由叹了两声。

李敢也未多谈此事，只谈论他侄子李陵，说那孩子就跟他小时候一样，练箭刻苦得很，现下由他亲自教导。

"我教他骑射之术，便是按着当年秦叔教我的那样。"林间落叶扑扑而下，李敢回想起那时候自己与子青一块练箭时的情形，"你还记得吗？那时候你有好长一阵子对箭靶上的红点心存忌惮，怎么射都射不中，秦叔怕你从此废了，急得不得了。"

"记得，"子青笑道，"后来，是你故意来寻我比试，说不射红心，而是要在箭靶上射出一个北斗七星的形状来。"

"北斗七星……"李敢笑着。

忽然间，子青只听见左侧树林间传来利箭破空之声，在她还未来得及回过神来的时候，李敢猛地扑过来，将她护在身前！

接下来，是寂静。

全然的寂静！

只有风的声音自长空呼啸而过。

子青仿佛被冻结在原地，不可置信地看着李敢，仿佛重新回到栗子林的那日。李敢也是这般替她挡下一箭，这让她有些恍惚，直到看见从他嘴角缓缓溢出的鲜血，那一点小小的殷红正在浸透她的视线……

"小心！有人要杀你！"李敢艰难地开口，更多的鲜血自他口中涌了出来。

子青扶住他，看见正中在他后心处的羽箭，再望向林中，死一般的寂静，无声无息。杀手一击不中，又见李敢中箭，已仓皇落逃。

李敢此番是要害部位中箭，根本连延喘的工夫都没有，他狠命地想站直身子，坚持了两次，便气绝身亡了。

“李家哥哥，李家哥哥！”

眼下并非是在战场之上，却生如此骤变，子青托抱着李敢的尸身，一时间呆愣在当地，茫然不知所措……

“是她，是她射杀了关内侯！

有数人自林间冲出来，为首一人直指向她。

子青迟缓地转头，望向那人：那人，她从未见过，也不认得。

“我亲眼看见的！她杀了关内侯！”那人复道。

于是，很快有人上来，将李敢的尸身自她手中夺下来，然后把尚在呆愣之中的子青捆绑起来。

这一切一切的一连串变故都是让子青猝不及防的。

在她还没有完全自李敢身故中回过神来时，她已经被推搡着跪到刘彻面前。后者刚刚狩猎折返回来，深皱着眉头看着眼前这幕。

“青儿！”霍去病跃下马背，猛力推开押解子青的宫中侍从，半跪下来扶住她，朝侍从怒道，“她犯了何事？为何将她绑起来？”

“她，她……”那侍从被霍去病的目光一瞪，说话便有些打磕巴，“她刚刚射杀了关内侯！”

说着，便有人将李敢的尸身抬了过来，李敢平躺着，羽箭已自他身上拔掉。

看见李敢身死，刘彻似也不可置信，目光冷若冰霜，沉声问道：“真是她杀了关内侯？有谁看见了？”

“卑职看见了！”

“卑职也看见了！”

宫中侍卫中站出来两名，皆是子青看着面生之人。

刘彻居高临下地看着子青，沉声问道：“你为何要杀关内侯？”

“我没有杀他。”子青双目只看着霍去病。

“我知道。”

霍去病点了点头，转而朝刘彻道：“李敢不是她杀的，请陛下明鉴，这两名侍从一定是受人唆使在撒谎！”

“他们是朕的侍从！能受谁的唆使！去病，你不要为了袒护她，就目无王法！”刘彻怒气渐盛，朝子青喝道，“我再问你一遍，你为何要杀关内侯？”

“我没有杀他！”

子青仰起头，直直对上刘彻，清晰无比道。

刘彻冷笑一声："你以为你不说，朕就不知道。好，让朕来告诉你，你的父亲秦鼎原是李广的副将，置水关外，羌人反叛，是秦鼎前去招降。后来李广杀降，秦鼎自觉对不起八百羌人，自戕身亡。李家根本就是你的仇家！你杀李敢是为了替父报仇！"

他一字一句，不仅让子青惊诧，连霍去病也甚为吃惊。

子青的身世，刘彻是何时知道得一清二楚的呢？

短暂的惊诧过后，子青转头望了眼指认自己杀李敢的侍从，然后再看刘彻，终于恍然大悟，长长呼出一口气，平静道："原来是你想杀我。"

她说这话的时候正看着刘彻。

直指刘彻想杀自己就已经是大逆不道，更不用说，她的话中，竟然将刘彻直呼为"你"，而并未尊称陛下。

"青儿！不可对陛下无礼。"霍去病朝她焦急喝道，毕竟刘彻是此刻操控生杀大权之人。

子青转向他："有人想杀我，是李敢替我挡下了这箭。方才我还在想，究竟是谁想杀我，现在我知道了。"

刘彻沉着脸，道："朕不会与你这等民妇一般计较。你杀李敢，动机确凿，又有人亲眼所见，难道你还想狡辩不成。"

阿曼之死在子青心头压抑许久，现下看见李敢也死了，到了这个时候，她心头的怒火熊熊燃烧着，已全然将生死置之度外，连跪都不想跪着了。

她缓缓站起身来，望着刘彻，唇角含着一丝轻蔑的冷笑："我不需要为没有做过的事情狡辩，你也不需要为想做的事情找理由。你虽独尊儒术，但已故的太皇太后尊崇黄老之说，有句话你应该听过——民不畏死，奈何以死惧之！"

还从来没有人敢这样在他面前说话，刘彻盯着她，但是太阳穴上青筋凸起，眼底聚集着风暴。

"你是想说，你不怕死，也不怕朕。"他冷冷道。

"不，我怕你！而且很怕……"子青站在那里，荒野幼树般柔弱而坚韧，重重道，"我怕你穷奢极欲，繁刑重敛，内侈宫室，外事四夷！"

此言一出，举座皆惊，刘彻的脸色已经难看到不能再难看了。

"果然，外事四夷，哼……去病果然是受了你的影响！"刘彻所指的自然是霍去病几次三番推辞出征西域之事，这也是他一定要子青死的真正缘故。怎能因为一个女人而废掉他手中的一柄绝世利器。

“陛下！”霍去病跪下，“卑将绝非受她影响，元朔四年之后，匈奴漠南再无王庭，汉匈相安无事，而汉廷却因连年征战，百姓不堪赋税，流离失所者众，卑将实在是于心不忍。”

“不必再说了！”刘彻双目怒火中烧，只想赶快除去子青这个眼中钉，“她射杀关内侯，罪证确凿，把她给朕拖出去斩了！”

“陛下！”霍去病厉声喊道，“李敢是卑将所杀！”

他这一喊，刘彻呆住，子青也呆住。

“将军，子青死不足惜……”子青顶罪万万未料到霍去病会这样说。

“这种话能说吗！你竟然还想替她！”

看着霍去病，刘彻简直气不打一处来，上前就狠踹了他一脚。

“李敢是卑将所杀！”霍去病踉跄一下，复跪好沉声道，“李敢中箭身亡，她左手已废，使不得力，根本拉不开弓，怎么可能杀得了李敢！”

“她左手已废？”刘彻皱眉，看上去子青样子好端端的，“怎么可能？”

“陛下若不信，可请太医为她诊断！”

刘彻眼神示意，侧后方便行出一名太医上前为子青诊脉。过了半晌，太医转身朝刘彻禀道：“左手经脉已损，已用不得力。”

“能拉弓吗？”

“绝不可能。”太医禀道。

刘彻半晌没有说话，脸色阴晴变幻不定。

“陛下一定要问罪的话，杀卑将就是！”霍去病跪在地上，声音中没有丝毫畏惧。

“你……你真的以为朕不敢杀你吗？”刘彻怒道。

深恐陛下一时激怒，卫青再无法旁观，疾步上前，跪道：“陛下，去病只是一时糊涂，陛下三思啊！”

卫伉也忙跟着跪下来。

紧跟着，数位臣子也跪下来替骠骑将军求情。

刘彻死死盯着霍去病，后者只是跪着，一动不动，哪怕连一个求饶的眼神都没有给他……

哪怕给他一个台阶下呢，这孩子硬得让人恼恨，刘彻狠狠地想着。

“滚！”

他上前又踹了霍去病一脚。

“给朕滚得远远的，到朔方去驻守，朕再也不想看见你，看见你们！”刘彻踉跄地朝霍去病嚷嚷道。

卫青松了口气，总算陛下还是舍不得去病。

霍去病复跪好，循礼给刘彻磕头：“臣，谢陛下恩典。”

“滚、滚、滚……朕不要你在这里谢恩。”

霍去病默然起身，拉着子青，两人向外走去。

还能听见后头传来刘彻的声音——“都给我记着，关内侯是触鹿角而死！抬下去，厚葬之。”

“诺。”

将所有的喧嚣抛在后头，霍去病紧紧拉着子青大步往外走去。

他手心的温度直透过来，温暖如初。

按原定的行程，霍去病该在五日之后回来，未料到当日即回。卫少儿正哄着嬗儿睡觉，听见家人报他们回来，心下不免奇怪。

霍去病一进门就吩咐管事立即去收拾衣物及其他常用物件，陛下心意难测，说不定转念又觉得心有不甘，要将子青置于死地，早一刻离开长安城都好。

“娘！”

嬗儿一眼看见出现在门口的子青，睡意顿消，咯咯笑着，手脚并用地爬下床，唰唰唰地朝她快速爬过去。

子青先朝卫少儿恭敬施礼，然后蹲下身子将嬗儿搂入怀中，蹭蹭了他的小脸蛋，又亲了亲他。虽然才两日未见，却好似隔了许久，她的目光流连在儿子身上，怎么也看不够。

霍去病随后大步进来，也先向卫少儿施礼：“娘。”

“不是说要去几日的吗？怎的这么快就回来了？”卫少儿奇道。

“嗯，陛下旨意，要我去朔方，明日一早就出发。”他尽可能说得轻描淡写。

“陛下要你去朔方？”卫少儿吃了一惊，转而便是不解而忧虑，“为何要你去朔方？”。

“朔方是新城，与匈奴人距离最近，陛下要我去，自然是要我驻守。”霍去病宽慰母亲道，“您不用担心。”

卫少儿虽不懂军事，但也隐隐察觉到有些不对劲：“你是大司马骠骑将军，怎的会要你去驻守边塞呢？莫非，陛下对你有何不满？”

“娘，您莫多想了，什么事儿都没有。”

“要去多久？”

“这个……还得看陛下的意思，我估摸着一年半载是免不了的。”

“子青呢，她跟你一块儿去？”

“嗯，她和我一起。”

“嬗儿还这么小，你们就要把他带去那等蛮荒之地，”卫少儿光是想一想就心疼得很，忧心忡忡道，“万一到了那里水土不服，病了怎么办？”

霍去病笑道：“娘，朔方虽是新城，比不得长安，可也不是什么蛮荒之地啊。”

“可你们这一去……”卫少儿又是心疼又是舍不得，“现在这个时候，听说朔方那里还冷得很呢，孩子怎么受得了。依我说，你先去安顿好，然后再把子青和嬗儿接过去，不过一两月的工夫，那时候也和暖些。”

“娘，青儿得跟我一道走。”

“那就你们先去，安顿好了，我亲自送嬗儿过去，你们还有什么可不放心的？”卫少儿是实在舍不得自己这个孙儿。

子青自己何尝舍得嬗儿，但知道该将心比心，霍去病长年在外，卫少儿对儿子一直十分惦念，好不容易有个孙儿能在膝下聊以慰藉，现下却是儿子、孙子都要离开。她自是更加难舍难分。

霍去病似还在思量着，抬眼间看见子青微不可见地朝他点了下头，他遂朝她微微一笑。

“孩儿只是怕娘亲太辛苦，”霍去病在母亲面前半跪下来，“孩儿不孝。”

听到他愿意先将嬗儿留下来，卫少儿抚摸着他的头发，欢喜道：“一点都不辛苦，娘和嬗儿在一块儿，还觉得自己年轻些呢。”

子青搂着嬗儿，看着自己面前的这对母子，眼角微微发潮，忙低首转开脸去。

连夜整理行装，此番往朔方与往昔去军中不同，不像在军中那么方便，很多家常日用物件都得自己带着去，尽管已经是尽可能精简，还是满满当当地装了三大车。

收拾停当之后，子青轻轻躺到嬗儿身旁，毫无睡意，就这样痴痴地看着孩子睡颜。

这夜，霍去病坐在灯下，慢慢用刀削出一匹小木马，就像小时候舅父给他做的那样。

天蒙蒙亮，他将小木马放到嬗儿的枕头旁。

辞过卫少儿，两人上了黑缯盖偏幰辇车，车帘放下来，一路出了长安城。

子青虽是一夜未眠，可心里想着嬗儿，半点睡意都没有。

“怎么不睡一会儿？”霍去病看她怔怔出神，伸臂将她揽入怀中。

“不知道嬗儿他醒了之后找不见咱们，会不会哭？”子青只要一想到嬗儿找他们的模样，鼻子就禁不住发酸。

“你呀，当了娘之后就成了水做的了。”

他用下巴蹭着她的发丝，手在她左肩上揉着，无奈叹道。

子青自嘲苦笑，举袖将眼角一点湿意擦掉：“我真傻是不是，其实再过一个月就能见着他了，可我好像现在就开始想他了。”

“我也想他……”

察觉出霍去病语气中有一丝异样，子青回头看着他，不确定问道：“咱们是过一个月就能把嬗儿接来吧？”

霍去病搂紧她，低低道：“我尽力，好不好？”

“你把嬗儿留下来，除了娘舍不得他，还有别的缘故？”她小心翼翼地问道。

霍去病沉默了许久，才点了点头：“若嬗儿和我们一块走，也许我们就都走不了了。”

子青愣了一瞬，猛地坐直身子，不可置信而愤怒地盯住他：“你是说，你是故意把嬗儿留下来做质子！你怎么能……”

“嬗儿在这里不会有任何危险，只是为了让陛下心安。可他若现在和我们在一起，我们全家都会有危险。”霍去病按住她的身子，“这是为了嬗儿好，明白吗？”

子青死死咬着嘴唇，她心里知道他说得很对，可嬗儿还那么小，她怎么忍心让他一个人孤零零地长大……

霍去病长长地叹了口气，复将她揽入怀中。

子青在他怀中，压抑地无声地抽泣着。

出长安城，一路蜿蜒向北，天色阴沉，细雨霏霏。

朔方，正位于长安城的正北方，因此刘彻取《诗经》中“城彼朔方”之意，命名为朔方郡。管领有三封、朔方、修都、临河、呼道、窳浑、渠搜、沃野、广牧、临戎十县。黄河流经朔方郡，且在郡内逶迤曲折，有好几处弯道。

子青与霍去病向北而行，所去的正是朔方郡内的朔方县。

有一次途中歇息就在距离黄河不远的地方。

从堤坝处传来轰隆隆的巨大响声，像是有千军万马在冲击着堤坝，声音让人听了不寒而栗。

子青无甚胃口并不想吃东西，听河道里的动静骇人，因不知是什么缘故，她遂行了几步跃上堤坝，朝河内望去……

这一看，她倒吸了一口冷气。

此处正是黄河在朔方郡内的一处弯道，河水中，许多巨大的流冰都被卡住在此处过不去，随着河水的奔涌，流冰相互之间的碰撞，流冰与堤坝之间碰撞，就是他们听见的巨响。

“将军，你来看！”子青朝霍去病招手。

霍去病拎着水囊，跃上，立在她身旁，低头往下看去，顿时皱起眉头来，低低道：“只怕凌汛马上就到了！我们得赶快走！”

这年，朔方郡内的春天来得分外迟，天气很冷，而且多处河道上的冰层依然很厚。但黄河上游的春天却到得很早，积雪融化，水量甚多。当这些河水汹涌而下，到达朔方郡内时，便将冰层冲裂，造成了河道内积蓄了大量厚厚的流冰。郡内河流弯道多，许多流冰都卡在弯道处，以至于弯道处的水位巨涨，极易造成串堤决口、淹没成灾。

此患则谓之凌汛。

匆匆上了马车，继续向北而行，道路上携家拖口的百姓渐多，都是为了躲避凌汛往邻近广牧县去的人。

朔方郡是汉廷新设立不久的新郡，刘彻为此迁移了数万百姓来朔方郡。汉人对乡土甚是依恋，若非万不得已，是绝不愿背井离乡的。迁来的百姓大多都是在家乡穷困潦倒，不得已来朔方郡寻找活路的，路上所见大多皆衣衫褴褛。

子青看着他们，什么都没说，便跃下马车去。

霍去病自是知她心意，也下马车来。

两人将马车让给路上老弱妇孺，子青连雪点雕都让给两个半大的孩子坐，自己则替他们牵着马。

如此又行了半日，方才到了广牧县，一方小小的土城。

让他们想不到的是，许多拖家带口跋涉至此，刚想进城喘口气的百姓都被拒之城外，广牧县城根本就不让逃难的百姓入内。

数十名佩刀的游缴立在半开的城门前，严阵以待，无人胆敢擅入。

子青皱眉，不解为何不让百姓入城，春寒料峭，寻常百姓又比不得军中士卒，露天冻上一夜，身子怎吃得消。

霍去病正欲亮出身份入城去，忽见一匹快马自西南面绝尘而来，马背上也是一名游缴，气喘吁吁……

守城门的游缴见到来者，显然是熟识之人，急问道："怎么样？"

"西南面那边的口子决了！"马背上游缴的气喘吁吁，"又淹了好几个乡……"

西南面正是子青他们来时的方向，她抬头去看霍去病，眼底满是忧患。

听见他们的对话，周遭百姓起了一阵骚动，许多人都是从西南面逃过来的，虽逃了出来，但心底总存了一丝希望，盼着不会真的有凌汛。此时听闻西南面那边决口的消息，人群中呜咽之声此起彼伏。

守城的人忙让报信的游缴进城门去，然后继续坚守，其中一名游缴朗声安慰眼前的百姓道："大家稍安勿躁，县令大人已经在给你们安排去处，待会儿就会有人来领你们去。"

霍去病行至前头，亮起身份。

见当朝大司马骠骑将军突然至此，守城游缴们丝毫不敢怠慢，连忙让开一条路让霍去病一行车马入内，只是车上一望便知的逃难百姓却被游缴们拦了下来。

"他们为何不能入内？"霍去病皱眉问道。

"大司马恕罪，难民的去处县令正在安排，很快就会有人来将他们领去。"游缴恭敬道。

霍去病盯着他，目光难测："若我一定要领他们入内呢？"

尽管身份地位悬殊，游缴却是丝毫不让："卑职奉命守住城门，只知恪尽职守，请大司马恕罪。"

未料到这个小小土城中的小小游缴竟有如此勇气，霍去病未再说什么。

子青抬首，似乎想说什么。

"没必要为难他们，我去寻县令。"不等她开口，霍去病便道。

子青默默点头，将马背上的两个孩子抱下来，复交到他们父母手中，自己牵着马跟着霍去病身后进了土城。

广牧土城并不大，他们不用问人便寻到了县府所在，正欲入内，恰见几人自内匆匆出来。为首一人迎头看见霍去病，毫不迟疑，干脆利落地行了个军礼——

"卑职参见骠骑将军。"

子青在旁看着此人，又惊又喜："缔素！你怎的在这里？"

霍去病扫了眼缔素所穿衣袍，已猜出他的身份，微笑道："你是广牧县尉，什么时候来的？”

“卑职前年调任此地。”

县尉在辖县内掌管军事，秩俸四百石至二百石，若在别的郡，这官职也算不差，但在朔方郡，却委实算不上好差事。

“正好，我问你，城门外头聚集了甚多难民，为何不让他们进城？”霍去病沉声问道。

“回禀将军，这是无奈之举！”缔素眉头深皱，禀道，“八日前渠搜县内凌汛，死了不少人，也有逃出来的，但发现百姓中不少身患疫病，传染极快，死了不少人。”

“是何种疫病？”子青颦眉问道。

“我并未亲眼所见，听说身上会起黑斑，大小不一，许多人挨不过三日，短短几日便死了近百人。”

这是何种疫病，竟然如此烈性，子青骇然而惊。

霍去病问道：“可有向朔方郡守禀报？”

“听说医曹掾史已带了人去，给其他县也下了死令，发现疫病者无论身份，不惜代价，即刻圈禁。县令大人已为了此事在城东面腾空了两个里，专门接纳逃难者。县令大人不让他们入城，就是担心将疫病带入城中。”缔素微微呼出口气，“还好，我一直派人在探查，广牧县内还未发现这种疫病。”

“你这是要去何处？”子青见他身后还跟着几名门下贼曹。

“方才游缴来报，西南面决了口子，我得带人去看看！”缔素看上去很头疼，广牧县人手实在有限。

“我跟你去！”

子青想都不想就道。

霍去病奉命驻守朔方，眼下黄河凌汛，自是不能置身事外，道：“我跟你去看看！”他转头吩咐了车夫将马车停到妥当的地方，然后先行去歇息。

骑上马，沿着来路奔去。

子青的雪点雕和霍去病的玄马自是比缔素等人的马匹要神骏得多，两人奔在了前头。此时不用像来时那边慢慢走，不消半个时辰，眼前再无路，仍是一片茫茫接天的水。

怎么也想象不出这是方才经过的地方，子青勒住雪点雕，看着被河水淹没的道路、田地、房屋，一个字都说不出来……

房屋多是夯土打实的墙，这般被水泡着，过一日半日便尽数毁了，那是多少人眷恋而守护的家，就这样毁于一旦。

缔素未看见其他人迹，松了口气："幸而前日就传令乡长、亭长，让附近乡里的人他们全都撤走，虽然撤得拖拖拉拉的，总算是都撤出来了。"

一条黄狗在水中奋力游着，朝这边靠过来，好不容易爬上实地，甩甩身上的水。还有几只老鼠湿漉漉地自水中窜上来，黄狗冲着它们吠了几声，而后精疲力竭地躺倒在树边。老鼠窜入草丛之中。

子青看着那些老鼠，愣了下神……

三人折返回广牧土城，此时城门前的百姓已经聚集得越来越多。县令也已回来，见到霍去病连忙向他施礼。

"眼下城外那么人，你如何安置？"霍去病不耐虚礼，先问他。

县令也在烦恼此事："有许多并非是本县百姓，从别处逃了来的，我已经挪出两个里来安置，可还是不够啊。"

"再腾出两个里来，或者在城中找处地方安置他们。这时候还冷得很，让他们在外头过夜，非得再冻死几个不可。"霍去病下令道。

"将军！不是卑职不愿意，可眼下渠搜县疫病蔓延，卑职担心……还是不让他们进城的好。"县令道，"否则万一疫病扩散开来，不堪设想。"

听县令说得也甚是有理，霍去病思量片刻，道："既是如此，他们一直待在外头冻着也不行，你派人再去腾出两个里来安置，要快！另外，再派人取粮施粥，保证一日两顿。"

他的命令简单明了，但县令却立在当地，面露为难之色。

"怎么了？"

"在下并非存心违抗大司马，但是……一旦这里开始施粥，必定引得更多的人前来广牧。广牧只是个小小县城，粮仓储备有限，根本支撑不住。"

"你放心，我亲自去向郡守说明此事，会有人运送粮草过来。当务之急，你先安置好灾民。"

"诺！"

县令急急带人去了。

霍去病皱眉想了一瞬，心知灾民只会越来越多，此事拖不得，须得尽快赶往朔方郡守处，迫他送粮送钱两才行。此番朔方郡内多处凌汛，疫病蔓延，此事也须得尽快告知陛下。

他立即写一封信牍，用赤白囊装上，遣一名游缴速速送往长安。赤白囊又被称为“奔命书”，紧急公务才可用。

“我马上起程去朔方县找郡守。”他看向子青，如今她身体状况大不如前，连夜奔驰恐怕吃不消，“你留在这里等我。”

子青轻点下头：“好，我留在这里帮忙，你路上小心！”

此时已经入夜，缔素担心霍去病对朔方郡道路不熟悉，唤来一名游缴，命他与将军同行。子青便将自己的雪点雕让给那名游缴。

霍去病伸手轻轻抚弄下她的脸颊，不放心道：“你自己也要小心！我很快回来。”

“嗯。”

子青目送他们消失在夜色中。

甘泉宫中，舞姬们轻歌曼舞，为首者是刘彻最为宠爱的李美人。

自狩猎时李敢被杀、霍去病被逐，数日以来刘彻的心情都极为低落。李美人费尽心思排练了一出舞曲，亦是盼着能博刘彻展颜开怀。

刘彻斜靠在龙榻上，双目虽然是在看着舞蹈，但神情木然，也不知他心思落在何处。

底下的臣子都知道他心情沉郁，无人敢开口说笑。

卫青默默而坐，同样是面有郁色。一连数日他都在想寻个刘彻心情稍好的时机，方可以替去病说情，可刘彻始终沉着脸。看着刘彻，他能明白陛下对去病的不舍，去病自小在宫中进进出出，性情脾气与陛下倒有七分相似，深得陛下的宠爱。对于陛下来说，去病并不仅仅只是他手中的绝世利器，而算得上是半个儿子。

所以，陛下也才会如此震怒，久久不能释怀。

想到这层，卫青暗自长叹了口气，他不敢贸然劝谏，也正是因为这层时机不对，反而会使陛下的怒火燃得更凶。

“陛下，朔方郡有急奏到，是大司马骠骑将军差人送来的。”因见是被称为“奔命书”的赤白囊，又是大司马骠骑将军所奏，内侍不敢有丝毫耽搁，冒着打断歌舞的风险，向刘彻禀道。

刘彻骤然坐正身子，急道：“快呈上来！“

“诺。”

李美人见陛下有公务，遂停了舞步，丝竹之声戛然而止，她带着众舞姬悄然无声地退了下去。

卫青就在刘彻下首近处，将内侍的话听得清清楚楚，也不愿再掩饰，挺直背脊，焦急地望着殿外。

奏报的人快步上殿，跪下，自怀中掏出赤白囊呈上。

内侍接过，然后快步呈给刘彻。

刘彻急急解开捆绑囊口之绳丢至一旁，取出内中的简札，皱眉细看……

卫青紧紧地盯着他手中的简札，去病不是个莽撞孩子，会用上奔命书，必定是十万火急的急事，难道是有紧急军情？

眼看着刘彻的眉头越皱越紧，卫青的心也跟着往下沉。

看完一遍，又复看了一遍，刘彻方把简札放下来："朔方郡内多处凌汛，且出现重大疫病。传朕口谕，太医令速速遣人往朔方，大司农速往朔方调运粮草、药材。"

"诺。"

刘彻沉默着，似乎心中有事难以决断，片刻之后又道："再传朕口谕，命大司马骠骑将军即刻回长安。"

"诺。"

卫青听到这话，悬停多日的心终于可以落地，深闭下眼，暗自松了一口长气。

"等一下！"刘彻忽道。

卫青心中一紧，看向陛下。

刘彻朝他看过来："仲卿，让你家卫伉去一趟朔方，替朕把去病带回来。那孩子的脾性你是知道的，告诉他，朕……"他顿了许久，一直未说出下面的话，已觉得自己有些委屈了。

卫青却还在等着。

"总之，先让他回来吧。"刘彻疲惫道。

"诺。"

卫青立即起身告退，去寻卫伉，因卫伉虽也来了甘泉宫，但并未列席。

寻到卫伉，卫青交代道："告诉去病，陛下的气已经消了，召他速回。"

"陛下真的肯让表兄回来了？"卫伉喜道。

"陛下此举已是让了一大步，一定让他不可再意气用事，惹恼陛下，速速回来才是。"卫青嘱咐道，"还有你，听说朔方疫情严重，你自己小心，水粮都自带去。"

"我明白。"

卫伉正待出发，却见刘彻身旁的一名内侍匆匆赶来。

"陛下特让我来嘱咐一句，"内侍的声音压得很低，"朔方疫情严重，骠骑将军夫人只怕难以幸免，还请劝骠骑将军节哀。”

闻言，卫伉愣了一下，尚未反应过来，内侍便躬身退了下去。

“爹，这是……”卫伉不解，看向卫青。

卫青面色凝重，叹了口气道：“陛下只肯让去病回来，要她，死在朔方。”

卫伉惶然，迟疑问道：“那我该怎么办？”

卫青不语，脑中复浮现出那日子青在甘泉宫狩猎时的模样，长叹口气，那女子性情着实刚烈，竟在陛下面前说出那等大逆不道的话来。当时是因为碍着霍去病，但陛下的这口气如何咽得下去。

身为去病的舅父，卫青并不想看见去病为她所累。

去病对她一往情深，若陛下想要她死，但又不愿被去病记恨……卫青看着卫伉，许久才问了一句：“我记得她最早在军中是医士吧？”

“嗯，好像是。”

“医士诊治病者，被传染上疫病，也是寻常之事。你明白了吗？”

卫伉楞了半晌，方才恍然大悟：“爹爹，你是要我……”

“她是墨家后人，对于他们来说，这种事情绝不会推辞。”卫青忽觉得心中一阵难受。这世上，还能剩下几名墨者？

“爹爹，那我去了。”

“伉儿，”卫青唤住他，“记着，万不能让去病察觉。”

“我知道。”

广牧土城。

子青到马车边取了钱两，吩咐家人去买来所有能买到的烙饼，然后至城外分发。生怕灾民因争抢而引发打斗，缔素领着门下贼曹也来帮忙。

一妇人拼命地伸手来拿，却在堪堪拿到的时候，身子软软地倒下去，栽倒在子青跟前。子青连忙将她扶起来，触摸到她的时候，发觉她肌肤烫得惊人，显然是正在发高烧。

“快，拿水来！”

子青扶着她，接过碗水，凑到她嘴边。

妇人伸手扶着碗，大口大口喝着，衣袖滑落下来，手臂上赫然有几块紫黑斑！

缔素首先看见，骇了一跳，急道：“不好，她有疫病！”

周遭的人听见，全都急退开来，离那妇人远远的，只剩下子青还扶着她。

“快把她放下。”缔素朝子青急道。

子青把妇人尽可能轻地放下，却不急着走，半跪在她身旁，拿过手来给她诊脉，眉头愈颦愈紧……

《素问》中说道：五疫之至，皆相易染，无问大小，病状相似。

缔素深皱着眉头看着她。

子青缓缓抬头，看向他，摇了摇头。

疫病之烈，朝发夕死或顷刻而死，兼而有之，以她的粗浅医术，眼下并无能力治疗这种疫病。

缔素急命人找来独轮车。

子青将妇人扶到车上，然后自己寻来清水洗净手，将身上的衣服也换了下来，深颦的眉头一直没有松过。

“缔素，你能否将城中医工都请过来，我医术粗浅，作不得决定，须得与他们相商才行。”

缔素点了点头：“行。”

广牧土城不大，城中医工不过才五六人，又都是背井离乡而来，年纪都不大，对于这种疫病也都未曾见过。众人相商之后，当务之急，须得尽快将有病症者隔离开来，其他百姓也需喝预防的汤药。

城中药材有限，还须得往邻近县急调，这事子青说了不算，还得等县令回来才行。

缔素拿了方子，先去医馆中抓药来煎煮，他自己、子青、众医工，还有几名门下游缴每人喝下一碗去。然后用布巾蒙上口鼻，复往城外来，将灾民逐一检查，凡是有体热发烧者或身上已有紫黑斑者一律隔离起来……

县令回来后听见发现疫病，骇然而惊，急令将患病者送至距离广牧城最近的凤鸣里，也是刚刚才腾空的里。

子青等人挨个儿检查，发现身患疫病者十六人。城外架起两口大鼎，火堆燃起，命所有的人都将衣袍脱下，放入热水中煮沸，晒干之后方可再穿。生怕有的灾民未带有足够衣物，众人又在城中筹集了些旧衣旧袍分发给城外的灾民。子青吩咐家人几乎将城中所有成衣都买来，送至城外分发。

城内，靠城门处，亦燃起两堆熊熊燃烧的大火，往来进出之人，都须得从两堆火间走过，炙烤得浑身发烫。

这一忙，直至天亮。

子青已是疲惫至极，背靠着树，望着东升旭日，怔怔地想着，这时候也不知道将军是否已经到了朔方郡守处，还有，在长安的嬗儿是不是才刚刚睡醒?

缔素在她旁边靠坐下来，自怀中掏出块馍来，撕成两半，一半递给子青。

子青接过来，随口咬下一块，低头看着缔素道："你还恨李家吗？"

缔素嚼饼的动作停了一瞬，很快便接着嚼下去，淡淡道："我很久都没想过这件事了。"

"李敢死了。"她轻声道。

缔素吃了一惊，猛地抬头看着她："什么时候？怎么死的？"

"就在几天前，狩猎场上，他中了一箭。"子青直到现在都觉得此事不甚真实。战场上千军万马，何等凶险，李敢大伤小伤无数，也都活过来了，却在狩猎时被一箭毙命。

缔素似也觉得不甚真实："他们……李敢死了，他们李家还有人吗？"

"小辈里就剩下他的孙儿李陵了。"

李广将军戎马一生，最后自刭身亡，三个儿子皆身死，独留下孙儿李陵一人。

缔素长长地叹了一口气，不知怎的，在听过李敢已死之后，他的心中有种隐隐的不安和害怕，仿佛看见冥冥之中有一只巨手，让这些他曾经恨过的人一个一个死去。可现在他已经不再恨了……

忽然，围着东边大鼎正烤火的灾民那里传来一阵喧哗。

子青急步赶过去，看见又一人栽倒在地，已然昏迷不醒，周遭的灾民躲得远远的。

她俯身欲把脉，此人的一条胳膊竟是空的，待细看他的脸，她吃了一惊，眼前这个人竟然就是在陇西不告而别的公孙翼。不知怎的他竟到了此地，又染上了疫病。

"方才挨个儿检查的时候，他就躲了。"灾民中有人害怕道。

公孙翼已经烧得迷迷瞪瞪，但还认得子青，用仅存的一条胳膊紧紧拽着她的手："救救我，救救我，我不想死，不想死啊……"

"我们正在想办法。"子青只能道，朝缔素重重点了下头。

"我不要去凤鸣里，我不要去，去了就是等死，我不要……"公孙翼极力挣扎着，但由于高烧体力严重流失，他的挣扎也不过就是挪了下身子而已。

"快，把他也送到凤鸣里去！"缔素急命人来抬走，又朝子青道，"你快去净手更衣！快去啊！"

他那样焦切地挥着手要她赶紧去，以至于子青一眼就能看出他心底的恐慌。

尽管用了许多预防措施，但疫病还是在以令人难以想象的速度蔓延着，

常常是日里还神采奕奕的人，到了夜里就高烧不退，吐血者、流鼻血者都有之，神智模糊不清，被急急送往凤鸣里。

因着实束手无策，子青与几名医工只能死马当作活马医，先商讨出几个方子，给病试上一试。他们分为两路，一路往五步乡，安排灾民服防疫的汤药；另一路带了药材至凤鸣里，选取两、三名病者，先在他们身上试一试。

子青复看过公孙翼，他的身上出现大量的黑斑，已然昏迷不醒，汤药根本就灌不进去。

煎药，喂药，还得注意自身与病患的隔离，子青与另外两名医工忙得焦头烂额，然而结果并不尽如人意，病者无丝毫好转。而送来的人却是越来越多，死去的人也越来越多……

这日天明，眼看着又一名病者断了气，子青转身出屋子，无力地坐在墙脚下，又看着蒙着面的游缴们自另一个屋子拖出尸首，其中一具便是公孙翼……她静静看着，眼前渐渐模糊。

怔怔地出了一会儿神，想到自己还得先去净手更衣，她刚要起身，却见另外一名长须医工自屋内出来时踉跄栽倒在地。她连忙上前去扶，触手滚烫，吃了一惊……

“莫碰我，我自己到里头去躺着。”长须医工缓慢爬起来，目光绝望，“你们也莫再试了，快离开这里，没用的。”

子青看着他扶着墙缓缓行到里屋去，呆愣在当地。

晨曦微弱而冰冷，无法带来一丝温暖的热度，整个凤鸣里死气沉沉，连鸡鸣狗吠之声都听不到，弥漫着死亡的气息。

“他说得很对，再不走，我们就都得陪着他们死在这里！”年轻医工退了几步，眼神中恐惧和绝望兼而有之。

他转身狂奔而去。

看着他的背影，子青尚在发怔中，听见缔素站在里口处高声唤她：“子青，邢医长来了！邢医长来了！你听见了吗？”

听见老邢来了，子青心中一喜，忽觉得又有了希望。老邢的医术比她要强上数倍，说不定就能够想出治疗疫病的方子来。

“听见了！”

她急急往里口处来，看见邢医长与缔素站在一块儿，拉下遮脸的布巾，施礼道：“邢医长！”

瞧她一脸憔悴疲惫，邢医长摇头叹道：“行了行了，都什么时候，还施什么礼。”

“和你在一块儿的那两名医工呢？”缔素奇道。

子青目光黯然：“有一人也染上病了，还有一人……刚刚走了。”

“走！带我进去看看。”邢医长自己也找出一块布巾将口鼻都蒙上。

“嗯。”

子青复蒙上布巾，领着邢医长进去。邢医长诊脉，又查看了病者的口鼻，再取金针刺探，皱眉良久，方起身出来。

之后，两人净手更衣，方才出了凤鸣里。

邢医长一直颦眉沉默，子青知他在思考医方，故而也不敢开口打扰。

缔素急问道：“可有法子治？”

邢医长不答，转向子青道：“你们之前都试过哪些方子？”

子青便将已试过的三个方子告之，愧道：“可惜所读医简太少，方子都没有用，人还是一直在死……”

“不能怪你们，这种烈性疫病连我也不曾见过，并没有现成的方子可用。”邢医长难得的没有骂人，“我只能试试，未有把握。你方才第二个方子，再加几味药，我们可以再试！”

“诺！”

毕竟在军中多年，军中防范疫病最为严苛，邢医长做起事来也颇为雷厉风行，当下写了方子，子青便与缔素回城内抓药。

当下，由于药材紧缺，广牧城中各处医馆内的药材尽数被征集起来，由贼曹看管，寻常人等根本拿不到。

配药的时候，子青拉开装着麻黄的药屉，手探进去，仅抓着一小把，便将整个药屉都抽出来，瞧见麻黄果真只剩下了那么一小把。

“怎么了？”缔素帮着她抓好其他几种药材，探头过来看，“见底了？希望将军能从郡守那边多调些药材过来。五步乡那里也在叫唤着不够呢，还有粮食，自从咱们这边施粥之后，涌来的灾民是越来越多，唉……”

涌来的灾民越多，只能说明遭灾的地方多，而肯施粥的县令却少。灾民聚集得越多，疫病就蔓延得越快。眼下，子青只能寄希望于将军，盼着他能让朔方郡守采取行之有效的法子妥善安置灾民，也盼着他早日带回粮食和药材。

虽有玄马，又有游缴领路，但因为黄河凌汛，被冲毁的道路甚多，逼得霍去病他们不得不兜来转去，绕了好些路才终于到了朔方县。

朔方郡守接连几日收到各县受灾的奏报，已是焦头烂额。陡然间，又见大司马骠骑将军从天而降，郡守惶恐之至。当听霍去病说广牧县也有凌汛，灾民者众，幸而尚未出现疫病，要求他速速增派粮食和药材，郡守着实无计可施。

因朔方县内的粮食药材本就有限，临戎县的奏报最先到达，郡守已命人送去一些。紧接着其他县奏报接二连三地到达，郡守只得往修都、呼道、窳浑、渠搜几个未受灾的县去征调粮食药材，但路上难行，粮食与药材尚未运载过来。

正所谓巧妇难为无米之炊，朔方郡本就是新郡，粮食储备等皆有限，比不得其他郡。霍去病也知道再逼郡守也是无用，只得耐下性子等待征调的粮食药材。

不料，才过两日，郡守又收到广牧县奏报，广牧出现疫情，蔓延极快。

霍去病得知后心中一凛，恰好有自修都县征调过来的粮食已到，他急命运往广牧，自己也飞马往回赶。

此时，卫伉也进了广牧县。

他毕竟年轻，还是头一遭见到灾民遍野，路有俯尸的景象，方才真正意识到凌汛与疫病给民间带来的疾苦，见路边患疫病而亡者死状甚惨，心中惶惑不安，早早便以布巾遮面，直至城门口，却被拦了下来。

“大胆！连我都敢拦，我是宜春侯，奉陛下旨意前来寻骠骑将军。”

城门守卫游缴闻言，忙让出道来，又问道：“敢问君侯，陛下可有派医工前来？”

“当然，他们脚程比我慢些，在后头呢。”卫伉问道，“骠骑将军可在城内？”

“回禀君侯，骠骑将军数日前到过此地，见广牧灾民甚多，他连夜往朔方县寻郡守，尚未回来。”

原来表兄已不在此地，卫伉思量片刻，又问道：“骠骑将军夫人可在此地？”

“在。”

“她在何处？”

“夫人随县尉往凤鸣里去了，一直未回来。”

“凤鸣里？”

游缴顿了下：“县令把患疫病者全部送往凤鸣里，将军夫人正与医工在那里试药，想尽快找出治病良方。”

卫伉立在原地，愣住——来之前爹爹就说过，她是墨者，对于这种事情绝对不会推辞。患疫病者的死况他是见过的，之前他还甚为担心，这疫病如此之烈，是人便会想避开，万一子青根本不愿去救治病者又如何是好？

没想到，根本不用自己只言片语，她就已经去了。

若是她此时已然感染上疫病，那么自己回长安之后就好交代了。想到这层，卫伉不知怎的，就觉得此事着实让人心里头不痛快。

“凤鸣里怎么走？”

“往西南方走，骑马的话一盏茶工夫就能到。”

闻言，卫伉也不进城了，径直便骑上马往凤鸣里去。

日头并不烈，大概是因为连日的奔波劳累，卫伉眼前的视线有些模糊，呼吸艰涩，翻身下马之后，不得不靠着马身喘息着，同时也拉下布巾透透气。恰好见里头推出满满一车的尸首要去焚烧，他忙掩鼻避到一旁去，问守里口的游缴。

“骠骑将军夫人可在里头？”

游缴点头：“在！正在给病者试药？”

卫伉迟疑了一下，便欲举步往里头行去，却被游缴拦住。

“没有县尉大人的指令，不可擅入！”

“大胆，我是宜春侯！难道还得听县尉的话不成。”

“君侯息怒，县尉大人不愿旁人被染上疫病，故下此令，里头尽是患了疫病的人，您何苦要进去呢？”游缴劝道。

卫伉何尝不知道，可他又需得见到子青，见子青自凤鸣里飞奔出来，竟是一脸的喜色……

“有救了有救了！终于找到方子了！”

游缴闻言亦喜道：“能治这病的？”

子青连连点头，浑然未看见旁边的卫伉，将一块三棱竹牍交给游缴：“就照着这个方子，马上请县尉大人将药材尽数送来！一定要快！”

“诺！”

一名游缴接过竹牍揣入怀中，飞马而去。

数日来，眼看着病者一个个死去，子青与邢医长不断地修改药方，终于找到了对症之方，服下药的病者高烧退下，身上的紫黑斑也在消减。她长舒了口气，拖着疲惫的身子转过身，这才看见旁边未吭声的卫伉。

她愣住，片刻后施礼道：“君侯怎么到此地来了？”

“陛下……”卫伉说了这两个字后，就不知道该怎么往下说。

“是要杀我吗？”

子青很清楚刘彻对她的恨意，他不会原谅一个折断他心爱绝世利器的人，他会原谅霍去病，但绝对不会原谅她。

闻言，卫伉楞在当地，与子青对视着，后者平静的目光让他越发心里没底。

过了半晌，他才道：“是让我来传旨，让表兄回去。”

“他去朔方县，请郡守调派粮食和药材。”

“我知道。”

子青目光落在远方某处，似乎在思量什么，但很快她就收回了目光，朝卫伉道：“这里是安置患疫病者的地方，你在这里多有不便，最好还是去城内等待将军。至于那件事，我不会让你为难的。”

“什、什么事？”

子青勉力一笑，再未说什么，返身就往里头走。

卫伉看着她的背影，脑中想着“那件事”……

她指的究竟是哪件事情？

难道是指陛下要她死这件事？

不让他为难？她想要如何做才能不让他为难呢？

卫伉是个一根筋，这些猜猜度度的事情他本就不擅长，当下更觉得脑袋发昏，刚想追两步问清楚，却不料一个踉跄摔倒在地。

“君侯！君侯！……”守卫的游缴连忙上前将他扶起来。

子青闻声，回头望过来。

游缴摸着卫伉就觉得不对劲，朝子青疾喊道：“烫手！他浑身烫！”

在当下，这样的症状只能代表一件事情，子青连忙快步赶过去，帮着扶起卫伉，手伸过去切他的脉，果然与疫病脉象相同，便把他扶进凤鸣里。

“我怎么了？”

子青不答，卫伉眼睁睁看着自己被子青扶进一间屋内，然后又看见邢医长。

“这娃娃怎么也来了？”邢医长把手探过来，试了试额头热度，翻他眼皮，捏着他下巴看舌苔，叹道，“你怎么也染上了？”

卫伉这才知道自己也染上了疫病，路边那些躺倒尸首，车上推出去焚烧的尸首，一幕幕立即呈现在眼前。他惊慌地抓住子青："我不要死，我不想死……"

"放心吧，你不会有事的。"子青道。

邢医长嘿嘿笑道："你这娃娃运气好，我刚把方子整出来，你想死啊，还死不了呢！"

"有救？"

"当然有救，等药材送过来，煎好汤药一喝，就没事了。"

接连忙了几个昼夜，邢医长疲态倍显，加上心事放下，说着说着，靠着墙便睡了过去。

"我真的会没事？"卫伉不放心地问子青。

"嗯，已经让人去取药材了。"

子青点着头，扶他在榻上躺下，也无意与他多言，自己行到门边，半靠着门框在土阶上坐下，一边等着药材，一边怔怔出神……

果然没过多久，缔素亲自送了药材过来。

子青迎过去，看见车上的药材就愣住了："就这么点？这怎么够？！"

缔素看上去比她还要愁："方子里头有好几味药都剩得不多，我已经全部都拿来，又派了人往附近乡亭去调集。将军不是已经去了郡守那里了吗，也向长安奏报过，应该很快就有大批药材送来。"

子青无奈，眼下也没有别的办法，能救多少人便先救多少人。

缔素一起帮着她将药材拿进凤鸣里，途中似想起什么，问道："我听游缴说，宜春侯往这里来寻你和骠骑将军。"

"嗯。"

"人呢？"

"他也染上病了，正在里头躺着呢。"

"啊……"缔素摇头叹气，"来得还真是时候。他来寻你们做什么？"

"来传旨意的，陛下又让将军回长安去。"

缔素愣了下，侧头望向她，问道："对了，按理说骠骑将军圣眷正宠，陛下怎么会让他来驻守朔方？这才没来几日，又急着把他叫回去，到底是怎么回事？"

子青手中动作稍滞，片刻后，接着忙碌起来，取了药秤来称量药材，再倒进药镬之中："君心难测，谁又猜得到……你先去生火，我们得快一点。"

"嗯。"

缔素匆匆去生火，终于没有再问下去。

天色渐暗，邢医长小憩醒来，见大药镬之中汤药已煎好，便与子青舀了汤药去喂病者。许多病者已陷入高烧昏迷之中，不得不用小银匜和银漏斗强行灌下去。

“喝药了。”子青推醒卫伉。

卫伉烧得有些迷糊，好在神智还清醒，睁开眼睛，撑起身子，瞧着眼前那碗黑乎乎的药道：“喝了我就没事了吧？”

“嗯。”

子青将碗凑近他嘴边，卫伉也不嫌苦，大口大口地灌了下去。

此时，外间的药镬已然见底，而剩下的药材，方子上写的缺了三味药，已无法再用。

一夜过去，天蒙蒙亮的时候，邢医长起身查看病者，却看见子青靠坐在墙根下。

“子青！”不知她怎么了，他试探着唤了一声。

过了片刻，都未听见子青的回答，邢医长便想走过去看看她究竟怎么了。

“别过来！”

子青低低道，缓缓撑起身子站起来，晨曦中她的面容上有明显的病态殷红。

“你！你染上疫病了？！”邢医长急道，“你怎么……眼下药材短缺，你怎么偏偏在这时候……”

“邢医长，您若见到将军，替我告诉他，请他好好照顾嬗儿……”子青等了这么久，就是为了这句话。

“你这娃娃，说什么傻话呢！”邢医长心疼且气恼，“他们不是已经去调派了吗？新的药材很快就会送来，你马上没事儿，要说你自己去和他说。”

子青权就当作没听见，继续道：“莫留嬗儿在长安城里，要在他身边才好。”

“你……”

正巧缔素惦记着那些服过药的病者，不知他们是否有好转，一大早便过来询问，又顺便带了些烙饼过来给他们当早食。刚进凤鸣里便听见了他们的对话，缔素大急，就要朝子青过来。

子青扶着墙连退数步，不让他靠近。

“你！你怎么会传染上？昨日为何不喝药？！”缔素急得团团转，要去寻药材，“我马上煎药给你喝，喝下去就没事了。”

“缺了三味要紧的药材，不顶用的。”邢医长冲他嚷道，“你还是县尉呢，赶紧去弄药材来啊！”

“你以为我不急啊！”

两人的嚷嚷声惊醒了屋内的卫伉，他的病症最轻，故而恢复得也最快，此时高烧退去，整个人便觉得舒服了许多。听见外间的声音，他便起身推门出来，不耐烦地问道：“怎么了？出什么事了？”

缔素虽认得他是宜春侯，但眼下却连向他施礼的心思都没有，拔腿就往外行去，想着怎么赶紧弄到药材才是正事。

“缔素……”子青唤住他，“若是将军回来，莫告诉他我在这里！”

缔素刹住脚步，回过头来，痛心疾首地望着她。

“嬗儿在长安城等着他，他不能有事……我求你了！”

看着她的无限哀恸目光，缔素没有应承也没有拒绝，猛地转身，快步离去。

卫伉愣在当地，一时也没听懂到底怎么回事，莫名其妙地看着子青：“你为何不让表兄知道你在这里？”

子青缓缓转向他，像是一个已用尽全身气力的人，精疲力竭道：“你带他回长安吧。”

说罢，她缓缓走回她暂住的屋子，不仅把门关了起来，而且在里头上了闩，显然是不愿任何人入内。

“她怎么了？”卫伉仍是一头雾水，只好问邢医长。

邢医长皱紧了眉头：“她也染上了疫病。”

“不是已经有方子可以治了吗？”

“药材用完了，没了！”

卫伉呆楞住，他虽然脑子一根筋，但不傻，征调的药材不知何时能到，而疫病如此之烈，子青很可能根本等不到。

“至于那件事，我不会让你为难的。”

她说这话时的神情突然出现在他脑中。

“你带他回长安吧。”

她最后的那句话。

呆呆地站着，想着，卫伉骤然间明白了一切，他看向那一扇已经被闩上的门，只觉得无地自容，只想狠狠地扇自己一巴掌。

朔方，广牧土城。

霍去病急急跃下马背，看见原来城外灾民已减少了许多，城门内两堆熊熊大火燃烧着。他目光焦切地四处搜索，并未发现子青的身影。

“人呢？”他问守城门的游缴。

“回禀大司马，患病者都送往东南面的凤鸣里，未患病者送往北面的五步乡。”

闻言霍去病心猛地往下沉，尽管预料得到，但心中总是存了一份侥幸，沉声问道：“患疫病者有多少人？”

“到昨夜，一共是一百二十七人。”游缴答道。

一百二十七人，短短三日，竟然就有一百多人患上疫病，霍去病心中已有隐隐不好的预感：“青儿呢？……我是说，夫人呢？”

“大司马夫人已经多日都未回城，一直在凤鸣里给病者试药。”游缴禀道，面有喜色，“昨日已找到了治病的良方。”

“找到方子了！”霍去病闻言亦是一喜，原本高悬的心顿时放松了些许。

让游缴指明凤鸣里的方向，霍去病顾不上歇息片刻，翻身上了玄马，径直驰向凤鸣里，行至途中，正遇上缔素。

缔素翻身下马，向霍去病急急施礼，并问道：“请问将军，郡守大人是否已经派人将药材送来。”

“路上难行，药材大概还需两日方可到达。”

“两日……”缔素低首，目光满是绝望。这疫病朝发夕死者众，子青如何撑得到两日。

没等缔素再说话，霍去病就问道：“青儿在凤鸣里是吗？她没事吧？”

“她不在。”

“那她在何处？”

“她去了五步乡。”

缔素深低着头，以恭敬姿态来掩饰自己的不安。霍去病高高骑在马背上，也看不清他的神情。

“五步乡？安置灾民的地方。”在这些地方倒是很符合子青的性情，霍去病并未起疑。

“是。”

问明五步乡的方向，霍去病策缰轻叱玄马，疾奔而去。

十里为亭，十亭为乡。

到处能看见的都是灾民，晃动着的人脸，无助而惶恐。

他只能一处一处地找过去，问所能遇见的游缴，问所能遇见的贼曹。

有人说在东边乡里，有人说在西边乡里。

没有，总是没有……

眼前人头攒动，但无论哪里，他都寻不到子青的身影。

丫头，丫头，你在哪里都没关系，我可以一直一直找下去，直到找你为止。

可是，你一定要好端端的！

直到将整个五步乡都找遍了，他也未找到子青，只得复折返回土城，找到缔素。

“青儿呢？五步乡我都找遍了，也没有看见她。”

缔素想出声，却又像突然被哽住，发不出声音来。

这种沉默让霍去病本能地恐惧，犹如一把钝刀，直直地插入他内心深处。

“说啊！”

他急怒道。

“她不让我告诉你，她说嬗儿在长安城等着你，”缔素低低道，“所以，你不能有事。”

难道青儿已经死了？！

霍去病踉跄欲倒，缔素欲扶他，被他猛力一把推开。

“她死了？”

“还没有，不过……她染上了疫病，药又用完了。”

“她在哪里？凤鸣里吗？”

缔素不吭声，沉默着。

霍去病翻身上马，被缔素拦在玄马前。

“将军，你不能去！”

“你给我让开！”

霍去病一勒缰绳，玄马高高扬起前蹄，长嘶出声，将缔素惊得连退数步，夺路而出。

缔素连忙上马，追着他。

霍去病还未至凤鸣里，守卫的游缴们便听见后头的缔素在大喊：

“拦着他！不能让他进去！”

他们一时也不知道玄马背上究竟何人，自然是不敢违抗县尉大人的命令，两名游缴疾伸出手中长矛，拦在玄马前头。

玄马堪堪刹住脚步，连日奔波已是体力不支的霍去病自马背上摔下来，重重倒到地上。

他挣扎着站起来，对游缴们怒目而视。

“都给我让开！”

里头卫伉听见表兄熟悉的声音，跌跌撞撞地赶出来，还未至霍去病跟前便双腿发软，跪倒在地：“去病表兄！”

“卫伉！”看见他在此地，霍去病也吃了一惊，“你也病了？”

“我已经好了，可是、可是……”卫伉指着子青所在的屋子，懊悔欲死，“是我的错！都是我的错！”

霍去病一把推开拦在他面前的游缴，上前擒住卫伉，问道：“为何是你的错？！青儿染上病是你害的？”

“我不知道，我不知道怎么会变成这样！”卫伉攥着他的衣袍，忙着解释道，“陛下要我来带你回去，可……她说不会让我为难，让我带你回长安去……”

尽管他说得语无伦次，但霍去病还是听出其中端倪：“陛下要你杀了她，然后才让我回去？”

卫伉说不出话来，只能拼命摇头：“我没有，我真的没有这么做，表兄你相信我，我真的没有。”

“青儿在哪里？”

霍去病缓缓松开他。

卫伉抬起手，战战兢兢地指着东南角的那屋子。

霍去病大步行过去，推门，门从里头闩上了。他微愣了下，转头看向其他人——

缔素、邢医长、卫伉，包括其他游缴都静静地望着他。

那瞬间，他内心深处像是被什么东西狠狠地杵了一下，血淋淋地疼痛。

他明白了，是子青自己将门闩上，她根本就已经放弃了自己的生命。

“开门，丫头！”他将头抵在门板上，低低地唤道。

里头寂静无声。

子青将被衾拉高，一直掩到头顶，蒙得死死的。

“丫头，开门，是我！”霍去病的声音依旧温柔。

子青尽可能地将身子紧缩起来，仿佛这样就可以躲避他的声音。

“丫头！”子青整个人在被衾里头发着抖。

霍去病抵在门上叹息，顿了顿，他退开几步，猛地一脚踹在门上，嘭的一声巨响，门板吱吱呀呀地晃了晃，他紧跟着再一脚，门板轰然倒地。

“丫头，你当真死都不见我了？”

他看着被衾中那个瘦弱的身形，目中有泪。

子青仍旧蒙着头，闷声道：“你快点走，嬗儿还在长安城里等着你，你不能有事！”

“若今日是我躺在这里，你可会走？”霍去病轻叹口气，“嬗儿是很重要，可他还有我娘在照顾着，我没有什么可不放心，反倒是你……”

霍去病未再说下去，只在榻边上缓缓坐下来，展目看着屋内，瞥见屋角还有一方七弦琴，断了几弦，落满积尘，遂起身拿过来，用衣袖慢慢将尘埃抹去。

修长的手指拢起断弦，拉紧，仔仔细细地重新续上。

轻轻一拨，低沉的琴音在窄小的屋内漾开来。

他先重新调一下音，试了试，这方七弦琴自是不能与他长安家中的琴相比，但音色松透而不散，也可一用。

待调好，霍去病侧头想了一瞬，唇边不自觉地泛起一抹笑意，手指轻抚上琴弦。

音随心走，柔滑如歌……

待听出他所奏的是何曲，被衾中的子青怔住，一滴泪悄然无声地滑落下来。

蒹葭苍苍，白露为霜。

所谓伊人，在水一方。

溯洄从之，道阻且长。

溯游从之，宛在水中央。

蒹葭萋萋，白露未晞。

所谓伊人，在水之湄。

溯洄从之，道阻且跻。

溯游从之，宛在水中坻。

……

尚还记得在金泉水边，用骨埙吹奏的曲子，轻灵，缥缈，叩动着内心最深处的某个地方……

往昔的一切随着琴曲从她心中流淌而过。

曾经有过多少次的生死相随，此时此刻，他又怎么会让她孤身而行。

霍去病已经不必再多说什么，一切尽在琴音之中，子青已然明了他的心意。

屋外的人静静站着。

卫伉、缔素、邢医长，还有游缴们。

卫伉忽地转过头，朝缔素嚷嚷，声有哽咽道：“站着干什么，还不赶紧再去想法子凑齐药材。”

缔素用手狠狠搓了搓脸，飞奔上马而去。

邢医长立在原地，无限蹉然地叹了口气。

夕阳西下，缔素依然在官道上驰骋着，运送药材的车队就在他前头不远处。

凤鸣里，陋室之中，琴音袅袅，平静而安乐。

子青就半靠在霍去病的背上，她身上的紫黑斑已经蔓延到了手背上。

“将军，子青先行一步。”她轻轻道。

霍去病抚琴的手指微微一滞，片刻后，他点头柔声道：“好，去病随后就来。”

琴音不绝于耳，直至日落。

三日后，卫伉返回长安，向刘彻禀报骠骑将军死讯。

刘彻悲恸不已，发属国玄甲军，陈自长安至茂陵，为冢像祁连山，谥号景桓侯。其子霍嬗接替冠军侯爵位，赐表字子侯。

尾声

三年之后，惊蛰。

正是雷雨过后，苍穹水洗般湛蓝明净，一抹彩虹挂在天际。

盖在井台之上防雨水的两块木板被揭开来，老旧的陶制尖底汲瓶落入井中，轱辘吱吱呀呀响着，水被拎上来，倒入旁边木桶之中。如此这般上上下下七八趟，方才打满了两桶水。

一身粗布褐衣打扮的霍去病熟练地套上扁担，往肩膀上一搁，担起往前走。井台上湿漉漉的，而他的脚步极为稳健，并未有丝毫打滑。

旁边，一个梳着总角的孩子蹦蹦跳跳地蹿过来："先生、先生!

他停下脚步，低头看向孩子，也不说话，微微挑起眉毛。

刚行至家门口，他停下脚步，正欲推门，忽听得马车声响，转头向东边望去……一辆马车正朝着这里驶来，车夫带着斗笠，压得低低的，也看不清面貌。

似有所感，他放下挑水的担子，望着来者。

马车在距他还有一丈远的时候方停下来，车夫伸手将斗笠略抬了抬，露出面目，正是卫伉。

"到了吗？"马车帘内传来一个声音。

"到了。"

卫伉忙答道，同时掀开车帘，搀扶着一发有银丝的老妇人和一孩子下马车来。

霍去病定定地看着那妇人，目中泛起水光；那位老妇人亦是如此，将他望着，泫然欲泣欲言又止；独独孩童不明就里，只顾着四处张望。

"此间多有不便，我们进去说话！"卫伉忙道。停好马车，推着他们进门去。

霍去病回过神来，推开门，先将水挑进去。卫伉扶着老妇人，领着孩童随后跟进去。

甫木门刚刚关好，霍去病双膝往地上重重一跪，正跪在老夫人面前："娘，孩儿不孝！"

卫少儿爱怜地伸出手，抚着儿子又黑又瘦的脸，又不敢相信般摸了又摸，仿佛要确定眼前的儿子确是真真切切存在的，喃喃道：“你还活着，你真的还活着……”

“孩儿不孝！孩儿不孝！”他声音哽咽着，将头抵在娘亲身上，任由娘亲摩挲着自己。

里屋的子青听见动静，出屋来，看见卫少儿与那孩童皆在院中，惊喜地怔住，转而快步上前，半跪着搂过那孩童，睁大眼睛仔仔细细地看着他，喜道：“嬗儿！你是嬗儿是不是？！”

孩童直往卫少儿身后躲。

卫少儿含泪笑道：“傻孩子，你整天嚷嚷着要找娘亲，现下娘亲就在眼前，你还躲什么？”

“她是我娘亲？”

“是啊，还有你爹爹。”

嬗儿疑惑地看着眼前的两个大人，慢慢伸出小手，试探着在子青脸上触碰一下，然后摸了摸，忽地咯咯笑起来，响亮地唤了一声：“娘！”

只这一声，子青泪如泉涌。

“娘，抱！“他清脆道。

子青将小小软软的孩子揉入怀中，失而复得地珍惜着。

里屋有个粉嫩嫩的女娃娃摇摇摆摆地走出来，奶声奶气地唤道：“爹爹，爹爹……”

霍去病抢先一步将她抱起来，抱到卫少儿面前，笑道：“瞧，您的小孙女，曼儿。”

卫少儿伸手抱过来，看这女娃娃粉雕玉琢，眼睛圆溜溜地看着自己，又惊又喜，朝卫伉嗔怪道：“你怎么没告诉我还有个小孙女？”

卫伉笑道：“这事我也不知道，上回见面的时候还没她呢。走走走，怎么都站着说话，咱们进屋去！”

当下，霍去病抱起嬗儿，卫少儿抱着曼儿，大家都进屋去。

茶汤沸腾，热气上升。

众人彼此讲述着当年别离之后的事情。

霍去病一直陪坐在母亲身旁，道：“药材送来的时候，青儿已经陷入昏迷，命悬一线，汤药都是硬灌进去的，当真是好险。”

“幸而还是救回来了，”卫伉道，“是我出的主意，索性就回禀陛下他们都已经死了。”

“你们的胆子还真大……”

卫少儿犹记得自己听见儿子死讯那瞬的感觉，仿佛天塌地裂。

“孩儿不孝，此举全因逼不得已，陛下不肯饶过青儿，定要她死，我们也只能出此下策。再说，若我还在朝中，陛下又要逼着我出战，我真的倦了……”霍去病朝母亲歉然道。

子青舀了茶汤，恭敬呈至卫少儿面前。

卫少儿打量着他们所住的屋子，简陋得很，与昔日的骠骑将军府相比起来自是天差地别，又想起方才霍去病自己挑水，叹了口气道：“你们这日子过得也委实苦了些。”

“粗茶淡饭，未尝比不过锦衣玉食。”霍去病微笑道：“我每日教亭中孩子们读书习字，日子过得比在朝中时平静安逸。”

子青又舀了茶汤，呈给卫伉，谢道：“将嬗儿带来，很不容易吧？”

“这事我两年前就答应过你们，却一直等到现在才好不容易等到机会。驿馆大火，我便将嬗儿偷了出来，用另一具孩子尸首来替代，才总算是弄妥此事。”卫伉道。

“会不会给你惹什么麻烦？”霍去病问道。

“放心，我弄得干净妥当。陛下又去了淮南，没人会来追究此事。”

霍去病方才稍稍放心，又关切地问道：“舅父身子可还好？”

“他还是老样子，近年来越发喜欢一个人待在梅园里摆弄棋盘，朝中的事也不太理会。”

霍去病轻轻叹了口气：“他可恼我？”

“这事我一直都瞒着他，直到去年才敢说，可他像是早就料到了，只说了句‘这孩子……’就再没问过半句。”卫伉奇道。

想着舅父说这句话的神情，霍去病忍不住微微笑开。

一时已近日暮，卫伉还得带着卫少儿再赶回去。

霍去病、子青带着嬗儿、曼儿立在夕阳下，目送马车远去。

“爹爹，你好久都没有回家去了，我们什么时候回家去？”嬗儿问道。

霍去病将他抱起来：“我们的家就在这里。”

“不对不对，我们家在长安，很大很大的房子才是。”

“不管是什么房子，不管房子在哪里，只要爹爹和娘亲在，就是家。”

霍去病拿下巴蹭着嬗儿，抱着他进屋去。

子青牵着曼儿，也随后进去。

暮色中，炊烟四起。

征和四年，刘彻终于幡然悔悟，深愧之前穷兵黩武，致使天下百姓流离失所，颁《轮台罪己诏》，其中写道：“朕即位以来，所为狂悖，使天下愁苦，不可追悔。自今事有伤害百姓，糜费天下者，悉罢之。”